Luanne Rice
Wo die Sehnsucht das Herz berührt

Luanne Rice

Wo die Sehnsucht das Herz berührt

Roman

Aus dem Amerikanischen
von Ursula Bischoff

Knaur

Titel der Originalausgabe: Dream Country
Originalverlag: Bantam, New York

Besuchen Sie uns im Internet:
www.knaur.de

Die Folie des Schutzumschlags sowie die Einschweißfolie
sind PE-Folien und biologisch abbaubar.
Dieses Buch wurde auf chlor- und säurefreiem Papier gedruckt.

Dieser Titel erschien bereits unter der Bandnummer 66082.

Umschlaggestaltung: ZERO Werbeagentur, München
Umschlagabbildung: FinePic, München
Satz: Ventura Publisher im Verlag
Druck und Bindung: C.H. Beck, Nördlingen
Printed in Germany
ISBN-13: 978-3-426-66227-4
ISBN-10: 3-426-66227-2

2 4 5 3 1

Für Bob

Danksagung

Für einundzwanzig Jahre Freundschaft und liebevolle Betreuung danke ich allen Mitarbeitern der Jane Rotrosen Agency: Andrea Cirillo, Jane Berkey, Don Cleary, Stephanie Tade, Meg Ruley, Ruth Kagle, Annelise Robey, Peggy Gordijn und Barbara Goodwin.

Ich danke außerdem Nita Taublib und Tracy Devine für ihre Geduld, Einsicht und Unterstützung.

Vielen Dank an die Dutchess County SPCA und Animals Farm Foundation, Inc., die zusammenarbeiten, um die bedrohten Tiere zu retten. Dank an Dr. Kathy K. Clark und an alle in der Clark-Veterinary-Klinik und an Pot Connections, Inc., besonders an Maggie, May und Maisie und an Amelia S. Onorato für ihre Hilfe und die Pflege aller Tiere.

Großer Dank an Dr. Elisabeth Moreno, Sherry Kohn, Mary Connolly und Lynda Hunnicutt.

Für lebenslange Inspiration, Freude und Treue lieben Dank an Betty Anne Whitney, Tobin Hagelin, Sam Whitney, Sarah Blanchard und Palmer Whitney.

Dank an Rob Monteleone für seine Verantwortlichkeit an den Docks in Lunenburg und seine inspirierende Anwesenheit auf dem Baseball-Feld und Eishockey-Platz.

Dank an Heather McNeil für ihre Wärme, Großzügigkeit und ihren Humor und an Karen LeSage Stone, deren Lieder schwer und wahr sind, für unsere Gespräche auf 104 und vieles mehr, und dafür, dass sie ihre Kunst, ihren Geist und ihre Lebensphilosophie mit mir teilte.

Und Rosemary und Maureen: Ich liebe euch.

1

Um sieben Uhr morgens hielt Daisy Tucker am Fuß der Treppe inne, um an der Wäsche zu schnuppern, die sie in den Armen hielt. Sie war vor einer Stunde aufgestanden, um die Kleider ihrer Tochter zu waschen, und hatte zusätzlich einen Duftspender in den Trockner gegeben, wie Sage es gerne mochte.

Während sie die Treppe hochstieg, fragte sich Daisy, warum ihr Herz so heftig klopfte. Sie war so nervös, als würde sie sich für eine neue Stellung bewerben, statt ihre sechzehnjährige Tochter aufzuwecken und mit einem Stapel sauberer Sachen zu überraschen. Das Haus war still, erfüllt vom Dämmerlicht des frühen Morgens. Während sie darauf gewartet hatte, dass die Wäsche fertig wurde, war Daisy in ihr Atelier gegangen – ein leer stehendes Zimmer, in dem sie ihren Schmuck fertigte –, um die Arbeit an einem Armreif fortzusetzen, die sie heute Nachmittag zu beenden hoffte. Aber sie war zu aufgewühlt gewesen, um sich zu konzentrieren.

Daisy und Sage lebten allein. Es hatte zum Glück keine Zeugen für die Szene am gestrigen Abend gegeben, als Daisy wie eine Furie geheult und sich wie die Karikatur einer Wahnsinnigen die Haare gerauft hatte. Sage hatte in ihrem aufblasbaren Sessel gesessen, mit wirren Haaren, die ihr ins Gesicht fielen, und ihre frustrierte Mutter mit ihren großen grünen Augen beobachtet, kühl und distanziert. Niemand hatte miterlebt, wie ihre Selbstbeherrschung bei Daisys Worten ins Wanken geraten war.

Sage hatte die Kleider getragen, die Daisy jetzt in den Armen hielt, sie waren voller Schmutzflecken und patschnass gewesen. Sage war mit ihrem Freund Ben Davis bis Mitternacht unterwegs gewesen, obwohl sie versprochen hatte, spätestens um neun Uhr abends zu Hause zu sein. Die beiden hatten eine Fahrt mit dem Kanu unternommen und waren gekentert. Und das Ende Oktober,

bei Frost und klirrender Kälte; Daisy hatte nur noch einen Gedanken gehabt: Sie hätten in der Dunkelheit ertrinken können.
Das Telefon klingelte. Die Kleider noch immer auf dem Arm, eilte Daisy in ihr Schlafzimmer. Sie wunderte sich, wer so früh am Morgen anrufen könnte, außer Ben, und mit dem Vorsatz, ihm gehörig die Leviten zu lesen, nahm sie den Hörer ab.
»Hallo?«
»Na, wie geht's meiner ungeratenen Nichte?«
»Sie schläft noch.« Daisy entspannte sich, als sie die Stimme ihrer Schwester hörte. »Wir hatten gestern Abend einen Mordskrach. Ich hätte sie am liebsten umgebracht, als sie völlig durchnässt und verschmutzt nach Hause kam.«
»Umgebracht? Ist das nicht ein bisschen übertrieben? ›Den Hintern versohlen‹ hätte gereicht«, sagte Hathaway.
»Ach, Hath!« Daisy schmunzelte. Jedes Mal, wenn sie sich mit ihrer Schwester unterhielt, war ihre Nervosität wie weggeblasen. »Sie war richtig niederträchtig, aber ich war noch schlimmer. Die Pferde sind mit mir durchgegangen. Ich habe getobt wie eine Furie, mit Schaum vor dem Mund, ob du es glaubst oder nicht –«
»Hast du ihr Hausarrest verpasst, bis zum College?«
»Habe ich, und ich habe ihr auch gesagt, dass nur dumme Mädchen bis Mitternacht mit einem Jungen Kanu fahren, wenn sie am nächsten Tag zur Schule müssen.« Daisy zuckte zusammen, als sie an ihre Worte und den Tonfall dachte. »Und dass die Mädchen nicht nur dumm sind, sondern Schlampen.«
»Ich hoffe, du hast ihr klar gemacht, dass sie Ben nie mehr wiedersehen darf.« Hathaway wusste, dass Daisy Ben nett fand, vom gestrigen Abend einmal abgesehen. Er war wohlerzogen, ein strebsamer Schüler und zu kopflastig, um echte Leidenschaft in Sage zu wecken.
»Natürlich.« Daisy blickte betrübt auf die Kleider, die sie noch immer im Arm hielt, wohl wissend, dass die Stunde der Wahrheit gekommen war.
»Sie ist zu spät nach Hause gekommen, während der Woche, wenn

sie Schule hat. Dazu kommt, dass heute Morgen das Wasser in meiner Vogeltränke gefroren war. Eine dünne Eisschicht, aber trotzdem. Es war kalt draußen; kein Wunder, dass du vor Sorge ausgerastet bist.«

»Ich könnte mich ohrfeigen, weil ich sie in meiner Wut Schlampe genannt habe.«

»Du hast sie doch nur mit Schlampen *verglichen*. Das ist etwas anderes.«

»Ich fühle mich grauenhaft.« Als sie sich über ihre schmollende halbwüchsige Tochter gebeugt und in ihre großen Augen geblickt hatte, hatte Daisy ein Gefühl gehabt, als würde ihr das Herz brechen. Sie kam sich vor wie eine Glucke und wusste, dass sie ihr Kind übermäßig behütete. Sages Zwillingsbruder Jake war mit drei Jahren spurlos verschwunden, und dieser Verlust beeinflusste jede Entscheidung, die sie in Hinblick auf Sage traf. Daisy hatte immer nur eines gewollt, nämlich ihre Kinder beschützen. Und Sage mit ihrem schlanken Körper, dem vollen Mund und den großen wissenden Augen hatte die Merkmale der Kindheit abgestreift. Trotzdem. Daisy sah hinter der Fassade noch immer das Kind, das sie gemeinsam mit Sages Vater vor sechzehn Jahren aus der Entbindungsklinik nach Hause gebracht hatten.

»Ich möchte nicht, dass sie verletzt wird.«

»Ich weiß«, erwiderte Hathaway ruhig.

»Aber ich habe schlimme Dinge gesagt. Ich konnte es an ihren Augen ablesen. Ich muss jetzt los und sie wecken. Ich habe ihre Sachen gewaschen, und jetzt werde ich mich auf ihre Bettkante setzen.«

»Und ihr sagen, dass du sie liebst.«

»Und dass jeder Mensch Fehler macht.«

»Aber dass du ihr lebenslänglich Hausarrest gibst, falls so etwas noch mal vorkommt –«

»Genau.« Daisy lachte.

Als sie auflegte, fühlte sie sich besser. Das Gespräch mit Hathaway hatte dazu beigetragen, die Situation in die richtige Perspektive zu rücken. Als allein erziehende Mutter war Daisy wachsam wie ein

Schießhund, was die schulischen Leistungen ihrer intelligenten Tochter betraf, die Vorrang vor dem Interesse an Jungen haben mussten. Generationen von Töchtern waren zu spät nach Hause gekommen und hatten die Schule vernachlässigt. Deshalb waren sie noch lange nicht schlecht, und es bedeutete auch nicht, dass sie schlechte Mütter hatten. Seit Jakes Verschwinden waren viele Jahre vergangen, in denen sich Daisy immer wieder gesagt hatte, dass es nicht ihre Schuld gewesen war.

Sonnenlicht strömte durch die Fenster des Schlafzimmers im ersten Stock. Die Holzböden waren gewachst und auf Hochglanz poliert. Als sie durch den Flur zu Sages Schlafzimmer ging, dachte Daisy, wie schön das Haus doch war, das sie bewohnten. Es war ein kleines Haus im Kolonialstil, anheimelnd und von einer Mauer umgeben, mit einem schmalen Ausblick auf die Bucht. Daisy hatte es gekauft und allein bezahlt, von dem Erlös des Schmucks, den sie herstellte, und ihren Ersparnissen. Sage mochte davon träumen, durch die Prärie zu reiten, auf der Ranch zu leben, aber Daisy sagte sich zu ihrer eigenen Beruhigung, dass sie stolz darauf sein durfte, hier in der Pumpkin Lane ein gemütliches Zuhause für sich und ihre Tochter geschaffen zu haben.

Daisy holte tief Luft, bevor sie den Knauf von Sages Zimmertür ergriff. Sie schickte ein Stoßgebet zum Himmel, dass sie unter allen Umständen Ruhe bewahren und sich nicht von Sage provozieren lassen möge, bewusst oder unbewusst. Die Auseinandersetzung, die sie gehabt hatten, kam ihr nur deshalb vor wie ein Krieg, weil sie das Mädchen so unsäglich liebte. Sie zwang sich zu einem Lächeln und betrat das Schlafzimmer ihrer Tochter.

Der Raum war leer.

Sage hatte offenbar nicht in ihrem Bett geschlafen. Es war ordentlich gemacht, die indianische Tagesdecke war über die Kopfkissen gezogen. Der Körperabdruck ihrer Tochter war noch auf der Decke zu sehen. Eine Schublade stand halb offen, und Daisy sah, dass Kleidung fehlte.

Überall hingen Poster von Wyoming. Purpurfarbene Berggipfel –

Wind River Mountain Range, Medicine Bow, Big Horn und die Snowies – bedeckten die Wände, Seite an Seite mit Vergrößerungen von eingezäunten Viehweiden und galoppierenden Mustangs. Ihr Vater hatte ihr einen Ständer mit Elchgeweihen geschickt, den sie in einen Schrein verwandelt hatte: das einzige Bild, das sie vom ihm besaß, hing zwischen türkisfarbenen Glasperlen, Hufeisen, dem Fell eines Eselhasen und den hellblauen Babyschuhen ihres Bruders.

Auf Sages Schreibtisch lag ein Zettel. Als Daisy ihn erspähte, schrie sie auf. Sie ließ die ordentlich zusammengelegte Wäsche fallen und griff sich ans Herz.

Mit zitternden Händen hob sie die Nachricht auf.

Sage war allem Anschein nach immer noch wütend gewesen, als sie den Zettel geschrieben hatte. Das sah sie an der krakeligen Schrift, an den Tintenklecksen und der knappen Mitteilung eines Mädchens, das lange Gespräche über alles geliebt hatte.

Daisy starrte die Worte an. Sie hielt nach »Liebe Mom« oder »Alles Liebe, Sage« Ausschau, doch es waren nur drei Worte, und als Daisy sie las, hatte sie das Gefühl, als breche eine Welt für sie zusammen.

»ICH MUSS WEG.«

*

Daisy rief Hathaway an. Während sie auf ihre Schwester wartete, lief sie ruhelos im Haus hin und her. Sie hatte das Gefühl, vor Energie platzen zu müssen. Gleichzeitig schwirrte ihr der Kopf, weil sie sich ständig auf die Frage konzentrierte, wohin Sage gegangen sein könnte. Es war Donnerstag, ein ganz normaler Schultag. Könnte »Ich muss weg« einfach nur bedeuten: Ich muss zur Schule?

Um sich zu vergewissern, rief sie im Sekretariat der Silver Bay Highschool an. Sage ging in die elfte Klasse, besuchte die Schule seit drei Jahren. Sie hatte das erste Schuljahr mit Auszeichnung abgeschlossen und auch im zweiten nur Spitzennoten erzielt, aber letzte Woche war sie völlig unverhofft mit zwei schlechten Noten nach Hause gekommen. Daisy war angesichts der Beurteilung des Chemie- und des Geschichtslehrers voller Sorge gewesen, dass ihre kluge, aufgeweckte Sage durch eigenes Verschulden abrutschen könnte. »Guten Morgen, Mrs. Wickham«, begrüßte Daisy die Schulsekretärin. »Daisy Tucker am Apparat; ich wollte … ähm, ich –«

»Guten Morgen, Mrs. Tucker. Ich wollte Sie gerade anrufen. Bitte benachrichtigen Sie uns in Zukunft, wenn Sage fehlt, damit wir Bescheid wissen.«

»Tut mir Leid.« Daisy krümmte sich, als hätte ihr jemand einen Schlag in die Magengrube versetzt, und bedeckte ihr Gesicht mit den Händen; der Hörer fiel ihr aus der Hand. Natürlich: Natürlich war Sage nicht zur Schule gegangen. In fieberhafter Eile wählte sie Bens Nummer, aber es ging niemand ans Telefon. Desgleichen bei Zoe, Amanda und Robin.

Hathaway kam zur Tür herein, sie war groß und sah aus, als könne sie nichts umwerfen. Sie umarmte Daisy, bevor diese auch nur ein Wort herausbringen konnte. Daisy, in Tränen aufgelöst, lehnte sich mit offenem Mund an die Schulter ihrer älteren Schwester. Als Hathaway sich von ihr löste, betrachtete sie ungehalten den Speichelflecken auf ihrer Seidenbluse. Dann sah sie Daisy an.

»Es war doch nur ein Streit!«, sagte Daisy. »Ein schlimmer, zugegeben, aber … eine *Auseinandersetzung*, nicht mehr. Von der Sorte hatten wir schon hunderte. Warum hat sie geschrieben, dass sie weg muss?«

»Wo ist der Abschiedsbrief?«, fragte Hathaway, als enthielte er die Antwort auf alle Fragen. Vielleicht tat er das wirklich: Daisys Herz klopfte, und sie spürte, wie seit der Ankunft ihrer Schwester mit ihrer praktischen Art neue Hoffnung in ihr aufkeimte.

»Hier.« Daisy reichte ihr das blau linierte, weiße Blatt Papier, das aus Sages Notizblock herausgerissen war.

»Das soll ein *Abschiedsbrief* sein?« Daisy hätte sich besser gefühlt, wenn Sage ihr mehrere Seiten mit Klagen über Kümmernisse im häuslichen Zusammenleben und in der Schule hinterlassen hätte.

Wutanfälle und heimlicher Groll wären ihr lieber gewesen. Sechzehn Jahre alt zu sein war bisweilen eine Qual, und Daisy war als Mutter gerüstet, solchen Attacken standzuhalten.

»Wen hast du angerufen?«, fragte Hathaway.

»Ben, ein paar Freundinnen, die Schule.«

»Was hat Ben gesagt?«

»Der Anrufbeantworter war eingeschaltet. Ich weiß, dass seine Mutter in einer Bank arbeitet, aber ich habe keine Ahnung, in welcher. Die Eltern sind geschieden, und sein Vater lebt in Boston.«

»Dieser Abschiedsbrief ...« Hathaway runzelte die Stirn. Sie war hoch gewachsen, schick gekleidet und durch und durch praktisch veranlagt. Sie hatte eine kleine Boutique unten am Kai, *The Cowgirl Rodeo*, wo sie Fransenjacken, Wildlederhemden und Daisys Schmuck verkaufte. Leute, die ihren Urlaub in der kleinen Stadt an der Atlantikküste verbrachten, gaben aus irgendeinem Grund gerne Geld für Dinge aus, die den Wilden Westen heraufbeschworen. Hathaway war auf die Idee gekommen, als sie Daisy und James in Wyoming besucht hatte. Das war lange her.

»Er ist kurz.« Daisy versuchte, sich ein Lächeln abzuringen.

Hathaway starrte das Blatt Papier an. »Ich muss weg«, las sie laut.

»Sie ist abgehauen, das ist alles.« Daisy war außer Stande, das Zittern in ihrer Stimme zu unterdrücken. »Ich habe es genauso gemacht, als ich jung war, mehr als einmal. Das erste Mal mit fünf, erinnerst du dich? Ich habe einen Waschlappen und meinen Stoffhund eingepackt und bin losgezogen, um in einer Höhle im Kiefernwald zu leben. Mit neun bin ich erneut weggelaufen, unmittelbar nach Dads Tod, damit ich nicht auf den Friedhof musste –«

»Sie ist sechzehn Jahre alt, und nicht fünf oder neun.«

»Sie ist ein einfühlsames Mädchen. Sie würde nie –«

Daisy hatte das Gefühl, den Verstand zu verlieren. Ihre Gedanken überschlugen sich, versuchten, die Tatsache zu verdrängen, dass es Viertel nach neun Uhr morgens war, Sage nicht in ihrem

Bett geschlafen hatte und sie nicht wusste, wo ihre Tochter steckte. »Sie hat mir eine Nachricht hinterlassen. Sie ist kurz, aber sie war offenbar außer sich, schließlich hatten wir gerade den schlimmsten Streit unseres Lebens. Ich war wütend. Sie weiß, was ich nach Jakes Verschwinden durchgemacht habe. Das würde sie mir nie antun –«

»Das klingt aber, als ob es ihr ernst wäre.« Hathaway nahm Daisys Hand.

»O Gott«, keuchte Daisy, weil sie den nächsten Teil der Frage nicht über die Lippen brachte: ernst mit was?

*

Ernst mit Ben, natürlich. Daisy rief in vier Banken an, bevor sie die richtige erwischte. Paulina Davis war Leiterin einer kleinen Zweigstelle der Southern Connecticut Bank & Trust. Paulina hatte gerade einen Kunden bei sich, und die Rezeptionistin sagte Daisy, dass sie zurückrufen werde. Daisy ließ ihr zehn Minuten Zeit, dann rief sie abermals an.

»Hallo?« Paulina Davis' Stimme klang ein wenig unwirsch.

»Hallo, hier spricht Daisy Tucker.« Obwohl die beiden Frauen sich nicht besonders sympathisch waren, hatten sie seit dem Sommer mehrmals telefoniert, als Sage und Ben begonnen hatten, so viel Zeit miteinander zu verbringen.

»Ich habe Ihre Nachricht erhalten.«

»Hat Ben –« Daisy hielt inne. Wie konnte sie ihre Frage formulieren, ohne seine Mutter in Panik zu versetzen? Hat Ben heute auch die Schule geschwänzt, ist er durchgebrannt, hat er eine Nachricht hinterlassen, die aus drei Worten besteht und einer Mutter höllische Angst einjagt?

»Haben Sage und Ben gestern Abend unser Kanu verloren? Die Antwort lautet: ja!«, erwiderte Paulina Davis. »Wurde ich gerade von der Schule informiert, dass er unentschuldigt fehlt? Ebenfalls ja. Ich bin wütend, Daisy.«

»Auf Sage?« Daisy spürte, wie ihr die Hitze zu Kopf stieg. Wollte sie damit zum Ausdruck bringen, Sage sei schuld an allem?

»Ben ist in der letzten Klasse. Er war immer ein guter Schüler, und dieses Jahr wurde er zum Kapitän der Fußballmannschaft gewählt. Das war sein Traum, und gestern hat er das Spiel verpasst. Er sollte sich verschiedene Colleges anschauen, seine Zukunft planen –« Sie musste innehalten, weil ihre Stimme vor Empörung zitterte. »Ich habe ihm schon mehrmals untersagt, Sage wiederzusehen, aber dieses Mal werde ich andere Saiten aufziehen.«

»Wann haben Sie ihm verboten, Sage wiederzusehen?« Daisys Besorgnis wurde auf einen Schlag von der Wut auf die Frau verdrängt, die derart über ihre Tochter sprach, und der Entschlossenheit, sie zu verteidigen.

»Vor einem Monat. Aber damit bin ich auf taube Ohren gestoßen.«

»Hören Sie! Sage ist ebenfalls eine gute Schülerin. Sie hat Supernoten und Auszeichnungen«, entgegnete Daisy hitzig. »Ich bin alles andere als erfreut darüber, dass sie jede freie Minute mit Ben verbringt, das kann ich Ihnen sagen. Ich habe ihnen den ganzen Sommer vertraut, die beiden sind anständig, vor allem Sage, sie ist immer –«

»Tut mir Leid«, unterbrach Paulina sie. »Ich bin außer mir. Während der Sommerferien unzertrennlich zu sein ist eine Sache, aber jetzt muss die Schule Vorrang haben, da werden Sie mir sicher zustimmen. Es geht nur darum, dass sie sich an bestimmte Regeln zu halten haben. Ich denke –«

»Waren Sie schon zu Hause, seit die Schule angerufen hat?«

»Natürlich nicht. Ich arbeite bis – warum?«

»Weil ich glaube, dass die beiden durchgebrannt sind.«

»Durchgebrannt?«

»Meine Tochter, jedenfalls.« Daisy begann zu zittern. »Sie ist weg. Sie hat einen Abschiedsbrief hinterlassen.«

»Hat sie Ben erwähnt?«

»Nein.«

»Das würde Ben mir nicht antun. Nie und nimmer,« sagte Paulina ausdruckslos.
»Das dachte ich von Sage auch«, erwiderte Daisy.

*

Ben hatte keinen Abschiedsbrief hinterlassen, sondern nur ein paar Sachen eingepackt und seinen Rucksack und sein Zelt mitgenommen. Paulina war sofort nach Hause gefahren, noch während der Arbeit, und rief wutschnaubend an, sobald sie einen Blick in sein Zimmer geworfen hatte. Hathaway, an den Kühlschrank gelehnt, hielt sich die Ohren zu, während Daisy den Hörer in der Hand hatte und lauschte. Trotz aller Sorge überraschte es Daisy nicht, dass die beiden miteinander durchgebrannt waren.
»Er hat kein Auto, sie hat kein Auto«, sagte Paulina. »Was machen sie, per Anhalter fahren?«
»Möglich wär's.«
»Toll. Klasse!«
Paulinas Tonfall besagte, dass sie Sage die Schuld gab, und Daisy hätte sie am liebsten angeschrien. »Was machen wir jetzt? Sollen wir –« Sie traute sich kaum, den Satz zu beenden. »Sollen wir die Polizei benachrichtigen?«
»Die Polizei! Zum einen sind sie Teenager und alt genug, um die Schule zu schwänzen, und Ihre Tochter hat Ihnen eine *Nachricht* hinterlassen. Die Polizei würde keinen Finger krumm machen. Und zum anderen ist mein Sohn siebzehn, und ich möchte nicht, dass die Polizei auf dumme Ideen kommt –«
»Was für dumme Ideen?«
»Dass die ganze Sache auf seinem Mist gewachsen ist.«
»Vielleicht ist sie das ja!«, sagte Daisy hart. Sie schloss die Augen und stellte sich vor, wie gerne sich Sage auf dem kleinen Sofa an sie gekuschelt und es genossen hatte, wenn ihre Mutter mit ihren Haaren spielte.
»Mit Sicherheit nicht, Daisy! Das Einzige, was ich hundertprozen-

tig weiß, ist, dass mein Sohn nie von zu Hause weggelaufen wäre. Es sei denn, jemand hätte ihn dazu angestiftet. Wenn das nicht Sages Idee gewesen ist, fresse ich einen Besen. Hören Sie endlich auf mit Ihren Unterstellungen! Er hat eine intakte Familie. Mein Sohn verschwindet nicht so mir nichts, dir nichts.« Paulina unterdrückte ein Schluchzen.

»Ich werde die Polizei benachrichtigen«, sagte Daisy mit geschlossenen Augen. Sie spürte, wie Hathaway ihre Hand nahm. Sie hatte wieder dieses Engegefühl in der Brust, da sie laut und deutlich gesagt hatte, dass sie die Polizei einschalten wollte, und weil Paulina absolut überzeugt war, dass ihr Sohn niemals sang- und klanglos verschwinden würde. Jake kam ihr wieder in den Sinn.

Ihr Sohn war erst drei Jahre alt gewesen, stark und robust. Er hatte die gleichen dunklen Haare und grünen Augen wie seine Zwillingsschwester gehabt, ein strahlendes Lächeln und ein überwältigendes Lachen, und eine Art, an seiner Mutter hochzuklettern und sich an ihrem Hals festzuklammern, wenn er bei ihr bleiben wollte. Man konnte nicht umhin, in sein Lachen einzustimmen, als wären seine Freude und sein Humor ansteckend.

O Gott, sie hätte es nie für möglich gehalten, dass er einfach verschwinden könnte. Sie hätte nie gedacht, dass sie ihrem Mann in die Augen blicken und er ihr gestehen würde, dass er ihren Sohn verloren hatte. Jake wurde seit dreizehn Jahren vermisst, und nach menschlichem Ermessen war er tot. Und nun war Sage ebenfalls verschwunden.

*

Daisy wählte die 911. Beim Klang der Stimme am anderen Ende der Leitung war Daisy nahe daran, wieder aufzulegen. »Meine Tochter«.

»Ja bitte?«, sagte die Telefonistin in der Zentrale.

»Mach schon«, spornte Hathaway sie an.

»Meine Tochter ist verschwunden. Das heißt, sie hat einen Abschiedsbrief hinterlassen. Wir haben uns gestritten, und sie war sehr erregt.«

Sie wurde zu einem Polizisten durchgestellt. Er nannte seinen Namen, aber Daisy hörte nicht zu. Sie redete wie ein Wasserfall.

»Meine Tochter ist erst sechzehn«, sagte sie, erleichtert beim Klang der anonymen Stimme, die Sage finden und nach Hause zurückbringen würde.

»Sie hatten einen Streit, sagten Sie? Und sie hat Ihnen eine Nachricht hinterlassen? Das haben Sie unserer Telefonistin gesagt?«

»Ja. Aber –«

»Das kommt öfter vor«, erwiderte der Polizist ruhig. »Bei dem herrlichen Wetter schwänzt sie wahrscheinlich die Schule. Mit sechzehn ist das gang und gäbe.«

»Ich weiß. Ich habe schon in der Schule angerufen, und dort war sie nicht. Aber … so etwas sieht Sage überhaupt nicht ähnlich.«

»Sie ist ein Teenager. Die treiben sich um diese Jahreszeit gerne in den Obstplantagen herum und pflücken Kürbisse. Wie immer vor Halloween, da schwänzen sie scharenweise die Schule. Sie sind heute die dritte Mutter, die bei uns anruft.«

»Die dritte –«

»Sind Sie jetzt beruhigt?«

Daisy versuchte tief durchzuatmen. Sie wollte sich gern vom beschwichtigenden Tonfall des Polizisten einlullen lassen, der keinerlei Besorgnis erkennen ließ. Seine Worte machten durchaus Sinn. Daisy hatte mit sechzehn auch die Schule geschwänzt, mehr als einmal; sie war mit Hathaway und ihren Freunden an den Strand gegangen. Aber Sage war in dieser Hinsicht anders, ihr Abschiedsbrief kam wie der Blitz aus heiterem Himmel. Und abgesehen davon hatte Daisy die Situation schon einmal erlebt: Als ihr Sohn verschwunden war, hatten ihr alle geraten, Ruhe zu bewahren, geduldig zu sein und zu warten, er würde schon von allein wieder auftauchen.

»Bitte, wenn Sie den Abschiedsbrief sehen, den sie geschrieben hat –«

»Sie ist garantiert wieder zu Hause, bevor es dunkel wird«, sagte der Polizist.

»Woher wollen Sie das wissen?«

»Kinder sind Kinder. Sie sagen, Sie hatten einen Streit. Wenn sie bis zum Abendessen nicht zurück ist, melden Sie sich wieder. In Ordnung?«

»Oh –« Daisy schlug das Herz bis zum Hals. Aber sie riss sich zusammen. »In Ordnung«, erwiderte sie nach einer kurzen Pause. Sie sagte sich, dass sie vermutlich überreagierte, kein Wunder nach dem, was vor dreizehn Jahren mit ihrem Sohn geschehen war. Sage war gefühlsbetont und hatte die Tendenz, die Dinge zu dramatisieren, und sie war sechzehn. Sie würde von allein wieder auftauchen.

*

Der Tag verstrich im Zeitlupentempo, und Daisy verbrachte ihn damit, sich in die Arbeit zu stürzen. Sonnenlicht fiel durch die hohen Fenster, die auf ihren Garten hinausgingen. Spektralfarben, die an hauchdünnen Fäden hingen und winzige Regenbögen auf den Fußboden und die Wände malten. Das Atelier bestand aus zwei Teilen, einem vorderen und einem hinteren Bereich. Daisy arbeitete in der dunkleren, hinteren Hälfte; sie wurde von ihren Kunden, die mit den Räumlichkeiten vertraut waren, die magische Höhle genannt.

Daisy fertigte Schmuck mit Amuletten, denen ein Liebeszauber innewohnte. Das war keine Absicht, und sie verstand auch heute noch nicht, wie sie das bewerkstelligte. Als junges Mädchen hatte sie gerne Perlen aufgereiht und Draht gebogen. Sie hatte Löcher in Kieselsteine, Münzen und Muscheln gebohrt und sie zusammen mit Kiefernzapfen und Eicheln aufgefädelt. Es war ihr Hobby gewesen, ein Zeitvertreib nach den Hausaufgaben. Sie hatte den Schmuck ihrer Schwester oder ihren Freundinnen geschenkt, und die Wirkung auf das andere Geschlecht ließ nicht lange auf sich

warten. Dann war sie nach Wyoming gefahren, um sich Anregungen für ihre Arbeit zu holen, und dort war sie James begegnet.
»Die Post ist da«, rief Hathaway. Sie hatte ihre Mitarbeiterin in der Boutique angerufen und ihr mitgeteilt, dass sie heute nicht kommen würde. Sie hielt einen Stapel Briefe in der Hand, als sie das Zimmer betrat.
»Oh!« Daisy saß gebeugt über ihrer Werkbank. Ihr Herz klopfte zum Zerspringen, und sie wusste, es würde sich erst beruhigen, wenn Sage durch die Tür trat. Sie hörte, wie Hathaway einen Umschlag aufriss und seufzte, als sie den Brief las.
»Fanpost«, sagte Hathaway. »Dein Zauber wirkt noch immer. Soll ich vorlesen?«
»In Ordnung«, erwiderte Daisy, verzweifelt bemüht, sich abzulenken.
»›Liebe Mrs. Tucker.‹« Hathaway hatte unlängst mit dem Rauchen aufgehört und ihre Stimme klang rau und belegt. »›Ich schreibe Ihnen, weil sich in meinem Leben ein Wunder zugetragen hat. Freundinnen hatten mir von Ihren Halsketten mit den magischen Amuletten erzählt, aber ich musste erst selbst die Erfahrung machen, bevor ich es glauben konnte. Ich war lange alleine –‹«
Daisy saß im dunklen Teil des Raumes und arbeitete weiter. Die schwenkbare Lampe warf einen Lichtkreis auf den Tisch. Die Arbeitsfläche war mit Steinen, Knochen, Silber und Gold bedeckt. Goldstaub haftete an ihren Fingerspitzen. Konzentriert schnitzte sie das Gesicht eines indianischen Geistes in eine Scheibe, die sie aus einem Kuhknochen ausgesägt hatte.
Bei den Entwürfen für ihre Schmuckstücke stützte sie sich auf Legenden, Familiengeschichten und indianische Volkssagen aus dem Westen des Landes und den Neuenglandstaaten. Mit scharfen Instrumenten ritzte sie zarte Muster in den Knochen, die sie mit schwarzer Tinte kolorierte oder mit feinen Schnitzereien verzierte, wie in Muscheln oder Elfenbein. Sie verwendete Punkte, Kreise mit Punkten und konzentrische Kreise als Symbole, um Liebe, Ewigkeit und spirituelle Visionen darzustellen.

Wenn sie die geschnitzten Knochengesichter in 18-karätigem Gold oder Sterlingsilber fasste oder sie mit polierten Steinen wie Granit und Turmalin zu einem Arm- oder Halsband auffädelte, sahen sie aus wie Bestandteile eines Totempfahls, die durch eine Goldkette miteinander verbunden waren.
»Bringt sie mir zurück«, flüsterte Daisy, den Blick auf die Knochen gerichtet. Manchmal wollten ihre Kundinnen zerbrochene Beziehungen kitten und einen abtrünnigen Ehemann oder einen Liebsten zurückgewinnen, der sie verlassen hatte. Dann betete Daisy um die Erfüllung der Wünsche und verlieh den damit verbundenen Hoffnungen im Flüsterton Ausdruck, während sie die Gesichter schnitzte und die zarten Linien und Punkte mit Tinte füllte. Doch in diesem Augenblick waren ihre Gedanken bei Sage.
»›Ich hätte nie gedacht, dass ich ein solches Glück erleben darf‹«, las Hathaway weiter. »›Ich hätte nie für möglich gehalten, wie schön das Leben sein kann. Wenn ich Bill anblicke oder den Himmel, kann ich nur staunen. Ich glaube, ich werde Ihre Halskette nie mehr ablegen, so lange ich lebe.‹« Hathaway faltete den Brief zusammen, steckte ihn in den Umschlag zurück und warf einen Blick auf die Briefmarke.
»Fanpost ohne Ende«, fügte sie hinzu.
Daisy betrachtete das Knochengesicht, an dem sie schnitzte, mit zusammengekniffenen Augen. Sie wusste, dass ihre Schwester die Abgebrühte spielte. Das war ihre Art zu kaschieren, wie nahe ihr die Briefe gingen. Auch Daisy fühlte sich tief von ihnen berührt. Liebe hatte viele Gesichter, aber sie war ein Bedürfnis, das jeder Mensch in sich verspürte. Sie bewirkte, dass zwei Menschen zusammenfanden, gebrochene Herzen heilten, zerstrittene Familien sich wieder versöhnten.
»Du hast keine Kundinnen, sondern glühende Verehrerinnen«, meinte Hathaway.
Daisy schüttelte den Kopf.
»Alles in Ordnung?«
»Ich weiß nicht. Ich glaube nicht.«

»Sie wird nach Hause kommen«, versuchte Hathaway sie zu trösten. »Dieses Mal ist es nicht wie bei Jake.«
Sie nahm ihre Schwester in die Arme, und Daisy schloss die Augen, dachte daran, wie die Wirklichkeit aussah: Ihr Sohn war im Alter von drei Jahren spurlos in einem Canyon verschwunden, ihre Tochter war von zu Hause weggelaufen, und sie und der Vater ihrer Kinder waren geschieden. Ihre Familie bestand nur noch aus Knochengeistern. *Dieses Mal ist es nicht wie bei Jake*, hatte Hathaway gesagt.
»Und wenn doch?«, sagte Daisy und hatte Angst, die Augen zu öffnen.

*

Daisy und Hathaway warteten den ganzen Tag, bis der Schulbus kam, ohne Sage, bis Daisy bei Amanda, Zoe, Robin, Cale und Billy angerufen und sich erkundigt hatte, ob sie Sage oder Ben gesehen oder etwas von Schulschwänzern gehört hatten, die sich auf den Obstplantagen die Zeit vertrieben.
Sage hatte drei Mahlzeiten ausgelassen: Frühstück, Mittagessen und nun auch das Abendessen. In der Hoffnung, der Hunger möge sie letztendlich nach Hause treiben, hatte Daisy das Lieblingsessen ihrer Tochter zubereitet, Nudelauflauf mit Thunfisch.
In der Küche roch es köstlich. Hmmm, ein Duft, einfach köstlich. Der Oktoberabend war ruhig und kalt. Daisy öffnete die Hintertür und blickte in den Garten hinaus und zur Bucht hinunter. Sie versuchte, nicht an damals zu denken, an die endlose Wartezeit, als Suchtrupps ausgeschwärmt und in die Schluchten hinabgeklettert waren, während sie wie erstarrt auf der Veranda gestanden hatte, für den Fall, dass Jake sich verlaufen hatte und von selbst wieder nach Hause fand. Daisy stellte sich nun vor, dass sich Sage in der Nähe versteckt hielt, immer noch wütend über den Streit, über die Ungerechtigkeit ihrer Mutter. Wenn sie roch, dass es ihr Lieblingsessen gab, würde sie sich eines Besseren besinnen und endlich nach Hause kommen.

»Rufst du die Polizei an, oder soll ich das machen?«, fragte Hathaway.

»Soll ich ihr nicht noch ein paar Minuten Zeit lassen?«, sagte Daisy mit einem Blick auf ihre Armbanduhr. »Manchmal essen wir erst später.«

»Es wird bereits dunkel.«

Das gab den Ausschlag.

2

Sie ist erst sechzehn«, sagte Daisy zu Barbara LaRosa und ihrer Partnerin, Detective Adele Connelly. »Das sieht ihr gar nicht ähnlich. Vermutlich haben Sie oft mit Jugendlichen zu tun, die eine Nachricht hinterlassen und von zu Hause weglaufen, aber Sage ist anders. Sie hat so etwas noch nie gemacht.«

Sie standen in Daisys Küche. Als Daisy die Polizei angerufen hatte, hatte man ihr gesagt, es käme gleich jemand vorbei.

»Was können Sie uns über Ihre Tochter erzählen?«, fragte Detective LaRosa.

»Sie ist … unglaublich. Sie schreibt Essays und Geschichten. Und Gedichte. Sie möchte Schriftstellerin werden –«

»Wir brauchen eine Personenbeschreibung.«

»Sie ist ungefähr einen Meter sechzig groß. Sie wiegt rund siebenundfünfzig Kilo. Sie hat rotbraune Haare« – sie berührte ihre Schulter und danach ihr Schlüsselbein – »etwa bis hier. Ihre Augen sind grün. Mit haselnussbraunen Sprenkeln. Aber mehr grün als braun.«

»In einem bestimmten Licht haben sie einen goldenen Schimmer«, sagte Hathaway. »Manchmal sieht sie aus wie eine kleine Katze, die im Dunkeln sitzt.«

»Richtig«, stimmte Daisy ihr zu; sie sah Sage vor sich, wie sie in der Abenddämmerung auf einer Bank im Garten saß, in ihr Tagebuch schrieb und aufblickte, als sie die Schritte ihrer Mutter hörte. »Manchmal leuchten sie golden.«

»Sie sieht aus wie ihre Mutter.« Hathaway reichte Detective LaRosa ein Schulfoto von Sage. »Als Daisy im gleichen Alter war. Sehr hübsch.«

»Ja, das stimmt.« Die Polizistin betrachtete das Foto.

»Wir sind uns in vielen Dingen ähnlich«, meinte Daisy.

»Beide sind sehr emotional«, ließ sich Hathaway vernehmen.
Daisy konnte es nicht leugnen, wenn sie daran dachte, wie schnell sich die Gefühle und Empfindungen in Sages Gesicht widerspiegelten, wie die Freude ihre Augen aufleuchten ließ und Kummer im Zittern ihrer Unterlippe zum Ausdruck kam. Sie wusste, dass es bei ihr genauso war.

»Was ist mit ihrem Vater?«

»Er hat nichts damit zu tun«, erwiderte Daisy.

»Ich würde gerne einen Blick in ihr Zimmer werfen«, sagte Detective LaRosa.

»Natürlich.« Daisys Kehle brannte, als sie voranging.

Sage liebte Tiere. Sie machte sich Sorgen um das Schicksal behinderter Kinder oder blinder Menschen. Einen Teil des Taschengeldes, das sie von Daisy erhielt, spendete sie Save the Children, einer Hilfsorganisation, die Kinder in Kriegsgebieten oder in finanzieller Not unterstützten. Schöne Musik, vor allem Opern oder Popmusik mit gefühlvollen Soli von Saiteninstrumenten, rührten sie zu Tränen. Daisy erzählte Detective LaRosa alle diese Dinge.

»Sie ist Klassenbeste«, fügte sie hinzu. »Sie hat nur Einser.« Doch dann hielt sie inne. War das eine andere Sage gewesen? Was war mit den Noten, die schlechter wurden, ihrem plötzliches Desinteresse an der Schule?

Detective LaRosa war um die fünfzig, mit attraktiven grauen Strähnen im dunklen Haar. Sie hatte tief liegende Augen, die einfühlsam und wachsam wirkten, und sie bemerkte Daisys Zögern.

»Haben sich ihre Gewohnheiten in jüngster Zeit irgendwie verändert? Was ist mit Drogen oder Alkohol?«

»Sie ist sehr geradlinig und strikt gegen Alkohol und Drogen. Wir reden über alles.«

»Sie ist sehr reif für ihr Alter«, fügte Daisy mit brüchiger Stimme hinzu. »Sie ist tolerant und lässt andere so sein, wie sie sind, aber sie weiß genau, was gut für sie ist und was nicht. Ihre Leistungen in der Schule haben seit Beginn des Jahres nachgelassen, aber –«

»Das ist oft ein Anzeichen dafür, dass jemand Drogen nimmt. Sogar wohlgeratene –«

»Aber nicht Sage!«, unterbrach Daisy sie kopfschüttelnd.

Als sie Sages Zimmer betraten, wurden Daisys Knie weich. Ihre Tochter sollte um diese Zeit längst zu Hause sein, am Schreibtisch sitzen und nach dem Abendessen ihre restlichen Hausaufgaben erledigen.

»Sie hat offenbar ein Faible für den Wilden Westen«, sagte Detective LaRosa mit einem Blick auf die Poster von Berglandschaften, die Elchgeweihe mit Zubehör und die Pfeilspitzen-Sammlung.

»Ja, das kann man wohl sagen.«

»Wie kommt das?« Die Polizistin betrachtete ein Foto von einer roten Tafellandschaft, die sich vor einem strahlend blauen Himmel abzeichnete. »Haben Sie dort einmal Urlaub gemacht?«

»Sie ist in Wyoming geboren und aufgewachsen, bis zum vierten Lebensjahr, aber seither waren wir nicht mehr dort.«

»Ihr Vater lebt in Wyoming«, fügte Hathaway hinzu.

»Sie sagten, er habe nichts damit zu tun.«

»Wir sind geschieden. Er lebt auf einer Ranch und hat ihr die Elchgeweihe zum Geburtstag geschickt, als sie zehn wurde. Sie schmückt sie wie einen Weihnachtsbaum.« Daisy trat näher und blickte das Foto von James an, das an einem blauen Seidenband hing. Er war ihr fremd geworden, älter, noch immer schlank, sonnengebräunt und ernst.

»Ist er das?«, fragte die Polizistin.

»Das einzige Bild, das sie von ihm besitzt. Er hasst es, fotografiert zu werden. Sie muss ihm hart zugesetzt haben – er hat es ihr vor ein paar Jahren zu Weihnachten geschickt.«

»Sie haben regelmäßig Kontakt?«

»Nicht oft.«

»Er besucht sie nicht?«

»Nein.«

Hathaway trat einen Schritt vor, als spürte sie, dass Daisy Schutz brauchte. Daisys Kehle war wie zugeschnürt, als sie James' Foto betrachtete. Sie spürte, wie ihr die Tränen kamen, und schlug die Augen nieder. Sie war damals nach Wyoming gefahren, um sich von der Wildnis inspirieren zu lassen. Stattdessen war sie James Tucker begegnet, einem Mann, der die Wildnis in seinem Herzen trug.

»Warum hat er seine Tochter seit dem vierten Lebensjahr nicht mehr gesehen?«, fragte Detective LaRosa.

»Weil er die Ranch nicht verlässt. Und ich wollte meine Tochter nicht allein zu ihm nach Wyoming schicken.«

»Und was ist das da?« Die Polizistin berührte Jakes gestrickte blaue Babyschuhe.

»Die haben meinem Sohn gehört. Sages Zwillingsbruder. Er starb mit drei.«

Der Kopf der Polizistin fuhr mit einem Ruck in die Höhe.

»Woran ist er gestorben?«

»Wir wissen es nicht«, erwiderte Daisy ruhig.

Die Polizistin wartete.

»James, mein Mann, hat ihn zu einem Round-up mitgenommen. Sie haben die Herde zusammengetrieben, viele Männer. Er saß bei James auf dem Pferd, sein Vater und der Verwalter der Ranch waren auch dabei. Er nahm Jake immer mit – der Junge konnte gar nicht genug davon kriegen. Er war ein richtiger kleiner Cowboy, wollte immer bei seinem Vater sein. James setzte Jake nur für eine Minute ab, er sollte sich nicht vom Fleck rühren und zuschauen –«

Als Daisy die Miene der Polizistin gewahrte, schüttelte sie den Kopf. »Ich weiß, jetzt denken Sie, das sei sträflicher Leichtsinn. Aber das war für uns ganz normal. Wir lebten auf einer Ranch, da gab es immer viel zu tun. Wir dachten, die Kinder wären Glückspilze, so frei und ungebunden aufzuwachsen, in dieser endlosen, weitläufigen Landschaft, an der frischen Luft. Die Kinder liebten Tiere. Jake war ein folgsamer Junge. Er gehorchte aufs Wort –«

»Ihr Mann sagte ihm also, er solle sich nicht vom Fleck rühren«, hakte die Polizistin nach.

Daisy nickte.

»Und was geschah dann?«

Hathaway trat näher. Daisy schluckte. Es fiel ihr schwer, die Worte über die Lippen zu bringen. »Wir wissen es nicht. Er war spurlos verschwunden.«

»Wurde die Polizei eingeschaltet?«

»Ja, natürlich.«

Der Canyon hatte riesige Ausmaße, die natürlichen Gefahren lagen auf der Hand, so grausam sie auch sein mochten, aber die Polizei schien sie ausgeschlossen zu haben. Sie hatten ihr Augenmerk beinahe unverzüglich auf James konzentriert. Daisy dachte an die Polizisten mit den harten Augen und den misstrauischen Stimmen. Sie war vor Angst halb von Sinnen gewesen, und sie hatten sie wie die Ehefrau eines Mordverdächtigen behandelt. Sie hatten James in jenen kritischen ersten Tagen verwehrt, sich dem Suchtrupp anzuschließen, und ihn stattdessen mit Fragen bombardiert.

»Sie haben nie etwas gefunden«, sagte Daisy. »Keine Spur von meinem Sohn. Die Stelle, an der er gewartet hatte, war mit Fußabdrücken übersät – von Stiefeln, Pferden –, so dass man Jakes nicht mehr erkennen konnte. Suchmannschaften wurden gebildet, ein Hubschrauber war auch dabei, und ein Schamane vom Stamm der Shoshonen. Die Polizei nahm meinen Mann stundenlang ins Verhör –«

Detective LaRosa nickte. Jeder wusste, dass der Vater als Erster verdächtigt wurde, ungeachtet dessen, wie heftig er oder der Rest der Familie sich dagegen verwahrte.

»Als sie ihn endlich gehen ließen, war er wie ein Tornado. Er sagte, er werde erst wieder nach Hause kommen, wenn er Jake gefunden habe, das sei ein Versprechen. Dann machte er sich auf die Suche.« Daisy schluckte. »Ich bekam ihn fünfzehn Tage lang nicht mehr zu Gesicht, der Suchtrupp hatte längst aufgegeben. Er war krank und ausgetrocknet von der Hitze; sein Vater und der Verwalter mussten ihn mit Gewalt nach Hause bringen.«

»Und keine Spur von Jake?«

»Nichts.«

»Was war mit Sage? Wo war sie in der Zeit?«
»Bei mir.« Daisy erinnerte sich, dass ihre Tochter nicht von ihrer Seite gewichen war. Still war das kleine Mädchen gewesen, als hätte es gespürt, dass die Mutter das Schweigen brauchte, weil es keine Antwort auf ihre Fragen gab. Daisy hatte in jener Woche eine Halskette mit einem Amulett für Sage gemacht und während der Arbeit gebetet, hatte ihre ganze Liebe zu Jake in die Steine und den Knochen eingebracht. Sage trug die Kette immer noch, hatte sie seither kein einziges Mal abgelegt.
»James würde Wyoming nie verlassen. Er will dort sein, für den Fall, dass Jake zurückkehrt«, sagte Daisy.
»Gibt es denn Grund zu der Annahme –«
Daisy schüttelte den Kopf. Hathaways Hand ruhte auf ihrer Schulter. Daisy starrte die Polizistin an und dachte an die Dinge, die ihr in all den Jahren, als sie nichts über den Verbleib ihres Sohnes wusste, durch den Kopf gegangen waren: Bussarde, Bären, Kojoten, Klapperschlangen. Die tiefen Spalten in den roten Felsen. Abgründe und Höhlen. Die riesige offene Prärie. Der Klang seiner Stimme, seine Hilferufe, die niemand hörte.
»Sie sind zerstritten? Sie und Ihr Exehemann?«
»Ich nehme an, ja. Obwohl ich mir nicht sicher bin, ob zerstritten das richtige Wort ist«, erwiderte Daisy nachdenklich.
Detective LaRosa nickte. Sie stand da und musterte die Gegenstände auf dem Schreibtisch. Sie blätterte in einem Stapel Notizblocks, inspizierte die Schubladen. Sie öffnete ein Filmbehältnis aus Plastik, blickte hinein, roch daran. Sie fuhr mit dem Finger über die Oberfläche eines Holzkästchens. Dunkles Mahagoni mit geschnitztem Deckel: ein Cowboy, der einen sich aufbäumenden Mustang zuritt. In dem Kästchen bewahrte Sage ihren Schmuck, abgerissene Eintrittskarten, die kurzen Begleitschreiben ihres Vaters auf, alle Erinnerungen, die besonders wichtig für sie waren. Daisy hielt ihre Zunge im Zaum. Sie wusste, dass die Polizistin nach Drogen suchte.
»Hübsch.« Detective LaRosa hielt ein Armband hoch, das Daisy ih-

rer Tochter letztes Jahr zu Weihnachten geschenkt hatte. Sie strich über die zarte Schnitzerei, betrachtete die feinen, mit Tinte überzogenen, eingeritzten Muster. »Sehr ausgefallen.«
»Das hat Daisy gemacht«, sagte Hathaway.
»Ich kenne Ihre Arbeiten.« Die Polizistin sah Daisy lächelnd an. »Meine Schwester hat ein Paar Ohrringe von Ihnen. ›Mondgöttinnen‹ heißen sie, glaube ich.«
Daisy nickte. Sie gab allen ihren Schmuckstücken Namen. Das Armband, das Detective LaRosa in der Hand hielt, hieß »Kieferngeister«. Der Name leitete sich von den raunenden Stimmen im Wind ab, die Daisy hörte, vom Rascheln der Kiefernzweige, die immer wieder das Wort »Liebe« flüsterten und die Menschen zur Verbundenheit mit ihren Angehörigen ermahnten. Die Gesichter der Kieferngeister waren weise und wissend, uralte Frauen, die seit Anbeginn der Zeit in der Borke und den Nadeln der Bäume hausten. Wo immer Sage auch sein mochte, Daisy wünschte, sie hätte die Kieferngeister zu ihrem Schutz mitgenommen.
»Und was ist das?« Die Polizistin blickte auf die kleinen konzentrischen Ringe, die in die Oberfläche eines der Geistergesichter eingeritzt waren. »Ich glaube, die habe ich auch auf den Ohrringen meiner Schwester gesehen.«
»Das sind nur Symbole.«
»Daisy benutzt oft Kreise bei der Arbeit an ihren Schmuckstücken«, kam Hathaway ihr zur Hilfe, weil Daisy das Armband anstarrte und außer Stande war zu sprechen. »Das sind uralte Schutzzeichen – die Sippe, die eine verschworene Gemeinschaft bildet, um Eindringlinge fern zu halten, oder böse Geister, wilde Tiere –«
»Faszinierend.«
»Bitte, lass sie in Sicherheit sein«, sagte Daisy laut.
»Gibt es irgendetwas, womit sie sich bevorzugt beschäftigt, oder einen bestimmten Ort, den sie immer aufsucht?«
»Sie liebt die Natur«, erwiderte Daisy. »Sie wandert, fährt Kanu ... sie kennt alle Parks und Naturschutzgebiete. Ich war mit ihr beim

Zelten in Vermont und New Hampshire. In den letzten drei Jahren hatten wir im Sommer eine Blockhütte in Maine gemietet.«

»Wo genau in Maine?«

»Am Mount Katahdin«, sagte Daisy. Sie hatte die ursprünglichste Landschaft in Neuengland ausgewählt, die von der Atmosphäre her Wyoming am meisten glich. Sie hatten dort Adler, Elche und Schwarzbären gesehen. Die Straßen waren unbefestigt. Der Nachthimmel hatte eine samtene Schwärze. Die Sterne waren riesige Planeten, standen tief und leuchtend am Firmament. Während sie auf der heruntergekommenen Veranda gestanden und Sage in der Blockhütte geschlafen hatte, hatte Daisy mit Jake gesprochen, und sie hätte schwören mögen, dass er geantwortet hatte.

Detective LaRosa machte sich weitere Notizen.

»Sie liebt dieses Fleckchen Erde«, sagte Hathaway gedankenverloren, als zöge sie die Möglichkeit in Betracht, dass sich Sage auf den Weg nach Maine gemacht haben könnte. Sie hatte die beiden im letzten Sommer besucht, und die drei hatten fünf wundervolle Tage miteinander verbracht.

»Die Hütte ist viel zu abgelegen. Sie würde nie allein hinkommen –«

»Glaubst du wirklich?«, fragte Hathaway sanft, und Daisys Augen füllten sich mit Tränen, als sie daran dachte, wie einfallsreich ihre Tochter war. Sage war seit zehn Jahren bei den Pfadfindern. Sie konnte mit zwei Ästen ein Feuer anzünden, ohne Kompass feststellen, wo Norden war, und auf einem unmarkierten Saumpfad den Rückweg ins Zeltlager finden.

»Mount Katahdin«, sagte Detective LaRosa. »Welche Stadt liegt in der Nähe des Berges?«

»Millinocket.«

»Erzählen Sie mir mehr über Ihre Tochter.« Es hörte sich an, als sei die Polizistin wirklich interessiert, als wolle sie nicht nur aus beruflichen Gründen etwas über das Mädchen wissen.

»Sie macht sich Sorgen um ihr Gewicht«, sagte Daisy. »Und hat Angst, dass sie nicht ›perfekt‹ aussieht. Sie hat die Zahnspangen gehasst, die sie eine Weile tragen musste. Ich habe eine Halskette mit einem Amulett für sie gemacht, als sie vier war, und sie hat sie nie abgelegt. Sie hat ein Muttermal auf der Vorderseite des rechten Oberschenkels, das wie ein Mustang aussieht, wie ihr Vater meinte. Sie war natürlich begeistert. Als Kind wollte sie immer Cowgirl werden.«

»Du auch«, sagte Hathaway lächelnd. Und an die Polizistin gewandt, fügte sie hinzu: »Daisy hat als kleines Mädchen einen Wettbewerb von Nesquik gewonnen, ihr Preis war eine rote Cowgirl-Kluft.«

»Wie sieht die Halskette aus?«, erkundigte sich die Polizistin. Sie ignorierte die Bemerkung über Daisy und schrieb alles auf, was sie über Sage in Erfahrung bringen konnte. Das gefiel Daisy.

»Sie ist lang, bis hierher.« Daisy berührte ihr Brustbein. »Sie hat einen Anhänger, ein kreisrundes Amulett aus Knochen, in Weißgold gefasst, mit vier Goldnuggets am unteren Rand, die an einer Weißgoldkette hängen. Die Knochen sind auf beiden Seiten geschnitzt, sie stellen ein doppeltes Gesicht dar. Das einzige Amulett in der Art, das ich gemacht habe.«

»Hat es einen Namen?«

»Ja. Die Zwillinge«, erwiderte Daisy.

Sie hörte den Füllfederhalter der Polizistin über das Papier kratzen und die Zweige, die sich um Wind bewegten. Die Fenster standen weit offen. Die Sonne war untergegangen, die Vögel waren verstummt. Daisy stellte sich vor, wie Sage das Schutzamulett berührte. Sie hatte es immer so getragen, dass die Seite mit dem Gesicht des Jungen, ihres Zwillingsbruders, auf ihrem Herzen lag.

»Erzählen Sie mir von ihrem Freund«, sagte Detective LaRosa.

»Sein Name ist Ben Davis. Sie sind miteinander befreundet, seit Sage zur Highschool geht. Er ist ein netter Junge –« Ganz anders als James, dachte sie. Kein Herzensbrecher. Kein wortkarger Cowboy mit stürmischen Augen und steinhartem Bauch. Ein wohlerzogener Junge aus einer guten Wohngegend mit brillanten Noten in den naturwissenschaftlichen Fächern, der in einer Band Trompete spielt: keine Bedrohung für die Zukunft ihrer Tochter, die Daisy vorschwebte.

»Ein netter Junge«, wiederholte die Polizistin, während sie schrieb.

»Sie sind *beide* nett, solche Kinder kann man sich nur wünschen«, fuhr Daisy fort; sie fühlte sich gleich besser, wenn sie von ihnen erzählte. »Gestern Abend waren sie mit dem Kanu unterwegs und haben nicht auf die Zeit geachtet. Die beiden haben sich nichts dabei gedacht, für sie war das ein spannendes Abenteuer! Aber ich bin ausgerastet vor Sorge und zu weit gegangen. Es war meine Schuld. Ich habe sie schon immer zu sehr beschützt. Das ist alles – sie ist –«

Doch Detective LaRosa schien nicht mehr zuzuhören, sie betrachtete den Inhalt des Schmuckkästchens. Sie schob mehrere Ringe und das Kieferngeist-Armband beiseite, wobei das Gold und Silber leise klirrte. Daisy hätte am liebsten losgebrüllt, dass sie dort auch keine Drogen finden würde! Mit gerunzelter Stirn zog die Polizistin ein weißes Plastikröhrchen unter Sages Schmuck hervor, das aussah, als stammte es von einem Eis am Stiel. Das eine Ende des Röhrchens hatte ein kleines viereckiges Fenster mit einem blau gefärbten Ring.

»O nein!«, sagte Hathaway entsetzt.

Daisy schlug die Hand vor den Mund. Sie starrte das Röhrchen fassungslos an. Es gehörte zu einem Schwangerschaftstest, den man zu Hause durchführen konnte. Sie erinnerte sich daran, als sei es erst gestern gewesen. Sie hatte den gleichen benutzt, vor mehr als sechzehn Jahren. Auf der Tucker-Ranch, mitten in der Prärie, hatte sie sich im Bad eingeschlossen und den Test gemacht, den sie sich in einem Drugstore in Dubois besorgt hatte. Sie wollte James keine falschen Hoffnungen machen, war überzeugt gewesen, das Ausbleiben ihrer Periode sei falscher Alarm, reines Wunschdenken, aber dennoch hatte sie den Test gemacht, für alle Fälle.

»Sie ist schwanger«, flüsterte Hathaway.

»Daran will ich im Moment nicht denken«, schluchzte Daisy. »Ich bete nur, dass sie nach Hause kommt.« Sie senkte den Kopf, dachte an die Zeit in Wyoming zurück.

Blau, wie der Himmel über den Wind River Mountains, wie die unergründlichen Tiefen von James Tuckers Augen, wie das Meer ihrer Ostküstenheimat, das sie damals vermisst hatte.

Und blau wie der Ring des Schwangerschaftstests, den Sage allem Anschein nach gemacht hatte und der Daisy Tucker Aufschluss darüber gab, warum ihre sechzehnjährige Tochter durchgebrannt war.

3

James Tucker ritt den Kamm des Hügels hinunter, der die Form eines Fingerknochen hatte, Staub unter den Pferdehufen aufwirbelnd. Verkrüppelte Zedern klammerten sich vereinzelt an die roten Felsen, die in das kahle, unkultivierte Jagd- und Weideland hinabführten. Die Wind River Mountains ragten ringsum auf, und er ritt in scharfem Galopp durch ihre purpurfarbenen Schatten, um rechtzeitig zum Abendessen zu Hause zu sein.

Er folgte dem ausgetrockneten Flussbett durch die Prärie, die öde und braun wie eine Wüste war. Die Landschaft, mit Blut getränkt, war das Herz der Geschichte Wyomings, ein Schlachtfeld, auf dem Cowboys, Indianer und Soldaten ihr Leben gelassen hatten; hier war James geboren und aufgewachsen. Seine Gedanken konzentrierten sich gleichwohl auf seine Herden und den Wassermangel: Im Sommer hatten sie die schlimmste und längste Dürreperiode erlebt, an die er sich erinnern konnte. Der große Regen war ausgeblieben, und die Flussbetten waren jetzt, Mitte Oktober, noch immer so trocken wie im August. James hatte den ganzen Tag im Sattel verbracht und war hungrig.

Zu seiner Linken ragten dreihundert Meter hohe, schroffe Klippen auf. Er ritt durch den dunklen Canyon, der abgelegen und kühl war. Die untergehende Sonne färbte die Spitzen der Felsen blutrot, doch hier unten in der schattigen Schlucht war von der Sommerhitze nichts zu spüren. Das Pferd trabte schnell und stetig dahin. Sie erklommen eine Anhöhe, der schmale Saumpfad überquerte einen Pass und führte auf der anderen Seite zur Flussniederung hinab.

Hier bot die Landschaft ein anderes Bild. Der träge Fluss hatte schroffe rote Klippen herausgemeißelt, war auf beiden Seiten von riesigen Pappeln und trockenen Weiden flankiert. James hatte noch

sechs Meilen vor sich, aber er spürte den heißen Wind auf seinem Gesicht und wusste, dass er bald zu Hause sein würde, auf der DR-Ranch, nach seinen Eltern Dalton und Rosalind Tucker benannt.
Beim Näherkommen merkte James, wie sich sein Atem veränderte. Sein Pferd wusste es offenbar auch. Pferd und Reiter verschmolzen mit dem Land, wurden ein Teil von ihm wie die roten Felsen und Flussbetten. Menschen, die nicht in der Prärie geboren und aufgewachsen waren, verstanden das nicht. Wie die Besitzer der Schafherden, die sich hier angesiedelt hatten, als sein Vater ein Kind war: Sie hatten sich nicht um die älteren Rechte der Rancher geschert und das Weideland in den Talmulden, wo die Rinder grasten, fast ruiniert. Sein Großvater hatte sich nur mit Mühe über Wasser halten können.
Aus der Familiensaga der Tuckers ging hervor, dass Rinder gut und Schafe schlecht für das Land waren. Der alte Dalton hatte seinen Enkelkindern zur Geburt braune Spielzeug-Kühe statt Teddybären oder wolliger Schäfchen geschenkt. James hatte ihnen Gutenachtgeschichten von seinem Urgroßvater erzählt, der den Schafen, die sein Weideland kahl fraßen, den Garaus machte, indem er sie über die Klippen in den Abgrund jagte. Es handelte sich um wahre Geschichten: Die Tuckers hatten ihr Land gegen die Rydells verteidigt, die Schafzüchter waren. Daisy hatte ihnen nicht viel abgewinnen können.
Sie war eine waschechte Neuengländerin. Sie hatte das Meer im Blut und verstand nicht, dass die Menschen in der Prärie zu so drastischen Maßnahmen greifen mussten, um ihr Weideland zu erhalten. James nahm sie auf herrliche Ausritte mit, zeigte ihr die roten Felsen, suchte mit ihr nach Knochen und Halbedelsteinen für ihren Schmuck. Er eröffnete ihr eine ganz neue Welt, mit verborgenen Canyons, glühenden Sonnenuntergängen, von Salbeibüschen gesäumten Saumpfaden und Höhlenzeichnungen aus uralter Zeit. Sie hatten die Zwillinge, Sage und Jake, und das reichte aus, um sie eine Zeit lang im Westen zu halten.
Manche Leute fühlen sich ein Leben lang dort zu Hause, wo sie ge-

boren sind, dachte James. Sie zogen vielleicht ins benachbarte Tal oder sogar in einen anderen Bundesstaat, aber seine Siebensachen zu packen und sich in eine völlig neue Landschaft zu verpflanzen stand auf einem anderen Blatt. Daisy hatte es versucht. Sie hatte Inspirationen für ihren Schmuck gesucht und in James und seiner Heimat etwas gefunden, das sie noch mehr zu erfüllen schien, zumindest für eine Weile.

Doch als der Albtraum begann, hatte sich Daisy nicht genug verwurzelt gefühlt, um Jakes Verlust zu überwinden, und die Ranch verlassen. Sie war Teil der Landschaft, die ihr den Sohn genommen hatte. James konnte es ihr nicht einmal übel nehmen: Neuengland war ihre Heimat, genauso wie Wyoming die seine war. Manchmal stellte er sich vor, er würde Sage und ihr an die Ostküste folgen, nach Connecticut, aber das wäre, als ob man einen Kaktus in eine Apfelplantage verpflanzen würde. Er würde dort eingehen. Es gab auch noch einen anderen Grund, warum James dieses Land nicht verlassen wollte.

Jake war hier. Er war drei Jahre alt gewesen, als James ihn verloren hatte. Sie waren zum Round-up auf die Frühjahrsweiden geritten, Vater und Sohn im selben Sattel. Zwölf Cowboys hatten die Herden zusammengetrieben, waren dicht genug beieinander, um einen kleinen Jungen im Auge zu behalten. Sage hatte geweint, als sie losgeritten waren, weil Daisy darauf bestanden hatte, dass sie bei ihr zu Hause blieb. James hatte ein schlechtes Gewissen, als sie sich auf den Weg machten und er seine Tochter jammern hörte, aber später war er dem Schicksal dankbar. Wenigstens war ihnen ein Kind geblieben.

Jakes Leichnam wurde nie gefunden, und seine sterblichen Überreste konnten infolgedessen auch nicht beigesetzt werden. Es gab kein Grab, das sie besuchen konnten. Es war, als ob sein Geist den Canyon bewohnte, in der Nähe des Felsens, auf dem er sitzen bleiben und warten sollte; er hatte ihn nicht länger als eine halbe Minute allein gelassen, um einen Stier mit dem Lasso einzufangen. Nach all den Jahren, die inzwischen vergangen waren, wusste

James, dass Jake nach menschlichem Ermessen nicht wieder auftauchen würde, aber er weigerte sich, seinen Sohn dem Canyon zu überlassen, ohne einen Menschen, der sich um ihn kümmerte, tot oder lebendig.

Die Gebäude der Ranch kamen nun in Sicht. James hatte auf dem hinteren Teil des Anwesens ein Blockhaus für sich errichtet, aber da er zuerst nach seinem Vater sehen wollte, ritt er den Weg zu dem großen Natursteinhaus mit dem Giebel entlang. Die Erde war knochentrocken. Er hatte den ganzen Tag lang den Himmel beobachtet, die Gewitterwolken, die heraufzogen, aber der Regen war ausgeblieben. Er hatte zum ersten Mal in seinem ganzen Leben Felsen aus den Quellen der kleinen Flüsse herausragen gesehen, die sein Land mit Wasser versorgten. Morgen musste er raus und die Bewässerungsgräben abbrennen, damit sie das Wasser besser aufnahmen, sobald der Regen einsetzte.

Er zügelte sein Pferd nach dem scharfen Ritt, stieg ab und führte es auf die Koppel. Das Abendessen, das Louisa vorbereitet hatte, duftete verlockend. Sie war streng genommen nicht seine Stiefmutter, Dalton und sie hatten nie geheiratet, aber sie lebte seit mehr als zwanzig Jahren mit seinem Vater zusammen, der wesentlich älter war als sie. Der Gegensatz zwischen Louisa Rydell und James' Mutter Rosalind Tucker hätte nicht größer sein können. James war nicht besonders glücklich über den Mutterersatz gewesen, doch seit sein Vater immer hinfälliger wurde, war er beinahe froh, dass es sie gab.

Er klopfte seinen Hut an den ledernen Überziehhosen aus und schüttelte den Staub ab, der seine Kleider, seine Haut, seinen Nacken bedeckte. Seine Hände, braun gebrannt und rissig, schmerzten vom Halten der Zügel und der Trockenheit, die in der Luft lag. Er hatte eine Fuhre Wasser kommen lassen und dafür bezahlt, die Tränken waren gefüllt. Er beugte sich hinunter und schöpfte das Wasser vorsichtig mit der hohlen Hand. Aus der einen trank er, mit der anderen machte er sich zur Erfrischung den Hals nass. Heuschrecken zirpten in den Bäumen, und ein Vogel sang.

James kannte die Flora und Fauna wie seine Westentasche, aber einen solchen Vogel hatte er noch nie gehört. Er blieb reglos stehen und blickte sich suchend um. Bestimmt hockte er im Chaparrall wie die meisten Vögel, und deshalb drehte James sich um und nahm das dichte verdorrte Gestrüpp aus niedrigen immergrünen Sträuchern und Kakteen genauer in Augenschein. Doch das Gezwitscher schien aus dem Ranchhaus zu kommen und erinnerte James an etwas, was er in den letzten fünfzehn Jahren nur selten gehört hatte.
Obwohl inzwischen viel Zeit vergangen war, hörte er immer noch ein Kind weinen, sobald er sich umdrehte. Doch in dem Moment flogen zwei Schneefinken aus den Dachtraufen der Veranda auf und ließen sich auf einem Pappelzweig nieder. Sie zirpten, tauchten die Köpfe in die Tränke, dann kehrten sie auf die Veranda zurück. James seufzte und schüttelte den Kopf. Beim Betreten des Hauses hörte er das Radio spielen und Töpfe klappern. Aus der Küche duftete es verführerisch.
»Teufel auch, was ist denn das für ein Radau?« Dalton Tucker trat auf die Veranda hinaus. Er war ein feingliedriger Mann, der beim Gehen hinkte und die Zehen einwärts drehte. Als Kind hatte er Polio gehabt und ein Bein war kürzer als das andere geblieben.
»Vögel, Vater.«
»Die ihr Nest in der Dachrinne bauen? Im Oktober?«
»Keine Ahnung, was das soll.«
»Schneefinken, falls du es nicht weißt. Mitten in der Trockenzeit. Wir werden einen strengen Winter bekommen. Ich sage dir eines, mein Sohn, die Vögel wissen Bescheid. Wir werden uns noch umschauen, was da auf uns zukommt; die Trockenheit ist im Vergleich dazu ein Kinderspiel. Schneefinken, die auf der Veranda nisten … heute Morgen hatten wir den ersten Frost, hast du gesehen?«
»Habe ich.«
»Kein Wasser in den Flüssen, dafür Frost auf den Kürbissen. Und Vögel in den Dachrinnen. Das wird ein Blizzard-Jahr werden. Denk an meine Worte, Schneestürme und Schneewehen bis zum

Dach.« Dalton holte tief Luft und ging zum Geländer der Veranda, um in hohem Bogen auf die Erde zu spucken.
Er machte einen leicht verwirrten Eindruck, wie er da stand. Sein Gesicht war rot und die Haut ledrig wie an der Luft getrocknetes Rindfleisch; James dachte an die Augen, die immer munter und vergnügt gewesen waren. Dieses Bild seines Vaters, der zeitlebens ein kraftstrotzender Cowboy gewesen war, kam ihm seit einiger Zeit häufiger in den Sinn. Dalton spuckte noch einmal auf die Erde, dann drehte er sich um. Als sein Blick auf James fiel, erschrak er.
»Heiliges Kanonenrohr, hast du mich erschreckt!«
»Tut mir Leid«, sagte James langsam.
»Was machst du um diese Zeit überhaupt zu Hause?« Dalton Tucker musterte James, als sähe er ihn zum ersten Mal.
James stand stumm da. Er war fünfzehn Zentimeter größer als sein Vater, und seine Schultern waren doppelt so breit. Dalton kniff die blauen Augen zusammen, als versuchte er, sich an etwas zu erinnern und die Tatsache, dass James zu Hause war, mit der Tageszeit und den Schneefinken in der Dachrinne in Verbindung zu bringen. Je mehr er sein Gedächtnis durchforstete, desto ärgerlicher wurde seine Miene. James sah, wie sich seine Augen umwölkten, und fragte sich, was in seinem Kopf vorgehen mochte.
»Es ist Zeit fürs Abendessen, Vater.« Das Gesicht des alten Mannes zeigte, dass er sich wieder erinnerte, und James wandte den Blick ab, just in dem Moment, als sich seine Miene wieder verwirrte. »Wo steckt Louisa?«
»Louisa?«
James wartete schweigend. Er hatte sich oft gewünscht, sein Vater möge Louisa Rydell vergessen, aber im Augenblick machten ihm die Gedächtnislücken Angst. Dalton sah ebenfalls aus, als sei ihm nicht ganz geheuer, und in solchen Fällen pflegte er wütend zu werden wie ein Bär, blickte mit funkelnden Augen um sich und ballte die Fäuste. Angriff war für ihn die beste Verteidigung.
»Warum plapperst du mir alles nach wie ein Papagei?«, wetterte Dalton. »Hör auf dem Geschwätz, du weißt doch, dass ich kein

Wort verstehe. Also, fang noch mal von vorne an, klar und deutlich.«

»Ich habe dich gefragt –«, begann James zögernd.

»Verdammt!« Dalton schnupperte. Aus dem Haus roch es angebrannt, offenbar war der Maisfladen zu lange im Ofen gewesen. Der Geruch war beißend und süß wie Zucker, der karamellisiert; James lief an seinem Vater vorbei in die Küche, die voller Rauch war. Ein Kochgeschirr im Ofen hatte Feuer gefangen. James schnappte sich einen Topflappen, griff ins Backrohr und warf einen verkohlten Maisfladenklumpen, hart wie ein Ziegelstein, ins Spülbecken.

Im angrenzenden Raum begann ein Kind zu quengeln. Louisa passte manchmal auf Emma auf, das Baby ihrer Tochter Ruthie. Fluchend humpelte Dalton aus der Küche, um nach ihr zu sehen. Er hatte vermutlich den Herd und das kleine Mädchen im Auge behalten sollen, es aber vor lauter Aufregung um die beiden Vögel vergessen.

»Was ist denn hier passiert? Wo steckt Dalton?« Louisa Rydell kam mit einem Arm voller Sonnenblumen ins Haus gelaufen.

»Der Maisfladen ist verkohlt. Wie kommst du dazu, Dad zu bitten, auf den Herd und auf Emma aufzupassen?«

Louisa sah zuerst James, dann die geschwärzte Pfanne an und verzog das Gesicht. Sie drückte James die Blumen in die Hand und begann, den angebrannten Fladen in den Mülleimer zu kratzen.

»Ich verbitte mir diesen Ton, James Tucker«, sagte Louisa. »Ich bin nur kurz nach draußen gegangen, um ein paar Blumen zu pflücken.«

»Du solltest das Kind nicht aus den Augen lassen«, erwiderte James scharf. »Nicht eine Minute. Das Haus hätte bis auf die Grundmauern niederbrennen können.«

»Du willst mir erzählen, was eine Großmutter zu tun und zu lassen hat?«

»Mein Vater kann nicht einmal auf sich selbst aufpassen, geschweige denn auf ein Baby.«

»Jetzt hör mir mal zu, du –« Louisas Augen blitzten.
»Ich hab die Kleine ganz vergessen.« Dalton kam mit Emma auf der Hüfte zur Tür herein. Sie war ein niedliches kleines Mädchen, rosig und blond. Sie lächelte, unberührt von Feuer und Streit. »Verdammt. Ich hab den Maisfladen anbrennen lassen und vergessen, dass ich auf diesen kleinen Engel Acht geben sollte.«
James schwieg. Sein Vater hatte die Reihenfolge vergessen, aber das schien nicht mehr wichtig zu sein. Emma hatte Dalton an den Ohren gepackt und versuchte, ihm in die Augen zu blicken. *Genau wie Sage,* dachte James. Sie hatte ihren Großvater geliebt, die beiden waren ein Herz und eine Seele gewesen.
»Mach dir keine Sorgen, Liebster!«, beruhigte ihn Louisa. Sie sah fantastisch aus für ihr Alter, braun gebrannt und hoch gewachsen. Sie trug einen weiten Baumwollrock, eine lavendelfarbene Bluse aus Ecruseide, purpurrote Stiefel, silberne lange Ohrringe und eine Halskette aus türkisfarbenen Glasperlen. Ihre dichten schwarzen Haare waren zu einem Zopf geflochten, der ihr über den Rücken hing. Sie hob den Kopf und sah Dalton Tucker mit einem strahlenden, beschwichtigenden Lächeln an.
»Nein?«, sagte Dalton, von Emma bezaubert. Sie war fast zweieinhalb, blond und nicht dunkelhaarig wie Sage, und James fragte sich, ob er seine Enkelin noch immer vermisste. Ob er sich überhaupt an sie erinnerte …
»Mach dir keine Sorgen«, sagte Louisa abermals liebevoll und warf James einen flammenden Blick zu. »Wir sind alle hier. Es ist nichts passiert: Emma geht es gut, dir geht es gut, es ist alles in Butter.«
»Das hätte ins Auge gehen können.« Dalton streichelte Emmas blonden Schopf. »Das verdammte Haus hätte abfackeln können. Und die Kleine –«
James eilte hinaus. Auf der Frühlingswiese befanden sich zehntausend Rinder, die durstig waren und Wasser brauchten. Warum bis morgen warten? Er konnte genauso gut gleich zurückreiten und damit beginnen, die Bewässerungsgräben abzubrennen. Er mochte die kleine Emma, aber im Augenblick wollte er lieber nicht mit an-

sehen, wie sein Vater seine Aufmerksamkeit einem fremden Kind zuwandte. In der Familie Tucker hatte es eigene Kinder gegeben, vor langer Zeit …

Es war besser, die Gegend noch einmal abzuklappern, vielleicht hatte es doch hier oder da geregnet. Er konnte die neuen Bewässerungsgräben säubern, sie vom Dornengestrüpp und Salbei befreien, die den Sommer über gewuchert waren. Konnte Steine ausgraben, die großen Findlinge wegrollen, nach Klapperschlangen Ausschau halten, die sich in den niederschlagsarmen Sommern stark vermehrten. Seine Schaufel war scharf, und er hoffte, dass er das Klappern hörte, bevor sie zubissen.

Die Rancher lebten in einem Zustand nie versiegender Hoffnung. Sie hofften auf Regen während der Trockenperiode, auf eine Schönwetterfront nach Überschwemmungen. Sie hofften auf lammfromme Pferde, die kaum die Sporen brauchten, und auf Hunde aus guter Zucht, die ihre Rinderherden bewachten. James erhoffte nichts mehr, außer dass anderen Männern erspart blieb, was ihm widerfahren war. Wer einen Sohn verloren hatte, dem blieb nicht mehr viel, worauf er hoffen konnte. Hoffnung war bei James seltener als Regen in dieser Jahreszeit. Dennoch, wenn der Himmel endlich seine Schleusen öffnen sollte, wollte er gerüstet sein. Als er daran dachte, was sein Vater über die bevorstehenden Schneestürme gesagt hatte, schüttelte er den Kopf. Vielleicht hatte Daisy genau gewusst, warum sie gegangen war. Wyoming war ein Fleckchen Erde, das einem das Überleben verdammt schwer machte.

4

Der Zug holperte über die Schienen, und Sage hatte das Gefühl, als müsste sie sich wieder übergeben. Es erforderte ihre ganze Konzentration, den Brechreiz zu unterdrücken. Es half, wenn sie Ben ansah. Ben liebte sie und würde bei ihr bleiben, für immer und ewig. Er hatte es ihr gesagt, wieder und wieder. Sie liebte Ben mehr als alles in der Welt. Sie konnte kaum glauben, dass er ihr Freund war. Viele Mädchen in der Schule hatten ein Auge auf ihn geworfen, aber er hatte sich für Sage entschieden.

Ihre Hände berührten sich. Eigentlich nur ihre Finger. Die Spitzen der Zeigefinger. Ben schlief; er lag in seinem Schlafsack auf dem harten Holzfußboden, das Gesicht Sage zugewandt. Der Güterzug war dunkel und kalt. Er war nicht beheizt, und in der letzten Nacht waren die Temperaturen so niedrig gewesen, dass sie ihren Atem sehen konnte. Sage starrte die Fingerspitzen an, als könnte sie das Band sehen, das zwischen ihr und Ben bestand, und es bewahren, für immer und ewig.

»Ah!« Ein Stöhnen kam ungewollt über ihre Lippen, als die Übelkeit wie eine Welle über ihr zusammenschlug.

»Hm?« Ben schreckte hoch. Er rieb sich die Augen mit der Faust wie ein kleiner Junge. »Was ist los, ist dir wieder schlecht?«

Sage nickte unglücklich.

Ben verschränkte die Finger mit ihren, und seine Augen waren voller Mitgefühl. Sage wusste, dass er sich um sie sorgte, aber es gab außerdem so viele andere Dinge, die beiden Kopfzerbrechen machten: ihre Mütter, der verpasste Unterricht, die Notwendigkeit, sparsam mit dem Wasser umzugehen, über das sie verfügten, die Kälte, die Angst vor Entdeckung, da sie als blinde Passagiere mit der Bahn fuhren.

»Wenn der Zug bloß nicht so ruckeln würde«, sagte sie. »Richtig unheimlich ist es hier, ganz ohne Fenster.«
»Bestimmt wärst du jetzt lieber zu Hause, wo es sicher und warm ist«, sagte sie und befürchtete, er könne Ja sagen.
»Ich bin freiwillig mitgekommen«, erinnerte er sie.
Sage hätte gerne gelächelt, aber sie fühlte sich hundeelend. Ben war erstaunlich. Als sie sich von ihm verabschieden wollte, hatte er sich geweigert, sie allein fahren zu lassen. Sie hatte sich nie für besonders hübsch oder unwiderstehlich gehalten, sie war keines von den Mädchen, nach denen die Jungen verrückt waren. Zugegeben, ihre Mutter hatte große Stücke auf sie gehalten und ihr die Zukunft in den rosigsten Farben ausgemalt, aber Sage nahm ihr das nicht ganz ab. Warum lebte ihr Vater nicht mit ihnen zusammen und besuchte seine Tochter nie, wenn sie angeblich so toll war?
»Ah!« Stöhnend hielt sie sich den Bauch.
»Halte durch.« Ben stand auf. »Ich schau mal nach, wo wir sind.«
Sie nickte und sah ihm nach, als er zur Tür ging. Er konnte die Übelkeit nicht vertreiben, aber er wollte irgendetwas tun, um ihr zu helfen. Sie befanden sich im siebzehnten Wagen des Güterzuges, der durch New York State in Richtung Westen fuhr. Der Waggon hatte Container mit den Ersatzteilen für Maschinen geladen, in New London, Connecticut, hergestellt und für Boise im Staate Idaho bestimmt. Sage hatte die Aufkleber mit den Bestimmungsorten mehrmals überprüft und konnte die Schmiere riechen, die dem Schutz der Ersatzteile während des Transports diente, schwer und süßlich wie altes Parfüm.
Sage und Ben waren auf dem Weg nach Wyoming, zu Sages Vater. Sie mussten schließlich irgendwo wohnen. Sage erinnerte sich vage daran, dass die Ranch groß gewesen war, endlos weit, und überall hatten Scheunen und Blockhütten gestanden. Selbst wenn ihr Vater nichts mit ihr zu tun haben wollte, würde er Ben und sie vielleicht in irgendeiner entlegenen Blockhütte in den Bergen wohnen lassen, bis das Baby geboren war.
»Man kann nicht viel erkennen«, rief Ben, als er durch den Spalt in

der Schiebetür spähte. Der Waggon war alt, aus Holz und Eisen gemacht. Initialen waren in die Holzpaneele geschnitzt. »Felder und Bäume, auf denen Schnee liegt, könnte aber auch Frost sein. Sieht aus wie Ackerland, überall Heuhaufen.«

»Fahren wir immer noch nach Westen?«

»Ja. Wir folgen der Sonne.« Ben kam zurück und legte die Arme um sie. Er besaß als Pfadfinder eines der höchsten Rangabzeichen und war mit der Natur so vertraut wie kein anderer.

»Gut.« Sage lehnte sich an seine knochige Brust.

Es war ihre Idee gewesen, auf den Zug aufzuspringen. Als sie nach Connecticut gezogen waren, hatte ihre Mutter ihr Geschichten von früher, aus dem »Wilden Westen« erzählt. Obwohl sie damals noch klein war, hatte sie gemerkt, dass ihre Mutter ständig über Wyoming sprach. Die Geschichten hatten bewirkt, dass sie sich ihrem Vater noch enger verbunden fühlte, aber darüber hatte sie kein Wort verlauten lassen. Sie hatte Sage von Viehtrieb, Round-ups, Tanzveranstaltungen wie dem Squaredance am Samstagabend und Powows, den rituellen indianischen Festen, erzählt. Sie hatte das Leben der Cowboys, Cowgirls, Medizinmänner, Helden, Schurken und Hobos geschildert, der Tippelbrüder, die auf Züge aufsprangen und als blinde Passagiere mitfuhren, irgendwohin.

Diese Eisenbahnlinie führte mitten durch Silver Bay, und seit sie denken konnte, hatte sich Sage gewünscht, Hobo zu werden und auf einen Güterzug aufzuspringen, der nach Wyoming fuhr, um ihren Vater zu besuchen. Wenn es den Leuten früher gelungen war, als blinder Passagier zu reisen, warum nicht auch heute? Sage hatte im Lauf der Jahre oft davon geträumt: Sie liebte ihre Mutter, keine Frage, aber sie sehnte sich auch nach ihrem Vater. Sie hatte den Pfiff der Lokomotive gehört, wenn der lange Zug Silver Bay mitten in der Nacht verließ, und sich an den alten Traum geklammert, wieder mit ihrem Vater vereint zu sein.

Doch selbst Sage war erstaunt, wie einfach es im Grunde war, in den Zug zu gelangen. Sechs Waggons hatten hinter dem alten Depot gestanden. Während sich Ben hinter dem Bahnhof versteckte, hatte Sage die Männer beobachtet, wie sie mit dem Gabelstapler die Lattenkisten verluden, und unverblümt gefragt, welche Züge nach Westen fuhren.

»Der da, junge Dame.« Einer der alten Käuze hatte gelacht und den Saft seines Kautabaks ausgespuckt. »Wo soll's denn hingehen, nach Hollywood?«

»Nein, ich schreibe einen Aufsatz für die Schule, in Sozialkunde.«

»Brav.« Der Mann hatte beifällig genickt. »Und worüber?«

»Güterzüge. Wohin sie fahren und wie viel Zeit sie bis zu ihrem Bestimmungsort brauchen.«

»Der Waggon, nach dem du dich erkundigt hast, fährt mit einer Fuhre Maschinen-Ersatzteile nach Boise, das ist in Idaho. Nachher trudelt der alte 4:52er aus Worcester hier ein, und die Waggons werden angehängt. Der Zug braucht ungefähr eine Woche, fährt, ohne anzuhalten, bis Chicago und quer durch die Great Plains und die Rockies … mit Maschinen-Ersatzteilen, Kalkstein, Trappfels und Fischmehl beladen. Ich wünschte, ich könnte mit.«

Sage hatte sich auf ihr Fahrrad gestützt, die Haare zu Zöpfen geflochten, um jünger auszusehen, damit er den wahren Grund für ihre Fragen nicht erriet. Sie wusste, der Mann war ungefähr im gleichen Alter wie ihr Großvater, und deshalb hörte sie höflich zu, als er ihr erzählte, wie wichtig es sei, fleißig zu lernen, und dass Züge zehnmal besser waren als LKWs, und wenn sie sich für Transporte von einem Ende Amerikas zum anderen interessiere, sei er genau der Richtige. Er sei gerne bereit, in die Schule zu kommen und darüber einen Vortrag vor der ganzen Klasse zu halten. Sage hatte sich bedankt. Und war weggefahren.

Sie hatte einen großen Bogen geschlagen und war zurückgekommen, als die Männer eine Kaffeepause machten; Ben hatte ihre Räder die Verladerampe hochgeschoben, die noch aufgebaut war. Sie hatten Rucksäcke mit Lebensmitteln dabei, Schlafsäcke, Bens Zelt und ihre Fahrräder. Die Sachen zu verstauen war kein Problem gewesen: Vier Lattenkisten waren jeweils übereinander gestapelt, hinter denen man notfalls in Deckung gehen konnte. Ben und sie hatten sich in der Dunkelheit zusammengerollt, den Gesprächen der Männer gelauscht und gewartet, während der Waggon beladen wurde, bis sie den 4:52er spürten, weil der Boden erzitterte, als sich der Zug in Bewegung setzte.

»Dritte Unterrichtsstunde«, sagte Ben nun mit einem Blick auf seine Armbanduhr. »Ich verpasse Geschichte. Na prima.«

»Wir werden mehr Geschichte erleben, als du dir vorstellen kannst«, sagte Sage, damit er sich besser fühlte. Sie wusste, dass er gerne zur Schule ging, aber sie dachte an die Kämpfe zwischen Cowboys und Indianern, die auf dem Land ihrer Familie stattgefunden hatten. Ihr Vater hatte ihr Pfeilspitzen geschickt, Fundstücke von der Ranch. Sie tauchten wie von Geisterhand im Erdreich der Paddocks – dem Auslauf vor den Pferdeställen – und in den eingezäunten Koppeln auf, erzählten ihre eigene Geschichte.

»Wirklich?« Ben küsste sie zart auf den Mund.

»Wirklich.« Sage schloss die Augen, damit er nicht sah, wie sie sich mit Tränen füllten. Sie hatte keine Ahnung, wie es weitergehen sollte, sechzehn Jahre alt und im sechsten Monat schwanger. Sie hatte das Gefühl, als geschähe das alles gar nicht ihr, sondern jemand anderem. Vor drei Jahren hatte sie zum ersten Mal ihre Periode bekommen, und nun zerstörte sie die Zukunft von zwei Menschen.

»Glaubst du, dass unsere Mütter mittlerweile die Briefe haben?«, fragte sie.

»Heute bekommen sie sie bestimmt.«

»Es tut mir Leid, dass du meinetwegen von zu Hause weg bist. Und von der Schule.«

»Ich möchte nicht, dass du die ganze Strecke allein fährst. Außerdem hatte ich keine Lust, mir den Schwachsinn meiner Mutter über deine Schwangerschaft anzuhören. Mein Vater hat seiner Freundin ein Kind gemacht, deshalb haben sie Hals über Kopf geheiratet, und deshalb musste ich im August zu ihrer Hochzeit antanzen. Meine Mutter redet pausenlos darüber, man

könnte meinen, es wäre der Weltuntergang, ein Kind zu bekommen. Das kann ich ihr nicht auch noch antun.«
Sage nickte und wünschte sich insgeheim, er hätte nicht »antun« gesagt. Sie hielt still, als er sie wieder küsste, obwohl ihr immer noch speiübel war. Sie wollte nicht, dass er die Panik in ihren Augen sah, die sich mit Sicherheit darin spiegelte.
Er liebt mich, dachte sie. Sie wünschte, er würde es ihr noch einmal bestätigen. Er hatte die drei magischen Worte heute nicht oft genug gesagt. Manchmal musste er das nicht, Sage spürte es auch so. Sie kannten sich, seit sie zur Highschool ging, aber verliebt hatten sie sich vor dreizehn Monaten, als sich ihre Wege bei einer Bergwanderung kreuzten. Ben hatte sich unbemerkt von seinen Freunden getrennt, um ihr zu folgen.
Es sollte so sein, sagte sich Sage, damals und jetzt. *Es war uns vom Schicksal bestimmt.* Oben auf dem Berggipfel hatten sie sich an jenem Tag zum ersten Mal geküsst. Ben hatte ihre Hand genommen, sie hatten ihre Finger ineinander verschränkt. Ihre Hände waren wie füreinander geschaffen, genau wie ihre Herzen. Ben scherzte, dass sie sich früher nie miteinander verabredet hatten. Obwohl sie vieles gemeinsam unternahmen, hatte es bei ihnen nie die Telefonate mit Herzklopfen, das Warten und Zögern, das verlegene Schweigen frisch verliebter junger Menschen gegeben. Die Zeit, die sie miteinander verbracht hatten, war verflossen, als sei ihr Beisammensein die natürlichste Sache der Welt, während ihnen die Stunden, in denen sie getrennt gewesen waren, unwirklich erschienen.
»Halt mich fest«, flüsterte Sage, den Tränen nahe.
»Sage.« Er schloss sie in die Arme. Ihre Anspannung löste sich, und sie begann zu weinen.
»Es tut mir Leid. Es tut mir so Leid, Ben.«
»Was denn? Ich liebe Züge.«
Sie lachte unter Tränen.
»Wirklich! Mein Cousin hatte eine Modelleisenbahn mit allem Drum und Dran, als wir klein waren, und ich war furchtbar nei-

disch. Ich habe ihm ein Riesenstück von seinen Gleisen geklaut und es in der Garage versteckt.«
»Aber du hast doch nicht die Schule geschmissen, weil du Zug fahren wolltest.«
»Nein, ich wollte bei dir sein«, flüsterte er ihr ins Ohr. Sie erschauerte unter seinem warmen Atem und kuschelte sich enger an ihn. Er streichelte ihren Rücken, und die Angst fiel von ihr ab.
Sie waren beide noch unberührt gewesen, als sie sich kennen lernten. Sage hatte sich für die Ehe aufsparen wollen, hatte sich vorgenommen zu warten, bis sie der großen Liebe ihres Lebens begegnete und sie sich ewige Treue gelobt hatten. Bei Ben war es ähnlich gewesen. Sie hatten es sich letztes Jahr Weihnachten gestanden, als sie sich auf einer alten Matratze in Bens Mansardenzimmer in den Armen gelegen hatten.
»Aber du bist die große Liebe meines Lebens«, hatte Ben gesagt und Sage zärtlich das Haar aus den Augen gestrichen.
»Und du meine«, hatte sie geflüstert.
Sogar jetzt, als er ihr die Haare aus dem Gesicht strich und sie auf Stirn und Nase küsste, wusste sie, dass es stimmte. Letztes Jahr hatten sie, da beide wussten, dass sie viel zu jung zum Heiraten waren, nach reiflicher Überlegung beschlossen, miteinander zu schlafen. Ihre Liebe war eine Realität. Sie entwickelte sich so schnell, dass sie nicht mehr mit ihr Schritt halten konnten.
Es war während der Ferien passiert, in der Woche zwischen Weihnachten und Neujahr. Sie waren aufgeregt, sich ihrer Liebe ganz sicher. Sie hatten sich in Bens Mansarde ausgezogen und, da seine Mutter arbeitete, sich alle Zeit der Welt gelassen. Sie hatten unter der dicken Steppdecke gelegen, wo es warm war, Haut an Haut, als wären ihre Körper von Anfang an füreinander bestimmt gewesen.
Ben hatte Kondome besorgt. Sie hatten gelacht, als er die Folie aufriss und sie aufrollte. Was hatten Folie und Latex unter der Decke ihres magischen Bettes zu suchen? Sage und Ben liebten das Unverfälschte, und dass sich ihre Körper vereinigten, erschien ihnen natürlich und richtig. Kondome störten nur.

Sie benutzten sie trotzdem eine Weile. Ben kaufte sie im Drugstore. Er bewahrte sie in seiner Brieftasche auf, zusammen mit seinem Führerschein und seinem Highschool-Ausweis. Andere Jungen in der Schule trugen sie wie Trophäen mit sich herum, als Nachweis, dass sie mit einem Mädchen geschlafen hatten. Nicht so Ben. Er empfand Kondome als Privatsache, als etwas Persönliches, hässlich, aber unerlässlich.

Und dann, im letzten Frühjahr, hatten sie sich eines Tages ohne Kondome geliebt. Das Gefühl war unglaublich gewesen und anders als alles, was sie bisher kannten. Hitze, Haut, Feuchtigkeit, Leidenschaft.

»Zu viele Kleider«, flüsterte Sage, als sie im ratternden Zug saßen; sie wünschte, sie könnte mit Ben unter die Decken ihres magischen Bettes kriechen, Haut an Haut, ihre Herzen im gleichen Rhythmus schlagend.

»Ich weiß.«

»Ich möchte dich spüren.«

»Ich dich auch.« Er öffnete den Reißverschluss ihrer Jacke ein Stück und ließ seine Arme hineingleiten. Sie trug mehrere T-Shirts und Pullover übereinander, aber es war besser als gar nichts. Sage sehnte sich nach mehr Berührung, genauso wie nach der Beteuerung »Ich liebe dich«. Immer wieder aufs Neue hatte sie das Bedürfnis nach seiner Bestätigung, seiner Nähe, seinen beschwichtigenden Worten, seinem Körper.

»Sag mir –«

»Was?«

Sag mir, dass du mich liebst, hätte sie ihm gerne zugeflüstert, aber sie biss sich auf die Zunge. Sie hatte Angst, lästig und pathetisch zu sein. Hatte er es ihr nicht erst heute Morgen gesagt? Wie oft musste er die Worte wiederholen, bis sie überzeugt war?

Es fiel ihr schwer zu glauben, dass die Liebe, die Menschen füreinander empfanden, ewig währen könnte. Sage dachte an ihre Eltern, die einander leidenschaftlich geliebt hatten. Sie erkannte es auf den Fotos, an der Art, wie ihre Mutter über die Vergangenheit sprach, an den Geheimnissen, die ihre Tante ihr anvertraut hatte, und trotzdem hatten sich ihre Wege vor dreizehn Jahren getrennt. Verstohlen berührte sie die Stelle zwischen ihren Schlüsselbeinen. Sie ließ ihre Finger unter das Hemd gleiten und tastete nach dem doppelgesichtigen Amulett. In dem Stein und Knochen war ein Liebeszauber eingefangen; alle Schmuckstücke ihrer Mutter besaßen diese Macht. Ihre Mutter wusste nicht, warum das so war, aber sie konnte es nicht leugnen. Sie hatte Sage beigebracht, ihr Licht nie unter den Scheffel zu stellen. Wenn jemand eine besondere Gabe besaß, war es seine Pflicht, sie zu fördern, und nicht so tun, als gäbe es sie nicht. Und ihre Mutter hatte gesagt, in ihrem Amulett sei mehr Liebe und Macht enthalten als in jedem anderen, das sie gefertigt hatte.

Sage hatte die wundersame Wirkung zu spüren bekommen. Trotz aller Probleme wurde sie geliebt, keine Frage. Ben war schließlich bei ihr, oder? Sie hatte eine wundervolle Tante, einen Großvater und eine Stief-Großmutter in Wyoming, aber was war mit ihrem Vater? Karten, Briefe und Schachteln mit Pfeilspitzen waren eine Sache, aber warum schickte er ihr kein Flugticket und bat sie, ihn zu besuchen? Und neuerdings hatte sie ständig Streit mit ihrer Mutter. Der Gedanke an ihre Mutter überfiel sie so plötzlich und mit einer Wucht, dass Sage schwindelte.

Sie hatte Angst, ohnmächtig zu werden, aber das lag nur daran, dass sie sich gleich übergeben musste. Sie riss sich aus Bens Armen los, lief an das andere Ende des Waggons. Sie würgte, hielt sich den Magen und erbrach in eine Plastiktüte, eine weitere von der Rolle in ihrem Rucksack, da sie für alle Notfälle ausgerüstet war, wie man es von einer Pfadfinderin erwarten konnte. Sie konnte die Tränen nicht zurückhalten, die über ihre Wangen liefen.

Mom, dachte sie. Zum ersten Mal in ihrem Leben erbrach Sage, ohne dass ihre Mutter bei ihr war und ihr den Kopf hielt. Warum konnte das Leben nicht so einfach sein wie früher? Warum konnte sie nicht für immer Kind bleiben? Hätte sie nicht Moms kleines Mädchen und gleichzeitig Bens Geliebte sein können?

»Alles in Ordnung?« Bens Stimme, die vom anderen Ende des schaukelnden Waggons zu ihr herüberdrang, klang besorgt.
»Geht schon wieder«, rief Sage, an eine Lattenkiste mit Schrauben und Bolzen gelehnt. Sie zwirbelte die Plastiktüte zusammen und verstaute sie vorsichtig in einer zweiten. In der Mitte des Waggons befand sich eine Bodenklappe. Ben und sie hatten den schweren Bolzen weggeschoben, die Klappe geöffnet und beobachtet, wie die Schienen unter ihnen dahinrasten; sie hatten wissen müssen, ob es einen Notausstieg gab. Aber sie fühlte sich im Moment zu schwach, um die Klappe zu öffnen.
Sie fand ein Loch in der Ecke des Waggons, zwischen Holzboden und Wänden. Das Loch war gezackt, als hätte sich eine Ratte den Weg durch die Bohlen genagt. Vorsichtig, damit die Plastiktüte nicht aufplatzte, schob Sage sie nach draußen, wo sie auf die Schienen fiel. Sie fühlte sich nicht wohl dabei, ihren Abfall auf diese Weise zu entsorgen.
Das Land bedeutete ihr viel. Ihr Vater hatte ihr beigebracht, die Natur zu respektieren und ihren Teil dazu beizutragen, dass alle Lebewesen existieren konnten, Pflanzen und wild lebende Tiere eingeschlossen. Er hatte ihr ein Vogelhaus gebaut und sie jeden Tag auf die Schultern genommen, damit sie das Futter nachfüllen konnte.
Sage berührte noch einmal das doppelgesichtige Amulett und dachte an ihre Zwillingsbruder. Jake hatte das Land so sehr geliebt, dass er für immer darin verschwunden war.
»Jake«, flüsterte sie.
Das erste Wort, das sie gesprochen hatte, war der Name ihres Bruders gewesen. Die meisten Kinder sagten »Papa« oder »Mama«, aber Sage war überzeugt, dass alle Zwillinge zuerst nach dem anderen riefen. Sie berührte das geschnitzte Gesicht, die Augen, die Nase und den Mund; sie fühlten sich glatt auf ihrer Haut an, und sie sprach lautlos ein Gebet.
Sie hatte nicht weglaufen wollen, aber ihr blieb keine andere Wahl. Ihre Mutter war gestern Abend außer sich vor Wut gewesen, und nur, weil sie in den Fluss gefallen war. Sie hatte sie als »Schlampe«

beschimpft, nur weil sie mit Ben bis Mitternacht unterwegs gewesen war. Wie würde sie erst reagieren, wenn sie erfuhr, dass Sage ein Kind bekam? Sage konnte ihren Zustand nicht mehr lange vor ihr verbergen.

Sie hatte an die Züge gedacht, an die Geschichten ihrer Mutter von den Hobos, die aufsprangen und von einem Ort zum anderen fuhren, und da war ihr die Idee gekommen, nach Wyoming zu fahren. Sie hatte eine Nachricht hinterlassen, aber sie war kurz und knapp gewesen; das war dumm, aber sie hatte Angst gehabt, der Mut könnte sie verlassen, ihr Vorhaben in die Tat umzusetzen, wenn sie sich die Zeit genommen hätte, ihr ausführlicher zu schreiben.

Als sie mit dem Fahrrad durch die mondhellen Straßen fuhr, die Augen vom Weinen geschwollen, hatte sie sich seltsamerweise erleichtert gefühlt. Wenigstens musste sie das Gesicht ihrer Mutter nicht sehen, wenn ihr klar wurde, was für ein schreckliches Mädchen sie gewesen war. Sie war zu Ben gefahren, um sich zu verabschieden, war an dem gemauerten Schornstein bis zu seinem Schlafzimmerfenster hochgeklettert. Sie war überrascht und glücklich, dass er mitkommen wollte, hatte aber auch ein schlechtes Gewissen gehabt. Liebe war eine Sache; die Highschool, sein Zuhause und seine Familie in den Wind zu schreiben stand dagegen auf einem anderen Blatt.

Sage wünschte, sie wäre nicht schwanger, aber an ihrem Zustand gab es nichts mehr zu rütteln. Ein neues Lebewesen wuchs in ihr heran. Ihr ganzes Leben würde sich dadurch verändern, hatte sich bereits verändert. Als ihre Periode vor sechs Monaten zum ersten Mal ausblieb, hatte sie zunächst gedacht, der Stress in der Schule sei schuld daran. Als auch die nächste nicht kam, hatte sie es auf ihre neue Diät geschoben. Sie hatte gedacht, die morgendliche Übelkeit habe mit Ben und ihrem Wunsch zu tun, ihn zu halten, der so groß war, dass sie sich innerlich zerrissen fühlte.

Die morgendliche Übelkeit dauerte nur drei Monate an, hieß es.

Sage war fast die ganze Zeit übel gewesen. Sie wusste, das war auch eine Folge ihrer Schuld- und Angstgefühle, der Geheimniskrämerei gegenüber ihrer Mutter, der Notwendigkeit, ihren Zustand ständig zu kaschieren, die Geräusche und Gerüche, die Ängste und ihren wachsenden Leibesumfang. Ihr Bauch war so rund geworden, dass sie nicht einmal mehr in ihre weitesten Jeans hineinpasste. Ihre Mutter hatte keinen Ton gesagt, aber eines Morgens hatte Sage festgestellt, dass Rosinenbrot und Eiscreme verschwunden waren, ersetzt durch Vollkornbrot und fettarmen Joghurt.

Sage brauchte viele Gebete. Sie sprach nun eines, an ihren Bruder Jake gerichtet. Während der Zug in Richtung Westen ratterte und ihr Freund beunruhigt am anderen Ende des dunklem stickigen Waggons wartete, berührte sie das geschnitzte Gesicht ihres Zwillingsbruders und betete inständig, mit leiser Stimme: »Lass mich einen Jungen bekommen.«

Ihr Bruder war in einem Canyon verloren gegangen, und ihr Vater war aus ihrer Welt verschwunden, noch bevor ihre Mutter beschlossen hatte, an die Ostküste zu ziehen. Sage hatte ein gutes Gedächtnis, und sie erinnerte sich an den Tag, als sich ihr hoch gewachsener, wundervoller Cowboy-Vater in einen Geist verwandelt hatte.

Jahrelang hatte Sage um Jakes Rückkehr gebetet. Vielleicht würde ihr Vater dann nicht mehr ein Gefangener auf seiner Ranch sein. Er erzählte ihr, dass er Rinder zusammentrieb, Viehfutter anbaute, aber Sage wusste es besser: Er ritt noch immer die Saumpfade ab, durchkämmte die Hügelketten, suchte nach dem kleinen Jungen, den er verloren hatte.

»Ein Junge«, betete Sage, mit einer Hand ihren Bauch und mit der anderen das Amulett berührend. »Lass es ein Junge sein.«

»Was ist? Ich kann dich nicht hören!«, rief Ben.

»Nichts«, sagte Sage am anderen Ende des Waggons. »Ich komme gleich.« Sie verweilte noch einen Moment, in der Ecke kauernd, konzentrierte sich mit aller Macht auf das Amulett, das sie in der

Hand hielt. Sie spürte, wie sich die winzigen Gesichtsknochen in ihre Handfläche bohrten, und ihre Lippen bewegten sich in einem lautlosen Gebet.
Vielleicht würde ihre Familie wieder glücklich sein, wenn sie einen Jungen zur Welt brachte.

5

Einen Tag nach Sages Verschwinden stand Daisy morgens auf der Veranda hinter ihrem Haus und sah zu, wie das goldbraune Herbstlaub der Birken auf dem Hügel zu Boden fiel. Es glänzte im Schatten, ein unablässiger Strom winziger Blätter, der auf die kalte Erde rieselte. Sie hatte in der Nacht kein Auge zugetan, und auch jetzt dachte sie, während sie die Blätter betrachtete, fortwährend an Sage.

Der Zuckerahorn am Ende der Auffahrt hatte sich scharlachrot verfärbt, sah so flammend aus wie nie zuvor. Der »Indian Summer« hatte in diesem Jahr auf sich warten lassen, kein Wunder bei dem kühlen, verregneten Sommer. Sage und sie warteten jedes Jahr auf den Höhepunkt, den Tag, an dem das Herbstlaub seine kräftigste, auffallendste Färbung annahm. Daisy riss sich zusammen. Dieser Höhepunkt war heute erreicht, aber Sage war nicht da, um das sagenhafte Panorama zu bewundern; der Gedanke versetzte Daisy einen messerscharfen Stich.

»Es ist kalt draußen.« Hathaway war lautlos neben ihre Schwester getreten. »Was machst du hier ohne Strickjacke?«

»Mir ist warm genug.«

Hathaway nahm ihre Hände und rieb sie. Sie waren taub und steif vor Kälte, aber Daisy bemerkte kaum die warmen Finger ihrer Schwester oder wie sanft sie den Arm um Daisys Schulter legte und sie in die Küche lotste.

»Wo steckt sie nur? Ich ertrage diese Ungewissheit nicht, Hath. Was ist, wenn sie friert?«

»Sie kann ganz gut auf sich selbst aufpassen. Ich denke, das ist der springende Punkt. Wahrscheinlich ist sie weggelaufen, um allein herauszufinden, was sie jetzt machen soll. Sobald sie sich darüber im Klaren ist, wird sie wieder nach Hause kommen.«

»Aber wo mag sie sein?«, fragte Daisy. Sie fühlte sich elend, hörte kaum zu. Sie hatte auf der Ranch angerufen, um James zu fragen, ob er etwas von ihr gehört hatte, aber das Telefon hatte geklingelt und geklingelt, ohne dass jemand abnahm. Er besaß keinen Anrufbeantworter, aber irgendjemand – Dalton, Louisa – hätte zu Hause sein müssen. »Vielleicht ist sie unterwegs zu ihrem Vater. Immer wenn sie wütend war, hat sie damit gedroht, zu ihm zu fahren –«

»Im Moment würde sie das bestimmt nicht in Erwägung ziehen«, sagte Hathaway leise.

»Weil sie schwanger ist.« Daisy stützte den Kopf in die Hände.

»Ja.«

Wie war es möglich, dass sie nichts davon bemerkt hatte? Sie hatten immer eine so enge Beziehung zueinander gehabt, dass Daisy oft wusste, wenn etwas nicht stimmte, noch bevor Sage es ihr erzählte. An dem Abend, als Sage Windpocken bekam, war Daisy in das dunkle Kinderzimmer gegangen und hatte gewusst, dass sie die verräterischen Flecken sehen würde, wenn sie das Licht anknipste. Und als Sage einem Skifahrer das Leben gerettet hatte, der sich in einer Schlepptrosse auf dem Sugardust Mountain verheddert hatte, hatte sie ebenfalls eine Vorahnung gehabt.

»Ich wünschte, sie hätte es mir gesagt, statt allein loszuziehen und nach einer Lösung zu suchen.«

»Sie ist sehr selbstständig, und das ist gut«, sagte Hathaway. »Bestimmt kommt sie bald zurück. Für sie ist das wahrscheinlich so eine Art ›Erlebnispädagogik‹, wie diese von Outward Bound organisierten Touren, bei denen es um Durchhaltevermögen, Frustrationstoleranz und was weiß ich geht. Nur auf der emotionalen Ebene, verstehst du? Sie testet ihre eigenen Grenzen. Ich wünschte, ich wäre ein bisschen mehr wie du. Und wie sie –«

»Wie ich?« Daisy starrte aus dem Fenster.

»Du bist doch ihr großes Vorbild. Ganz allein in den Westen zu fahren, quer durchs ganze Land, auf der Suche nach Anregungen für deine Arbeit. Sie ist deine Tochter, eifert dir nach. Möchte Abenteuer erleben.«

»Aber was ich gemacht habe, hatte mit Abenteuern nichts zu tun.« Daisy beobachtete die Auffahrt, hoffte, den braunen Schopf an der Spindelstrauch-Hecke auf- und abtauchen zu sehen, wie tausend Male zuvor, wenn Sage nach Hause gekommen war. »Ich war ein Angsthase«, sagte sie und drehte sich zu ihrer Schwester um.

Daisy und Hathaways Eltern waren introvertierte Menschen gewesen. Ihre Welt bestand aus Büchern und Geschichten. Ihr Vater hatte als Professor Literaturvorlesungen gehalten und ihre Mutter an einer Schule Englisch unterrichtet; sie war sanft, liebevoll und so exzentrisch gewesen, wie man sein kann, wenn man so jung wie sie, mit sechsunddreißig Jahren, starb. Sie hatte ihre Töchter nach Anne Hathaway genannt, Shakespeares großer Liebe, und nach Daisy Buchanan aus dem Roman *Der große Gatsby*. In ihrem akademisch geprägten Haushalt war nicht viel Raum für Abenteuer gewesen.

»Angst kann Mut machen und bewirken, dass man über den eigenen Schatten springt. Du bist in den Westen gefahren, weil du Angst hattest, du würdest dein Elternhaus sonst überhaupt nicht verlassen.«

»Woher willst du das wissen?«

»Weil ich nie richtig flügge geworden bin«, sagte Hathaway. Sie hob die Hand an die Lippen, als hielte sie eine Zigarette, und als sie den Blick abwandte, hatte sie Tränen in den Augen. Sie war groß und stattlich, mit einer klirrenden Stimme wie die alten Broadway-Stars, die ihr Vater in seinen Vorlesungen über die Welt des Theaters erwähnte, aber hinter dieser Fassade verbarg sich eine sanfte, schreckhafte Seele. »Sage hat ein ungezügeltes Temperament. Wir hätten sie nicht halten können, selbst wenn wir es versucht hätten.«

»Ich habe ihr immer gepredigt, wie wichtig Selbstvertrauen ist. Dass man lernen sollte, sich auf den eigenen Instinkt, den gesunden Menschenverstand zu verlassen. Als Jake verschwand, hatte ich –«

»Ich weiß.« Hathaway drückte sie an sich.

»Hatte ich solche Angst, dass Sage zu der Schlussfolgerung gelangen könnte, dass es auf der Welt grausam zugeht. Dass überall Gefahren lauern.«

»Du hast aber auch versucht, sie zu behüten. Die goldene Mitte zu finden ist nicht einfach.«

»Aber sie ist schwanger. Von zu Hause weggelaufen und schwanger.«

Das Postauto fuhr vor, und der Briefträger stieg aus. Er schob mehrere Umschläge in den Briefkasten am Straßenrand, und Hathaway bedeutete ihrer Schwester zu warten. Daisy war ihr dankbar. Sie wollte ans Telefon gehen, falls es klingelte. Sie sah zu, wie ihre Schwester die Auffahrt hinunterging, ein paar Worte mit dem Postboten wechselte und rasch die Briefe und Kataloge durchblätterte. Hathaway kam langsam zurück, mit gesenktem Kopf, doch plötzlich fing sie an zu laufen. Die restliche Post flatterte zu Boden, und Hathaway hielt einen Umschlag hoch.

Daisy wusste, bevor sie ihn sah, dass er Sages Handschrift trug. Mit zitternden Händen riss sie den blauen Umschlag auf.

Liebe Mom,

es tut mir Leid, dass ich dir so viel Ärger gemacht habe. Ben und ich wollten dich nicht aufregen, als wir so spät nach Hause gekommen sind, weil das Kanu gekentert ist. Ich wollte dir nie Kummer machen. Aber ich liebe ihn. Ich weiß, dass du jetzt sagen wirst, ich sei zu jung, um zu wissen, was Liebe ist, aber ich liebe ihn trotzdem. Ich liebe ihn genauso, wie du Dad geliebt hast, und sag nichts von wegen Scheidung, weil sie nur auf die Tragödie zurückzuführen war. Als wir gestern Abend gekentert sind, hat Ben mich gerettet. Er ist zu mir geschwommen und hat mich aus dem Wasser gezogen. Es war nicht so, dass ich sonst ertrunken wäre, schließlich kann ich ganz gut schwimmen, aber du sollst wissen, dass ich ihm wichtiger war als alles andere. So ist das immer bei ihm, und das beruht auf Gegenseitigkeit. So sollte Liebe sein.

Wir gehen zusammen weg. Mach dir keine Sorgen wegen der Schule. Ich muss dir noch etwas sagen, was mir besonders schwer fällt: Wir bekommen ein Baby. Ich kann mir vorstellen, was du jetzt für ein Gesicht machst. Bestimmt bist du jetzt wütend, und es tut mir Leid. Ich wünschte, ich könnte es ungeschehen machen, ich meine, die Zeit zurückdrehen. Aber Ben und ich sind zusammen, und das ist alles, was zählt. Ich hätte es nicht ohne ihn ausgehalten. Ehrlich. Ich musste weg, sonst hätte ich den Verstand verloren. Im Augenblick, während ich dir schreibe, ist mir schlecht, als hätte ich einen Klumpen Blei im Magen. Aber ich liebe Ben so sehr, dass ich sterben würde ohne ihn, Mom, deshalb müssen wir zusammen sein. Er würde es ohne mich auch nicht aushalten. Mach dir keine Sorgen. Ich rufe dich an und werde oft schreiben.

Ich liebe dich, Sage.

»O Gott«, stöhnte Daisy, als sie den Brief ein zweites Mal gelesen hatte.

»Wo ist er abgestempelt?«

»In Silver Bay. Sie muss ihn aufgegeben haben, bevor sie weg ist.«

»Ganz schön clever, unsere Kleine«, sagte Hathaway beinahe bewundernd.

Daisy starrte die Rückseite des Umschlags an. Im Papier entdeckte sie den Abdruck von zwei Gesichtern. Sie waren beinahe unsichtbar wie Geister, die aus Bäumen spähten. Daisy konnte die Augen und Münder ausmachen, die sie vor langer Zeit in die Scheibe eines Rinderknochens geschnitzt hatte, konnte sogar das Gesicht des Jungen und des Mädchens unterscheiden.

Als sie die Stelle berührte, an der Sage ihr Amulett wie ein Siegel in das Papier gedrückt hatte, war ihr, als hätte sie einen elektrischen Schlag erhalten. Sie schloss die Augen, ließ die Energie fließen, und als das Telefon klingelte, wusste sie, dass es nicht Sage war. Als sie die Abdrücke von den Gesichtern ihrer Kinder liebkoste, prickelten und brannten ihre Fingerspitzen. Das Telefon klingelte immer noch, und Hathaway lief herbei, um den Hörer abzunehmen. Ihre Stimme driftete durch die Küche.

Als sich Hathaway umdrehte, war Daisy innerlich völlig ruhig. Sie öffnete die Augen und sah, dass Hathaways hellblaue Augen in Tränen schwammen.

»Sie haben eine Spur«, sagte sie lächelnd, hoffnungsvoll und erschrocken zugleich. Ihre Unterlippe zitterte beim Sprechen. »Das war Detective LaRosa; sie haben die Männer vernommen, die im Eisenbahndepot arbeiten. Ein Mädchen, auf das die Beschreibung von Sage passt, hat sich danach erkundigt, welche Züge in den Westen fahren.«

»In den Westen –«

»Sie hat nach der genauen Route des Zuges gefragt.«

»Sie will zu ihrem Vater«, sagte Daisy. »Sie ist unterwegs zu James.«

*

Ben hatte gesehen, dass die Katze seiner Mutter ständig im Kreis herumgelaufen war, bevor ihre Jungen zur Welt kamen. Sie hatte ein Nest gebaut, aus zerfetzten Papiertüchern, die sie aus dem Mülleimer gezogen hatte, alten Socken, die sie aus dem Schlafzimmer im ersten Stock angeschleppt hatte, und dem Tuch aus Sämischleder, mit dem Ben das Auto seiner Mutter zu polieren pflegte. Sage verhielt sich nicht anders.

Sie marschierte ruhelos in dem geschlossenen Güterzug hin und her, räumte den Schlafbereich auf, rollte die Schlafsäcke zusammen und versuchte, aus einem Bündel mit Lumpen, das sie in einem Drahtkorb entdeckt hatte, ein Nest zu bauen. Ben hatte auf einer Lattenkiste an der Seite Platz genommen, beobachtete sie und wünschte, sie würde endlich Ruhe geben.

»Sage, bitte! Komm her.«

»Gleich. Der Boden ist so hart. Vielleicht schläfst du besser, wenn ich dir eine weiche Unterlage für den Schlafsack baue.«

»Lass doch!« Ben gähnte wieder; hätte er ihr doch nur nicht erzählt, dass er nicht schlafen konnte! Sobald er irgendeine Unannehmlichkeit oder ein Problem erwähnte, versuchte Sage, Abhilfe zu schaffen. Zuerst hatte er erstaunt zur Kenntnis genommen, dass sich jemand derart um sein Wohlbefinden sorgte. In Silver Bay, als die Welt noch in Ordnung gewesen war, hatte sie ihm beim Essen stets den besten Platz überlassen, Blaubeer-Muffins in der Bäckerei für ihn gekauft, die abgerissenen Knöpfe an seine Hemden genäht, Grußkarten für ihn gemalt und ihm Gedichte geschrieben.

Doch inzwischen wünschte er, sie würde damit aufhören. Es machte ihn verrückt, ihr zuzuschauen; der Versuch, die Situation erträglicher zu gestalten, war doch ohnehin vergebliche Liebesmüh. Sie konnte tausend Bündel mit Lumpen auf dem harten kalten Boden übereinander stapeln – sie als weiche Unterlage zu bezeichnen, machte es nur noch schlimmer –, und er würde sich trotzdem nicht wohl fühlen. Ihm tat jeder Knochen im Leib weh, er hatte Hunger und war tausend Meilen von zu Hause entfernt, entfernte sich mit jeder Minute weiter.

»Sage, würdest du bitte aufhören!«

Sie drehte sich um und sah ihn an. Sie hatte gelächelt, ihr sommersprossiges Gesicht strahlte vor Eifer, ihm etwas Gutes zu tun, doch bei dem scharfen Ton seiner Stimme fiel ein Schatten über ihr Gesicht. Er wünschte, er könnte seine Worte zurücknehmen, sie noch einmal sagen, ohne sich die Ungeduld anmerken zu lassen, könnte das Lachen wieder auf ihr Gesicht zaubern.

Sie kniete sich hin, am Boden zerstört. Sie drehte ihm den Rücken zu, gab vor, sein Kopfkissen aufzuschütteln, aber in Wirklichkeit weinte sie. Ben erkannte es an ihren bebenden Schultern. Er sprang von der Lattenkiste, ging zu ihr und nahm sie in die Arme. Sie weinte lautlos, am ganzen Körper zitternd, das einzige Zeichen, dass irgendetwas nicht stimmte.

»Lass uns zurückfahren«, flüsterte er ihr ins Ohr. »Das ist zu viel für uns.« *Zu viel für mich,* dachte er.

»Ich wollte nur« – sie schluckte – »dein Bett ein bisschen weicher machen.« Als hätte sie nicht gehört, was er gesagt hatte. Ben drückte sie an sich und schüttelte sie leicht. Er hatte sich letztes Jahr in Sage verliebt. Er war ihr beim Bergsteigen begegnet, als sie gerade einen Steilhang erklomm, die grünen Augen zusammengekniffen und konzentriert, während sich ihre Hände in den Felsspalten festklammerten, ihre Zehen einen sicheren Halt suchten. Ben war ihr gefolgt, überrascht, wie geschickt sie war und wie schwer es ihm fiel, bei ihrem Tempo mitzuhalten. Sie hatten sich die letzten zwanzig Meter gegenseitig angefeuert, und als sie den Gipfel erreichten, hatten sie auf dem Rücken gelegen und sich gesonnt. Dass sie sich irgendwann küssten, war ihnen so natürlich erschienen wie der nächste Atemzug.

»Wir sollten nach Hause zurückfahren«, sagte Ben.

»Ich kann nicht.«

»Deine Mutter wird dir nicht gleich den Hals umdrehen.« Ben dachte an seine eigene Mom. Sie war enttäuscht gewesen über seine letzten Noten, und dass er bei dem Fußballspiel gefehlt hatte. Sie wollte, dass er ins Trinity-College ging, in dem schon sein Vater gewesen war, und nächste Woche hatten sie dort ein Vorstellungsgespräch, das über die Zulassung entscheiden würde. »Ihre Wut wird sich schon wieder legen.«

»Aber wir wollten doch auf der Ranch leben. Du, ich und das Baby.«

Ben hielt sie in den Armen, seine Lippen lagen an ihrem Hals, sein Herz hämmerte. Als sie mitten in der Nacht bei ihm zu Hause aufgekreuzt war, vor genau sechsunddreißig Stunden, hatte er den Kopf verloren, als sie ihm sagte, was sie vorhatte. Mit Sage zusammen ließ er sich auf Dinge ein, die er noch nie getan hatte; seine Gefühle übermannten ihn wie ein Tornado, brachten ihn in Situationen, die ihm unwirklich vorkamen.

Doch nun, nach eineinhalb Tagen in einem stinkenden, geschlossenen Güterwagen, hatte die Realität ihn eingeholt. Er hatte die ganze Nacht nicht geschlafen und wusste, dass es so nicht weiterging. Sie tat ihr Bestes, das Ganze als spannendes Abenteuer darzustellen, aber das änderte nichts an der Tatsache, dass sie beide ihr Leben wegwarfen. Ben hatte sich vorgenommen, aufs College zu gehen. Er wollte Geologe werden und das Felsgestein in den Bergen analysieren, die er bestieg. Wenn er noch lange in dem Güterzug eingesperrt war, würde er den Verstand verlieren.

»Die Ranch ist herrlich«, sagte Sage. »Ringsum sieht man die Wind River Mountains. Wir können zum Gipfel reiten und ewig weit schauen.«

»Du hast deinen Vater seit Jahren nicht gesehen.« Ben versuchte, sie zur Vernunft zu bringen, damit sie von sich aus die Entscheidung traf umzukehren. »Woher weißt du, dass er dir erlaubt, auf der Ranch zu bleiben? Glaubst du, dass die ganze Sache einfacher für ihn zu verkraften sein wird als für deine Mom?«

»Ich bin dort geboren«, sagte Sage. »Mein Bruder und ich. Mein Vater würde mich nie vor die Tür setzen.«

»Warum hat er dich dann nie besucht?«, fragte Ben sanft. Er wollte nicht gemein sein, aber sie musste der Wahrheit ins Gesicht sehen, statt sich reinem Wunschdenken hinzugeben.

»Er verlässt die Ranch nicht, sondern hält Wache.« Sage begann abermals zu weinen. »Für den Fall, dass mein Bruder zurückkommt. Es ist nicht so, dass mein Vater mich nicht haben will, nur … meine Mutter wollte mich nicht allein zu ihm lassen, und –«

»Schsch, ist ja gut«, sagte Ben.

Er streichelte ihr Haar und wünschte, sie würde sich beruhigen. Er wusste, wie es ist, wenn die Mütter die Väter hassen: Seine eigene Mutter verachtete seinen Vater so sehr, dass sie jedes Mal Gift und Galle spuckte, wenn sein Name fiel. Er dachte an sein Baby, das in Sage wuchs, und fragte sich, ob es eines Tages das Gleiche über ihn und seine Mutter sagen würde.

Weil Ben nicht bei ihr bleiben konnte.
Er liebte Sage, liebte sie, obwohl sie sich wie eine Verrückte benahm und Sachen sagte, die keinen Sinn machten, obwohl ihr Haar ungewaschen und ihr Bauch kugelrund unter dem ausbeulten braunen Wollpullover war, und obwohl sie stank wie die Pest. Er liebte sie, aber er würde nicht mit ihr auf der Ranch in Wyoming leben. Die Entscheidung war in der Nacht gefallen, wie ihm jetzt bewusst wurde.
Er würde sie so weit wie möglich begleiten, um sie bei ihrem Vater abzuliefern; dann würde er seine Mutter anrufen und sie bitten, ihm das Geld für den Rückflug zu schicken. Angesichts der Tatsache, dass er sie geschwängert hatte, fühlte er sich hundeelend. Er hatte ihr bereits wehgetan, und nun würde er sie noch mehr verletzen: Der Traum von einem gemeinsamen Leben mit dem Baby auf der Ranch würde wie eine Seifenblase zerplatzen.
Der Gedanke ließ ihn schaudern, was Sage sofort spürte.
»Ist dir kalt?«, fragte sie und hob den Kopf.
»Nein, alles in Ordnung.«
»Bist du sicher?« Sie rieb seine Unterarme. »Ich habe mehrere Pullover übereinander angezogen. Mir ist richtig heiß, du kannst gerne einen abhaben –«
»Ich sagte doch, es ist alles in Ordnung«, sagte er noch mal, bemüht, seine Verdrossenheit nicht zu zeigen. Es ärgerte ihn, dass sie ständig um sein Wohlergehen besorgt war. Vor allem, weil er wusste, dass er sie über kurz oder lang im Stich lassen würde. Er dachte an die Bücher in der Schulbibliothek, an die Fußballspiele, die Milchshakes. Er dachte an die Cheerleader, die den Fans mit ihren albernen Zurufen einheizten, an die Lehrer, die in der Versammlungshalle »Ruhe« brüllten. Er hörte die Stimme seiner Mutter, die ihn fragte, ob er lieber eine Pizza mit Pepperoni oder Salami wolle.
Ben Davis dachte an all diese alltäglichen Dinge; dann sah er sich im dunklen Güterwaggon um und stellte fest, dass sie sich in den letzten zwei Tagen überwiegend von getrockneten Rindfleisch-

streifen und Energieriegeln ernährt hatten. Er wusste, das war nicht das Leben, wie er es sich erträumte: Sage Tucker würde nie seine Frau werden, nicht zu verhüten war ein Fehler gewesen, und er wollte nicht mit ihr und dem Kind auf einer Ranch alt werden. Er empfand noch immer Liebe für das zitternde Mädchen, das er im Arm hielt, aber in diesem Moment lernte Ben eine harte Lektion: dass Liebe nicht immer ausreicht.

6

Der Saloon war dunkel und verräuchert, und in der Jukebox sang Loretta Lynn. Elchgeweihe bedeckten jeden freien Zentimeter an der Wand, und Autokennzeichen aus allen fünfzig Staaten waren an Drähten aufgehängt. James stand allein an der Theke und trank ein Bier. Das Pärchen neben ihm stritt miteinander, sie fauchten sich an wie Wildkatzen. Wilton Stickley, ein Rancher aus dem Süden, hatte seine Krankenversicherungskarte auf den Tresen gelegt, oben auf einen Stapel Geldscheine.

»Was machst du denn da, Wilton?«, fragte James. »Willst du dich heute Abend ins Krankenhaus karren lassen?«

»Nichts da.« Wilton strich seinen buschigen Schnurrbart glatt. »Ich hab meine Gründe.«

James nickte. Er war heute Abend ins Stagecoach Tavern gefahren, um ein Bier zu trinken und sich von seiner Grübelei abzulenken. Seit einiger Zeit gingen seine Gedanken besonders düstere Wege, Gefahren lauerten in jeder Ecke. Scham- und Schuldgefühle, heimlicher Groll und Vorwürfe begleiteten ihn auf Schritt und Tritt. Die Sorge, dass seine Herde nicht genug Wasser bekommen könnte, weckte die Erinnerung an andere, die er enttäuscht hatte, für die er nicht ausreichend gesorgt hatte.

Eine junge Frau kam an die Theke und stellte sich zwischen ihn und Wilton; er hatte sie vorher noch nie gesehen. Sie hatte kräftige Schultern unter ihrer Wildlederjacke mit Fransenbesatz und trug einen langen blonden Zopf, der bis zur Mitte des Rückens hinunterhing. Sie stand so dicht neben ihm, dass er ihr Parfüm riechen konnte, und er merkte, dass er sich zu ihr hinüberbeugte, weil ihm der Duft gefiel.

»Hallo«, sagte sie.

»Hallo«, sagte James.

»Wie wär's mit einem Bier?«, fragte Wilton.
Die Frau bejahte lächelnd und wandte sich James zu. Obwohl die Einladung nicht von ihm stammte, schob er fünf Dollar über den Tresen und bat Joe, ihr ein Bier zu zapfen. Sie nahm den Krug in beide Hände und trank einen kräftigen Schluck. Ihr Blick fiel auf die Krankenversicherungskarte, und sie musterte Wilton eingehender. Das Leben in der Prärie war hart und Gesundheitsvorsorge auf einer Ranch eine Seltenheit. Sie bedankte sich bei James für das Bier und schlenderte zum Poolbillardtisch hinüber.
»Mein Zaubermittel«, sagte Wilton.
»Du meinst, du lässt durchblicken, dass du gut abgesichert bist, und schon liegen sie dir zu Füßen und wollen dich heiraten?«
»Zumindest heute Nacht,« erwiderte Wilton grinsend.
James nickte und wandte sich wieder seinem Bier zu. Er war in die Stadt gekommen, weil er Lust gehabt hatte, zu reden und sich zu amüsieren, aber nun wusste er nicht, was er hier überhaupt sollte. Seine Arbeit auf der Ranch brachte es mit sich, dass er selten Gesellschaft hatte, und manchmal kam es ihm vor, als hätte ihn die Einsamkeit bis ins Mark durchdrungen.
Niemandem war es jemals gelungen, sie zu vertreiben, außer Daisy. Aber der Gedanke an sie tat ihm nie gut, deshalb drehte er sich um und musterte die Blondine am Poolbillardtisch, die ihn anlächelte.
James war schon immer ein Eigenbrötler gewesen, blieb trotz der vielen Leute auf der Ranch für sich. Er brauchte die weitläufigen Wiesen mit Süßgras und zügellos wachsenden Wildblumen, die mächtigen Berge mit ihren zerklüfteten Felsen, die sich rot vor dem strahlend blauen Himmel abzeichneten. Er brauchte die endlose Weite der Prärie, um auch nur ansatzweise das Gefühl der Enge in seiner Brust aufzulösen.
Er war ein Einzelgänger, genau wie die Tiere, mit denen er arbeitete. Rinder durchquerten weite Landstriche, um zu weiden, und jedes Tier war auf sich selbst gestellt. Sie streunten umher, blieben hinter der Herde zurück, schalteten auf stur und rührten sich nicht

mehr vom Fleck. Deshalb war es wesentlich schwerer, Rinder als Schafe zu hüten, die einen ausgeprägten Herdentrieb besaßen. Cowboys wurden bestimmte Positionen zugewiesen, vorne, hinten und in der Mitte, um die Herde zusammenzutreiben und in Bewegung zu halten. Da sie bis zum Umfallen im Sattel saßen und niemanden hatten, mit dem sie reden konnten, begannen manche, den Klang ihrer eigenen Stimme als fremd zu empfinden.

Die Tür ging auf, und James wandte seinen Blick von der Blondine ab. Sein Vater und Louisa kamen herein, sie waren gekleidet, als gingen sie zum Rodeo: sein Vater ganz in Schwarz, eine schmale Schleife um den Hals gebunden, Louisa in einem eng anliegenden, cremefarbenen Mieder und weitem roten Rock, das kastanienbraune Haar so hoch aufgetürmt wie nie. Dalton sah verwirrt aus, als sei er sich nicht sicher, wo er sich befand. James hatte seinen Vater schon seit Monaten nicht mehr im Stagecoach gesehen, und die anderen Gäste offenbar auch nicht. Ein leises Raunen ertönte plötzlich an der Theke, setzte sich bis zu den Billardtischen fort.

»Dalton!«

»He, Mann, wo hast du gesteckt?«

»Wo sind wir, Louisa?«, fragte Dalton. James hörte die Angst in der Stimme seines Vaters, und während er ihn ansah, schien der alte Mann vor seinen Augen zu schrumpfen. Sein Vater drehte den Kopf nach links und rechts, sein Blick war wild. Louisa hakte sich bei ihm unter und geleitete ihn stolz an die Bar. James machte Anstalten, den beiden Gesellschaft zu leisten, doch dann hielt er sich zurück.

Louisa taxierte den Raum. Ihr Blick fiel auf Todd Rydell, ihren Neffen, der an der Dartscheibe stand. James sah, wie sich Todd umdrehen und sie ignorieren wollte, doch als er merkte, dass sie ihn gesehen hatte, winkte er ihr zu und gesellte sich zu den beiden. Er war schlaksig und blond, die Art Cowboy, die mit dem Walkman im Sattel saßen und Sonnenschutzmittel benutzten. Er war wie Louisa ein Nachfahre der Rydells, die ihre Schafe auf Tucker-Land getrieben und beinahe einen Krieg um das Weideland ausgelöst hatten.

Aber Dalton liebte Louisa, und deshalb blieb James keine andere Wahl, als ihr mit dem gebotenen Respekt zu begegnen. Todd dagegen stand auf einem anderen Blatt.

»Schön, dich zu sehen, Dalton.« Todd schüttelte dem alten Mann die Hand. Er küsste seine Tante auf die Wange und ließ sich von ihr umarmen. James sah, wie sie miteinander tuschelten, und fragte sich, was sie sich wohl zu sagen hatten.

»Es ist Todd«, erklärte sie Dalton.

»Was wollen wir eigentlich hier?« Dalton prüfte, ob er seinen Hut auf dem Kopf hatte.

»Uns amüsieren, Mann«, lachte Todd und klopfte Dalton auf den Rücken. »Weil Freitagabend ist und die Musik spielt.«

»Musik?«, fragte Dalton.

»Hallo, Dad«, sagte James gleichmütig und stellte sich zwischen seinen Vater und Todd.

Das harte braune Gesicht seines Vaters wurde weich. Lächelnd blickte er zu seinem Sohn auf, und tausend weitere Runzeln gruben sich in seine ledrigen Wangen. Er nickte und begrüßte seinen Sohn per Handschlag.

»Jamey.«

James schwieg. Er stand stumm da, während der Lärm ringsum aufbrandete. Die Augen seines Vaters waren verhangen und blau, doch als sie ihn anblickten, wirkten sie glücklich. James sah, wie sein Vater tief Luft holte und sich ein wenig entspannte.

»Was führt dich denn ins Stagecoach?«, fragte Louisa kühl, die Arme vor der Brust verschränkt. »Hab dich hier schon lange nicht mehr gesehen.«

»Ich bin nicht oft hier, im Gegensatz zu dir«, entgegnete James, unfähig, sich die Spitze zu verkneifen. »Und was machst du hier?«

»Singen, junger Mann«, erwiderte Louisa gekränkt, aber stolz. »Du weißt doch, dass ich am Freitagabend hier auftrete, wenn ich Lust dazu habe.«

James hatte es nicht vergessen. Louisa sang Country- und Western-Balladen und hielt im Stagecoach seit mehr als dreißig Jahren Hof.

Hier hatte Dalton sie kennen gelernt, als er seinen Kummer in dem Winter nach dem Tod von James' Mutter ertränkte. Louisa war zwischen den Auftritten an seinen Tisch gekommen, hatte ihn zu einem Drink eingeladen und war zu ihm gezogen, bevor es im Frühjahr taute.

Daisy hatte sie gerne singen hören. Ein- oder zweimal im Monat hatten sie die Zwillinge in der Obhut von Betsy March gelassen, der Frau von James' Vorarbeiter, waren ins Stagecoach gegangen und hatten vorne, direkt vor der Bühne gesessen. Louisa unterließ es bei solchen Gelegenheiten, für Dalton oder die Männer an der Bar zu singen, ihre Lieder waren ausschließlich Daisy gewidmet. Daisy hatte schon in jungen Jahren ihre Mutter verloren, und Louisa freute sich, Mutterstelle an ihr zu vertreten: Ihre Beziehung war unverwüstlich und stark gewesen.

»Komm, Dalton, lass uns ein Spielchen machen.« Todd drückte ihm ein paar Wurfpfeile in die Hand. »Ich werde dich schlagen, haushoch.«

»Mich kannst du nicht schlagen.« Dalton lachte, war wieder ganz der Alte. »Ich treffe mit geschlossenen Augen einen Schwalbenschwanz.«

»Das möchte ich sehen, Mann!«

Während die beiden Männer die Bar ansteuerten, spürte James, wie sich sein Magen verkrampfte. Todd war ihm unsympathisch, und das lag nicht nur daran, dass er ein lausiger Cowboy war. Todd hatte vor Jahren für ihn gearbeitet, er war auch bei dem Round-up dabei gewesen, an dem Tag, als Jake verschwand. James war losgeritten, um einen Stier mit dem Lasso einzufangen, und hatte Jake eingeschärft, auf einem großen Felsen sitzen zu bleiben. Todd und ein paar andere hatten die Nachhut gebildet, um Tiere zusammenzutreiben, die bummelten und das Süßgras rund um Jakes Felsen fraßen, und James hatte sich darauf verlassen, dass sie seinen Sohn im Auge behielten.

»Was soll das, Louisa?«, fragte James nun.

»Was das soll?« Louisa sah ihn mit großen Augen an.

James starrte sie an. Es war nicht ihre Schuld, dass ihr Neffe nicht gesehen hatte, wohin Jake gegangen war. Der Einzige, der die Verantwortung für das Geschehen trug, war er. Er hatte die Männer nicht ausdrücklich gebeten, auf den Jungen Acht zu geben, während er weg war. Eine halbe Minute. So viel Zeit hatte Jake Tucker gebraucht, um spurlos vom Erdboden zu verschwinden. Es war nicht Todd Rydells Schuld, aber James hasste ihn trotzdem. Sich selbst hasste er noch mehr, aber darum ging es jetzt nicht.

»Ja, du musst dir doch etwas dabei gedacht haben, meinen Vater hierher zu bringen.«

»Ich wollte, dass er sich amüsiert. Falls du nichts dagegen hast.«

»Er ist krank, Louisa.«

»Er ist ein wenig verwirrt, das ist alles.«

»Er leidet an Alzheimer. Der Arzt hat es uns beiden gesagt.«

»Na und?« Louisas goldene Augen blitzten.

»Er ist völlig durcheinander. Es ist ihm peinlich, wenn die Leute ihn begrüßen und er sich nicht an ihre Namen erinnern kann. Hier drinnen ist es laut, und der Doktor hat gesagt, dass er Ruhe braucht. Er tut mir Leid, vor allem, wenn ich sehe –«

»Dalton Tucker braucht kein Mitleid«, fauchte Louisa. »Diese vermaledeite *Krankheit* könnte einem Leid tun. Ich glaube, dass sie es schwer mit Dalton Tucker hat, weil der nämlich zu kämpfen versteht. Und noch etwas, junger Mann –«

»Schon gut, schon gut!«, sagte James und wich zurück.

Louisa trat näher und legte den Kopf in den Nacken, damit sie ihm in die Augen sehen konnte. Sie packte ihn am Kinn und schüttelte ihn heftig.

»Du solltest dir ein Beispiel an deinem Vater nehmen. Hörst du? Er gibt nicht auf. Er weiß, was mit ihm geschieht. Glaubst du, er ist nicht am Boden zerstört, wenn er merkt, dass er mich wieder einmal mit dem Namen deiner Mutter angeredet hat? Aber er hängt am Leben und gibt nicht auf, bis zum letzten Atemzug, bis ich ihn begrabe. Das ist etwas, was du auch einmal versuchen solltest.«

»Was *ich* versuchen sollte?«

»Du hast verdammt richtig gehört. Du läufst herum wie ein Zombie. Es ist ein Wunder, dass du nicht vom Pferd fällst, wenn du in der Herde reitest, dir den Schädel zertrümmerst und verblutest, da draußen im Canyon. Du hast deinen Sohn verloren, wir alle haben ihn verloren.« Tränen standen in Louisas Augen; sie wischte sie vorsichtig mit beiden Zeigefingern weg, um zu verhindern, dass ihre Wimperntusche verschmierte. »Aber du tust so, als wärst du der Einzige, der leidet. Du hast Daisy und deine Tochter aus dem Haus getrieben.«

»Lass die beiden aus dem Spiel.«

»Sag du mir nicht, was ich zu tun und zu lassen habe! Ich habe Liebe im Herzen, James Tucker, aber du wüsstest ja nicht einmal, was das ist, wenn du über sie stolperst. Ja niemanden an dich heranlassen, nicht einmal, um ihm die Uhrzeit zu sagen! Du denkst nur an dich und den Geist deines Jungen. Völlig verbohrt. Nicht einmal dein Vater bedeutet dir etwas! Du tust so, was wärst du besorgt um ihn, dabei stößt du ihn seit dreizehn Jahren vor den Kopf, wie alle anderen auch.«

»Bist du fertig?« James reichte ihr ein Taschentuch.

Sie nickte und putzte sich geräuschvoll die Nase. Gemeinsam sahen sie zu, wie Dalton die Wurfpfeile aus der Scheibe zog, die sich in Ohrhöhe befanden. Er hatte mitten ins Schwarze getroffen. Die jungen Männer, die ihn umringten, waren völlig aus dem Häuschen, und Dalton spendierte eine Lokalrunde. Todd sah zu Louisa und James hinüber. James hielt dem Blick unbewegt stand, versuchte, seine Abneigung zu verbergen.

»Schau ihn dir an«, sagte Louisa.

»Deinen Neffen?«

»Deinen Vater!«

»Er hat's noch nicht verlernt!«

»Verschlagen wie ein Puma, und Augen wie ein Adler.«

»Er trifft blind«, sagte James. »Einmal hat er einer Klapperschlange in den Kopf geschossen, die ein Falke sich als Beute geschnappt hatte, im Flug, wohlgemerkt.« Während er sprach, hielt sein Vater in der Menge nach Louisa Ausschau. Als er sie entdeckte, lächelte er mit stolzer Miene.

»Ich habe nie behauptet, ich könnte Dalton Tucker zähmen«, sagte sie. »Ich habe Gott nur gebeten, mir dabei behilflich zu sein.«

»Louisa!«, rief der Tontechniker von der Bühne. Die Leute drehten sich zur Tür um, klatschten und riefen ihren Namen. Ein junger Mann kam auf sie zu, brachte ihr die Gitarre. Die Rückkoppelung während des Soundchecks hallte laut über das Mikrofon. James zuckte zusammen. Er blickte zur Bar hinüber, wo sich eine Frau mittleren Alters – knochig, blond gefärbte Haare, Zahnlücken – neben Wilton platziert hatte und seinen Handrücken tätschelte. Höchste Zeit, das Weite zu suchen.

James nahm seine Jacke. Er sah zu seinem Vater hinüber und wollte sich verabschieden, aber Dalton konzentrierte sich darauf, den nächsten Pfeil zu werfen. Von überallher waren Leute gekommen, um den Freitagabend im Stagecoach zu verbringen, und es war warm und rappelvoll. Als James sich zum Gehen anschickte, hörte er, wie Louisa seinen Namen rief.

»Was ist?«

»Dasselbe gilt für dich.«

»Wovon redest du?«

»Was du von deinem Vater gesagt hast, du selbst, mit deinen eigenen Worten.«

James runzelte die Stirn, versuchte, sich zu erinnern. »Ich habe keine Ahnung, wovon du redest.«

»Er hat's noch nicht verlernt.« Louisa lächelte.

James drehte sich um und verließ die Bar.

Es war eine lange Heimfahrt, und Louisas Worte klingelten in seinen Ohren. Er fuhr mit dem Pick-up über die asphaltierten Straßen, dann bog er am Split-Tree-Pass auf die Schotterstraße ab. Ich hab's nicht verlernt, dachte er. Ich bin immer noch in der Lage, zu reiten, Geburtshilfe bei einem Kalb zu leisten, einen Kojoten zu erschießen. Eine Frau anzulächeln, ihr ein Bier auszugeben und sie ins Bett zu kriegen, auch wenn beide wussten, dass er vor Sonnenaufgang weg sein würde. Und zehn Meilen über holperige Straßen zu fahren, eine Staubwolke aufzuwirbeln und darüber nachzusinnen, dass es mehr als eine Art der Dürre gab.

Er fuhr durch das Eingangstor der DR-Ranch, an dem großen Steinhaus vorbei, das sein Vater und Louisa bewohnten, den schmalen Weg auf der Rückseite des Anwesens entlang, der zu seiner eigenen Unterkunft führte. Es war ein kleines Blockhaus, ein Stück von den anderen Gebäuden entfernt. Er hatte es vor sechzehn Jahren mit seinen eigenen Händen errichtet, aus dem Holz von Zedern, die er auf dem Berg gefällt und ins Tal gebracht hatte. Es war ein verspätetes Hochzeitsgeschenk für Daisy gewesen, und er hatte in derselben Woche mit der Arbeit daran begonnen, als sie ihm eröffnet hatte, dass sie schwanger war. Das Haus war gerade rechtzeitig zur Geburt der beiden Kinder fertig geworden.

Er ließ seine Hand über das glatte Holz gleiten, stand vor der Tür und atmete den Duft der Salbeibüsche ein. Nachtvögel stießen ihre Rufe aus, und die Sterne funkelten. James blickte zum Firmament empor. Der Berg zeichnete sich wie ein schwarzes Loch vor dem Sternenhimmel ab, was James passend erschien, denn an dieser Stelle war Jake verschwunden. Er versuchte, den Himmel zu betrachten, aber sein Blick kehrte immer wieder zu dem Berg zurück. Genau hinter dem Pass lag der Canyon, wo –

Das Telefon klingelte. James ließ sich nicht stören. Im Haupthaus klingelte es zur gleichen Zeit, vermutlich wollten irgendwelche Nichten oder Neffen Louisa sprechen. Aber das Klingeln hörte nicht auf und brachte ihn unsanft in die Wirklichkeit zurück. Er ging ins Haus, seine Stiefel polterten auf dem Hartholzboden.

»Hallo?«

»James?« Es war ihre Stimme, die seinen Namen sagte.

»Daisy?«

»Ja.«

Er wartete, versuchte, wieder zu Atem zu kommen. Er hörte ein- oder zweimal im Jahr von ihr, wenn sie ihm etwas über Sage erzählte – über ihre guten Noten, ihr künstlerisches Talent, den Artikel, der im Ortsblatt veröffentlicht worden war – und ihm in nicht allzu freundlichem Ton vorschlug, seiner Tochter ein Telegramm, einen Brief oder einen Blumenstrauß zu schicken. Oder sich ins Flugzeug zu setzen und sie zu besuchen. Doch jedes Mal aufs Neue erschütterte ihn der Klang ihrer Stimme bis ins Mark, als hörte er sie zum ersten Mal oder hätte nicht einen einzigen Tag seines Lebens ohne sie verbracht.

»Wie geht es ihr?«, fragte er, da er annahm, Daisys Anruf habe mit Sage zu tun; es hatte nie einen anderen Grund gegeben.

»Sie ist –« Daisy schluckte, dann trat Stille ein, unterbrochen von Atemzügen, in den Hörer gehaucht. James spürte sie praktisch an seinem Ohr. »Ich weiß nicht, wie ich es dir sagen soll. Sage ist verschwunden. Sie ist ausgerissen.«

»Verschwunden?« James konzentrierte sich auf das einzige Wort, das er gehört hatte.

»Sie hat eine Nachricht hinterlassen. Zwei, genauer gesagt. Die Polizei ist eingeschaltet, und wir glauben, dass sie sich auf dem Weg zu dir befindet.«

»Ihr wisst also, wo sie steckt!«, sagte er erleichtert.

»Nein, wir wissen es nicht. Sie haben eine heiße Spur, und ich bin ziemlich sicher, dass sie in Richtung Westen gefahren ist, aber –«

»Ganz allein?« James fragte sich, wie ein sechzehnjähriges Mädchen den weiten Weg von Connecticut nach Wyoming unbeschadet bewältigen sollte.

»Was soll das heißen?«

»Das heißt –«, begann James zu erklären.

»Sie ist mit ihrem Freund unterwegs«, unterbrach Daisy ihn hastig, um ihm den Wind aus den Segeln zu nehmen.

James schwieg, als dächte er darüber nach, dass seine Tochter, die im Kindergartenalter war, als er sie das letzte Mal gesehen hatte, jetzt einen Freund hatte. Doch das Schweigen zwischen zwei Menschen, die so viel miteinander verband wie Daisy und ihn, konnte sehr beredt sein, und er bemerkte die Erregung in Daisys Stimme.

»Sie wollte immer zu dir. Ich weiß, dass du jetzt denkst, ich hätte sie hin und wieder zu dir schicken sollen. Vermutlich meinst du, es sei meine Schuld und die ganze Geschichte wäre nicht passiert, wenn ich ihr erlaubt hätte, wenigstens die Sommerferien bei dir zu verbringen.«

»Nein, ich –«

»Aber ich wollte nicht, dass sie die weite Reise allein macht, und ich konnte den Gedanken nicht ertragen, dass sie auf der Ranch ist, in der Nähe des Ortes sein könnte, wo Jake –«

»Ich weiß, Daisy.«

»Du hättest herkommen können.«

»Nein, hätte ich nicht.«

»Er kommt nicht zurück, James.« Daisys Stimme zitterte. »Das wussten wir schon seit dem dritten oder vierten Tag nach seinem Verschwinden. Unser Sohn ist tot, aber deine Tochter hätte dich die ganze Zeit gebraucht.«

»Er könnte tot sein, *könnte*!« James starrte aus dem Fenster auf den dunklen Berg vor dem milchigen, mit Sternen übersäten Himmel. »Er könnte aber auch wieder auftauchen, selbst nach so langer Zeit, sich auf den Heimweg machen, nach uns suchen –«

»Nein«, sagte Daisy wie schon hundertmal. »Nein.«

»Ich bin hier, und ich rühre mich nicht von hier weg. Nur für den Fall.«

»Du bist verrückt, James!«, erwiderte Daisy ungeduldig. »Das ist dreizehn Jahre her! Während unsere Tochter –«

James schloss die Augen. Er konnte ihr nicht einmal widersprechen, wenn sie an seinem gesunden Menschenverstand zweifelte. Er nahm sich zusammen, um sich nicht vehement zu rechtfertigen, wie er es früher getan hatte. Aber er würde sich weder umstimmen lassen noch sein Leben umkrempeln, selbst wenn er auf andere wunderlich wirkte. Daisy hatte auch ihre Narben davongetragen. Welche Eltern hätten das nicht, wenn sie ein Kind verloren?

»In der Zwischenzeit ist deine Tochter so ausgehungert nach deiner

Liebe«, fuhr Daisy fort, »dass sie sich als blinder Passagier in einen Güterzug geschmuggelt hat, um dich zu besuchen!«
»Bist du sicher?«
»Nein! Das sagte ich bereits.« Daisy klang angespannt. »Aber sie hat im Eisenbahndepot Fragen gestellt, das ist sicher. Sie wurde anhand des Fotos einwandfrei identifiziert.«
»Was für ein Foto?«
»Spielt das eine Rolle?« Daisys Stimme wurde immer lauter und erregter.
Aber es spielte sehr wohl eine Rolle. James stand vor dem Kaminsims und warf einen Blick auf die Galerie mit den Fotos von Sage, von der Geburt an. Er nahm das Bild in die Hand, das in der zehnten Klasse aufgenommen worden war, und betrachtete die grünen Augen, das schüchterne Lächeln, die braunen Haare.
»Die Polizeistationen, die an der Bahnlinie liegen, sind größtenteils informiert. An der nächsten Haltestelle werden sie die Waggons durchsuchen.«
»Gut.« James stellte das Bild nicht zurück. Seine Augen brannten, und als er mit dem Handrücken darüber wischte, war seine Sicht verschwommen.
»Falls sie dich anruft –«
»Melde ich mich umgehend bei dir.«
»Danke.« Daisys Stimme klang kurz und bündig, als wäre alles gesagt, was es zwischen ihnen zu sagen gab. James hielt den Hörer in der Hand und wünschte sich, sie möge weitersprechen. Doch sie verabschiedete sich und er auch. Trotzdem legte er nicht auf.
Er stellte das Klassenfoto zurück und nahm eine andere, vertrautere Aufnahme vom Kaminsims.
Es war ein kleines Foto, ein Schnappschuss. Es steckte in einem von Daisy gefertigten Rahmen aus Silber, Gold und Steinen, die von Jake und Sage im Fluss gesammelt worden waren. Es war vor dreizehn Jahren aufgenommen und zeigte Daisy und James zu Pferde, jeweils einen Zwilling vor sich im Sattel; die Kinder waren damals zwei Jahre alt gewesen.

Daisy trug lederne Überziehhosen und einen weißen Stetson. Ihre Haut glühte von der Sommersonne in den Bergen, aber ihr strahlendes Lächeln stellte alles in den Schatten. Sie hatte von hinten die Arme um Jake gelegt und deutete nach vorne, damit er in die Kamera lächelte. James hielt Sage umfangen. Er hatte Angst gehabt, dass sie vom Pferd fallen könnte, den Blick starr auf ihren Kopf gerichtet und sie so fest gehalten, dass sein Bizeps und die Muskeln des Unterarms hervortraten. So war das damals gewesen: Der Wunsch, seine Familie in der endlosen Weite der Prärie zu beschützen und zu bewahren, war für ihn das Wichtigste auf der Welt gewesen.

»Kleines.« Er sprach den Kosenamen aus, den er seiner Tochter früher einmal gegeben hatte.

Sie befand sich in einem Güterzug, der quer durch das ganze Land fuhr, um ihn wiederzusehen. Daisy hatte die Polizei benachrichtigt, die sie abfangen und dafür sorgen würde, dass sie unbeschadet zu ihrer Mutter zurückkehrte. Das war auch sein Wunsch, dafür betete er jetzt. Doch während er das Bild in der Hand hielt, unfähig, es zurückzustellen, wusste er tief in seinem Innern, dass er sich mehr wünschte.

Er wollte, dass seine Tochter nach Hause zurückkehrte. Dass Daisy beruhigt war, weil sich seine Tochter in Sicherheit befand. Aber er sehnte sich auch danach, sie in die Arme zu schließen, genau wie er sich all die Jahre nach seinem Sohn gesehnt hatte.

Falls es ihr gelingen sollte, der Polizei zu entwischen und nach Wyoming zu kommen, würde er mit ihr ein langes Gespräch zwischen Vater und Tochter führen. Er würde sie vor all den Verrückten warnen, denen man unterwegs begegnen, und vor all den Katastrophen, in die man schlittern konnte, während ihre Mutter halb tot vor Sorge um sie war. James Tucker schauderte, als er daran dachte, dass seine Tochter irgendwo *da draußen in der Wildnis* war; kopfschüttelnd sagte er sich, es sei falsch, sich zu wünschen, dass es ihr gelang, durch ein Loch im Fahndungsnetz zu schlüpften und die Ranch zu erreichen.

Bevor er sie unverzüglich nach Osten zurückschicken würde.

7

Vier Tage vergingen ohne ein Lebenszeichen von Sage. Für Daisy wurde das Warten zur Tortur. Was aß Sage? Wo schlief sie? Was für Menschen begegneten ihr dort draußen? Im wievielten Monat war sie schwanger? Die Gedanken gingen ihr wieder und wieder durch den Kopf. Sie stürzte sich in Arbeit, um sich abzulenken, um sich nicht ständig das Gespräch mit James in Erinnerung zu rufen. Sie hatte die Schwangerschaft mit keinem Wort erwähnt. Sie wollte ihre Tochter so lange wie möglich vor der harten Realität beschützen.

Als sich herumsprach, dass Sage und Ben durchgebrannt waren, hielt etwas nie Dagewesenes, Fremdes Einzug in Silver Bay. Die Neuigkeit löste gemischte Gefühle aus: Neugierde, die unbestimmte Angst vor möglichen Gefahren, die allen drohten, und Bedauern. Nicht jeder wusste von den beiden Abschiedsbriefen, aber die meisten Bewohner hatten den Streifenwagen der Staatspolizei gesehen, die mit ihren Hunden bis spät in die Nacht nach Spuren auf den Eisenbahnschienen suchte.

Silver Bay war eine verträumte Kleinstadt in New England, idyllisch wie eine Postkarte. Es gab dort zwei schneeweiße Kirchen, reizvolle Motive, die Maler aus dem ganzen Land anlockten. Der Club der Hobbygärtner stellte an der Mehrzahl der Straßenkreuzungen steinerne Pflanztröge auf, aus denen den ganzen Sommer lang Kaskaden von Efeu, Petunien und weißen Geranien quollen. Die Schulen hatten einen ausgezeichneten Ruf, die Verbrechensrate war nicht der Rede wert. Daisy war einen Katzensprung von der Ostküste entfernt aufgewachsen und hatte nach ihrer Scheidung beschlossen, sich hier niederzulassen, weil Silver Bay ihr am wenigsten bedrohlich für ihr einziges überlebendes Kind erschien.

Andere Mütter in dieser Kleinstadtidylle hatten die gleichen

Ängste. Sie überprüften heimlich die Pupillen ihrer Kinder nach Anzeichen von Drogen, schnupperten an ihrem Atem, wenn sie ihnen einen Gutenachtkuss gaben. Wenn Sage Tucker und Ben Davis erwähnt wurden, legten sie Wert darauf, ihre eigenen Sprösslinge von den beiden Ausreißern abzugrenzen, die Spreu vom Weizen zu trennen und darauf zu verweisen, dass in ihrem intakten Elternhaus so etwas nicht geschehen könnte.

Wenn jemand klingelte, um ein Eintopfgericht, ein Glas Eingemachtes oder eine tiefgefrorene Lasagne vorbeizubringen, wie es unter guten Nachbarn der Brauch war, verschanzte sich Daisy in ihrem Atelier. Über ihre Werkbank gebeugt, die Schwenklampe auf den Knochen gerichtet, an dem sie gerade arbeitete, schenkte sie der Türglocke keine Beachtung. Das hartnäckige Klingeln erinnerte sie daran, wie die Leute nach Jakes Verschwinden Kummer mit Hunger gleichgesetzt hatten, als wäre Nahrung in der Lage, die innere Leere zu füllen.

Hathaway ging an die Tür. Daisy blickte von ihrer Arbeit hoch, als ihre Schwester über die Schwelle trat.

»Das war Felicity Evans«, sagte Hathaway; sie hielt einen Korb in der Hand. »Ich habe ihr gesagt, dass du arbeitest, und sie bat mich, dir die Äpfel hier zu geben.«

»Woher wissen die überhaupt, dass ich da bin?« Die Frage klang resigniert; die Zeiten, als sie noch bei jedem Klingeln zusammenzuckte, waren vorbei. Auch nach Jakes Verschwinden hatte sie gearbeitet, während sie durch ein Fegefeuer ging, und die Leute hatten gemeint, sie sei kaltblütig. Jetzt würden sie gewiss das Gleiche behaupten. Sie wusste, dass sie zur Kategorie der »anderen« gehörte: Sie war eine Frau, die ein Kind verloren hatte, und nun auch das zweite.

»Sie sehen dein Auto vor der Tür stehen und denken sich vermutlich, dass du den ganzen Tag neben dem Telefon sitzt und auf einen Anruf wartest.«

Daisy kniff die Augen zusammen und schnitzte den linken Wangenknochen aus der Knochenscheibe. Das neue Schmuckstück sollte den Namen »Einsames Mädchen« erhalten. Das Gesicht war offen und unschuldig, traumverloren und genauso fern jeder Realität wie der Mond. Daisy wollte das Amulett in 18-karätigem Gold fassen, um zu unterstreichen, wie wertvoll es war. Als Kette für den Anhänger hatte sie an polierte Turmaline gedacht; jeder Stein sollte einen inneren Wert des Mädchens darstellen, eine Eigenschaft, auf die sie zurückgreifen konnte und die ihr helfen würden, ihren eigenen Weg zu gehen: Mut, Freundlichkeit, Intelligenz, Anmut.

»Daisy.« Hathaway ergriff die Handgelenke ihrer Schwester und veranlasste sie, das Werkzeug aus der Hand zu legen.

»Das ist Sage.« Daisy betrachtete das Knochengesicht, das nicht größer als ein Medaillon war, aber dennoch Sages innerstes Wesen ausstrahlte.

»Hör auf zu arbeiten. Rede mit mir.«

»Es ist nur –« Daisys Stimme klang beherrscht, aber ihre Hände zitterten. »Ich halte diese Ungewissheit nicht mehr aus, Hathaway.«

»Das kann ich gut verstehen.«

»Ich habe James angerufen. Ich habe ihm nur gesagt, dass sie verschwunden ist –«

Hathaway blickte sie stumm an, unterstützte ihre Schwester, die diese Aufgabe sonst so meisterhaft bei anderen beherrschte, mit ihrer Ruhe, verstand sie bis in die tiefsten Tiefen ihrer Seele, auch ohne ein Wort zu verlieren. Daisy ließ die Maske ihrer eisernen Beherrschung fallen. Sie hatte das Bedürfnis, getröstet zu werden, und ihre Schwester schloss sie in die Arme, streichelte ihr Haar. Hathaway wusste immer, was zu tun war.

»Was hat er gesagt?«, fragte sie nach einer Weile.

»Du wirst es nicht glauben.«

»Erzähl's mir trotzdem.«

»Er wartet immer noch darauf, dass Jake wieder auftaucht.« Daisy lehnte sich zurück, sah Hathaway an. »Und da er denkt, dass Sage zu ihm will, wartet er jetzt auch noch auf sie. Aber wir wissen nicht genau, was sie vorhat, oder? Ich meine, wir sind auf Vermutungen angewiesen. Eindeutige Spuren gibt es nicht. Weiß der Kuckuck, wo sie steckt –«

»Beruhige dich, Daisy.«

Daisy holte Luft. »Aber James glaubt, dass ich Recht haben könnte. Er wird sie in Empfang nehmen, wenn sie sich wirklich auf dem Weg zu ihm befindet.«

»Er wird Tag und Nacht kein Auge zutun«, sagte Hathaway mit unverhohlener Anerkennung. Daisy wusste, dass ihre Schwester James auf aberwitzige Weise für einen Ritter in schimmernder Rüstung hielt. Als Daisy ausgerastet war, weil er sich weigerte, in die Scheidung einzuwilligen oder die Ranch zu verlassen, um Sage an der Ostküste zu besuchen, so dass sie gezwungen gewesen wäre, das Kind den weiten Weg nach Wyoming zu schicken, hatte Hathaway stets Partei für ihn ergriffen.

»Es war schwer, ihm beizubringen, was passiert ist.«

»So etwas fällt niemandem leicht, vor allem nicht euch beiden.«

»Wir sind einfach zu verschieden, in jeder Beziehung.« Daisy versuchte, gleichmäßig zu atmen. »Ich frage mich, wieso wir überhaupt geheiratet haben.«

»Ich denke –«, begann Hathaway, hielt sich aber zurück.

»Ich muss blind gewesen sein. Das ist der Grund. In den Westen zu fahren und mir nichts, dir nichts zu heiraten! Ich habe versucht, jemand zu sein, der ich nicht war, habe mir selbst etwas vorgemacht.«

»Dass du ihn geliebt hast?«

Daisy schüttelte den Kopf. In der Beziehung hatte sie sich nie etwas vormachen müssen. »Nein, mit einem Leben zufrieden zu sein, das nicht zu mir passte. Meine Heimat ist Neuengland, und ich gehöre hierher, an die Ostküste. Ich brauche ein gewisses Maß an Sicherheit. Die Beziehung wäre sowieso nicht von Dauer gewesen. Das ist mir inzwischen klar, aber wenn mir das damals jemand gesagt hätte, hätte ich ihm nicht geglaubt.«

Doch selbst jetzt, als sie die Worte aussprach, war sie nicht hundertprozentig überzeugt, dass sie der Wahrheit entsprachen. Sie hatte den Westen geliebt, hatte dort tiefe Gefühle für das Land und die Menschen entdeckt und einen Lebenssinn gefunden, Erinnerungen, die ihr noch heute gegenwärtig waren. Ihre Schmuckstücke bewiesen es, genau wie ihre Träume. Nachts träumte sie von roten Felsen, Saumpfaden, die durch die endlose Weite der Prärie führten, dem Duft von Zedern und Salbei, James' Armen um ihre Schultern.

»Amerikanerinnen heiraten Franzosen und Italienerinnen Engländer. Warum gehst du so hart mit dir ins Gericht – weil du einen Cowboy geheiratet hast? Du hast Pferde geliebt, bist schon immer gerne geritten. Für mich habt ihr gut zusammengepasst.«

»Ich habe in einer Fantasiewelt gelebt«, sagte Daisy, als versuchte sie, sich selbst zu überzeugen. »Das ist alles. Das hatte nichts mit der Wirklichkeit zu tun, war nicht real.«

»Und eure beiden Kinder? Die waren sehr real.«

»Bin ich schuld daran, dass ein Fluch auf uns liegt?«, fragte Daisy mit Tränen in den Augen. »War ich zu selbstsüchtig, weil ich mir eine Arbeit gesucht habe, die mir Spaß macht?«

»Nein Daisy. Das bist du nicht.«

»Ich wünschte, die Polizei würde endlich anrufen!« Daisy starrte wie gebannt auf das Telefon. »Sie werden doch inzwischen herausgefunden haben, wo sich der Zug jetzt befindet. Sie müssen Sage gefunden haben. Und wenn nicht? Wenn sie gar nicht in dem Zug ist? Wenn die ganze Suche umsonst war und sie ganz woanders steckt?«

»Vertrau deiner Intuition, Daisy. Du hast gesagt, du bist sicher, dass sie unterwegs nach Wyoming ist.«

»Ich bin sicher.« Daisy schloss die Augen.

»Denk daran, wie weit es dorthin ist, wie viele Züge in den Westen fahren. Sage hat sich in einem dieser Waggons versteckt, und es braucht seine Zeit, sie zu finden. Aber sie werden sie finden, glaube mir!«

»Ich kann nicht zu Hause sitzen und Däumchen drehen, bis sie wieder da ist.«

»Ich auch nicht.«
Daisy beugte sich vor und hielt das kleine geschnitzte Gesicht in der Hand, das sie an ihre Tochter erinnerte. Es hieß, dass ihre Schmuckstücke magische Kräfte besaßen, einen Liebeszauber bargen; wenn das stimmte, würde sie alles, was ihr zur Verfügung stand, in das Amulett einfließen lassen. Mochten andere Mütter sie schief ansehen, weil sie einen Tag nach dem Verschwinden ihres Kindes arbeitete; sie hatten nicht begriffen, dass die Schnitzerei von Schutzamuletten Daisys ureigene Art war zu beten. Genauso, wie James in die Berge ritt und Sage lange Waldspaziergänge unternahm.

*

Der Zug hielt lange nach Mitternacht in einem Maisfeld außerhalb von Lone Tree, Iowa. Sage lag auf der Seite, an Ben geschmiegt. Sie hatte geträumt, im leichten Galopp über die Ranch ihres Vaters zu reiten, auf einem Schimmel, dessen Mähne und Schwanz wie eine Fahne im Wind wehten. Der Himmel war strahlend blau, und sie ritt nach Hause. Sie war so glücklich, dass sie das Gefühl hatte, ihr müsse das Herz zerspringen – bis ein Kreischen und metallisches Knirschen auf den Schienen ertönte und der Zug abrupt abzubremsen begann.
»Was ist los?«, rief sie erschrocken.
»Klingt … wie ein Zusammenstoß!«, schrie Ben.
Er lag hinter ihr und umklammerte sie; dreißig Sekunden lang, die ihnen wie eine Ewigkeit vorkamen, fürchteten sie, ihre letzte Stunde habe geschlagen. Der Zug ruckte und machte einen Satz nach vorne, eine Nachwirkung des Drucks auf die Bremsen, die eine Lokomotive und Güterwaggons mit einem Gewicht von mehreren tausend Tonnen zu zügeln versuchten.
Sage schloss wie automatisch die Augen, beide Arme instinktiv um ihren Bauch geschlungen, um das Kind in ihr zu schützen. Rüttelnd, als würde er jeden Augenblick explodieren, wurde der Waggon, in dem sie sich befanden, mit voller Wucht nach vorne kata-

pultiert, dann wurde er langsamer, bis er endlich vollständig zum Stillstand kam.

Die Stille gellte in ihren Ohren. Ben und Sage sahen einander fassungslos an, dann rappelten sie sich hoch und liefen zur Schiebetür. Im Waggon war es dunkel, und die Metalltür war eiskalt, als Sage ihre Wange dagegen presste. Durch den schmalen Spalt konnten sie einen mitternachtsblauen Himmel ausmachen, der sich leuchtend über die Getreidefelder spannte. Vermutlich hatten sie bereits das andere Ende von Iowa erreicht. Mehrere Streifenwagen mit eingeschaltetem Blaulicht parkten an dem Weg, der parallel zu den Schienen verlief.

»Was machen die da? Sind wir an einem Verladebahnhof?«, fragte Sage.

»Ich glaube nicht.«

Sage wusste, dass er Recht hatte. Sie waren seit vier Tagen unterwegs, lange genug, um sich an den Rhythmus des Zuges zu gewöhnen, wenn er in einen Bahnhof einfuhr. Der Lokführer bremste umsichtig, der Zug wurde zunehmend langsamer und nicht auf einen Schlag. Beim ersten Halt war Sage nervös gewesen, ihr Magen flatterte, als das Gewicht die Waggons abbremste, bevor sie zum Stillstand kamen. Sie war nur ein einziges Mal Zug gefahren, mit ihrer Mutter, von Old Saybrook nach Boston, und der hatte nur halb so viele Waggons gehabt.

»Fangt vorne an und arbeitet euch nach hinten vor!«, schrie jemand draußen auf den Geleisen.

»Zwei Gruppen bilden!«, brüllte eine andere Stimme gebieterisch. »Die eine nimmt sich das hintere Ende vor, die andere das vordere!«

Sage drückte sich die Nase an der Tür platt, um zu sehen, was da draußen vor sich ging. Polizisten mit Taschenlampen schwärmten aus. Lichtstrahlen huschten über den Zug, glitten nach unten, als suchten sie die Schienen ab. Sage versuchte sich einzureden, dass der Zug vielleicht irgendetwas überfahren hatte – eine Kuh, ein Reh oder einen Menschen – und die Polizei sich vergewissern

wollte, ob das Opfer noch lebte. Aber tief in ihrem Innern wusste sie, dass sie nach Ben und ihr fahndeten.
»Was machen wir jetzt?«
»Ich weiß nicht.«
Sage trat von der Tür zurück. Sie sah ihren Freund an. Ben hatte die Wange an die Tür gepresst, stand da wie angewurzelt, spähte durch den Spalt. Während der letzten beiden Tage war er wortkarg gewesen, und wenn sie das Bedürfnis nach Zärtlichkeit verspürte, hatte sie gemerkt, dass ihm nicht danach zu Mute war. Die ganze Zeit war sie innerlich unruhig gewesen, als hätte sie eine Vorahnung gehabt, dass irgendetwas passieren würde, aber sie hatte sich nicht getraut, es sich einzugestehen.
»Ich liebe dich«, flüsterte sie.
»Sie durchsuchen die Waggons«, sagte Ben, als hätte er ihre Worte nicht gehört. »Die eine Hälfte der Mannschaft vorne, die andere hinten.«
»Sie suchen nach uns.«
»Ja. Könnte sein.«
Sage wartete, riss sich zusammen. Sie wünschte, Ben würde ihr sagen: Alles wird gut, du kannst dich auf mich verlassen, wir werden uns zwischen den Lattenkisten verstecken, ihnen entwischen und nach Wyoming gelangen. Ihr Herz schlug bis zum Hals, das Blut rauschte in ihren Ohren. Sie öffnete den Mund, aber er war zu trocken, um auch nur ein einziges Wort herauszubringen.
»Glaubst du, dass sie uns verhaften werden?« Ben verrenkte sich den Hals, um besser zu sehen.
Daran hatte Sage nicht gedacht. Sie versuchte, nach seiner Hand zu greifen, aber er hielt die Metalltür umklammert. »Ben? Ben?«
»Sie sind zwei Waggons hinter uns. Vielleicht drei.«
»Ich liebe dich,« sagte Sage abermals.
»Ach, Sage!«
»Wir müssen zur Ranch.«
»Das ist doch nur ein Traum«, erwiderte er, ohne sie anzusehen.
»Nein, das ist Wirklichkeit.« Sie hielt sich den Bauch.

»Wirklichkeit –«, murmelte er, als hätte er das Wort noch nie gehört.

»Wir werden ein kleines Blockhaus ganz für uns ganz allein haben. Der Himmel ist unendlich weit und blau, überall sieht man Sternschnuppen, die auf die Erde fallen. Wir können in den Flüssen angeln –«

»Unsere Mütter haben die Polizei eingeschaltet.« Bens Stimme klang brüchig. »Deshalb suchen sie nach uns.«

»Ich weiß«, flüsterte Sage. Sie setzte sich auf den Boden, das Gesicht gegen ihre Knie gepresst. Tränen rannen über ihre Wangen, als sie an ihre Mutter dachte. Sie stellte sich vor, wie ihre Hand ihr liebevoll über die Wange strich. Sie erinnerte sich an die Abende, an denen sie nicht einschlafen konnte: Ihre Mutter hatte an ihrem Bett gesessen und ihr Geschichten von den wilden Mustang-Herden erzählt, die durch die Canyons galoppierten. Bestimmt hatte sie gleich nach ihrem Verschwinden die Polizei benachrichtigt und würde keine ruhige Minute haben, bis sie wusste, dass Sage in Sicherheit war.

»Wir sollten nach Hause zurückkehren«, sagte Ben und kauerte sich neben sie.

»Genau das tue ich«, sagte Sage mit rauer Stimme, und sie meinte Wyoming, nicht Silver Bay. Mit zusammengekniffenen Augen, die Knie an die Brust gezogen, stellte sie sich den Westen vor. Sie sah rote Felsen und Getreidefelder, Berge, die sich gegen den hellen Himmel abzeichneten. Sie spürte wieder die liebevolle Berührung ihrer Mutter und sah die Augen ihres Vaters vor sich – sie waren wie auf dem Foto, das er ihr geschickt hatte – und wurde von Kummer übermannt.

Sie lief nicht von zu Hause fort, sie lief *nach* Hause. Ihre Mutter und ihr Vater befanden sich an getrennten Orten, und eine unbekannte Macht zog sie nach Wyoming. Die Polizisten, die sie suchten, würden ihr vermutlich einen Flugschein in die Hand drücken, damit sie schnell und sicher nach Hause zurückgelangte, aber sie wusste, dass es für sie kein Zurück gab.

»Wir werden eine Lösung finden«, sagte Ben und hielt ihre Hand. »Wir tun das, was von vornherein vernünftiger gewesen wäre. Wir schenken unseren Müttern reinen Wein ein, und die werden alles in die Wege leiten, um –«

»Um eine Abtreibung vorzunehmen?«, rief Sage hitzig. »Hör auf damit!«

»Ich wollte sagen, um uns zu helfen!«

Die Suchmannschaft zog den Ring immer enger. Sage hörte, wie die Schiebetüren der Waggons aufgerissen wurden und mit einem Knall zufielen. Zwei Staatspolizisten blieben direkt vor ihrem Waggon stehen und zündeten sich eine Zigarette an. Sage hielt den Atem an, aus Angst, man könnte sie hören, und kroch auf allen vieren zum Spalt, um hinauszuspähen. Die beiden Männer hielten sich im Hintergrund, beobachteten das Geschehen, vielleicht leiteten sie den Einsatz.

»Wer ist bloß auf die Schnapsidee mit der Notbremsung gekommen?«, sagte der eine. »Es sind doch ohnehin nur noch fünf Meilen bis zur nächsten Bahnstation.«

»Überraschungselement«, sagte der ältere Mann. »Wo sollen sich die beiden Ausreißer hier dünne machen? Im nächsten Getreidefeld? Wenn wir sie in der Stadt geschnappt hätten, wäre es einfacher gewesen, sich klammheimlich aus dem Staub zu machen und sich zu verstecken.«

»Der Lokführer ist fuchsteufelswild.«

»Pech gehabt.«

»Wie alt sind die beiden, Teenager?«

»Ja, ein Junge und ein Mädchen.«

»Aha, Romeo und Julia«, sagte der Jüngere.

»Hm, Romeo dürfte alt genug sein, um es besser zu wissen. Den kriegen wir dran, wegen Entführung, Unzucht mit Minderjährigen, die ganze Litanei. Dem wird Hören und Sehen vergehen.«

»Im Fahndungsbericht steht, dass sie Schulkameraden sind, ihre Familien kennen sich. Vermutlich sind sie miteinander durchgebrannt, wie das so ist, wenn man frisch verliebt ist und glaubt, nicht ohne den anderen leben zu können –«

»Liebe hin oder her, das wird dem Gericht scheißegal sein. Man hält nicht ungestraft einen Güterzug an und scheucht zwei Polizeitrupps mitten in der Nacht aus dem Bett. Der Junge wandert in den Knast, basta.«

»Ich weiß«, antwortete der andere.

Sage drehte sich nach Ben um. Sein Mund stand vor Schreck sperrangelweit offen. Er hat mich nicht entführt, hätte Sage am liebsten gerufen. Es war meine Idee! Und was heißt hier Unzucht mit Minderjährigen! Sie liebten sich doch!

Die beiden Männer traten ihre Zigaretten auf dem Boden aus und gingen gemächlich zu dem Waggon hinüber, der gerade durchsucht wurde. Sage packte Ben am Arm. »Sie dürfen uns nicht erwischen.«

»Sie glauben, das sei auf meinem Mist gewachsen.« Bens Stimme klang ungläubig. »Ich muss ins Gefängnis –«

»Nein«, erwiderte Sage bestimmt. »Das lasse ich nicht zu. Ich werde ihnen sagen, dass es allein meine Schuld war, dass ich dich liebe und deshalb –«

»Wir müssen uns stellen.« Bens Stimme zitterte. »Wir werden ihnen alles erklären.«

»Hast du nicht gehört, was er gesagt hat? Die Wahrheit interessiert niemanden.«

»Ich will nicht ins Gefängnis. Ich soll doch aufs College.«

»Lass uns abhauen, komm!« Sage versuchte, die Tür aufzuschieben. Sie hatten sich vier Tage versteckt und geplant, im Waggon zu bleiben, bis die Lattenkisten in Boise, Idaho, ausgeladen würden. Von dort aus wären sie mit dem Rad nach Wyoming gefahren und hätten unterwegs im Zelt übernachtet.

»Sie werden uns glauben. Ich bin ganz sicher.«

»Ich will nicht zurück.«

»Aber ich, Sage. Ich will zurück.«

»Nein.« Sie schüttelte heftig den Kopf.

»Ich will nach Hause.«
»Ben, bitte –« Sie unterdrückte ein Schluchzen.
»Und du auch«, sagte er, wobei seine Stimme weich wurde. »Ich kenne dich. Du glaubst, dass deine Mutter sauer ist, aber –«
»Das ist es nicht.« Sie kniff die Augen zusammen. »Ich will nach Wyoming –«
»Da kannst du später immer noch hin. Auf die richtige Art.«
»Das ist die einzig richtige Art!«, flüsterte sie. Ihr brach das Herz, weil sie wusste, dass es vorbei war. Die Zugfahrt, ihre kleine Familie, alles zu Ende. Ben würde sie verlassen, hatte sie bereits verlassen. Sie hörte es an seiner Stimme und konnte sich vorstellen, wie es mit ihnen weitergehen würde: Wenn sie sich das nächste Mal begegneten, würde er sich kühl und distanziert geben. Eine Trennung, wie bei anderen Jugendlichen in ihrem Alter, von denen sie etliche miterlebt hatte: Das Mädchen weinte sich im Umkleideraum die Augen aus dem Kopf, der Junge drehte ihr im Speisesaal der Schule den Rücken zu.
Sofern er nicht ins Gefängnis musste.
»Nein, das ist nicht die richtige Art«, sagte er, ihre Hände haltend.
Die Polizisten hatten den Waggon hinter ihnen erreicht. Die Wände waren plötzlich dünn wie Papier. Sage hörte, wie sie sich unterhielten, hörte raues Gelächter. Sie schluchzte leise in sich hinein. Sie blickte Bens Hand an, die ihre Hand umklammert hielt, und blinzelte, um die Tränen zurückzudrängen. Wenn sie ihn nur für immer festhalten könnte, diesen Augenblick mit Ben. Warum schenkte Gott den Menschen Liebe, um sie ihnen gleich darauf wieder zu nehmen?
»Sage?«
Sie spürte seine Anspannung, sah, wie es ihn zur Tür zog. Er wollte, dass sie aufgaben – die Erkenntnis traf sie wie ein Schock. Der Zeitpunkt war gekommen, den sie nur aus Liedern kannte: Wenn man jemanden wirklich liebt, muss man in der Lage sein, ihn gehen zu lassen. Der Gedanke erschien ihr grausam und abwegig.

So etwas kann Ben und mir nicht passieren, hatte sie immer gedacht. Aber nun wusste sie, dass sie Ben nie dazu bewegen könnte, mit ihr zu kommen, sosehr sie es sich auch wünschte.
»Ich liebe dich«, flüsterte sie.
»Ich liebe dich auch«, sagte er mit gequältem Blick.
»Würdest du etwas für mich tun?«
»Ja.« Er wischte sich die Tränen ab.
»Sag ihnen, dass du allein bist. Sag ihnen, ich sei in Chicago oder sonstwo ausgestiegen. Verschaff mir einen Vorsprung –«
»Einen Vorsprung –« Er blickte rasch zur Tür. Die Polizisten kamen näher, er konnte ihre Stimmen im Waggon hinter ihnen hören, sie lachten.
»Ja, bitte!« Sage löste ihre Hände aus seinen und schlich auf Zehenspitzen zur Bodenluke. Sie hatten sie gleich am ersten Tag entdeckt, ein Notausgang, falls es dazu käme. Seit ihr Entschluss feststand, wusste sie, dass Eile geboten war. Sie packte den Bolzen und zerrte daran. Er war stark und rostig, aber mit vereinten Kräften gelang es ihnen, ihn zu entriegeln.
Der Deckel sah schwer aus, aber sie traute sich zu, ihn notfalls allein anzuheben. Sie konnte fast alles, wenn sie nur wollte. Die Luke maß annähernd einen Quadratmeter und war groß genug, um ihr Fahrrad und ihren Rucksack durchzuschieben. Ben half ihr; Sage wollte sich vorsichtig hinunterhangeln, auf den Schienen unter dem Zug liegen bleiben und warten, bis die Polizisten weg waren. Ben würde sie ablenken, und sobald sich die erste Aufregung gelegt hatte, würde sie sich im Getreidefeld verstecken.
»Ich finde, du solltest mit mir kommen«, sagte Ben.
»Ich weiß. Aber das werde ich nicht tun. Versuch gar nicht erst, mich zu überreden.«
»Aber –«
»Bitte, Ben.« Wieder kamen ihr die Tränen. »Lass es. Mir zuliebe.«
»Scheiße –« Er schüttelte den Kopf.
»Bist du sicher, dass du allein zurechtkommst?« Sie hatte zwar gehört, wie die Männer darüber gesprochen hatten, ihn festzuneh-

men, aber sie konnte es nicht glauben. Ben war sanft und lieb, hätte keiner Fliege etwas zu Leide getan. »Ich werde ihnen sagen, dass du unschuldig bist. Sobald ich bei meinem Vater bin –«
»Mir wird schon nichts passieren. Ehrenwort.«
Sage nickte.
»Ich weiß, wie gerne du zu ihm möchtest«, sagte er und trat einen Schritt näher.
»Ja.« Sage wusste, dass es nichts anderes gab, was im Stande gewesen wäre, sie von Ben zu trennen.
Seine Augen waren groß und übernächtigt, die braunen Haare hingen ihm wirr ins Gesicht. Er trug die Lederschnur um den Hals, die sie ihm geschenkt hatte, mit einer Bärenklaue als Anhänger. Ihr Vater hatte ihr den Talisman vor Jahren geschickt, und sie hatte ihn hoch in Ehren gehalten. Sie berührte ihn mit dem Finger, als könne sie Stärke von dem Bären, ihrem Vater und Ben für sich ableiten. Sie blickte auf die Luke, die er für sie geöffnet hatte.
»Tust du mir noch einen Gefallen?«, flüsterte sie.
»Ja.«
»Halt mich.« Er nahm sie in die Arme, sein Atem war warm an ihrem Haar. Sie spürte ihre Herzen im Gleichklang schlagen, spürte ihren Bauch, der sich an ihn schmiegte, mit ihrem Baby darin. »Fester, als wolltest du mich nie mehr loslassen.«
»Wir sind zu jung. Ich wollte nicht, dass es so endet.«
Aber es endet so, dachte Sage. Sie bewahrte das Gefühl seiner Arme, den Geruch seines Pullovers, das Geräusch seines Atems und die Feuchtigkeit seiner Tränen, die auf ihre Stirn tropften, unauslöschlich in ihrem Gedächtnis auf.
»Du musst gehen«, sagte sie.
»Ich weiß.«
»Ich hoffe, sie fallen auf den Trick herein. Sie dürfen dich nicht in der Nähe des Waggons sehen –«, sagte sie.
»Ich werde mein Bestes tun.«
Er ging zur Luke. Es war abgemacht, dass er sich aus dem Waggon hinausrollen und so schnell wie möglich am Zug entlanglaufen

sollte, um sie von ihrer Fährte abzulenken. Blind vor Tränen drehte sie sich um. Sie konnte sich an ihn klammern, zuschauen, wie er sie verließ, oder sich an ihren Plan halten und ihre eigenen Träume verwirklichen.

»Sage –«, sagte er, als hätte er es sich anders überlegt oder wollte sich ihr Gesicht ein letztes Mal einprägen.

»Geh!«, sagte sie schluchzend, ohne sich umzudrehen.

Sie hörte am Rascheln der Kleidung, wie er durch die Luke verschwand, und den dumpfen Aufprall, als er mit den Füßen auf dem Boden landete. Sie durchquerte den Waggon und starrte in die Öffnung, durch die Ben verschwunden war. Sie war schmal, nicht einmal einen Meter breit, aber Sage erschien sie bodenlos. Ihr Blick war verschleiert vor Tränen, und sie nahm die Böschung nur verschwommen wahr.

Sie hörte Ben laufen, und ihr Herz verkrampfte sich bei dem Gedanken, ob sie ihn jemals wiedersehen würde. Sie dachte daran, wie sehr sie ihren Vater und ihren Bruder geliebt hatte, die auch eines Tages aus ihren Leben verschwunden waren. Als sie sich hinkniete und auf den staubigen Boden der Böschung, die nun klarer zu erkennen war, und die Schienen starrte, sah sie Bens Fußabdrücke. Sie hörte Stimmen, Männer, die brüllten und von überallher herbeigerannt kamen, an ihrem Waggon vorbeiliefen wie eine in Panik geratene, fliehende Büffelherde.

Sie umfasste ihren Bauch und flüsterte ihrem Baby zu, dass alles gut werden würde. Sie würden bald in Wyoming sein, auf der Ranch, in ihrem eigenen Blockhaus. Sie würde unterwegs gut auf beide aufpassen und nicht zulassen, dass ihnen ein Leid geschah. Sie bemühte sich unverzagt, überzeugend zu klingen. Das Seltsame war, je mehr sie es sich einredete, desto mehr glaubte sie an das, was sie sagte.

Einige Waggons vor ihr brach ein Höllenlärm los, und sie wusste, das war ihre Chance.

Mit klopfendem Herzen blickte sie sich ein letztes Mal im Waggon um. Es war das erste gemeinsame Zuhause, das Ben, sie und ihr

Kind gehabt hatten, und sie hoffte, dass es nicht ihr letztes sein möge.

Mit steifen Armen ihre Schultern umklammernd, um sich so schmal wie möglich zu machen, ließ sich durch die Luke fallen. Sie landete sanft auf ihrem Rucksack, lag auf dem Rücken und versuchte, sich zu sammeln. Stimmen drangen von links zu ihr herüber, und sie spähte zu den Polizisten, die einen Kreis gebildet hatten. Sie wusste, dass sie Ben umringten, doch obwohl sie die Ohren spitzte, konnte sie seine Stimme nicht hören. Das war ihre Chance, und Ben hatte sie ihr ermöglicht.

Sie kroch unter dem Zug hervor, zog ihr Fahrrad hinterher. Die Luft war trocken und kalt. Mit schmerzenden Lungen schnallte Sage den Rucksack um und zog die Riemen stramm, während sie aufstieg. Die Streifenwagen parkten auf der anderen Seite des Zuges, und das aufblitzende Blaulicht spiegelte sich in den tief hängenden Wolken. Die Morgendämmerung brach an.

Am Horizont tauchte ein Streifen Rot auf. Sage betrachtete ihn einen Augenblick. Die Sonne ging auf, auch wenn sie noch nicht zu sehen war. Der Himmel war dunkelblau, wurde von unten nach oben heller. Sage hielt den Atem an und wandte den Blick in Richtung Osten. In Silver Bay, Connecticut, war die Sonne bereits aufgegangen, und ihre Mutter hatte vermutlich jede Minute des neuen Tages an Sage gedacht.

Die Sonne aufgehen zu sehen war für Sage wie ein Segen, der von ihrer Mutter kam; dann bog sie ab in Richtung Westen, kehrte der Sonne den Rücken zu und trat in die Pedale. Ihre Beine waren steif, aber sie lockerten sich durch die Bewegung. Sie fuhr in das dunkle Getreidefeld. Die eine Hälfte war bereits abgeerntet und stoppelig. Sage bahnte sich geduckt einen Weg durch die trockenen Halme, die hoch und braun waren. Die Reifen holperten über die Ackerfurchen. Ihre Schultern streiften die trockenen Ähren, die wie Spielkarten in ihren Speichen raschelten.

Ben war an den Geleisen, deckte ihre Flucht. Die Stimmen der Polizisten wurden leiser. Nach einer Minute hörte sie nur noch das Pochen ihres eigenen Herzens und das Raunen des Windes, der durch die Ähren strich. Das Rad wackelte, wenn sie über Unebenheiten im Boden fuhr, aber ihre Beine waren kräftig und sicher, als sie sich aufrichtete und das Feld durchquerte, den letzten Spuren der Nacht entgegen.

8

Am Vorabend hatte James die Bewässerungsgräben im Red Mine Canyon abgebrannt. Den Rücken dem Wind zugewandt, hatte er zugesehen, wie der Rauch durch die tiefen Schluchten der Wind River Range driftete, karmesinrot im Feuerschein. Plötzlich hatte er ein Fauchen oben auf der Klippe vernommen, und als er hinaufgesehen hatte, hatte er einen Rotluchs entdeckt, der ein Kalb verfolgte und über den Rand des Abgrunds trieb.

Als er hinunterkletterte, hatte er das Kalb mit gebrochenem Rückgrat am Fuß des Saumpfads vorgefunden. Es versuchte, sich aufzurappeln, zu fliehen. James kauerte sich neben das verletzte Tier. Er streichelte den schlanken langen Hals und versuchte, es zu beruhigen. Die Augen des Kalbes, groß und dunkel, blickten James voller Angst an. Jedes Lebewesen hier draußen in der Prärie war sein Feind, außer seiner Mutter.

»Tut mir Leid«, sagte James.

Das Kalb keilte mit den Vorderbeinen aus, seine Hinterbeine waren gelähmt. Es stieß einen schrillen Schrei aus, den die Mutter oben auf der Klippe mit einem kummervollen Brüllen erwiderte.

»Du bist nicht allein«, sagte James, weil er meinte, dieser Trost sei wichtig für jedes Lebewesen in der Stunde der Not. Er hasste die Vorstellung, dass ein Mensch oder Tier allein leiden musste.

James war aufgestanden, hatte seine Waffe gezogen und geschossen; das Kalb war auf der Stelle tot gewesen.

Als er am nächsten Morgen sein Pferd sattelte, versuchte er an alles Mögliche zu denken, um den Blick des Kälbchens zu vergessen. Er wünschte sich, er hätte die Angst in den Augen des Tieres nicht mit ansehen müssen und es wäre auch weiterhin mit seiner Mutter vereint gewesen und von ihr gesäugt worden. Er versuchte, den Gedanken an seine eigenen Kinder zu verdrängen, die Vorstellung, sie sähen ihn mit dem gleichen Blick an.

»Es wird bald regnen.«

Beim Klang der Stimme seines Vaters fuhr James herum. Er spähte in den dunkleren Teil der Scheune, die als Pferdestall diente, und sah seinen Vater neben den Boxen stehen. Der alte Mann kam näher, trug seine ledernen Überziehhosen und Stiefel.

»Morgen, Dad.«

»Hast du die Gewitterwolken über der Talsenke gesehen? Heute wird es mit Sicherheit regnen. Wo willst du hin?«

»Runter zur Ostweide. Dachte, ich schau mal nach der Herde.«

»Legst du Wert auf Gesellschaft?«

James zögerte. Das letzte Mal, als ihn sein Vater begleitet hatte, hatte er die Orientierung verloren und war in Panik geraten. Er hatte James mit seinem Vater verwechselt und die Uhr um fünfzig Jahre zurückgedreht, als sie gemeinsam die Schafe der Rydells von ihrem Land vertrieben hatten. Dalton hatte wirres Zeug über die Erzfeinde der Familie geredet, über die Bedeutung der Tradition und dass Rinder besser waren für die Weiden als Schafe. James hatte ihn unsanft auf den Boden der Tatsachen zurückgeholt, ihm die Vater-Sohn-Beziehung klargemacht, ihn daran erinnert, dass er mit Louisa Rydell zusammenlebte, der Enkelin seiner Erzfeinde, und dass sie vor einer Generation Frieden geschlossen hatten.

»Natürlich, komm nur mit«, sagte James.

»Ich möchte dir aber nicht zur Last fallen.«

»Tust du nicht.«

Als die Pferde gesattelt waren, führten sie sie aus dem Stall und ritten in Richtung Osten. James hatte immer noch den Schrei des Rotluchses in den Ohren und konnte nicht aufhören, an Sage zu denken. Seit Daisys Anruf waren mehrere Tage vergangen, und er hatte seither nicht viel geschlafen, hatte wie auf heißen Kohlen gesessen und gewartet, dass sie sich wieder meldete. Er hoffte, Daisys sachliche kühle Stimme zu hören, die ihm sagte, das Ganze sei ein Irrtum gewesen und Sage sei zurück, schlafe in ihrem Bett.

»Die schlimmste Dürre, die ich je erlebt habe«, sagte Dalton und ritt in leichtem Galopp an einer Reihe von Pappeln entlang. »Bis Oktober!«
»Damit ist ja jetzt Schluss, du hast ja Regen vorausgesagt.«
»Dein Vater ist ein Wetterfrosch!«, sagte Dalton und lachte stillvergnügt in sich hinein.
James antwortete nicht. Er hatte den ganzen Sommer um Regen gebetet. Die Herden waren so durstig gewesen, dass sie versuchten, Staub zu trinken. Sie suchten Wasser, gefährlich nahe am Rand der Klippen, hofften ein Rinnsal zu erwischen. Letzten Monat hatte er einen Tanklaster voll Wasser herbeischaffen müssen. Er hatte es in die Sammelbecken gefüllt und mit ansehen müssen, wie die Rinder alles niedertrampelten, was sich ihnen in den Weg stellte, um zu trinken. Durst konnte tödlich sein.
Die Dürre hatte die Klapperschlangen auf den Plan gerufen. Nachts hörte man das Rasseln auf der Wind River Range, ein unheilvolles *tch-tch-tch,* das sich hinter Felsen und Gesims, Chaparrall und den Dachsparren in den Scheunen verbarg. Staub bedeckte das Land, ein brauner Film, der Tiere, Ranchgebäude und die Haut der Menschen überzog. Doch seit er wusste, dass seine Tochter irgendwo dort draußen unterwegs war, konnte er den Gedanken nicht ertragen, dass sie in einen Wolkenbruch geraten könnte.
»Gut, dass ich dir beigebracht habe, wie man das Land bewässert«, sagte Dalton. »Auf die alte Weise, die einzig richtige.«
»Die harte.«
»Hast du was zu meckern?«, fragte Dalton kampflustig.
»Wie käme ich dazu, Dad!« Auf den benachbarten Ranches gab es moderne Bewässerungssysteme mit Pumpen und Berieselungsanlagen, einstellbar per Zeitschaltuhr. Wenn der Brunnen austrocknete, zahlten sie für das Wasser, das sie selber herbeischafften oder anliefern ließen. Alles lief automatisch, computergesteuert, fehlerfrei.
Doch James bevorzugte die alte Methode, die der Tuckers. Es war

nicht die leichteste oder wirksamste, aber für ihn die einzig wahre. Wenn es um seine Herde ging, wusste er, was am besten war. Er musste zweimal am Tag auf die Weiden hinausreiten, um das Wasser zu wechseln. Er musste den Boden unter seinen Füßen spüren, musste jeden Gesteinsbrocken und jede Felsspalte kennen. Seine Tiere kannten den Klang seiner Stimme, das Geräusch der Pferdehufe. Das Wissen, dass er ein Teil der Landschaft war, empfand er als tröstlich, und es vermittelte ihm das Gefühl, Jake nahe zu sein. Keine große Sache, aber sie verschaffte ihm zumindest ein kleines Stück Seelenfrieden.

»Louisa hat mir erzählt, dass Daisy angerufen hat.«

»Ja, hat sie.« James hatte Louisa informiert, für den Fall, dass Sage anrief und sie zufällig am Apparat war.

»Deine Kleine ist verschwunden?«

»Sagt Daisy.« James spürte ein Ziehen im Magen.

»Diese Kinder!«, sagte Dalton lachend, als wäre das eine Erklärung, ein Scherz und ein Fluch, alles zusammen.

»Wem sagst du das.«

»Junge Leute haben keine Lust, zu Hause zu versauern. Meinst du, ich wüsste nicht mehr, wie du eines Tages nach dem Abendessen meinen Pick-up ›ausgeliehen‹ hast und nach Lander gefahren bist? Du warst fünfzehn, hattest keinen Führerschein, rein gar nichts.«

»Ich erinnere mich«, sagte James. Das war in dem Jahr nach dem Tod seiner Mutter gewesen, als Dalton begonnen hatte, Louisa den Hof zu machen. Er war wie betäubt gewesen, hatte bis zum Morgengrauen getrunken, die Schule geschwänzt und Spritztouren mit dem Pick-up seines Vaters unternommen, sobald sich eine Chance dazu bot. Dass Louisa zu ihnen zog, hatte ihm den Rest gegeben.

»Gut. Dann verschwende deine Zeit nicht damit, dir das Schlimmste auszumalen. Deine Tochter ist goldrichtig, der Rest wächst sich aus. Sie hat sich nicht verirrt, ist nicht sang- und klanglos verschwunden. Sie ist nur verdammt aufmüpfig, genau wie du früher, und will sich den Wind um die Nase wehen lassen. Warte ab, eine Woche, und sie taucht von allein wieder auf.«

»Eine Woche?«
»Richtig. Sieben Tage.«
Die Sache war nur, dass James allen Ernstes nachzurechnen begann, als besäße sein Vater geheime Informationen, über die nur Eingeweihte verfügten: Sage war vor fünf Tagen verschwunden. Wenn sein Vater Recht hatte, musste sie binnen zwei Tagen auftauchen. Dann hatte die Warterei ein Ende, er würde etwas von Daisy hören oder von Sage und konnte wieder ruhig schlafen. In jungen Jahren waren die Worte seines Vaters für James der Weisheit letzter Schluss gewesen. Das hatte sich mit Louisas Ankunft geändert. Und es änderte sich weiter, mit jedem Tag mehr, seit das Gedächtnis und die Aufmerksamkeit seines Vaters nachließen und James sich dabei ertappte, dass er ihn wie ein unmündiges Kind behandelte.
»Dad –« James wusste nicht, wie er seine Gedanken formulieren sollte, aber er wusste, sie hatten mit seinen Kindern und Daisy zu tun, mit den Verlusten, die er in seinem Leben erlitten hatte, Dingen, über die er nie mit seinem Vater gesprochen hatte.
»Siehst du, hab ich doch gesagt, die ersten Wolken«, sagte Dalton mit einem Blick zum Himmel. »Hoffentlich denkt Louisa daran, die Wäsche rechtzeitig ins Haus zu holen, bevor es regnet.«
James antwortete nicht. Sein Vater hatte gespürt, dass etwas im Busch war, und geschickt das Thema gewechselt, bevor James etwas Dummes sagte, was er später bereuen könnte. James gab seinem Pferd die Sporen, wechselte in einen schnellen Galopp über. Der Boden war hier eben, staubig und trocken. Die Salbeibüsche waren in der Sommerhitze verdorrt, nur mehr ein Bündel abgestorbener Zweige. Dalton ritt unmittelbar hinter ihm. James hörte, wie sein Vater ihn rief, ihm etwas von der Zeit erzählen wollte, als er ein Wasserloch mit einem verrosteten Kühlschrank zugestopft hatte, aber James trieb sein Pferd zur Eile an.
Die Tuckers sprachen nicht über Liebe. Sie weinten der Vergangenheit keine Träne nach und träumten nicht von der Zukunft. Sie ließen kein Wort über ihre Ängste oder Zweifel verlauten. Sie taten,

was getan werden musste. Sie sprachen über die Natur, das Wetter, Pferde und Rinder. Die Fähigkeit, Regen vorherzusehen, war eine Gabe, und Dalton hatte sie.

James hatte Kälber, die in den Abgrund stürzten, angegriffen von Rotluchsen, die es nach ihrem Blut dürstete. Die Ranch brauchte dringend Regen. Aber im Augenblick war James nicht sonderlich erpicht darauf. Er hätte seine ganze Herde geopfert, wenn es ihm dadurch gelungen wäre zu verhindern, dass seine Kleine in ein Unwetter geriet. James hätte es in Kauf genommen, dass seine Rinder kläglich eingingen, wenn er damit gewährleistet hätte, dass seiner Tochter kein Leid widerfuhr. Er wünschte, sein Vater besäße die Fähigkeit, solche Dinge vorauszusehen. Eine echte hellseherische Gabe, wie beim Regen.

Er dachte daran, wie Daisy nach Jakes Verschwinden reagiert hatte. Etwa einen Monat später war sie in den Canyon geritten und hatte versucht, seine Gegenwart zu erspüren. Sie besaß diese Gabe bei Steinen und Knochen, bei allen Gegenständen, die sie auf dem Boden fand; sie fühlte das Leben in ihnen, auch wenn sie kalt und leblos waren. Sie hatte sich auf den Boden gekniet, an der Stelle, wo Jake gesessen hatte, hatte Sand und Steine durch ihre Finger rieseln lassen und dabei immer wieder seinen Namen gesagt.

»Hör auf!« James hatte sie unsanft am Arm gepackt.

»Ich will wissen, wo er ist.«

»Im Staub wirst du ihn sicher nicht finden.«

»Vielleicht ist das unsere einzige Chance.« Sie presste ihr Gesicht gegen die Erde. Schlamm klebte an Augenlidern und Nase. Sie leckte ihn von den Lippen.

»Daisy, hör auf!«

»Er ist hier. Mein Kind ist hier«, hatte Daisy gesagt.

Es hatte vorher zwei Tage lang geregnet, und der Boden war aufgeweicht. Der Staub hatte sich in Schlamm verwandelt, das Dickicht war üppig und grün. Der Gedanke, dass die Erde vor Leben strotzte, hatte ihn krank gemacht. Alles um ihn herum lebte, nur Jake war nicht mehr da.

Daisy hatte ein Röcheln ausgestoßen, als verwandle sie sich in eine urzeitliche Bestie. James hatte die Arme um sie gelegt. »Er ist hier, er ist hier«, hatte sie immer wieder gerufen, und erst da hatte James gemerkt, dass sie weinte und ihrem Kummer Luft machte, der aus unbekannten Tiefen in ihr hochstieg.

»Daisy –«

»Er ist hier!«

»Daisy, hör auf! Das kann niemand wissen –«, hatte James gesagt, unfähig, ihr Einhalt zu gebieten, dem schrecklichen Weinen, dem Scharren in der Erde, den grauenvollen Klagelauten ein Ende zu setzen. Er konnte sie nur in die Arme schließen und weinen lassen. Er hatte sie gewiegt wie ein Kind und dem Wind in den Felsen über ihren Köpfen gelauscht, hatte den Einklang gespürt, in dem sich ihre Körper bewegten. Nach einer Weile waren ihre Tränen versiegt. James hatte sie weiter gewiegt.

Während er einen scharfen Galopp anschlug, dachte er an die Zeit mit Daisy zurück, an das stumme Gelöbnis, das er abgelegt hatte, während sie um ihren Jungen trauerte: Er würde seinen Sohn nie aufgeben. Was immer auch geschehen mochte, er würde sich nicht von der Stelle rühren, würde auf Jake warten. Daisy hatte ihrem Sohn in der Erde nachgespürt und den Staub gekostet, in dem er gespielt hatte. James hatte sich geschworen, auf immer und ewig nach ihm Ausschau zu halten.

Aber was konnte er für Sage tun?

Als Kind hatte seine Mutter zu ihm gesagt: »Wenn du betest, brauchst du dir keine Sorgen zu machen. Aber wenn du dir Sorgen machst, brauchst du nicht zu beten.«

James konnte nicht umhin, sich Sorgen zu machen, aber er konnte auch nicht umhin zu beten. Er ritt nach Osten zu der trockenen Weide, mit seinem Vater auf den Fersen. Er spürte den Wind auf seinem sonnenverbrannten Gesicht und zog den Hut tiefer in die Stirn. Staub wirbelte hoch, gelangte in seine Augen, trübte seinen Blick.

*

Vom Kamm des Berges hatte er einen weiten Ausblick über das Land. Canyons, Weiden, Ranch ... und Wut. Die Wind River Mountains, die sich ringsum erhoben, bildeten die Kulisse. Immer wenn er hier stand, hatte er das Gefühl, als sei seine Anwesenheit wichtig, als gäbe es einen Ort, an dem man sich zu Hause fühlen und zu dem man immer wieder zurückkehren konnte.
Er empfand nicht nur Wut, sondern auch Einsamkeit. Niemand ahnte, dass er hier war, niemanden interessierte es. Manchmal sah er die Rancher, die ihre Kälber versorgten, und in seinen Augen brannten Tränen. Das war die Aufgabe von Vätern: die Menschen versorgen, die zu ihnen gehörten.
Mütter und Väter, Mütter und Väter: Was bedeutete das schon. Draußen in der Prärie sah er viele Tiere mit ihren Jungen: Rehe und Kitze, Kühe und Kälber, Kojoten mit ihrem Wurf. Die Jungen verdienten eine Chance aufzuwachsen, aber viele schafften es nicht. Eine Ranch war ein unerbittlicher Ort, zum Leben oder Sterben.
Es spielte keine Rolle mehr. Er würde hier oben sitzen bleiben, mochten noch so viele Unwetter über ihn hinwegziehen, würde warten, notfalls für immer, wenn es sein musste. Ein lauter Donnerschlag ertönte, Musik in seinen Ohren, die seine Träume begleitete. Das war sein Berg, und er war viele Male von den Geräuschen der Natur in den Schlaf gewiegt worden. In der Ödnis, die ihn umgab, musste der Trost von innen kommen.
Er schlang die Arme um seinen Körper und spürte, wie ihm die Tränen über die Wangen liefen. *Du bist ein guter Junge.* Die Worte drangen aus weiter Ferne zu ihm, stammten von einer anderen Stimme. Irgendjemand hatte sie zu ihm gesagt, und nun wiederholte er sie für sich selbst. Hufschläge donnerten unter ihm vorüber, und er wich auf dem Gesims zurück, presste sich gegen den Felsen. Er wollte noch nicht, dass man ihn entdeckte. Doch inzwischen färbten sich die Blätter gelb, fielen zu Boden. Vielleicht wenn es schneite, brannte in den Häusern ein warmes Feuer, und der Berg war mit Eis bedeckt.
Vielleicht würde er sich dann zu erkennen geben. Und Anspruch

auf seine Heimat am Berg erheben. Ein weiterer Donnerschlag ertönte, und er rückte näher an das schützende Gesims. Er brauchte etwas, woran er glauben konnte, und er hatte es hier, auf der Ranch, gefunden.
Er fühlte sich schläfrig, rollte sich zusammen, ließ die Traumlieder kommen. *Du bist ein guter Junge. Du bist ein guter Junge.*

*

Louisa Rydell stand auf der Veranda und trank eine Tasse Kaffee, während sie zusah, wie ein Rudel Antilopen den Berg hinaufkletterte. Sie versuchte, sie zu zählen, kam aber nur bis fünfundzwanzig, bevor sie den Überblick verlor. Gewitterwolken brauten sich über dem Tal zusammen. Sie waren purpurrot wie das Blut in den Opferschalen aus der Bibel. Dalton sehnte den Regen herbei. Sie wusste, wie dringend die Ranch Regen brauchte, und hoffte, dass er kam, aber nicht jetzt.
Nicht, solange Daisys und James' Tochter mutterseelenallein da draußen in der Prärie war. Louisa hatte Sage seit Jahren nicht mehr gesehen, aber es gab einmal eine Zeit, da war das Mädchen wie ihr leibliches Enkelkind gewesen. Sie hatte jede Gelegenheit genutzt, auf die Zwillinge aufzupassen, hatte Sage auf ihren Schoß gesetzt und sie mit ihren großen Ohrringen und Glasperlen spielen lassen, während sie Jake im Auge behielt, der zwischen Haus und Paddock herumsprang.
Damals waren sie eine einzige große Familie gewesen, glücklich und auf ihre Weise verrückt. Louisa und Dalton waren auch ohne Trauschein Matriarchin und Patriarch des Clans gewesen, die einst verfeindeten Rydells und Tuckers friedlich vereint auf einer Ranch. Louisas Vater hätte das mit Sicherheit nicht für möglich gehalten. Dalton hatte sogar ihre Neffen Larry und Todd als Hilfskräfte auf der Ranch eingestellt, wenn Not am Mann war, und ihre Tochter Ruthie zum Squaredance begleitet, bei dem nur Väter und Töchter mitmachen durften.

Sogar James war aufgetaut. Nachdem er Louisa ein Jahrzehnt lang gehasst und verachtet hatte, weil sie – wie er meinte – den Platz seiner Mutter in Daltons Herz eingenommen hatte, schien er sie mit einem Mal zu respektieren. Eine Frau, die von Daisy der Zuneigung für wert befunden wurde, war gut genug, um von James geduldet zu werden. Louisa vermisste die jüngere Frau auf der Ranch.

Sie seufzte. Einer der Hütehunde hatte das Brötchen gerochen, das sie sich zum Frühstück gemacht hatte, und näherte sich schnüffelnd den Stufen, die zur Veranda hinaufführten.

»Was willst du?«, fragte sie, als ob sie es nicht wüsste.

Der Hund leckte ihr die Hand, dann rollte er sich auf den Rücken, eine Aufforderung, ihm den Bauch zu kraulen. Louisa dachte an die Kinder, mit denen sie auf der Veranda gesessen hatte, und an die Hütehunde, denen sie den Bauch gekrault hatte. Wolken schoben sich vor die Sonne, und in der Ferne donnerte es. Sie schüttelte den Kopf. Die einzige Feuchtigkeit diesseits des Gannet Peak befand sich in ihren Augen, und sie hasste es, wenn die Tränen ihre Wimperntusche verschmierten.

»Verdammt«, sagte sie, auf *alles* gemünzt.

Sie wünschte sich die glücklichen Zeiten zurück. Es hatte so viel Liebe auf dieser Ranch gegeben. Die beiden Paare, die Kinder, ihre Nachkommen. Damals, als diese Familie noch intakt war, dachte sie. Sie war vor dreizehn Jahren zerbrochen, als Jake spurlos vom Erdboden verschwand.

Je länger sie den Hund am Bauch kraulte, desto mehr Streicheleinheiten verlangte er. Sein linkes Bein zappelte in der Luft wie der Lauf eines Eselshasen. Louisa versuchte, sich ein Lachen abzuringen, aber dadurch wurde der Schmerz, den sie in ihrem tiefsten Innern empfand, umso größer. Wenn sie weiterhin so nahe am Wasser gebaut hatte, würden ihre Augen anschwellen, und das konnte sie überhaupt nicht gebrauchen. Dalton und sie waren mit Freunden zum Abendessen im Stagecoach verabredet, und Louisa hoffte insgeheim, dass der Manager des Lokals sie überreden würde, auf die Bühne zu kommen. Obwohl sie an diesem Abend keinen offiziellen Auftritt hatte, fühlte sie sich geschmeichelt, wenn man sie um eine Einlage bat.

Den alten Hütehund zu kraulen konnte sie auch nicht aufmuntern. Louisa richtete sich aus ihrer gebückten Haltung auf. Ihr Kleid war aus einem fließenden Stoff und blau wie der Gebirgsenzian. Ihr Augen-Make-up passte farblich dazu. Sie trug die Halskette mit Daisys Bärenmutter-Amulett. Es war aus den Knochen eines toten Grizzly geschnitzt, den James eines Abends im Sommer erschießen musste, da er das Zelt angriff, in dem Daisy und die Kinder schliefen.

Louisa nahm das Amulett in beide Hände. Es hing zwischen ihren Brüsten, an einer Goldkette, auf die Perlen aus poliertem Jaspis, Türkisen und Bärenknochen aufgefädelt waren. Das Amulett war ringsum von Fangzähnen und Klauen umgeben, mächtigen Schutzsymbolen. James hatte gemeint, ein so Furcht erregendes Schmuckstück zu fertigen sähe Daisy überhaupt nicht ähnlich.

Louisa hatte verstanden, worauf er hinauswollte. James hatte damit andeuten wollten, sie habe die zart besaitete Daisy dazu angestiftet. Aber die Anspielung hatte Louisa nichts ausgemacht. Daisy und sie standen sich sehr nahe und wussten, dass kein Lebewesen auf der Welt verbissener kämpft als eine Mutter, wenn es darum geht, ihre Jungen zu verteidigen.

Das Amulett erzählte eine ganz andere Geschichte.

Der Knochen stammte aus dem Brustkorb des Tieres, dicht neben dem Herzen. Daisy hatte eine glatte Scheibe zugeschnitten und das Gesicht der Bärin herausgemeißelt. Es war das Antlitz des Todes und hatte nichts mit Angriff zu tun. Der Ausdruck war friedvoll, ruhig, liebevoll, spirituell. Denn nach dem Angriff, als James die Bärin getötet hatte, hatte er ihre Jungen gefunden, die am Fuße des Berges warteten. Die Mutter hatte gespürt, dass sie in Gefahr waren, und getan, was sie tun musste.

Daisy hatte sie verstanden. Sie hatte um die Bärin getrauert und

James noch Wochen danach in die Hügellandschaft im Norden geschickt, um nach den Jungen zu suchen und sich zu vergewissern, dass sie allein überleben konnten. Er hatte sie zweimal aufgespürt, aber danach nur noch ein Junges entdeckt. Das andere war verschwunden.

Louisas Amulett verkörperte den mächtigen Geist der Bärenmutter. Er war auf der Ranch, in den Bergen und Schluchten zu spüren, schützte die Jungen. Daisy hatte sich gewünscht, es möge Louisas Tochter Ruthie, ihre eigenen Kinder Sage und Jake und alle Kinder der Familien Tucker und Rydell von hier bis Dubois beschützen.

Louisa hatte es jeden Tag getragen, seit Daisy es ihr geschenkt hatte, doch nach Jakes Verschwinden hatte sie es abgelegt. Was für einen Sinn machte es, ein Schutzamulett zu tragen, das keinen Schutz bot? Doch heute Morgen, während sie an Sage dachte, hatte sie es wieder angelegt. Nur für den Fall. Das Mädchen war inzwischen sechzehn und ohne Vater aufgewachsen. Sie war Daisys Ebenbild. Und Louisa wusste, was vaterlosen jungen Mädchen an der Schwelle zur Frau zustoßen kann.

Zum Teil aus eigener, leidvoller Erfahrung.

Bei diesem Gedanken entfuhr ihr ein tiefer Seufzer. Er löste sich in Luft auf, als weitere Donnerschläge unten im Canyon widerhallten. Die ersten Regentropfen fielen: Groß und schwer prasselten sie auf die verdorrte Erde und wirbelten den Staub hoch.

Als sie den staubbedeckten Hütehund von der Veranda scheuchte, wusste Louisa, was sie zu tun hatte. Manchmal brauchten junge Familien alle Hilfe, die das Universum aufzubieten vermochte, selbst wenn sie von einer verschmähten Quasi-Stiefmutter kam. Sie ging ins Haus und rüstete sich für ein Telefongespräch, das nicht einfach sein würde.

9

In ein Schultertuch gehüllt, kauerte Daisy in ihrem Atelier. Fünf Tage waren seit Sages Verschwinden vergangen, aber noch immer war jeder Atemzug eine Qual. Detective LaRosa hatte gerade angerufen, um ihr mitzuteilen, dass Sage nicht im Zug gewesen war. Ben hatte behauptet, sie sei in Chicago ausgestiegen.

Obwohl ihm die Polizei nicht geglaubt hatte, hatte man sie bisher nicht gefunden. Sage war weder entführt worden, noch war sie vorbestraft, deshalb hatte sich das FBI nicht eingeschaltet. Die Nachforschungen fielen in die Zuständigkeit mehrerer kleiner Polizeidienststellen und Gerichte und hingen von deren Bemühungen ab, und für keine hatte eine schwangere Ausreißerin oberste Priorität. Daisy hatte jeden Tag Bens Mutter angerufen, seit die Kinder miteinander durchgebrannt waren.

Paulina war zunächst fuchsteufelswild gewesen, doch nun servierte sie Daisy eiskalt ab. Sie teilte ihr mit, Ben werde sie anrufen, sobald es ihm möglich sei. Daraufhin war Daisy der Kragen geplatzt. »Jetzt hören Sie mir mal gut zu!«, hatte sie gesagt, wobei ihre Stimme immer lauter wurde. »Ich weiß, dass Sie Sage die Schuld geben, aber das ist mir egal. Sie sorgen dafür, dass er mich anruft, wenn er nach Hause kommt! Sobald er den Fuß ins Haus setzt! Habe ich mich klar ausgedrückt?«

Das Telefon klingelte.

Daisy blickte es mit geröteten Augen an. Sie saß in einem Schaukelstuhl, die Arme um ihre hochgezogenen Knie geschlungen; sie verhedderte sich in ihrem Schultertuch, als sie mit einem Satz aufsprang und nach dem Hörer griff. Vielleicht war es Ben oder Hathaway, die zurückrief, oder James, oder eine schlechte Nachricht.

»Sage!«, schrie sie.

»Nein, Schätzchen, ich bin's.« Sie erkannte sofort Louisas Stimme mit ihrem schleppenden Tonfall, der für den Westen typisch ist.
»Ich dachte, es wäre Sage«, sagte Daisy bedrückt.
»Hat sich die Polizei schon gemeldet?«
»Sie können sie nicht finden.« Daisy schloss die Augen. Der intuitive Verdacht, dass Sage unterwegs zur Ranch war, hatte sich inzwischen zu einer Überzeugung verdichtet, aber die Polizei wollte nichts davon wissen. »Ich habe keine Ahnung, wie gründlich sie suchen. Wenn sie nur anrufen würde –«
»Das hoffe ich auch. Dass sie einfach zum Hörer greift, dich anruft und nach Hause kommt.«
»Mein Gott, ich hoffe so sehr, dass sie James oder mich anruft. Ich weiß, dass sie auf dem Weg zu ihm ist –«
Am anderen Ende der Leitung herrschte Schweigen, und plötzlich konnte sich Daisy ausmalen, wie das Leben sein würde, wenn Sage nicht nach Hause kam. Sie würde in ein schwarzes Loch fallen, so unermeßlich tief und furchtbar, dass sie nicht mehr weiterleben wollte. Bei Jakes Verschwinden war sie völlig am Boden zerstört gewesen, doch wenn sie nun auch noch ihre Tochter verlor, würde ihre Verzweiflung grenzenlos sein.
»Daisy, ich habe gründlich nachgedacht, seit du James Bescheid gesagt hast. Wir standen uns doch einmal sehr nahe, wir beide –«
Daisy umklammerte den Hörer. Die Stimme der älteren Frau klang liebevoll und ein bisschen wehmütig. Doch Daisy hatte keine Zeit für sentimentale Anwandlungen. Sage war verschwunden. Sie versuchte, die Telefonleitung freizuhalten, und Louisa wollte über alte Zeiten plaudern?
»Ich … lass uns ein anderes Mal darüber reden«, sagte sie.
»Aber ich –«
»Louisa!«, schrie Daisy und beugte sich so ungestüm vor, dass eine Schale mit unpolierten Granatsteinen in hohem Bogen auf dem Fußboden landete. »Ich warte auf einen Anruf meiner Tochter!«
»Lass mich ausreden«, erwiderte Louisa mit einer Stimme, die so streng klang, dass Daisy zusammenzuckte.

Hathaway war offenbar gerade gekommen, stürmte ins Atelier, noch in ihrer karierten Jacke. Daisy war kreidebleich geworden und hatte das Gefühl, ohnmächtig zu werden. Hathaway legte schützend die Arme um sie und drückte sie in den Schaukelstuhl zurück.

»Es ist Louisa.«

»Ach so.« Hathaway sah aus, als sei sie in den letzten Tagen um zehn Jahre gealtert.

»Ist das deine Schwester?«, fragte Louisa aus weiter Ferne. »Gut, dass sie bei dir ist. Du solltest jetzt nicht allein sein, vor allem, wenn du hörst, was ich dir zu sagen habe. Könnte sein, dass du mir danach am liebsten die Augen auskratzen würdest, und deshalb bin ich froh, dass sie da ist, um es dir auszureden.«

»Und was hast du mir zu sagen?«, fragte Daisy zögernd und ergriff Hathaways Hand.

»Ich möchte, dass du auf die Ranch kommst.«

Daisy spürte das Blut in ihren Ohren rauschen. Hatte sie sich verhört?

»Das soll wohl ein Scherz sein!«

»Das ist kein Scherz, junge Dame. Wenn du glaubst, ich wäre in solchen Zeiten zu Scherzen aufgelegt, kennst du mich offenbar nicht so gut, wie ich dachte.«

»Ich kann nicht –« Daisy hatte seit mehr als zehn Jahren keinen Fuß mehr auf die DR-Ranch gesetzt. Sie war Teil des Albtraumes. Sie konnte weder den Anblick der schroffen Felsen ertragen noch den Salbeiduft in der Luft, ohne an ihren Sohn zu denken. James lebte dort, und nach allem, was zwischen ihnen vorgefallen war, würde es nur böses Blut geben. Und außerdem, was hatte das Ganze mit Sage zu tun? »Ich kann nicht. Ich will nicht«, sagte sie.

»Du willst deiner Tochter nicht helfen?«

Daisy spürte, wie sie in Wut geriet. »Meiner Tochter helfen? Habe ich richtig gehört! Wie kannst du es wagen!«

»Ganz recht, deiner Tochter helfen! Du hast mich sehr gut verstanden.«

»Louisa!« Daisys Stimme zitterte. »Du warst meine Freundin, und ich mochte dich sehr. Du gehörst zur Familie und jetzt –« Ihre Hände zitterte so sehr, dass sie den Hörer mit beiden Händen halten musste. Hathaway musterte sie besorgt.

»Reg dich ab, Daisy. Du bist außer dir, und glaube nicht, ich wüsste nicht, wie du dich fühlst. Mir würde es keinen Deut besser gehen. Ich trage dein Bärenmutter-Amulett und habe an die alte Grizzly-Bärin gedacht, die James erschossen hat; ich kann mir vorstellen, wie es ist, wenn man sein Junges verliert.«

»Beide«, ächzte Daisy und senkte den Kopf. »Ich habe beide Kinder verloren!«

»Leg auf, Daisy!« Da sie nicht genau wusste, um was es ging, und nur die Anspannung sah, unter der ihre Schwester stand, versuchte Hathaway, ihr den Hörer aus der Hand zu nehmen.

»O Gott!« Daisy erschauerte.

»Ich weiß, Schätzchen«, sagte Louisa. »Ich weiß.«

»Beide!«, sagte Daisy abermals.

»Und deshalb –«, begann Louisa, aber Daisy hörte ihr nicht mehr zu. Sie dachte an ihre Kinder. Sie hatte sie in den Schlaf gewiegt, eines in jedem Arm. Jake brauchte immer länger zum Einschlafen als Sage; er hatte vor sich hin geplappert, girrende Geräusche von sich gegeben und seine Mutter angeschaut, während seine Schwester selig schlief.

»Und deshalb was? … Was hast du gesagt?«

»Deshalb musst du herkommen.«

Daisy spürte, dass ihr Widerstand brach wie ein Damm; die Wut wich von ihr, ergoss sich wie ein Fluss ins offene Meer. Sie fühlte sich ausgelaugt und leer. Die Erinnerung an ihre Kinder war so stark, dass ihre Brüste und Arme schmerzten. Hathaway strich ihr beschwichtigend über das Haar, aber Daisy hatte ihre ungeteilte Aufmerksamkeit auf Louisas Worte gerichtet.

»Warum?«

»Weil das der Platz ist, an den du jetzt gehörst. Es muss ja nicht für immer sein, aber während der Wartezeit. Das ist die Ranch, auf der deine Kinder zur Welt gekommen sind. Es ist das erste Zuhause, das Sage kennen gelernt hat. Irgendetwas, das stärker ist als sie, zieht sie hierher. Ich weiß nicht, was es ist, aber ich bin sicher, dass sie nicht umkehren wird oder sich zur Umkehr bewegen ließe, bevor sie auf der Ranch gewesen ist.«

»Bis dahin können ihr schlimme Dinge zustoßen.«

»Ich weiß, Schätzchen.« Louisas Stimme war fest, bestimmt und einfühlsam. »Aber ihr wird schon nichts passieren. Sie ist stark, genau wie ihre Mutter. Das Leben hat ihr bereits ein paar harte Lektionen erteilt, und bisher ist sie gut damit fertig geworden.«

»Ich möchte, dass sie zu mir nach Hause zurückkehrt.«

»Ich weiß, und das wird sie auch. Aber zuerst wird sie hierher kommen, und ich möchte, dass du dann hier bist.«

»Ich halte es nicht aus auf der Ranch.«

»Spielt das eine Rolle? Schließlich sollten wir jetzt in erster Linie an Sage denken.«

»Was soll das bringen?«

»Es wird ihr zeigen, dass sie es wert ist.«

»Dass sie was wert ist?«

»Dass ihr Vater und ihre Mutter das Kriegsbeil für den Augenblick begraben. Dass sie für euch an erster Stelle steht. Dass ihr beide auf der Ranch seid und die verlorene Tochter mit offenen Armen empfangt. Sie steckt in einer Krise und braucht ihre Eltern. Beide.«

»Sie ist schwanger.« Die Worte brachen aus ihr heraus, und sie begann zu weinen. Sie hatte es geheim halten und Sages Privatsphäre schützen wollen, bis sich eine Gelegenheit zum Reden bot und sie gemeinsam entscheiden konnten, wie es weitergehen sollte. Aber Louisas Tonfall war so ruhig und mütterlich, dass es Daisy vorkam, als vertraue sie sich ihrer eigenen Mutter an.

»Hm, das dachte ich mir schon. Deshalb ist sie von zu Hause weggelaufen. Bei mir war das damals genauso.«

»Was? Wann war denn das?«

»Ich bin durchgebrannt. Ich war minderjährig und schwanger.«

»Minderjährig?« Daisy versuchte krampfhaft, sich an Einzelheiten aus Louisas Leben zu erinnern.

»Kaum den Kinderschuhen entwachsen. Siebzehn, ein Jahr älter als Sage.«

»Ich hatte keine Ahnung –«

»Mein Vater war einige Jahre vorher gestorben. Ich sage nicht, dass ich deshalb schwanger wurde, aber es hat dazu beigetragen. Ich vermisste ihn, sehnte mich nach seiner Liebe. Ich bin mit dem ersten Jungen durchgebrannt, der mir über den Weg lief. Ich brauchte einfach das Gefühl der Erfüllung, wenn du verstehen kannst, was ich meine.«

»Aber du warst doch verheiratet, als Ruthie zur Welt kam!«, sagte Daisy; nun fiel ihr die Geschichte von Louisas Mann Earl wieder ein, der unmittelbar nach der Geburt des Kindes gestorben war.

»Das habe ich den Leuten weisgemacht.«

»Aber du sagtest, Earl sei tot –«

»Für mich war er das auch. Für mich war er gestorben, als sich herausstellte, dass er mich nicht heiraten und unserem Kind einen Namen geben würde, und als ich erkennen musste, dass er nie vorgehabt hatte, sich um sie zu kümmern. Für mich ist der Kerl mausetot.«

»Aber –«

»Daisy, dass ich Earls wegen gelogen habe, ist Jacke wie Hose. Ich habe es getan, um Ruthie zu schützen. Der Punkt ist, ich wurde mit siebzehn schwanger und wollte nur eines, ein Zuhause. Mein Vater war tot. Meine Mutter war wieder verheiratet, in Cheyenne, mit einem Typen aus der Ölbranche, aber da habe ich mich nur als Eindringling gefühlt. Ich wollte ein richtiges Zuhause. Mein Zuhause.«

Daisy dachte an Louisas verstorbenen Vater; auch Sage hatte ihren Vater vermisst, so sehr, dass sie ihm einen Schrein in ihrem Zimmer errichtet hatte. Sie schloss die Augen und stellte sich James' Bild vor, das an dem Elchgeweih hing.

»Die Ranch«, sagte Daisy. »Ihr erstes Zuhause.«
»Das einzige Zuhause, wo die ganze Familie unter einem Dach vereint war.«
»Wir alle –«
»Sage und du, ihr Vater und ihr Bruder.«
Der Glockenschlag der Seth-Thomas-Uhr auf der anderen Seite des Ateliers zeigte an, dass eine volle Stunde vergangen war. Daisy und Louisa hatten die Leitung lange belegt. Verwirrt und betrübt schüttelte Daisy den Kopf. Einiges von dem, was Louisa gesagt hatte, machte Sinn, aber trotzdem – wie sollte sie es über sich bringen, auf die Ranch zurückzukehren? Daisys Blick fiel auf das Amulett, an dem sie gerade arbeitete, »Einsames Mädchen«. Sie dachte an die grenzenlose Liebe, die sie für dieses Mädchen empfand, und erkannte, warum sie ausgerechnet diesen Namen für das Schmuckstück gewählt hatte.
Es war einiges dran an dem, was Louisa gesagt hatte, vor allem, was die Sehnsucht ihrer Tochter nach einer großen Familie betraf. Sage hatte einen Zwillingsbruder gehabt, dazu einen liebevollen Vater, ihren Großvater und Louisa. Als Daisy mit ihr an die Ostküste gezogen war, hatte sie Sage von den Menschen getrennt, die ihr nahe standen. Was sie dabei wohl empfunden haben mochte … Daisy hatte so viel zu tun gehabt, ein neues Leben aufzubauen und ihren eigenen Kummer zu verkraften, dass sie einige selbstsüchtige Entscheidungen getroffen hatte. Durch das Bedürfnis, ihr einziges Kind von der Ranch fern zu halten, hatte sie es ihrem Vater entzogen.
»Danke, dass du so ehrlich warst«, sagte Daisy mühsam. »Ich werde darüber nachdenken. Ich verspreche es.«
»Das ist alles, worum ich dich bitte.«
»Louisa, ich möchte, dass dieses Gespräch unter uns bleibt, ja? Ich meine, verrate James nicht, dass Sage schwanger ist.«
»Nie im Leben, Daisy.«
Behutsam legte Daisy den Hörer auf. Sie drehte sich zu Hathaway um, und plötzlich rückte die Ranch in weite Ferne. *Hier* war ihr Zu-

hause, *hierher* gehörte ihre Tochter. Daisy würde hier auf sie warten, in der Pumpkin Lane, bis die Polizei sie endlich fand.

»Louisa meint, ich soll nach Wyoming kommen«, sagte Daisy, darauf wartend, dass ihre Schwester lachen, eine sarkastische Bemerkung machen oder ungläubig den Kopf schütteln würde.

Hathaway berührte Daisy an der Schulter und wartete, den Kopf zur Seite geneigt, dass sie weiterredete. Heute trug sie ein rotes Cowboyhemd, eine türkisfarbene Glasperlenkette, silberne Ohrringe und ein Sioux-Armband aus Glasperlen aus ihrer Boutique, dem *Cowgirl Rodeo.*

»Sie meint, Sage habe ihren Vater vermisst, und das sei der Grund für den ganzen Wirbel.«

»Wirbel?«

»Schwangerschaft, Durchbrennen, alles.«

»Den Vater zu vermissen ist kein Pappenstiel«, erwiderte Hathaway ruhig. »Ich vermisse Dad heute noch, obwohl inzwischen viel Zeit vergangen ist. Sein Lächeln, seinen Sinn für Humor, wie er uns immer vorgelesen hat –«

»Dad –«, sagte Daisy versonnen. Hathaway und sie hatten den Vater früh verloren; er war an einem Herzanfall gestorben. Sie hörte noch sein gutmütiges Lachen, sah, wie er in seinen Büchern blätterte, die Halbbrille, die ihm auf die markante Adlernase gerutscht war, erinnerte sich an den unverkennbaren Geruch in seiner Bibliothek nach Leder, Möbelpolitur und den frischen Blumen in der Vase, die ihre Mutter immer auf den Tisch stellte. Sie vermisste ihn so sehr, dass sich ihre Augen mit Tränen füllten, und verstand mit einem Mal besser, was Sage bewogen hatte, zu ihm zu fahren.

»Ich habe nie daran gezweifelt, dass Sage James heiß und innig geliebt hat«, sagte sie mit Bedacht. »Und ich bin absolut sicher, dass sie sich auf dem Weg zu ihm befindet. Die Sache ist nur, dass ich nicht ganz begreife, was ich auf der Ranch soll. Was soll das bringen?«

»Das musst du schon allein herausfinden«, sagte Hathaway mit einem liebevollen Blick.

»Und was ist mit dir?«
»Ich stimme voll und ganz mit Louisa überein«, sagte Hathaway sanft und nahm Daisys Hände.
»Aber wieso denn?«
»Weil du auf der Ranch sein solltest, wenn Sage ankommt. Du weißt, dass das ihr Ziel ist. Sie hat allen Grund, dorthin zurückzukehren, und du auch.«
»Ich? Ich kann mir nicht vorstellen, was das sein sollte; wovon redest du überhaupt? Ich bin in Connecticut geboren, und mir gefällt es hier. Du bist in der Nähe –«
»Ich bin da, wo du bist, das solltest du inzwischen wissen. Es gibt nichts, was uns trennen könnte.«
»Ich will nicht auf die Ranch«, hörte Daisy sich sagen; die Worte klangen wie ein Echo in einer tiefen Schlucht.
»Aber ich glaube, dass du trotzdem fahren wirst.« Hathaway drückte Daisys Hand und blickte ihr lächelnd in die Augen.
Daisy kam sich wie ein Glückspilz vor, eine ältere Schwester wie Hathaway zu haben.
»Was du nicht sagst!«
»Ja. Das glaube ich.«
»Und warum?«
»Weil es dir so bestimmt ist. Weil du den Westen mehr liebst, als zu jemals zugeben wirst. Du meinst, Neuengland läge dir im Blut, aber du bist stärker im Wilden Westen verwurzelt als Annie Oakley.«
»Willst du mich mit dieser Pistolenschützin aus der Wildwest-Show von Buffalo Bill vergleichen?«
»Klar.«
»Aha. Und woher willst du das wissen?«
»Weil ich deine ältere Schwester bin«, sagte Hathaway lachend und küsste Daisy auf den Scheitel. »Ich weiß alles.«

*

Elf Stunden nachdem sie den Zug verlassen hatte, hielt Sage zum ersten Mal an, um einen Blick auf die Karte zu werfen. Sie war erschöpft, und es tat gut, eine Pause einzulegen. Sie kramte in ihrem Rucksack und holte die Tasche mit den Reiseutensilien heraus, die sie zusammengepackt hatte, bevor sie von zu Hause aufgebrochen war: Taschenlampe, Streichhölzer, Bilder von ihrem Vater und der Ranch und die Straßenkarte.

Es war eine Rand-McNally-Karte von den USA, die sie vor einigen Jahren im Drugstore gekauft hatte. Sie hatte lange Zeit an der Wand ihres Zimmers gehangen, mit zwei Spickern, die Connecticut und Wyoming markierten. Nach und nach hatte sie begonnen, die Route zur Ranch abzustecken, die sie zu nehmen gedachte.

Nun war der Traum wahr geworden, und sie hatte einen großen Teil von Iowa durchquert. Zum Glück verliefen die Straßen ziemlich gerade, und solange sie der sinkenden Sonne entgegenfuhr, war alles in Ordnung. Als sie über die Landstraßen fuhr und an einem offenen Getreidefeld nach dem anderen vorüberkam, kam sie sich wie auf dem Präsentierteller vor. Dort, wo sie zu Hause war, gab es Steinmauern, Hügel und Täler, Eichen- und Kiefernwälder, eine Landschaft, in der sich hinter jeder Biegung Möglichkeiten boten, sich zu verstecken.

Ihr war inzwischen klar, dass sie um ein Haar geschnappt und nach Hause zurückgeschickt worden wäre, als ihr die Polizei auf den Fersen gewesen war. Ein Teil von ihr wünschte sogar, gefunden zu werden. Sie stieg wieder auf ihr Rad und fuhr weiter, dachte an Ben und fragte sich, wo er jetzt sein mochte. Sie sah ihn wieder vor sich in dem Moment, als er mit gebrochener Stimme gesagt hatte, er wolle nach Silver Bay zurück. Bei der Erinnerung zuckte sie innerlich zusammen, und ihre Schultern verkrampften sich. Sie fühlte sich plötzlich so allein und gedemütigt wie nie zuvor in ihrem Leben.

Sage wurde schmerzlich bewusst, dass er ihr irgendwann den Laufpass gegeben hätte, so oder so. Und dass ihr Baby ohne Vater aufwachsen würde. Ob die Polizei bereits Bens Mutter benachrichtigt, ihn ins Flugzeug gesetzt und nach Hause geschickt hatte? Und was war, wenn er im Gefängnis saß? Bei jedem Heuwagen, den Sage während der Fahrt sah, wünschte sie ihm Glück und dass alles in Ordnung wäre, auch wenn sie selbst vor Kummer verging. Sie fühlte sich innerlich zerrissen, konnte es immer noch nicht glauben.

Obwohl sie wusste, dass Ben es so und nicht anders gewollt hatte. Das machte es nur noch schlimmer. Sie hatte gespürt, dass er nur noch weg wollte. Als er sie im Zug in die Arme genommen hatte, war es nicht wie sonst gewesen, nicht zu vergleichen mit dem magischen Bett. Er hatte die Arme um sie gelegt, aber am liebsten hätte er sie weggestoßen. Worte waren überflüssig gewesen.

Als sie an den kahlen Getreidefeldern vorbeifuhr, deren Halme bis auf fußhohe Stoppeln abgemäht waren, knurrte ihr Magen. Vorhin hatte sie ein paar stehen gebliebene Ähren entdeckt, die trockenen Körner gekaut und sich eingebildet, es sei rohes Popcorn. Während sie die Wolken beobachtete, die am endlosen Himmel entlangzogen, versuchte sie sich damit zu trösten, dass sie ihrem Baby erzählte, sie wären bald da.

Da sein. Ein unbegreifliches Wort für ein kleines Kind. Ihre Mutter hatte andauernd gesagt: »*Wir sind bald da*.«

Der Haken an der Sache war nicht, was ihre Mutter damit gemeint hatte, sondern wie Sage ihre Worte aufgefasst hatte. Vom vierten oder fünften Lebensjahr an hatte sie immer gehofft, dass mit »da sein« die Ranch gemeint war. Wenn sie ins A & P, ins Aquarium, auf den Pier oder zu Tante Hathaway fuhren und ihre Mutter sagte: »*Wir sind bald da*«, hatte es Klick in Sages Kopf gemacht, und sie hatte gedachte – oder gehofft, sie befänden sich auf dem Weg nach Wyoming.

Wir sind bald da, dachte Sage. *Wir sind bald da*.

Ein Pick-up überholte sie, und sie sah, wie der Fahrer in den Rückspiegel blickte. Er trat auf die Bremse. Sage saß kerzengerade im Sattel, spürte, wie ihr Magen flatterte. Was war, wenn er zurückkam? Sie war in der Mitte von Nirgendwo und wusste, dass sie sich vor Fremden in Acht nehmen musste, die ihr anboten, sie ein Stück mitzunehmen.

Sie fühlte sie völlig erschöpft. Bald würde es dunkel werden, und sie hatte keine Ahnung, wo sie heute Nacht schlafen sollte. Abgesehen davon sah es nach Regen aus.

Die Bremslichter des Pick-ups erloschen, als der Fahrer wieder Gas gab. Sage sah ihm nach, bis das Vehikel nicht größer als eine Fliege war.

Der Wind blies inzwischen heftiger, wirbelte Staub hoch, der in ihren Augen brannte. Auf den Feldern standen Traktoren, ihre gelben Räder wie große Augen, die sie beobachteten. Sie erinnerten an Eulen auf ihrer nächtlichen Jagd, und ihr lief ein Schauer über den Rücken. Das war einer der schlimmsten Albträume in ihrer Kindheit gewesen: eine Eule, die sich auf Jake herabstürzte, ihre Beute in einen hohlen Baum verschleppte und zerfetzte wie ein Eichhörnchen.

»Keine Angst, wir sind fast da«, flüsterte sie ihrem Baby zu, damit es wusste, dass es in Sicherheit war, dass sie sich bald ausruhen konnten. »Ich verspreche es dir.«

Es gab keine scharfen Kurven, keine Hügel. Schon von weitem erspähte sie zwei Häuser an der Straße, beide mit roten Scheunen. Am ersten Haus war ein Dreirad neben dem Laternenpfahl abgestellt. Eine ordentlich getrimmte Hecke säumte den Hof des Anwesens. An einem Fahnenmast, ringsum mit Chrysanthemen bepflanzt, flatterte die amerikanische Flagge in der steifen Brise. Genau wie bei Tante Hathaway, die sie auch immer auf der weißen Veranda vor ihrem kleinen Laden aufgezogen hatte.

Auch auf der Ranch gab es eine Flagge. Sage hatte seit Jahren nicht mehr daran gedacht, aber nun erinnerte sie sich wieder, wie sie auf den Schultern ihres Großvaters reiten und wie Jake an der Leine ziehen durfte, um die Flagge an dem hohen weißen Mast aufzuziehen. Sie stieg vom Rad, holte tief Luft und überlegte, ob sie einfach an die Tür klopfen und um ein Quartier für die Nacht bitten sollte.

Besser nicht, sie würden wahrscheinlich sofort die Polizei alarmieren.
Sage schob ihr Rad um die Scheune herum. Sie beobachtete die Fenster des Hauses, um sich zu vergewissern, dass ihre Ankunft unentdeckt geblieben war. Die Nacht brach herein, es dunkelte bereits. Schatten senkten sich verstohlen auf den braunen Hof herab. Während sie das schwere Scheunentor zur Hälfte aufstieß, dachte Sage an die Schatten, die ihr vertraut waren: an das Haus in Silver Bay, in dem sie wohnte, an die Kiefernwälder, den mit wildem Wein überdachten Laubengang. Seit sie mit Ben zusammen gewesen war, hatte sie sich oft mitten in der Nacht ins Haus geschlichen, aber nie zu schätzen gewusst, was für ein beruhigendes Gefühl es war, dass ihre Mutter am anderen Ende des Ganges schlief.
Und nun war sie weit weg von zu Hause, in Iowa, suchte Zuflucht in der Scheune von Fremden. Sie fror und fühlte sich einsam wie eine Verbrecherin auf der Flucht. Sie versteckte ihr Fahrrad hinter einem verrosteten alten Traktor und sah sich um. Das schwindende Tageslicht drang durch die Ritzen der Wände. Ein Pferd wieherte, und Sage zuckte zusammen.
Es war ein Pony, das vermutlich den Kindern gehörte. Klein und zottig, warf es den Kopf hin und her, als sie näher kam. Sie entdeckte einen Stoß Äpfel und Mohrrüben auf einem niedrigen Regal, auf die sie sich heißhungrig stürzte. Das Pony wieherte, und sie fütterte es mit einem Apfel. Sie war todmüde und freute sich darauf, im Stall zu übernachten. Es würde gut tun, die Wärme des Tieres spüren, sich mit dem Bauch an seinen Rücken zu schmiegen. Als sie einen weiteren Apfel an das Pony verfütterte, in der Hoffnung, sich mit ihm anzufreunden, trat es nach ihr.
Der Huf traf mit einem lauten, hallenden Schlag die Stallwand. Sage sprang beiseite, ihre Augen füllten sich mit Tränen. Sie fühlte sich zurückgewiesen, sogar bei dem grauen Pony war sie unerwünscht. Der Blick des Tieres war ausdruckslos, kein gutes Zeichen, wie sie wusste. Sage erinnerte sich daran, was sie aus ihrer Kindheit über Pferde gehört hatte. Ihr Vater hatte sie jeden Tag rei-

ten lassen, bis zu ihrem vierten Lebensjahr: Sie hatte in luftiger Höhe im Sattel gesessen, während er die Zügel hielt. Sie habe ein Gespür für Pferde, hatte er gesagt. Daran erinnerte sie sich noch heute.

Während das Pony sie beobachtete, kletterte Sage eine schmale Leiter hinauf, die zum Heuboden führte. Dort war es dunkel und wärmer als unten, als ob das Heu seine eigene Hitze erzeugte. Sie kroch hinein, zu müde, um nach etwas Essbarem zu suchen, zog das Heu wie eine Decke um sich. Sie rollte sich zusammen und berührte ihren schwellenden Bauch.

»Wir sind in Sicherheit«, flüsterte sie. »Wir sind noch nicht da, aber wenigstens heute Nacht sind wir sicher.«

Sie hörte einen Lastwagen auf der unbefestigten Straße entlangrumpeln. Ein Nachtvogel schrie. Ein Düsenflugzeug flog dröhnend am Himmel vorüber, und sie überlegte, ob es auf dem Weg nach Osten oder nach Westen sein mochte. Sie stellte sich zuerst das Gesicht ihrer Mutter und danach das Gesicht ihres Vaters vor. Das Baby in ihrem Bauch gab ihr ein Gefühl der Wärme und Geborgenheit. Der Heuboden war dunkel. Sie waren noch nicht *da,* aber sie hatten schon ein ganzes Stück der Strecke geschafft. Sage schlief ein.

*

David Crane liebte den Wagen, weil er ihm die Möglichkeit bot, wegzukommen. Er trat aufs Gaspedal und fuhr in Richtung Osten. Der Wagen war alt und klapprig, stellenweise durchgerostet und innen ausgeschlachtet. Die Springfedern hatten sich durch die zerschlissenen Vinylpolster gebohrt, und weißes Füllmaterial und Schaumgummi fiel in Flocken zu Boden. Der Wagen roch nach nassem Fell.

Überall waren die Tiere, auf engstem Raum. Mit weit geöffneten Augen, wachsam in der Nacht. Sie beobachteten, wie die Scheinwerfer der Autos aufflammten, die ihnen entgegenkamen, gelbe Kreise, die in den hintersten Winkel des Wagens drangen.

Er fuhr durch die Black Hills von Wyoming nach Osten, näherte sich der Grenze von Nebraska. Er zögerte, kurbelte die Scheibe herunter, um dem Wind zu lauschen. Hier waren die Goldkiefern dunkel und mächtig, die Zweige raschelten, wenn sie aneinander stießen, und sagten ihm, welchen Weg er einschlagen musste. *Nach links einbiegen, fahr die Schnellstraße entlang, gib Gas.* Jede Einzelheit hörte er heraus.

Die Natur war seine Lehrmeisterin. Sonne, Mond, Sterne, Wind: Die Natur sprach zu ihm wie eine Mutter. Er erhielt Signale und Zeichen von ihr, die er sich nicht erklären konnte, aber er folgte ihnen, ohne lange zu fragen. Sie führten ihn jedes Mal zu Tieren in Not, Geschöpfen, die litten und seiner Hilfe bedurften.

Einer der Hunde bellte, und er wusste, es war Zeit, sich die Beine zu vertreten.

»Was ist, wollt ihr raus?«, fragte er.

Zwei der Hunde winselten.

Er warf einen Blick in den Rückspiegel und sah einen großen, mit Fässern beladenen Lastwagen, der die Straße entlangrumpelte. Er fuhr rechts ran, um ihn vorbeizulassen, dann öffnete er die Hecktür und ließ die Hunde hinaus. Sie schlugen sich ins Gebüsch, freudlos und ohne die Freiheit in vollen Zügen zu genießen, wie normale Hunde es taten. Während sie ihre Notdurft verrichteten, behielten sie den Fahrer scharf im Auge.

Als sie fertig waren, stieß er einen langen, leisen Pfiff aus wie eine Eule, die auf der Jagd über den Chaparrall streicht, das immergrüne Gebüsch, das typisch war für diese Gegend. Die Hunde kehrten gehorsam und mit hängenden Köpfen in den Wagen zurück, der eine hielt ein zerfetztes altes Stofftier zwischen den Zähnen.

»Rein mit dir, Petal«, sagte er und gab der Hündin einen liebevollen Klaps. »So ist es brav.«

Petal war die Erste, die er gerettet hatte, und er liebte sie mehr als alles andere auf der Welt. Die Hündin, ein weiß, schwarz und braun gefleckter Pitbull, trug das Spielzeug, das vom Speichel nass war, auf Schritt und Tritt mit sich herum. Er hatte es ihr geschenkt, damit sie sich sicher fühlte; es war uralt, stammte noch aus seiner Kindheit.

Als sich alle im Wagen befanden, öffnete er das Handschuhfach. Er hatte schon vor Jahren die Schule abgebrochen – sofern man überhaupt von einem regelmäßigen Besuch reden konnte. Sie hatte ihm keinen Spaß gemacht, er war lieber draußen in der freien Natur. Von der Natur konnte er mehr lernen als von jedem anderen Lehrer. Und im Augenblick zog sie ihn mit einer solchen Macht in ihren Bann, dass es ihm den Atem verschlug.

Es war vor allem seine Aufgabe – die Rettung von Lebewesen in Not –, die ihn in Wyoming hielt. Es gab zahlreiche Heuschober mit streunenden Katzen, Hunderte von Hundefarmen, deren Besitzer grausam waren. Doch im Moment zog es ihn auf unerklärliche Weise nach Nebraska. So stark war der Drang noch nie gewesen. Seine Augen wurden feucht, sein Mund war trocken.

Irgendein Lebewesen brauchte seine Hilfe. Er kramte im Handschuhfach und fand seine Werkzeugtasche; sie enthielt die Nähnadeln, einen Füllfederhalter mit einer feinen Feder und Tinte. Die Nadeln brauchte er noch nicht. Aber er tauchte die Feder in das Tintenfass und schüttelte die überschüssigen Tropfen auf dem schmutzigen Boden des alten Wagens ab.

Als die Feder beinahe trocken war, stellte er den Rückspiegel ein. Es war dunkel, aber er sah genug im Mondlicht, das durch das Geäst der Kiefern fiel. Vorsichtig zeichnete er einen Punkt, zuerst auf die linke, dann auf die rechte Wange. Um jeden Punkt malte er einen Kreis. Die Markierungen waren wichtig, obwohl er nicht in der Lage gewesen wäre zu erklären, wie er auf die Idee gekommen war.

Sie waren Schutzsymbole, die er brauchte, wenn er Lebewesen rettete. Er wusste, dass ihm dieses Mal eine außergewöhnlich große Aufgabe bevorstand. Vielleicht ein verletzter Hund, ein Wurf ausgesetzter Kätzchen, eine Eule mit einem gebrochenen Flügel. David wusste es nicht, aber es würde sich zeigen, wenn er da war; bis dahin musste er warten und wachsam sein.

Als er den Wagen wieder anließ und durch die Black Hills nach Nebraska hineinfuhr, beschlich ihn ein seltsames Gefühl: als begebe er sich in Gefahr, als sei das Lebewesen, das seiner Hilfe bedurfte, größer und machtvoller als alles, womit er je in Berührung gekommen war.

10

Dalton Tuckers Vorhersage traf ein: Es regnete. Und sobald es anfing, goss es in Strömen. Der Regen driftete wie eine undurchdringliche, silberne Wand von den Wind River Mountains zu Tal, füllte die Seen und Flussbetten. Bison, Elch, Wapiti und Antilope und Rinder löschten einträchtig ihren Durst. Die Gräben füllten sich mit Wasser, und ganze Horden von Klapperschlangen krochen aus der Tiefe der Felsspalten ins Freie. Der Staub verwandelte sich in Schlamm, der Boden unter den Füßen wurde glitschig.

James, hoch zu Ross, trieb die Rinder von der Sommerweide. Er trug seinen Hut, lederne Überziehhosen, einen grünen Regenmantel, der ihm bis zu den Stiefeln reichte, und ein Halstuch, aber es nützte alles nichts, er war völlig durchnässt. Das Wasser, das sich in seiner Hutkrempe sammelte, ergoss sich direkt in seinen Schritt wie bei einem Abflussrohr. Zumindest war er dadurch abgelenkt und malte sich nicht ständig das Schlimmste aus, was seiner Tochter passieren konnte, die mittlerweile seit sechs Tagen vermisst wurde.

Die Kälber stampften im Schlamm, suchten die Nähe ihrer Mütter. Die jüngeren unter ihnen stießen leise Klagelaute aus, und die Mütter antworteten mit einem Ächzen. James und seine Männer saßen seit sechs Stunden im Sattel, und beim Viehtrieb geschah es nicht selten, dass die Familien getrennt wurden. Die Kälber würden für den Rest ihres Lebens bei ihren Müttern bleiben, wenn man sie ließe. Sie fanden dort Milch und Schutz, so lange, wie es ihnen vergönnt war.

Seine Herden waren ihm wichtig, und er hasste es, die Tiere leiden zu sehen, aber das war der Lauf der Welt. Kälber mussten lernen, allein zu überleben, zu grasen, Wasser zu finden. Jedes Stück Vieh auf der Weide war gutes Geld wert, und an Tagen wie heute erinnerte sich James daran, dass er seinen Lebensunterhalt nicht als Tierarzt, sondern als Viehzüchter verdiente und seine Herden für die Schlachtbank bestimmt waren. Es gab die eine oder andere Tätigkeit auf einer Ranch, die er hasste, und diese gehörte dazu.

»James!«, rief Paul March, der gerade einem Paar nachritt, das aus der Herde auszuscheren versuchte. »Da drüben ist ein Tier, das feststeckt.«

James drehte sich um. Der Regen hatte einen Teil der Weide in einen Sumpf verwandelt, und ein Kalb hatte sich im Morast verfangen. Er galoppierte hinüber. Das Kalb war bis zur Brust eingesunken, alle vier Läufe waren im Schlamm versunken. Seine Augen erinnerten ihn an die eines Kindes, das sich im Supermarkt verlaufen hat, hilflos und erschrocken. James schaltete jegliches Gefühl aus. Er ließ sein Lasso kreisen, warf die Schlinge um den Hals des Kalbes, ließ sich Zeit.

»Es sitzt ziemlich fest«, sagte Paul, der nun herbeiritt.

»Wir kriegen es schon raus.« Er befestigte das andere Ende mit einem halben Stek am Sattelknauf und gab seinem Pferd die Sporen, so dass es mit einem Ruck nach vorne schnellte. Das Kalb rührte sich nicht vom Fleck.

»Wenn es schon mal regnet, dann gleich in Strömen«, scherzte Paul.

»Ja, heute muss niemand verdursten«, sagte James; Regen rann an seinem Mantelkragen hinab. Als das Pferd stärker zog, begann sich das Kalb zu bewegen, tauchte aus dem Schlamm auf, rappelte sich hoch und lief zu seiner Mutter.

»Hab gehört, dass Daisy herkommt,« sagte Paul. »Stimmt das?«

»Behauptet Louisa zumindest.« James hatte die Neuigkeit gestern Abend erfahren.

Allem Anschein nach hatte Louisa es auf sich genommen, die alten Kamellen wieder aufzuwärmen und mit Daisy ein Gespräch von Frau zu Frau zu führen. Daisy hatte mit keinem Wort erwähnt, dass sie in Betracht zog herzukommen, als er mit ihr telefoniert hatte.

Ganz im Gegenteil: Sie hasste die Ranch und wollte ihr so fern wie möglich bleiben.
»Aha –«, sagte Paul.
James räusperte sich, um Paul daran zu hindern, das Thema weiterzuverfolgen. Er kniff die Augen zusammen, blickte zu seinem Vater hinüber, der sich auf der anderen Seite der Herde befand. Dalton saß aufrecht im Sattel, schien den Regen nicht wahrzunehmen. Er hatte offenbar vergessen, dass er während eines Wolkenbruchs mit dem Pferd unterwegs war. Er drehte den Kopf hin und her wie ein Zuschauer, der beobachtet, wie die Welt an ihm vorbeizieht.
»Lange her, dass sie hier war«, sagte Paul, dem die stillschweigende Botschaft offenbar entgangen war.
»Hm, ja.« James wollte nicht an Daisy denken. Es tat ihm nicht gut, wirbelte zu viele Gefühle auf. Vor langer Zeit war jeder Gedanke an sie mit Hoffnung verknüpft, nun graute ihm davor. »Und woher weißt du davon?«, fragte er Paul.
»Von den Rydells. Hab mich gestern Abend in der Bar mit ihnen unterhalten.«
Louisas Neffen, dachte James. Sie hatte es ihnen vermutlich brühwarm erzählt. Ob sie wohl auch erwähnt hatte, dass Sage von zu Hause durchgebrannt war? Paul March war Vormann auf seiner Ranch, ein guter Mann und ein wahrer Freund. Aber James wollte nicht, dass Todd Rydell Gerüchte über Daisy oder Sage verbreitete.
»Es ist noch nicht endgültig«, sagte James. »Vielleicht kommt sie, vielleicht auch nicht. Die Entscheidung liegt ganz bei ihr.«
»Ich weiß, dass deine Tochter vermisst wird«, sagte Paul und räumte damit jeden Zweifel darüber aus, was Louisa breitgetreten hatte. »Und dass sie auf dem Weg hierher ist. Kann mir vorstellen, dass du dir höllische Sorgen machst.«
»Besser könnte man es nicht ausdrücken.«
»Sie wird wieder auftauchen.«
»Ja.« James wischte sich mit dem Handrücken den Regen aus dem Gesicht.

»Mit absoluter Sicherheit, James.«
James nickte und blickte zu den Rindern hinüber, zu den Muttertieren und Kälbern, die sich schutzsuchend aneinander gedrängt hatten. Er dachte an das Kalb, das im Schlamm stecken geblieben war, und dass die Erde manche Jungen ohne Vorwarnung verschlang.
»James, du kannst jederzeit mit mir reden. Ich war dabei, falls du dich erinnerst.«
»Dabei?«
»Als Jake verschwand.«
»Verschwand –«, wiederholte James und dachte über das Wort nach. Daisy fiel ihm wieder ein. Was würde sie wohl zu dem Ausdruck sagen: »Der Tag, an dem Jake verschwand«? Ein viel zu mildes, schwaches Wort, wenn die ganze Welt in Scherben ging.
»Du musst außer dir sein vor Angst. Warum hast du kein Wort gesagt?«
James sah Paul an. Der Vorarbeiter war groß und untersetzt, das Haar schütter unter seinem breitkrempigen Hut. Er hatte hellbraune Augen, die Farbe der Erde. Die beiden Männer waren miteinander auf der DR-Ranch aufgewachsen: Pauls Vater war Daltons Vorarbeiter gewesen, und Pauls Großvater Vorarbeiter von Daltons Vater Asa.
James war mit den March-Kindern zur Schule gegangen, mit Paul, seiner Schwester June und seinem Bruder Luke. Er hatte mit Paul in einer Bar in Lander das erste Bier getrunken. Sie hatten schon als kleine Jungen Fußball gespielt und waren im Torero Creek zum Fliegenfischen gegangen. Hatten sich gegenseitig zu ihrer Hochzeit eingeladen. Paul und seine Frau hatten die Zwillinge gehütet. James hatte keine Brüder, und Paul kam seiner Vorstellung von einem besten Freund am nächsten. Aber James wäre nie auf die Idee gekommen, ihm anzuvertrauen, dass Sage weggelaufen war oder Daisy unter Umständen zu kommen beabsichtigte.
»Es gibt nichts zu sagen«, erwiderte James schließlich.
»So? Ich habe aber trotzdem das Gefühl, dass du eine ganze Menge auf dem Herzen hast –« Pauls Kiefer mahlten, und seine zusam-

mengekniffenen Augen ließen erkennen, dass er gekränkt und frustriert war.
»Mein Herz ist völlig in Ordnung.«
»Wie du meinst.« Pauls Augen blitzten, und er schien etwas hinzufügen zu wollen, doch dann besann er sich eines Besseren, gab seinem Pferd die Sporen und ritt davon.
James wusste, es war schwierig, mit ihm befreundet zu sein. Das hatte ihm Daisy tausendmal gesagt. Das Problem war, dass James niemandem sein Herz auszuschütten pflegte. Er saß am Lagerfeuer und hörte zu, wenn andere Männer über ihre Probleme sprachen, mit dem Geld, der Ehefrau, den Kindern, oder wenn der Haussegen schief hing. Aber James war nicht fähig, Fürsorge anzunehmen. Er wusste, wenn man ihm Liebe, Freundschaft, Zuneigung oder was auch immer entgegenbrachte, fühlte er sich unwohl in seiner Haut.
»Kümmere dich um deine eigenen Angelegenheiten, verdammt noch mal«, sagte James, als er sicher war, dass sich Paul außer Hörweite befand. Plötzlich war es wieder da, das Gefühl der Enge in seinem Brustkorb, das sich ständig bemerkbar machte, bisweilen zehnmal am Tag. Es kam, wenn er an seine Kinder dachte, wenn er sich Daisy vorstellte. *Du hast eine ganze Menge auf dem Herzen,* hatte Paul gesagt.
Möglich. Na und?
Sein Pferd bäumte sich jäh auf. Eine Klapperschlange, der es gelungen war, der Natur ein Schnippchen zu schlagen und sich im Morast zu verbergen, tauchte mitten auf dem Weg auf. Zusammengerollt, mit rasselnden Hornringen am Schwanzende, entblößte sie ihre Fangzähne, zum Angriff bereit.
»Elendes Mistvieh!«, fluchte James.
Der große Braune wieherte, während er sich aufbäumte; James straffte die Zügel. Als die Vorderläufe mit voller Wucht auf den Boden prallten, traf der linke Huf den Kopf der Klapperschlange, trennte ihn mit einem Schlag vom Rumpf. Der lange dicke Leib entrollte sich, zuckte krampfhaft. Das Pferd stellte sich aber-

mals auf die Hinterbeine, ließ sein ganzes Gewicht zu Boden krachen, scharrte mit den Hufen. Auch das gehört mit dazu, dachte James. Klapperschlangen töten, bevor sie sein Pferd bissen.

Es hatte eine Zeit gegeben, da hätte er am liebsten jeder Klapperschlange auf der Wild River Range den Garaus gemacht. Und jeden Grizzlybären erschossen, jedes tiefe Wasserloch trockengelegt, jede mögliche Gefahr für seine Familie gebannt. Nach Jakes Verschwinden hatte James monatelang jede Nacht wach gelegen und sich die unzähligen Gefahren ausgemalt, die auf ihn lauerten. Daisy hatte ihm die Schuld gegeben, hatte ihm vorgehalten, er hätte besser auf seinen Sohn aufpassen müssen. Das Mindeste, was er tun konnte, war, alle Tiere auszumerzen, denen jemand zum Opfer fallen könnte.

Eine weitere Klapperschlange, die er abhaken konnte.

Und nun kam Daisy nach Wyoming, vielleicht.

Daisy Tucker. Mit ihren großen Augen und ihrer ureigenen Art, sich von der Natur inspirieren zu lassen – von den Bergen, den Tieren, dem endlosen blauen Himmel – und diese Eindrücke in ihren Schmuckstücken zu verarbeiten. Daisy verfügte nicht nur über magische Kräfte, sondern auch über eine Energie, die aus dem Herzen kam und sich in ihren Händen bemerkbar machte. Schon bei der ersten Umarmung hatte er gespürt, wie etwas in seinem Innern zum Leben erwachte, wie elektrisiert. Ihr Kuss hatte ihm das Gefühl gegeben, mit sich selbst und der Welt in Einklang zu sein. Wenn sie ihn berührte, wähnte er sich im Himmel.

Der Himmel auf Erden, das war Daisys Geschenk an ihn gewesen. In den fünf Jahren ihres Beisammenseins hatte James mehr inneren Frieden und Seligkeit erfahren, als er sich je erträumt hatte. Die Berge waren die Wolken, auf denen er schwebte, das Land war weit unter dem endlosen Firmament. James und Daisy fühlten sich wie im siebten Himmel, unberührt von den Kämpfen und Kümmernissen gewöhnlicher Sterblicher. Sie musste nicht daran arbeiten, glücklich zu sein, einander zu lieben, eine harmonische Ehe zu führen. Der Himmel forderte solche Anstrengungen nicht.

Plötzlich hörte James einen Aufschrei, dann die Stimme seines Vaters: »Ich bin ganz nass!«

»Dalton –«

»Ich bin patschnass!«, brüllte Dalton erneut.

Aus seinen Gedanken gerissen, blickte James zur anderen Seite der Herde hinüber. Dalton war vom Pferd gestiegen und stand mitten im Getümmel. Er versuchte, sich mit einem roten Halstuch abzutrocknen, und wurde von der konfusen Herde hin und her geschoben.

»Es regnet. Wir sind alle nass«, rief Paul ihm zu.

»Warum bin ich patschnass?« Dalton schien ihn nicht gehört zu haben.

Einige der Cowboys lachten verstohlen, und James wandte sich ab. Er wollte sich ihre Gesichter nicht merken, wollte sie nicht hassen oder es ihnen nachtragen, weil sie sich über seinen Vater lustig gemacht hatten. Ein Cowboy, der langsam senil wurde. Keiner mochte daran denken, dass es ihm einmal genauso ergehen könnte. Doch das Lachen wurde lauter, und James sah rot.

»Ruhe, verdammt noch mal!«, brüllte er.

»James –«

»Tut mir Leid –«

»Habt ihr einen Vater?«, fragte er. »Irgendjemand von euch?«

»Tut mir Leid, Boss –«

Doch James hörte nicht mehr zu. Er kämpfte sich durch die Herde. Sein Vater hatte hier nichts zu suchen. Er war allein losgeritten, nachdem James und seine Männer den Stall heute Morgen verlassen hatten. Nun versuchte Dalton, seine klatschnassen Kleider auszuziehen, riss sich den Regenmantel vom Leib, knöpfte sein Hemd auf. James spürte die Last der Sorgen, die ihn schier erdrückten: Sage, Daisy und nun auch noch sein Vater. Er war nahe daran, zu explodieren und Dalton die Hölle heiß zu machen, weil er sich ihnen unaufgefordert angeschlossen hatte, unerwünscht war, ihnen den ganzen Tag versaute.

»Herrgott noch mal, Dad!«, brüllte James.

»Ich bin patschnass.« Daltons Augen waren weit aufgerissen wie bei einem Kind.

»Kein Wunder, es gießt ja auch in Strömen«, erwiderte James, das Gesicht heiß und rot vor Zorn.

»Ganz nass. Patschnass«, sagte Dalton bekümmert.

James senkte den Kopf. Er hörte wieder die Stimme seines Sohnes. Genau das hatte Jake gesagt, wenn er in der Badewanne saß. Mit demselben Bedauern und Missvergnügen in der Stimme hatte Jake seinen Vater vertrauensvoll angeblickt und gesagt: »*Ganz nass, patschnass Daddy.*«

»Keine Bange«, sagte James zu seinem Vater, wie er es früher zu seinem Sohn gesagt hatte. Er sprang vom Pferd und ging zu seinem Vater, stand schützend vor ihm in der Mitte der Herde, die unruhig hin und her lief. Die Rinder traten ihnen auf die Füße, stießen sie an. »Keine Bange, Dad.«

»Ich mag das nicht«, sagte Dalton, einer Panik nahe. Er war inzwischen splitternackt, hatte alle seine Kleider ausgezogen.

James hob den gelben Regenmantel auf und legte ihn um die Schultern seines Vaters. Dalton war nur noch Haut und Knochen. Er zitterte, als er sich an James' Brust lehnte. Sein Gesicht war ledrig und runzelig, aber seine Miene war verletzlich wie die eines Kindes. Vor Angst rang er nach Luft. James dachte an Jake. Anfangs hatte er das Gejammer seines Sohnes ignoriert, um ihn beizeiten gegen die Härten des Lebens zu wappnen. Daisy hatte ihm gezeigt, dass es auch anders ging, und er hatte seinen Sohn mit begütigenden, liebevollen Worten beruhigt. Nun legte er die Arme um seinen Vater, benutzte die gleichen Worte.

»Das ist nur Wasser«, sagte er, als er seinen Vater in den Armen hielt. Die Rinder drängten von allen Seiten heran, der Regen perlte von ihren Köpfen ab. »Nichts, wovor man sich fürchten müsste. Rein gar nichts.«

*

Daisy rief bis zwölf Uhr mittags wohl an die zwanzig Mal bei Paulina Davis an. Die Hälfte der Zeit war das Telefon besetzt, und in der restlichen Zeit erwischte sie nur den Anrufbeantworter. Als beide Kinder vermisst wurden, war Paulina sofort am Apparat gewesen und hatte getobt, dass sie Sage am liebsten umbringen würde; sie habe von Anfang an gewusst, Sage sei kein Umgang für Ben. Daisy hatte wortlos aufgelegt.

Aber sie war hartnäckig, probierte es immer wieder. Die Eltern mussten in Verbindung bleiben, sich gegenseitig über den aktuellen Stand der Entwicklung auf dem Laufenden halten. Doch seit Paulina wusste, dass sich Ben auf dem Heimweg befand, reagierte sie überheblich und kalt. Wenigstens war er in Sicherheit. Paulina hatte versprochen, dass Ben anrufen würde, aber bisher hatte er nichts von sich hören lassen.

Daisy versuchte es erneut. Sie hatte drei Nachrichten auf dem Anrufbeantworter hinterlassen und Ben gebeten, gleich nach seiner Ankunft zurückzurufen. Sie hatte allmählich den Verdacht, dass Paulina gelogen hatte und ihrem Sohn kein Wort davon sagen würde, dass er sich melden solle, und deshalb probierte sie es immer wieder. Sie machte sich Sorgen, weil die Leitung ständig belegt war und Sage vielleicht ausgerechnet in der Zeit anrufen könnte, aber sie musste es wissen, musste Ben fragen, wo sie steckte, wie es ihr ging. In dem Moment, als sie die Nummer wählen wollte, vernahm sie ein Klopfen an der Hintertür. Mit dem Hörer in der Hand öffnete sie.

Ben stand auf der Veranda. Er trug einen Parka, der seine Schultern wuchtig erschienen ließ. Sein Blick war ängstlich, er druckste herum. Daisy war sprachlos. Langsam legte sie den Hörer auf die Gabel zurück.

»Meine Mutter hat gesagt, dass Sie angerufen haben. Ich fand es besser herzukommen, als zu telefonieren.«

Daisy nickte. »Komm herein.«

»Wahrscheinlich wollen Sie mich nicht sehen.« Seine Augen waren gerötet, sein Gesicht bleich. Kummerfalten zeichneten sich auf seiner Stirn ab. Er war ein Jahr älter als Sage. Daisy starrte ihn an, den Jungen, der ihre Tochter geschwängert und ihr bei der Flucht geholfen hatte. Ihre Augen füllten sich mit Tränen.

»Ich bin froh, dass du da bist.«

»Es tut mir Leid.«

»Wo ist Sage?«

»Ich weiß es nicht.«

»Du musst es mir sagen.«

»Ich habe keine Ahnung, ehrlich. Wir waren zusammen bis –«

Auf der Arbeitsfläche in der Küche stand ein großer Glaskrug. Er enthielt einen Strauß gelber Chrysanthemen, die Sage vor einer Woche gepflückt hatte, bevor sie verschwand. Daisy hatte sich geschworen, sie so lange stehen zu lassen, bis Sage wohlbehalten wieder zu Hause war. Mit einer einzigen unbeherrschten Handbewegung schleuderte Daisy den Krug gegen den Kühlschrank, wo er in tausend Scherben zersprang.

»Lüg mich nicht an! Du hast die Polizei belogen, du hast deine Mutter belogen. Aber du wirst mir jetzt, verdammt noch mal, die Wahrheit sagen, Ben!« Ein Schluchzen unterdrückend, blickte sie auf die verwelkten Blumen, die in einer schleimigen braunen Wasserpfütze auf dem Fußboden lagen, dann in Bens erschrockene Augen.

»Mach den Mund auf! Mach endlich den Mund auf!«

Ben begann, die größten Scherben vom Boden aufzuheben, aber Daisy packte ihn am Arm. »Tut mir Leid. Normalerweise bin ich nicht so jähzornig. Ich wollte dich nicht erschrecken. Aber ich muss es wissen. Ich muss erfahren, was mit Sage passiert ist.«

»Sie –«, krächzte Ben mit trockenem Mund.

»Nur zu! Mir kannst du es doch sagen!«

»Sie war in Iowa, Mrs. Tucker. Genau wie ich der Polizei gesagt habe –«

»Nachdem du behauptest hast, sie sei in Chicago aus dem Zug gestiegen? Ich verstehe das nicht. Ich kapiere es nicht!«

»Sie hat mich darum gebeten.«

Daisys Herz hämmerte. Ihre Stimme zitterte, ihre Augen lagen tief in den Höhlen. »Sie hat dich gebeten, die Polizei in die Irre zu führen?«
»Ja.«
»Warum?«
»Sie brauchte Zeit, um wegzukommen –«
»Wegzukommen?« Daisys Augen füllten sich abermals mit Tränen. Hatte sie es zu Hause nicht mehr ausgehalten? Weil Daisy eine solche Hexe war?
»Aus dem Zug.«
»Aber wann hast du sie zum letzten Mal gesehen? Was hat sie gemacht? Was hat sie gesagt?«
»Sie hat ihr Fahrrad durch die Bodenluke im Zug geschoben. Dann wollte sie in das Getreidefeld fahren und sich dort verstecken. Die Polizei hatte von Anfang an den Verdacht, dass ich sie belogen habe. Sie haben die Felder rund um den Zug abgesucht, aber sie war weg. Ich denke, sie ist zuerst eine kurze Strecke an der Bahnlinie zurückgefahren, um ihre Spuren zu verwischen. Man wird sie bestimmt nicht finden, bis –«
»Bis was?«
»Bis sie in Wyoming ist.«
Daisy versuchte, tief durchzuatmen. Sie war irgendwie erleichtert, weil sie nun Gewissheit hatte. Ihre Intuition hatte sie nicht getäuscht: Sage war auf dem Weg zu James. Mit dem Handrücken wischte sie sich über die Augen.
»Welche Route hat sie genommen? Wie wollte sie dorthin gelangen?«
»Sie hatte eine Karte. Es war alles genau geplant, sie wollte nur Seitenstraßen nehmen.«
»Weißt du, welche?« Daisy blickte Ben in die Augen und versuchte zu erraten, ob er die Wahrheit sagte. Noch bevor er antwortete, sah sie, dass er keine Ahnung hatte.
»Nein, weiß ich nicht. Sie hatte die Karte.«
Daisy schauderte. Sie ging zum Telefon, schickte ein Stoßgebet

zum Himmel, dass es klingeln möge. Alle Frauen in Silver Bay glaubten, sie sei fähig, Liebe aus alten Rinderknochen heraufzubeschwören, aber sie war nicht einmal in der Lage, ihre Tochter zu Hause zu halten. Sie konnte sie nicht mit reiner Willenskraft bewegen anzurufen, wie sehr sie sich auch darauf konzentrieren mochte.

»Sie werden sie nicht finden, bevor sie dort ist«, sagte Ben. »Das wollte ich Ihnen sagen, und deshalb bin ich gekommen. Ich habe keinen blassen Schimmer, woher ich das weiß, aber ich weiß es. Sie ist fest entschlossen, nach Wyoming zu fahren, zur Ranch, und ich bin hundertprozentig sicher, dass sie es schaffen wird.«

»Ist sie schwanger, Ben?«

»Ja.«

Daisy stöhnte auf. Sie ballte die Fäuste, grub ihre Nägel in die Handflächen, stellte sich das blaue Röhrchen in Sages Schmuckkasten vor. Ben hatte bestätigt, was sie bereits gewusst hatte.

»Ist alles in Ordnung mit ihr?«

»Ihr ist dauernd übel.«

»Dann ist sie noch nicht weit.«

»Sechster Monat«, sagte Ben, und Daisy sank das Herz.

»*Sechster* –?« Wie war das möglich, dass sie nichts gemerkt hatte? Im sechsten Monat sah man Frauen an, dass sie schwanger waren. Hatte sie die ganze Zeit nicht ein einziges Mal den nackten Bauch ihrer Tochter wahrgenommen?

»Sie hat sich ständig übergeben müssen«, sagte Ben kläglich. »Es tut mir so Leid, ich wollte ihr nicht wehtun –«

»Ach Ben.« Daisy hätte den Jungen am liebsten genauso gehasst, wie seine Mutter Sage hasste, aber es gelang ihr nicht. Er sah aus, als sei er völlig am Boden zerstört über das, was Sage widerfuhr. Die Art, wie er gesagt hatte, dass sie sich übergeben musste, zeigte ihr, dass er sich Sorgen um sie machte.

»Sie wollte, dass ich bei ihr bleibe«, sagte er mit bebender Stimme. »Aber ich konnte nicht. Ich will zur Schule gehen und nicht auf einer Ranch in Wyoming leben.«

Daisy hörte stumm zu.
»Meine Mutter hat mir verboten herzukommen. Sie ist stinksauer. Ich weiß, sie denkt, Sage sollte eine Abtreibung machen lassen.«
»Wollte Sage das?« Daisy wusste, dass dem nicht so war, und fand es seltsam, mit Ben Davis darüber zu sprechen. Sage war sechzehn; sie hätte Fußball spielen, Kürbisse schnitzen, ihre Halloween-Party planen und über das College nachdenken sollen.
Ben schüttelte den Kopf. »Sie glaubt, dass es ein Junge wird.«
Der blaue Rand im Röhrchen, dachte Daisy. *Ein Zeichen*.
»Ich liebe sie«, sagte Ben mit bebender Stimme.
Daisy nickte. Sie glaubte ihm, aber was wusste er schon vom Leben? Er war ja selber noch ein halbes Kind. Wenn nicht einmal bei Erwachsenen die Liebe andauerte, weil sie dem Druck nicht standhielt, war sie froh, dass es den beiden nicht gelungen war, miteinander durchzubrennen und zu heiraten. Sage und sie würden das auch irgendwie allein schaffen. Sie würde alles tun, was in ihrer Macht stand, um sicherzugehen, dass Sage und das Baby in guten Händen waren.
»Was werden Sie jetzt machen?«, fragte Ben.
»Nach Wyoming fahren.« Bevor Ben ihr diese Frage gestellt hatte, hätte Daisy gesagt, dass sie sich nicht von der Stelle rühren und warten würde. Trotz Louisas Anruf und Hathaways Ermutigung war Daisy der Auffassung, ihr Platz sei zu Hause neben dem Telefon. Aber irgendetwas an der Art, wie Ben gesagt hatte, dass Sage ihr Ziel erreichen werde – Wyoming –, und das Wissen, dass ihre Tochter im sechsten Monat schwanger war und sich elend fühlte, hatten den Entschluss in ihr reifen lassen, sofort aufzubrechen.
»Es tut mir Leid«, sagte Ben noch einmal.
»Ich weiß.« Daisy nahm seine Hand. Sie war eiskalt, und als Daisy aus dem Fenster blickte, sah sie, dass er mit dem Fahrrad gekommen war.
»Meine Mutter hat mir ihren Wagen nicht gegeben«, sagte er, als er ihren Blick bemerkte. »Die Polizei hat gesagt, sie würden mich ver-

haften, aber sie haben mich laufen lassen. Ich schätze, sie haben mir geglaubt, dass ich sie nicht entführt habe.«

»Ich weiß, dass du das nicht getan hast, Ben.«

»Niemand könnte Sage entführen«, sagte er, in dem Versuch, ihr ein Lächeln zu entlocken. »Sie ist toll. Sie ist stark, weiß genau, was sie will. Ihr wird schon nichts passieren, Mrs. Tucker. Ganz bestimmt nicht. Sie verschwindet nicht.«

Daisy zog ihre Hand weg. Sie sah zu Boden, der im Licht des späten Oktobernachmittags schimmerte. Ihr Blick fiel auf die Malerei, die verschlungenen weißen Blüten und silbergrünen Blätter. Die Bodenfliesen gemeinsam zu verzieren war ihre Idee gewesen, in dem Jahr, als sie mit Sage von Wyoming an die Ostküste gezogen war. Sie hatte ihr den Pinsel in die Hand gedrückt, hatte ihr gezeigt, wie man die Borsten beim Pinselstrich drehte, damit ein formvollendetes Salbeiblatt entstand. In den drei oder vier Tagen, die es gedauert hatte, um die Fliesen zu bemalen, war Sage nicht von ihrer Seite gewichen.

Daisy dachte an Jake; er war der Grund dafür gewesen, dass sie mit Sage an die Ostküste zurückgekehrt war. Sie blickte Ben in die Augen und sagte kühl: »Da täuschst du dich aber. Jeder kann entführt werden. Jeder kann verschwinden.«

*

Mütter und Väter. Mütter und Väter. Schöne heile Welt. Schlaf, Kindchen, schlaf.

Guten Abend, gute Nacht, mit Rosen bedacht.

Wer hat die schönsten Schäfchen.

O du Lamm Gottes.

Glückliche Familien, das sollte wohl ein Witz sein. Er säuberte sich die Fingernägel mit seinem Jagdmesser und ritzte sich dabei die Haut. Ein dicker Blutstropfen trat hervor, und er leckte ihn ab, spuckte ihn aus. Blut machte ihm nichts aus. Er hatte sich daran gewöhnt, dort wo er lebte, schon vor langer Zeit, denn schließlich war er in einer Gegend aufgewachsen, wo man Rinderherden züchtete. Wenn er mit aufgeschrammten Knien zu seiner Mama gelaufen war, hatte sie meistens zu viel zu tun, um heile heile Segen zu machen.

Er hatte sich daran gewöhnt, seine Wunden zu versorgen. Er wusste genau, wo die Heftpflaster aufbewahrt wurden. Er hatte unter dem Spülbecken das Natriumsuperoxyd zum Desinfizieren und Gaze herausgeholt, sogar beim schlimmsten Mal, als er sich die Kehrseite an einem rostigem Nagel aufgerissen hatte. Herrgott, war das ein Theater gewesen, als er versucht hatte, die Wunde eigenhändig zu säubern. Halb um die eigene Achse gedreht, hatte er über die Schulter geblickt und seine Mutter gesehen, die im Zimmer nebenan schlief. Sein Vater? Keine Ahnung, wo der steckte.

Wer wusste überhaupt jemals, wo sein Vater steckte. Er war dauernd weg. *Guten Abend, gute Nacht …*

Armes Lämmchen, hatte seine Mutter gesagt, als sie die gezackte Wunde an seinem Gesäß sah, die bis zur Rückseite seiner Oberschenkel reichte. *Armes Lämmchen.*

Armes Kälbchen wäre zutreffender gewesen, dachte er nun. Die Prärie war endlos, mit Rindern gesprenkelt. Rinder, die auf Land weideten, dessen Weite unermesslich war, und doch zu klein für Viehherden anderer Art. Schafe, beispielsweise. Lämmer.

Das Messer war lang und scharf. Er hatte es selbst geschärft, nach einer altüberlieferten Methode, mit Spucke, Öl und Wetzstein. Hin und her, hin und her. Sich verstecken zu müssen konnte langweilig sein. Das Werkzeug in einen Topzustand zu bringen war ein sinnvoller Zeitvertreib.

Ein weiterer war Lauschen. Von seinem Versteck aus beobachtete er die Cowboys. Er kannte die Saumpfade, die sie entlangritten, die Plätze, an denen sie Rast zu machen pflegten. Manchmal unterhielten sie sich, und ihre Stimmen trugen weit.

Ein Mädchen war auf dem Weg zur Ranch.

Fährt nach Westen, genau wie die Güterzüge. In den kohlschwarzen Bergen gibt es Gold. Es gibt Weideland für die Herden, Ackerland, das man bebauen kann, Bäume, aus deren Stämmen sich robustes, herrliches Bauholz zuschneiden lässt. Hier draußen im Westen werden Träume wahr; deshalb kamen die meisten Menschen hierher. Glückliche Familien, allerorten. Man musste nur Ausschau danach halten.

Das Messer war scharf, der Regen hatte aufgehört, die Rinder grasten wieder, und ein Mädchen fuhr ganz allein nach Westen. In den wilden, wilden Westen.

Träume süß, armes Lämmchen.

11

Während Daisy an das andere Ende des Landes flog, beobachtete sie, wie der Ozean und die Städte an der Ostküste dem Flachland im Mittleren Westen Platz machten. Sie sah die träge Strömung des Mississippi, die glitzernden Wasserscheiden, die hoch aufragenden Rocky Mountains und die Badlands – die dunkle, zerklüftete, wüstenähnliche Landschaft am Kleinen Missouri.

Daisys Kehle war wie zugeschnürt. Sage und sie hatten dasselbe Ziel. Wie kam es, dass sie in den letzten zwölf Jahren nicht ein einziges Mal hierher zurückgekehrt waren? »Bitte, lass sie in Sicherheit sein«, flüsterte sie, die Stirn an das Fenster gepresst.

Sie spürte einen Druck in der Brust, als läge eine zentnerschwere Last auf ihrem Herzen. Sie dachte an Sage auf ihrem Fahrrad, die vielleicht in diesem Augenblick zu dem Flugzeug hoch am Himmel hinaufblicken mochte und der weißen Spur, die es hinterließ, den Weg bis Wyoming folgte.

Louisa hatte sich erboten, sie am Flughafen in Riverton abzuholen, aber Daisy hatte abgelehnt. Sie wollte unabhängig sein, und deshalb hatte sie beschlossen, allein, mit einem Leihwagen, zur Ranch zu fahren. Als die Maschine im Landeanflug eine Schleife über dem Flugplatz beschrieb, sah der Himmel aus, als sei er mit Scharnieren an den Berggipfeln befestigt. Die Erde war rot, rost- und purpurfarben, so leuchtend wie die Sonnenuntergänge an der Ostküste. Ein Bild, das jeden berührt hätte, und für einen Künstler atemberaubend. Daisy schloss die Augen, bewegt und aufgeregt angesichts des beeindruckenden Panoramas. In ihr regte sich ein Gefühl, das lange im Verborgenen geschlummert hatte.

Das Paradies ist groß, dachte sie. Sie erinnerte sich an Wyoming und die endlose Weite des Himmels, der sich zu allen Seiten des kleinen

Cottage ausgedehnt und sie in dem Glauben bestärkt hatte, James und sie hätten das Paradies auf Erden gefunden.
»Jeder Mensch hat seinen Platz im Leben«, hatte sie ihm in einer kalten Nacht gesagt, als der Himmel tief und wunderbar war und das Nordlicht Feuer und Eis über die Sterne gemalt hatte. »Und das ist unser Platz.« In jener Nacht hatte sie das Gefühl gehabt, den Wind berühren zu können.
Während sie nach Westen flog, hätte sie am liebsten geheult wie ein Wolf. Sie wollte sich nicht von dem Land verführen lassen, und auch nicht von der Weite des Himmels.
Sage würde bald auftauchen. Sie würde nicht lange in Wyoming bleiben müssen – hin und schnell wieder weg. Vor vielen Jahren war sie auf der Suche nach Inspiration für ihre Arbeit hierher gekommen. Sie hatte die große Liebe ihres Lebens gefunden und zwei Kinder geboren. Und dann hatte Wyoming ihr alles genommen, was sie besaß.
Als sie am Hertz-Schalter wartete, schien es am Flughafen vor Schwangeren zu wimmeln. Daisy musterte jede Einzelne, versuchte zu erraten, in welchem Monat sie war. Eine stand hinter ihr in der Warteschlange und betrachtete gelangweilt die Decke, während sich ihr Begleiter mit einem anderen Mann über den Forellenfang unterhielt.
»Wann ist es denn so weit?«, fragte Daisy, in der Hoffnung, dass ihre Stimme beiläufig klang.
»Ende Dezember.« Die Frau trug Jeans und eine ausgebeulte, karierte Jacke. Sie war nicht viel jünger als Daisy, hatte rote Locken und feine Linien um Augen und Mund.
»Dann sind Sie also … im siebten Monat.« Daisy versuchte sich vorzustellen, dass Sage ähnlich gerundet war. Hatte sie deshalb diese ausgebeulten Pullover getragen? Daisy dachte an den Sommer zurück, als Sage keine Lust hatte, sich auszuziehen und am Strand zu sitzen.
»Ungefähr.«
»Ihr erstes Kind?« Daisy wünschte sich, die Schlange würde sich

schneller auflösen, bevor sie eine Dummheit beging. Sie hatte das abwegige Bedürfnis, den schwellenden Bauch der Frau zu berühren. Es juckte ihr geradezu in den Fingern.

»Und das in meinem Alter, man stelle sich das vor! Haben Sie Kinder?«

»Zwillinge«, hörte Daisy sich sagen, just als der Mann vor ihr seine Autoschlüssel und den Mietvertrag nahm und auf den Parkplatz hinausging.

»Gleich zwei auf einen Schlag.« Die Frau lachte. »Ich hoffe, Sie haben Ihre Zwillinge bekommen, als Sie jung waren.«

Daisy rang sich ein höfliches Lächeln ab und fragte sich, ob sie dabei war, den Verstand zu verlieren. Sie trat an den Schalter und fand das Schreiben, auf dem ihre Reservierungsnummer vermerkt war. »Ja, habe ich.«

Während die Angestellte ihren Vorgang bearbeitete, kam eine weitere Schwangere vorbei, die einen Gepäckwagen schob; Daisy folgte ihr mit den Augen. Zwei Bilder gingen ihr nicht mehr aus dem Kopf: Sage schwanger. Sage als frisch gebackene Mutter.

Sie ließ sich eine Karte von der Gegend mitgeben. Es war einige Jahre her, seit sie zuletzt in Wyoming gewesen war. Sie wollte sich nicht verfahren und unnötig Zeit verlieren. *Hin und schnell wieder weg,* dachte sie. Sie trat durch die Tür des Flughafengebäudes in die kalte frische Luft hinaus.

Daisy verstaute ihr Gepäck in dem Mittelklasse-Ford und fuhr los. Sie umfasste das Lenkrad mit beiden Händen, ihre Augen waren auf die Straße gerichtet. Sie hatte sich vorgenommen, so aufmerksam und konzentriert wie möglich zu fahren. Jedes Mal, wenn sie den Blick hob, ließ sie sich von den Bergen ablenken. Da waren sie, die Wind River Mountains – die majestätischen, zerklüfteten nackten Felsen zeichneten sich gegen den blauen Himmel ab. Sie blickte wieder auf die Straße, stur geradeaus.

Zwischen den Bergen und der Straße befand sich nichts als die Prärie. Weideland, auf dem Schafe und Rinder grasten. Vom Sturm verkrüppelte Zedern wuchsen an den ebenen Kammlinien; silberne Salbeibüsche bedeckten das hügelige Gelände. Obwohl die Luft kalt war, hatte Daisy das Fenster heruntergekurbelt und ließ den würzigen Duft des Westens herein: Salbei, Kräuter, Tierfell und Staub.

Gefühle, die sie längst vergessen zu haben glaubte, stiegen in ihr auf. Sie versuchte, sie zu verdrängen. Erinnerungen kehrten zurück, angefangen mit der Zeit, als sie zum ersten Mal nach Wyoming gekommen war. In Neuengland geboren und aufgewachsen, hatte sie nur noch gestaunt über die Landschaft, die sich ihren Augen bot. Sie hatte sie über alle Maßen inspiriert. Die Ausmaße der Berge, die Weite des Himmels – sie hatte gewusst, dass in Wyoming alles größer war, dass jede Art der Liebe hier tiefer, verzehrender, überwältigender war und das Begriffsvermögen eines Mädchens wie sie überstieg.

Sie fuhr an einer Felsformation vorüber, auf die mit Farbe der Name »Sacagawea« gesprüht war. Graffiti im Stil von Wyoming, ein Tribut an das Shoshonen-Mädchen, das bei einem Überfall feindlicher Indianer geraubt worden war. Daisy trat auf die Bremse und fuhr an den Straßenrand. Sie betrachtete den Findling, las die Inschrift. Seit sie nach Wyoming gekommen war, hatte Sacagawea sie fasziniert. Viele der ersten Western-Amulette, die sie entwarf, waren von ihr inspiriert: Schnitzereien, die Mut, Mutterliebe, die Verbundenheit mit der Natur und den Schritt ins Ungewisse symbolisierten.

Sacagawea war sehr tapfer gewesen, als man sie von ihrem Volk getrennt, ihrer vertrauten Welt entrissen hatte. Schlimme Dinge waren ihr widerfahren, aber sie hatte sich nicht aufgegeben. Sie wurde an einen Pelzhändler verkauft, der eine Frau brauchte. Daisy konnte sich nichts Schlimmeres vorstellen, als gezwungen zu werden, einen völlig fremden, ungeliebten Mann zu heiraten und sein Kind zur Welt zu bringen.

Aber Sacagawea hatte ihr Kind geliebt. Baptist, ihr kleiner Sohn, und sie überlebten die Lewis&Clark-Expedition, bei der sie dreitausend Meilen zurücklegten. Sie schützte ihr Kind, unter Einsatz ihres eigenen Lebens. Viele waren der Meinung, Daisy habe ihre Tochter Sage nach dem Salbei genannt, der überall auf dem Boden Wyomings wuchs, doch das stimmte nur zum Teil; Sage war auch nach Sacagawea benannt, der Shoshonin, die sich durch beispiellosen Mut und Zähigkeit ausgezeichnet hatte.

Durch den Anblick des Namens gestärkt, fuhr Daisy weiter. Sie ertappte sich dabei, dass ihre Blicke immer wieder von der Straße abschweiften. *Man kann die Berge nicht ignorieren, vor allem nicht diese,* dachte sie. Die Gipfel der Wind River Mountains waren bereits mit Schnee bedeckt. Sie starrte auf die purpurfarbenen Spitzen, die braunen Klippen. Sobald man einmal anfing, sie zu betrachten, gab es kein Halten mehr. Die Berge waren angefüllt mit Geheimnissen, Magie, Wind und Geistern.

Als sie das Eingangstor der DR-Ranch erreichte, dunkelte es bereits. Sie fuhr durch die Pappelallee, deren Wipfel einen Tunnel bildeten. Durch das geöffnete Fenster hörte sie den Bach, der über Steine und umgestürzte Bäume plätscherte. Das Ranchhaus war anheimelnd erleuchtet, Natursteinmauern und Fachwerk glänzten in der untergehenden Sonne wie ein Schmuckkästchen. Rauch stieg aus den mächtigen Schornsteinen empor, löste sich kräuselnd im blutroten Abendhimmel auf. Daisy sah Pferde im Korral, die sie beobachteten, als sie um die letzte Kurve bog.

Louisa stand am Fenster. Sie trat auf die Veranda hinaus, ihr rotes Schultertuch wehte im Wind. Als Daisy den Wagen abstellte, schlug ihr das Herz bis zum Hals. Sie hatte eine Gänsehaut, als sei sie unbefugt in ein Gelände vorgedrungen, von dem die Geister der Vergangenheit Besitz ergriffen hatten. Seit dem Tag, als sie mit Sage zum Flughafen gefahren und an die Ostküste gezogen war, hatte sie keinen Fuß mehr auf die DR-Ranch gesetzt. Als sie nun die Scheunen, Paddocks und das Haus selbst betrachtete, fühlte sie sich entwurzelt, in die Vergangenheit zurückversetzt.

»Hallo, Fremde!« Louisa kam die breite Verandatreppe hinunter, um sie zu begrüßen.

»Hallo, Louisa.«
»Du hast es tatsächlich wahr gemacht.«
Daisy nickte und wollte gerade etwas über den Flug, die Fahrt oder andere unverfängliche Dinge sagen, um die Unterhaltung in Gang zu bringen, aber Louisa schloss sie einfach in die Arme. Sie roch nach dem Rauch von Kaminholz und ihrem Lieblingsparfüm, Wind Song. Sie drückte Daisy an sich, als wollte sie sie nie wieder loslassen. Daisy hatte auch nicht das Bedürfnis, sich aus der Umarmung zu lösen, sie klammerte sich an Louisa wie eine Ertrinkende. *Jake und Sage*, dachte Daisy. *Hier haben meinen Kinder gelebt*. Als Louisa schließlich einen Schritt zurücktrat, sah Daisy, dass sie das Bärenmutter-Amulett trug.
»Habt ihr inzwischen etwas gehört? Ich war seit heute Nachmittag nicht mehr erreichbar und hatte Hathaway gebeten, hier anzurufen, falls Sage sich meldet. Ich habe auch Detective LaRosa die Nummer gegeben, sie koordiniert die Fahndung –«
»Nein, kein Wort.«
Daisy nickte benommen. Ein Windstoß fegte um die Scheune, wirbelte trockenes Reisig hoch. Louisas Tuch flatterte; als sie es fester um ihre Schultern zog, klirrten die Knochen und das Metall ihrer Halskette. Sie erwiderte Daisys Blick.
»Ich trage es für Sage.«
»Danke.«
Eine Gruppe von Cowboys kam angeritten, und Daisy spürte, wie sie sich innerlich verkrampfte. Sie hielt nach James Ausschau, aber er war nicht unter ihnen. Sie erkannte Paul March, Victor Lansing und einige andere Hilfskräfte auf der Ranch, die zu der Weide hinter den Scheunen ritten.
»Die Marches und Lansings arbeiten immer noch hier?«
»Ja. James macht seine Sache gut, genau wie sein Vater. Das muss man ihm lassen.«
»Wie geht es Dalton?«
»Er ist mein Fels in der Brandung. Du weißt, was ich meine.«
Daisy nickte, wunderte sich über die Traurigkeit in Louisas Au-

gen, wie flüchtig und versteckt auch immer. Zwölf Jahre waren seit ihrer letzten Begegnung vergangen, aber die Zeit schien spurlos an Louisa vorübergegangen zu sein. Ihr Haar war noch immer schwarz und üppig, ihre Haut nahezu faltenlos, ihr Make-up dramatisch. Unter dem roten Schultertuch trug sie einen tief ausgeschnittenes, schwarzes Samtoberteil über einem weiten gemusterten Rock. Vielleicht hat sie heute Abend einen Auftritt, dachte Daisy.

»Wir haben später noch genug Zeit zum Erzählen«, sagte Louisa. »Bestimmt bist du hundemüde. Komm, ich bring dich zum Cottage. Klingt das verlockend?«

»Sehr.« Daisy wusste, dass sie nur noch eines wollte: ein heißes Bad, die Chance, die Augen zuzumachen, und sich an den Gedanken gewöhnen, dass sie wieder auf der Ranch war. Das Gefühl, in die Vergangenheit zurückversetzt zu sein, war stark: Sie erwartete jeden Augenblick, James zu sehen, der im leichten Trab den Trail hinunterritt, die Zwillinge vor sich auf dem Sattel.

»Ich habe dich weiter hinten untergebracht, unten am Fluss. Erinnerst du dich an das kleine Haus mit den grünen Fensterläden?«

Daisys Herz setzte aus. »Ja, ich erinnere mich.«

»Ich habe es für dich hergerichtet. Mit den alten Fensterläden war es das Einzige auf dem ganzen Grundstück, das annähernd einem Vergleich mit einem Cottage am Meer standhalten würde. Es sieht aus, als gehörte es auf eine Meeresklippe in Nantucket oder weiß der Kuckuck wohin. Dummerweise hat jemand die Fensterläden entfernt, um sie zu streichen, und sie nicht wieder angebracht.«

Daisy kannte das Cottage gut. Obwohl James und sie nur kurz darin gewohnt hatten, hatten hier einige der wichtigsten Stationen ihrer gemeinsamen Geschichte stattgefunden. Sie hätte Louisa gerne um eine andere Unterkunft gebeten und ihr gesagt, sie wolle lieber im Haupthaus schlafen, in der Mansarde, im Parterre oder wo auch immer. Am liebsten hätte sie sich in ihren Leihwagen gesetzt, um in einem Hotel in Lander zu übernachten und am nächsten Morgen

Richtung Osten weiterzufahren, um Sage zu suchen. Aber das wäre unhöflich gewesen, zumal Louisa sich so große Mühe gemacht hatte.

»Mach dir keine Sorgen wegen der Fensterläden«, sagte Daisy.

»Na gut. In Ordnung.«

Wie schlimm konnte es sein, nach so langer Zeit im Cottage zu schlafen? Das werde ich schon aushalten, dachte Daisy. Sie war hergekommen, um Sage zu suchen, und würde nicht zulassen, dass ihr die Vergangenheit in die Quere kam.

»Weiß James –?«

»Er weiß, dass du kommst.« Louisa hielt inne, als überlegte sie, ob sie mehr dazu sagen sollte. »Einer von unseren Männern kam zurück, um Bescheid zu sagen, dass es auf der Frühjahrsweide Probleme gab, und deshalb –«

»Du musst dich nicht für ihn entschuldigen. Ich habe nicht erwartet, dass er hier ist.«

»Ich habe dich so weit wie möglich von ihm entfernt einquartiert.« Louisa legte den Arm um Daisys Schultern. »Er wohnt auf der entgegengesetzten Seite der Ranch.«

»In unserem alten Haus.«

»Ja. Immer noch. Ich habe das Cottage gewählt, damit ihr euch nicht andauernd über den Weg lauft. Ich kann mir vorstellen, wie das ist, wenn man sich nach so langer Zeit wiedersieht; einfach ist das für euch beide nicht.«

»Danke.« Ein Tier huschte durch das Chaparrall-Gebüsch, und Daisy zuckte zusammen. Sie fühlte sich in dieser Umgebung nicht wohl. *Morgen früh ist es nicht mehr so schlimm*, sagte sie sich. *Solche Anwandlungen gehen vorbei.*

Das taten sie immer, wie Daisy aus Erfahrung wusste. Ein Falke zog gemächlich seine Kreise am Himmel, ließ sich von den Aufwinden über der untergehenden Sonne tragen. Daisy legte den Kopf in den Nacken, sah ihm zu. Sie wünschte sich, sie könnte fliegen, niedriger als jedes Flugzeug, um in allen Winkeln nach ihrer verschwundenen Tochter zu suchen. Sie wünschte sich, Sage käme durch das Eingangstor der Ranch, heute, in der Nacht, morgen, bald.

Daisy stand neben Louisa auf dem Anwesen, das früher einmal ihr Zuhause gewesen war, blickte zum Abendhimmel über den Wind River Mountains hinüber und wünschte sich mit aller Kraft etwas, für das sie keine Worte fand.

*

Vorwärts kommen. Sage hatte fünfundzwanzig Meilen mit dem Fahrrad zurückgelegt, durch mehr Getreidefelder, als sie sich je hatte vorstellen können. Iowa schien endlos zu sein. Sie hatte in der Nacht zuvor in einer Scheune geschlafen, die als Stall diente, und das Getreide und Gemüse gegessen, das für die Tiere bestimmt war. Zweimal hatte sie die Kühe gemolken und dabei auf vage Erinnerungen aus einem anderen Leben zurückgegriffen: Ihr Großvater hatte Jake und sie manchmal in den Stall mitgenommen und ihre Tassen mit Milch gefüllt, noch warm aus dem Euter.

Wenn man allein unterwegs war, gab es keine Nahrung, die sättigender und tröstlicher für die Seele war als Milch. Sie kam in eine kleine Stadt mit drei Läden, einem Postamt und einer Bowlingbahn. Der Parkplatz war rappelvoll. Sage hatte seit dem Morgengrauen nichts mehr gegessen und war so hungrig und müde, dass sie befürchtete, kein einziges Mal mehr in die Pedale treten zu können.

Der Schulunterricht war zu Ende, und auf der Bowlingbahn fand ein Kindergeburtstag statt. Die Mütter standen in der Nähe, halfen den Kindern, die Schuhe zuzubinden, und zeigten ihnen, wie man die Kugeln hielt. Sage spürte einen Kloß im Hals und dachte an die Bowling-Party, die ihre Mutter an ihrem neunten Geburtstag veranstaltet hatte. Tapfer schluckte sie die Tränen hinunter. Ihr Blick fiel auf den Geburtstagskuchen, mit Puderzucker bestäubt und in dicke Scheiben geschnitten.

Die Kinder umringten das Geburtstagskind, ein kleines Mädchen, vielleicht sieben Jahre alt, das seine Geschenke auspackte. Sie hatten bereits zu Mittag gegessen, der Kuchen war offenbar für später gedacht, und das Tablett mit den übrig gebliebenen Hotdogs und Pommes frites stand an der Seite des Tisches. Sage arbeitete sich langsam zum Tablett vor. Ihr Magen knurrte. Die Pommes frites waren goldbraun und knusprig an den geriffelten Kanten, so wie Sage sie am liebsten mochte. Ihre Mutter frittierte die tiefgefrorenen Pommes frites immer länger als auf der Packung angegeben, um sie genau so hinzubekommen.

Sage starrte auf die Reste des Mittagessens und wollte gerade die Hand nach den Pommes frites ausstrecken, als hinter ihr ein Stimme ertönte.

»Hallo«, sagte eine der Mütter. Sie war nicht viel älter als Sage und hielt ein kleines Kind auf dem Arm.

»Hallo.«

»Welcher ist deiner?«

»Meiner?« Sage dachte, die Mutter spräche von den Hotdogs, und ihr Herz hämmerte wie verrückt, weil sie ertappt worden war.

»Dein Sprössling? Bist du nicht zu Jennys Party eingeladen?«

»Nein.« Sage deutete auf eine Gruppe von Jungen auf einer anderen Bowlingbahn. »Meiner gehört zu der Truppe da drüben. Er heißt –« Einen Moment lang war ihr Kopf leer. »Jake.«

»Und das ist die Nummer zwei!«

Sage stand reglos da. Sie verstand kein Wort. Dann sah sie, dass die Frau lächelte und mit dem Kinn auf ihren Bauch deutete. Sage wurde rot; die Frau war die Erste, die etwas von der Schwangerschaft bemerkte. »Ach so!«, sagte sie aufgeregt und stolz. »Ja.« Wieder spähte sie zu den Pommes frites hinüber.

»Die Kinder haben kaum einen Bissen angerührt«, sagte die Frau und nahm eine Hand voll Pommes frites. »Meine Megan ist da drüben, neben dem Geburtstagskind. Sie verdrückt höchstens sechs Pommes frites, mehr schafft sie nicht, und dazu braucht sie eine halbe Stunde. Isst wie ein Spatz. Greif zu! Du musst schließlich für zwei essen.«

»Gerne.« Sage ließ sich nicht lange bitten. Sie aß Pommes frites und zwei Hotdogs, obwohl auf beiden Ketschup war. Sage hatte Ketschup nie gemocht, aber jetzt schmeckte es so köstlich, dass ihr das Wasser im Mund zusammenlief. Zum ersten Mal, seit sie von zu Hause weg war, hatte sie das Gefühl, satt zu sein.

»Übrigens, ich heiße Deenie«, sagte die Frau.

»Sage.«

Sie lächelten einander an. Deenie war sehr hübsch, mit großen braunen Augen und rosa geschminkten Lippen. Sie war kräftig, noch größer als Sage, und trug bestickte Jeans und einen purpurfarbenen Pullover mit eingestrickten Sonnen und Monden.

»Bist du aus unserer Gegend?«, fragte Deenie.

»Eigentlich nicht.« Sage hoffte, dass ihre Antwort nicht zu seltsam klang. Aber das tat sie wohl, denn Deenie musterte sie wortlos. Was machte sie auf einer Bowlingbahn in der Mitte von nirgendwo, wenn sie nicht von hier war? In den meisten Kleinstädten kannte jeder jeden, wie sie aus Silver Bay wusste. Die Kinder spielten miteinander, die Eltern bildeten Fahrgemeinschaften und hielten auf gute Nachbarschaft; Fremde verirrten sich selten hierher. Sage spürte, wie sie errötete.

»Was machst du denn hier, besuchst du deine Schwiegereltern?«

»Hm, gewissermaßen.«

»Ach je!« Deenie lachte. »Meine leben zum Glück weit weg, in Des Moines. Harley und ich sind uns beide genug. Wie heißt dein Mann?«

»Ben, Ben Davis«, sagte Sage und dachte, wie glücklich Deenies Stimme geklungen hatte, als sie gesagt hatte, dass Harley und sie »sich genug« waren. Bens Namen auszusprechen war wie ein Messerstich. Sie ließ den Kopf hängen und spürte, wie Tränen in ihre Augen traten. Deenie setzte das Baby auf die andere Hüfte und beugte sich zu Sage hinüber.

»Alles in Ordnung?«

Sage versuchte zu nicken. Die Bowlingkegel fielen um; die Kinder schrien durcheinander, waren vor Freude außer Rand und Band.

Sage schluckte schwer, versuchte ein Schluchzen zu unterdrücken. Sie merkte, dass sie erbrechen musste, und da sie nicht sicher war, wo sich die Damentoilette befand, lief sie durch die Eingangstür ins Freie. Auf dem Parkplatz übergab sie sich zwischen zwei Pick-ups.

Deenie war ihr nach draußen gefolgt. »Übelkeit, den ganzen Tag?«

Sage nickte, hielt die Tränen zurück. Sie vermisste Ben und ihre Mutter so sehr, dass sie glaubte, sterben zu müssen.

»Ist Ben ein verständnisvoller Partner?«

»Der Beste, den man sich vorstellen kann«, flüsterte Sage und betrachtete angestrengt Deenies Füße. Ihre Schuhe waren abgetreten. Sage sah Klebstoffkügelchen an den Stellen, wo Deenie versucht hatte, die alte Sohle wieder zu befestigen.

»Megan wird sich wundern, wo ich stecke.«

Sage nickte.

»Und Jake hält gewiss schon nach dir Ausschau; gehen wir?«

Sage senkte den Blick. Sie hatte einen Lieferwagen bemerkt, hellblau, mit der gelben Aufschrift »Cinderella Backwaren. Ihr Lieferant im Westen von Iowa«. Sage hörte, wie der Fahrer den Koch des Bowlinglokals begrüßte und sagte, er sei spät dran mit der Rückfahrt nach Nebraska. Ihr Herz schlug schneller.

»Ich glaube, ich bleibe noch einen Moment«, sagte sie.

»Atme tief durch«, sagte Deenie. »Die frische Luft tut gut. Du wirst dich gleich besser fühlen.«

»Ich weiß.«

»Ich würde mich freuen, wenn du mir Gesellschaft leistest, wenn du wieder reinkommst. Ich bin noch nicht lange in der Gegend, ich komme aus Macksburg. Harley hatte dort … Probleme, gewissermaßen. Wie dem auch sei, wir wohnen jetzt auf der Farm meiner Tante, ein Stück die Straße runter, und die anderen Mütter kennen sich schon seit Ewigkeiten. Also wie gesagt, ich würde mich freuen. Ja?«

»Ja«, erwiderte Sage bedrückt.

Sie wusste, dass nichts daraus wurde. Kaum hatte Deenie die Eingangstür zur Bowlingbahn hinter sich geschlossen, lief Sage zu ihrem Fahrrad und holte den Rucksack, den sie im Gebüsch versteckt hatte. Der Fahrer des Lieferwagens hatte die hintere Tür des Pick-ups offen gelassen, und eine silberfarbene Rampe führte vom Asphalt hinauf. Sage schob das Fahrrad eilig hinein. Nebraska war einer der Nachbarstaaten von Wyoming.

Der Lieferwagen war mit Brotregalen gefüllt. Sie waren breit und tief, boten ein gutes Versteck: unter der niedrigsten Ablage. Sie befand sich knapp über dem Boden, und Sage musste den Vorderreifen abmontieren, um ihr Rad zu verstecken. Aber mit Drehen und Schieben gelang es ihr schließlich, es sicher zu verstauen. Sie trat einen Schritt zurück, um sich zu vergewissern, dass man nichts sah.

Nun nahm sie die Regale genauer in Augenschein. Sie enthielten Kekse, Muffins, Doughnuts, Brot und Brötchen. Sie hatte große Lust auf etwas Süßes und hätte sich am liebsten über einen Sandkuchen mit Himbeerfüllung hergemacht. Aber sie wusste nicht, wie lange sie unterwegs sein würden und ob sie in der Lage sein würde, das Essen bei sich zu behalten. Trotzdem, ihr Baby brauchte Nahrung. Vorsichtig nahm sie ein weiches Brötchen aus einem der Kartons und kroch unter das Regal, das sich ihrem Fahrrad gegenüber befand.

Ein paar Minuten später fiel die Tür des Lieferwagens ins Schloss. Der Motor wurde angelassen. Der Boden war hart und kalt; Sage lag auf dem Rücken, eingepfercht zwischen Metallregalen, den Wänden und dem Boden des Pick-ups, das Brötchen in der Hand. Ihr Herz war schwer, aber sie wusste, das alles musste bald ein Ende haben. Sie vermisste Deenie, und dabei waren sie sich nur ein einziges Mal begegnet und kannten sich gar nicht. Sie dachte an die Einsamkeit in Deenies Augen und fragte sich, ob jeder Mensch sie empfand, immerzu. Auf dem Fußboden, an ihrem Brötchen knabbernd, stellte sich Sage das Gesicht ihrer Mutter vor und vermisste sie von ganzem Herzen.

*

David versuchte, sich warm zu halten. Die Nacht war eisig, Raureif lag auf den Kiefernzapfen, die von den Spitzen der Bäume hingen. Sein Atem war weiß, seine Lider waren bleischwer. Die Punkte auf seinen Wangen waren verblasst, aber sie waren noch da. Die Tätowierungen leisteten ihm Gesellschaft. Die Hunde schliefen neben ihm, hatten sich auf dem Beifahrersitz zusammengedrängt. Eigentlich müsste er anhalten und ein paar Stunden schlafen, aber der schreckliche Drang ließ ihm keine Ruhe.

Schrecklich – das war das Wort, das ihm immer wieder durch den Kopf ging. Eine geschundene Kreatur, die ihn brauchte, verletzt, gequält, vielleicht sogar dem Tode nahe, wenn er nicht rechtzeitig zur Stelle war, um sie zu retten. Er hatte noch nie ein solches Gefühl der Dringlichkeit empfunden, und deshalb wagte er nicht anzuhalten. Er wusste, dass er noch nicht am Ziel war.

Nebraska war um einiges flacher als Wyoming. Wahrscheinlich gab es hier viel Ackerland, viele Scheunen und Häuser. Er hatte aus dem Büro seiner Eltern eine Liste mit den Hundefarmen mitgenommen; vielleicht war sein Ziel dort. Er fuhr in Richtung Südosten, die Fensterscheiben heruntergekurbelt, damit er wach blieb, und hoffte, dass er es auf Anhieb erkennen würde, wenn er es sah, was auch immer es sein mochte.

Petal wachte mit ihm. Sie kaute auf ihrem Spielzeug herum, beschnüffelte es. Er wusste, dass sie etwas brauchte, das sie mit den Zähnen packen und herumtragen konnte, als Ersatz für die zahllosen Welpen, die sie verloren hatte.

Er war an einer Farm nach der anderen vorbeigekommen, aber plötzlich erfassten seine Scheinwerfer eine lange weiße Gestalt, die am Straßenrand aufleuchtete. Weiße Flecken, einer nach dem anderen, weit unten am Boden: vielleicht eine gesprenkelte Schlange, nein, eher eine riesige weiße Raupe. Er stieg voll auf die Bremse, schlingerte am Rand der Schotterstraße entlang, um das seltsame Geschöpf nicht zu überfahren.

Die Hunde spürten, dass Gefahr im Verzug war, sprangen auf den Boden, duckten sich. Flügelschläge drangen durch die offenen

Fenster. *Vielleicht ist das mein Ziel,* dachte er. *Das Lebewesen, das ich retten soll.*

Er sprang aus dem Wagen, lief der geschmeidigen weißen Kreatur nach, ins Getreidefeld hinein. Sie bahnte sich ihren Weg durch umgeknickte Halme, suchte Deckung in den Furchen und Rinnen der nackten Erde. Über seinem Kopf hörte er das Rauschen von Schwingen und sah die gelben Augen: eine Eule auf der Jagd. Sie verfolgte ihre Beute, denn er sah, wie sie wieder und wieder herabstieß.

Als sich seine Augen an die Dunkelheit gewöhnt hatten, erkannte er, dass die weißen Flecken Pfoten waren: Er war einer Katzenfamilie nachgelaufen. Die Mutter führte ihren Wurf an, sechs schwarze Junge mit weißen Pfoten, versuchte, sie vor der Eule in Sicherheit zu bringen.

»Hah!«, brüllte er und fuchtelte wild mit den Armen, um den Vogel zu verscheuchen. »Haaaaah!«

Die Eule flog so tief, dass sie seinen Kopf mit den Flügeln streifte. Die goldfarbenen Augen loderten wie Feuer in der dunklen Nacht. Er kannte Eulen – er liebte sie aus unerklärlichen Gründen –, aber er wusste, dass sie gnadenlos Jagd auf Kleintiere machten.

»Hau ab!«, schrie David und jagte der Eule hinterher. Er rannte, machte einen großen Bogen, in dem die Katzen sicher waren. Er hörte den Ruf der Eule, als sie davonflog, und dachte einen Moment lang, er habe sie verscheucht und die kleinen Geschöpfe gerettet. Die Katzenmutter streckte den Kopf aus der Furche, um zu prüfen, ob die Luft rein war. Die Jungen miauten, und sie brachte sie mit einem Pfotenhieb zur Ruhe, damit sie ihr Versteck nicht verrieten.

Aber die Eule kehrte zurück. Sie tauchte aus dem Nichts auf, stürzte sich blitzschnell mit gespreizten Krallen herab, packte ihre Beute und entschwand mit ihr in die Lüfte. Die Katzenmutter fauchte und versuchte, sich aus den Fängen zu befreien. Als die Eule mit ihr in den Baumwipfeln verschwand, hörte er nur noch einen jämmerlichen Klagelaut, der in den Zweigen verhallte.

Er erinnerte sich plötzlich an die Höhle. Ein dunkler Hort, bewohnt von Eulen – Eulen, die Erdlöcher gruben, in denen sie hausten, ungezählte Augen, die über ihn wachten, als er allein gewesen war. Sie hatten ihn gerufen, leise und weise, hatten ihm versichert, dass man ihn bald finden würde. Die Tätowierung, die er sich gemacht hatte, sollte ihn daran erinnern.
David merkte, dass er weinte. Er kauerte sich nieder und vergrub den Kopf in seinen Händen. Die Tränen wuschen die letzten Punkte von seinen Wangen. Mit ansehen zu müssen, wie die Katzenmutter von ihren Jungen getrennt wurde, hatte ihn an sich selbst erinnert. Er fühlte sich innerlich zerrissen, wie so oft. Die Schreie der Katzenmutter gellten noch in seinen Ohren.
Er spürte ein Kratzen am Bein, durch das Hosenbein seiner Jeans, Krallen auf seiner Haut. Dann streifte Fell sein Gesicht, und er merkte, dass die Katzenkinder an ihm hochgeklettert waren und Anstalten machten, sich in den Ausschnitt seines Hemdes fallen zu lassen. Schwarze weiche Fellknäuel mit weißen Pfoten, die versuchten, bei ihrer Rutschpartie Halt an seiner Brust zu finden.
Wieder vernahm er Flügelschläge über seinem Kopf. Zuerst hörte er sie, dann spürte er den kalten Windhauch. Dort oben war ein Eulenpaar, das über dem Feld kreiste, nach den Kätzchen suchte. Die kleinen pelzigen Körper schmiegten sich an ihn, verlangten nach Nahrung. Sie begannen, an seiner Haut zu saugen, suchten überall nach der Milch ihrer Mutter.
»Schon gut«, sagte David und wischte sich mit dem Handrücken über die Augen. »Ich werde versuchen, irgendwo eine Flasche für euch aufzutreiben.« Ein Drugstore, dachte er. Eine Puppenflasche und eine Dose mit Babymilch. Er würde sein Bestes tun, damit sie am Leben blieben. Er würde die Mutter nicht enttäuschen.
Er konnte die Eulen nicht dafür hassen, dass sie Eulen waren, aber er empfand Trauer wie eine Narbe, die immer wieder schmerzte. Er konnte nicht aufhören, an die Katzenmutter zu denken: Immer

wieder hörte er ihren kläglichen Schrei und wusste, dass sie alles versucht hatte, um ihre Kinder zu beschützen.
Vielleicht war er deshalb nach Nebraska gekommen.
Die Kätzchen hatten ihn gebraucht, und er war zur Stelle gewesen, um sie zu retten. Er wischte sich abermals über die Augen und zündete sich eine Zigarette an; während er den Wagen anließ, sagte er sich, dass er seine Aufgabe erledigt hatte. Er war in Richtung Osten gefahren, um diesen Wurf zu retten. Petal streckte den Kopf unter dem Sitz hervor. Sie sprang auf den Beifahrersitz, schnüffelte an seinem Hemd, neugierig, was sich darunter verbarg.
Das Spielzeug hielt sie dabei in der Schnauze. Es war zerrissen und zerkaut, vom Speichel durchtränkt. Es war ihr Spielzeug, er hatte es ihr geschenkt.
Es hatte David Crane auf Schritt und Tritt begleitet, schon vor langer Zeit. Manchmal dachte er, dass es das war, wonach er in Wahrheit suchte: das Gefühl, das dieses alte Stofftier in ihm geweckt hatte. Er hatte nichts als Unglück und Gewalt in seiner Kindheit gekannt, das Spielzeug war sein einziger Trost gewesen. Aber nichts konnte weicher und tröstlicher sein als ein Wurf kleiner Katzen in seinem Hemd, die seinen Herzschlag mit ihrem Schnurren zu übertönen suchten.
Warum, zum Kuckuck, fuhr er immer noch nach Osten? Wenn das sein großer Augenblick gewesen war, warum hatte er dann nicht das Gefühl, dass der Schrecken ein Ende gefunden hatte? Es war immer noch da, das furchtbare Pochen in seinem Kopf, der hämmernde Puls, der ihn zwang, schneller zu fahren, ans Ziel zu gelangen.
Ans Ziel? Wo war sein Ziel?
Er wusste es nicht, konnte es sich nicht vorstellen. Er bemühte sich, die Katzenmutter aus seinen Gedanken zu verbannen, und das, was die Eule gerade mit ihr tat. Er zog heftiger an der Zigarette und nahm sich vor, am ersten Geschäft anzuhalten, an dem er vorüberkam. Nach der Karte zu urteilen, konnte er bei Sonnenaufgang in Twin Lakes sein. Dort würde es Babynahrung und -zubehör geben;

er war auf einer Hundefarm aufgewachsen und wusste, wie man mutterlose Jungtiere am Leben erhielt.

Auf diesem Gebiet kannte er sich gut aus. Das Gefühl der Dringlichkeit wurde immer größer, und er spürte, dass er sich beeilen musste. Die Zeit wurde knapp.

12

An dem Nachmittag, als Daisy ankam, hatte James die Wasserlöcher überprüft, als er auf das verendete Kalb stieß. Bussarde kreisten über der Stelle; zwei schwarze Krähen hockten auf dem Kopf des Kadavers. James war vom Pferd gestiegen, um nachzusehen, hatte erwartet, Zahn- und Klauenspuren zu finden. Stattdessen entdecke er das Einschussloch einer Kugel im Rücken des Kalbes und den Buchstaben X in seine Flanke geritzt.

»Was hat das zu bedeuten?« Paul March ging neben ihm in die Hocke.

»Keine Ahnung.« James starrte das Kalb an.

»Irgendein kranker Irrer, der vom Highway gekommen ist?«

»Krank allemal«, sagte James. Das Weideland, das zu seiner Ranch gehörte, lag in einem Talkessel der Wind River Mountains. Die Hänge lagen im Westen, ein schmaler Pass führte ostwärts in das Indianerreservat. Touristen fuhren auf dem so genannten Highway vorbei, einer schmalen zweispurigen Straße, die bis Dubois führte, und James wusste, dass Paul auf einen von ihnen anspielte.

Er hoffte, es möge ein Fremder gewesen sein, aber er hätte es nicht beschwören mögen. In der Gegend hatte es viel böses Blut gegeben, und die Wunden saßen tief. In früheren Generationen hatten sich Großväter und Urgroßväter wegen der Weiderechte gegenseitig umgebracht. Pauls Großonkel war von einer Kugel in die Seite getroffen worden, bei dem Versuch, das Land vor den Rydells, den Schafzüchtern, zu schützen. Schafe fraßen schneller als Rinder – in weniger als einem Jahr war ein ganzer Berghang kahl –, und das hatte vor langer Zeit eine Feindschaft auf Leben und Tod ausgelöst, die in einen Krieg auszuarten drohte.

»Sieht das für dich wie eine Warnung aus?«, fragte James.

»Daran habe ich auch schon gedacht.«
»Ein Kalb töten ist eine Sache. Es mit dem Messer zu verstümmeln steht auf einem anderen Blatt.«
»Es wurde absichtlich hier gelassen, damit wir es finden, daran kann es keinen Zweifel geben. Trotzdem, irgendwas ist dieses Mal anders.«
»Nicht anders genug«, erwiderte James grimmig. Er hatte gehofft, dass die Reibereien endlich ein Ende hatten; seit Jahren war Ruhe gewesen.
Er suchte mit den Blicken die Weiden und Berge ab. Das war der Saumpfad, den er am häufigsten benutzte, über den Pass, der nach Hause führte. Unmittelbar hinter dem Berg, in der roten Schlucht, befand sich die Stelle, an der Jake verschwunden war. Und heute kam Daisy. Wer immer das Kalb getötet haben mochte, wusste vielleicht von ihrer Ankunft, oder auch nicht. Es war nicht der erste Zwischenfall dieser Art.
Vor einigen Jahren war James eines Morgens den langen Abhang hinuntergeritten und hatte eine schauerliche Entdeckung gemacht, einen Rinderschädel, auf einen Holzpfahl gespießt. Drei Reiter, darunter Paul, kamen über die Prärie galoppiert um zu berichten, dass sie drei weitere gefunden hatten. Insgesamt waren vier Rinder abgeschlachtet worden.
Im letzten Juli hatte jemand das Wasser im Reservoir vergiftet. Das Becken hatte eine Größe von annähernd viertausend Quadratmetern, und das Wasser war kristallklar und unbewegt. Zwanzig Rinder hatten daraus getrunken und waren erkrankt. Elf waren noch vor Einbruch der Nacht verendet, die Übrigen musste James von ihren Leiden erlösen. Die Polizei hatte sich mit dem Fall befasst, auf Stadt-, Kreis- und Staatsebene.
Der Verdacht war in beiden Fällen breit gestreut, reichte von den Rindfleischgegnern bis zu Nachbarn, die einen heimlichen Groll gegen die Tuckers hegten. Die Liste war folglich lang. Die Familie war seit hundertfünfzig Jahren in der Gegend ansässig und hatte stets gegen Eindringlinge zu kämpfen gehabt, die ihnen

das Land streitig machten. Sie wollten es, um ihre Schafe darauf zu weiden, Gold zu suchen, Rinder zu züchten und neuerdings, um es in Parzellen zu unterteilen, und die Tuckers hatten sich stets zur Wehr gesetzt. Es gab einige, die hinter vorgehaltener Hand von Vergeltung sprachen, die Rache schworen oder meinten, die Tuckers verdienten das Unheil, das ihnen widerfahren war. James dachte an Daisy, die bereits hier war, an Sage, die sich auf dem Weg zur Ranch befand, und spürte, wie sich seine Muskeln anspannten.

»Wo ist Todd Rydell?«

»Wo er ist?« Paul klang verwirrt. »Bei der Arbeit, schätze ich.«

»Fährt er noch den LKW?«

Paul nickte. »Ich denke schon. Soweit ich weiß, liefert er Pakete für eine Speditionsfirma aus. Ist mit dem Pferd nicht klargekommen, musste sich einen LKW anschaffen. Der erbärmlichste Cowboy, den ich je gesehen habe. Aber du glaubst doch nicht etwa, dass er es war, oder?«

»Ich weiß nicht, was ich glauben soll.« James hielt nichts von Zufällen, und es beunruhigte ihn, dass jemand ausgerechnet an dem Tag, an dem Daisy kam, ein Kalb niedergemetzelt haben sollte. Er wusste, dass Todd immer noch tödlich beleidigt war, weil man ihn wegen Jake ins Kreuzverhör genommen hatte. Außerdem nahm er den Tuckers übel, dass sie nach wie vor die Ranch besaßen, während seine eigene Familie ihr Land verloren hatte, und es kam noch etwas hinzu, was er heute noch als Schande empfand: James hatte ihn einmal dabei ertappt, wie er heimlich durch das Fenster gespäht und Daisy beobachtet hatte.

»Todd ist kein schlechter Kerl, so etwas würde er nicht fertig bringen«, sagte Paul.

»Er hätte aber allen Grund zur Klage. Er ist nachtragend, hortet seine Kümmernisse wie das Familienvermögen.«

»Sie *sind* sein Familienvermögen. Die einzige Rydell, die heute noch auf einer Ranch lebt, ist Louisa, und sie lebt auf deiner Ranch.«

»Fühl ihm auf den Zahn, wenn du das nächste Mal in der Stadt bist. Mehr verlange ich nicht.«

»Wird gemacht.« Paul stand neben dem Kalb und blickte auf den Kadaver hinab. Er prägte sich die Stelle ein, wie James wusste, falls es später Ärger gab, oder auch nur deshalb, weil er genau wissen wollte, was wo auf der DR-Ranch passierte. Dann blickte er James an und beschattete die Augen gegen die Sonne. »Daisy schon gesehen?«

»Noch nicht.«

»Und, wirst du?«

»Wird sich nicht vermeiden lassen. Zumindest, solange sie auf der Ranch ist.«

»Aha.« Paul scharrte mit der Spitze seines Stiefels im Sand.

»Scheinst ja mächtig neugierig zu sein, wie das mit Daisy und mir ist. Ich würde gerne wissen, warum.«

Paul runzelte die Stirn. Er blinzelte in die Sonne, runzelte daraufhin noch mehr die Stirn. Dann spuckte er hinter sich auf den Boden und drehte sich um, betrachtete abermals das verendete Tier. Seine Miene spiegelte flüchtig Bedauern wider, als sähe er statt des Kalbes ein totes Kind vor sich. Als sein Blick zu James zurückkehrte, waren seine Augen hart, doch seine Stimme klang sanft.

»Könnte ja sein, dass es mich menschlich interessiert.«

»Daisy.«

»Ihr alle.«

Zwei von Wind und Wetter gegerbte Cowboys, die sich über ein totes Rind beugten und von »menschlichem Interesse« sprachen. James hätte am liebsten gelacht, wie über einen Witz, aber das Lachen blieb ihm im Hals stecken. Er bedankte sich mit einem Kopfnicken, weil er wusste, dass Paul es ernst meinte.

In Gedanken versunken, ritt James ein paar Stunden später über den Pass nach Hause. Die DR-Ranch breitete sich weitläufig zwischen Pappeln und Chaparrall-Gebüsch aus, aber das Haupthaus, die Nebengebäude, eine riesige alte Scheune und das Wasserreservoir waren zentral gelegen.

Als er von Louisa erfahren hatte, dass Daisy in dem weißen Cottage untergebracht war, hatte James fast der Schlag getroffen. Er hatte überlegt, ob er Louisa eine andere Unterbringungsmöglichkeit vorschlagen sollte, aber seine Zunge letztendlich im Zaum gehalten. Daisy war es vermutlich besser als ihm gelungen, die Vergangenheit ein für alle Mal zu begraben.

Die Sonne war hinter den Bergen verschwunden und die Ranch hell erleuchtet. Jake spürte die Kälte, die abends herrschte, bis auf die Knochen: In dieser Woche hatte es schon zweimal am Morgen Frost gegeben. Er ritt in Richtung Korral, um sein Pferd über Nacht dort zu lassen, doch dann änderte er seine Meinung und ritt um das Haus herum zur Rückseite.

In diesem Teil der Ranch, hinter dem Haupthaus, geschah nicht viel. Hier hatte Louisa ihren Gemüse- und Blumengarten angelegt. Im Augenblick hatte sie verschiedene Kürbissorten angebaut, die orangefarben im Licht des aufgehenden Mondes glänzten. Als sich James dabei ertappte, wie er die Beete musterte, auf der Suche nach ein paar Blumen, die er pflücken konnte, musste er sich eingestehen, dass er es kaum erwarten konnte, Daisy wiederzusehen. Aber die Pflanzen waren vom Frost befallen, abgestorben und braun.

Die Hufe des Pferdes knallten auf dem harten Boden, ohrenbetäubend wie Schüsse aus einem Gewehr. Sein Herz pochte genauso laut. Zwölf Jahre waren eine lange Zeit: Sie waren doppelt so lange getrennt wie beisammen gewesen. Unsicher, was er tun sollte, ritt er zum Fluss hinunter. Der Vollmond schimmerte zwischen den Berggipfeln, beleuchtete seinen Weg.

Als er über die Schulter zum weißen Cottage hinüberspähte, sah er sie. James zügelte mit einem Ruck das Pferd, verweilte in den Schatten. Der große Braune senkte den Kopf, und James ließ ihn aus dem Fluss trinken. Daisy trat aus dem Haus, kam auf die Veranda hinaus, bewegte sich anmutig wie ein Reh. Ihr braunes Haar schimmerte wie Kupfer im Mondlicht; als sie das Geländer der Veranda ergriff und den Kopf in den Nacken legte, um den Mond zu betrachten, schimmerten Hals und Gesicht wie Perlmutt.

Diese Haltung, James kannte sie gut. Wenn sie sich am Geländer festhielt, waren ihre Unterarme so steif und angespannt, als nähme sie Anlauf, um vom Erdboden abzuspringen und sich in eine andere, bessere Welt zu katapultieren. Sie blickte unverwandt zum Mond empor, neigte sich ihm zu, den Hals zurückgebogen, betrachtete ihn mit aller Eindringlichkeit, die ihr zu Gebote stand. Ihr Körper unter dem hellen Kleid war voll und schön, und James duckte sich tiefer in seinen Sattel, um nicht entdeckt zu werden.

Nun streckte sie die Hand aus. Ihr Zeigefinger deutete auf den Mond, als stünde es in ihrer Macht, ihm Befehle zu erteilen. Daisy verfügte über magische Kräfte. James zweifelte nicht daran, dass sie viele Dinge in der Natur zu beeinflussen vermochte, wie man an ihrem Schmuck sah, an dem Zauber, den sie den Steinen und Knochen verlieh. Er kannte sie gut genug, selbst nach so langer Zeit, um sich vorzustellen, was sie dem Mond in ebendiesem Augenblick sagte.

Leuchte Sage auf ihrem Weg. Wo immer sie sich auch befinden und wie dunkel es dort auch sein mag, geleite sie sicher nach Hause.

James schloss die Augen, als wären die Worte, die Daisy in seiner Vorstellung sprach, ein Gebet, in das er einstimmte. *Halte deine schützende Hand über sie, in deinem Licht. Mach, dass ihre Tage lang und ihre Nächte kurz sind. Steh ihr bei. Bringe sie wohlbehalten nach Hause.*

Daisys Arm sank herab. Ihre Augen waren immer noch starr auf den Mond gerichtet. Dann fiel die Anspannung von ihr ab. Sie schien zu schrumpfen, und er hörte, wie sie leise weinte. James wäre am liebsten von seinem Pferd gesprungen, um zu ihr zu laufen und sie in die Arme zu schließen. Aber dazu hatte er kein Recht. Seit langem nicht mehr.

Daisy zögerte an der Türschwelle. Sie betrachtete eine Markierung im Balken, die James gut kannte. Sie hob die Hand, strich mit den Fingerspitzen über das Holz. Sein Herz klopfte laut, und er hätte schwören mögen, dass sie seine Anwesenheit bemerkt hatte. Auch sein Pferd nahm die Spannung wahr, die in der Luft lag. Der Braune hörte auf zu trinken, hob den Kopf, richtete die Ohren auf und wieherte leise. Als Daisy sich umdrehte und in die Nacht hinausspähte, spürte James, wie ihre Augen über seinen Körper hinwegglitten. Er zitterte, als hätte sie ihn tatsächlich berührt, aber er war unfähig, aus den Schatten hervorzutreten.

Wieder berührte sie den Türbalken. Das kleine Cottage war alt, eines der ersten Gebäude auf der Ranch, die in ihrem ursprünglichen Zustand erhalten geblieben waren. Früher hatte es als Schulhaus mit einem einzigen Klassenraum, als Schuppen für Gartengeräte und als Musikzimmer von James' Mutter gedient. Hundert Jahre vor dem Blockhaus errichtet, das James für seine Familie erbaut hatte, bargen die Wände zahlreiche Geheimnisse. James kannte sie zur Genüge, genau wie Daisy.

Sie hielt inne, blieb auf der Schwelle stehen und betrachtete abermals den Mond. Ihre Blicke schweiften über die schwarzen Berge, die dunklen Zedern. Der Ruf einer Eule ertönte auf der anderen Seite des Flusses, leise und lang gezogen. Daisy schien zu lauschen, dann legte sie die Hände wie einen Trichter vor den Mund. James wusste auf Anhieb, was nun kommen würde.

»Washakie!«, schrie sie, laut wie ein Tier in der Prärie oder in den Bergen, ein Schrei, der James durch Mark und Bein ging.

»Washakie!«, erwiderte James mit leiser Stimme, die sie nicht hören konnte, die aber in seinen Ohren widerhallte.

Als Daisy ins Haus zurückkehrte, sperrte sie die Tür hinter sich ab. Offenbar hatte sie trockene Zweige ins Feuer geworfen, denn plötzlich flogen Funken zum Schornstein heraus, vermischt mit Rauch. Dann zog sie die Vorhänge zu und löschte das Licht. James stand regungslos da, bis das Haus dunkel war, dann gab er seinem Pferd die Sporen und ritt nach Hause.

*

Er hatte sein Zelt unweit der Farmgebäude aufgestellt, um Ausschau nach dem Mädchen zu halten. Eine Frau war angekommen, hübsch und aufreizend, aber kein junges Ding. Sie hatte Tucker offenbar in Aufruhr versetzt, so gereizt wie er reagierte, und bewirkt, dass er etliche Stunden früher als sonst nach Hause ritt. Was unüblich war, vor allem wenn man das Unheil bedachte, das die gute alte DR-Ranch wieder einmal heimgesucht hatte.

Mütter und Väter. Schafe und Rinder.

Hier drehte sich die Welt anders als überall sonst. Er fühlte sich zu diesem Ort hingezogen. Er ritzte eine weitere Kerbe in seinen braunen Ledergürtel. Die DR-Herde war heute Abend kleiner geworden, und die Markierung war der Beweis. Sein Messer hatte ganze Arbeit geleistet – die Rinderhaut aufgeschlitzt, Leder für Gürtel zugeschnitten –, und nun war es Zeit für den Wetzstein.

Er holte den Stein heraus, machte ihn mit Speichel und Öl nass. Die Klinge blitzte auf im Schein der Kerosinlampe, und er begann, sie über den Stein zu ziehen, hin und her. Er liebte den stetigen Rhythmus, ihm gefiel das Geräusch: *Sch, sch.* Das schönste Schlaflied für einen Cowboy aus echtem Schrot und Korn.

Sein Gewehr schimmerte auf dem Boden des Zeltes, dunkler, gefährlicher Stahl. Er betrachtete es gerne. Das Zelt hüllte ihn ein, hier fühlte er sich sicher. Er war bewaffnet, konnte sich selbst schützen. Falls jemand auf die Idee käme, ihn anzugreifen, würde er eine unangenehme Überraschung erleben.

Washakie. Der Name kam ihm bekannt vor. Gab es da nicht eine Legende von einem Shoshonen-Häuptling? Egal, dachte er und schüttelte den Kopf wie ein Hund, der versucht, sich von einer Klette an seinem Hals zu befreien.

Ihre Stimme gellte in seinen Ohren. Herrgott, wie er diese Frauen mit ihrem ewigen Jammern hasste. Frauen, die nur an sich selbst dachten, ihre eigenen verletzten Gefühle hätschelten, und alle anderen mussten darunter leiden. Die Männer waren gezwungen, ins feindliche Leben hinauszuziehen und zu verteidigen, was ihnen – der Familie – von Rechts wegen gehörte, während die Frauen den ganzen Tag zu Hause hockten und sich die Augen aus dem Kopf heulten.

Trautes Heim, Glück allein.

13

Daisy wachte am nächsten Morgen in aller Herrgottsfrüh auf. Ihr Cottage bestand aus einem einzigen kleinen Raum, und vom Bett aus konnte sie durch die Fenster zu allen Seiten die Gipfel der Berge sehen. Der graue Himmel war mit hohen Schleierwolken überzogen, und ganze Scharen von Wildgänsen kamen, im Flug ein dunkles V bildend, von Norden. Langsam stellte sie die Füße auf den kalten Boden und blickte sich um.

Bei Tageslicht sah der Raum noch genauso aus, wie sie ihn in Erinnerung hatte. Die Wände waren rau und silbrig, mit alten Holzplanken aus der Scheune getäfelt. Ein Bärenfell lag auf dem Fußboden vor dem gemauerten Kamin, und handgewebte bunte Shoshonen-Decken bedeckten den alten Armsessel und das Sofa. Zitternd öffnete sie ihren Koffer und holte etwas Sauberes zum Anziehen heraus. Sie sehnte sich nach einer Tasse Kaffee, und obwohl das Cottage eine kleine Einbauküche besaß, wollte sie hier nicht länger bleiben als nötig. Louisa hatte bestimmt schon einen großen Topf Kaffee im Haupthaus auf dem Herd stehen.

Kaffee und mehr: Daisy ging den schmalen, von Salbei gesäumten Weg hinauf, um den Korral herum und durch die Hintertür in die Küche, wo sie Louisa mit der Vorbereitung des Frühstücks beschäftigt fand. Ein Feuer prasselte im Küchenherd, und auf der hinteren Platte dampfte der Kaffee. Louisa stand am Ofen, schon beim Frühstück sexy in ihrem Satin-Negligee, und briet Spiegeleier im ausgelassenen Speckfett.

»Aha, da hat jemand gerochen, dass es Frühstück gibt!«, begrüßte Louisa sie lächelnd, ohne sich umzudrehen. »Früh aus den Federn, wie immer.«

»Daisy, Daisy, sag doch ja«, brummte Dalton vor sich hin. Er saß an dem großen Küchentisch, bereits für die Arbeit auf der Weide gekleidet, mit ledernen Überziehhosen und Wolljacke. Bei seinem Anblick hatte Daisy einen Kloß im Hals. Er sah so alt und gebrechlich aus!

»Dalton!« Ihre Augen füllten sich mit Tränen. Sie hatte nicht gewusst, was sie erwartete, doch als sie ihn an seinem Stammplatz am Kopfende des Tisches sitzen sah, wurde ihr klar, dass sie ihn immer noch als ihren Schwiegervater betrachtete. Die Scheidung war eine Sache, die nur sie und James betraf. Sie ging zu ihm und küsste ihn auf die runzelige Wange. »Wie geht es –«

»Wo steckt James?«, unterbrach er sie. Er stellte seinen Kaffeebecher auf den Tisch und sah sie an.

»James?«, fragte sie verwirrt.

»Da, iss deine Eier.« Louisa stellte einen Teller vor ihn auf den Tisch. »Sie sind schön heiß, der Speck ist knusprig, ich habe bereits Butter auf deinen Toast gestrichen, und du musst nur noch essen. Was ist mir dir, Daisy?«

»Toast. Mache ich mir schon selbst.«

»Warte lieber, bis James kommt.« Dalton griff nach einem Steinguttopf mit eingemachten Heidelbeeren. »Du weißt doch, dass er mit dir zusammen essen möchte. Einmal, als wir die Weiden neu eingezäunt haben, wollte er allen Ernstes ein Loch lassen, so groß, dass ein Bär hindurchgepasst hätte, nur um zum Abendessen zu Hause zu sein. Ich musste –«

»Das ist lange her«, sagte Daisy rasch. Sie wollte nicht an die Zeit erinnert werden, als sie eine glückliche Familie gewesen waren.

»Lange her?« Dalton kicherte. »Gestern, heute, morgen. Ist doch einerlei bei euch Schneegänsen.«

»Schneegänsen?« Daisy, die sich gerade eine Tasse Kaffee einschenkte, zuckte bei der Erwähnung des alten Spitznamens zusammen und verschüttete einen Großteil des Kaffees auf dem Frühstückstresen. Louisa eilte mit einem Spültuch herbei und begann, die Lache aufzuwischen. Sie packte Daisy am Handgelenk und schüttelte sie sanft. Daisy sah sie an, dann wandte sie die Augen ab,

um nichts vom Aufruhr ihrer Gefühle zu verraten. Wie konnte Dalton so grausam sein?
Schneegänse … »Verliebt bis über beide Ohren und unzertrennlich, genau wie die Schneegänse«, pflegte Dalton Daisy und James zu necken. Daisy hatte der Vergleich gefallen. Sie hatte die Schneegänse oft beobachtet, die jedes Jahr auf die Ranch kamen, immer dieselben Paare, die ein Leben lang zusammenblieben. James und sie hatten im Januar geheiratet, bei Neumond und Schnee. Daltons Freund Louis Shoulderblade, ein Shoshone und Schamane, hatte ihr erzählt, dass Schneeganspaare die Liebe ernst nahmen und nur mit ihrem Partner ein Nest bauten. So war es für Daisy auch gewesen, *bevor* …
»Wo steckt er?«, fragte Dalton noch einmal mit vollem Mund. »Ist eines der Kinder krank?«
»Die Kinder –« Daisy stellte hastig die Tasse ab, bevor sie sich umdrehte.
Louisa hatte die Hände vors Gesicht geschlagen. Dalton hielt eine angebissene Toasthälfte in der Hand, seine blauen Augen wirkten beunruhigt. Plötzlich verrauchte Daisys Zorn, und sie betrachtete Dalton besorgt.
Sein Gesicht war runzelig und sein Blick getrübt. Offenbar fühlte er sich durch ihre Ankunft in eine Zeit zurückversetzt, als sie alle unter einem Dach vereint und James und Daisy verliebt wie die Schneegänse waren. Das Alter hatte seinen Tribut gefordert.
»›Daisy, Daisy, sag doch ja –‹« Dalton summte erneut das alte Volkslied vor sich hin. Daisy blickte auf den Toaster, wartete, dass ihr Brot heraussprang. Louisa saß vor ihr am Frühstückstresen; sie hatte keinen Bissen angerührt und ihren Teller zur Seite geschoben. Sie trank schweigend ihren Kaffee und trommelte mit den Fingern auf die Platte, tiefe Sorgenfalten zwischen den Brauen.

*

»Wann hat das angefangen?«, fragte Daisy, als die beiden Frauen die Küche aufräumten.

»Ich würde sagen, vor zwei Jahren.« Louisa spülte die Kaffeebecher ab. »Ungefähr.«

»Er dachte offensichtlich –«

»Manchmal hat er ein Gedächtnis wie ein Pferd«, sagte Louisa, als hätte sie nichts gehört. »Erinnert sich an jede Einzelheit von irgendeinem Rodeo, das vor zehn Jahren stattgefunden hat, Dinge, die mir überhaupt nicht aufgefallen sind. Er hat Adleraugen, Daisy, ihm entgeht nichts. Er weiß sogar noch Begebenheiten aus seiner Kindheit, als sein Vater und meiner sich gegenseitig an die Gurgel gegangen sind –«

»Aber heute Morgen –«

»Heute Morgen ist er ein bisschen durcheinander. Weil er dich wiedergesehen hat und all das. Ich habe ihm natürlich gesagt, dass du kommst, und er weiß, dass Sage weggelaufen ist, aber das Wiedersehen mit dir –« Sie stellte einen Teller auf das Ablaufgestell, und Daisy trocknete ihn ab.

»Ich fühle ich mich auch wieder in die Vergangenheit zurückversetzt.«

»Dalton fühlt sich andauernd in die Vergangenheit zurückversetzt.« Louisa blickte aus dem Fenster. Ihre Augen waren hart und starr, als sie beobachtete, wie ein Falke seine weitläufigen Kreise über der Ebene zog. »Das ändert nichts an seiner Persönlichkeit oder an meinen Gefühlen für ihn.«

»Ich weiß«, erwiderte Daisy, beunruhigt durch Louisas Ausdrucksweise.

»Sein Sohn zweifelt meine Motive an.«

»Hm.« Daisy achtete darauf, sich bedeckt zu halten; *das hat er immer getan*, dachte sie. James hatte seine Mutter früh verloren und Louisa von Anfang an weder gemocht noch ihr über den Weg getraut.

»Schneegänse!« Louisa rang sich ein Lachen ab. »Früher war ich schrecklich eifersüchtig, wenn Dalton euch so nannte. Als ob James und du die einzigen Verliebten gewesen wärt! Ich bin auch mit diesen Indianergeschichten aufgewachsen. Ich kenne das Totem der

Schneegänse, es ist das Symbol der Fruchtbarkeit und ehelichen Treue. Ich weiß, dass die Paare bei ihren Flügen beisammenbleiben und große Entfernungen zurücklegen, dass sie unzertrennlich sind –«

Daisys Magen verkrampfte sich, als sie an James dachte, an die Stationen des Weges, die sie gemeinsam zurückgelegt hatten, an das jähe Ende. Tausendmal hatten sie gemeinsam in der Küche gefrühstückt, und als sie die Augen schloss, spürte sie heiße Tränen aufsteigen.

»Das dachten wir von uns auch«, sagte sie. »Und schau dir an, was daraus geworden ist.«

»Das Schicksal hat euch beiden grausam mitgespielt. Aber ich bin nach wie vor überzeugt, dass ihr beide füreinander bestimmt seid. Ich wünschte, du wärst nie weggegangen.«

»Ich habe getan, was ich für richtig hielt. Ich wollte nicht, dass meine Tochter auf der Ranch aufwächst, wo mein Sohn –«

»Ich weiß«, warf Louisa hastig ein. »Es steht mir nicht zu, deine Entscheidung zu kritisieren, und das ist auch nicht meine Absicht. Aber ich habe dich vermisst, Daisy. Es ist nicht einfach mit den beiden Tucker-Männern, als einzige Frau auf der Ranch. Solange du hier warst, waren die Dinge im Lot.«

»Ich habe meine eigene Mutter sehr vermisst«, sagte Daisy. »Aber du warst wie eine Mutter für mich, hast mich an meinem Hochzeitstag angekleidet. Du warst meine Schwiegermutter, die Großmutter meiner Kinder. Sage empfindet das noch heute so.«

»Schneegänse brauchen keinen Papierkram«, versuchte Louisa zu scherzen, aber ihre Stimme klang bitter. »Sie brauchen keinen Trauschein, um ihre Bereitschaft zu beweisen, ein Leben lang zusammenzubleiben. Deshalb kann ich Sages Großmutter sein, auch ohne ihren Großvater zu heiraten.«

»Ja, das ist wahr.«

»Ich bin froh, dass du wieder da bist«, sagte Louisa.

*

Die zum Pferdestall umgebaute Scheune mutete wie eine tiefe Höhle an, und als Daisy sie durchquerte, flogen Schwalben, die dort nisteten, im Zickzack durch die Dunkelheit. Die Pferde wieherten, als sie sich näherte, und ihr Herz klopfte vor Freude, weil sie so viele bekannte Tiere sah. Da waren Ranger, Chiquita und Piccolo. An jeder Box innehaltend, legte Daisy ihre Stirn an die Köpfe der Pferde, begrüßte sie, streichelte ihre samtigen Nüstern. Ihre Augen waren groß und aufmerksam, und sie fragte sich, ob die Tiere sie ebenfalls wiedererkannten.

»Hallo, mein Alter«, begrüßte sie Ranger. »Du bist immer noch der Größte hier, wie ich sehe. Wieso bist du nicht mit den Cowboys draußen?« Der mächtige Braune stupste sie mit dem Kopf an und starrte zu Boden, als hätte ihn ihre Frage in Verlegenheit gebracht. Er war immer nur von James geritten worden, war sein Lieblingspferd gewesen. Daisy sah die weißen Barthaare am Maul, die trockene Haut hinter den Ohren. Er war das größte Pferd im Stall, aber er war gealtert. Der Anblick stimmte sie traurig, aber gleichzeitig auch dankbar, weil es ihn und noch ein paar andere alte Pferde gab, die wiederzusehen sie nicht erwartet hatte.

Sie begrüßte auch einige der neuen Pferde, die sie noch nicht kannte. Eine schwarze Stallkatze sprang von einem Dachbalken herab, und eine Maus, die sich unter dem Heu versteckt hatte, piepste. Ein Schwarm Fledermäuse schwirrte durch die Dunkelheit. Daisy zuckte zusammen, als sei der Raum voller Geister. Ihr Herz hämmerte, sie blieb stehen, um tief durchzuatmen. Sie brauchte frische Luft und Weite ringsum. Sie musste den Albtraum verscheuchen, der mit der Rückkehr in die Vergangenheit verbunden war, das Gefühl der Leere, die Angst um Sage.

Seit sie an der Ostküste lebte, hatte sie nicht mehr auf einem Pferd gesessen; das Vertrauen in ihre Reitkünste war geschwunden, aber jetzt wollte sie nichts lieber, als sich auf einen Pferd schwingen und in die Hügel galoppieren. Damals hatte James einige sanfte Pferde für Daisy und die Kinder angeschafft. Silver Star, wie sie sich plötzlich erinnerte, und …

»Scout!«, sagte sie laut.
War es möglich? Die lammfromme alte Stute befand sich noch in derselben Box, in der Mitte der Reihe. Ihr fahlbraunes Fell sah stumpf und staubig aus, als sei es lange nicht gestriegelt worden. Sie stand mit dem Gesicht zur Ecke, den Kopf gesenkt.
»Scout –«, versuchte Daisy zu flüstern, aber ihre Stimme versagte.
Scout war ihr Pferd gewesen. Es hatte die Kinder ungesattelt auf dem Rücken getragen und war mit ihnen über silberfarbene Salbeifelder gegangen. Eine hochbeinige Stute mit glänzendem Fell, und sie war stolz gewesen, sie zu reiten. Robust und stark, hatte sie Daisy trittsicher steile Bergpfade hinunter, durch eisige Flüsse und über schmale Steinbrücken getragen. Scout hatte sie nach Hause gebracht, wenn sie der Fährte versprengter Rinder gefolgt waren, bei Round-ups und Nachtritten, oder wenn sie Ausflüge zu Pferde unternommen und unterwegs gezeltet hatten. Daisy hatte sie gestriegelt und abgerieben, wie James es ihr gezeigt hatte, eine Pflege, die sie allen Tieren zuteil werden ließen, die sie liebten.
Aber dieses Tier sah verwahrlost aus. Die weiße Mähne und der Schwanz waren braun vom Staub in der Scheune. Die Stute ließ teilnahmslos den Kopf hängen, ein Zeichen dafür, dass sie sich missachtet fühlte. Wie konnte James es so weit kommen lassen? Oder war es gar nicht ihr Pferd, sondern ein anderes hochbeiniges, das in Scouts alter Box untergestellt war?
»Scout«, rief Daisy leise und streckte ihre Hand durch die Gitterstäbe. »Hallo Scout. Ich bin's. Kennst du mich noch?«
Die meisten Pferde waren in schmalen Boxen untergebracht, gerade groß genug, dass sie darin stehen konnten. Die Pferde, die von der Familie geritten wurden, standen in größeren Boxen, die mehr Bewegungsfreiheit boten. Die alte Stute rührte sich nicht vom Fleck, stand wie angewurzelt da.
»Washakie«, flüsterte Daisy.
Spielte ihr die Fantasie einen Streich, oder hatte die Stute den Kopf bewegt? Sie warf einen flüchtigen Blick über die linke Schulter, dann drehte sie den Kopf wieder zur Ecke. Daisy spähte in das

staubige Dunkel, hielt nach charakteristischen Merkmalen des Pferdes Ausschau, das sie gekannt hatte. Sie fand ihre Stimme wieder, sprach lauter. »Erinnerst du dich an den Fluss? Wie wir ihm gefolgt sind, auf dem Weg in die Berge? Du warst gerne dort, vor allem, wenn es draußen kalt oder der Schnee geschmolzen war –«
Daisy wartete gespannt, streckte den Arm durch die Gitterstäbe. »Erinnerst du dich an mich?«, fuhr sie fort. »An uns? An Jake und Sage und mich? James ritt auf Ranger … erinnerst du dich an Ranger, deinen Freund? Washakie, Scout. Washakie –«
Allein dadurch, dass sie den Namen aussprach, wuchs Daisys Zuversicht. Sie redete ohne Unterlass, erinnerte das alte Pferd an die Trails auf den Berghöhen und den strahlend blauen Himmel, an die Wildblumen, die ihre Köpfe durch die Schneedecke bohrten, an das blau schimmernde Eis auf den roten Felsen.
Die Stute regte sich. Die Hufe scharrten im Heu. Die Beine bewegten sich auf dem Holzboden, als sie sich langsam umzudrehen begann. Sie hielt den Kopf noch immer gesenkt, als sei sie unfähig, gegen die Schwerkraft anzukämpfen. Langsam trottete sie mit klappernden Hufen durch die große Box. Daisy streckte ihre Hand aus, sie zitterte. Die Stute hob den Kopf, um an der Hand zu schnuppern, und Daisy spürte ihren warmen Atem. Dann hob Scout den Kopf und blickte Daisy an.
»Du bist es wirklich –«, flüsterte Daisy. Ihre Kehle war wie zugeschnürt.
Die weiße Stirnlocke hing ihr ins Gesicht. Daisys Augen schwammen in Tränen, als sie die Hand ausstreckte und sie zur Seite schob. Die Augen des Tieres waren tiefbraun und unergründlich. Sie erwiderten Daisys Blick voller Weisheit und Liebe. Scout hatte sie erkannt, legte langsam den Kopf in den Nacken, wieherte lange und tief. Daisy öffnete die quietschende Tür der Box. Die Querstange aus Messing und die Scharniere waren lange nicht mehr geölt und poliert worden.
Sie schlang die Arme um den kräftigen Hals und legte ihren Kopf an Scouts Stirn. Die Stute zitterte, als erwache sie wieder zum Le-

ben. Tränen waren nichts Neues für sie. Daisy hatte schon am ersten Abend, als Jake nicht nach Hause gekommen war, und jeden Abend danach ihren Kopf in ihrer Mähne vergraben und geweint. Scout war mit ihrem Geruch, ihrer Stimme und ihren Tränen vertraut.

Daisy führte die Stute aus der Box in die Scheune. Sie würde sie striegeln, die verfilzte Mähne entwirren und den Staub aus dem Fell bürsten, aber zuerst brauchten sie beide etwas anderes, das wichtiger war. Als Daisy durch das breite Scheunentor in die Helligkeit hinaustrat, blinzelte sie, genau wie Scout. Sie gingen zum Korral, und Daisy benutzte die obere Querstange des Gatters, das den Pferch umgab, als Hilfe beim Aufsteigen.

Das Gesicht dem Wind zugewandt, ritt Daisy los. Sie war seit zwölf Jahren nicht geritten, seit ihrer Rückkehr an die Ostküste. Ihre Befürchtung, dass es nicht ohne Sattel, Zaumzeug und die Begleitung eines geübten Reiters gehen würde, an dem sie sich beim Wechsel der Gangart orientieren konnte, schwand. Sie hatte gedacht, dass eine Frau, die unfähig war, ihr Kind zu beschützen, Zügel und Steigbügel brauchte, um sich auf einem Pferd zu behaupten. Aber Scout sah das offenbar anders.

Die alte Stute ließ es langsam angehen. Sie schaukelte unter ihr wie ein Flussdampfer, der gemächlich durch ruhige Gewässer dümpelte. Daisy vergrub ihre Finger in der langen Mähne, überließ Scout die Führung. Einmal stolperte sie und hätte ihre Reiterin beinahe über ihren Kopf abgeworfen. Aber Daisy blieb oben. Scout war ihr vertraut, und die Gangart der Stute war gemächlich und achtsam.

Daisy ritt an der Scheune und der Unterkunft der Arbeiter vorbei auf die hintere Weide, die dahinter liegende Ebene war gold und braun. Weiße Wolken fegten über einen stahlgrauen Himmel. Stare segelten herab wie ein schwarzes Cape, dann flog der Schwarm auf und davon. Daisy klammerte sich fest, erschrocken angesichts des unheimlichen Spuks, ritt jedoch unbeirrt weiter.

Scout trug sie in die Berge. Daisy war versucht, sie zurückzuhalten, denn James war dort draußen, und sie fühlte sich der Begegnung mit ihm noch nicht gewachsen. Außerdem wollte sie in der Nähe des Telefons bleiben, für den Fall, dass Detective LaRosa anrief, und in der Nähe des Eingangstores, wenn Sage ankam. Aber irgendetwas drängte sie, loszulassen, die Anspannung und Sorgen für den Augenblick zu vergessen und sich von der alten Stute tragen zu lassen, wohin sie wollte.

Nun nahm sie die Ranch zum ersten Mal bei Tageslicht in Augenschein. Einige Gebäude und Zäune mussten dringend gestrichen werden. Ein Baum war auf der Weide daneben umgestürzt und nicht weggeräumt worden. Der Spielplatz der Kinder sah verödet aus – es gab keine Schaukeln, keine Kletterseile, keine Rutsche mehr.

Ein paar Schneeflocken fielen, und die Stute warf den Kopf zurück. Als sie den Trail hinauftrabte, über Kies und unebenes Gelände, verfing sie sich mit dem Huf des rechten Hinterlaufs zwischen den Felsen und schwankte. Daisy tätschelte ihr den Hals und hielt an, bis sie sich beruhigt hatte. Flüsternd spornte sie Scout zum Weitergehen an und spürte, wie sich die Stute befreite. Ihre Muskeln zitterten vor Anspannung, doch als sie sich wieder in Bewegung setzte, schien es, als fühle sie sich selbstsicherer und gestärkt.

»Braves Mädchen«, sagte Daisy.

Scout vertraute ihr. Daisy spürte es am Gang, an der wachsenden Trittsicherheit. Und sie vertraute Scout. Sie erkannte es tief in ihrem Herzen und an der Art, wie sie die niedrigen Ausläufer der Berge hinaufritt, in die Weite des Himmels. Auf der Ranch mochte sich vieles verändert haben, aber das war geblieben. Daisys Finger waren klamm. Ihr Herz schlug inzwischen gleichmäßig, und sie beugte sich hinunter und schlang ihre Arme um den Nacken der Stute, spürte ihre Wärme im ganzen Körper. Sie schloss die Augen, fühlte sich eins mit ihrem Pferd. Ihrem Pferd.

*

Sage hatte einen Platten. Sie befand sich irgendwo in Nebraska, kurz hinter der Grenze. Ein Unwetter braute sich zusammen, und ausgerechnet jetzt hatte ihr Fahrrad einen Platten! Da war nichts zu machen. Sie hatte es mit der Luftpumpe versucht, und der Reifen hatte sich gefüllt, aber schon nach ein paar Minuten war die Luft wieder mit einem lauten Zischen entwichen.

Am gestrigen Abend, nach stundenlanger Fahrt, hatte der Wagen der Bäckerei vor einem Krankenhaus gehalten, und als der Fahrer ausgestiegen und hineingegangen war, um seine letzte Fuhre Brötchen abzuliefern, war Sage unter den Regalen hervorgekrochen. Nachdem sie eine Schachtel mit altbackenen Kuchen in ihrem Rucksack verstaut hatte, hatte sie ihr Fahrrad aus dem Versteck geholt und es die Metallrampe hinuntergeschoben.

Sie hatte das Rad an einem Ständer angekettet und hatte die Eingangshalle betreten. Im Krankenhaus war es hell und warm, und Sage hatte sich sicher gefühlt.

Es gab mehrere Aufenthaltsräume verschiedener Art, Badezimmer in jedem Gang, jeweils ein Bad für zwei aneinander grenzende Zimmer auf der Station und große Duschräume für behinderte Patienten. Sage war in einen leeren Duschraum geschlichen, hatte sich ausgezogen, ausgiebig geduscht und sich mit Papiertüchern aus einem Spender an der Wand abgetrocknet.

Nachdem sie sich hundertmal besser fühlte, war sie durch die Gänge spaziert. In der Cafeteria hatte sie drei Dollar von ihrer kostbaren Barschaft abgezweigt und sich ein Schlemmermahl gegönnt: Rindsgulasch, Nudeln und einen Wackelpudding zum Nachtisch. Als sie mit dem Aufzug ins Erdgeschoss zurückwollte, hatte sie versehentlich den falschen Knopf gedrückt und war im Keller gelandet. Hier war es warm, und sie hörte das leise Poltern von Waschmaschinen. Sie war dem Geräusch gefolgt und in die Wäscherei des Krankenhauses gelangt. Hier wurden Berge von Bettwäsche in großen Rollwagen mit Segeltuchbespannung aufbewahrt. Sage hatte sich umgesehen, aber weit und breit keine Menschenseele entdeckt. Sie hatte einen der Trockner angehalten, eine Ladung Handtücher herausgezogen und in einem der leeren Rollwagen ausgebreitet.

Die weißen Handtücher waren warm und flauschig gewesen. Sage hatte es sich darauf bequem gemacht und war eingeschlafen, noch bevor die Wäsche ausgekühlt war. Sie hatte von Eltern und Babys geträumt, durch Glaswände voneinander getrennt. Sie war abwechselnd Mutter und Kind gewesen. Doch wie auch immer, in ihrem Traum hatte es immer jemanden gegeben, der sich ihrer liebevoll annahm.

Doch nun war sie wieder unterwegs, auf einer einsamen Landstraße. Vermutlich war sie irgendwo nach dem Krankenhaus über einen Nagel gefahren. Sie hatte das Loch im Gummi zwar nicht gesehen, weil es zu dunkel war, aber es war so groß, dass sie den Finger hineinstecken konnte. Die Straßen, die sie entlanggefahren war, waren abgelegen, und nun zogen Sturmwolken auf. In den Außenbezirken der letzten kleinen Stadt, die sie passiert hatte, war sie dem Wegweisern nach Westen, in Richtung Wayne gefolgt.

Die Straße, auf der sie befand, gehörte nicht zu den Hauptverkehrsstraßen, und nirgendwo waren Läden in Sicht. Sie hatte sich vor dem Augenblick gefürchtet, aber gewusst, dass der Zeitpunkt irgendwann kommen könnte: Um nach Wyoming zu gelangen, zu ihrem Vater, würde sie unter Umständen per Anhalter fahren müssen.

Nur wenige Autos waren an ihr vorübergefahren. Sage schob ihr Fahrrad an den Straßenrand, versteckte es unter einem niedrigen Wacholderbusch. Ihre Mutter hatte ihr die Hälfte des Geldes für das Rad, ein brandneues grünes Trekkingrad, zu Weihnachten geschenkt, als sie dreizehn war. Den Rest hatte sie sich durch Babysitten und Schneeschaufeln dazuverdient. Sie ließ es schweren Herzens zurück, denn ihre Mutter hatte es gesegnet. »Ich wünsche dir allzeit eine gute Fahrt, Liebes«, hatte sie gesagt. »Ebenmäßige Straßen, niedrige Hügel, keinen Zusammenstoß … und jederzeit eine sichere Heimkehr.«

»Jederzeit eine unbeschadete Heimkehr«, sagte Sage laut in der eisigen Luft von Nebraska, die Augen blind vor Tränen.

Ein zerbeulter alter Wagen fuhr vorbei, und Sage sah ihm nach. Sich neben ihr Fahrrad kauernd, tastete sie unter ihrer Jacke nach dem Amulett, das ihre Mutter für sie gemacht hatte. Wenigstens blieb ihr das. Ihre Finger strichen über das Gesicht des Jungen und des Mädchens. Ihr Fahrrad zurückzulassen war das Schwerste, was ihr abverlangt wurde seit der Trennung von Ben. Irgendwie war es sogar noch schwerer.

Unsicher stand sie auf und blickte sich um. Die Sonne war hinter einer undurchdringlichen schwarzen Wolkenwand verschwunden. Die Kiefern am Horizont ragten auf wie feindselige Wächter. Sage zitterte, doch sie setzte entschlossen einen Fuß vor den anderen. Ihr Fahrrad, ihr abtrünniger Freund, ihre ganze Kindheit blieben unter dem dornigen Gestrüpp zurück. *Jederzeit eine sichere Heimkehr*, dachte sie.

Das Baby trat um sich. Sie spürte es, es kitzelte unter den Rippen. Es brauchte Nahrung und ein Dach über dem Kopf, und für beides würde sie sorgen. *Sind wir schon da*? Sie hörte beinahe die bange Frage.

»Bald«, sagte Sage laut und sah einen Scheinwerfer in der Ferne. Die Straße war lang und flach und der Wagen noch weit weg. Sie holte tief Luft, streckte den Daumen heraus. Die kalte Luft prickelte wie Nadelstiche. Der Wagen kam näher, und Sage sah ihm beklommen entgegen. Das Baby trat abermals. »Es dauert nicht mehr lange«, sagte Sage.

14

Fast ein ganzer Tag war vergangen. So lange befand sich Daisy schon auf der Ranch, und James hatte immer noch nicht mit ihr gesprochen. Nicht, dass er ihr absichtlich aus dem Wege ging, aber er hatte sich viel vorgenommen, Arbeiten, die er so weit weg von der Ranch wie möglich erledigte. Als die Temperatur schlagartig gefallen war und es zu schneien begonnen hatte, war er in Richtung Norden geritten, um in den Ausläufern der Berge nach seiner Herde zu sehen.

Das Land sah kalt und abweisend aus mit seinen tausend Grauschattierungen. Der Regen, der in der vergangenen Woche gefallen war, hatte sich nach der anhaltenden Dürre als Segen erwiesen, doch nun sah es ganz so aus, als sollten sich Daltons Prophezeiungen bewahrheiten und ein früher, harter Winter anbrechen. Die Rinder hatten sich auf den Weiden zusammengedrängt, deren Gras braun war. In Kürze würde er gemeinsam mit Paul fünfhundert Rinder zum Transport ins Schlachthaus verladen, die vorher in die großen Korrals getrieben und selektiert werden mussten. Er versuchte, die Kälber zu zählen, aber er konnte sich nicht lange konzentrieren.

Daisy war hier.

James spürte ihre Anwesenheit auf Schritt und Tritt. Die ganze Atmosphäre war verändert, wie aufgeladen, seit sie sich in Wyoming befand. Er hatte sie seit gestern Abend nicht mehr gesehen, als er wie ein Voyeur im Schatten gestanden und sie beobachtet hatte. Aber er spürte ihre Gegenwart, von Kopf bis Fuß. Er hörte noch immer ihre Stimme, wie sie den Namen in die Nacht hinausgeschrien hatte – urwüchsig und so unheimlich, dass einem das Blut in den Adern gerann, voller Wut und Groll und Verlangen. James wusste es, weil er diese Gefühle selbst verspürte.

Er hatte Paul gesagt, dass er die Grenzen des Weidelandes abreiten und nach Spuren des Schlächters suchen wolle, der das Kalb niedergemetzelt hatte. Bisher hatten sie bereits einige verräterische Hinweise entdeckt: leere Bierdosen, ein erloschenes Lagerfeuer, Stiefelabdrücke auf dem Sandsteingrat des Hügels. Er würde keine Ruhe geben, bis er den Bastard erwischt und Kleinholz aus ihm gemacht hatte.

Die meiste Zeit hatte er seine Wut unter Kontrolle, aber seit Daisys Anwesenheit flammte sie wieder auf, machte ihn reizbar. Er würde den Schurken finden und dafür sorgen, dass er auf Knien um Gnade winselte. Bestimmt wäre das eine Erlösung, so dass er seine Wut wieder in Schach halten konnte, die ihn wie ein inneres Feuer verzehrte. Er würde ihn büßen für alles lassen, auch für das, was seinem Sohn widerfahren war. Für die Wende, die sein Leben genommen hatte. James versuchte, tief durchzuatmen. Aber das Engegefühl in seiner Brust war so groß, dass nicht einmal der weite Himmel von Wyoming den Knoten zu lösen vermochte. Er gab seinem Pferd die Sporen, ein Mal, dann ein weiteres Mal. Er ritt den Hang hinunter, der ein starkes Gefälle hatte, eine Geröllhalde, die leicht ins Rutschen geriet. Gesteinsbrocken lockerten sich, rollten unter den Hufen weg. Er gab dem Pferd abermals die Sporen, trieb es zur Eile an. Was machte es schon, wenn sie auf den Klippen ausrutschten und in den Abgrund stürzten!

James blickte auf Chieftains schwarze Mähne. Er hatte das Pferd vor vier Jahren gekauft und ihm diesen stolzen Namen gegeben, als Tribut an ein altes Geheimnis, aber er nannte die Pferde nie mehr bei ihren Namen. Seit langem nicht mehr. Sie waren unentbehrliche Helfer bei der Arbeit, mehr nicht. Louisa hatte ihm erzählt, dass Daisy entsetzt gewesen war über den verwahrlosten Zustand von Scout und Stunden damit verbracht hatte, die Kletten aus Mähne und Schwanz zu entfernen. Es war Jahre her, seit James seinen Pferden die gleiche Fürsorge zuteil werden ließ wie früher, als er noch eine Familie hatte.

Chieftain gelangte unbeschadet an den Fuß des Hügels, und James

preschte in vollem Galopp über das flache Land. Die Erde Wyomings barg sämtliche Geheimnisse des Universums, Hinweise auf zahllose Rätsel, Knochen, die ihre eigene Geschichte erzählten. James flog dahin, dem Horizont entgegen.
Als sie in den Redrock-Canyon ritten, glühten seine Augen. Seine Haut brannte wie Feuer, und sein Herz klopfte zum Zerspringen. Hier war es geschehen, hier war die Stelle, an der sein Sohn spurlos verschwunden war; James musste sie mit eigenen Augen sehen. Er musste sich vergewissern, ob er nicht doch wieder aufgetaucht war. Nur für den Fall, nur für den Fall … Jakes Mutter war hier. Sie befand sich auf der Ranch, in dem kleinen Haus, in dem alles angefangen hatte. Er musste sich selbst überzeugen, nur um ganz sicher zu sein …
Er suchte die Gegend mit den Augen ab. Salbeibüschel sprossen aus den Felsspalten, und Bernstein und Jaspisflöze verliefen wie Streifen über die blutroten schroffen Wände der Schlucht. Die Wolkendecke war geschlossen und der Canyon stockfinster. Schatten fielen über den harten Boden.
Ein Stein löste sich von dem Felsvorsprung, der sich westlich über ihm befand, und James erschrak. Der Stein polterte über die schroffe Klippe, riss dabei weitere Steine in die Tiefe.
»Ist da jemand?«, rief James.
Er starrte zu dem vom Wasser erodierten Felsen hinauf, ließ den Blick über jede Silhouette gleiten. Die Schlucht war tief und still, verzweigte sich in einem Labyrinth kleinerer Canyons und breiter Felsspalten. James nahm jeden Gesteinsbrocken auf der Klippe in Augenschein, hielt Ausschau nach der kleinsten Bewegung. Die Haarwurzeln unter seinem Stetson kribbelten. Die schwarzen Schatten sahen aus, als wären sie lebendig.
Er blieb dicht an der Felswand des Canyons und lauschte, glaubte, ein Geräusch am Rand der Klippe gehört zu haben. Er hatte das Gefühl, beobachtet zu werden. Ein weiterer Stein polterte in die Tiefe, dann trat Stille ein. Irgendjemand schlich dort oben entlang. Auf leisen Sohlen, versuchte wohl, unbemerkt zu entkommen.

James spähte hinauf, suchte nach einer Möglichkeit, den steilen Felsen zu erklimmen. Verkrüppelte Zedern und Wacholderbüsche wuchsen aus dem nackten Gestein, er konnte sich daran festhalten und die Füße in die Felsspalten stecken.

»Komm raus, du Feigling!«, brüllte er. Er war außer sich vor Wut, wie in dem ersten Jahr nach Jakes Verschwinden. Er war immer wieder hierher gekommen, hatte jede Spalte abgesucht. Damals hatte er die Anwesenheit von Menschen im Canyon gespürt, hatte Geister durch die Luft wirbeln sehen.

Ein weiterer Stein löste sich, und eine Krähe hüpfte an den Rand der Klippe. Sie ächzte wie ein Riese, der seine Ketten durchsägt. James blickte hinauf und überlegte, ob das Geräusch, das er gehört hatte, von ihr stammte. Die Krähe stieß vom Felsen herab, flog um die Ecke, in die nächste Kluft. James stieß dem Pferd sein Knie in die Flanke, und es setzte sich wieder in Gang.

Die Gebeine eines Beutetieres lagen aufgehäuft neben einem Felsen. Mit trockenem Mund ritt James näher. So war das Leben in der endlosen Weite Wyomings: Überall sah man verendete Kaninchen, Wapiti, Rinder. Krähen waren Aasfresser. Aber hier in dieser Gegend Aas zu finden, das machte ihn nervös. Als er sich hinunterbeugte, um es in Augenschein zu nehmen, sah er, dass die Knochen beinahe ausgebleicht waren, aber noch von Fell zusammengehalten wurden. Graues Fell, mit rostbraunen Stellen. Ein Wolf. James starrte den Kadaver an, die Fangzähne. Irgendein größeres Tier hatte ihn getötet, vielleicht ein Grizzly.

Langsam stieg er vom Pferd und ging neben dem toten Tier in die Hocke. Der Gestank war verschwunden, dafür hatten Krähen, Bussarde und andere Wölfe gesorgt, die sich an dem verwesenden Fleisch gütlich getan hatten. Er hätte den ausgeweideten Kadaver liegen lassen können. Normalerweise hätte er ihn auch nicht angerührt. Aber irgendetwas bewog ihn, sein Messer zu zücken und den Pelz aufzuschneiden. Dann trennte er die linke Vorderpfote ab, die Knochen und Klauen hatten keine Knorpel mehr, und einen Teil der Wirbelsäule. Er war froh, dass der Wolf einem Raubtier

zum Opfer gefallen war. Er dachte an den Kampfgeist des Wolfes. Das Gefühl, beobachtet zu werden, war wie weggeblasen.
Er hörte das Rauschen von Flügeln und blickte nach oben. Ein Schwarm Wildgänse flog gen Süden, ein Paar nach dem anderen. Wenn er sie auf ihrem Zug sah, fühlte er sich bisweilen einsam und verlassen, aber nicht heute. Das lag vermutlich daran, dass Daisy in der Nähe war.
Er wetzte sein Messer. Er dachte an eine Stelle unten am Fuß der Wind River Mountains, Crowhart Butte, wo vor eineinhalb Jahrhunderten die Häuptlinge der Shoshonen und der Crow-Indianer einen Kampf auf Leben und Tod, von Mann zu Mann ausgefochten hatten. Zwei blutrünstige und erbarmungslose Krieger, die sich wegen der Landrechte gegenseitig umgebracht hatten, die alte Geschichte, typisch für Wyoming. Häuptling Washakie hatte gesiegt und, seinem Feind zu Ehren und einem alten Glauben folgend, das Herz herausgeschnitten und verzehrt, damit seine Tapferkeit auf ihn überging. Daisy hatte gestern Abend seinen Namen gerufen. Sie hatte die Geschichte von den Häuptlingen immer geliebt, den Mythos, dass man Stärke durch ein anderes Lebewesen gewann, dem man so viel Respekt entgegenbrachte, dass man sich sein Herz einverleibte. Sie hatte Mut daraus geschöpft, in den viele Nächten, die sie in der Wildnis verbrachten, auch damals, als der Grizzly sie und die Zwillinge im Zelt angegriffen hatte. Sie hatte ihren Kindern beigebracht, das Wort laut zu rufen wie eine Beschwörungsformel, wenn sie Angst vor der Dunkelheit hatten. James wusste, dass Daisys Knochengeister, ihr Schmuck und ihre Kunstobjekte aus derselben tiefen Überzeugung stammten, dass mächtige Seelen weiterlebten.
Und so öffnete James, während das Echo seiner eigenen Stimme im menschenleeren Canyon nachhallte, seine Satteltasche und steckte Wolfsknochen und Pelz hinein. Ein Friedensangebot, dachte er, und einen Moment lang war das lodernde Feuer in ihm erloschen. Seine Wut war erloschen, fortgetragen vom Wind und vom Gedanken an Washakie. Chieftain trank klares kaltes Wasser aus dem schmalen Fluss.

James sah sich um. Kaum zu glauben, dass die schroffen Wände des Canyons das Leid in seiner Familie verursacht hatten. Die Schlucht war friedlich. Der Fluss plätscherte über die goldfarbenen Felsen. Das Pferd stillte seinen Durst. James konnte frei atmen, ohne befürchten zu müssen zu ersticken. Das Echo seiner Stimme verschmolz mit dem Rascheln der Zedernblätter im Herbstwind. Die Krähen krächzten. Schneeflocken fielen auf die Erde, wo Jake Tucker einst darauf gewartet hatte, dass sei Vater kam und ihn nach Hause brachte.

Die Flammen loderten wieder auf.

*

Klack, klack. Ein Stein, dann noch einer.

Tucker blickte hoch, und der Wächter trat geschwind vom Rand der Klippe zurück. So sah er sich inzwischen selbst: als Wächter des Landes, das ihm und seiner Familie rechtmäßig zugestanden hätte.

»Komm raus, du Feigling!«, hatte der Rancher gebrüllt.

Du kannst mich mal, dachte der Wächter und zeigte ihm den Finger. Einen halben Meter vom Rand der Klippe entfernt lag ein dicker Gesteinsbrocken. Groß und rund wie ein Rad, nicht zu vergleichen mit dem losen Geröll. Während der Rancher damit beschäftigt war, dem verendeten Wolf die Pfote abzutrennen, löste der Wächter den großen Gesteinsbrocken mit der Stiefelspitze.

Die Stiefel waren neu. Er hatte sie in einem Laden in Lander gekauft. Sie hatten ihn eine Stange Geld gekostet, hundert Dollar, aber sie waren die schönsten, die er je besessen hatte. Als Kind musste er die Sachen seiner Geschwister auftragen. Die Stiefel hatte immer schon jemand vor ihm angehabt. Deshalb war er vorsichtig zu Werke gegangen und hatte die Spitzen seiner Stiefel unter den Felsbrocken geschoben, statt ihn mit einem Tritt über den Rand der Klippe zu befördern.

Und nun hatten die Stiefelspitzen Kratzer abbekommen.

»Scheißkerl!« Fluchend bückte er sich, spuckte auf das Leder und rieb mit dem Daumen über die Schrammen. Als er die Stelle endlich geglättet hatte, war Tucker weg. Der Wächter keuchte. Dieses Mal wäre ihm wirklich der große Coup gelungen: Wenn der Felsbrocken unten gelandet wäre, wäre dem elenden Viehhirten Hören und Sehen vergangen.

Zu spät.

Er packte Kamera, Messer, Campingkocher und Gewehr ein und zog weiter.

*

Sage war zuerst von einer Frau mitgenommen worden, die von der Arbeit nach Hause fuhr, danach von einem Lastwagenfahrer, der Hühner auslieferte, und einem Versicherungsvertreter in einem Ford. Jedes Mal waren mindestens zehn Leute vorbeigefahren, bevor einer hielt. Die drei, die sie ein Stück mitgenommen hatten, waren freundlich, aber zugeknöpft. Sie hatten nicht viel gesagt, außer dass der Winter in Nebraska streng sein konnte.

Der Versicherungsvertreter war unheimlich gewesen. Zum einen trug er einen Anzug, was Sage angeberisch vorkam, da die Leute in dieser Gegend überwiegend in Jeans, Cordhosen oder Latzhosen herumliefen. Außerdem waren seine Haare gefärbt, was man daran sah, dass die grauen Haare am Scheitel und an den Schläfen nachwuchsen. Ein Täuschungsmanöver, so jämmerlich und misslungen, dass sie nicht wusste, ob sie lachen oder ihn bemitleiden sollte.

Doch während er über den bevorstehenden Winter sprach und dass in Nebraska mehr Schnee fiel als in allen anderen Bundesstaaten, konnte er mit seinen Absichten niemanden täuschen: Seine Hand lag auf dem Schritt, während er fuhr. Sages Herzschlag stockte. Sie war offenbar an einen von diesen Perversen geraten, vor denen ihre Mutter sie immer gewarnt hatte! *O Gott*, dachte sie. Als sie verstohlen überprüfte, ob die Beifahrertür verriegelt war, zerrte sie so kräftig an der Klinke, dass die Tür bei voller Geschwindigkeit aufflog. Ein Warnton erklang, der anzeigte, dass eine Tür offen stand, eine praktische Erinnerung, wenn die eingekauften Waren oder Mitfahrer eingeladen waren. Der Mann hatte noch erschrockener reagiert als Sage, und sie hatte ihn gebeten, sie am nächsten Meilenstein aussteigen zu lassen, mitten in der Wildnis; sie sei da, ihr Vater werde sie in zehn Minuten abholen.

Und dort hatte sie die letzten zehn Minuten gewartet. Es war inzwischen acht Uhr abends und kein einziger Wagen weit und breit in Sicht. Auf der anderen Seite eines von Furchen durchzogenen Ackers, auf dem eine baufällige rote Scheune stand, erkannte sie eine parallel verlaufende Straße. Auf *dieser* Straße herrschte mehr Verkehr. Während Sage sie aus einer Viertelmeile Entfernung beobachtete, stellte sie sich vor, dass glückliche Familien in den Autos saßen, die sich auf dem Weg nach Hause befanden, zum Abendessen. Sie malte sich ihre liebevollen Stimmen aus, roch das köstliche Essen.

Ihr Atem bildete weiße Wölkchen. Der Himmel war den ganzen Tag verhangen gewesen, es sah nach Regen oder Schnee aus. Ihre Füße waren kalt und ihre Hände taub. Ein Wagen näherte sich, und aus Angst, es könnte wieder ein Lüstling sein, verkrampfte sie sich so sehr, dass ihr Baby ihr einen doppelten Tritt versetzte, direkt auf die Blase. O Gott, auch das noch, sie musste pinkeln.

Zum Glück fuhr der Wagen, kein Ford, ohne anzuhalten weiter. Sage blickte sich nach einem Gebüsch oder Baum um und sah eine Reihe von Pappeln unweit der verfallenen Scheune. Dort stand ein rostiger uralter Pick-up. Dahinter konnte man gut in Deckung gehen. Sie marschierte los, merkte aber, dass sie es nicht mehr bis dorthin schaffen würde. Jetzt war sie dankbar für die Dunkelheit. Sie blieb am Straßenrand stehen und zog ihre Hosen herunter, fühlte sich so entblößt, als sei sie völlig nackt, und ging in die Hocke. Sie hörte, wie der Urin auf den Asphalt prasselte.

Sie suchte nach Papiertüchern in ihren Taschen, bemüht, das Gleichgewicht zu halten. Wann würde das Leben endlich wieder einfach sein?

Sie war schon zur Hälfte an der Luft getrocknet, hatte einen Wadenkrampf vom langen Hocken, als sie einen Wagen hörte. *Wäre das nicht ein gefundenes Fressen für den Perversen*?, dachte sie, als sie sich in aller Eile aufrappelte. O Gott, warum hatte sie sich bloß auf dieses Abenteuer eingelassen? Sie sah sich selbst, wie aus der Vogelperspektive – schwanger, allein per Anhalter unterwegs, am Straßenrand ihre Notdurft verrichtend. Ihr Vater legte vermutlich keinen Wert darauf, sie aufzunehmen. Er würde sie postwendend nach Silver Bay zurückschicken und ihrer Mutter sagen, sie könne sie behalten.

Bei dem Gedanken biss sich Sage auf die Lippe. Ihre Augen füllten sich mit Tränen, und wie auf Stichwort meldete sich auch ihre Blase. Sie musste schon wieder! Das Baby kitzelte in ihrem Bauch, als wäre das alles ein großer Spaß. Der Wagen fuhr langsamer, und auch ohne Straßenbeleuchtung wusste Sage, dass der Perverse zurückgekommen war.

»Konnte dich doch nicht ganz allein hier draußen lassen«, sagte er, während er das Fenster herunterkurbelte. Er lächelte und entblößte makellose Zähne. Seine Krawatte war so fest gebunden, dass sein Gesicht aufgedunsen und gerötet wirkte. »Ich dachte, *hier* wird ihr Vater sie nie im Leben finden. Steig ein. Ich setze dich irgendwo anders ab.«

»Nein danke«, erwiderte Sage höflich, »mein Vater findet mich schon.«

Der Mann öffnete die Tür. In der Viertelstunde, seit Sage ausgestiegen war, hatte er offensichtlich alle Hände voll zu tun gehabt: Zwar war seine Krawatte zugebunden und sein Hemd zugeknöpft, aber die Hemdsschöße hatte er nicht wieder in die Hose gesteckt. Und der Reißverschluss stand eindeutig offen.

»Du bist schwanger«, sagte der Mann.

»Mein Vater muss jeden Moment hier sein.« Sage spähte zum Horizont hinüber. Konnte sie es schaffen, wenn sie querfeldein rannte? Sie würde ihren Rucksack zurücklassen müssen. Und das Wasser beim Laufen nicht halten können, aber das war ihr egal.

»Du bist mir ein Früchtchen«, sagte der Mann und stieg aus. »Hast ja früh angefangen. Wie alt bist du, fünfzehn? Oder sechzehn?«
Sage ließ ihren Rucksack fallen. Sie drehte sich um und wollte loslaufen, doch er packte ihren Arm. Er betatschte ihn mit seinen plumpen Fingern, als wollte er prüfen, ob das Hühnchen fett genug sei. Er betastete ihren Bizeps von oben bis unten, zerrte sie zum Auto. Sage schrie. Sie versuchte, ihm den Fuß in den Unterleib zu rammen, mitten in den geöffneten Reißverschluss, aber sie rutschte auf dem Schotter am Straßenrand aus. Er atmete schwerer, umklammerte sie eisern mit beiden Armen. Sie brülle aus Leibeskräften, trat mit den Füßen nach ihm.
In diesem Augenblick hörte sie, wie ein Auto angelassen wurde. Sie blickte sich verzweifelt um, setzte sich gegen den Mann zur Wehr. Er schleifte sie zum abgestellten Ford, hatte es offenbar eilig. Er keuchte vor Anstrengung, versuchte, sie auf den Vordersitz zu stoßen. Reifen quietschten, knirschten auf dem Schotter und Asphalt.
»Mein Vater«, schluchzte Sage und versuchte, sich loszureißen. Der Mann packte ihre Haare. Sie spähte nach dem anderen Wagen, sah aber nichts, wahrscheinlich ein Phantom. Sie hatte es sich vermutlich nur eingebildet, bis auf das Röhren eines Motors, das in ihren Ohren widerhallte. »Mein Vater ist da!«, schrie sie. »Daddy!«
»Scheiße!«, fluchte der Mann, immer noch in ihre Haare verkrallt. Auf dem Acker tauchte ein großer schwarzer Wagen auf, ohne Licht. Er war lang, ein niedriger Jeep älteren Baujahrs wie die Pannenfahrzeuge, die man bisweilen auf den Highways sah. Auspuffrohre, Radachsen und Ölwanne krachten bei der wilden Fahrt über die Ackerfurchen. Sage sah die Rostlöcher und Beulen; es war das Fahrzeug, das neben der verfallenen Scheune gestanden hatte. Die Vordertür wurde aufgerissen, noch bevor der Wagen völlig zum Stillstand gekommen war, und der Fahrer sprang heraus.
Der fahrerlose schwarze Wagen holperte langsam weiter, ein paar Meter im Zickzack, bevor er vor einer grasbewachsenen Anhöhe langsam hielt, während der Fahrer aufstand. Er klopfte sich den

Staub aus den Kleidern, dann kam er mit weit ausholenden Schritten zu Sage und dem Vertreter, der seinen Griff gelockert hatte.
»Mischen Sie sich nicht ein, das ist eine Familienangelegenheit«, sagte der Perverse.
»Nein«, versuchte Sage zu stammeln, aber ihre Zähne schlugen aufeinander. Doch jedes Wort von ihr wäre überflüssig gewesen. Der Fremde wartete nicht, sondern holte mit dem rechten Arm aus und schlug dem Perversen die geballte Faust auf den Mund. Sage hörte, wie die Haut aufplatzte und Zähne splitterten.
»Meinefähhhhne –«, ächzte der Mistkerl, die Hand auf den blutenden Mund gepresst.
»Deine Zähne kannst du vergessen«, sagte der Fremde.
»Meinefähhhhne –«, sagte der Vertreter abermals, als könne er es nicht fassen. Seine Zähne waren ein Kunstwerk gewesen, dachte Sage, als er sich zum Fahrersitz schleppte und in seinem Ford davonbrauste. Aber ihr Mitleid hielt sich in Grenzen. Sie wandte sich ihrem Retter zu, um sich bei ihm zu bedanken. Aber er war bereits die Straße hinuntergelaufen, zu der Stelle, an der sein Wagen stand.
Sie hatte sich einen Helden älter und größer vorgestellt. Trotz der Entfernung konnte sie sehen, dass er nicht mehr als einen Meter siebzig maß, nur eine Handbreit größer als sie, und schlank war. Er hatte braune Haare und trug verblichene Jeans. Sage hörte Hundegebell, das allem Anschein nach aus dem Inneren des Wagens kam. Als ihr Retter zu ihr zurückkehrte, sah sie, dass er nicht älter war als sie, sechzehn, im Höchstfall siebzehn.
»Danke«, wollte sie sagen. Aber sie brachte keinen Ton heraus, sah ihn nur an.
»Alles in Ordnung?«
»Ich denke schon«, gelang es ihr zu sagen.
»Hat der Kerl dich verletzt?«
»Er hat es versucht.« Sages Zähne begannen wieder zu klappern.
»Habe ich gehört«, entgegnete der Fremde. Er deutete zu der verfallenen Scheune hinüber. »Ich war da drinnen, und dein Geschrei

hat die Vögel im Gebälk aufgescheucht. Hast du gesehen, wie sie weggeflogen sind?«
»Nein, ich war beschäftigt. Ist das deine Scheune?«
»Nein.« Aus seiner Brusttasche holte er ein Päckchen Zigaretten hervor und klopfte eine heraus. »Willst du?«
Sage schüttelte den Kopf. Sie trat einen Schritt näher. Seine Stimme weckte in ihr den Wunsch, er möge weiterreden. Sie war sanft und leise, auch wenn sie ein wenig eingerostet klang. Aber es war die Stimme eines Mannes. Dunkelheit überschattete sein Gesicht, und Sage wartete auf das Aufflammen des Streichholzes, um seine Augen zu sehen. Sie waren hellgrün und wirkten verhangen, als sei er verletzt oder auf der Flucht oder beides. Er nahm einen langen Zug aus seiner Zigarette wie ein Mann, der seit Ewigkeiten rauchte.
»Wohin wolltest du eigentlich?«
»Nach Wyoming.«
»Tatsächlich?«
»Ich bin per Anhalter unterwegs.« Sage streckte den Daumen heraus, versuchte zu lachen. Aber der Blick seiner hellgrünen Augen, die sie im rauchgeschwängerten Licht der Zigarette ernst betrachteten, weckte in ihr stattdessen den Wunsch zu weinen.
»Ich nehme dich mit«, sagte er. »Ich fahre dorthin.«
»Nach Wyoming?«
»In die Richtung, jedenfalls. Nach Westen. Ich heiße David.«
»Sage.«
Sie hatte vergessen, dass ihre Blase voll war, doch nun überfiel sie das Bedürfnis mit aller Macht. Das Baby strampelte in ihrem Bauch, als würde es sich mit einem Hula-Hoop-Reifen vergnügen.
»Ähm –« Sie überlegte, wie sie David beibringen könnte, dass sie pinkeln musste.
»Nur zu. Ich schaue weg«, sagte er, als hätte er ihre Gedanken gelesen, und drehte ihr den Rücken zu. Sage ging abermals in die Hocke, stützte sich mit einer Hand am Boden ab und betrachtete seinen Rücken. Ein Hund jaulte, laut und verzweifelt. Sage sah das

Tier, das hektisch vom Vordersitz nach hinten sprang und die Schnauze an die Fensterscheibe drückte, um näher bei David zu sein.
Er berührte das Glas mit einem Finger, und der Hund verstummte. Die Schnauze am Fenster, stand er reglos vor der Frontscheibe, als sei er im Stande, Davids Geruch durch das Glas wahrzunehmen, als fühlte er sich allein durch seine Gegenwart beruhigt und sicher.
Sage hatte immer noch kein Papiertaschentuch gefunden, aber dieses Mal wartete sie nicht, bis sie an der Luft getrocknet war. Sie wollte in den warmen Wagen, hatte das Bedürfnis, Davids Stimme zu hören.

15

Dalton und Louisa hatten einen Abstecher ins Stagecoach gemacht, um zu Mittag zu essen und sich einen neuen Gitarristen anzuhören, ein Ersatz für Marty Hemlin, der wegen Verletzung seiner Bewährungsauflagen hinter Gitter gewandert war.

Louisa saß auf der Bühne, die Scheinwerfer auf sie gerichtet, und sang leise »Gentle on my Mind«, während der junge Mann spielte. Sein Stil war gut, sanft und ausdrucksvoll, und Louisa atmete auf bei dem Gedanken, dass sie ein Problem weniger hatte. Ihr Auftritt würde dadurch gewinnen, denn Marty hatte immer so angespannt und zornig gespielt, obwohl Louisa eine Gitarrenbegleitung brauchte, die *romantisch* klang. Plötzlich hörte sie einen Aufprall.

Alle umringten Dalton. Er lag auf dem Boden und stöhnte vor Schmerzen. Louisa bahnte sich einen Weg durch die Männer, die eine Mauer um ihn bildeten, kniete sich neben ihn. Zuerst dachte sie, er habe einen Herzanfall erlitten, aber seine Augen waren weit offen, und er atmete normal. Er krümmte sich, und sein Gesicht war leichenblass.

»Liebling, was ist passiert? Was ist los?«

»Jemand hat auf mich geschossen.«

»Geschossen – o mein Gott!« Louisa hielt nach Blut Ausschau.

»Er ist gefallen«, flüsterte die Kellnerin Louisa ins Ohr. »Er wollte auf die Toilette, und plötzlich gaben die Beine unter ihm nach. Mein Großvater hat sich letztes Jahr die Hüfte gebrochen, auf die gleiche Weise –«

»Schnell, ruft einen Krankenwagen.«

»Haben wir bereits, ist schon unterwegs«, sagte die Kellnerin, aber Louisa hörte nicht mehr zu.

Sie ergriff Daltons Hand. Seine Augen waren weit aufgerissen. Er sah aus, als hätte er einen Schock erlitten, und sie deckte ihn mit ihrem Schultertuch zu, um ihn warm zu halten. Sie beugte sich zu ihm hinunter und küsste ihn auf die Lippen. Sie fühlten sich kalt an.

»Sie haben mich erwischt«, sagte er. »Eine Schießerei, genau wie damals, als mein Vater …«

»Du bist in Sicherheit«, erwiderte Louisa beschwichtigend. Sie hörte die anderen hinter ihr reden und unbehaglich lachen über Daltons Verwirrung. Sie beugte sich noch tiefer über ihn, um ihn zum Schweigen zu bringen, ihn vor Mitleid und Spott zu bewahren.

»Sie haben mich erwischt«, sagte er noch einmal und blickte sie prüfend an. »Keiner glaubt mir, aber es ist die Wahrheit. Sie haben auf mich geschossen. Nicht wahr, Louisa? Das stimmt doch, oder?«

»Wenn du es sagst, Liebster. Ich glaube dir.«

Eine Stunde später wurde Dalton im medizinischen Zentrum in der Nähe des Highway geröntgt. Louisa rauchte seit Jahren nicht mehr, doch nun sehnte sie sich nach einer Zigarette. Warten war noch nie ihre Stärke gewesen. Sie rief auf der Ranch an, James war am Telefon. Louisa hörte die Enttäuschung, dass es nicht Sage war. Aber er erschrak, als Louisa ihm erzählte, dass sie mit Dalton im Krankenhaus war.

»Was ist passiert? Ist er schlimm verletzt?«

»Sie wissen es noch nicht. Heute Morgen war er noch gesund und munter, und nach dem Mittagessen ist er plötzlich zusammengeklappt. Er ist gefallen, James, ziemlich hart. Wahrscheinlich hat er sich irgendetwas gebrochen, aber wir wissen noch nicht, was.«

»Was machen die Ärzte mit ihm?«

»Untersuchungen. Sie geben sich Mühe, so vorsichtig wie möglich zu Werke zu gehen.«

James schwieg, aber Louisa hörte an den klackenden Geräuschen seiner Stiefel, dass er unentwegt hin und her ging. »Du kannst von Glück sagen, dass du mich erwischt hast«, sagte er. »Ich bin gerade zur Tür herein, um mich zu erkundigen, ob es etwas Neues von Sage gibt.«

»Das Round-up, ich weiß.«

»Ja, und ich kann nicht weg, wie du dir denken kannst.«

»Musst du auch nicht. Ich bleibe bei ihm.«

»Ich weiß, aber er ist mein Vater –«

»Ich sagte doch, ich bleibe bei ihm.«

»Danke. Richte ihm bitte aus, ich komme ins Krankenhaus, sobald es geht. Ja?«

»Mach ich.«

Als Louisa den Hörer auflegte, spürte sie ein Brennen in der Kehle. James hatte sich bedankt, als wüsste er, dass sich sein Vater bei ihr in guten Händen befand. Dass sie für ihn da war, wie immer. Den heimlichen Groll wie ein heruntergebranntes Lagerfeuer neu zu entfachen, das war eine Beschäftigung, der sie sich in den nächsten Minuten widmete. Sie war so vertieft, dass sie kaum bemerkte, wie ihr Neffe Todd den Warteraum betrat, in der marineblauen Uniform des Express-Paketdienstes, als habe er eine Lieferung für das Krankenhaus.

»Tante Louisa.« Sein Blick war besorgt. »Mel vom Stagecoach hat mir gesagt, dass ich dich hier finde. Ich bin sofort losgefahren, habe weder mein Bier ausgetrunken noch den Wagen ins Depot zurückgebracht.«

»Ach Todd«, seufzte sie und zog ihn zu sich herunter, um ihn auf die Wange zu küssen. Sie war so erleichtert, jemanden aus ihrer Familie als Beistand zu haben, dass sie sich an seine Hand klammerte. »Dalton ist gefallen. Sie röntgen ihn gerade –«

»Mann.« Todd schüttelte den Kopf. »Gefallen, ach du meine Güte! Alles in Ordnung mit ihm?«

»Ich weiß es nicht. Sie sagen einem ja nichts.« Louisa blickte düster zu den Behandlungsräumen hinüber, versuchte, um den Vorhang herumzuspähen. »Ich wollte mit hinein, aber sie haben mich nicht gelassen.«

Blut ist dicker als Wasser, pflegte ihr Vater zu sagen. Louisa war nicht überzeugt, dass dieses alte Sprichwort immer zutraf. Die Beziehung zu ihren Eltern war angespannt gewesen, nachdem sie von ihrer Schwangerschaft erfahren hatten, und ihre eigene Tochter kam nicht halb so oft zu Besuch, wie Louisa es sich wünschte – ihr Mann wollte sie mit niemandem teilen, war besitzergreifend und selbstsüchtig. Als Todd sie in die Arme nahm, registrierte sie erstaunt das tiefe, urwüchsige Gefühl der Fürsorglichkeit und Zusammengehörigkeit, das sie plötzlich verspürte.

»Mrs. Tucker?« Ein junger Mann im weißen Arztkittel kam heraus. Er stellte sich als Dr. Middleton vor.

»Louisa Rydell.«

»Sie ist Mrs. Tucker«, sagte Todd.

»Zu Ihrer Information«, sagte der Doktor, ohne auf Louisas erschrockene Miene zu achten. »Ihr Mann hat eine Femurfraktur erlitten, im Klartext: Er hat sich den rechten Oberschenkelhalsknochen gebrochen.«

»Wie eine gebrochene Hüfte«, sagte Louisa. »Kann jedem passieren, in vorgerücktem Alter. Das blüht mir irgendwann auch.«

»Ganz so einfach ist es nicht«, sagte Dr. Middleton. »Es ist schmerzhafter und in Mr. Tuckers Fall ernster. Er leidet unter beträchtlichem Knochenschwund, und es war ein Splitterbruch. Der Oberschenkelhalsknochen ist brüchig, er ist … *zerbröselt*, wenn Sie wissen, was ich meine.«

»*Zerbröselt?*« Entsetzt stellte Louisa sich vor, wie er zu Staub zerfiel.

»Ja, wie eine alte Mauer mit Mörtel in den Fugen –«

»He, Mann!« Todd trat drohend vor. »Müssen Sie so gefühllos sein?«

»Tut mir Leid.« Der Doktor entschuldigte sich mit einer knappen Verbeugung und erhobenem Zeigefinger. »Ich wollte Mrs. Tucker nur vor Augen führen, dass der Genesungsprozess kein Pappenstiel ist. Er wird rund um die Uhr Pflege brauchen. Er braucht Hilfe, wenn er ins Bett geht und aufsteht, wenn er ins Bad muss, und so weiter; er wird nicht einmal die grundlegenden Dinge allein verrichten können. In Verbindung mit der Altersdemenz –«

»So ein Quatsch«, unterbrach ihn Louisa, unfähig, ihre Wut noch länger zu zügeln. »Wenn er in einer anständigen Klinik gelandet wäre statt in dieser hinterwäldlerischen –« Der junge Arzt sah sie mitleidig an, was sie noch mehr in Rage brachte.

»Vielleicht brauchen wir eine Minute, um das zu verdauen«, lenkte Todd ein.

»Natürlich«, pflichtete der Arzt ihm bei. »Und was die Klinik angeht, daran habe ich auch schon gedacht. Ich werde Mr. Tucker in ein Krankenhaus nach Dubois überweisen, sobald er stabil ist. Und danach –«

»Über das ›danach‹ sprechen wir später«, erwiderte Todd scharf.

»Danke, dass du gekommen bist. James ist beim Round-up«, sagte sie zu Todd, als Dr. Middleton gegangen war.

»Ich bin froh, wenn ich helfen kann.«

»Vor allem bin ich dir dankbar dafür, was du am Anfang gesagt hast. Dass ich Mrs. Tucker bin.«

»So sehe ich das auch.«

Louisa nickte. Sie hasste es, in der Öffentlichkeit die Fassung zu verlieren. Sie wurde nicht gerne mit ihren Schwächen konfrontiert und konnte es nicht ausstehen, wenn sich ihr Make-up in Wohlgefallen auflöste.

»Ich hoffe nur, dass für dich gesorgt ist«, fuhr Todd fort. »Mit Blick auf die Zukunft, meine ich. Dass er dich in seinem Testament wie eine Ehefrau bedacht hat, die du ja immer warst, auch ohne Trauschein.«

»Es wäre besser, wenn du das Wort Testament mit keiner Silbe erwähnst.« Louisas Augen wurden hart. »Solltest du oder irgendjemand sonst auf die Idee kommen, ›Dalton‹ und ›Testament‹ im gleichen Atemzug zu nennen, wäre es besser, selbst eines aufzusetzen. Und zwar schnellstens.«

»Ich möchte nur, dass du angemessen versorgt bist.«

»Zerbrich dir darüber nicht den Kopf. Dalton ist ein durch und durch anständiger Mann. Er wird schon das Richtige tun«, sagte Louisa und strich sich ihr widerspenstiges Haar aus dem Gesicht.

Wenn der Doktor so eindeutig eine Diagnose gestellt hatte, musste das bedeuten, dass die Untersuchungen abgeschlossen waren und sie zu Dalton durfte.

»Klar.«

»Mm.«

»Falls du Hilfe brauchst, ich bin immer für sich da. Und im Übrigen, Tammys Schwester ist Pflegerin. Sie arbeitet in einem Rehazentrum in der Nähe von Dubois. Sie übernimmt auch Hauspflege. Ich werde sie anrufen und fragen, was man bei einem Oberschenkelhalsbruch tun kann.«

»Danke, mein Junge.« Louisa fühlte sich plötzlich so müde und alt, als ob der Mörtel bei ihr zu zerbröseln begänne. Sie setzte sich hin, blickte auf ihre Füße. Sie trug rote Schuhe mit hohen Absätzen. Heute Morgen hatte sie das Gefühl gehabt, allen Stürmen im Leben trotzen zu können, und nun war sie am Boden zerstört, weil die große Liebe ihres Lebens im Krankenhaus lag und seine Knochen zu Staub zerfielen.

Todd hatte sie nachdenklich gestimmt. Sie war nur geduldet auf der DR-Ranch; die Initialen standen für »Dalton« und »Rosalind«, seine erste und einzige Ehefrau. Dalton liebte Louisa, daran zweifelte sie nicht. Aber der Name der Ranch war geblieben, und er hatte sie nie vor den Traualtar geführt. Die Abneigung, die James gegen sie empfand, hatte zu schwer gewogen, und Dalton wollte keinen Bruch mit seinem Sohn riskieren!

Wohin sollte sie, wenn – falls – Dalton … Sie schüttelte entschlossen den Kopf; sie mochte nicht einmal daran denken. Die Ranch war ihr Zuhause. So hatte Dalton es gewollt, und er würde sie nicht völlig mittellos sitzen lassen. Das sah ihm nicht ähnlich. Seufzend stand sie auf und verabschiedete sich von Todd. Dann ging sie, eine imposante Erscheinung in ihren roten hohen Absätzen, mit erhobenem Kopf den sterilen weißen Gang entlang zu dem Mann, den sie liebte.

*

Nachdem sie in Davids rostigen alten Wagen mit Allradantrieb gestiegen war, fühlte sich Sage erleichtert und erschöpft. Seine Hand blutete von dem Faustschlag, mit dem er dem Versicherungsvertreter die Zähne eingeschlagen hatte, und er verband sie mit einer Mullbinde; er hatte mehrere davon in einem Erste-Hilfe-Kasten, was Sage beeindruckte. Der Mond tauchte die vom Frost bedeckten, dunklen und endlosen Getreidefelder Nebraskas in silbernes Licht. David fuhr langsam, als sei der Motor zu kalt, um ihn auf Hochtouren zu bringen.

Sage hätte sich gerne bei ihm bedankt und ihm gesagt, dass ihr seine Rettungsaktion wie ein Wunder vorkam, aber sie brachte es nicht fertig, über das Geschehen zu reden. Ihre Zähne schlugen immer noch aufeinander, und sie wünschte, sie könnte ein Bad nehmen und ihre Haut abschrubben, um das Gefühl abzuwaschen, das die gierigen Hände des Mannes hinterlassen hatten. Sie blickte sich um.

Das alte Vehikel klapperte an allen Ecken und sah aus, als sei es einem uralten Schwarz-Weiß-Film entsprungen. Die Sitzpolster waren zerrissen, die Füllung quoll heraus. Der Grund lag auf der Hand: Im Wagen wimmelte es von Tieren. Sage sah einen Hund mit bandagiertem Kopf, einen weiteren, der sich zu einem Knäuel zusammengerollt hatte, und einen dritten mit breitem Gesicht und einem zerfetzten Spielzeug in der Schnauze, dazu mindestens sechs neugeborene Kätzchen. Sie tollten herum, sprangen über die Rücksitze, kletterten über die altmodischen Türgriffe oder hingen kopfunter von der flauschigen weißen Deckenbespannung.

»Um diese Zeit werden sie munter«, sagte David entschuldigend. »Sie sind nachtaktiv.«

»Was machst du mit sechs kleinen Katzen im Auto?« Sage fiel es seltsamerweise leichter, über Katzen zu reden als über das, was ihr widerfahren war. »Wären sie zu Hause nicht besser aufgehoben?«

»Nicht in einem solchen Zuhause.«

Sage warf ihm einen flüchtigen Blick zu, sann über seine Antwort nach. Vielleicht war er durchgebrannt, weil sein Zuhause schrecklich war, im Gegensatz zu ihrem. Ihr Problem war, dass sie zwei gute Zuhause an verschiedenen Orten hatte. »Bist du von zu Hause abgehauen?«

»So sehe ich das nicht. Ich lebe einfach nicht mehr dort.«

»Interessant ausgedrückt.«

»Warum? Bist du abgehauen?«

»Ja, aber nach Hause, genau genommen.«

»Interessant ausgedrückt.« Er grinste.

Er zündete sich eine Zigarette an und hielt sie in seiner unverletzten rechten Hand. Sage sah, dass sein Unterarm tätowiert war: ein Falke, eine Eule, ein Stern, ein Mond und drei Wellenlinien, die Flüssen in einer Kinderzeichnung glichen.

Sage blickte sich um, zählte die Tiere. Sie betrachtete den gedrungenen dreifarbigen Hund, der auf der Rückbank in der Ecke kauerte, stellte nur kurz Blickkontakt her. Er hatte das Spielzeug unter seinen Pfoten versteckt und versuchte, seinen Kopf zu verbergen.

»Du brauchst keine Angst zu haben.« Sage streckte die Hand aus.

»Das ist Petal«, sagte David mit einem Blick in den Rückspiegel. »Ein Pitbull.«

Sage zog ihre Hand mit einem Ruck zurück. »Sind das nicht Kampfhunde?«

»Das glauben nur Leute, die es nicht besser wissen. Petal stammt von einer Hundefarm. Weißt du, was die da machen?«

»Nein, was?«

»Die sperren die Hunde in Käfige und züchten sie, bis sie krepieren. Die Hundemütter sind ihr Leben lang trächtig. Die Welpen werden ihnen weggenommen, noch bevor sie entwöhnt sind. Dann werden sie sofort aufs Neue besamt und tragen den nächsten Wurf aus. Sie vermissen ihre Jungen und kommen nicht über den Verlust hinweg. So etwas nenne ich ein schlechtes Zuhause.«

»Und dort hat Petal gelebt?«

»Ja. Sie war eine der Hündinnen, die zu Zuchtzwecken benutzt wurde. Sie glaubt immer noch, dass sie wieder trächtig ist, aber das

ist nicht der Fall. Damit ist Schluss, seit ich sie mitgenommen habe.«
»O Gott.« Sage blickte Petal abermals an. Sie hielt das kleine ausgestopfte Tier zwischen ihre Pfoten und schleckte es hingebungsvoll ab. »Das Spielzeug scheint sie zu mögen.«
»Sie hält es für einen ihrer Welpen. Sie bildet sich ein, sie wäre trächtig und würde ihre Jungen säugen.«
Sage berührte schweigend ihren eigenen Bauch. Das Baby war ruhig, schien sich auszuruhen. Es war seltsam, einen jungen Mann so sachkundig über trächtige Tiere und die Aufzucht von Welpen reden zu hören, genauso unglaublich wie der Gedanke, dass es bis zur Geburt ihres eigenen Kindes nicht mehr lange dauern würde. In drei Monaten war es so weit, dann würde sie genau so viel darüber wissen wie Petal. »Du hast Petal von dort weggebracht?«
»Ja. Und die anderen, von ähnlichen Zuchtfarmen.«
Sage drehte sich erneut um. Die beiden anderen Hunde auf dem Rücksitz wirkten genauso lammfromm wie Petal. Der mit dem verbundenen Gesicht, ein braun-weißer Spaniel, hatte sich am anderen Ende der Sitzbank niedergelassen, so weit wie möglich von der Pitbull-Hündin entfernt. In der Mitte, zu einem Ball zusammengerollt, lag ein Scotchterrier. Sages Mutter und Tante hatten als Kinder Terrier gehabt, eine lebhafte, neugierige Rasse, wie Sage wusste, aber dieser Hund schien so apathisch zu sein, dass er nicht einmal den Kopf hob.
Es kam ihr seltsam vor, dass die sechs kleinen Katzen wie verrückt im Wagen herumtollten, auf den Rücken der Hunde krabbelten und ihren Kopf als Sprungbrett benutzten, während die Hunde sie gewähren ließen, statt sie zu jagen. Sie hatten sich überhaupt nur ein einziges Mal gerührt, als David ausgestiegen war, um ihr zu helfen.
»Was ist mit den Hunden? Warum sind sie so still?«
»Sie haben ihren Lebensmut verloren. Das passiert leicht an solchen Orten.«

Sage schluckte. Sie hatte keine Ahnung, warum, aber es fiel ihr schwer, die nächste Frage zu stellen.
»Woher wusstest du von ihnen?«
»In Nebraska und Wyoming gibt es viele Hundefarmen«, erwiderte er ausweichend. Der Mond war aufgegangen, stand direkt über ihnen, tauchte die Straße in helles Licht. Sage musterte Davids Gesicht, er hatte ständig eine Zigarette im Mundwinkel, als wollte er sich hinter dem Rauch verstecken.
»Sie haben Glück gehabt, dass sie bei dir gelandet sind.«
David antwortete nicht.
»Warum hast du sie mitgenommen?«, fragte sie nach langem Schweigen.
David fuhr stumm weiter, blickte angestrengt durch den Qualm auf die mondhelle Straße. Sage mochte es nicht, wenn Menschen in geschlossenen Räumen rauchten. Bevor Tante Hathaway das Rauchen aufgegeben hatte, pflegte Sage sämtliche Fenster im Auto herunterzukurbeln, wenn sie bei ihr mitfuhr. Aber im Augenblick machte es ihr nichts aus. Die alte Klapperkiste roch nach Rauch, Abgasen, nassem Fell und Katzenpisse, aber nicht einmal davon wurde ihr übel. Sie dachte schon, David habe ihre Frage vergessen oder bewusst überhört. Aber dann antwortete er doch.
»Ich rette Lebewesen, die in Not sind. Das ist meine Aufgabe.«
»Du hast mich gerettet.« Sage hatte einen Kloß im Hals, und als sie zu David hinüberspähte, nickte er. Sie versuchte zu lächeln, aber er blieb ernst. Er machte ein Gesicht, als hätte sie etwas gesagt, das ihn in Wut versetzt hatte. Drei Kätzchen spazierten auf der vorderen Sitzbank hin und her, miauten, weil sie Hunger hatten oder gestreichelt werden wollten. »Dieser Kerl hätte –« Sage konnte nicht weitersprechen, weil ihre Zähne wieder zu klappern begannen.
»Manche Leute sind Abschaum.«
Sage nickte und biss sich auf die Knöchel. Der Schock, auf einer einsamen Landstraße in Nebraska von einem Perversen angegriffen zu werden, begann ihr erst jetzt richtig bewusst zu werden. Und dabei hatte der Versicherungsvertreter ganz normal ausgesehen!

»Alles in Ordnung?« David warf ihr einen kurzen Blick zu.
Sage versuchte zu nicken.
»Denk nicht mehr daran, wenn du kannst«, sagte er. »Hier –« Er nahm eines der Kätzchen und drückte es ihr in die Hand. Sage setzte es auf den Schoß, streichelte es liebevoll. Dann sprang es davon, auf Davids Schulter. Alle sechs Katzenkinder umringten ihn, miauten kläglich.
»Essenspause!«, sagte er.
Er parkte den Wagen am Rande einer langen, einsamen Landstraße. Wolken zogen von Westen herauf, verdeckten den Mond. David öffnete die beiden Türen auf der Fahrerseite und stieß einen langen, gellenden Pfiff aus. Sage kauerte sich auf ihrem Sitz zusammen und beobachtete, wie alle neun Tiere ins Freie sprangen.
David öffnete den Kofferraum des Wagens. Sage hörte, wie Trockenfutter in eine Metallschüssel geschüttet wurde. Die Straße war menschenleer, das Geräusch durchdrang die Stille. Fahles Mondlicht schimmerte durch die hohe Wolkendecke. Sage zögerte, den Wagen zu verlassen, in dem sie sich sicher fühlte, aber sie war zu neugierig, um sich den Anblick entgehen zu lassen. Sie stieg aus und ging nach hinten.
Der Scotchterrier und der Spaniel fraßen hungrig aus getrennten Schüsseln. David hatte gerade drei weitere Schüsseln mit Wasser aus einem Plastikkanister gefüllt. Dann trennte er Petal von ihrem Spielzeug, bedeutete ihr zu fressen. Anschließend holte er eine Einkaufstüte aus dem Kofferraum.
Er steckte sich einen Spieß mit Trockenobst in den Mund und gab Sage auch einen in die Hand. Sie kaute, während sie an Campingausflüge mit ihrer Mutter dachte. Dann nahm er zwei Puppenflaschen und eine Dose Enfamil heraus. Sage sah zu, wie er die Flaschen mit der fertigen Babynahrung füllte. Dann hockte er sich in das Getreidefeld, während die sechs Kätzchen darum kämpften, als Erstes gefüttert zu werden.
»Sie mögen die Milch am liebsten warm«, sagte er, als zwei Kätz-

chen laut an den Flaschen nuckelten. »Aber heute bleibt die Küche kalt.«
»Kann ich dir irgendwie helfen?«
»Da drinnen sind noch ein paar Flaschen.«
Sage spürte, dass er sie beobachtete, als sie die Tüte aufmachte. Er hatte genug Flaschen und Babynahrung, um eine ganze Horde hungriger Katzenkinder zu füttern. Sie füllte zwei Flaschen und setzte sich neben ihn auf die kalte Erde. Ihr Atem bildete weiße Wölkchen, die gespenstisch aussahen. Sage spürte, wie die restlichen vier Kätzchen über sie hinwegkrabbelten und begann, zwei von ihnen zu füttern; die beiden, die leer ausgingen, taten ihr Leid.
»Sie kommen noch an die Reihe, keine Bange«, sagte David. »Ich bin froh, wenn sie so weit sind, dass sie feste Nahrung zu sich nehmen können.«
»Was hast du in der alten Scheune gemacht?«
»Vorhin?«
Sie nickte. Umgeben von Tieren, die zufrieden schmatzten, fühlte sie sich sicher genug, um das *Vorhin* anzusprechen. »Ich hätte nie gedacht, dass mir jemand zur Hilfe kommen könnte. Ich dachte, er würde mich in seinen Wagen zerren und –«
»Hätte er auch«, sagte David sachlich, ohne die geringste Regung in seiner Stimme.
»Und dann kamst du, mitten aus dem Feld … ohne Licht … ich hörte den Motor … und hoffte … und betete –« Sage schluckte. Tränen liefen an ihrer Nase hinunter, aber sie konnte sie nicht wegwischen, weil sie alle Hände voll damit zu tun hatte, die hungrigen Katzenkinder zu füttern. »Ich betete, jemand möge kommen und mich retten.«
David schwieg. Er betrachtete stumm die beiden Kätzchen auf seinem Schoß. Sie waren satt und tappten spielerisch mit ihren Pfoten gegen die Puppenflaschen. Behutsam setzte er sie auf dem gefrorenen Boden ab und ließ die beiden anderen auf seine Knie klettern. Die Flaschen waren noch halb voll.
»Ich konnte nur an eines denken, an meinen Vater«, sagte Sage.

»Warum?«
»Ich hoffte, dass er meine Not spüren würde. Dass er mich retten würde.«
»Eltern sind nicht Gott.«
»Ich weiß. Aber trotzdem habe ich an ihn gedacht.«
»Manchmal können Eltern nicht die Bohne tun. Richten nur Unheil an, statt zu helfen.«
»Aber manchmal auch nicht.«
David verstummte erneut. Sage starrte auf seine Hände. Blut sickerte durch den Verband an seiner linken Hand. Aber es waren die Tätowierungen auf dem rechten Unterarm, von denen sie den Blick nicht abzuwenden vermochte. Sie waren schön, richtige Kunstwerke. Die Augen der Eule waren gelb, starr und wachsam. Sie wirkten lebendig, als würde der Vogel jeden Moment abheben und in die Nacht hinausfliegen.
Sage hatte die meiste Zeit ihres Lebens behütet in Connecticut verbracht, in einer Vorstadt, wo Tätowierungen Angst einflößten und als primitiv galten. Wenn ihr in der Mall junge Mädchen mit Tätowierungen auf der Schulter oder an den Fußknöcheln begegnet waren – selbst wenn es sich um zarte Rosen und Schmetterlinge handelte –, hatte sie die Trägerinnen für abgebrüht und hart gehalten. Doch aus irgendeinem unerfindlichen Grund trieben die Tätowierungen auf Davids Arm ihr die Tränen in die Augen.
»Was hast du vorhin in der alten Scheune gemacht?«, fragte Sage zum zweiten Mal.
»Geschlafen.«
»Wohnst du dort?«
»Nein.«
»Wolltest du die Nacht da verbringen?«
»Ja. Es ist nicht gut für die Hunde, dauernd im Auto eingepfercht zu sein. Erinnert sie an die Käfige auf der Farm.«
Sage hob den Kopf. Sie sah, dass zwei der Hunde ihre Mahlzeit beenden hatten und Wasser aus den Schüsseln tranken. Petal hatte ihr Spielzeug wieder im Maul und trottete am Straßenrand entlang,

nach einem Platz Ausschau haltend, um sich zu erleichtern. Sie entfernte sich nicht zu weit und blickte immer wieder über die Schulter, um sich zu vergewissern, dass David noch da war. Immer mehr Wolken verdeckten den Mond, so dass man kaum noch die Hand vor Augen sehen konnte.

»Es wird Schnee geben«, sagte David und blickte zum Himmel.

»Im Oktober? Oder haben wir schon November?« Was für ein Datum mochte heute sein? Sie war inzwischen seit einer Woche unterwegs.

»Vierter November«, sagte David. »Der Winter setzt oft um diese Zeit ein.«

»Bei uns zu Hause in Connecticut nicht.«

»Ich dachte, Wyoming sei dein Zuhause.«

»Beides. Meine Mutter lebt im Osten, mein Vater im Westen.« Sage unterdrückte ein Gähnen. Es war spät, und sie hatte seit Tagen nicht mehr richtig geschlafen.

»Du willst zu deinem Vater?«

Sage nickte. Die beiden Kätzchen auf ihrem Schoß waren gesättigt. Sie begannen zu schnurren, nuckelten an den Saugern der Puppenflaschen. Sage erinnerte sich, dass sie als Kind eine Babypuppe und eine ähnliche Puppenflasche zum Spielen gehabt hatte. »Ich kann es kaum noch erwarten, ihn endlich wiederzusehen.«

»Das ist gut. Warum bist du weg von deinem anderen Zuhause? Wo deine Mutter lebt, meine ich.«

»Ich weiß es nicht.« Sage spürte, wie sich das Kind in ihr bewegte, traute sich aber nicht, David zu sagen, dass sie schwanger war. Sie dachte an Ben und versuchte sich vorzustellen, wie er die Kätzchen mit den Puppenflaschen fütterte. Aber das Bild wollte sich nicht einstellen: Sie sah ihn nur mit seinem Rucksack in der Schule und mit seinen Freunden auf dem Pausenhof.

»Ist das dein Auto?«, fragte sie.

»Es hat meinem Onkel gehört. Es hat Allradantrieb, liegt gut auf der Straße bei Schlamm und Schnee, eigentlich bei jeder Witterung.«

»Hat dein Onkel dir den Wagen geschenkt?«
»Mir nicht, aber meiner Mutter.« Dann fügte er, das Thema wechselnd, hinzu: »Wir sollten uns ein Nachtquartier suchen, bevor es zu spät wird.«
Sage nickte und gähnte erneut. Sie sahen sich um, aber nirgendwo gab es eine Scheune, nichts als trockene, abgeerntete Getreidefelder. Die beiden Kätzchen waren auf ihrem Schoß eingeschlafen, aber die anderen vier liefen munter über den Acker. Die drei Hunde schnüffelten bald hier, bald dort im milchigen Mondlicht. Petal hielt ihr Spielzeug mit den Zähnen umklammert.
»Hast du keine Angst, dass die Tiere weglaufen? Und du sie nicht wiederfindest?«, fragte Sage.
»Nein. Das tun sie nicht.«
Sage sah zu, wie er langsam aufstand und sich reckte. Er war schlank, mit langem Oberkörper und schmaler Taille; sie sah seine Rippen, als sein Hemd aus dem Hosenbund rutschte. Auch sein Magen war mit Tätowierungen bedeckt. Sie konnte die dunklen Umrisse sehen, aber nicht erkennen, was sie darstellten. Der Anblick beunruhigte sie, aber trotzdem hätte sie sich die Zeichnungen gerne genauer angeschaut.
David öffnete die Wagentüren und stieß den gleichen langen, durch Mark und Bein gehenden Pfiff aus. Er erinnerte Sage an eine Nachteule, die über den Salzwiesen an der Pumpkin Lane jagte, und sie verspürte einen Anflug von Heimweh. Die Tiere kamen angerannt und sprangen in wildem Durcheinander in das Auto, als fürchteten sie, zurückgelassen zu werden.
Sage versuchte aufzustehen, aber ihre Beine waren steif. Das Baby in ihrem Bauch war schwer, und sie schaukelte vor und zurück, um auf die Füße zu kommen. Sage spürte, dass David sie beobachtete, hörte das Knirschen seiner Stiefel auf dem Schotter, als er um den Wagen herumkam. Er streckte die Hand aus. Sage ergriff sie und ließ sich hochziehen.
»Danke.«
»Keine Ursache.«

Als sie eingestiegen waren, zählte Sage die Tiere, sicherheitshalber. David blickte sich nicht einmal um: Sie waren alle da, ohne Ausnahme. Ihr Herz klopfte. Davids Hand hatte sich rau und ledrig angefühlt, und sie weckte eine Erinnerung, von der Sage nicht einmal gewusst hatte, dass es sie gab. Die Hand ihres Vaters hatte sich genauso angefühlt, mit Narben und Schwielen bedeckt, von der Arbeit auf der Ranch.
Von den Zügeln der Pferde, vom Ausmisten der Ställe, vom Lasso, vom Klettern auf die roten Felsen, vom Graben im Sand und in der staubigen Erde. Die Hände der Cowboys waren rau. Als Sage klein war, hatte sie die Hand ihrer Mutter gehalten, die weich war trotz der Hausarbeit und der Materialien, die sie für ihren Schmuck bearbeitete: Knochen, Steine, Metall. Sie hatte ihre Mutter gefragt, warum die Hände der Männer rau waren und die der Frauen weich.
»Das wirst im Lauf deines Lebens selbst herausfinden«, hatte sie geantwortet. »Vielleicht wirst du eine Überraschung erleben. Manche Mädchen wären als Cowboy genauso gut wie die Jungen. Mädchen können auch raue Hände haben. Man kann nie wissen.«
»Man kann nie wissen«, sagte Sage nun laut.
»Was?«
»Oh, nichts.«
Er nickte, akzeptierte die Antwort. Er fuhr gemächlich die lange schnurgerade Straße entlang, die in die dunkle Nacht führte. Der Mond war verschwunden, und die ersten Schneeflocken fielen. Waren das Berge, dort hinten am Horizont? Oder fuhren sie in tief hängende Sturmwolken hinein? Sage kuschelte sich tiefer in ihren Sitz, während David fuhr, und versuchte zu erkennen, ob es in dieser Landschaft irgendwo eine Scheune gab, in der sie die Nacht verbringen konnten.

16

Es war Daisys dritter Morgen auf der Ranch, und sie zog die Vorhänge zurück, um nach draußen zu schauen. In der Nacht hatte es geschneit, und der Boden war von einer dünnen weißen Schicht bedeckt. Paul March, der gerade vorbeiritt, erspähte sie und machte kehrt, um ihr zuzuwinken. Langsam öffnete sie die Tür.

»Hallo Daisy«, rief er. »Lange nicht gesehen.«

Daisy schlang fröstelnd die Arme um die Schultern, sie zitterte in der Kälte. *Seit sie die Ranch verlassen hatte, seit Jake verschwunden war.*

»Schön, dich zu sehen, Paul.«

»Gleichfalls. Gibt's Neuigkeiten von Sage?«

»Noch nicht.« Ihr Herz drohte auszusetzen, wenn sie das Wort nur aussprach. Auf der Ranch war alles beim Alten: Neuigkeiten machten schnell die Runde.

»Mach dir keine allzu großen Sorgen. Es geht ihr bestimmt gut.«

Daisy verkrampfte sich. Woher wollte er das wissen? Als sie die Augen niederschlug, bis sie sich wieder unter Kontrolle hatte, sah sie das Bündel auf der Veranda.

»Hast du gehört, was mit Dalton passiert ist?«

»Nein, was denn?« Sie hob den Blick.

»Er ist gefallen. Hat sich das Bein gebrochen oder so – wir wissen es nicht genau. Louisa ist bei ihm im Krankenhaus.«

»O nein!« Daisy biss sich auf die Lippe.

»Tut mir Leid, dass ich dir noch mehr schlechte Nachrichten gebracht habe.« Paul klang besorgt, und ihr ging der Gedanke durch den Kopf, dass er gleich vom Pferd steigen und sie trösten würde. Sie dachte an die Tage nach Jakes Verschwinden zurück, als sie sich mehr als einmal an seiner Schulter ausgeweint hatte. Damals war

er ein echter Freund gewesen, und sie wusste seine Anteilnahme auch jetzt zu schätzen.
»Ist ja nicht deine Schuld.« Sie versuchte zu lächeln.
»Na dann. Und falls ich irgendwas für dich tun kann –«
»Danke Paul.«
Er winkte noch einmal, dann gab er seinem Pferd die Sporen und ritt davon, eine Schneewolke aufwirbelnd. Daisy hob das Bündel zu ihren Füßen auf, dabei sah sie Fußspuren, die zu den Korrals führten. Zitternd ging sie ins Haus zurück und schloss die Tür hinter sich.
Das Bündel, ein altes quadratisches rotes Tuch, enthielt Knochen. Sie nahm am Eichentisch Platz, um den Inhalt genauer in Augenschein zu nehmen: eine Tierpfote, vielleicht von einem Hund, Fuchs, Kojoten oder Wolf. Jemand anders wäre vielleicht in Panik geraten, hätte es mit der Angst zu tun bekommen, wenn er ein Bündel Knochen auf seiner Türschwelle gefunden hätte, aber nicht Daisy.
Der Anblick der Knochen beruhigte sie. Sie wusste, dass James sie gebracht hatte, und obwohl sie es nicht begründen konnte, sah sie darin ein Geschenk. Sie hatte eine unruhige Nacht hinter sich und hatte gehört, wie der Schnee gegen die Fensterscheiben prallte. Die Vorstellung, dass ihre Tochter dort *draußen war,* schutzlos und mutterseelenallein, hatte sie schier um den Verstand gebracht. Sie war rastlos in dem kleinen Haus auf und ab gegangen, hatte das Feuer geschürt, aus dem Fenster gestarrt und versucht, durch den Schnee zu der Stelle hinüberzusehen, wo sie den dunklen Bergkamm und die hohen Fichten vermutete.
Sie hatte die ganze Nacht über die Zukunft ihrer Tochter nachgedacht, vor der ihr graute. Würde sie ausgegrenzt werden in der Schule, anders sein als alle anderen, dem Klatsch und Gespött ausgesetzt? Daisy liebte ihre Tochter und verspürte schon jetzt einen heimlichen Groll gegen das Baby, das sie um den Rest ihrer Kindheit bringen würde.
Da sie mit einem Mal den Drang verspürte, weiteres Material für

neuen Schmuck zu sammeln, der ihr vorschwebte, zog sie die Stiefel und eine dicke Jacke an. Sie war froh, dem kleinen Haus eine Weile zu entrinnen. Sich dort mit so vielen leidvollen Erinnerungen zu vergraben konnte nicht gut sein. Die vier Wände des Cottage erzählten Geschichten, die nur James und sie kannten.

Da sie sehen wollte, ob Louisa schon aus dem Krankenhaus zurück war, schlenderte sie zum Haupthaus hinüber. Die große Küche war leer, deshalb rief Daisy Hathaway an.

»Hat sie sich gemeldet?«, fragte sie, als ihre Schwester den Hörer abnahm.

»Nein. Bei euch auch nicht?«

»Nein.«

»Ich dachte schon, du rufst nie mehr an.«

»Ich bin doch erst drei Tage hier.«

»Nur drei Tage! Ach du liebe Zeit, das kommt mir länger vor. Wie geht es James?«

»Ich habe ihn noch nicht zu Gesicht bekommen. Alle achten darauf, dass wir uns nicht über den Weg laufen.«

»Ist vielleicht am besten so. Ruf mich an, wenn du mich brauchst.«

»Ich brauche dich immer.«

»Das wollte ich hören«, sagte Hathaway ruhig.

Die eisige Luft tat ihr gut, merkte Daisy, als sie über das freie Feld eilte. Rauch stieg aus den Schornsteinen der Gebäude in den weißen Himmel. Sie hatte den Kopf gebeugt, stemmte sich gegen den Wind, die Hände tief in den Taschen vergraben. Als sie die Hufabdrücke im Schnee sah, wusste sie, dass die Männer auf die Weiden geritten waren; das Wetter konnte sie nicht abhalten. Sie würde zu Scout in den Stall gehen, ihr den Schweif ausdünnen. Es hatte sie gefreut zu sehen, wie ihr goldgelbes Fell wieder zu glänzen begann, als sie die Stute gestern gestriegelt hatte.

Daisy schob das Scheunentor auf und trat ein. Sie stampfte den Schnee von den Füßen und schloss die Tür hinter sich. Die Pferde warfen die Köpfe in den Nacken, als sie sich näherte. Als sich Daisys Augen an die Dunkelheit gewöhnt hatten, bahnte sie sich lang-

sam den Weg an den Boxen entlang. Sie begrüßte jedes einzelne Pferd, kraulte im Vorbeigehen die Nüstern.
Im Stall war es kalt. Ihr Atem war sichtbar. Sie hörte Klänge in der Ferne, Countrymusic. Lächelnd dachte sie, das sieht Louisa ähnlich, Musik von Patsy Cline im Stall, um den Pferden eine Freude zu machen. Der Stall war wie eine Kathedrale erbaut, hatte die Form eines Kreuzes. Als Daisy das Querschiff erreichte, spürte sie die Wärme. Irgendjemand arbeitete um die Ecke und hatte den Heizstrahler eingeschaltet.
Scout stand in der Mitte des Nordflügels, mit einer langen Leine zu beiden Seiten ihres Halfters an den Halterungen auf den gegenüberliegenden Wänden des Stalls festgebunden, genau an der Stelle, an der Daisy sie gestern gestriegelt hatte. Kaum zu glauben, dass es sich um dasselbe Pferd handelte: Die Stute schimmerte goldgelb wie Butter, und Mähne und Schweif fielen cremeweiß herab. Daisy zögerte, blieb im Schatten stehen.
James drehte ihr den Rücken zu. Er striegelte Scouts Fell, beide Arme über ihre Flanken gestreckt. Er trug enge blaue Jeans unter seinen staubigen ledernen Überziehhosen, war schweißgebadet von der Anstrengung. Das karierte Hemd lag auf dem strohbedeckten Boden, die Muskeln unter seinem ausgebleichten schwarzen T-Shirt waren angespannt. Daisy betrachtete seinen breiten Rücken, die nackten Arme.
Diese Arme hatten sie vor langer Zeit umfangen. James striegelte das Pferd, das er ihr geschenkt hatte, als sie auf die Ranch gekommen war. Er bürstete das goldgelbe Fell mit aller Kraft und liebevoll, wie Daisy sehen konnte. Er holte nach, was er versäumt hatte.
»Hübsches Pferd«, sagte Daisy.
Einen Augenblick lang herrschte Stille.
»Ein Palomino«, sagte James, ohne sich umzudrehen. »Ist für seine gute Reiteigenschaften bekannt.«
»Und stark. Sie ist bestimmt stark.«
»Ich weiß.«
Daisy stellte sich neben ihn, um den kräftigen Nacken des Pferdes

zu streicheln. Scout wieherte und senkte den Kopf. Daisy kraulte sie am Ohr. Als sie eine Bürste aus dem Eimer mit den Pflegeutensilien nahm, packte James ihr Handgelenk.
»Ich musste kommen.« Sie sah ihm in die Augen.
»Ich kann es immer noch nicht glauben.« Er hielt ihr Handgelenk fest und schüttelte heftig den Kopf, als glaubte er zu träumen.
»Ich auch nicht, James Tucker.«
»Daisy Tucker. Schön, dich wiederzusehen.«
»Scout ist alt geworden –« Daisy zog ihren Arm weg, tätschelte das Pferd.
»Es wird alles gut. Es wird ihr nichts geschehen«, sagte James, und Daisy wusste, dass er nicht von Scout sprach.
»Sage.« Daisys Stimme versagte. Sie striegelte Scout, dann hielt sie jäh inne.
»Du hast gesagt, das Pferd sei stark? Sage ist stark. Sie hat mir Bilder geschickt, Briefe. Sie ist naturverbunden. Hat Spaß am Zelten, Kanu fahren.« Während er über seine Tochter sprach, wirkte er stolz, und seine Augen strahlten. »Sie kann ganz gut auf sich aufpassen.«
»Sie ist erst sechzehn.«
»Daisy –«
Daisy sank in sich zusammen wie ein Hügel nach einem Erdrutsch, und sie musste einen Schritt zurücktreten. Als er ihre Wange berührte, zuckte sie zusammen.
»Auch das ist meine Schuld. Ist es das, was du denkst?«
»Ich denke überhaupt nichts. Ich möchte nur, dass sie heil zurückkommt.«
»Genau wie ich.«
Sie standen da und blickten einander an. Daisy sah die feinen Linien in seinem gebräunten Gesicht, die Sorgenfalten um seine blauen Augen. Sein Haar hatte die ersten grauen Strähnen bekommen. Sie suchte nach dem jungen ungestümen Ranger, den sie einst geliebt hatte, aber sie entdeckte nichts mehr von ihm. »Dein Vater.«
»Sage«, flüsterte er.

»Ach, James.« Sie schüttelte den Kopf.
Er zog sie in seine Arme und hielt sie so eng umschlungen, dass jeder Knochen in ihrem Leib schmerzte. Sie stöhnte auf, aber er presste sie nur noch enger an sich. Sie wusste, dass er sie beschwichtigen, sie trösten wollte, aber sie empfand nichts als Hass, Hass auf sich selbst, weil sie ihm nach so langer Zeit, nach dreizehn Jahren, immer noch nicht verzeihen konnte.
»Ich dachte –«, stammelte sie. »Ich dachte –«
»Was?«
»Ich dachte, dass die Zeit alle Wunden heilt, dass man weicher wird«, sagte sie.
»Daisy –«, flüsterte er. »Nein, das kannst du nicht im Ernst geglaubt haben.«
»Doch, habe ich aber.«
»Wie kommst du auf die Idee? Du weißt doch, dass man mit der Zeit nur noch härter wird. Knochen und Steine, Daisy. Du arbeitest jeden Tag mit ihnen. Daran gibt es nichts zu rütteln. Ich mache mir nichts vor. Ich weiß, warum du hier bist.«
»Unsere Tochter«, sagte Daisy und klammerte sich an James' altes T-Shirt. »Das ist alles.«
»Ich weiß«, sagte James.

*

James ritt über das Weideland, brüllte auf die Herde ein. Er trieb sie gemeinsam mit Paul und den anderen nach Hause. Der Herbst war die Jahreszeit, in der er Geld verdiente und in der die Arbeit normalerweise den meisten Spaß machte. Dann wusste ein Cowboy, warum er Cowboy und nichts anderes sein wollte. Nach den Niederschlägen der letzten Tage war der Boden aufgeweicht. Die Kühe waren unruhig, versuchten immer wieder auszuscheren, die Pferde bäumten sich auf und wussten, dass sie die wichtigste Arbeit leisteten, um sie in Schach zu halten.
Bei dem Versuch, einem hartnäckigen Ausbrecher den Weg zu versperren, ging James mit seinem Pferd in die Knie und prallte dabei

mit dem Oberschenkel gegen einen Felsen. Die Außenkante seiner ledernen Überziehhose riss, als sei sie von einem Messer aufgeschlitzt worden, aber der Schlamm war so weich und tief, dass Pferd und Reiter ungeschoren davonkamen. Sie rappelten sich hoch und ritten weiter. Seine Gedanken schweiften immer wieder zu Daisy, Sage und seinem Vater ab, der im Krankenhaus lag, aber James zwang sich zur Konzentration. Rinder drängten sich von allen Seiten gegen die Reiter, kesselten sie ein. Paul ritt im Zickzack durch die Herde, der Adrenalinstoß ließ sein Gesicht zehn Jahre jünger erscheinen.

»Alles in Ordnung?«

»Alles bestens«, erwiderte James, den alten »Wovon redest du überhaupt?«-Ausdruck in den Augen.

»Daisy sieht gut aus.«

»Du hast sie gesehen?« James hob mit einem Ruck den Kopf. Dann fing er sich und musterte mit zusammengekniffenen Augen die Herde.

»Da braut sich ein Schneesturm zusammen.« Paul deutete zu den nebelverhangenen, purpurfarbenen Bergen hinüber.

»Dann macht die Arbeit erst richtig Spaß.«

»Einen Meter Schnee bis morgen. Schätze ich.«

»Ihr mit euren Vorhersagen. Mein Vater behauptet das Gleiche.«

»Wirklich?«

»Ja, er liegt mir bereits seit einem Monat in den Ohren, dass es einen frühen Wintereinbruch gibt. Auch gut – dann verladen wir die Herrschaften eben im Schneesturm. Erhöht nur den Preis.«

»Dalton würde jetzt sagen: ›Hättest auf mich hören sollen.‹ Er liegt jetzt garantiert in seinem Bett im Krankenhaus, schaut aus dem Fenster und beobachtet, wie sich die Schneefront aufbaut. Und lacht sich ins Fäustchen, weil er weiß, dass wir schneeblind sein werden, bevor wir die Herde verladen haben.«

Ein Stier scherte aus der Herde aus; die Hütehunde sahen ihn noch vor James. Bellend rannten sie los, und James ritt hinterher, ließ Paul wortlos stehen. Er dachte an seinen Vater, der mit zersplitterten Knochen in seinem Bett lag, und gab seinem Pferd die Sporen, trieb es zum Galopp an. Die Roundups im Herbst hatte Dalton besonders geliebt. Er hatte James alles beigebracht, was er über Viehzucht wusste, und James hatte noch nie eine Herde ohne ihn verladen. Er hatte das Gefühl, als ob sein Vater bei ihm wäre.

Die Espen und Pappeln hatten sich in reines Gold verwandelt; die Blätter raschelten im Wind, als hingen Geldscheine an den Zweigen. Das Laub fiel zu Boden, wurde hochgewirbelt. Elchherden überquerten das Land auf ihren langen Wanderungen. Die Wiesen im Norden waren zum dritten Mal gemäht, aber das Heu noch nicht zu Ballen verschnürt worden. Es lag im Schlamm, würde zugeschneit werden. James wollte nicht an das nasse Heu denken, und auch nicht an seinen Vater, der im Krankenhaus lag. Rancher fielen nicht hin, sondern standen mit beiden Beinen fest auf der Erde. Sie waren nicht zur Untätigkeit verdammt, ein Pflegefall, eingesperrt in einem sterilen weißen Zimmer, dessen Fenster sich nicht öffnen ließen.

James jagte den Stier erbarmungslos, seine Augen tränten vom Wind. Seine Muskeln waren angespannt, und er hatte das Gefühl, eins zu sein mit dem Pferd unter ihm. Sie flogen dahin über den nassen Boden, entfesselt und gefesselt zugleich von der wilden Aufholjagd. Irgendjemand musste daran glauben, und es war James egal, wer. Das war die Arbeit auf einer Ranch. Er wollte nicht mehr grübeln. Daisy war zu Hause, hielt Wache wie früher. Eine Tatsache, über die er sich nicht hinwegsetzen konnte, selbst wenn er gewollt hätte.

Er jagte den Stier in den Canyon. Das Tier bog mit voller Geschwindigkeit um die Kurve, wie ein LKW auf zwei Rädern. James hielt das Lasso in der Hand, den Arm hinten, bereit zum Wurf. Das Pferd schnaufte nicht einmal, aber James war außer Atem. Der Canyon war anfangs breit, aber dann verengte und verzweigte er sich zu Hunderten von kleinen Schluchten. James war erst gestern hier gewesen, als er dem verendeten Wolf die Pfote abgetrennt hatte. Der Stier musste eingefangen werden, sonst verirrte er sich.

Nichts regte sich im Canyon.
Der Stier war verschwunden. James zügelte sein Pferd, blickte sich suchend um. Er spürte die Anspannung in den Muskeln, die angefüllt waren mit Adrenalin. Der Nervenkitzel beim Round-up. Aber er wusste, dass er sich etwas vormachte, es lag an dem Canyon, der ihm unheimlich war. Lebewesen verschwanden hier spurlos. Die Felswände verschlangen sie. Herden, Kinder …
Reglos im Sattel sitzend, spitzte James die Ohren. Hoch droben auf einer Felskante, die sich östlich von ihm befand, erhob sich plötzlich ein Falke mit mächtigen Flügelschlägen in die Lüfte. Dann kehrte wieder gespenstische, brütende Stille ein. James hätte schwören mögen, dass er sein eigenes Blut rauschen hörte. Stiere lösten sich nicht einfach in Luft auf. Der Canyon war ein Ort wie jeder andere, kein Hort des Bösen. James hatte Jahre in Gesellschaft von Menschen verbracht, die an Geister glaubten, Louis Shoulderblade und seine Familie, beispielsweise. Und Daisy, wenn sie Dingen, die sie in der Erde fand, etwas Spirituelles zu entlocken versuchte. Obwohl James nur ein einfacher Rancher war, konnte er nicht leugnen, dass ihm ein Schauer über den Rücken lief.
Schottersteine knirschten unter den Hufen des Stieres, etwa fünfzig Meter entfernt. Offenbar hatte er den Weg in das Labyrinth der Felsspalten gefunden. James verspürte den Wunsch, dem Geräusch eilends zu folgen, aber er zwang sich, an Ort und Stelle auszuharren. Er begutachtete den Boden, suchte nach Spuren im Schlamm, und er sah zahlreiche, die er zuordnen konnte: Rotwild, Wölfe, Elche, Kojoten, Vögel, der Stier. Und von einem Menschen.
Der Canyon war kein Ort für Fußgänger. Hier gab es weder Campingplätze noch Wanderwege. James beugte sich über das Sattelhorn, um besser zu sehen. Stiefel Größe 42 oder 43, dem Aussehen nach zu urteilen. Die Hufspuren des Stieres führten geradewegs in den tiefsten Teil des Canyons, die des Mannes zweigten nach rechts ab. Er war dicht an den Felswänden entlanggegangen, hatte die Überhänge als Schutz vor dem Wetter

benutzt. Obwohl der Schlamm nicht tief war, ließen sich die Spuren leicht ausmachen.
James blieb unmittelbar neben der Fußspuren des Mannes, als ritte er neben einem Geist her. Sie waren frisch, erst wenige Stunden alt, noch unberührt von Zeit und Witterung. Ihre Tiefe – in Anbetracht der relativen Trockenheit des geschützten Bodens im Canyon – ließ darauf schließen, dass der Mann etwas Schweres getragen hatte.
Der Canyon machte eine Biegung um einen lang gestreckten Felsvorsprung, danach teilte er sich in fünf enge Schluchten. Sie boten genug Platz, um hineinzugelangen, aber dort hatte man keine freie Sicht. Sie waren dunkel und beengt. Außerdem hatte James die Spur verloren. Urplötzlich war sie verschwunden, und es dauerte nicht lange, bis er entdeckte, warum: auf dem roten Sandstein wuchsen Salbeibüschel und verkrüppelte Zedern. Es dauerte fünf Minuten, bis er die abgeknickten Zweige erspähte.
Irgendjemand hatte einen der unteren Äste entfernt. James fand die frische Schnittstelle, einen weißen Fleck in der Größe eines Vierteldollars, aus dem Harz tropfte. Er sah, wo die Spuren im Schlamm endeten, wo der Mann auf einen Felsvorsprung geklettert war. Er hatte mit dem Zedernzweig versucht, sie zu verwischen, hatte falsche Spuren gelegt. James sah, dass sie in fünf verschiedene Schluchten führten.
Seine Muskeln waren zum Zerreißen gespannt. Wieder hielt er inne, um zu lauschen. Geröll löste sich über ihm, als versuche jemand, die Klippe hochzuklettern. Doch als James festzustellen versuchte, aus welcher Richtung das Geräusch kam, hörte es schlagartig auf. Sturmwolken zogen aus den Bergen zu Tal, hüllten den Canyon in nachtschwarze Finsternis. James lauschte, spürte Urängste in sich aufsteigen.
Da war jemand. Er spürte es ganz deutlich. Plötzlich empfand er auch in seinem Innern eine tiefe, schreckliche Dunkelheit. Zwei Kinder, die er schmerzlich vermisste. Seinen Sohn, den der Canyon verschlungen hatte, und seine Tochter, die sich vermutlich auf dem Weg nach Hause befand, zur Ranch.

Waren die Spuren tief genug, um von einem Mann zu stammen, der ein sechzehnjähriges Mädchen trug? Wut flammte in James auf, seine Augen brannten. Er atmete flach und so lautlos wie möglich. Er stieg vom Pferd und begann zu klettern. Die Chance, jemanden zu finden, mochte gering sein, aber James weigerte sich, daran zu denken. Er würde den Kerl, der hier herumschlich, mit bloßen Händen in Stücke reißen.

Die Haut an seinen Handgelenken hing in Fetzen herunter, als er die erste Etappe des Aufstiegs geschafft hatte. Donnerschläge hallten in der Schlucht wider, und von dem Felsvorsprung aus beobachtete James, wie sich die Schneewand näherte. Paul trieb die Herde nach Hause, die Hälfte der Tiere war nicht auszumachen im dichten Schneetreiben. James sah die dunklen Konturen der Rinder, die Männer zu Pferde, die ihre Arbeit verrichteten, eine Arbeit, die James eigentlich beaufsichtigen sollte, aber er wandte sich ab. Vorsichtig verlagerte er sein Gewicht auf dem brüchigen Gestein, schob sich tiefer in die Felsspalte hinein.

Unglaublich, aber er hatte die Spuren wiedergefunden. Dem Zedernbesen war ein Abdruck entgangen, die Außenkante des linken Stiefels. Keuchend lief er los. Seine linke Schulter streifte die Felsen, presste sich dagegen. Der Felsvorsprung wurde erneut schmaler, hatte kaum mehr als einen halben Meter Breite. Zu seiner Linken gähnte der Abgrund, mindestens siebzig Meter tief. James spürte die Höhe in seinen Knien und tastete beim Laufen nach seiner Waffe.

Er gelangte an eine Biegung, wo er nicht mehr sehen konnte, was vor ihm lag. Die Klippe führte senkrecht in die Tiefe, und die Steine, die sich unter seinen Füßen lösten, brauchten lange, bis sie unten ankamen. Er zog seine Waffe, denn er hatte nicht vor, mit leeren Händen den toten Winkel zu umrunden. Sich Schritt für Schritt um den roten Felsvorsprung herumschiebend, erreichte er die letzte Schlucht, bevor der Trail endete.

Jemand war hier gewesen. James fand ein erloschenes Lagerfeuer, tief unter einem Felsüberhang verborgen. Die Asche war noch warm, und Rauch stieg kräuselnd durch den Felskamin empor. James fischte drei alte Polaroidfotos aus der Asche. Sie waren angesengt und fleckig vom Rauch, aber er erkannte, dass es sich um Aufnahmen von seiner grasenden Herde handelte. Er fand eine leere Konservenbüchse, die Bohnen enthalten hatte, und eine zusammengefaltete Karte. Sie war an einer Tankstelle gekauft worden und zeigte, wenn man sie aufklappte, die Gegend rund um die DR-Ranch.

»Großer Gott«, sagte James. Der Mann, der hier sein Lager aufgeschlagen hatte, befand sich offenbar auf der Flucht, denn er hatte seine Spuren verwischt und ein Feuer an einer Stelle angezündet, wo niemand es sah. Aber er hatte andere Spuren hinterlassen. James suchte den Boden ab, um zu überprüfen, ob mehr als eine Person hier Rast gemacht hatte. Er war einer Panik nahe, hielt hinter jedem Felsen nach dem Mann Ausschau, der Sage möglicherweise entführt hatte. Er sah sich abermals die Bilder an, suchte sie nach Hinweisen auf ein sechzehnjähriges Mädchen ab.

Weit unten brüllte der verirrte Stier. James hatte das Round-up völlig vergessen und keinen Gedanken mehr an den Stier verschwendet. Möglicherweise hatte er Todesangst, da er gemerkt hatte, dass er in ein Labyrinth aus dunklen Schluchten geraten war, aus denen er nicht wieder herausfand. Das Unwetter war inzwischen losgebrochen. Der Schnee bildete eine weiße undurchdringliche Wand. Donnerschläge krachten so ohrenbetäubend, als wären sie in der Lage, Felsen zu spalten. James steckte die drei Polaroidfotos in die Tasche, nahm das Getöse ringsum kaum wahr.

»Mist, verdammter!«, brüllte er so laut, dass seine Stimme im Canyon widerhallte. »Bitte lass es nicht schneien. Nicht jetzt –«

Er schob seine Waffe ins Holster und kauerte sich auf den Boden. Der Schnee fiel schneller, als er sehen konnte. Er fegte ihn beiseite, bemühte sich, den Boden freizuhalten. Er würde sich wie eine Decke über den Canyon legen und die Spuren, das verlassene Lager und James' Chance zunichte machen.

Ein früher Wintereinbruch, hatte sein Vater gesagt. *Einen Meter in dieser Woche*, hatte Paul prophezeit. Das Blut aus seinem aufgeschürften Handgelenk tropfte auf die weiße Erde, und sein Oberschenkel schmerzte an der Stelle, wo Chieftain gegen ihn gefallen war, aber James gab nicht auf, hielt unbeirrt nach Spuren Ausschau.

17

Daisy saß über ihren provisorischen Arbeitstisch gebeugt, und überall brannten Kerzen im Raum. Manchmal fertigte sie ganz gewöhnliche Schmuckstücke – fädelte dekorative Gegenstände auf, mit denen sich Frauen herausputzten –, während sie ein anderes Mal das Gefühl hatte, magische Amulette zu schaffen. Ihre Bewegungen waren flink und gezielt, ihre Finger berührten die Knochen kaum.

Draußen schneite es. Der Wind heulte in den Dachsparren des kleinen Cottage, die Funken flogen hoch in den Kamin. Daisy hatte vor langer Zeit – als sie noch auf der Ranch lebte – die rituellen Gesänge der Shoshonen aufgenommen, die nun aus dem tragbaren Rekorder ertönten und mit dem Donnergrollen wetteiferten, das vom Berg nahte.

Sie hatte nicht viel geschlafen, aber die Knochen zu betrachten hatte eine hypnotische Wirkung auf sie. Arbeit, dachte sie. Etwas herstellen, die Hände benutzen, mit dem Denken aufhören. Gestern hatte sie die Kletten aus Scouts Schweif entfernt, und der monotone Rhythmus, das einlullende Gefühl und die ständige Wiederholung der Bewegung hatten dafür gesorgt, dass die Zeit verging.

Wenn sie mit Knochen arbeitete, versuchte sie, einfühlsam und sanft zu sein, als könne sie dadurch vermeiden, das Tier noch mehr zu verletzen, von dem sie stammten. Wenn sie sich konzentrierte, gelang es ihr, sich dieses Lebewesen genau vorzustellen. Nach der Größe der Knochen zu urteilen, handelte es sich hier um einen Wolf. Sie dachte an Louisas Bärenmutter-Amulett und beschwor den Geist des Wolfes herauf.

Sie holte das Werkzeug aus einer kleinen Kiste in ihrer Reisetasche und löste mit einem Skalpell die restlichen Sehnen von den Knochen. Sie trennte die Mittelfußknochen von den Klauen, fand die Verbindungsstelle zwischen Knöchel und Schienbein. Mit liebevollen Gedanken an das Tier betete sie, dass sich sein Geist aus den Fesseln des irdischen Daseins befreien möge.

In dieser Region kursierten zahllose Geschichten über den Kojoten und den Wolf. Der Wolf galt als friedliebend und gutherzig, hatte der Legende zufolge die Menschen und die Sterne geschaffen. Der Kojote war ein Schlitzohr, mit allen Wassern gewaschen, der Menschen Schaden zufügte und die Bemühungen des Wolfes zu verhindern trachtete. Louis Shoulderblade hatte ihr einmal erzählt, dass Wölfe vom Langen Schneemond abstammten und schnelle, ernste Geschöpfe waren, die sich rührend um ihre Jungen kümmerten.

Hingebungsvoll …

Während Daisy arbeitete, dachte sie an andere Shoshonen-Legenden. Sie berichteten von einer Zeit, in der sich die Menschen in jedes beliebige Tier verwandeln konnten. Bevor es eine Schriftsprache gab, waren die Verzierungen auf dem Schmuck ein wichtiges Element der indianischen Kommunikation gewesen. Daisy saß über den Tisch gebeugt, ihr Körper war angespannt. Die Haare fielen ihr über die Augen und schimmerten rotgolden im Feuerschein. Sie dachte an den Geist der Wölfin, die weite Entfernungen zurücklegte, um zu ihrem Wurf zu gelangen, und sich hingebungsvoll um ihre Nachkommen kümmerte.

Mit dem Stift ritzte sie Markierungen in den blanken Knochen. Initialen für jedes Kind, ein Herz um das »S« für Sage, einen Stern um das »J« für Jake. Sie würde die Rillen mit schwarzer Tusche füllen wie bei den feinen Elfenbein- und Muschelschnitzereien. Sie würde kleine, glatt geschliffene Steine aus dem Flussbett hinzufügen und das Ganze auf geflochtene Strähnen aus Scouts Schweif fädeln. Scout, das Pferd, das die Zwillinge und sie bei so vielen fröhlichen Ausritten getragen hatte …

Daisy bearbeitete die Wolfsknochen, schnitzte die Gesichter eines Mannes und einer Frau hinein. In Silver Bay hatte sie Amulette gemacht, die einen Liebeszauber enthielten. Liebe – stark genug, um den Zauber zu bewahren – hatte Daisy als Erstes von ihren Eltern und danach von ihrer Schwester erfahren. Da die Eltern mit englischer Literatur befasst waren, hatten die Töchter Shakespeare und Austen und Brontë gelesen – sämtliche berühmten Liebesgeschichten –, die einen unauslöschlichen Eindruck in ihrer Seele hinterließen. Dann war Daisy nach Wyoming gekommen und hatte James kennen gelernt, und die Liebesgeschichten waren Wirklichkeit geworden.

Die Kerzen flackerten im Wind. Daisy hielt inne, zog die Strickjacke enger um sich. Sie fragte sich, ob die Männer bereits von der Arbeit zurück waren, und ging zum Fenster. Es schneite so stark, dass Louisa beschlossen hatte, noch eine Nacht im Krankenhaus zu verbringen. Daisy dachte an Sage, die bei diesem Wetter draußen war, und an James. Sie kehrte an ihren Arbeitstisch zurück, aber die Fähigkeit, den Knochen einen Zauber zu verleihen, wollte sich nicht wieder einstellen.

Sie vergrub das Gesicht in den Händen, dann lauschte sie den indianischen Gesängen und dachte an die Zeit zurück, als sie, auf der Suche nach Inspiration in der unberührten Natur, in den Westen gefahren war. Jede Region in Wyoming war ihr riesig, einmalig und wunderbar erschienen. Die Geschichte von Sacagawea hatte ihr Herz und ihre Seele angerührt. Sie hatte sich in die indianischen Legenden vertieft, hatte die Reservate der Crow-Indianer und Shoshonen besucht.

Andere Mädchen aus gut situierten Familien an der Ostküste hätten sich vermutlich mehr dafür interessiert, mit dem Rucksack kreuz und quer durch Europa zu reisen, Kinder bei Familien in Vineyard oder Nantucket zu hüten oder als Crewmitglied auf einem der Schoner an der Küste von Maine entlangzusegeln. Daisy war behütet aufgewachsen, wurde geliebt. Eine Familie zu haben, die sich nahe stand, war das Beste, was einem passieren konnte, aber sie wusste, dass sich eine zu enge Bindung auch als Hemmschuh für die eigene Entwicklung erweisen konnte. Mit zweiundzwanzig Jahren war sie noch nie allein verreist. An der Kunstakademie in Providence hatte sie mit zwanzig anderen Mädchen in einem Studentenheim gewohnt und war fast jedes Wochenende nach Hause gefahren. Allmählich hatte sie sich eingeengt gefühlt und gewusst, dass sie etwas dagegen unternehmen musste.

Daisy hatte das Talent und die Ausbildung einer Künstlerin – es gab viele Künstlerkolonien in Rockport, Newport und Old Lyme –, aber irgendetwas hatte sie in den Westen gezogen, allein. Sie reiste mit schwerem Gepäck: Reitkleidung, Daunenjacke, Feldstecher, Kameras, Staffelei, Zeichenpapier von guter Qualität und Werkzeug, um Schmuck herzustellen. Aber sie war ohne Beschützer und ohne Begleitung unterwegs, und als sie Wyoming erreichte, hatte sie sich zum ersten Mal frei wie ein Vogel gefühlt, der flügge geworden ist.

Das Felsgestein hatte sie in Erstaunen versetzt: schwarzer Glimmer, grüne Hornblende, scharlachroter Sandstein, Rosenquarz, kalkweißer Feldspat. Die Wind River Mountains ragten über den Ebenen auf, und als ihr Blick zum ersten Mal darauf fiel, wusste sie, dass sie tiefer in die Seele des Landes eindringen und Schmuck nach Art der Indianer fertigen wollte. Sie wusste, dass in ihrem Innern eine urwüchsige Kraft schlummerte, die freigesetzt werden musste, und das würde ihr nie gelingen, wenn sie zu früh nach Connecticut zurückkehrte.

Sie beschloss, Gold zu waschen. Sie fand eine Dude-Ranch in der Nähe von Leander, wo sich Städter in ihrer Freizeit als Cowboys versuchten; dort erhielt sie Reitunterricht nach Westernart und ein Gefühl dafür, was es bedeutete, ein Cowgirl zu sein. Ihre Hacking-Jacke, speziell für solche Zwecke gemacht, die kanariengelben Reithosen und der Samthut blieben eingepackt: Sie trug Ranch-Kleidung wie alle anderen. Sie hörte auf, sich auf die Bewegungen des Pferdes zu konzentrieren, um jedes Auf und Ab mitzumachen, und lernte, entspannt im Sattel zu sitzen. Nach zwei Wochen hatte sie genug Selbstvertrauen, um auf eigene Faust loszureiten. Sie packte alles ein, was sie für eine Tagestour brauchte, suchte sich auf

der Karte eine Stelle zum Goldwaschen aus und ritt zum Midsummer Creek.
In ledernen Überziehhosen und mit dem Stetson fühlte sie sich wie ein Teil der Landschaft. Ihr rotes ärmelloses Hemd war aus reiner Baumwolle und in einem Laden in der Stadt gekauft, dessen Sortiment auf den ländlichen Bedarf abgestimmt war. Daisy war dem Trail gefolgt und hatte den Himmel beobachtet – man hatte ihr gesagt, dass das Wetter in der Nähe der Wind River Mountains schnell umschlug –, und obwohl sie einen Regenumhang eingepackt hatte, blieb sie wachsam.
Sie ritt über Wiesen mit Buchweizen und Sauerampfer. Überall blühten Hahnenfuß und Schlüsselblumen. Das Pferd blieb ständig stehen, um zu grasen, aber sie hatte genug gelernt, um die Zügel zu straffen und es zum Weitergehen zu zwingen. Der Himmel über ihr war strahlend blau und endlos weit, die Wolken waren schneeweiß und aufgeplustert. Daisy fühlte sich wie im Paradies, und dieses Paradies hieß Wyoming.
Gold zu waschen hatte Spaß gemacht. Sie war an dem kalten Fluss in die Hocke gegangen und hatte den Hut tief in die Stirn gezogen, um sich vor der Sonne zu schützen. Sie hatte ihre Satteltaschen mit Knochen, die eine Eule zurückgelassen hatte, einem Widderhorn und einer Hand voll Quarz gefüllt. Am Flussufer verspürte sie den Nervenkitzel der Goldsuche. Die Menschen aus dem Osten pilgerten schon seit einem Jahrhundert nach Westen, in der Hoffnung, hier ihr Glück zu machen. Vielleicht war sie ja die Nächste …
Sie hatte das Rasseln gerade rechtzeitig gehört. Als sie ins Wasser griff, um eine Hand voll Kieselsteine herauszuholen, hätte sie sich mit der anderen Hand beinahe auf einer Klapperschlange abgestützt. Sie war groß und zusammengerollt. Sie hatte sich auf einem Felsen gesonnt, und die Tarnung war perfekt. Die goldbraunen Diamanten sahen aus wie Steine, und Daisy fragte sich, wie lange sie sich schon neben ihr befand.
»Nicht bewegen!«, rief eine tiefe Stimme.
Die Klapperschlange rasselte mit dem Schwanz. Daisy blieb reglos

in der Hocke sitzen und überlegte, wie die Rasseln wohl aussehen mochten. Das alles geschah wie in Zeitlupe, und Daisy kam sich vor wie in einem Film, in dem sie aus sicherer Entfernung zuschaute, wie ein anderes mutigeres Mädchen Gold wusch.
»In Ordnung!«, hatte sie leise gesagt.
»Gleich wird's laut«, sagte die Stimme.
Die Schlange sperrte den Rachen auf, um anzugreifen; der Schlund war tief und schwarz, die Fangzähne gebogen und spitz wie Nadeln. Ein Schuss ertönte, dröhnte in Daisys Ohren, und der Kopf der Schlange verschwand; auf dem Felsen lag nur noch ein dicker, widerwärtiger, unglaublich langer, sich windender Körper.
Daisy schlug die Hände vor den Mund. Sie sprang auf und warf dabei alle vielleicht goldhaltigen Kieselsteine durcheinander, die sie im Fluss gewaschen hatte. Ein Fremder trat aus den Schatten auf dem anderen Ufer. Daisy roch den Pulverdampf und sah, wie er seine Waffe ins Holster zurücksteckte. Sie blickten sich an.
»Sie haben nicht geschrien«, stellte er fest.
»Was haben Sie hier gemacht, mich beobachtet?«
»Ja«, sagte er, »aber nicht lange.«
Daisy musterte ihn, den Kopf zur Seite geneigt. Er war offenbar ein Cowboy, groß und schlank, mit einer Silhouette, die hart und gerade war wie ein Strich. Er trug enge Jeans und ein staubiges weißes T-Shirt mit dem Aufdruck »Powder River Rodeo« in roten Buchstaben. Er hielt seinen schwarzen Hut in den Händen. Die Sonne hatte seine braunen Haare ausgebleicht, und obwohl er nicht viel älter als Daisy war, hatte er feine Linien um Mund und Augen.
»Danke, dass Sie die Schlange getötet haben.«
»Sie wollte gerade angreifen. Ich hoffe, der Schuss hat Sie nicht zu sehr erschreckt.«
Daisy nickte. Sie hatte das Gefühl, eine außerordentliche Erfahrung zu machen: Sie nahm die positiven Aspekte des Schauplatzes wahr – die Sonne, den blauen Himmel, den attraktiven jungen Cowboy – und verdrängte die bedrohliche Tatsache, dass sie

um ein Haar von einer Giftschlange gebissen worden wäre. Sie hätte auch von einer verirrten Kugel getroffen werden können. Ihre Hände begannen zu zittern, und sie verschränkte sie ineinander.

»O Mann!«, sagte sie, als sie das Zittern wahrnahm.

»Das passiert manchmal«, sagte der junge Mann. »Der Schock kommt erst später, wenn man darüber nachdenkt, was alles hätte passieren können –«

Daisy nickte und senkte den Kopf, damit er ihre Tränen nicht sah. Sie hatte schon immer nahe am Wasser gebaut, was sie als peinlich empfand. Sie kam nicht gegen ihre Empfindungen an, die so stark waren, dass ihr die Tränen kamen. Egal, ob sie glücklich, traurig, euphorisch, niedergeschlagen, ängstlich, enttäuscht oder verletzt war – sie weinte.

Weiden standen am diesseitigen Ufer, während sich gegenüber ein Dickicht aus Fichten, Zedern und verkrüppeltem Wacholder befand. Der Wind trug den Harzgeruch zu ihr herüber, frisch und scharf. Als der Cowboy sah, wie Daisy die Hände vors Gesicht schlug, durchquerte er in seinen Stiefeln den Fluss. Das Wasser war wohl tiefer, als sie vermutet hatte, denn es lief oben in seine Stiefel hinein, die er beinahe verloren hätte. Aber er ließ sich nicht beirren und ging weiter.

»Alles in Ordnung«, sagte er und legte ihr den Arm um die Schultern. »Sie müssen keine Angst mehr haben.«

»Ich habe sie nicht gesehen«, sagte Daisy zitternd. »Ich habe den Felsen angeschaut und die Schlange nicht gesehen.«

»Das passiert andauernd. Ich habe das auch schon erlebt.«

»Wirklich?«

»Ja, wirklich.«

»Und Sie sind von hier?« Kaum zu glauben, dass ein Mann aus dem so genannten Wilden Westen so blind sein konnte.

»Ja, Sie befinden sich auf meinem Anwesen.«

Daisy zuckte zusammen. Ihre Verlegenheit wuchs. »O nein, auch das noch! Ich mache Urlaub auf der Dude-Ranch, und sie haben mich hierher geschickt. Sie haben mir eine Karte gegeben und mir gezeigt, wo es gute Stellen zum Goldwaschen gibt ...«

»Das machen sie immer so.« Er lachte. »Sie besitzen nur ein paar Morgen eigenes Land und meinen, es würde uns nichts ausmachen, wenn ein paar Touristen unsere Steine mitnehmen. Hier gibt es übrigens kein Gold. Tut mir Leid, wenn ich Sie enttäuschen muss.«

»Ich bitte Sie, ich muss mich bei *Ihnen* entschuldigen. O Gott, ist mir das peinlich! Ich kann es nicht glauben, dass sie so etwas machen –«

»Ist schon in Ordnung. Ach, ich habe mich noch gar nicht vorgestellt: Ich bin James Tucker, und Sie befinden sich auf der DR-Ranch.«

»Ich bin schon weg –«

»Nein, bleiben Sie ruhig. Aber sagen Sie mir, wer Sie sind.«

»Daisy Lambert. Aus Silver Bay, Connecticut.«

»Auf Goldsuche?«

Daisy erzählte ihm daraufhin von der Kunstakademie, dass sie Schmuck entwarf und fasziniert war von den Materialien und dem Western-Design. Als sie erwähnte, dass sie die Schuppen der Schlange, mit denen diese rasselte, interessierten, schnitt er das Schwanzende ab und steckte es in ihre Satteltasche. Falls sie es für ein Schmuckstück zu verwenden beabsichtige, bat er sie, es ihm zu verkaufen. Er schenkte ihr das »Gold« aus dem Flussbett, das sie gewaschen hatte. Als sie ihm ihre Ausbeute zeigte, pickte er einen seltsam geformten Stein heraus.

»Halt, der ist echt. Ich nehme alles zurück, was ich vorhin gesagt habe. Sie haben echtes Gold gefunden.«

»Wirklich?«

Gemeinsam nahmen sie den Fund in Augenschein. Er sah stumpf und schwarz aus wie ein Gesteinsbrocken, anders als die anderen Steine. Aber James hatte den Glimmer gesehen und erkannt, was für ein Wert sich unter der Schicht Grünalgen verbarg, die er im Fluss angesetzt hatte. Daisy wollte das kleine Nugget mit nach

Hause nehmen und in ihrem ersten, vom Westen inspirierten Halsband verarbeiten. Sie spürte den Wind, der über die Prärie strich, und den ersten Anflug einer Inspiration, genau das, wonach sie bei ihrem Abstecher nach Wyoming gesucht hatte.

»Oh!«, sagte sie überwältigt.

James nahm Daisy den Hut ab, so dass ihr kupferfarbenes Haar im Wind wehte. Dann umspannte er mit seiner freien Hand ihren Hinterkopf und küsste sie, dass ihr Hören und Sehen verging. Sie umklammerte das Gold mit der einen und seinen Unterarm mit der anderen Hand, spürte seinen Körper, der ihr unglaublich hart erschien. Sie erschrak, mehr noch als beim Anblick der Schlange auf dem Felsen, und ließ den Goldklumpen fallen.

James küsste sie lange. Er ließ sich Zeit und war sanft, seine Finger spielten mit ihrem Haar, seine Lippen wanderten von ihrem Mund über ihren Hals. Die Sonne war heiß, brannte auf ihren bloßen Köpfen und Armen. Jedes Mal fand Daisy einen neuen Muskel auf seinem Bizeps oder Rücken, von dessen Existenz sie nichts gewusst hatte, und ihre Knie wurden weich.

Als sie sich schließlich voneinander lösten, bückte sich James, um das Nugget zu suchen. Daisy betrachtete fasziniert das schmale Gesäß in seinen engen Jeans. Er reichte ihr das Gold, umschloss dabei ihre Finger mit seiner Hand, deren Innenfläche rau und schwielig war.

»Die Hände eines Cowboys«, sagte sie leise.

»Was?«

»Oh, nichts –« Sie überlegte, was sie sagen könnte, damit er noch nicht ging. »Nur, dass es mir hier gefällt. Das Reiten. Alles.«

»Die Hände eines Cowboys«, sagte er grinsend. »Die bekommt man leicht. Allein dadurch, wenn man eine Weile auf der Dude-Ranch bleibt, reiten geht, Gold wäscht, du weißt schon, was ich meine.«

»Die Dude-Ranch, alles Schwindel! Das ist keine Freizeit-Ranch, auf der ich wohne, sondern ein Arbeitslager mit einem Stall und Karten von einem Stück Land, das jemand anderem gehört.«

»Dann zieh doch um auf die DR-Ranch«, sagte James. »Das ist eine echte Ranch, und wir haben genug Platz.«
»Danke für das Angebot, aber das geht nicht.«
»Warum denn nicht? Deinen Schmuck kannst du auch dort machen, und reiten, wann immer du Lust hast. Ich würde mich jedenfalls freuen. Oder hast du es eilig, nach Connecticut zurückzukehren?«
»Nein –«
»Also, was ist?«
Daisy zuckte die Schultern, schüttelte den Kopf. Es kam ihr unmöglich vor, ein Abenteuer, das ihre Vorstellungskraft überstieg. Doch dann küsste er sie abermals voller Leidenschaft. Daisy ließ den Goldklumpen ein zweites Mal fallen, und wieder hob James ihn auf.
Sie nahm das Angebot an und zog auf die DR-Ranch. James hatte sie in dem entlegenen Cottage untergebracht, in dem sie jetzt einquartiert war. Er hatte lange Zeit respektvoll Abstand gewahrt. Mindestens vierundzwanzig Stunden. Daisy hatte ihre Mahlzeiten im Haupthaus eingenommen, gemeinsam mit James, Dalton und Louisa. Sie hatte sich mit Paul March und den anderen Männern angefreundet. Damals hatte Louisas Neffe Todd noch auf der Ranch gearbeitet; Daisy erinnerte sich an die Zeit, als er ihr einen Strauß Gänseblümchen vom Berg mitgebracht und durchs Fenster gespäht hatte. James war derart in Wut geraten, dass er ihn beinahe umgebracht hätte.
Daisy hob den Kopf. Sie blinzelte, als sie zum Fenster hinüberblickte, als erwarte sie, grelles Sommerlicht statt Schneegestöber zu sehen. Das kleine Haus hatte sich nicht verändert. Sie dachte an James, an ihr erstes Beisammensein, und spürte, wie ein Damm in ihrem Innern barst. Der Zauber nahm sie abermals gefangen, und ihre Finger glühten plötzlich. Die Kerzen flackerten wie von Geisterhand. Vielleicht war es der Geist der Klapperschlange, eine Kreatur, an die Daisy trotz ihrer Hässlichkeit viele Jahre mit Dankbarkeit gedacht hatte.

Ihre Amulette verbanden den Träger mit der Welt der Geister, symbolisierten Sonne und Mond, Winterschlaf und Frühlingserwachen und die Heimkehr der Schneegänse nach ihrem langen Zug. Die schmale Trennlinie zwischen irdischer und spiritueller Welt war für Daisy zu rätselhaft, um sie auszuloten.

Sie konnte nur mit Sicherheit sagen, dass ihre Finger glühten und die Kerzen herunterbrannten. Die Indianergesänge erklangen noch immer, und sie fragte sich, ob James inzwischen zurückgekehrt war. Sage und Jake waren in ihrem Herzen, und für den Augenblick reichte dieses Wissen aus. Diese verzauberten Momente, die sie bei ihrer Arbeit erlebte, brachten ihr Seelenfrieden und Heiterkeit, so lange sie währten.

Als sie die Knochen wieder in die Hand nahm, hörte sie draußen im Schnee einen Wolf. Er heulte zweimal, dann folgte ein heiseres, kehliges Bellen. Plötzlich ertönte ein gespenstisches Rasseln, als regte sich die tote Klapperschlange, die ihr die große Liebe ihres Lebens gebracht hatte. Daisy sah sich suchend um, dann entdeckte sie eine lockere Glasscheibe in dem alten Fenster des Cottage.

Der Wind heulte im Kamin, fachte die Glut an und ließ die Flammen der Kerzen tanzen. Daisy arbeitete weiter, der Zauber und die Inspiration lenkten sie von ihren Sorgen ab. Sage würde nichts geschehen. Sie war auf dem Weg nach Westen, genau wie Daisy vor langer Zeit. Die Liebe ihrer Eltern und das Knochenamulett, das sie um den Hals trug, würden sie beschützen und sicher nach Hause geleiten.

*

David und Sage hatten eine andere alte Scheune gefunden, die als Stall und Unterstand für landwirtschaftliche Fahrzeuge diente; hier fanden sie Schutz vor dem Unwetter. Sie waren bereits seit zwei Nächten unterwegs, und die Suche nach einem Nachtquartier wurde zur Gewohnheit.

Draußen schneite es. Der Schnee lag bereits zehn Zentimeter hoch, und David meinte, es würden weitere fünfzehn Zentimeter fallen.

»Und in den Bergen, wo wir hinfahren, noch mehr«, sagte er. »In Wyoming sogar die drei- bis vierfache Menge.«
»Aber wir haben noch Thanksgiving«, warf Sage ein und dachte daran, wie sich die Skigebiete in Neuengland über den frühen Wintereinbruch freuen würden.
»Der Schnee schmilzt genauso schnell, wie er fällt. Er bleibt nicht liegen. Der richtige Schnee kommt erst später. Im Dezember, Januar.«
Sie hatten sich in einer Ecke der Scheune häuslich eingerichtet, die Hunde und Katzen schliefen auf ihrem Schoß. Petal kaute an ihrem Spielzeug und blickte David hingebungsvoll an. Sage versuchte, es sich in dem Heu bequem zu machen; das Baby war heute sehr lebhaft, und sie fand keine Stellung, ohne dass es ihr Tritte gegen ihre inneren Organe verpasste. Einmal hatte David verstohlen ihren Bauch gemustert, als wollte er sich überzeugen, dass sie wirklich schwanger und nicht nur dick war. Aber er unterließ es aus Höflichkeit, eine Bemerkung darüber zu machen.
»Du weißt viel über Wyoming«, sagte Sage.
»Ja.«
»Ist es schön dort?«
»Genau wie hier. Einige Orte sind gut, andere schlecht.«
Sage hörte Rinder muhen und sah sich um. Erinnerungen keimten auf, als sie den Geruch der Tiere und das Rascheln ihrer großen Leiber im Stroh wahrnahm. Sie fragte sich, ob ihr Vater wohl auch eine so lebendige Herde besaß.
»Wir haben auch Kühe«, sagte sie.
»Aha.«
»Auf der Ranch meines Vaters.«
David schnaubte, kurz und verächtlich. »Er ist *Rancher*?«
»Ja.«
»Ich hasse Rancher.«
Sage erschrak, als hätte er ihr auf die Füße gespuckt.
»Sie sind das Letzte.«
»Wie kannst du so etwas sagen? Vor allem, wenn man bedenkt,

was für ein Nachtquartier du ausgewählt hast! Warum suchst du Schutz in ihren Ställen und Scheunen, wenn du Viehzüchter hasst?«

»Das hier ist eine Farm mit Milchkühen, keine Ranch. Das ist ein Riesenunterschied.«

»Rinder. Kühe.« Sage streckte zuerst die eine, dann die andere Hand aus. »Ein Unterschied wie Tag und Nacht.«

David drehte zuerst seine linke, dann die rechte Handfläche nach oben. »Milch und Hamburger. Rancher bringen ihre Herden dazu, ihnen zu vertrauen, und dann schneiden sie ihnen die Kehle durch.«

»Oh –« Sage wusste natürlich, dass Rindfleisch von Rindern und Rinder von der Ranch ihres Vaters stammten. Aber sie hatte sich keine Gedanken über die Einzelheiten gemacht. Sie zog es vor, das Bild von ihm weich und hell zu zeichnen wie ein Bergpanorama in den sanften Farben des Sonnenuntergangs. Der Gedanke an Hamburger löste einen Brechreiz aus, und sie schlug die Hand vor den Mund.

»Tut mir Leid«, sagte David.

»So etwas macht mein Vater nicht, zumindest nicht eigenhändig.«

»Bist du sicher?«

»Ja«, sagte Sage, obwohl sie keineswegs sicher war.

»Trotzdem, es macht keinen Unterschied. Es ist grausam den Tieren gegenüber. Erst zähmt man sie, dass sie einem aus der Hand fressen, und dann tötet man sie. Ich finde das widerlich, und ich hasse jeden, der damit seinen Lebensunterhalt verdient.«

Sage sah ihn an. Sein Gesicht war verzerrt und gerötet. Er holte eine Zigarette heraus und hielt sie in seiner unverletzten Hand. Er hatte die Zähne zusammengebissen wie ein tollwütiger Hund. Er war ihr unheimlich, wenn er sich derart in seine Gefühle hineinsteigerte.

»Bist du auf einer Ranch aufgewachsen?«, fragte sie, als sich sein Gesicht entspannt hatte.

»Nein.«
»Warum hasst du die Viehzucht dann so sehr?«
»Ich habe mehr davon zu sehen bekommen, als mir lieb ist.«
»Wo bist du eigentlich aufgewachsen?« Sage hielt es für besser, das Thema zu wechseln.
»In Hollywood.«
»Wirklich?«
»Nein.«
Sage war gekränkt, aber sie würde es ihm nicht zeigen. Die Kätzchen schliefen, sechs Pelzknäuel, zwischen ihr und David im Heu zusammengerollt. Der Scotchterrier und der Spaniel beobachteten die Rinder, und Petal schleckte ihr zerfetztes Spielzeug ab, als betreibe sie Fellpflege bei einem Welpen.
»Warum zündest du sie nicht an, wenn du es nicht mehr aushältst?« Sie deutete auf die Zigarette.
»Weil in der Scheune Heu gelagert ist, und ich möchte weder unser Leben noch das der Kühe aufs Spiel setzen. Du solltest dich mit den Verhaltensmaßregeln im Stall vertraut machen, bevor du auf einer Ranch lebst.«
Nun war Sage wirklich verletzt. Ihr Hals war wie zugeschnürt, und Tränen traten in ihre Augen. Sie war wie ihre Mutter, hatte nahe am Wasser gebaut.
»Mist«, sagte David.
Sage wünschte, sie wäre ihm nie begegnet. Ihre Unterlippe zitterte, und sie biss darauf, versuchte, durch den Tränenschleier etwas zu erkennen. Der Schnee war nur zehn Zentimeter tief, sie konnte zur Hauptstraße zurücklaufen und auch ohne seine Hilfe nach Wyoming gelangen. Sie musste nicht einmal per Anhalter fahren. Ihre Beine waren stark und durchtrainiert, sie würden sie schon an ihr Ziel tragen. Sie würde zu Fuß gehen, dachte Sage und schluchzte.
»Sage.« David trat von hinten an sie heran. »Warte, Sage!«
»Lass mich in Ruhe.« Sage schüttelte den Kopf. Bei dem Versuch aufzustehen trat sie in einen großen Kuhfladen; weinend versuchte

sie, ihn abzuwischen. »Ich kann auf deine Begleitung verzichten. Ich schaffe es auch allein.«
»Im Schnee?«
»Ja.«
David stand reglos da. Je mehr Sage an ihrem Stiefel rieb, desto hartnäckiger schien der Kuhmist daran zu haften. Bei dem Geruch drehte sich ihr der Magen um, und sie merkte, dass ihr übel wurde. Sie konnte fast seine Gedanken lesen: Er fand es sicher abstoßend, dass sie schwanger war, dass ihr Vater so grausam war, Rinder zu züchten, und dass sie Kuhmist an ihrem Stiefel hatte. Und nun musste sie sich auch noch übergeben …
Genau auf den anderen Stiefel.
David rührte sich nicht vom Fleck. Er wandte sich nicht ab und gab auch keine angewiderten Geräusche von sich. Sage würgte, bis ihr Magen leer war, und weinte zwischen den Krämpfen. Sie lehnte sich an die morsche Bretterwand der Scheune, von Kummer und Einsamkeit überwältigt.
»Na, komm schon«, sagte David und nahm ihre Hand. Er legte sie auf seine Schulter und zog sie hoch, dann säuberte er mit einer Hand voll Stroh zuerst den linken, dann den rechten Stiefel. Sage klammerte sich an seine knochige Schulter, bemüht, das Schluchzen zu unterdrücken, das in ihrer Kehle hochstieg. Dann ließ David ihre Hand behutsam los und stand auf.
»Weine doch nicht«, sagte er und sah sie an.
Sage und David standen einander gegenüber. Sie erschauerte und spürte, wie sie von einer Welle von Gefühlen erfasst wurde. David wischte ihr die Tränen mit dem Daumen ab, und wieder fiel ihr Blick auf die tätowierte Eule an seinem Handgelenk. Die Farbe war kräftig und wirkte völlig natürlich, als hätte der Künstler Pigmente benutzt, die einen Zauber enthielten, um dem Vogel Leben einzuhauchen. Sage betrachtete die gelben Augen des Geschöpfes und vermied es, David anzusehen.
»Sage –«
»Was ist?«, flüsterte sie.

»Hey –«
Er wartete darauf, dass sie ihn ansah. Sie spürte ihr Herz klopfen, und eine Minute lang fragte sie sich, ob er sie küssen würde.
Als sie vor David stand, verspürte sie eine ähnliche Reaktion wie beim Küssen: Gesicht und Arme waren gerötet, ihre Arme und Beine kribbelten, und sie hatte das Gefühl, dass jeden Moment etwas Spannendes passieren würde. Aber als Sage David in die Augen blickte, wusste sie, was bei diesem Kuss nicht gestimmt hätte. Seine Miene war ausdruckslos wie bei einem Schlafwandler. Sein Mund war halb geöffnet, die Augen weit aufgerissen. Er sah Sage starr an, als wartete er darauf, dass sie etwas sagte. Als sie schwieg, ergriff er das Wort; es schien ihm schwer zu fallen, die richtige Formulierung zu finden.
»Ich hätte nie zugelassen, dass der Kerl dich verletzt«, sagte er.
Sage biss sich auf die Lippe, hatte Angst, erneut in Tränen auszubrechen.
»Nie im Leben. Ich lasse nicht zu, dass jemand ein Lebewesen verletzt. Hunde, Katzen, Rinder, Menschen. Ich hätte nicht zugelassen, dass er dich verletzt.«
»Ich weiß. Du hast mich gerettet.«
»Ich habe auch die Welpen von der Hundefarm gerettet«, sagte er, als wolle er sie und sich selbst daran erinnern. »Ich kenne Petal, seit sie klein war. Sie war der Lieblingshund meiner Mutter.«
»Du hast auf einer Hundefarm gelebt?«, fragte sie erschrocken.
David nickte. Als ob er eine Träne übersehen hätte, strich er ihr abermals mit seiner verletzten Hand über die Wange. Sein Blick war leer, als habe er vor langer Zeit entschieden, dass es besser sei, nichts zu empfinden, als sich an Einzelheiten zu erinnern.
»Was hat dich –« Sie wollte ihn fragen, ob ihn das in seinem Beschluss bestärkt hatte wegzulaufen.
»Deshalb rette ich Lebewesen. Ich lasse nicht zu, dass sie verletzt werden, um keinen Preis der Welt. Kapiert?«
»Kapiert.«
»Also mach dir keine Sorgen.«

»In Ordnung.«
»Und jetzt musst du etwas essen«, sagte er. Obwohl er ihre Schwangerschaft mit keinem Wort erwähnte, spürte Sage, dass er Bescheid wusste: Die zweite Person nach Deenie, die etwas davon bemerkt hatte. Es war ihr egal; sie war sogar froh darüber, weil sie sich David auf eine Art verbunden fühlte, die sie nicht ganz verstand: Sie war genauso intensiv wie Küssen, brauchte aber das Küssen nicht. Gute Freunde, die allerbesten Freunde möglicherweise, dachte sie. Freunde, die durch dick und dünn gingen, die Katzenkinder mit der Babyflasche aufzogen. Freunde, die sich gegenseitig halfen, Schutz vor den Stürmen des Lebens zu finden.
»Ich weiß«, sagte sie und tätschelte ihren Bauch.
»Setz dich hin«, sagte David, nahm ihre Hand und führte sie zu den Hunden und Katzen. »Ich bin gleich wieder da.«
Sage machte es sich in dem Nest bequem, das sie sich zuvor gebaut hatten, umringt von den Tieren. Ihre Körper wärmten und ihr Herzschlag beruhigte sie. Sie schloss die Augen und fühlte sich beinahe friedvoll.
Sie hörte ein Zischen, als ob Flüssigkeit in eine Blechbüchse tropfte. Es klang, als ob jemand mit einem Schlauch das Scheunendach abspritzte, aber David war in der Scheune, ein Stück entfernt. Im trüben Schein der verschmutzten Neonröhre, die an der Decke hing, sah sie ihn im Stroh kauern und eine Kuh melken. Er war geschickt, denn es dauerte weniger als zehn Minuten, bis er den kleinen Eimer gefüllt hatte.
Als er ihn durch die Scheune trug, war sein Gesicht dunkel und überschattet. Sie konnte seine Miene nicht genau erkennen, hatte aber Angst, wieder das leere Starren zu entdecken. Doch als er ihr den Eimer reichte, waren seine Augen sanft und eifrig.
»Gut?«
»Gut«, sagte sie und wollte ihm die warme Milch geben, nachdem sie einen Schluck getrunken hatte.
Aber er bestand darauf, dass sie alles trank. Plötzlich verspürte sie

Heißhunger und musste an sich halten, um nicht zu hastig zu trinken. Die Tiere hatten die frische Milch gerochen, sie regten sich, wachten aus dem Tiefschlaf auf. David öffnete die Tüte, die er aus dem Auto mitgebracht hatte, und füllte Futter und Wasser in die Hundeschüsseln.
Als er sich hinsetzte, um die Kätzchen zu füttern, trank Sage noch ein wenig Milch. Ein Gefühl der Zufriedenheit stieg tief in ihrem Innern auf, jenseits der Angst und Anspannung, die sie seit Monaten Tag für Tag begleitet hatten.

18

Louisa wünschte, Emma und Ruthie wären bei ihr. Wenn man in ihrem Alter war und am Krankenbett des geliebten Mannes saß, dessen Zustand alles andere als stabil war, hätte man gerne auf den Beistand der Familie zurückgegriffen und gespürt, dass man geliebt und respektiert wurde, dass man etwas in der Welt bewirkt hatte, dass man in seinen Kindern weiterlebte. Erst in Krisenzeiten wurde einem bewusst, dass die Zeit auf Erden begrenzt war, dass dieses kostbare Leben von einer Minute zur anderen ausgelöscht werden konnte, einfach so. Es wäre ein Trost gewesen, wenn die Sprösslinge versichert hätten, dass sie immer für ihre Eltern da sein und sie bis ans Ende ihrer Tage lieben würden.

Zwei Tage nach seinem Sturz sah Dalton immer noch furchtbar aus. Er schlief. Louisa spähte über den Rand des *People*-Magazins und fand, das sich seine Gesichtsfarbe verschlechtert hatte. Er lag auf dem Rücken, Schläuche in den knochigen Armen, sein Mund stand offen. Die Schwester hatte ihm das Gebiss herausgenommen, und er sah wie ein zahnloser Vagabund aus. Louisa war erschrocken, wie krank er aussah.

»Schatz!« Sie ergriff seinen Arm und rüttelte ihn vorsichtig wach. »Liebster –«

»Hah?«, fragte er mit geschlossenen Augen.

»Liebster, ich bin's.«

»Rrrrr –«

»Ist das nicht furchtbar hier? Ich weiß, dass du Kliniken hasst –«

Louisa betrachtete die hässlichen gelben Wände, den Nylonvorhang um das Bett, die Herz-Lungen-Maschine, den Blutdruckmesser, den Streckverband, in dem sein Unterkörper hing. Wenn sie ihm nur nicht so viele Medikamente gegeben hätten. Sie wünschte, er könnte mit ihr gemeinsam auf die Klinik schimpfen. Sie würde alles darum geben, ihn poltern und brüllen zu hören, dass die Ärzte ihn endlich nach Hause entlassen sollten.

Sie hatten ihn heute noch nicht rasiert. Gestern hatte es einen Schneesturm gegeben, und viele Schwestern und Pfleger waren zu spät oder gar nicht zur Arbeit erschienen. Wenn Louisa ihn zu Hause gehabt hätte, wäre das nicht passiert. Sie hätte seine Morgentoilette persönlich in die Hand genommen, ihn gewaschen, angezogen, gefüttert und ihn an das große Fenster gesetzt, mit Blick auf seine weitläufige Ranch. Schnee lag auf sämtlichen Korrals, Scheunen und Viehtrögen; Elche und Bisons kamen von den Bergen herunter, auf der Suche nach Nahrung, rotschwänzige Falken flogen hoch am Himmel, gingen täglich auf die Jagd. Dalton würde nach beendeter Morgentoilette hellwach sein und seine Welt betrachten. Als sie Daltons mit Bartstoppeln bedecktes Gesicht ansah, wusste sie, was sie zu tun hatte. Sie würde ihn eigenhändig rasieren.

Sie krempelte die Ärmel ihres kirschroten Wollkleides hoch – aus weicher Wolle, im schrägen Fadenlauf zugeschnitten, so dass der Rock wie auf dem Tanzboden hin und her schwang – und kramte in dem Nachtkästchen neben dem Bett. Das Möbelstück war in Kliniken üblich, schäbig, aus Plastik und billigem Furnierholz gearbeitet, aber sie fand eine Waschschüssel, Seife, Handtücher und ein Rasiermesser.

Louisa wusste, was ein Mann braucht, um sich wohl zu fühlen. Sie ließ das Wasser im Bad laufen, bis es kochend heiß war, und weichte die Handtücher eine Zeit lang ein. Dann wrang sie die Tücher aus und wickelte sie behutsam um Daltons Gesicht, damit der Bart weich wurde und er sich umsorgt fühlte. Es spielte keine Rolle, dass er zweiundachtzig war, er war ein Mann, und krank obendrein. Louisa wusste, selbst für den härtesten Rancher bestand die beste Medizin darin, ihm hin und wieder das Gefühl zu vermitteln, wie ein Säugling umhegt zu werden.

»So, Liebster«, flüsterte sie ihm ins Ohr, das mit Ausnahme der Nasenlöcher das Einzige war, was sie freigelassen hatte. »Entspann dich, Dalton, mein Herz. Ich werde dich besser rasieren als jede Krankenschwester.«

Sie nahm die Handtücher ab und begann ihn einzuseifen. Die billige Krankenhausseife zum Schäumen zu bringen war eine harte Prozedur, aber Daltons Haut war empfindlich. Er zuckte bei der kleinsten Berührung zusammen. Obwohl er zu schlafen schien, versuchte er immer wieder zu sprechen.

»Psssst, Liebster.« Sie verteilte den cremigen Schaum in seinem Bart. »Ich bin da, und ich übernehme deine Morgenrasur. Obwohl ich keine Ahnung habe, warum ich mir die Mühe mache. Hat mir immer gefallen, wie du nach einer Nacht auf der Weide ausgesehen hast, abgekämpft und stachelig –«

»Rrrr«, sagte er.

Sie begann ihn zu rasieren. Sie hatte das oft gemacht, vor vielen Jahren. Als sie jung war, hatte sie als Tänzerin bei einer Cheyenne-Rodeo-Revue gearbeitet; das war vor Daltons Zeit gewesen. Sie war arm und ständig abgebrannt gewesen, mit zweifelhaften beruflichen Aussichten und einem Baby, das sie über Wasser halten musste. Also hatte sie beschlossen, jede zusätzliche Verdienstmöglichkeit zu ergreifen. Da hatte es einen Männerclub gegeben, das *Rod and Rifle*. Louisa hatte an einigen Abend dort gearbeitet, hatte die Männer massiert und rasiert, nichts weiter, nichts Billiges oder Anstößiges. Sie hatte gelernt, sich das Rasiermesser wie eine Feder und das Gesicht eines Mannes wie einen Luftballon vorzustellen. Dank ihrer leichten Hand hatte sie die besten Trinkgelder erhalten.

»Tut das gut, Liebster?« Sie zog die Klinge sanft bis zum Kinn hoch, dann tauchte sie das Rasiermesser in die Schüssel mit klarem Wasser.

»Und ob«, sagte Dalton.

Louisas Herz klopfte vor Freude. Um ein Haar hätte sie die Schüssel mit dem Wasser umgekippt. »Wie fühlst du dich?«

»Teuflisch«, sagte er, aber seine Augen blitzten hinter dem Schaum. Sie blickten Louisa unentwegt an, und sie legte das Rasiermesser beiseite, um seine Hände zu ergreifen.

»Hast du Schmerzen?«
»Nicht besonders. Spüre gar nichts, ehrlich gesagt. Alles taub, als hätte ich einen ganzen Eimer Bourbon getrunken. Wo ist Jamey?«
»Beim Herbst-Round-up. Ich soll dir ausrichten, dass er kommt, sobald die Rinder verladen sind.«
»Round-up.« Dalton schloss wieder die Augen. »Ich sollte dabei sein.«
»Überlass das den Jungen. Du ruhst dich aus und lässt dir von deiner Liebsten eine schöne Rasur verpassen.«
»Du bist ein Schatz, Rosalind.«
Louisa schnappte nach Luft. Die Schüssel kippte um, Wasser lief in Daltons Bett. Er hatte sich zu Beginn ihrer Beziehung zweimal versprochen. Louisa hatte ihm gesagt, wenn er wolle, dass sie bei ihm blieb, sollte er sie nie, *nie wieder* mit dem Namen seiner verstorbenen Frau anreden. Er hatte es gelobt, und es war in den zwanzig Jahren nie wieder passiert. Dass der Name hier und jetzt fiel, erfüllte Louisa mit so viel Kummer und Wut, dass sie sich umdrehen und vom Bett weggehen musste.
»Herrgott, ich bin patschnass, Louisa!«
»Also wieder Louisa, ja?«, fragte sie, mehr Trauer als Wut in ihrer Stimme.
»Was redest du da?«
Der Arzt und die Krankenschwester hatten sich ausgerechnet diesen Augenblick für die Visite ausgesucht. Die Schwester stimmte ein Gezeter wegen der Überschwemmung an, und der Doktor gesellte sich zu Louisa. Sie wusste, dass ihre Wimperntusche verschmiert war. Der Arzt redete bereits über einen Entlassungstermin und dass Dalton über den Berg sei und Ruhe brauche, um zu genesen und wieder zu Kräften zu kommen, Louisa könne schon die nötige Vorsorge treffen.
Louisa leckte sich über die Lippen. Sie hätte am liebsten geweint. Dass sie medizinische Entscheidungen für Dalton treffen sollte, kam ihr vor wie Schlittschuhfahren auf brüchigem Eis. Sie hatten nie über ihre Wünsche gesprochen, falls einer von ihnen

ein Pflegefall würde. Einmal hatte sie ihm gegenüber das Wort »Patientenverfügung« erwähnt – man sollte meinen, bei seinem risikoreichen Leben als Rancher hätte er hin und wieder über die Möglichkeit nachgedacht, dass er von einer Klippe stürzen konnte –, aber er wollte nichts davon hören. Das Problem war, dass sie keine medizinischen Entscheidungen für ihn treffen konnte, da sie nicht seine rechtmäßige Ehefrau war. Sie schniefte und unterdrückte die Tränen.

»Ich verstehe, wie schwierig die Situation für Sie ist«, sagte der Arzt. »Darf ich Ihnen einen Vorschlag machen?«

»Nur zu«, erwiderte Louisa steif.

»Ein paar Wochen in einem Rehabilitationszentrum wären das Beste; dort könnte er seine Verletzung auskurieren, und eine Physiotherapie würde den Heilungsprozess beschleunigen. Wenn Sie es sich leisten können und es Ihnen nicht zu viel wird, sollten Sie ihn anschließend nach Hause holen und eine Pflegerin einstellen. Die Versicherungen übernehmen manchmal die Kosten, und im Reservat der Crow-Indianer gibt es viele Frauen, die Arbeit suchen.«

»Billige Arbeitskräfte, wollen Sie sagen.«

»So ist es nun einmal. Viele unserer Mitarbeiter stammen aus dem Reservat.«

»Vielen Dank für den Vorschlag.«

»Er ist kräftig. Seine Muskeln sind in guter Verfassung, und er –«

»Danke«, unterbrach Louisa den Arzt. Sie hatte die Arme vor ihrer Brust verschränkt und wünschte, James wäre hier, um ihr die Entscheidung abzunehmen. Die Krankenschwester, die jung und recht hübsch war, wechselte hinter dem geschlossenen Vorgang Daltons nassen Schlafanzug und die Laken. Louisa hörte, wie er mit ihr flirtete, und plötzlich empfand sie Eifersucht wie einen Messerstich.

»Dann bis morgen«, verabschiedete sich der Arzt.

Louisa nickte. Sie dachte an den Namen Rosalind und wie leicht er Dalton über die Lippen gekommen war. Dachte er die ganze Zeit an sie? Was bedeutete sie ihm überhaupt nach all den Jahren? Louisa hatte ihn nie gebeten, sie zu heiraten. Wenn sie darüber nachdachte, hatte es sie geärgert, dass er ihr nicht von sich aus einen Antrag machte, aber ihr war nie bewusst gewesen, wie tief der Stachel saß.

Rosalind von der DR-Ranch.

Was war, wenn Louisa im Testament nicht bedacht war? James würde sie unverzüglich auf die Straße setzen. Sie schüttelte den Kopf, nicht bereit, ihre Zeit mit negativen Gedanken zu verschwenden, wo Daltons Entlassung bevorstand und sie Wichtigeres zu tun hatte. Rehabilitationszentrum, Physiotherapie … wenigstens hatte der junge Arzt heute kein Wort über Senilität oder Altersdemenz verlauten lassen.

Was hatte Todd über eine Freundin erzählt, die im Pflegebereich arbeitete? Nein … es war dabei um eine Cousine oder Schwägerin gegangen, die sich auf Hauspflege spezialisiert hatte. Sie musste Todd anrufen, dringend. Sobald Dalton wieder eingeschlafen war, würde sie nach unten in die Eingangshalle gehen. Dort hatte sie, nicht weit vom Schwesternzimmer entfernt, ein Münztelefon gesehen.

19

Während Daisy mit den Wolfsknochen arbeitete, geschahen merkwürdige Dinge.

Die Schneestürme, heftiger als jemals zuvor Anfang November, brachen alle Rekorde. Die Wölfe kamen aus ihren Höhlen in den Bergen in die Täler herab, umkreisten die Siedlungen der Menschen, heulten vor Daisys Fenster, als könnten sie den Geist ihres toten Bruders befreien. Die Schwalben verließen die Scheunen und Ställe und suchten Schutz in den Dachsparren der Veranda. Nachts, sobald der Sturm abflaute, begaben sich die Eulen auf die Jagd, und in Scharen flogen Erdeulen, Sägeeulen und Zwergohreulen über die Schneewehen.

Die Wölfe heulten und bellten dumpf. Erschöpft von der Anstrengung, sich durch den Schneesturm zu kämpfen, fragte sich James, was sie bewogen haben mochte, sich so nahe an die menschlichen Behausungen zu wagen. Paul und er hatten die Rinder zusammengetrieben, und nun war es an der Zeit, die Kälber von den Muttertieren zu trennen. Die Wölfe hielten Abstand, aber James spürte ihre Anwesenheit an der Unruhe, die sich in der Herde ausbreitete.

Die Füße der Tiere blieben im Schlamm, der von Schnee bedeckt war, stecken. Die Viehtransporter waren am Eingangstor geparkt, bereit, die Kälber aufzuladen. Die beiden Fahrer saßen in einer Kabine beisammen, rauchten und erzählten sich Geschichten, während sie warteten. Sie waren Profis und hatten schon unzählige Male Rinder von der DR-Ranch abgeholt und sie zum Viehmarkt gebracht.

Die Polaroidaufnahmen brannten in James' Tasche. Wer sollte ein Interesse daran haben, seine Herden zu fotografieren? Immer wieder betrachtete er die Bilder mit den angesengten, zerbröselnden

Ecken, in der Hoffnung, etwas Neues darauf zu entdecken. Louis Shoulderblade und Daisy hatten über Geisterbilder gesprochen, auf denen nach langer Zeit die Aura Verstorbener und Hinweise auf Geschehnisse in der Vergangenheit sichtbar wurden. Jedes Mal, wenn James die Polaroidfotos betrachtete, schwankte er zwischen Hoffnung und Angst, er könnte die Umrisse von Sage auftauchen sehen.

»Ist dir in letzter Zeit irgendjemand aufgefallen, der in den Canyons herumwandert?«, hatte er Paul gefragt.

»Nein. Warum?«

James hatte ihm die Bilder gezeigt und wissen wollen, ob er glaube, sie könnten etwas mit den abgeschlachteten Rindern zu tun haben. Paul hatte sie eingehend betrachtet und vorgeschlagen, sie dem Sheriff zu zeigen, war aber der Meinung gewesen, dass sie von einem der Touristen auf der Dude-Ranch stammen könnten, die Fotos vom Leben im Wilden Westen machten.

James versuchte, sich auf die vor ihm liegende Arbeit zu konzentrieren. Die Kälber mussten von den Muttertieren getrennt werden, die bereits spürten, was ihnen bevorstand. Sie waren den ganzen Morgen unruhig gewesen, und nun begannen sie kläglich zu schreien. Tiere hatten auch Gefühle wie Menschen; davon war James überzeugt. Er hasste diesen Teil seiner Arbeit.

Die Hütehunde waren schwarz und schlammverkrustet. Sie schnappten nach den Fersen der Kälber und drängten sie nach links in die Korrals, die der Selektion dienten. Die Kühe wurden nach rechts abgedrängt. Es herrschte ein wildes Durcheinander. Zuerst glaubten die Muttertiere, sie hätten ihre Jungen nur kurz aus den Augen verloren, kein großes Drama, nichts Endgültiges. Sie blickten unruhig umher, mit wachsender Panik.

Die Schneefälle hatten nachgelassen. Achtzig Zentimeter Neuschnee waren gefallen, aber die Wärme der Herde, auf engstem Raum zusammengepfercht, hatte ihn völlig weggeschmolzen. James ritt auf seinem Rappen durch das Gedränge und brüllte, um die Muttertiere zu verscheuchen.

»Yah!«, schrie er, mit den Armen fuchtelnd. »Aus dem Weg!«
Die Fahrer traten die Zigaretten auf dem Boden aus und gingen zur Rückseite des Transporters. Die Türen wurden weit geöffnet, und plötzlich veränderte sich die Atmosphäre. Die LKWs hatten viele Herden zum Schlachthof gebracht, und der Geruch von Angst und Tod haftete an den Wänden und wurde vom Wind weitergetragen. Die Erregung der Herde wuchs, die Muttertiere spürten die Bedrohung.
Das Gebrüll begann. Die Muttertiere drängten sich am Zaun ihres Korrals, verrenkten sich die Hälse. Ihre breiten, gutmütigen Gesichter waren wie hypnotisiert den Transportern zugewandt, wo die ersten Kälber verladen wurden. Das Gebrüll ging in Klagelaute über.
James, der sich mitten in der Herde befand, wäre um ein Haar vom Pferd gestürzt. Chieftain rutschte im Schlamm aus und bahnte sich blindlings den Weg durch die Herde. James sah, wie die Muttertiere in ihrer Panik übereinander stiegen, um zu den Kälbern zu kommen. Aber der Zaun versperrte ihnen den Weg. Sie quetschten sich aneinander, und ihr Gebrüll schwoll zu einem ohrenbetäubenden Crescendo an.
Dreißigmal: James hatte schon dreißigmal die Kälber von den Muttertieren getrennt und verladen. Es war ihm nicht leicht gefallen, aber es war ihm auch nie so schwer gefallen wie heute. Sein Magen rebellierte, reagierte auf das Getöse. Wenn Dalton dabei gewesen wäre, hätte James sich die größte Mühe gegeben, auch diese Arbeit so gut wie möglich zu erledigen, damit sein Vater stolz auf ihn sein konnte. Er war ein Tucker, ein Mann der Prärie, der Rinder auf den Weiden Wyomings züchtete, der Letzte in der langen Reihe von Vorfahren.
Dieses Mal fühlte er sich elend. Er konnte nicht sagen, warum. Vielleicht lag es daran, dass sein Vater nicht dabei und Daisy auf der Ranch war. Er wollte ihr den Anblick ersparen. Eine Kuh bäumte sich vor ihm auf und brüllte erbärmlich. Sie stürzte sich mitten ins Getümmel, rutschte aus, ging zu Boden und stürzte in

den Schlamm. Die anderen Kühe stiegen über sie hinweg, als wäre sie nicht vorhanden.
James sprang vom Pferd. Er bahnte sich den Weg durch die Herde, packte sie mit beiden Armen.
»Los. Hoch mit dir. Aufstehen!«
Sie brüllte, die Augen verdreht, während die Herde von allen Seiten nachrückte. James war selbst in Gefahr, überrannt und totgetrampelt zu werden, aber er war hart im Nehmen, und seine Herde hatte Vorrang. Er sah auf Anhieb, dass er sie nicht mit bloßen Händen auf die Füße stellen konnte, deshalb legte er sein Lasso mehrmals zur Schlinge und warf es ihr um den Hals; als er wieder auf sein Pferd stieg, blieb einer seiner Stiefel schmatzend im Schlamm stecken. Er wickelte das andere Ende des Seils um das Sattelhorn, lenkte Chieftain rückwärts in die Herde und befreite die Kuh.
Bei dem Tumult hätte er beinahe den Schrei überhört. Er übertönte das Gebrüll der Muttertiere, spiegelte den Kummer und das Entsetzen über einen unersetzlichen Verlust wider. Hoch zu Pferd, sicher vor der rasenden Herde, dachte James zunächst, es sei der Schrei eines Vogels gewesen.
Daisy, in einer dunkelgrünen Jacke, war vor den Fichten und Zedern am anderen Ende des Korrals kaum auszumachen. Sie war auf die untere Sprosse des Weidenzaunes gestiegen und blickte auf die Kühe und die Transporter. Hunderte von Kälbern wurden weggeführt, vierhundert Muttertiere brüllten und versuchten, ihnen zu folgen, und Daisy sah es mit an.
James spürte ein Ziehen in seiner Brust, eine Mischung aus Bedauern und kalter Wut; er versuchte, seine Gefühle zu verbergen, indem er seinem Pferd die Sporen gab und sich mitten ins Gewühl stürzte. Er musste das Getümmel auflösen und die Kühe daran hindern, nachzudrängen und die Tiere niederzutrampeln, die vorne am Zaun standen.
Daisys Schreie übertönten den Tumult der Herde, und er konnte es nicht mehr ertragen.
James galoppierte durch den Schlamm, spürte die Spritzer im Ge-

sicht. Er brachte sein Pferd vor Daisy zum Stehen, aber sie nahm ihn nicht wahr. Ihre Arme waren ausgestreckt, als wollte sie die Kälber und Kühe schützend umfangen.
»Herrgott noch mal, geh ins Haus, Daisy!«
»Hör sie dir an.« Sie weinte.
»Sie werden verladen. Das ist alles. Wie jedes Jahr.«
»Sie brüllen. Hörst du das nicht?«
»Das hier ist ein Round-up! Da geht es immer hoch her. Geh ins Haus zurück und mach die Tür zu. Es ist bald vorbei. Dann hast du Ruhe.«
Daisy schloss die Augen. Ihr Gesicht war blass. Sie legte den Kopf in den Nacken, als hätte sie eine Vision. James erschauerte, blickte ihre nackten Handgelenke an. Sie waren zart und durchsichtig, die blauen Adern unter der Haut sichtbar. Er hatte sie immer für das verletzlichste Geschöpf der Welt gehalten, und es brachte ihn schier um den Verstand, wenn er an die Bürde dachte, die sie getragen hatte.
»Um Himmels willen, Daisy! Geh ins Haus!«, brüllte er.
»Ich kann nicht.«
»Warum tust du dir das an? Ist es nicht schlimm genug, dass wir keine Ahnung haben, wo Sage steckt? Musst du dir das anhören –«
»Ich weiß, was sie empfinden. Ich weiß, was sie durchmachen.«
»Und du fühlst dich besser, wenn du zuschaust?«
»Ich fühle mich erst besser, wenn Sage nach Hause kommt. Aber ich werde nicht die Augen zumachen und so tun, als ginge mich das Ganze nichts an. Ich bleibe hier, bis das letzte Kalb verladen ist. Bis –«
»Bis sie die Hoffnung aufgeben?«, fragte James gequält. »Ist es das, was du sehen willst?«
»Ich will nur hier sein, in ihrer Nähe. Das ist alles, ich kann es nicht erklären.« Sie holte Luft, und plötzlich waren ihre Tränen versiegt. Eine tiefe innere Ruhe überkam sie, und sie blickte James in die Augen. »Das hat nichts mit dir zu tun«, fuhr sie fort. »Kümmere dich

nicht um mich, mit mir ist alles in Ordnung. Das versichere ich dir. Geh an deine Arbeit zurück, James.«

»Aha, nichts mit mir zu tun!« Wutentbrannt riss James Chieftain herum und galoppierte davon. Er sah, dass Paul ihn beobachtete, aber es war ihm egal. Sein nackter Fuß, ohne den Stiefel, den er im Schlamm verloren hatte, war kalt und nass. Die Kühe brüllten noch immer, lauter als je zuvor. James verstand die Frau nicht, mit der er verheiratet gewesen war, und fragte sich, ob er sie überhaupt jemals verstanden hatte.

Die Kälber stolperten die Rampen in die Viehtransporter hinauf, blökten wie Schafe, wussten nicht, was mit ihnen geschah. Wie im Leben, dachte James. Die Jungen verließen sich darauf, dass sich ihre Eltern um sie kümmerten.

»Scheiße«, fluchte James, bevor er in Pauls Hörweite kam. Er hatte keine Lust auf Erklärungen und sah, dass Paul einige Fragen hatte. Paul ritt zu ihm hinüber.

»Wir haben Zuschauer«, sagte er. »Fans, auf der Tribüne.«

»Ich sehe keine Fans.«

»Nein? Sieht aber ganz so aus, als wäre sie ziemlich aufgewühlt.«

»Ich hab nicht behauptet, dass sie nicht aufgewühlt ist. Sie ist allerdings kein Fan.«

»Den Mädels macht dieser Teil wenig Spaß.«

»Ihr würde auch nicht gefallen, dass du ›Mädels‹ sagst. Und von Spaß kann keine Rede sein.«

»Wir sind gleich fertig«, sagte Paul. »Die Kühe werden sich bald beruhigen. Sie vergessen schnell und werden die Ruhepause im Winter genießen. Bis sie wieder trächtig sind.«

»Paul?«, schrie James, bemüht, den Lärm der Herde zu übertönen.

»Ja?«

»Würde es dir etwas ausmachen, die Klappe zu halten?« Dann galoppierte James davon, um ein weiteres Muttertier aus dem Schlamm zu hieven.

*

Hinter dem Lenkrad von Daltons Pick-up sitzend – er hatte die beste Straßenlage, für den Fall, dass sie im Schnee stecken blieb –, traf Louisa auf der Ranch ein, als das Verladen gerade im vollen Gang war. Sie hatte sich im Lauf der Zeit an das Brüllen der Kühe gewöhnt, aber heute gellte es in ihren Ohren und ließ ihre Brust eng werden. Sie sah James und Paul, die die Cowboys beim Trennen der Herde anführten. Und sie sah Daisy, die das Geschehen vom anderen Ende des großen Korrals verfolgte.

Louisa schüttelte den Kopf. Daisy sollte eigentlich genug über Verluste wissen, um sich das Gebrüll der verdammten Muttertiere zu ersparen. Am liebsten hätte sie sie vom Weidenzaun weggezogen, aber wenn jemand unbedingt den Märtyrer spielen wollte, lag es ihr fern, ihn daran zu hindern. Die Leute wussten selbst am besten, was gut für sie war, folgten ihrem eigenen inneren Kompass. Louisa hatte nie behauptet zu wissen, warum jemand so und nicht anders reagierte, aber sie versuchte, es zu respektieren, auch wenn sie es nicht verstand.

Sobald sie sich im Ranchhaus befand, seufzte sie erleichtert. Es war ein gutes Gefühl, wieder daheim zu sein und nicht eingesperrt in dem grässlichen Krankenhaus. Dalton, mit Medikamenten voll gepumpt, hatte sie immer wieder Rosalind genannt und gedacht, er sei von Schafzüchtern angeschossen worden. Dann war er wieder voll da gewesen, hatte Louisa zu ihr gesagt und wissen wollen, wann er endlich nach Hause durfte.

Das reichte aus, um ihr den letzten Nerv zu rauben. Louisa ging zum Büfett und schenkte sich ein Glas Whiskey ein, pur. Ihr Vater hatte ihr vor langer Zeit beigebracht, wie man ihn trank. Mach's wie ein Mann, hatte er gesagt: nichts Süßes, nichts Cremiges, Whiskey pur. Sie hielt nichts davon, sich allein oder vor Sonnenuntergang ein Glas zu genehmigen, aber der heutige Tag war eine Ausnahme.

Erschöpft ließ sie sich auf das Sofa sinken, ihre Augen schweiften durch den Raum. Die Ahnengalerie der Tuckers blickte von jeder Wand auf sie herab. Eine gut aussehende, fruchtbare Sippe, alles

Mütter und Väter. Louisa nippte an ihrem Whiskey und betrachtete das silberne Teeservice, das Daltons Frau von ihrer heiß geliebten, verstorbenen Großmutter geerbt hatte.
Louisa kannte die Geschichte. Rosalind stammte aus gutem Stall. Sie war in Boston aufgewachsen, eine gebürtige Brahmin; ihre Vorfahren waren mit der *Mayflower* oder der *Santa Maria* über den großen Teich gekommen. Sie hatte einen Schulabschluss vom Feinsten, wusste, welche Gabel man wann benutzt, sprach mit einem vornehmen Neuengland-Akzent.
Aber das Tüpfelchen auf dem i, das bewirkt hatte, dass Dalton sich bis über beide Ohren in sie verliebte, war, dass sie auch noch meisterhaft mit der Pistole umzugehen verstand. Sie hatte in Boston an einem Wettbewerb teilgenommen, war in die nächste Runde aufgestiegen und hatte sämtliche Teilnehmer in New York aus dem Feld geschlagen; dann war sie mit der Bahn nach Cheyenne gereist, wo sie einen Apfel vom Kopf eines Pferdes schoss und den ersten Preis gewann. Sie hatte die Goldmedaille und Daltons Herz gewonnen.
»Die Goldmedaille«, sagte Louisa giftig und trank einen großen Schluck Whiskey. Als sie durch das Wohnzimmer zur Vitrine hinüberging, in der Rosalind Tuckers Goldmedaille ausgestellt war, klang ihre Stimme weicher. »Die Nummer eins«, sagte sie.
Louisa konnte es sich leisten, großmütig zu sein. Rosalind war schon lange tot, seit James' fünfzehntem Lebensjahr. Sie waren im Ponystall gewesen, Mutter und Sohn, nach einem Schneesturm. Unter der Last des Schnees war das Dach zusammengebrochen und hatte sie unter sich begraben.
James, selber verletzt, hatte seine Mutter unter den Trümmern herausgezogen. Furchtbar! Louisa hatte sich die Situation viele Male vorgestellt, den Jungen mit seinem gebrochenen Bein, der seine sterbende Mutter in den Armen hielt. Ihr Blut hatte den Schnee getränkt; Louisa wusste genau, wo, weil Dalton an der Stelle ein Steinkreuz errichtet hatte.
Louisa berührte das Glas der Vitrine. Sie wusste, dass sie der

Goldmedaille nichts entgegensetzen konnte. Rosalind hatte viele Eigenschaften besessen, die ihr fehlten: Sie war von der Ostküste, aus gutem Hause, reich, ein Champion. Louisa hätte nicht einmal die Breitseite einer Scheune mit einer vollen Ladung Schrot getroffen. Sie stand für Erotik, Rosalind für Klasse. Sie war die Gespielin, Rosalind die Ehefrau. Langsam ging Louisa zu Daltons Schreibtisch hinüber und begann, die darauf liegenden Papiere aufzuräumen.

In der anheimelnden Atmosphäre des Raumes kam sie zur Ruhe. Louisa hatte ihn eigenhändig eingerichtet und sich dabei von Fotos inspirieren lassen. Sie hatte in alten Ausgaben von *House & Garden* geblättert und sich Aufnahmen von imposanten Ranchhäusern in Texas, Montana und British Columbia angesehen.

Sie hatte das Flair des alten Westens bewahren wollen und Möbelstücke, die Dalton von seinen Eltern und seiner Frau geerbt hatte, stehen lassen. Sie hatte die antiken Missionstische, die Armsessel aus rissigem Leder, die Porträts, Rollpulte und den großen Orientteppich behalten, der im Herrenhaus von Rosalinds Eltern in Back Bay auf dem Fußboden des Speisezimmers gelegen hatte. Aber alles andere hatte sie nach eigenem Gutdünken gestaltet.

Sie hatte die großen Sofas und kleinen Chaiselonguen mit elegantem, salbeigrünem Samt überzogen, hatte grüne Brokatvorhänge aufgehängt, bodenlang, mit einer cremefarbenen Borte. Sie hatte die Messinglampen ausgesucht, die Kristallkaraffen und eine mächtige Mahagonibar aus einem alten Saloon in Lander. Sie hatte die Stacheldraht-Sammlung von Daltons Vater aufgehängt, ein Muster von jedem Drahtzaun, den er jemals angebracht hatte. Auf diese Arbeit war Louisa nicht besonders stolz, denn der Stacheldraht war errichtet worden, um ihrer Familie und deren Schafherden den Zutritt zu verwehren.

Seufzend wurde ihr bewusst, was sie tat: Sie suchte nach dem Testament. Sie musste den Verstand verloren haben, sich über solche Nichtigkeiten aufzuregen. Natürlich hatte Dalton für sie gesorgt. Sie kannte ihn und war fest überzeugt, dass er sie aufrichtig liebte.

Dass er sie »Rosalind« genannt hatte, war nur auf die Medikamente und die Schmerzen zurückzuführen. Sie dachte an ihre eigene Familie und griff zum Telefon, um Todds Frau anzurufen. Tammy war ein nettes Mädchen und eine liebevolle, treu sorgende Ehefrau.

»Hallo, Mrs. Rydell«, sagte Louisa. »Mrs. Todd Rydell.«

»Tante Louisa«, lachte Tammy. Sie erkundigte sich nach Dalton, und die beiden Frauen unterhielten sich eine Weile über seinen Gesundheitszustand und die Prognose der Ärzte.

»Dein großer, gut aussehender Ehemann hat mir erzählt, dass deine Schwester Hauspflege macht; ich würde sie gerne engagieren«, sagte Louisa schließlich.

»Sie ist gut in ihrem Fach. Und sie braucht die Arbeit.«

»Welche von deinen Schwestern ist es denn? Die mit oder ohne Kinder?«

»Sie haben beide Kinder.« Tammy klang verwirrt.

Tammy nannte Louisa den Namen ihrer Schwester: Alma Jackson. Ein aus der Art geschlagener Ehemann und zwei minderjährige Söhne, die sie über Wasser halten musste. Sie hatte in Krankenhäusern und Pflegeheimen gearbeitet und private Pflegedienste irgendwo im Norden übernommen. Louisa bedankte sich bei ihrer angeheirateten Nichte und wählte unverzüglich Almas Nummer. Die Stimme auf dem Anrufbeantworter klang nichts sagend, aber nett, und Louisa hinterließ eine Nachricht.

Dann versuchte Louisa, ihre eigene Tochter zu erreichen. Nach all den brüllenden Kühen hatte sie das Bedürfnis, mit ihrer Kleinen zu sprechen. Sie ließ das Telefon lange klingeln, aber vergebens. Ruthie war ständig auf Achse, dachte Louisa kopfschüttelnd. Ganz die Mutter. Sie würde sich noch einmal in Teufels Küche bringen mit ihrer Umtriebigkeit. Sie legte den Hörer auf. Das Haus strahlte eine seltsame Atmosphäre aus ohne Dalton.

Als gehörte es immer noch Rosalind.

*

Kinder laufen weg, das kommt jeden Tag vor. Das hatte Detective LaRosa gesagt, und das hatte man ihr in jeder Polizeistation erklärt, die sie anrief. Die Karte von den Vereinigten Staaten vor sich, hatte Daisy sich quer durch das ganze Land vorgearbeitet. Sie zog eine Linie von der kleinen Stadt in Iowa, wo Sage aus dem Zug gestiegen war, bis zur Ranch. Sie suchte die Städte heraus, die an dieser Linie lagen, rief die Auskunft an und erhielt die Nummern der lokalen Polizeistationen. Bei einigen war die Fahndungsmeldung eingegangen, bei den meisten jedoch nicht. Gesehen hatte sie keiner.

Sie konnte das Brüllen der Kühe nicht aus ihren Gedanken verbannen. Sie setzte sich mit einer Polizeidienststelle nach der anderen in Verbindung. Inzwischen war es Abend geworden und, dem Geräuschpegel nach zu urteilen, Ruhe eingekehrt. Nein, keine Spur von ihrer Tochter, hatte man ihr immer wieder mitgeteilt. Aber keine Angst, viele Kinder laufen weg, das kommt jeden Tag vor.

Es war dunkel draußen und still. Die Viehtransporter waren weg und hatten die Kälber mitgenommen, in den sicheren Tod. Die Muttertiere standen aneinander gedrängt in den Korrals, das kummervolle Brüllen war nach und nach verebbt. Daisy fühlte sich ausgelaugt, als hätte sie tagelang geweint. Es hatte wieder zu schneien begonnen. Kälter und trockener als vorhin prallten die Flocken gegen die Fensterscheiben. Daisy zuckte zusammen und dachte an Sage, die sich irgendwo draußen im Schnee befand.

Sie rief die nächste Polizeistation an. Der Dienstleiter war unhöflich und kurz angebunden. Sie probierte es mit einer weiteren Station, legte aber auf, als sie die Ansage hörte: »Infolge des Schneesturms sind alle Leitungen vorübergehend außer Betrieb –« Zitternd wandte sie sich der Werkbank zu. Die Wolfsklauen lagen vor ihr. Die Schnitzarbeit war fast fertig, die Gesichter des Mannes und der Frau nahmen Konturen an.

Wieder ertönte das Heulen eines Wolfes. Hatte sie es heraufbeschworen? Daisy hatte das Gefühl, mit ihrer Arbeit verborgene Kräfte freizusetzen: Wenn ihre Amulette einen Liebeszauber ent-

hielten, ohne dass sie wusste, wie ihr das gelang, besaß sie vielleicht auch die Gabe, Kontakt zu den Wölfen am Fuß der Berge herzustellen. Noch immer besorgt wegen der Kühe, wünschte sie sich, es stünde in ihrer Macht, Raubtiere zu vertreiben.
Als es an der Tür klopfte, wäre sie vor Schreck beinahe vom Stuhl aufgesprungen. Die Kerzen flackerten, als sie den Raum durchquerte. Auf halber Strecke begann sie zu laufen, weil sie dachte, es könnten Neuigkeiten von Sage sein.
Sie riss die Tür auf.
James stand auf der Schwelle, kratzte Schnee von seinen Stiefeln. Daisys Augen schwammen in Tränen. Sein Blick war hart, er lächelte nicht.
»Was machst du denn hier?«, fragte sie.
»Das wollte ich dich fragen. Darf ich reinkommen?«
Daisy trat zur Seite. Sie schlang die Arme um ihre Schultern, den Blick starr auf James' Stiefel gerichtet. Der eine war schlammverkrustet, und sie erinnerte sich, dass er ihn verloren hatte, als er auf der Koppel zu ihr geritten war. Sie hatte das nicht komisch gefunden, und sie lachte auch jetzt nicht.
»Was, zum Teufel, machst du hier?«, fragte er.
»Im Moment? Ich rufe einige Polizeistationen an.« Sie zeigte ihm die Karte, fuhr mit dem Finger an der Linie entlang, die sie eingezeichnet hatte, und deutete auf die Städte, mit denen sie sich bereits in Verbindung gesetzt hatte. Selbst wenn niemand Sage gesehen hatte, konnte sie die Polizei auf ihr Verschwinden aufmerksam machen. Sie würden nach ihr Ausschau halten.
»Das kannst du auch von zu Hause aus machen.«
»Wie bitte?«
»Du kannst jede gottverdammte hinterwäldlerische Polizeistation auch von der Ostküste aus anrufen! Bei dir zu Hause. Fahr heim, Daisy.«
Sie schlang die Arme noch enger um sich, sah ihn an. Die Linien, die sich in sein Gesicht gegraben hatten, waren scharf und tief, die Kiefermuskeln angespannt. Steinhart, dachte sie, wie das Land.

Seine Wangenknochen waren kantig, seine Augen dunkel und eingefallen. Diese Augen, dachte sie. Sie waren haselnussbraun, die Farbe des Salbeis in der Oktobersonne. Blinzelnd versuchte sie, den Blick abzuwenden, aber er packte ihr Handgelenk.
»Du gehörst nicht hierher.«
»Ich muss bleiben.« Sie versuchte sich loszureißen.
»Ich habe gehört, was heute los war. Wir alle haben dich gehört.«
»Als ich geweint habe? Na und?«
»Das ist eine Ranch und kein Zoo, Daisy. Kein Gehege für Kinder mit Kälbchen zum Streicheln und Enten zum Spielen. Herrgott, wann begreifst du das endlich! Du wolltest schon immer etwas daraus machen, was sie nicht ist.«
Sie schüttelte den Kopf. »Du weißt nicht, wovon du redest.«
»Von den Kälbern. Sie sind heute ins Schlachthaus abtransportiert worden. Du hast die Kühe gehört.«
»Du auch.«
James schnaubte verächtlich. Gereizt ging er in dem kleinen Raum auf und ab. Ihn hier zu sehen, an dem Ort, wo sie sich zum ersten Mal geliebt hatten, war unerträglich für sie. Daisy holte tief Luft, atmete langsam aus, unfähig, ihren Blick von James abzuwenden.
»Zum letzten Mal, Daisy. Fahr nach Hause.«
»Ich warte auf Sage.«
Das Feuer prasselte, und James starrte in die Flammen. Er schüttelte den Kopf, öffnete den Mund, schloss ihn wieder. »Ich will nicht gemein sein, aber du bist hier völlig fehl am Platz.«
»Sage kommt, deshalb ist mein Platz hier.«
»Hier ist der Teufel los. Aber du willst es nicht wahrhaben. Du kannst es nicht verkraften, also tu es dir gar nicht erst an! Was bringt es, dir das Gebrüll der Kühe anzuhören? Tut es dir etwa gut?«
Daisy spürte plötzlich, das sich irgendetwas in ihr veränderte. Manchmal, wenn sie an ihrer Arbeit saß und die Hände über die Knochen gleiten ließ, hatte sie das Gefühl, als ob der Geist des Lebewesens, dem sie einst gehört hatten, durch ihre Fingerspitzen in

sie eindrang. Bereit, es zuzulassen, öffnete Daisy ihr Herz, und die Liebe, die dieses Wesen zu Lebzeiten empfunden hatte, durchflutete sie.
Sie spürte sie nun. Während sie James ansah und seine verletzenden Worte hörte, merkte sie, wie die Versteinerung in ihrem Innern wich, brach wie ein Damm.
»Und was ist mit dir? Tut es dir gut?«
Überrascht von der Sanftheit in ihrer Stimme blickte er auf, wischte sich verlegen über Wange und Augenwinkel, als müsste er ein Staubkorn entfernen. Sein Blick war bitter, aber einen Moment lang wirkte er verzweifelt – als ob ein Kampf auf Leben und Tod in seinem Innern vor sich ginge, dessen Ausgang ungewiss war.
»Die Kälber in den Tod schicken, das tut dir doch weh, James. Und komm mir nicht wieder mit dem alten Spruch, dass du schließlich Rancher bist –«
»Ich bin es aber. Und darin besteht der größte Teil meiner Arbeit.«
»Nein. Der größte Teil deiner Arbeit besteht darin, die Temperatur zu messen, wenn deine Tiere krank sind. Mutterlose Kälber mit der Flasche aufziehen. Auf gefrorene Weiher hinauszureiten, wenn die Eisdecke dünn ist und ein Tier einbrechen könnte. Ihnen den letzten Tropfen Wasser zu überlassen, wenn die Trockenheit zu lange andauert und die Herde am Verdursten ist –«
»Es ist mein Geschäft, sie am Leben zu erhalten. Bis sie alt genug sind, um zu sterben.«
»Und du liebst deine Herde und sorgst dich um sie.«
»Darum geht es nicht.«
»Ich finde doch.«
»Was macht das für einen Unterschied?«
»Du gehst daran zu Grunde.« Daisy hätte gerne seine Wange berührt. Sie wünschte, sie könnte ihn zu einer Heilerin bringen, die vielleicht wusste, was sich gegen seine innere Zerrissenheit machen ließ. Als Jake verschwunden war, hatte Daisy lange Zeit versucht, diese Wunde zu heilen. Inzwischen wusste sie, dass ihre Macht nicht ausreichte.

»Mir geht es blendend.«

Sie schüttelte den Kopf. »Nein, das tut es nicht.«

Er starrte sie an, ließ sich nicht erweichen. Seine Miene hatte nichts von ihrer Härte eingebüßt. Er blickte durch sie hindurch, als hasste er sie, als sei der einzige Lichtblick in seinem Leben der Tag ihrer Abreise. Trotzdem hatte sie ihn dabei ertappt, wie er Scout striegelte, bis das Fell der alten Stute glänzte wie fein gesponnenes Gold.

»Du musst hier weg. Ich bringe Sage zu dir zurück. Glaubst du mir?«

»Ja.«

»Das tust du nicht. Wie denn auch, nach allem, was mit Jake passiert ist! Du denkst, es wird wieder genauso enden.«

»Nein, das wird es nicht.«

»Aber du denkst es. Tief in deinem Innern –«

»Kinder laufen weg, das kommt jeden Tag vor.« Daisy konnte es nicht fassen, wie leicht ihr dieser Satz der Polizisten über die Lippen kam. Sie hätte jeden erwürgen mögen, der ihn zu ihr gesagt hatte, doch nun sprach sie die Beschwörungsformel selber aus, als wäre sie die sinnvollste Sache der Welt. Sage war weggelaufen; plötzlich erschien ihr diese Tatsache logisch und tröstlich. Sie war sechzehn, ein rebellischer Teenager, schwanger und besorgt um ihre Zukunft. Sie brauchte ihren Vater und war weggelaufen, um mit ihm zusammen zu sein. James traf daran keine Schuld.

»Ich mache dir keine Vorwürfe,« sagte sie ruhig, »wegen gar nichts.«

»Aber *ich.*«

»Ich weiß.« Sie hätte gerne seine Hand genommen, wagte es aber nicht. Sie spürte ein Kribbeln in ihrem Innern und hatte Angst, er könnte es merken. »Das hast du immer getan.«

»Du hast gesagt, Kinder laufen andauernd weg. Und wenn das stimmt, wenn es die natürlichste Sache der Welt wäre, wenn man sie nicht schützen kann? Wie soll man den Gedanken ertragen?«

»Ich versuche, Vertrauen zu haben.«

»Vertrauen.« Sein Tonfall schwankte zwischen verächtlichem Schnauben und offenem Hohn.
»Und Hoffnung.«
»Das ist ja noch schlimmer. Hoffnung. Und was war am Korral? Du müsstest doch besser als jeder andere Mensch wissen, wie es ist, wenn man die Hoffnung verliert. Deshalb hast du geweint.«
»Ich habe Hoffnung, James«, erwiderte Daisy ruhig. »Und ich wünschte –« du auch, hätte sie am liebsten gesagt. Sie hätte ihm diese Hoffnung gerne gegeben, hätte gerne die Arme um ihn gelegt und den Gleichtakt ihrer Herzen gespürt, wie früher. Er war attraktiv, der Mann, in den sie sich verliebt hatte. Aber die Härte in seinen Augen machte ihr Angst. Sie hatten nach Jakes Verschwinden das Vertrauen zueinander verloren, aber nicht bei Sage. »Sage ist auf dem Weg hierher, sie wird unbeschadet ankommen. Wo immer sie heute Abend auch sein mag, sie ist nicht draußen im Schnee. Sie ist in Sicherheit, im Trockenen, und sie wird es zur Ranch schaffen –«
Lebend. Das Wort stand zwischen ihnen, flog davon wie ein Vogel. Daisy spürte, wie es sich entfernte. Was sich heute Abend ereignet hatte, kam ihr wie eine Seance vor. Sie rief alle möglichen Kreaturen und Geister an, und die Luft war erfüllt von ihrer Gegenwart. Sie schloss die Augen, Tränen liefen über ihre Wangen. Sie hörte Flügelschläge und lief zum Fenster.
Gelbe Augen, überall in der Finsternis. Sie spähten von jedem Ast, jedem Zaunpfosten zu ihr herüber. Sie flogen kreuz und quer über die Ranch, waren auf der Jagd. Die Eulen waren aus ihren Nestern und Erdlöchern geschlüpft und suchten die schneebedeckten Weiden nach Mäusen ab. Daisy hielt den Atem an. Sie blickte nach draußen, wollte James rufen. Aber sie brachte keinen Ton heraus.
»Ich sage es noch einmal.« Seine Stimme brach. »Geh, Daisy. Fahr nach Hause. Ich weiß, du glaubst, dass Sage nichts geschehen wird, und das tue ich auch. Mir bleibt keine andere Wahl. Aber was ist, wenn sie die Ranch erreicht? Hier spielt sich alles ab, was zählt, nicht da draußen.«
»Wir sind hier«, flüsterte Daisy. »Ihre Eltern.«

»Was haben wir damit erreicht?«, fragte James wie ein Mensch am Ende seines Lebens, eines Lebens, das schon lange vorbei war.
»Wir haben unser Bestes getan«, erwiderte Daisy leise.
Sie drehte sich um und blickte James Tucker an, ihre Blicke trafen sich, ließen einander nicht los. Sie sah, wie seine Miene weich wurde, wie sich die verkrampften Muskeln lockerten, deren Anblick sie kaum ertragen konnte. Er musste auch innerlich loslassen. Sie wollte ihm dabei helfen, wollte seine Schultern und seinen Rücken massieren, ihm zuflüstern, was sie den Knochen sagte. Ihr wurde bewusst, dass sie sich mehr als alles in der Welt wünschte, ihn wieder zu lieben, und das machte ihr mehr Angst als die Härte in seinen Augen. Und so deutete sie stumm aus dem Fenster, damit er die Eulen sah.
Aber sie waren weg. Die Nacht war dunkel und leer; nichts regte sich. Das Heulen eines Wolfes drang von den Hügeln herüber. Die Kühe waren verstummt. Die Eulen waren verschwunden, und von Sage fehlte jede Spur.
Doch der Zauber war noch in ihrem Herz, ebenso wie die Hoffnung. Sie schloss die Augen und wünschte sich, James möge sie in die Arme schließen. Ihr Herz hämmerte, ihre Haut brannte wie Feuer. Sie brauchte Trost von dem Vater ihrer Kinder, aber sie wusste nicht, wie sie darum bitten sollte. James stand neben ihr, ihre Arme waren dicht beieinander, aber sie berührten sich nicht. Daisys Hand begann zu zittern. Die Nacht war dunkel, und Sage war dort draußen, allein.

20

Als der Schneesturm abgeklungen war, kamen die Sterne heraus. Sie lugten durch die Wolkenfetzen wie Funken in der Nacht. James hockte sich auf die Umzäunung, blickte zum Himmel empor. Die Kühe befanden sich auf der anderen Seite des Korrals und waren so still, dass man sie kaum bemerkte. Nachtvögel stießen ihre unheimlichen Rufe aus, und Eulen flogen tief über das Chaparrall-Gebüsch.

James fühlte sich innerlich zerrissen. Was geschah mit ihm? Als er neben Daisy gestanden hatte, hatte er sich mit aller Kraft zurückhalten müssen, um sie nicht in die Arme zu nehmen. Sie duftete noch immer nach Zitronenverbenen, ihre Haut glühte noch immer, und sie war noch immer das Mädchen, in das er sich vor langer Zeit unsterblich verliebt hatte.

Vor allem hier, in dem kleinen Haus, hatten sie sich zum ersten Mal geliebt, nachdem sie sich tagelang auf den Weiden und am Fluss geküsst hatten. Er war verrückt nach ihr gewesen und hatte es nicht mehr erwarten können, sie auszuziehen, zu berühren, sie zu nehmen, eins mit ihr zu werden; das Verlangen nach ihr hatte ihn vorhin erneut übermannt.

Aber das durfte nicht sein. James tastete nach den angesengten Polaroidfotos in seiner Tasche. Er hätte sie beinahe Daisy gezeigt, um sie zur Vernunft zu bringen und damit sie die Ranch schleunigst verließ. Begriff sie nicht, dass auf diesem Land ein Fluch lag? Was redete sie sich nach all der Zeit über Jake ein? Ob Tücke der Natur oder menschliche Gemeinheit spielte keine Rolle; er wollte verhindern, dass sich das Grauen wiederholte. Er wollte Daisy und Sage aus dem Gefahrenbereich haben.

An diesem Abend war er, nachdem er sich von Daisy verabschiedet hatte, an der innere Umgrenzungslinie der Ranch entlanggeritten, dem eingezäunten Bereich rund um die Gebäude. Er hatte nach Fußspuren Ausschau gehalten, die nicht hierher gehörten, in der Hoffnung, dass er sich vielleicht doch irrte. Die Fotos mussten nicht bedeuten, dass jemand plante, seiner Familie weiteres Leid zuzufügen. Paul hatte Recht, bestimmt stammten sie von irgendeinem Touristen, der ein Souvenir von den Weiden in Wyoming mit nach Hause nehmen wollte. Und die Fußspuren im Canyon waren nicht absichtlich, sondern von Wind und herabfallendem Laub verwischt worden.

Er hatte alles abgesucht, aber nichts gefunden. Seine Brust schmerzte, wenn er die kalte Luft einatmete. Sein Blick kehrte immer wieder zum Cottage zurück, wo er Daisy vor einer Stunde zurückgelassen hatte, und das tat ihm überhaupt nicht gut. Sie hatte die Lichter gelöscht, aber er bemerkte den Feuerschein im Kamin. Das Licht der Kerzen huschte über die Decke, machte ihn verrückt.

James sprang vom Zaun und ging zum Haupthaus hinüber. Er wollte gerade eintreten, um seinen Vater zu wecken und ihm die Bilder zu zeigen, als ihm einfiel, dass sich Dalton noch in der Klinik befand. Das Round-up und Verladen der Kälber hatte James daran gehindert, ihn zu besuchen; ein Segen, denn er hasste bereits den Gedanken, seinen Vater im Krankenhaus zu sehen.

Also ging James zu Paul, um ihn aufzuwecken. Er erzählte seiner Frau, es handele sich um einen Notfall, und wartete im Wohnzimmer, bis Paul angezogen war. Als James sich im Raum umsah, wurde ihm bewusst, dass er das Haus, in dem die Familie March wohnte, seit Jahren nicht mehr betreten hatte. Es war kleiner, als er es in Erinnerung hatte, nicht viel größer als das Cottage, in dem Daisy untergebracht war. Vor langer Zeit hatte er die Zwillinge hin und wieder hier abgeliefert, wenn sie einen Babysitter gebraucht hatten. Aber das war Schnee von gestern.

Bilder der vier March-Kinder – sie waren geboren worden, kurz nachdem Daisy mit Sage an die Ostküste gezogen war – standen auf dem Wandklavier. James betrachtete sie, als Paul endlich herunterkam.

»Was gibt es? Ist was mit Sage?«
»Nein«, erwiderte James, erschrocken über die Frage.
»Was dann?«
»Die Fotos. Wer würde Fotos von einer Rinderherde machen?«
»Komm. Lass uns ein paar Schritte gehen.«
Sie traten ins Freie; die Wolken hatten sich gelichtet, der Mond war inzwischen aufgegangen, die Sichel stand über den Bergen. Auf dem Weg über den Hof brachte James alle Gründe vor, warum die Bilder seltsam waren und warum der Ranch Gefahr drohte. Er wollte, dass Daisy verschwand, am besten gleich morgen.
»Du irrst dich. Das waren irgendwelche harmlosen Urlauber, die dort zelten.«
»Trotzdem, es wäre besser, sie geht.« James blickte mit funkelnden Augen zum Cottage hinüber.
»Die Entscheidung musst du schon ihr überlassen.«
James' Miene war finster, er schüttelte den Kopf.
»Du möchtest, dass ich Partei für dich ergreife«, sagte Paul und nahm seinen Arm. »Ich bin auf deiner Seite. Du siehst es bloß nicht.«
»Auf meiner Seite?«
»Auf deiner Seite, James. Sie ist hier, weil sie etwas braucht. Etwas, was sie vor langer Zeit verloren hat.«
»Etwas, was ich ihr genommen habe«, sagte James und dachte an Jake.
»Nein, du irrst. Du hast nichts getan, um sie oder irgendjemand sonst zu verletzen. Ich war schließlich dabei, erinnerst du dich? Du hast gesucht, bis –«
James hörte ihm nur noch mit halbem Ohr zu. Eine Eule stieß herab, die Füße vorgestreckt, die Krallen ausgefahren. Sie packte eine Taschenratte, die über den Schnee lief, und flog mit ihrer Beute davon. Alles, was James sah, war Daisy, die sich im Staub wälzte, vor dreizehn Jahren, an der Stelle, wo Jake zuletzt gesehen worden war.
»Sprich mit ihr«, sagte Paul sanft. »Sie braucht dich, während sie darauf wartet, dass Sage kommt.«

James schloss die Augen.
»Du hörst mir nicht zu, stimmt's?«
»Aus deinem Mund klingt das, als würde ich ihr etwas vorenthalten.« Er blickte zum Cottage hinüber.
»Vielleicht.«
»Wir gehören nicht mehr zusammen. Eine Scheidung kann man nicht ungeschehen machen.«
»He.« Paul versetzte James einen freundschaftlichen Schlag auf die Schulter. »Wenn du mich das nächste Mal mitten in der Nacht aufweckst, dann tu wenigstens so, als ob dir etwas an meinen weisen Ratschlägen läge.«
Kinder laufen weg, das kommt jeden Tag vor, hatte Daisy gesagt.
»Alles in Ordnung?«, fragte Paul.
»Meine Kleine ist auf dem Weg hierher.«
»Was glaubst du, wo sie steckt?« Paul starrte in die Dunkelheit, als könnte er etwas erkennen.
»Das würde ich gerne wissen.«
»Ich auch«, sagte Paul.
»Sobald wir sie gefunden haben, kann Daisy abreisen.«

*

»Wieso fährst du durch Nebraska, wenn du aus Wyoming bist?«, fragte Sage.
»Und wieso fährst du durch Nebraska, wenn du aus Connecticut bist?«, entgegnete David mit einem Grinsen. Er zündete sich eine Zigarette an und warf das Streichholz aus dem Fenster.
»Das habe ich dir doch schon gesagt. Ich bin auf dem Weg –«
»Nach Emerald City, der ›Smaragdstadt‹ aus dem *Zauberer von Oz*«, sagte David.
»Und du bist Scarecrow, die ›Vogelscheuche‹.« Sage fütterte während der Fahrt eines der Kätzchen. »Ich sehne mich nach meinem Vater, und du nach einem Herzen aus Fleisch und Blut, weil du nur Stroh im Kopf hast.«

»Findest du, dass ich gemein bin?«
»Nur zu mir.« Sage lächelte. »Weil du mir nicht erzählst, warum du durch Nebraska fährst.«
»Na gut, ich sage es dir. Ich bin in geheimer Mission unterwegs.«
»Was du nicht sagst! Da hast du aber ein großes Geheimnis gelüftet. Im Ernst?«
»Hast du es schon geahnt?«
»Na klar!« Sage lachte. Nachdem das Kätzchen gefüttert war, setzte sie es auf die Sitzbank zwischen David und sich. Dann ließ sie das nächste hungrige Katzenkind auf ihren Schoß krabbeln, das gierig saugte, noch bevor es an die Babyflasche herankam. »Die Tatsache, dass du noch nicht volljährig bist und mit einer ganzen Menagerie durch die Gegend fährst, statt zur Schule zu gehen, spricht Bände.«
»Was glaubst du, wie alt ich in?«
»Siebzehn? Sechzehn?«
»Sechzehn«, sagte er. »Aber die meisten Leute schätzen mich älter.«
»Du siehst älter aus, ein bisschen. Wie siebzehn.«
David stieß gebieterisch eine lange Rauchfahne aus. »Ein bisschen? Pah! Ich bekomme im Lokal anstandslos Alkohol ausgeschänkt. Oder kaufe ihn problemlos im Laden, woran du siehst, dass die Leute meinen, ich sei schon einundzwanzig! Ich fahre seit meinem vierzehnten Lebensjahr Auto und bin nicht ein einziges Mal angehalten worden. Ich bin direkt an den Streifenwagen vorbeigerauscht, und niemand hat mich beachtet.«
»Streifenwagen? Die Polizei ist doch blind und nie da, wenn man sie braucht«, sagte Sage. »Hier gibt's nichts als Krähen und Stoppelfelder und perverse Versicherungsvertreter. Ich glaube, du hast wirklich Stroh im Kopf.«
»Werde ja nicht frech!«
»Es sind die Tätowierungen. Die lassen dich älter aussehen.«
Wenn Sage mit David scherzte, fühlte sie sich so gut wie lange nicht mehr. Schneeverwehungen türmten sich zu beiden Seiten der Straße, die abgemähten Ähren lugten durch eine Schneedecke hindurch, sahen aus wie Bartstoppeln auf dem Kinn eines

Mannes. Der Anblick brachte Sage noch mehr zum Lachen, aber als sie David erzählte, warum, runzelte er nur unwirsch die Stirn.

»Du hast heute verdammt gute Laune!«

»Wir sind ja auch nicht mehr weit von zu Hause entfernt«, sagte sie.

»Richtig. Die *Ranch.*«

»Ich weiß, dass du mich nicht rausschmeißen wirst. Also hör auf, meinen Dad zu beleidigen.«

»Wie du meinst.«

Sie fuhren weiter, hielten nur kurz an, damit die Hunde und Katzen – und Sage – ihre Notdurft verrichten konnten. Keines der Tiere hatte jemals zuvor Schnee gesehen, und sie tappten vorsichtig durch die kalte, nachgiebige Substanz unter ihren Pfoten, die ihnen nicht ganz geheuer war. Immer wieder blieben sie stehen, um zu schnüffeln.

»Der erste Schnee.« Sage formte einen Schneeball mit ihren bloßen Händen.

»Das erste Mal alles Mögliche«, sagte David. »Du hättest sehen sollen, wie Plaidy ihre Pfoten zum ersten Mal auf richtige Erde gesetzt hat. Nachdem sie ihr ganzes Leben im Käfig verbrachte hatte, dachte sie wahrscheinlich, sie wäre nach ihrer Befreiung auf einem anderen Planeten gelandet.«

Sage sah zu, wie die Hunde die Straße entlangtrotteten. Alle hatten gekrümmte Wirbelsäulen und verkürzte Beine, waren verkrüppelt, weil sie ein Leben lang im Käfig eingesperrt waren. David hatte gesagt, sie kämen sich wahrscheinlich vor wie auf einem anderen Planeten, und Sage konnte sich nur annähernd vorstellen, wie sie die Zeit ohne genügend Raum und Licht verbracht hatten. Es gefiel ihr, in welchem Maß sich David um die Tiere sorgte: Er hatte den Scotchterrier »Plaidy« genannt, nach dem Schottischen Plaid, und den Spaniel »River«, weil diese Rasse das Wasser liebte.

»Was ist mit Rivers Gesicht passiert?«, fragte Sage.

»Verbrüht. Sie wurde nicht mehr trächtig, wollte sich nicht mehr von dem Rüden besteigen lassen. Der Besitzer wurde sauer und hat über ihr eine Schüssel kochend heißes Wasser ausgekippt. Daraufhin habe ich sie weggebracht.«

»Hast du den Verband angelegt?«

»Ja.«

»Woher weißt du, wo die Hundefarmen sind?«

»Ich habe eine Liste. Die Besitzer kennen sich alle untereinander. Ich habe die Liste vom Schreibtisch meiner Mutter mitgehen lassen.«

»Ist das deine geheime Mission?«

»Themawechsel«, sagte David.

Sage nickte. Sie war neugierig und hätte gerne mehr erfahren, aber es war ihr wichtig, das gute Einvernehmen zu bewahren. Nachdem sie zehn Stunden lang während des Schneesturms in einem Kuhstall eingesperrt gewesen waren, genoss sie die frische Luft und das Gefühl der Freiheit. Sie spürte, dass David sie beobachtete.

»Nächstes Jahr um diese Zeit wird er oder sie zum ersten Mal Schnee sehen«, sagte David und deutete auf Sages Bauch.

»Er. Es wird ein Junge, und ich werde ihn Jake nennen.«

»Wann ist der Geburtstermin?«

»Ende Januar.«

»Dann muss er nicht ein ganzes Jahr auf den Schnee warten.«

»In drei Monaten ist es so weit, dann bekommt er ihn zu sehen.«

David nickte. Er warf seine Zigarette auf den Boden; sie brannte ein Loch in den Schnee. Die Tiere hatten offenbar gespürt, dass es Zeit zum Einsteigen war, denn sie machten alle gleichzeitig kehrt und drängten sich um Davids Füße, als er die Tür öffnete. Sie ließen ihn nicht aus den Augen, keine einzige Minute. Genau wie Sage.

*

Louisa ließ Alma Jackson zur Küchentür herein und bedankte sich, dass sie trotz des Schnees den weiten Weg zur Ranch nicht gescheut hatte.

»Es war die Hölle«, sagte Alma hölzern.

Louisa wusste nicht, wie sie darauf reagieren sollte.
»Hm, ich schätze, wir hätten unsere Besprechung auch verschieben können. Dalton ist noch gar nicht zu Hause.«
»Dalton?«
»Mr. Dalton Tucker. Der Mann, dessen Pflege Sie übernehmen sollen. Sie sind eine gute Pflegerin, sagt Ihre Schwester.«
»Aha.« Alma schien das Lob nicht bestätigen zu wollen. Sie leckte sich über die Lippen und blickte sich nervös um.
Louisas Lächeln erstarrte. Die Antworten der Frau klangen alles andere als begeistert. Sollte diese unscheinbare graue Maus tatsächlich mit Tammy verwandt sein, mit Todds Frau, die ein warmes Lächeln und fröhlich blitzende Augen hatte? Interessierte sie sich nun für den Job, oder vergeudete sie nur jedermanns Zeit?
»Sie haben Erfahrung mit Hauspflege?« Louisa schlug einen geschäftsmäßigen Ton an.
»Natürlich.«
»Warum erzählen Sie mir nicht ein bisschen mehr über Ihren Lebenslauf?«
Sie saßen am Küchentisch. Louisa musterte Alma mit kritischem Blick. Dem Aussehen nach zu urteilen war sie vierzig oder einundvierzig, hatte kreidebleiche Haut und kastanienbraune, schlecht gefärbte Haare; sie waren weder braun noch rot, sondern irgendwo dazwischen, eine Farbspülung vermutlich, um das Grau zu verdecken. Hatte sie keinen Mann, jemanden, für den sie attraktiv sein wollte? Alma erwähnte, dass sie in Kliniken in Laramie und Lander und in Erholungsheimen in Cheyenne, Dubois und Three Peaks gearbeitet hatte. Sie listete sechs Privatpatienten auf, deren Pflege sie übernommen hatte – Schlaganfall, Herzinfarkt, einer gebrochenen Hüfte und Erfrierungen.
»Wie Sie sehen, bin ich qualifiziert«, sagte sie.
»Sieht ganz so aus.« Louisa war bis zu einem gewissen Grad beunruhigt.
»Nett von Todd, mich zu empfehlen.« Alma sah sich in der Küche um. »Sieht aus, als wäre das ein guter Arbeitsplatz.«

»Ich verlange viel für mein Geld«, sagte Louisa. »Tut mir Leid, wenn ich so unverblümt bin, aber ich kläre lieber vorab die Bedingungen. Ich zahle gut, aber ich erwarte auch eine Menge.«

»Eine Menge?«

»Ja. Ich bin ein Mensch, der die Ärmel hochkrempelt und zupackt. Wenn Sie auf meiner Gehaltsliste stehen, möchte ich etwas für mein Geld sehen. Abgesehen davon nehmen Sie meinen Liebsten unter Ihre Fittiche. Alles Gold in Fort Knox würde nicht ausreichen –«

Frustriert stellte Louisa fest, dass sie nahe daran war, in Tränen auszubrechen, und schluckte. Sie hatte keine Lust, einer Wildfremden oder sonst jemandem ihre Gefühle für Dalton zu offenbaren.

Almas Augen waren ausdruckslos, doch als sie Louisas Gefühlsaufruhr bemerkte, tätschelte sie ihr resolut die Hand.

»Es ist hart mit anzusehen, wenn jemand krank ist«, sagte sie. »Wenn jemand, der einem nahe steht, zum Pflegefall wird.«

»Und wie!«, seufzte Louisa. »Und wie.«

»Tammy und Todd halten große Stücke auf Sie.«

Louisa wischte sich über die Augen und bedankte sich für das Kompliment. Sie sprachen über das Entgelt, und Almas Miene hellte sich auf, als sie erfuhr, wie großzügig es bemessen war. Alma sollte im Haus wohnen, zumindest so lange, bis Dalton wieder auf den Beinen war. Vielleicht hat sie einfach nur Hemmungen, dachte Louisa. Das könnte ihre anfänglich Teilnahmslosigkeit erklären. Plötzlich kam ihr Alma gutherzig und freundlich vor. Ihre Augen huschten durch die Küche, nahmen alles auf.

»Gerade fällt mir ein, dass Sie keine Namen erwähnt haben«, sagte Louisa. »Ich hoffe, es macht Ihnen nichts aus, aber ich würde gerne Ihre Referenzen überprüfen. Das hat natürlich nichts mit Ihnen persönlich zu tun –«

»Schon in Ordnung«, erwiderte Alma hastig. »Aber ich kenne nicht viele Leute in dieser Gegend. Ich komme aus Dubois, von der anderen Seite der Grenze. Ich war nur selten hier.«

»Außer bei Ihrer Schwester.«

»Ja, stimmt. Tammy und Todd haben so ein schönes Haus. Ein rich-

tiges Schmuckkästchen, verglichen mit meinem alten – ach, vergessen Sie's. Ich will mich nicht beklagen. Es geht mir gut, wirklich.«
»Also was ist, nehmen Sie die Stelle an? Vorausgesetzt, dass Ihre Referenzen in Ordnung sind.«
»Gerne«, sagte Alma und brachte tatsächlich etwas Ähnliches wie ein Lächeln zu Stande. Sie besiegelten das Geschäft per Handschlag und Louisa erzählte ihr, dass die Ärzte gesagt hatten, dass Dalton in ein paar Tagen nach Hause dürfe. Er würde eine Physiotherapie brauchen, aber dafür hatte Louisa bereits einen Fachmann engagiert.
In diesem Moment ritt Daisy draußen vorbei. Sie saß auf Scout, und der Gang der alten Stute war so lebendig wie seit Jahren nicht mehr. Daisys Wangen waren gerötet, ihr kupferfarbenes Haar wehte wie ein Schweif hinter ihr her. Der Schnee war tief, aber James hatte mit der Schneefräse die Spuren geebnet und einen schmalen Weg zum Reiten geräumt.
Alma beobachte Daisy ebenfalls, mit gerunzelter Stirn. »Lebt sie auf der Ranch?«
»Sie ist zu Besuch hier.« Louisa hatte keine Lust, die Beziehung näher zu erläutern. Es war ihr peinlich – und schmerzlich –, gestehen zu müssen, dass Daisy Daltons Schwiegertochter war, aber nicht ihre. »Keine Sorge, Sie sind ausschließlich für Daltons Pflege zuständig. Ich erwarte nicht, dass sie auch anderswo einspringen, wenn Not am Mann ist.«
»Es ist nur – sie kommt mir irgendwie bekannt vor«, sagte Alma.
Louisa antwortete nicht. Jakes Verschwinden hatte damals großes Aufsehen erregt. Vielleicht kannte Alma Daisys Gesicht aus den Nachrichten: Die Fernsehstationen und Tageszeitungen hatten ständig etwas über sie gebracht und ihr Bild auf den Titelseiten veröffentlicht. Dreizehn Jahre waren seither vergangen, aber Daisy hatte sich kaum verändert – sogar ihre Sorgen waren die gleichen, nur galten sie dieses Mal Sage.
Daisy winkte ihnen zu, dann ritt sie im leichten Galopp zum Stall. Alma sah, wie sie im Innern verschwand; als sie sich zu Louisa um-

drehte, wirkten ihre ausdruckslosen Augen einen Moment lang beunruhigt. Sie verabschiedete sich eilends, sagte, sie müsse nach Hause und das Abendessen für ihren Mann auf den Tisch bringen. Louisa war dankbar, dass es in ihrem Leben keinen Mann gab, der ihr Kopfzerbrechen dieser Art bereitete. Merkwürdig war nur, dass sie sich des Gefühls nicht erwehren konnte, Alma habe nicht mit offenen Karten gespielt, und dass sie ihr Angebot am liebsten zurückgezogen hätte, auf der DR-Ranch zu arbeiten und die Pflege von Dalton Tucker zu übernehmen.

Und am merkwürdigsten war, dachte Louisa, als sie Alma davonbrausen sah, dass der Anblick von Daisy etwas damit zu tun zu haben schien.

21

Auf den Schneesturm folgten mehrere Tage mit strahlendem Sonnenschein, und als die Ärzte ihr Einverständnis gaben, dass Dalton den Genesungsprozess zu Hause fortsetzen dürfe, schmolz der Schnee. James fuhr mit Louisa ins Krankenhaus. Als er sie am Haupthaus abholte, sah er Daisy auf der Treppe stehen. Sie trug enge Bluejeans und einen Pullover aus weicher gelber Wolle. James starrte sie an, so dass er mit dem Suburban beinahe den Pfosten des Weidenzauns gerammt hätte.

»Schön, dass Daisy wieder hier ist«, sagte Louisa.

James bemühte sich um Konzentration. Das Bild von Daisy, die ihnen zuwinkte, von ihren sanften Rundungen, die sich gegen die Morgensonne abzeichneten, hatte sich ihm unauslöschlich eingeprägt.

»Bist du sicher, dass Dad wirklich so weit ist, nach Hause zu kommen?«, fragte er stattdessen.

»Natürlich. Glaubst du etwa, ich würde ihn mitnehmen, wenn ich Bedenken hätte?«

»Nein, Louisa«, erwiderte James ruhig.

»Vielen Dank. Herrgott noch mal –«, fauchte sie.

James musste wider Willen lächeln. Auch wenn sie ihn bisweilen zur Weißglut brachte, umgekehrt war es genauso. Sie fuhren über den Highway, der durch ein Viertel des DR-Weidelandes führt. Die Wind River Mountains ragten im Westen auf, die schneebedeckten Gipfel erstreckten sich in den strahlend blauen Himmel. Er hoffte, dass Sage, wo immer sie auch sein mochte, diesen sonnigen Tag sah. Das war hundertprozentig besser, als sie sich in einem Schneesturm vorzustellen.

Als sie ein Drittel der Strecke geschafft hatten, sagte ihm Louisa, dass er sich um Daltons Entlassungspapiere kümmern müsse. »Ich bin dazu nicht befugt. Nur eine Ehefrau oder ein Familienmitglied darf sie unterschreiben.«

»Was ist mit Dad?«, fragte James schließlich, neugierig, worauf sie hinauswollte. »Er kann doch selbst unterschreiben.«

»Sie werden ihn mit Medikamenten voll gepumpt haben. Vielleicht hätten wir doch besser einen Krankenwagen nehmen sollen, ich möchte nicht, dass er da hinten hin und her rutscht.«

»Ich fahre meinen Vater nach Hause.«

Louisa seufzte, widersprach aber nicht. Sie wusste, dass James normalerweise nichts dazu bringen konnte, die Ranch zu verlassen. Ein schnelles Bier im Stagecoach, eine Fahrt zum Getreidehändler, das war alles. Aber heute Morgen hatte er mit Paul zusammen den großen Kombi der Ranch gewaschen. Sie hatten die Rücksitze umgeklappt und eine dicke Matratze auf die Ladefläche gelegt. Daisy hatte Steppdecken und Kissen geholt. Als sie das Bett machten, hatten sich ihre Hände gestreift.

Er fragte sich, ob sie vielleicht beide an dasselbe gedacht hatten: an den Ausflug mit den Kindern zum Rodeo nach Cheyenne. Eine ganze Karawane von Rancher-Familien war unterwegs zu der zweitägigen Veranstaltung. Sie hatten gezeltet, gemeinsam gegrillt und Paul und James beim Mannschaftswettbewerb im Lassowerfen zugesehen. Auf der Heimfahrt hatten die Kinder auf einer Matratze hinten im Ford-Kombi geschlafen, während sie in die Nacht fuhren.

James hatte fast die ganze Rückfahrt zur Ranch Daisys Hand gehalten, während sie seine Trophäe auf dem Schoß hielt. Kurz nach Mitternacht, nachdem sie etwa die Hälfte der Strecke zurückgelegt und der Vollmond Berge und Weideland mit seinem weißen Licht überflutet hatte, hatte James angehalten. Er war vorne herum zur Beifahrertür gegangen, hatte sie geöffnet und Daisy auf seine Arme gehoben. Es war Sommer, und die Luft war lau und trocken. Das Land war taghell vom Mond erleuchtet, und er hatte seine Frau durch die Salbeibüsche zu einer Stelle etwa zwanzig Meter vom Auto entfernt getragen.

»Wir können die Kinder nicht allein lassen«, hatte sie an seinem Hals geflüstert.
»Wir hören, wenn sie aufwachen.«
»Und sie hören uns –«
»Ich bin der Sieger im Rodeo, und hier wird gemacht, was ich sage.« James lachte und küsste sie leidenschaftlich, ließ seine Hände über die vollen Rundungen ihres Körpers gleiten.
»Dann sollst du haben, was du brauchst –«, sagte Daisy und öffnete die Messingschnalle seines Gürtels. Sie zogen sich gegenseitig zu Boden, entkleideten sich Zug um Zug. Die Erde war heiß und trocken, aber James breitete sein Hemd aus, damit Daisy nicht schmutzig wurde. Damals hatten sie einander so leidenschaftlich begehrt, dass sie alles stehen und liegen ließen, um sich zu lieben. Ihr Körper schimmerte wie Perlen im Mondlicht, ihre Brustwarzen waren dunkel und süß.
James verkrampfte sich, als er daran dachte. Die Kinder waren damals zwei Jahre alt gewesen. Sie waren nicht aufgewacht. Er hatte Daisys Hand während der restlichen Heimfahrt gehalten, und der Moschusduft ihrer Körper hatte sich mit dem würzigen Salbeigeruch vermischt, der durch die geöffneten Fenster ins Auto gedrungen war. Seine Schenkel hatten vom Rodeo geschmerzt, aber er konnte nur an eines denken, dass er sie wieder lieben würde, sobald sie zu Hause waren.
Er konnte seine alte Rodeo-Trophäe immer noch nicht anschauen – ein vergoldeter Cowboy auf einem sich aufbäumenden Pferd –, ohne sich an das Brennen seiner Schenkel zu erinnern, an den Geruch jener Nacht, und an Daisys Augen, die ihn im Mondlicht herausfordernd ansahen.
»Du unterschreibst die Entlassungspapiere für deinen Vater, und ich vergewissere mich, dass er reisefertig ist«, ordnete Louisa an, als sie auf den Parkplatz der Klinik fuhren.
»Wie du meinst.« James wollte so schnell wie möglich nach Hause. Er wollte seinen Vater sicher im Bett haben und bei Daisy sein, für den Fall … Er hörte die Bitterkeit in Louisas Stimme, den unausge-

sprochenen Kummer darüber, dass sie Daltons Geliebte und nicht seine Frau war, aber James war nie der Ansicht gewesen, das sei sein Problem. Er hatte keinen Hehl aus seinen Gefühlen gemacht, damals, als er noch ein Junge gewesen war und seine Mutter vermisst hatte. Dalton war ein erwachsener Mann; er hätte ihr schon vor Jahrzehnten einen Heiratsantrag machen können, wenn er gewollt hätte. James verdrängte jedwedes Schuldgefühl und ging in den Trakt hinüber, in dem sich die Verwaltung befand.

Nachdem die Papiere ausgefüllt waren und Dalton im Rollstuhl saß, waren sie endlich zum Aufbruch bereit. Louisa hielt Daltons Hand, während Jake den Rollstuhl schob. Er war erschrocken, wie blass sein Vater aussah und wie viel Gewicht er verloren hatte. Als Dalton sprach, klang seine Stimme leise und schwach.

»So ein guter Sohn! Macht den weiten Weg, um mich abzuholen.«

»Ich hatte ein schlechtes Gewissen, weil ich dich nicht besucht habe. Aber –«

»Ich weiß, ich weiß. Das Round-up, und außerdem hast du nach Sage Ausschau gehalten.«

Louisa schnaubte und ließ abrupt Daltons Hand los.

»Louisa!«, rief Dalton, aber sie drehte sich nicht um. »Was hat sie denn?«, fragte er James.

»Keine Ahnung.«

»Louisa –«

Sie ging schneller. James konnte sich nicht vorstellen, was für eine Laus ihr über die Leber gelaufen war; ausgerechnet jetzt spielte sie die Beleidigte! Sie ging mit weit ausholenden Schritten voraus, die Arme um den Oberkörper geschlungen, als hätte sie Angst, in tausend Scherben zu zerspringen. Daltons Kopf pendelte kraftlos hin und her: Die Anstrengung des Transports vom Krankenhausbett bis zum Wagen plus Louisas Verstimmung waren zu viel für ihn.

James öffnete die Hecktüren und bückte sich. Er hob seinen Vater hoch – was er noch nie zuvor gemacht hatte. Er legte Daltons Arm um seinen Hals und schob seinen Arm unter die Kniekehlen des al-

ten Mannes. Ihre Schläfen berührten sich, und einen Moment lang dachte James an die Zeit mit seinem eigenen Sohn zurück. Jake hatte das Gleiche gemacht, wenn er ihn hochgehoben hatte.
»Gut so?«, fragte James. »Nicht, dass ich dir wehtu.«
»Keine Bange«, sagte Dalton schwach.
Vorsichtig hob James seinen Vater aus dem Rollstuhl und bettete ihn auf die Matratze. Dalton biss die Zähne zusammen, aber er gab keinen Muckser von sich. Als James ihn mit den Steppdecken zudeckte, die Daisy herausgebracht hatte, war sein Gesicht bleich und angespannt. Als sie den Highway erreichten, war er eingeschlafen. Während der Fahrt versuchte James, so lange wie möglich den Mund zu halten. Aber schließlich blickte er doch zum Beifahrersitz hinüber, wo Louisa sich die Haare kämmte.
»Was war los? Vorhin auf dem Parkplatz?«, fragte er.
»Nichts.«
»Sah nicht so aus. Was hast du dir dabei gedacht, ihn so aufzuregen? Du weißt doch, wie anstrengend die Fahrt für ihn ist.«
»Ihn aufregen –«
»Ja. Was hast du –«
»Hast du jemals daran gedacht, James, dass es Dinge gibt, die mich aufregen –«
»Er ist derjenige, der gerade aus dem Krankenhaus entlassen wurde –«
»Er ist derjenige, sie ist diejenige.« Louisas Versuch zu lachen scheiterte kläglich; ihre Stimme klang tränenerstickt. »In solchen Kategorien denkst du doch, oder?«
James umklammerte das Lenkrad, er verstand nicht, was sie sagen wollte.
»In einer richtigen Familie gibt es kein ›er ist derjenige‹. Wenn einer leidet, leiden alle anderen mit. Der Schmerz deines Vaters ist mein Schmerz.«
»Ich habe nie bezweifelt, dass er dir sehr nahe steht.«
»Nein, du bezweifelst nur, dass ich als Ehefrau gut genug für ihn wäre. Und jetzt, mit der Alzheimerschen Krankheit, vergisst er, wer

ich bin. Spricht mich mit dem Namen deiner Mutter an, als würde er mich mit ihr verwechseln. Glaubst du, das täte mir nicht weh?«

»Das macht er wirklich?«

»Manchmal. Seit neuestem. Er weiß, dass ich seine heiß geliebte Louisa bin. In seinem Herzen weiß er es und wird es immer wissen.«

James warf einen kurzen Blick in den Rückspiegel. Sein Vater lag flach auf dem Rücken, die weiße Steppdecke bis zum Kinn hochgezogen. Er hatte sich nicht bewegt, und einen Moment lang glich der Quilt einer Schneedecke. James erinnerte sich, dass Schneeflocken auf den Körper seiner Mutter gefallen waren, während er versucht hatte, sie unter den Trümmern hervorzuziehen. So viele Jahre war das schon her, und es erstaunte ihn, dass Louisa immer noch so verbittert reagierte.

»Er spricht dich mit dem Namen meiner Mutter an?«

»Ja. Hin und wieder. Aber was ich zu sagen habe, willst du ja nicht hören.«

»Spuck's aus.« James versuchte, sich in Geduld zu fassen. »Ich werde mein Bestes tun.«

»Er ist derjenige, der aus dem Krankenhaus kommt. Aber mich betrifft das auch. Ich liebe ihn nämlich.«

»Ich weiß.«

»*Ich* werde darauf achten müssen, dass er wieder gehen lernt. *Ich* muss mich an eine Pflegerin im Haus gewöhnen, einer Wildfremden am Frühstückstisch gegenübersitzen. Und wenn ich im Stagecoach singe, muss ich mich daran gewöhnen, dass er nicht da ist.« Sie zerknüllte das Taschentuch. »Ich möchte, dass er mich umarmt. James – ich sehne mich immer noch nach ihm!«

»Tut mir Leid«, sagte James fassungslos angesichts der Stärke ihrer Gefühle.

»Das Alter kann mich mal!«, schrie Louisa auf.

»Rrrr –«, murmelte Dalton im Schlaf.

»Du bist nicht alt.«

»Ich bin alt genug, um dir die Leviten zu lesen. Also hör zu, hör gut zu. Schlag dir den ganzen Mist mit ›meine Sache, deine Sache, und ich bin derjenige, du bist diejenige‹ ein für alle Mal aus dem Kopf.«

»Du meinst, mit –«

»Mit Daisy! Ihr seid beide diejenigen welche – du hast eure Kinder geliebt, und sie genauso. Du bist krank vor Sorge um Sage und sie genauso. Im Moment, so lange, bis das Mädchen sicher zu Hause ist, seid Daisy und du *eine* Familie. Ihr solltest beide an einem Strang ziehen.«

James umklammerte das Lenkrad. Am liebsten wäre er aus der Haut gefahren und hätte ihr gesagt, sie solle sich raushalten, hätte ihr von den verstümmelten Rindern auf den Fotos erzählt und dass er Daisy und Sage zu schützen versuche, wie es immer seine Absicht gewesen war. Aber sie ließ ihn nicht zu Wort kommen.

»Du weißt nicht, was das Wichtigste für das Zusammenleben ist.«

»*Was?*«

»Du hast deine eigene Welt zum Einsturz gebracht wie ein Kartenhaus. Nach Jakes Verschwinden.«

»Ich weiß nicht, wovon du redest.«

»Du hast dich wertlos gefühlt.« Plötzlich klang Louisas Stimme erschöpft. »Du dachtest, wenn du schon deinen Sohn verloren hast, kannst du gleich die ganze Familie abschreiben. Ich habe es dir angesehen, wir alle, aber damals konnte man ja nicht mit dir reden. Du warst entschlossen, die Bürde ganz allein zu tragen.«

»Herrgott –«, murmelte James und starrte auf die Straße.

»Aber es war nicht nur deine Bürde«, sagte Louisa abschließend. Sie verstummte. Die Landschaft glitt vorüber, schneebedeckte Berggipfel und Weiden, auf denen der Schnee schmolz, so dass Felsen und Schlamm sichtbar wurden. James blickte zum blauen Himmel empor, sah eine Schar Wildgänse, die zur Landung ansetzte. Sie gingen in den Sinkflug über, ein Pfeil, dessen Spitze zur Erde wies. James sah den See, weitläufig und blau. Eine dünne Eisschicht hatte sich gebildet, und die Wildgans, die die

Formation anführte, brach bei der Landung im Eis ein, während die anderen ihr unbeschadet folgten.
»Rosalind –«, rief Dalton vom Rücksitz.
James warf Louisa einen raschen Blick zu, um zu sehen, wie sie reagierte. Noch vor einer Stunde wäre er glücklich gewesen, wenn er den Namen seiner Mutter aus dem Mund seines Vaters gehört hätte. Aber die Frau, die neben ihm auf dem Beifahrersitz saß, tat ihm plötzlich Leid.
»Rosalind –«, sagte sein Vater abermals. Seine Stimme klang schwach und ängstlich.
Louisa drehte sich halb um. Dann öffnete sie den Sicherheitsgurt, kniete sich auf den Sitz, streckte den Arm nach hinten und ergriff Daltons Hand.
»Ich bin ja da, Liebster«, flüsterte sie. »Keine Angst, ich lass dich nicht allein.«
James sah den Wildgänsen auf dem See zu, dann fuhr er, die Augen auf die Straße gerichtet, seinen Vater und Louisa nach Süden, auf dem schnellsten Weg zur DR-Ranch.

*

David und Sage war das Geld ausgegangen, also legten sie eine Pause an einer Fernfahrerkneipe ein und erboten sich, ein paar Abende lang Geschirr zu waschen. Als Gegenleistung erhielten sie ein kleines Taschengeld plus Kost und Logis in einer heruntergekommenen Baracke hinter dem Haus. Sage staunte, dass niemand Fragen stellte. Keiner fragte nach Namen, Adresse oder Sozialversicherungsnummer. Man zeigte ihnen lediglich die Küche und schärfte ihnen ein, nichts zu zerbrechen.
Während David die großen Bratpfannen schrubbte, räumte Daisy die Teller und Gläser in die Spülmaschine ein. Sie war froh, eine Weile an einem Ort zu bleiben. Sie trug eine Schürze und konnte so tun, als wäre sie die Mutter und räumte die Küche auf, nachdem ihre große Familie gegessen hatte. Sie stellte sich vor, dass Feiertag

war, Thanksgiving vielleicht, und sie hatte Ben, ihren Sohn, ihren Bruder Jake, ihre Eltern und Tante Hathaway mit einem Truthahn bewirtet.

Doch das hatte zur Folge, dass sie Heimweh bekam, mehr als jemals zuvor, seit sie Silver Bay verlassen hatte. An der Wand hing ein Telefon, und jedes Mal, wenn sie in die Nähe kam, um einen weiteren Stapel schmutziges Geschirr zu holen, hämmerte ihr Herz wie verrückt. Sie hatte kein einziges Mal zu Hause angerufen. Schon der Gedanke war schmerzlich, und wenn sie die Stimme ihrer Mutter hörte, wäre sie mit Sicherheit am Boden zerstört. Ihre Mutter würde sie überreden, in das nächste Flugzeug zu steigen, und dann konnte sie das Wiedersehen mit ihrem Vater vergessen. Und damit auch die Chance, den Mann kennen zu lernen, der ihr das Leben geschenkt hatte.

»Wie ist eigentlich dein Dad so?«, fragte sie David.

»Nett. Er hat viel Humor, und er verbringt seine Tage damit, die Hunde zu streicheln und Pfeife zu rauchen. Ich liebe ihn über alles.«

»Wirklich?« Sage strahlte.

»Nein.«

Sages Herz sank. Sie wusste nie, wann David sie auf den Arm nahm. Wenn er etwas Gutes über sein Elternhaus und seine Familie sagte, konnte man davon ausgehen, dass es sarkastisch gemeint war. Aber Sage wollte die Wahrheit wissen.

»Ich meine es ernst – wie ist er?«

»Ich hoffe, dein Kind hat einen guten Vater. Weil ich meinen hasse. Ist es das, was du hören willst?«

»Ich *will* nichts Bestimmtes hören. Warum sollte ich? Aber erzähl weiter. Ich bin ganz Ohr.«

»Keine Lust. Warum erzählst du nicht weiter?«, sagte David und schrubbte mit der Stahlwolle den Boden der Bratpfanne. »Erzähl mir von deinen wunderbaren Eltern, deiner Mutter im Osten und deinem Vater im Westen. Warum leben sie nicht zusammen, wenn sie so fantastisch sind?«

»Weil mein Bruder gestorben ist. Und das konnten sie nicht verkraften. Sie sind daran zerbrochen.«
»Dein Bruder ist gestorben?«
»Ja. Mein Zwillingsbruder. Mit drei Jahren. Sein Name war Jake.«
»Wie dein Baby –«
»Ja, ich möchte mein Kind nach meinem Bruder nennen. Sein Vater hat nichts dagegen. Ben. Der Vater meines Sohnes heißt Ben.«
»Was ist, wenn es ein Mädchen wird?«
»Vielleicht nenne ich sie auch Jake. Der Name gefällt mir. Ich habe meinen Bruder geliebt. Wir waren unzertrennlich. Schwestern haben oft ein gemeinsames Zimmer. Aber ich wollte ein gemeinsames *Bett* mit ihm haben – im Ernst. Wir waren ein Herz und eine Seele, die allerallerbesten Freunde. Hast du –«
»Geschwister? Ja, einen Bruder. Aber ich habe keine Lust, über ihn zu reden, okay? Lass uns einfach noch das Geschirr hier abwaschen und dann unseren Lohn kassieren, damit wir Futter für die Tiere kaufen können. Bestimmt wundern sie sich, wo wir stecken. Übrigens, ich möchte heute Abend weiterfahren.«
»Heute? Ich dachte, wir hätten dem Geschäftsführer gesagt, dass wir bis morgen bleiben –«
»Sobald wir fertig mit dem Geschirr fertig sind. Wir haben schließlich noch einiges vor uns.«
Sage nickte. Sie hatte ein paar übrig gebliebene Roastbeefscheiben für Petal, Plaidy und River beiseite gelegt. Sie fragte sich, warum sich David weigerte, über sein Zuhause zu sprechen, aber sie war ihm deswegen nicht böse. Die Leuten waren manchmal nicht in der Lage, über ihren Schatten zu springen, hatte ihre Mutter im Zusammenhang mit ihrem Vater gesagt. Man konnte niemanden zum Reden bringen, bevor er nicht von sich aus bereit dazu war, aber es zahlte sich aus, geduldig zu sein und zuzuhören. Man konnte nie wissen, was am Ende dabei herauskam.
Sie fragte sich, wie seine Pläne für später aussehen mochten.

*

Er hatte eine Liste und musste einiges erledigen, einige Besorgungen machen. Trotzdem hielt er nach dem Mädchen Ausschau. Ihre Familie wartete auf sie, hatte alles vorbereitet, um sie mit offenen Armen zu empfangen. Genauso, wie eine Familie sein sollte: durch dick und dünn zusammenhalten, fürsorglich miteinander umgehen. Er beobachtete, wie ihre Mutter in dem kleinen weißen Haus ruhelos auf und ab ging; er sah, wie ihr Vater über die Prärie ritt und auf ihre Ankunft wartete.

So war es bei ihm nie gewesen.

Zuhause. Was für ein Witz!

Es hatte nie Leute gegeben, die auf ihn warteten und dafür sorgten, dass ein gemütliches Feuer im Kamin brannte. Er hatte Brüllen und Schweigen gekannt, entweder das eine oder das andere. Selten wurde gelacht, von Warmherzigkeit keine Spur. Nicht, dass er ihnen grollte. Die Erwachsenen hatten ihre eigenen Sorgen. Es war schwer, Kinder großzuziehen, wenn man sich den Kopf über das undichte Dach, die leere Speisekammer oder die Heizung zerbrach, die abgestellt worden war, weil man die Rechnung nicht bezahlen konnte.

Rancher, die Rinder züchteten: Sie und ihre Familien hatten gut lachen. Sie hatten neue Schindeln auf den Dächern, volle Speisekammern und heißes Wasser. Sie schenkten ihren Kindern neue Spielsachen und ein eigenes Reitpferd. Sie klebten ihren Kindern ein Heftpflaster auf, wenn sie sich schnitten. Sie verlangten nicht, dass sie sich selbst um ihre Verletzungen kümmerten.

Die Narbe des Wächters juckte. Er schob die Hand hinten in den Hosenbund seiner Jeans und betastete sie mit den Fingerspitzen. Wulstig und halbrund, wie ein Stück Stacheldraht, verlief sie über die linke Gesäßbacke, den ganzen Oberschenkel hinab. Bei der Berührung traten ihm die Tränen in die Augen. Er dachte daran, wie er als kleiner Junge über den Weidenzaun geklettert und mit der Pobacke an dem rostigen Nagel hängen geblieben war.

Die Narbe schmerzte nicht mehr, das war seit Jahren vorbei. Aber dennoch, als er mit seinen schmutzigen Fingernägeln daran kratzte, musste er ein Schluchzen unterdrücken, und Tränen liefen über seine Wangen. Er dachte, wie einsam ein Mensch sein konnte, ein kleiner Junge, ein erwachsener Mann, egal. Das Gefühl, einsam zu sein, war immer gleich schlimm, unabhängig vom Alter. Man konnte sich sogar in einem Raum voller Menschen einsam fühlen.

Seine Tränen fielen in den Schnee; er weinte, weil er sich einsam fühlte und es sein ganzes Leben lang gewesen war.

22

Sonnenlicht fiel durch die Fenster des Cottage. Nachdem sie wieder einmal bei sämtlichen Polizeistationen angerufen hatte, lehnte sich Daisy im Schaukelstuhl zurück und überlegte, was sie als Nächstes tun konnte. Plötzlich hörte sie einen Pfiff. Als sie die Tür öffnete, sah sie sich James gegenüber, der auf seinem Pferd saß und Scout am Zügel führte.

»Na wie wär's? Zieh die Stiefel an.«

Daisy zögerte, dachte an die Gründe, warum sie ablehnen sollte, von denen einer triftiger war als der andere. Aber James lächelte, aufrichtig und hoffnungsvoll, so dass sie an den jungen Cowboy dachte, der sie eingeladen hatte, als Gast in einem Cottage auf seiner Ranch zu wohnen.

»Moment.« Sie lief ins Haus, zog Stiefel und Jacke an und schnappte ihre Sonnenbrille, weil der Schnee die Sonnenstrahlen doppelt so stark reflektierte.

James stieg ab, um ihr beim Aufsitzen zu helfen. Doch als Erstes setzte er ihr einen Hut auf den Kopf: *ihren* Hut. Er war verstaubt und im Gegensatz zu früher mehr grau als weiß, der alte Stetson, den er ihr im ersten Jahr auf der Ranch gekauft hatte. Sie hatte ihn an einem Garderobenhaken im Vestibül hängen lassen und war überrascht und gerührt, dass er ihn all die Jahre aufbewahrt hatte.

»Die Sonne blendet«, war alles, was er sagte.

»Danke«, war alles, was Daisy erwiderte.

Sie stemmte einen Fuß in den Steigbügel, und James half ihr beim Aufsitzen. Scout wieherte und tänzelte auf der Stelle. Daisy streichelte den Hals der Stute, beugte sich vor und flüsterte ihr etwas ins Ohr. Dann sprang James auf Chieftain, und sie ritten los.

Daisy blieb etwa zehn Meter hinter ihm. Sie kannte die Trails wie ihre Westentasche und konzentrierte sich auf die Schönheit der

Landschaft, statt darüber nachzudenken, was das Ganze sollte. Die Frage ging ihr immer wieder durch den Kopf: Warum hatte James sie gebeten, mit ihm auszureiten? Und warum hatte sie zugestimmt? Daisy verdrängte diese Fragen, indem sie die Berge und den Himmels betrachtete, die zerklüfteten Gipfel und das endlose Blau.

Als sie am Fluss entlangtrabten, sah sie Fichten und Wacholderbüsche, die in den Felsen über dem Wasser Wurzeln geschlagen hatten. Ein Wasserfall ergoss sich in eine schmale Schlucht, Regenbogen in der Luft versprühend. Goldfarbene Gräser lugten durch den schmelzenden Schnee, wiegten sich im Wind. Die Sonne war warm, und Daisy knöpfte ihre Jacke auf.

Sie ritten am Fuß der Rydell-Klippen entlang, deren Name vermutlich daher stammte, dass James' Großvater eine ganze Schafherde der Rydells in den Tod getrieben hatte, von dem Weideland, das fünfhundert Meter höher lag. Daisy war überzeugt, dass die Geschichte der Wahrheit entsprach, sie hatte hier früher häufig Knochen für ihre Arbeit gefunden. Sie hatte den Gedanken verdrängt, dass die Vorfahren ihres Mannes so grausam sein konnten, und nun trieb sie Scout an und nötigte sie, in einen leichten Galopp zu wechseln.

James gab seinem Pferd die Sporen, um mit ihr Schritt zu halten, und sie ritten über offene Wiesen zu Daisys Lieblingstrail. Auf dem Rücken von Scout, während sie sich den Wind um die Ohren wehen ließ, spürte Daisy, wie die Sorgen von ihr abfielen. So musste es sein beim Reiten, und dies hatte sie an ihrem Leben im Westen am meisten geliebt: In der endlosen Weite wurde ihr Kopf leer. Ihre Gedanken lösten sich auf in der Natur und im Wind.

Sie kamen zu einer Gruppe von Espen, und James stieg mit seinem Pferd eine Anhöhe hinauf.

»Oben entlang?«, fragte sie überrascht. Ihre übliche Route führte weiter den Trail entlang in die Berge und durch die roten Felsenschluchten. James wollte gerade antworten, doch im gleichen Moment wurde Daisy bewusst, was er vorhatte: Er wollte nicht mit ihr

an der Stelle vorbeireiten, an der Jake verschwunden war. Sie nickte und folgte ihm.
Eine mächtige entwurzelte Pappel versperrte den Weg, und das tote Laub hing noch an den Ästen. Früher wäre Daisy mit Scout hinübergesprungen, aber heute führte sie die Stute um das Hindernis herum. Sie sah zu, wie James mit dem Hengst übersetzte. Die Körper von Pferd und Reiter waren angespannt, seine Arme und die Läufe des Pferdes gestreckt; Daisy nahm sich vor, dieses Bild der Harmonie irgendwann in einer Skulptur festzuhalten.
James drehte sich um, die Schatten des Espenlaubs fielen über sein Gesicht. Sie sahen aus wie Punkte, die sich Schamanen in Wangen und Stirn ritzten, als Zeichen dafür, dass sie eine Vision gehabt und Verbindung mit der Welt der Geister aufgenommen hatten. Daisy blinzelte, doch James ritt in die Sonne, und die Schatten verschwanden.
»Was ist?«, sagte er und kam näher.
»Ich dachte nur – ach, unwichtig.«
»Du siehst beunruhigt aus.«
»Die Schatten auf deinem Gesicht – ich musste an Louis denken … Lebt er noch?«
»Nein. Er ist letzten Winter gestorben.«
Daisy nickte. Sie war traurig; sie hatte nichts davon gehört. Louis war Schamane gewesen, hatte an die Zyklen der Natur geglaubt und dass der Tod der glanzvolle Höhepunkt im Leben eines Menschen ist, der ihn mit den Geistern all jener verbindet, die er geliebt hat. Er war schon mit Daisy befreundet gewesen, bevor Jake … er hatte ihr geholfen, die Geister in Knochen und Federn zu finden. *Im Tod werden uns die Augen geöffnet*, hatte er ihr gesagt.
James blickte sie lange an, als wollte er sich vergewissern, dass es in Ordnung war, den Weg fortzusetzen. Sie nickte, dann kehrten sie zum Trail zurück. Sonnenlicht fiel gleißend auf den schmelzenden Schnee, als sie höher hinaufgelangten. James ritt langsamer und noch langsamer, bis sie Seite an Seite auf dem langsam ansteigenden Pfad trabten.

»Den Weg kenne ich ja gar nicht«, sagte Daisy. »Ich kann mich nicht erinnern, dass wir hier schon einmal entlanggeritten wären.«
»Wir hatten da unten eine paar ungebetene Besucher, denen ich nicht über den Weg laufen möchte … und überhaupt wollte ich dir etwas zeigen, was du noch nicht kennst.«
Daisy nickte. Das Bergpanorama war wild und romantisch, mit bizarr geformten, zerklüfteten Gipfeln, die in den Himmel ragten, aber sie war blind dafür. Die Neuigkeit über Louis hatte sie tief getroffen. Ihre Gedanken kehrten immer wieder zu ihm zurück; er hatte versucht, ihr inneren Frieden und spirituelle Führung zu geben, als Jake verschwand.
Ihre Knie streiften sich, als ihre Pferde nebeneinander gingen, und sie bemühte sich, das Gefühl auszuschalten, das wie ein Stromstoß durch ihren Körper fuhr. Sie stießen abermals gegeneinander, und die Berührung war so intensiv, dass sie um ein Haar vom Pferd gefallen wäre. Sie konnte keinen klaren Gedanken fassen, bestand nur noch aus Gefühl und Instinkt.
Scout zu reiten hatte immer eine seltsame, archaische Wirkung auf Daisy gehabt. Alle Elemente einer kultivierten Lebensweise, die mit »sollte« und »darf nicht« und »was wäre, wenn« begannen, waren wie weggeblasen. Es war, als würde man von einem großen, warmen Geschöpf auf einem unwirtlichen, gefährlichen Bergpfad neu geboren und angefüllt mit dem Duft von Salbei, Fichten und Wind, der tausend Jahre Zivilisation abbröckeln ließ.
Als James den Arm ausstreckte, um ihre Hand zu ergreifen, schmolz sie dahin wie ein Fluss, der jeden Augenblick über die steinigen Ufer treten kann. Seine Hand fühlte sich vertraut an – schlank, rau und schwielig. Sie zog ihre Hand weg. *Warum?*, hätte sie am liebsten geschrien. Warum war ausgerechnet ihnen so viel Schlimmes widerfahren? Warum hatte er sie und Sage im Stich gelassen?
Sie gingen wieder auf Abstand, als der steilste Teil des Trails begann. Daisy hörte das Rauschen des Wassers, noch bevor sie es sah. Verkrüppelte Zedern klammerten sich an die Felsen, und durch die

Zweige mit den spitzen Nadeln erspähte sie eine schmale Wassersäule, die zu Tal stürzte. Ihr Hals brannte, und sie spürte ein Gefühl der Beklemmung in der Brust.
Als sie die Biegung umrundeten, scheuchten sie ein Bisonpaar auf. Daisy sah, wie sie von dem purpurfarbenen Felsvorsprung sprangen und in einer Felsspalte verschwanden. Ein goldfarbener Adler hatte seinen Horst hoch droben auf der Klippe auf der gegenüberliegenden Seite der Schlucht errichtet. Hier, wo mehrere Flüsse entsprangen, befand sich eines der besten Jagdreviere weit und breit. Der Adler blickte sie mit seinen gelben Augen an, dann stürzte er sich in die Tiefe, wie im freien Fall, und ließ sich in den Baumwipfeln nieder.
Daisy stieg ab und zog sich an den Felsen hoch, die an dieser Stelle einen Kamin bildeten. James war vorausgeklettert, drehte sich um und reichte ihr die Hand. Daisy nahm sie, obwohl ihr der Aufstieg nichts ausmachte. Ihr Herz klopfte, und sie schloss die Augen – nicht, weil ihr schwindlig war oder weil sie Angst hatte, in die Tiefe zu stürzen, sondern weil sie sich vor dem Gefühlsaufruhr in ihrem Inneren fürchtete. Das Wasser zu ihren Füßen war eiskalt und so klar, dass sie jeden Stein und jede Pflanze auf dem Grund des flachen Tümpels sehen konnte, der sich zu Füßen des Wasserfalls gebildet hatte.
Hier sammelte sich das Wasser, ruhig und klar, bevor es sich tosend über den Abgrund stürzte, hundert Meter in die Tiefe, weiß wie Schnee. Die roten Felsen stiegen fast senkrecht auf, und der Sprühnebel, der dreißig Meter unter ihnen am Fuß der Klippe hochwirbelte, war rosafarben gesprenkelt.
Daisy blickte in die Tiefe, tastete sich schrittweise an die Felskante heran. Sie rutschte aus und klammerte sich Halt suchend an einen Wacholderbuch, der im nackten Gestein Wurzeln geschlagen hatte. Sie war vermutlich zu nahe am Abgrund, denn sie spürte, wie James' Arme sie von hinten umfassten. Ihr Gesicht war nass, nicht von der Gischt, sondern von ihren Tränen.
»Washakie«, sagte sie.

»Warum sagst du das jetzt?«
»Weißt du noch, wie wir den Kindern beigebracht haben, seinen Namen zu sagen?«, fragte sie, als hätte sie ihn nicht gehört.
»Ich erinnere mich.«
Daisy schloss die Augen. Sie sah ihre Kinder, wie sie zu ihr aufblickten, sich an den Händen haltend, und versuchten, den indianischen Namen auszusprechen. Er war ihnen leicht gefallen, als hätte der Geist des tapferen Häuptlings Besitz von ihnen ergriffen: »Washakie. Washakie.« Sie konnte die beiden hören. Sage und Jake.
»Du weinst ja«, sagte er. »Und ich dachte, dass du die Wasserfälle herrlich finden würdest.«
»Ich denke an das, was ich verloren habe«, erwiderte sie mit belegter Stimme.
»Sage wird kommen, du darfst die Hoffnung nicht aufgeben.«
»Das werde ich nicht, nie.«
»Sie kann jeden Tag hier sein –«
»Sie hat sich so nach dir gesehnt«, sagte Daisy. »Sie hat dich gebraucht, die ganze Zeit, aber ich konnte sie nicht gehen lassen!«
»Es tut mir Leid. Ich wünschte –«
»Ich mache mir solche Sorgen.« Daisys Worte überstürzten sich, sie ließ James nicht einmal ausreden.
»Sie ist stark, sie wird –«
»Sie ist schwanger!«
»Schwanger?« James erbleichte. »Sie ist erst sechzehn!«
»Sechzehn ist alt genug.«
Sie standen schweigend da und lauschten dem Rauschen des Wasserfalls zur ihren Füßen. Daisy sah den Schock und den Kummer in James' Augen.
»Ich war nie da, um sie zu beschützen«, sagte er.
»Sie brauchte dich –«, sagte Daisy und schluckte. Er fragte, und sie wollte ihm alles erzählen. Von den schlaflosen Nächten, in denen Sage vor Sehnsucht nach ihrem Vater geweint hatte und Daisy ihrer Tochter wegen unglücklich war. Der Wasserfall toste, klang wie Wut: zermalmen, zerreiben, zerstören.

»Habe ich ihr Leben zerstört?«

»Ich weiß es nicht –«, begann Daisy und unterdrückte, was ihr auf der Zunge lag.

»Habe ich das, Daisy? Sag es mir –«

»Ich weiß es doch nicht!«, schrie sie. »Sie ist nicht hier! Ich weiß nicht, ob sie überhaupt jemals zurückkommt!«

»Es ist meine Schuld. Allein meine Schuld, ich weiß es.«

»Sag mir, warum du sie nicht besucht hast! Nicht ein Mal, nicht ein einziges Mal in all den Jahren!«

»Ich kann nicht.«

»Du kannst es mir nicht sagen?«

Sein Gesicht verhärtete sich. Die Linien um seine salbeifarbenen Augen waren tief, und Daisy sah den Tribut, den seine Einsamkeit gefordert hatte, das Bedürfnis, alles in sich zu verschließen, keinem Menschen Zugang zu seinem Innern zu gewähren. Sie hatte schon vor langer Zeit den Wunsch aufgegeben, ihn zu rütteln und alles aus ihm herauszuholen, was er in sich vergraben hatte, aber dieser Wunsch kehrte zurück.

»Sag es mir!«, schrie sie. »Ich bin ihre Mutter, du bist mir eine Erklärung schuldig!«

Er packte ihre Arme und presste sie so eng an sich, dass jeder Knochen schmerzte. Sie spürte es nicht. Ihre Augen waren voller Hass, und eine Minute lang dachte sie, er würde sie über die Klippe werfen.

»Ich musste bleiben, um den zu töten, der uns den Sohn genommen hat.«

»Töten?«

»Töten, Daisy. Ihn in Stücke reißen.«

»Aber wir wissen doch gar nicht –«

»Ich weiß es.«

»Du kannst es nicht wissen! Die Polizei hat kein Wort gesagt, dass irgendjemand – es gab nicht die geringsten Anhaltspunkte – er verschwand einfach spurlos. James! Er ist mit Sicherheit gestorben, das ist passiert, er ist einfach –«

»Sein Leichnam wurde nie gefunden«, brüllte James, ohne den Griff um ihre Arme zu lockern. »Wir haben ihn nie bestatten können!« Sie war wie erstarrt, unfähig, sich loszureißen. James' Blick war wild, flammend, an der Grenze zum Wahnsinn.
Sie nickte; endlich verstand sie seine Gefühle. Tränen liefen über ihr Gesicht, denn das Einzige, was wirklich zählte, war der Leichnam ihres dreijährigen Sohnes, der nie aufgetaucht war. Sie hatte schon vorher von James gehört, dass er Jakes wegen auf der Ranch geblieben war. Die Begründung war ihr immer wie eine Ausflucht erschienen. Doch hier, eine Meile von der Stelle entfernt, wo er verschwunden war, konnte sie seine Motive nachvollziehen.
Daisy spürte, wie ein seltsames Gefühl des Friedens sie überkam, und das Bedürfnis zu verzeihen. Ihre Augen waren vermutlich weich geworden, denn James ließ plötzlich ihre Arme los. Er war groß und schlank, überragte Daisy um Haupteslänge, doch nun beugte er den Kopf vor, bis er sich auf gleicher Höhe mit ihrem Kopf befand.
Gemeinsam blickten sie auf das Wasser, das still in sich ruhte, bevor es tosend in den Abgrund stürzte. James drehte sich jäh um, und Daisy ließ zu, dass er sie in die Arme nahm. Sie barg ihr Gesicht an seinem Hemd, und seine Arme umfingen sie wie Eisenringe. Sie hatten zwei Kinder miteinander gezeugt und hatten beide verloren. Als sie ihn ansah, war sein Gesicht verzerrt, und seine Augen waren voller Tränen.
»Es tut mir Leid, Daisy.« Die Worte kamen rau und gebrochen über seine Lippen. »Du hättest es verdient, beide Kinder zu behalten – aber es gab nichts, was ich tun konnte.«
»Das habe ich auch nie gedacht.« Weinend klammerte sich Daisy an ihn. »Nie!«
»Wir haben sie verloren«, sagte James ungläubig, seiner Sinne kaum noch mächtig.
Das Wasser stürzte vor ihren Füßen hinab, riss alles mit in die Tiefe, was sich angesammelt hatte, schwemmte alles hinweg. Ein goldfarbenes Blatt drehte sich in der Strömung, dann verschwand es im

Abgrund. Daisy hörte das Tosen des Wasserfalls und wusste, dass es ihren Kummer symbolisierte.
Trauern ist eine Fähigkeit, die gelernt sein will; James und sie hatten sie nicht besessen. Sie kannten beide die Finsternis, in die kein Gebet Eingang fand oder half. Während sie sich am Rand des Wasserfalls aneinander klammerten, taten die Eltern von Sage und Jake Tucker, was sie nie zuvor getan hatten: Sie weinten gemeinsam um das, was sie verloren hatten, was ihnen genommen worden war: ihre Chance, eine Familie zu sein. Lange Zeit standen sie da und hielten sich eng umschlungen, die Tuckers, bis der Adler zurückkehrte und sie mit einem Baum verwechselte.

*

Paul March fand James in der Scheune. Er hatte einige Papiere mitgebracht, Futtermittel- und Reparaturrechnungen mitsamt den Schecks, die unterschrieben werden mussten. James hatte gerade die Pferde in den Stall zurückgebracht und füllte die Tröge mit Wasser.
»Schönen Ausritt gehabt?«, erkundigte sich Paul.
»Ja.«
»Wo wart ihr?«
»Am Wasserfall.«
»Solstice Falls?«
James nickte; er hatte keine Lust, sich darüber auszulassen. Sein Verstand hatte noch nicht verarbeitet, was soeben zwischen ihm und Daisy geschehen war, und er war sich nicht sicher, dass er es jemals verstehen würde. Er spürte immer noch ihren Kopf an seiner Brust; die Stelle brannte wie eine Schürf- oder Platzwunde. Die Gerüche auf der Ranch waren stark, aber alles, was er wahrnahm, war Daisys Parfüm. Seine Augen brannten von den Tränen, die er vergossen hatte. Der Knoten in seiner Brust war geschrumpft, war so klein wie seit Jahren nicht mehr. Und seine Tochter war schwanger …

»Ich dachte, du machst dir Sorgen.« Paul reichte ihm einen Kugelschreiber und den ersten Scheck. »Wegen der Eindringlinge auf der Ranch. Es erstaunt mich, dass du mit ihr ausgeritten bist. Ich dachte, du willst, dass sie abreist.«
»Ich habe mich von den Canyons fern gehalten.« James hielt den Blick gesenkt und unterschrieb den Scheck an die Sattlerei Thompson & Sons.
»Wo die bösen Buben lauern?«
Paul wollte einen Scherz machen. Aber die Zeit, die James mit Daisy verbracht hatte, war wichtig und berührte einen wunden Punkt. Er war nicht in der Stimmung, zu scherzen oder überhaupt mit jemandem zu reden.
»Treib's nicht zu bunt«, sagte James ruhig.
»Ich bin nur froh, dass du mit ihr ausgeritten bist.« Paul lächelte. »Das tut euch beiden gut.«
»Danke. Was soll ich sonst noch unterschreiben?«
Paul reichte ihm einige Schriftstücke. Dieses Ritual war seit Jahren eingespielt: Paul erwischte James, wenn überhaupt, nur auf dem Sprung – im Stall, an den Koppeln – und musste ihn nötigen, sich um das Geschäftliche zu kümmern. Paul war ein tüchtiger Vormann, James hasste den Papierkram, und keiner von beiden konnte sich mit dem Gedanken an Schreibtische oder Büros anfreunden. Als James fertig war, spürte er, dass Paul noch etwa anderes auf dem Herzen hatte.
»Heraus damit. Was ist los?«
»Es ist nur –« Pauls Augen verengten sich, er sah aus wie ein Mann, der ein Verbrechen aufzuklären versucht. Sein Gehirn schien auf Hochtouren zu arbeiten, um aus James' Verhalten schlau zu werden. Vielleicht wollte er ihm seine Freundschaft beweisen oder ihm einen Rat geben – vermutlich in einer Angelegenheit, die ihn und Daisy betraf. James hatte keine Lust zuzuhören.
»Lass es gut sein«, sagte James. »Wenigstens für heute Abend.«
Paul zögerte, runzelte die Stirn, aber dann nickte er. Er nahm die Papiere und ging. James ging zum Scheunentor und blickte

über die dunkel werdenden Felder zu Daisys Haus hinüber. Dann packte er die Türgriffe und sperrte die Scheune zu.

*

Als es dämmerte, hatten Sage und David den Highway verlassen. Die alte schwarze Klapperkiste ratterte auf einer von Rillen durchzogenen Landstraße entlang, auf der nur landwirtschaftliche Fahrzeuge verkehrten, und Sage versuchte, im Schein der Taschenlampe die Straßenkarte zu lesen. David hatte ein X in der Karte eingezeichnet, ihr aber nicht gesagt, wohin sie fuhren. Je mehr sie sich dem X näherten, desto zorniger wurde sein Gesicht.

Ohne Erklärung hielt er an und ging zum Kofferraum. Die Tiere winselten vor Angst. Sage drehte sich auf ihrem Sitz um und versuchte zu erkennen, was er trieb. Sie hörte, wie der Reißverschluss einer Tasche aufgezogen wurde, und sah einen Lichtschein, während ein geheimnisvolles Rascheln ertönte. Er blieb lange Zeit hinten, mindestens eine Viertelstunde. Als er wieder einstieg, hielt er den Kopf abgewandt, als wolle er vermeiden, dass sie sein Gesicht sah.

»Ich werde dir nicht sagen, wo's langgeht, wenn du nicht mit mir sprichst«, sagte sie.

»Sei nicht blöd.«

»Bin ich nicht. Aber du. Ist das eine von deinen geheimen Missionen? Steht das heute Abend an?«

»Sage –«

Sie knipste die Taschenlampe an und leuchtete ihm mit dem Strahl direkt ins Gesicht. Was sie sah, verschlug ihr den Atem. Er hatte sein ganzes Gesicht bemalt; sieben schwarze Punkte auf einer Linie quer über die Wangen, konzentrische Kreise auf Stirn und Kinn und vier dünne schwarze Linien, die an seinem Hals abwärts liefen. Die Markierungen sahen wie Tätowierungen aus.

»David, was soll das?«

»Das ist Tradition.« Seine Stimme klang merkwürdig, als wäre es nicht seine eigene. Draußen wehte der Wind, peitschte das trockene Laub über die Straße. Sage sträubten sich die Haare.

»Was für eine Tradition?«, flüsterte sie.

»Hast du mal was von den Boten zwischen den Welten gehört?«, fragte er.

Sie wollte gerade den Kopf schütteln, aber aus irgendeinem unerfindlichen Grund ließ sie es bleiben. Ihre Mutter redete oft über solche Dinge: Wenn sie Knochen schnitzte, stellte sie sich vor, dass sie die Geister der Toten anrief. Lämmer, Vögel, Kühe, Rotwild. Mit zitternden Fingern griff Sage in ihre Bluse und tastete nach dem zweiseitigen Amulett. Sie fühlte die Gesichter auf der Vorder- und Rückseite, den Jungen und das Mädchen, die Zwillinge.

»Ja«, sagte sie.

»Weißt du, was diese Punkte bedeuten?« Er deutete auf seine Wangen.

Sage schüttelte den Kopf.

»Errettungen.«

»Errettungen?«

»Für jedes Mal, wenn es mir gelungen ist, ein Lebewesen zu retten. Einer der Punkte bist du.«

Sage streckte die Hand aus und berührte Davids Gesicht mit dem Zeigefinger. Sie zeichnete die Punkte auf seinen Wangen nach, zählte dabei: Eins-zwei-drei-vier-fünf-sechs-sieben. Das war die seltsamste Erfahrung ihres ganzen Lebens, aber irgendwie verstand sie ihn und hatte keine Angst mehr. Sie war der siebte Punkt, Davids siebte Errettung. Ohne dass er es ihr sagen musste, wusste sie, was die anderen sechs darstellten.

»Wir fahren zu einer Hundefarm, oder?«

»Ja.«

»Kann ich mitkommen?«

David zögerte. Er ließ den Motor wieder an, damit er nicht sofort antworten musste. Sage hatte alle sechs Katzenkinder auf dem Schoß, zusammengerollte Fellknäuel, die schliefen. Die Hunde lagen still auf der Rückbank, das einzige Geräusch stammte von Petal, die hingebungsvoll ihr zerfetztes Spielzeug abschleckte.

Sie fuhren noch fast eine halbe Stunde. Die Straße war schnurgerade, führte nach Norden. Schatten ragten im Westen auf, versperrten die Sicht auf die Sterne, und Sage wusste, dass es sich um die Ausläufer eines Gebirges handelte. Sie sahen aus wie ein langes, flaches, schwarzes Loch am unteren Rand des Himmels. Sie hörte ein Keuchen und merkte, dass sie den Atem angehalten hatte.

Vor ihnen tauchte eine Ansammlung von Lichtern auf. David schaltete die Scheinwerfer ab und warf einen Blick auf die Straßenkarte, wobei er die Taschenlampe nahe an das Papier hielt, damit niemand den Lichtstrahl von außen bemerkte. Dann zog er eine abgenutzte Eisensäge unter dem Sitz hervor.

»In Ordnung, du kannst mitkommen.«

»Danke.« Plötzlich war sie nicht sicher, ob sie wirklich wollte.

»Aber du musst etwas tragen.«

»Was denn?«

»Die Eule.«

Sage sah ihn fragend an. Was für eine Eule sollte sie tragen? Er öffnete das Handschuhfach und holte ein kleines Lederetui heraus. Das Licht war so schummerig, dass sie kaum die Hand vor Augen sah. Er befahl ihr, die Taschenlampe einzuschalten und auf das Etui zu richten. Sie sah, dass es Nadeln, Faden und Tinte enthielt. Ihr Herz klopfte, als er Farbstifte herausnahm. Er ergriff ihre rechte Hand.

»Woher stammen deine Tätowierungen?«, fragte sie mit hoher Stimme.

»Die mache ich selbst.«

»Ist es das – ist es das, was du jetzt mit mir machen willst?« Sie versuchte, ihre Hand zurückzuziehen.

»Nicht heute Abend. Und auch nur dann, wenn du möchtest.«

Er leckte über die Spitze des braunen Farbstiftes und über ihren rechten Handrücken. Seine Zunge fühlte sich weich und warm an, und Sage schloss die Augen, wünschte sich, er möge weitermachen. Aber er hörte auf und begann zu zeichnen. Der Stift war spitz und kitzelte. Er schien jede Feder einzeln zu malen.

»Warum eine Eule?«, fragte sie. »Was bedeutet das?«

»Sie sieht alles.«

Er wechselte den Stift und nahm einen gelben heraus, um zwei durchdringende Augen zu zeichnen. Als er fertig war, hatte Sage eine Eule auf der Hand. Sie war vollkommen, winzig und unheimlich, genau wie die Eule auf Davids Handgelenk. Als Sage sie betrachtete, fühlte sie sich mit einem Mal mutiger, als sie es sich je erträumt hätte. Ein Symbol, das Wunder wirkte, genau wie der Schmuck ihrer Mutter. Obwohl sie ihn bisher nie abgelegt hatte, merkte sie plötzlich, dass sie das Halsband über den Kopf zog. Ihr Herz hämmerte; ihre Hände bewegten sich fast wie von selbst, als sie David das Amulett reichte.

Er sah die geschnitzten Knochen, drehte sie in seiner Hand hin und her. Nickend akzeptierte er ihre Macht. Er berührte mit den beiden Gesichtern seine Stirn, sein Herz und das Messer, das er in der Tasche trug.

»Wer hat das gemacht?«, fragte er.

»Meine Mutter.«

»Gehört sie zum Stamm der Shoshonen?«

»Nein. Du?«

»Vielleicht.« Er grinste. »Möglicherweise bin ich ein Wolf. Fertig?«

Sage streckte die Hand aus, um ihr Halsband wieder umzuhängen, aber er hielt es fest, als wollte er es behalten. »Willst du nicht wissen, wen die beiden Gesichter darstellen?«, fragte sie. »Es ist das einzige zweiseitige Amulett, das sie je gemacht hat.«

»Ich weiß, wer sie sind. Du und dein Bruder. Komm jetzt. Lass uns gehen.« Er gab ihr das Amulett zurück.

Sage holte tief Luft. Am liebsten hätte sie gebetet, einen Zauberspruch rezitiert, einen Segen von jemandem empfangen, für sich selbst, das Baby, David und alle Tiere. Sie fand keine Worte, die geeignet gewesen wären – jedenfalls keine, die Sinn machten –, und versuchte, sich an das Wort zu erinnern, das ihre Mutter immer ge-

sagt hatte, das indianische, das Mut bedeutete. Es fiel ihr nicht ein, war auf und davon geflogen wie eine Feder im Wind, deshalb kreuzte sie stattdessen die Finger.
Es waren zwei Farmen, die zu beiden Seiten der unbefestigten Straße lagen. Die eine schien größer zu sein als die andere, mit einem ordentlichen weißen Wohnhaus, einer roten Scheune und einem silbernen Getreidesilo. Auf dem anderen Anwesen standen ein braunes Backsteingebäude, ein brauner Pick-up und mehrere braune Schuppen. Sage hörte Gebell, das immer lauter wurde, je näher sie kamen.
David schlich sich geduckt an wie ein Indianer auf dem Kriegspfad. Eine Zeit lang hielt er Sage an der Hand, dann ließ er sie los und begann vorauszulaufen. Sie hatte Seitenstechen, musste anhalten und verschnaufen. Er lief zurück.
»Was ist los?«, sagte er. Er sah wütend aus.
»Ich kriege keine Luft mehr.« Sie spürte, wie das Baby die Lage änderte. Sie stützte ihren Bauch mit beiden Händen ab, wünschte, das Baby würde ihrer Blase fern bleiben.
»Willst du hier warten? Wir müssen nachher blitzschnell abhauen, sobald wir da drinnen fertig sind.«
»Kannst du mir nicht sagen, was wir genau vorhaben? Damit ich mich darauf einstellen kann? Schließlich trage ich die Eule –«
David hielt inne. Im Dunkeln konnte sie sein Gesicht nicht erkennen, aber sie spürte, dass es ernst war. »Und deshalb weißt du es bereits«, sagte er.
Sie rannten weiter. Das Haus war dunkel, bis auf ein gedämpftes Licht in der Küche und einen bläulichen Schein aus einem anderen Raum, wo der Fernseher lief. Auf einem windschiefen, abblätternden Wegweiser an der Straße war ein Jagdhund abgebildet, der stolz auf einen toten Fasan deutete. *Reinrassige englische Setter* lautete die Inschrift.
Sage hörte plötzlich Gebrüll aus dem Innern des Hauses. Eine Frauenstimme, wütend und hoch, und eine Männerstimme, die miteinander stritten. Irgendwo weinte ein Kind, ein zweites

stimmte ein. Sie hörte ein Klatschen, eine Tür fiel ins Schloss, dann kehrte Ruhe ein. Das Gebell im Schuppen hielt mit unverminderter Lautstärke an.

»Dieses Pack! Die sind ja krank!«, flüsterte David.

»Die englischen Setter –«, sagte Sage, die es zum Haus zog. Sie musste unbedingt etwas tun, den Kindern helfen, die gerade geschlagen worden waren.

»Nein, die Leute. Die Hundefarmer. Man kann sie alle über einen Kamm scheren – schlimmer als Tiere. Ein Albtraum. Die Männer schlagen ihre Frauen, und die Kinder beziehen von beiden Prügel. Damit verbringen sie ihre Abende. Eine eingefleischte Gewohnheit, keine große Sache. Komm weiter –«

»Keine große Sache –« Sage schluckte und blickte zu einem der Fenster im ersten Stock hinauf, in dem gerade das Licht ausgegangen war. Die Vorhänge schienen von innen zu glühen, sie waren rosa, und das Schluchzen eines Mädchens drang durch die Glasscheibe. Die Vorhänge standen einen Spalt offen und gaben den Blick auf ein Poster von Arielle, der Kleinen Meerjungfrau, frei.

»Er schlägt sie, und wahrscheinlich fickt er sie auch«, sagte David mit funkelnden Augen. Er packte Sage am Arm und zog sie hinter sich her. Auf leisen Sohlen tappten sie durch einen schlammigen Hof. »Keine Sorgen, du trittst nicht in Hundekacke«, flüsterte David. »Die dürfen nicht ins Freie.«

»Nie?«

»Nie.«

David nahm die Eisensäge, die er wie ein Schwert in seinen Gürtel gesteckt hatte, und sägte das ramponierte Vorhängeschloss ab. So leise wie möglich öffnete er die quietschende Tür. Sage schlüpfte nach ihm in den Schuppen. Drinnen herrschten pechschwarze Finsternis und eisige Kälte, sie sah nur die eigenen Atemwolken vor ihrem Gesicht. Die Hunde hatten gebellt, und als sie Menschen rochen, steigerte sich der Lärm. David verschwand. Sage war vor Angst wie erstarrt, als hätte man sie mutterseelenallein in einer dunklen Höhle zurückgelassen. Doch als sich ihre Augen an die

Dunkelheit gewöhnt hatten, versuchte sie, ihre Umgebung zu erkennen.
Der Schuppen hatte eine Größe von etwa fünf mal zehn Metern. Käfige standen an den Wänden, jeweils zwei übereinander gestapelt. Lattenkisten mit Türen aus Maschendraht, nicht größer als einen halben Quadratmeter. David bewegte sich zielstrebig an der Wand entlang, öffnete sämtliche Türen. Er hielt die Taschenlampe in der bandagierten Hand, schirmte damit den Strahl ab, den er in die Käfige richtete.
Sage lief zu ihm. Die Hunde kauerten an der Rückseite der Käfige. Obwohl sie groß und knochig waren, hatten sie sich wie Schlangen zusammengerollt. Einige säugten Welpen an ihren Zitzen. Der Gestank nach Exkrementen verschlug ihr den Atem, und Sage presste den Unterarm vor Mund und Nase. In manchen Käfigen sah sie Hundemütter mit mehreren toten Welpen. Niemand hatte sich die Mühe gemacht, die Kadaver zu entfernen.
»Die Armen!« Sage streckte die Hand in den Käfig, um eines der zitternden Tiere zu streicheln.
Die Hündin bleckte die Zähne und schnappte nach ihr.
Sage wich zurück. Sie stolperte über etwas Weiches, das auf dem Boden lag, und fiel der Länge nach hin. Es war kalt und roch Ekel erregend, und als David die Hand ausstreckte, um ihr aufzuhelfen, sah sie, dass es tote Hunde waren, die auf einem Haufen lagen.
»O Gott, nein!«
»Pssst! Leise«, sagte David warnend und ging weiter.
Zitternd sah Sage ihm zu. Er schien etwas zu suchen, ging mehrmals die Reihe auf und ab. Einige Hunde begannen, zur Tür ihres Käfigs zu kriechen. Die mutigsten hatten ihre Schnauze bereits ins Freie gesteckt, schnüffelten die Luft draußen. Sie sprangen auf den Boden, versuchten, vielleicht zum ersten Mal in ihrem Leben, Wirbelsäule und Läufe zu strecken. Sie probierten die ersten Schritte auf staksigen Beinen wie Fohlen, die gerade erst auf die Welt gekommen waren.
David beabsichtigte offenbar, alle Tiere freizulassen.

»Das kannst du nicht machen!« Sage ergriff seinen Arm. »Wo sollen sie denn hin? Sie werden verhungern!«
»Das sind Jagdhunde. Die überleben.«
»Aber sie wissen nicht, wie! Sie werden zu Grunde gehen.«
»Glaubst du, das wäre auch nur annähernd so schlimm wie das Leben, das sie hier führen?«, fauchte er sie an.
Nach und nach hatten alle Hunde ihre Käfige verlassen. Viele hatten ihre Welpen herausgezerrt, einen nach dem anderen, und trugen sie in der Schnauze wie Petal ihr Spielzeug. Andere hatten ihren Wurf zurückgelassen, und Sage sah, dass die meisten dieser Hundebabys tot waren.
Eines nicht. Es stand auf vier kräftigen Beinen und wedelte mit dem Schwanz. Es war kaum größer als ihre Hand, mit braunweißen Flecken und roter Zunge. »Hallo du«, flüsterte sie und trat näher.
Der Kleine kläffte und hüpfte munter hoch.
»Da bist du ja«, sagte David. Er stand vor einem Käfig am anderen Ende der Reihe. »Ich habe dich gesucht.«
Als alle Hunde frei waren, verstummte das Gebell mit einem Schlag. Die Stille war gespenstisch und ängstigte Sage mehr als alles andere; sie würde den Farmer auf den Plan rufen.
Sie betrachtete den kleinen Hund. Sie zählte bis drei, dann steckte sie ihn in ihre Tasche. »Beeil dich!«, rief sie David zu, aber er war bereits vor ihr. Er wickelte seine Jacke um die Hündin, die er aus dem Käfig geholt und auf den Arm genommen hatte, lief auf die Tür zu und öffnete sie. Als sie die Auffahrt entlangrannten, setzte das Geschrei im Haus erneut ein. Sage hörte Schläge, dann weinte jemand. Sie sah, wie David sein Messer zog und alle vier Reifen des Pick-ups aufschlitzte.
Die freigelassenen Hunde huschten aus dem weit offen stehenden Tor. Einige standen da und schnüffelten an dem Gras, aber die meisten humpelten in Richtung Berge, ihre Jungen in der Schnauze. Nichts konnte sie aufhalten oder auch nur bewegen, langsamer zu gehen. Ihre Läufe waren verkümmert und

verkrüppelt, sie hinkten, aber ihr Fluchttrieb war stark ausgeprägt.

»Schnell!« David rannte los, trug das Bündel die Straße entlang. Sage lief hinterher. Sie hatte die Eule auf der Hand, die sie befähigte, überall auf der Welt verlorene Seelen zu sehen. Es war wie eine Vision, die sich verstärkte, als könne ihr Blick die Mauern des Farmhauses durchdringen. Das Mädchen saß zusammengekauert auf dem Bett und versuchte, sich vor den Schlägen des Vaters zu schützen. Sage und David retteten Lebewesen in Not: warum nicht das Mädchen?

»Können wir ihr nicht helfen? Können wir sie nicht mitnehmen?«

»Nein. Komm weiter!«

»Bitte. David –«

»Unsere Mission beschränkt sich auf die Hunde. Sie muss sich selbst retten.«

»Aber was ist, wenn sie das nicht kann?«

»Sie kann«, erwiderte er scharf. »Das weiß ich aus eigener Erfahrung. Beeil dich.«

Als die den Wagen erreichten, hatte der Farmer bemerkt, wie still es plötzlich war. Die Lichter auf der Veranda flammten auf, eine Fliegengittertür fiel ins Schloss. David nahm sich nicht einmal die Zeit, die Hündin, die in seine Jacke gewickelt war, auf die Rückbank zu legen. Er behielt sie auf dem Schoß, während er den Wagen anließ. Er wendete, dann hielt er an und wartete mit laufendem Motor.

Sie hörten den Farmer brüllen, seine Familie solle sich sofort in Bewegung setzen und die Hunde einfangen. Die Frau kam aus dem Haus gelaufen, gefolgt von den beiden Kindern. Das Mädchen stand auf der Veranda; Sage hatte einen Kloß im Hals, als sie sich vorstellte, dass es sich freute, weil die Hunde frei waren. David legte Sage die Hündin auf den Schoß und riss die Fahrertür auf. Dann drückte er auf die Hupe.

»He, du Arschloch!«, schrie er.

»Was sagst du, Bürschchen? Hast du meine Hunde gestohlen?«,

brüllte der Farmer und rannte zu seinem Pick-up. »Ich bringe dich um –«
»Fahr zur Hölle!«, brüllte David. »Da werden sich die Tiere an dir rächen, die du gequält hast! Und deine Kinder werden dich hassen! Sie werden abhauen, und dann werden sie jedem erzählen, was für eine miese Ratte du bist. Du wirst bis an dein Lebensende dafür büßen, du Arschloch!«
Der Farmer ließ den Motor an, aber die Reifen flatterten um die Felgen, waren so platt wie Pfannkuchen. Er riss die Beifahrertür auf, sprang heraus und lief auf einen PKW zu, ein Gewehr auf sie gerichtet.
David stieg wieder ein und atmete tief aus. Sages Herz hämmerte, als sie Schüsse hinter sich vernahm. Der Farmer war zu weit entfernt, um zu treffen, aber das Krachen klang in ihren Ohren wie ein Feuerwerk. Sie hatte Angst, von der Polizei angehalten zu werden, die der Farmer vermutlich auf sie hetzen würde, als David die gleiche Straße zurückfuhr, auf der sie gekommen waren. Doch nach ungefähr einer halben Meile bog er rechts ab und fuhr nach Westen. Die Straße war weder markiert noch befestigt. Sie führte durch ein dichtes Fichtengehölz, das bis zum Wegrand wuchs. Die unteren Zweige der Bäume streiften das Wagendach. Sage spähte über die Schulter, um nach Verfolgern Ausschau zu halten, aber die Bäume standen so dicht, dass sie den Blick auf den Weg versperrten. Der Welpe kroch aus ihrer Tasche und sprang auf die Rückbank, erpicht darauf, Bekanntschaft zu schließen. Die Hunde knurrten misstrauisch, die Katzen fauchten.
»Weißt du, wie wir fahren müssen?«
»Natürlich.«
»Woher weißt du –«
»Ich kenne die Farm. Meine Mutter hat dort mal eine Hündin gegen einen Rüden eingetauscht, als wir noch Setter hatten.«
»Ist das –« Ihr schlug das Herz bis zum Hals, und sie spürte, wie der Hund auf ihrem Schoß zitterte. »Ist das die Hündin, die deine Mutter dort gelassen hat?«

»Nein, die ist bestimmt schon lange tot. Sie leben nicht lange. Das ist eine andere Hündin. Lass sie raus –«
Sage wickelte die Hündin so behutsam aus Davids Wolljacke, als wäre sie ein Baby. Das Tier zitterte wie Espenlaub; die Wirbelsäule, verdreht wie ein Korkenzieher, zeichnete sich unter der Haut ab. Sie hatte nur noch drei Beine, und als sie versuchte, die Zähne zu fletschen, sah Sage, dass sie keine mehr besaß.
»Was ist mit ihr –«, fragte Sage entsetzt.
»Sie wurde misshandelt. Wie die anderen.«
»Warum sie?«, fragte Sage und streichelte das stumpfe Fell, das stellenweise kahl war.
David antwortete nicht sofort. Er hatte den Blick auf die Straße gerichtet, einen schmalen Waldweg, auf dem normalerweise die gefällten Baumstämme transportiert wurden. Sage blickte David an; sie erkannte an seiner Miene und seinen Augen, dass es ihm schwer zu fallen schien, Gleichmut zu bewahren. Die schwarzen Markierungen auf seinem Gesicht waren noch deutlich zu sehen.
»Warum sie?«, wiederholte Sage. »Warum hast du ausgerechnet sie mitgenommen?«
»Weil sie keine Chance hatte.« Davids Stimme zitterte. »Sie wäre nicht in der Lage gewesen wegzulaufen. Ich nehme immer die Hündin mit, die am schlimmsten dran ist.«
»Wie soll sie heißen?«
»Das entscheidest du. Ich habe den anderen einen Namen gegeben.«
»Jamie.« Sage dachte an ihren Vater in Wyoming und die Mühsal, die sie auf dem Weg zu ihm durchstehen musste. »Jamie« kam von James, ein hübscher Name für ein Mädchen. Während sie den verängstigten Hund kraulte, dachte sie an das Mädchen auf der Hundefarm und betete, dass es ihr gelang, wegzulaufen und irgendwo ein richtiges, besseres Zuhause zu finden. »Sie soll Jamie heißen.«

23

Daisy ging zum Haupthaus hinauf, um Dalton zu besuchen, und sah sich in der Küche einer Fremdem gegenüber. Die Frau war etwa vierzig, hatte braune Haare und Augen und trug eine pinkfarbene Wolljacke über ihrer weißen Schwesterntracht. Sie hielt ein Tablett mit Tee und Toast in der Hand, und als sie Daisy sah, erschrak sie dermaßen, dass alles auf dem Fußboden landete.

»Oh, das tut mir aber Leid.« Daisy bückte sich, um ihr zu helfen.

»Ist nicht Ihre Schuld.« Die Frau hielt den Kopf gesenkt und abgewandt, als wollte sie verhindern, dass Daisy ihr Gesicht sah. Sie hatte eine Narbe über dem rechten Auge und blaue Flecken auf der Innenseite ihres Armes.

Nachdem sie die Bescherung aufgewischt hatte, machte sie neuen Toast. Das Wasser im Kessel hatte gerade gekocht und sie goss Wasser in einen sauberen Becher.

»Übrigens, ich bin Daisy Tucker.«

»Alma Jackson.«

»Sind wir uns schon mal begegnet?« Daisy überlegte. Das Gesicht der Frau kam ihr irgendwie bekannt vor: breit, mit ausgeprägten Wangenknochen, unsteten dunklen Augen und einer hohen Stirn. Nichts Ungewöhnliches, wahrscheinlich glaubte sie deshalb, es schon einmal gesehen zu haben.

»Nein. Louisa hat mich gerade erst eingestellt. Anfang der Woche.«

»Ich könnte schwören … zumindest bilde ich mir ein, dass wir uns schon einmal über den Weg gelaufen sind – egal.« Daisy lächelte und reichte ihr die Hand. »Nett, Sie kennen zu lernen.«

»Danke«, murmelte die Frau und wandte sich wieder ihrer Arbeit zu.

Während Daisy ins Wohnzimmer ging, fragte sie sich, woher die blauen Flecken auf Almas Arm stammen mochten. Dalton saß in seinem Rollstuhl am Fenster und beobachtete ein Rudel Antilopen, die den Abhang des Hügels querten. Als er Daisy eintreten hörte, legte er den Feldstecher beiseite und streckte ihr das Gesicht entgegen, um sie zu küssen. »Daisy, du bist ein Lichtblick für meine müden Augen.«

»Du auch.«

»Bleibst du?«

»Fürs Erste.« Sie war nicht sicher, was er damit meinte und ob er sich erinnerte, wo sie in der Zwischenzeit gewesen war, aber das spielte keine Rolle. Dalton Tucker hatte ihr immer sehr nahe gestanden, und sie freute sich einfach, an seiner Seite zu sitzen und seine Hand zu halten.

»Hast du den Dragoner schon kennen gelernt?«, fragte er.

»Dragoner?«

»Den alten Drachen in der Küche, keine Ahnung, wie sie heißt. Louisa hat sie engagiert, stammt aus den unergründlichen Tiefen des Rydellschen Genpools. Die hat Haare auf den Zähnen.«

Daisy lächelte. »Sie sieht abgespannt aus. Du scheuchst sie vermutlich den ganzen Tag herum wie ein Sklaventreiber.«

»Sie spioniert für Todd. Meinst du, ich wüsste das nicht? Keine Ahnung, wie Rosalind es geschafft hat, sich so eine Sippe auszusuchen. Ist völlig aus der Art geschlagen.«

»Du meinst wohl Louisa«, verbesserte Daisy ihn sanft.

Dalton sah erschrocken aus. »Habe ich Rosalind gesagt?«

Sie nickte.

»Herrgott, zieh mir eins über den Schädel, wenn ich mich das nächste Mal verspreche. Du bist Daisy – wenigstens das habe ich richtig auf die Reihe gekriegt, oder?«

»Ja, aber das zählt nicht so viel«, lachte Daisy.

»Wohl wahr, wohl wahr. Sie ist in die Stadt gefahren, probt mit ihrem neuen Gitarristen, will mich eifersüchtig machen. Habe ich Grund dazu?«

»Ich habe den Gitarristen noch nicht gesehen. Aber Louisa ist fantastisch. Je älter sie wird, desto besser singt sie. Also, vergiss lieber meinen Namen und behalte ihren.«

»Fällt mit aber schwer, Daisy. Du bist schließlich meine einzige Schwiegertochter.«

»Und du bist mein einziger Schwiegervater.«

»Du hast James ganz schön zu schaffen gemacht. Hat keine Frau mehr mitgebracht, seit du gegangen bist.«

»Nie?« Sie wusste, dass es sie nichts anging, aber sie wollte es trotzdem wissen.

»Nie. Kein ein einziges Mal. Du warst die große Liebe seines Lebens. Bist es wahrscheinlich heute noch, nehme ich an, er macht ja den Mund nicht auf. Richtiger Eigenbrötler, nichts als reiten, Lasso werfen und arbeiten … vielleicht redet er ja mit Paul. Frag doch ihn.«

»Ist nicht so wichtig.« Daisy ließ ihren Blick durch den Raum schweifen. Sie sah die Medaille, die Rosalind beim Wettschießen gewonnen hatte, ihre Geige und die Familienfotos auf dem Kaminsims: das Hochzeitsbild von Daisy und James, Aufnahmen von den Zwillingen gleich nach der Geburt, ein Foto von Sage mit ihrem roten Cowgirl-Hut und von Jake, der auf Scout saß und lächelte.

»Meine Enkelkinder«, sagte Dalton, der Daisys Blick gefolgt war. »Ich vermisse sie. Jeden Tag mehr.«

»Ich habe es nicht übers Herz gebracht, sie zu Besuch auf die Ranch zu schicken. Sie wollte, aber ich hatte Angst, es war mir zu nahe an der Stelle, wo –«

»Erinnerst du dich noch an die Spielzeugkühe, die ich ihnen zur Geburt geschenkt habe? Hat Sage ihre noch?«

»Ja.«

»Gut.«

Daisy nickte und sah das Foto von ihren Kindern an. Sie sahen glücklich aus, lächelten in die Kamera. Sie liebten das Leben auf der Ranch, wuchsen mit Pferden, Rindern, Hunden und einem Großvater im Haus nebenan auf. Das Leben war perfekt gewesen, so nahe am Paradies, wie eine Menschenfamilie nur sein kann. Unfähig, Jakes lächelnde Miene zu ertragen, legte sie das Foto wieder hin, mit der Bildfläche nach unten.

»Komm her«, sagte Dalton.

Langsam wandte sich Daisy von den Bildern ab und durchquerte den Raum. Dalton sah alt und gebrechlich aus, hatte eine karierte Decke um die Beine gewickelt. Doch als er Daisys Hände ergriff, waren seine Finger überraschend stark.

»Man kann die Vergangenheit nicht auslöschen«, sagte er. »Oder die Tür hinter ihr schließen. Am besten versucht man es gar nicht erst. Du weißt, wie meine Rosalind starb?«

»Schhh. Ich möchte nicht über solche Dinge reden.«

»Sie wurde bei einem Schneesturm unter den Trümmern des Dachs begraben. Sie war mit James in der Scheune, wo die Ponys untergebracht waren, und hatte Hafer und Wasser rübergebracht, um die Tiere zu füttern. Es schneite, die Flocken waren dick wie Hagelkörner, vermischt mit Eis. Mindestens ein halber Meter Schnee fiel, und er war so schwer, dass die Scheune zusammenkrachte.«

»Hör auf, Dalton.«

»Sie waren beide drinnen, saßen in der Falle, meine Frau und mein Sohn. Wo war ich, als das Unglück passierte?«

Daisy hielt sich die Ohren zu. Sie dachte an den Tag, als Jake verschwunden war. Sie hatte mit Sage gespielt, hatte ihr gezeigt, wie man mit Wasserfarben Wiesenblumen malt.

»Ich war damit beschäftigt, irgendein blödes Kalb mit dem Lasso vom Eis zu ziehen, damit es nicht einbrach! Heute wäre mir das Kalb so egal wie sonst was. James schaffte es, seine Mutter unter den Trümmern zu bergen und mit ihr ins Freie zu kriechen, ganze fünfzehn Jahre alt, mit einem gebrochenen Bein. Sie lebte noch. Sie lebte länger als eine Stunde, während er versuchte, Hilfe herbeizuholen – bevor sie verblutete.«

Daisy dachte daran, wie sie den Pinsel ins Wasser getaucht und Sage gezeigt hatte, wie man Fingerhut und Butterblumen malt. Sie konnte die goldenen Staubgefäße und Stempel in der Mitte der

Blüten sehen, ein Muster aus Punkt-Punkt-Punkt. Sie hörte sich sagen, dass man überall Inspiration finden kann, wenn man die Augen aufmacht, in der Nähe, direkt vor der Nase. Daisy und Sage hatten gemalt, während sich Jake in Luft auflöste …

»Ich wünschte mir, ich hätte das Kalb seinem Schicksal überlassen. Diese eine Stunde, sie entschied über Leben und Tod. Oh, wie ich dieses Kalb hasste! Wie ich mich selbst hasste, weil ich nicht zur Stelle war, als Rosalind mich gebraucht hätte, weil James allein bei ihr war und hilflos mit ansehen musste, wie sie starb.«

»Du hättest es nicht verhindern können. Dich trifft keine Schuld.«

»Mag sein. So sehe ich das inzwischen auch, aber es hat lange gedauert, bis ich so weit war. Gott hat sie wahrscheinlich dringender gebraucht als James und ich. Sie nannte ihn immer Jamey, wusstest du das? Ich gewöhnte es mir ab. Konnte es nicht ertragen, dadurch an sie erinnert zu werden. Stell das Bild richtig hin, ja?«

Daisy nahm Jakes Foto vom Kaminsims und wischte das Glas ab. Dann stellte sie es wieder auf, so dass Dalton es ansehen konnte.

»Brav.« Seine wässrigen Augen blickten sie durchdringend an. »Man sollte nie die Tür vor der Vergangenheit verschließen.«

»Tue ich nicht«, flüsterte Daisy.

»Deshalb bleibt Rosalinds Medaille in der Vitrine, auch wenn ich Louisa liebe.«

Daisy nickte.

»Louisa tritt heute Abend im Stagecoach auf. Tu mir einen Gefallen und geh hin, ja? Nimm James mit und sorge dafür, dass er pfeift und heult wie ein hungriger Wolf. Sie mag es, wenn die jungen Burschen verrückt nach ihr sind.«

»Bist du nicht eifersüchtig?«

»Ich bin rasend eifersüchtig. Aber ich drücke ein Auge zu, solange sie ihre Freude daran hat.«

»Ich denke, das hat sie.«

»Sag James, er soll so laut pfeifen, dass ihm die Ohren abfallen. Das sei ein Befehl von deinem Schwiegervater!«

»Mache ich, falls wir gehen.«

In diesem Augenblick kam Alma herein und stellte das Tablett neben Dalton auf den Tisch. Dalton zwinkerte Daisy zu, legte warnend den Finger an die Lippen. Er wollte offenbar in Gegenwart einer Rydell nicht über Angelegenheiten reden, die nur die Tuckers angingen, und hatte vermutlich nur deshalb seinen Segen zu Almas Einstellung gegeben, um Louisa eine Freude zu machen.
Alma sah auf; ihr Blick fiel auf die Fotos, die auf dem Kaminsims standen. Allem Anschein nach war sie ein Spätzünder, denn sie erschrak und hätte Daltons Tee beinahe ein zweites Mal verschüttet. Daisy konnte sich keinen Reim darauf machen, warum Alma aussah, als hätte sie der Schlag getroffen. Eines war sicher: Die blauen Flecken auf ihrem Arm stammten von einer Männerhand.
»Das ist mein Enkel«, sagte Dalton, als er sah, wie sie Jakes Foto anstarrte.
»Ich habe mir das Mädchen angesehen«, erwiderte Alma hastig. »Die Kleine mit dem roten Hut.«
»Meine Enkelin.«
»Oh. Niedlich.«
Dalton pflichtete ihr bei und fragte, ob Alma Kinder habe.
»Zwei Söhne«, sagte Alma. Dalton fragte nach ihren Namen, wollte wissen, ob sie jagten und angelten. Daisy hörte kaum hin, als Alma antwortete. Die Frau hatte Jakes Foto angestarrt, hatte kaum die Augen abwenden können.
Warum hatte sie gelogen?

*

Daisy konnte es sich beim besten Willen nicht vorstellen, im Stagecoach Tavern zu sitzen, während Sage immer noch allein dort draußen war. Sie wäre gerne unter den Zuschauern gewesen, und nicht nur, weil Dalton sie darum gebeten hatte. Sie hatte Louisas Musik immer geliebt, sie gerne singen hören, vor einem Auftritt mitgefiebert. Aber sie wollte in der Nähe des Telefons bleiben – wenigstens auf der Ranch –, für den Fall, dass Sage sich meldete.
Louisa hörte zu, gerührt von Daisys Worten. *Und* von der Tatsache,

dass Dalton sie gebeten hatte anzurufen. Louisa wurde gerade für ihren Auftritt geschminkt und frisiert, und eine dritte Schicht Nagellack trocknete auf ihren Fingernägeln, »Pumpkin Frost«, eine reizvolle goldbraune Herbstfarbe. Sie stand an der Bar, den Hörer zwischen Ohr und Wand eingeklemmt, und versuchte, den Männern keine Beachtung zu schenken, die hinter ihr Bier anlieferten.

»Du solltest auf Dalton hören und herkommen«, sagte sie.

»Ich bin sicher, es wird auch ohne mich rappelvoll.«

»Bestimmt.« Das war nicht geprahlt, denn normalerweise war im Stagecoach der Teufel los, wenn sie auftrat.

»Dalton war richtig aufgekratzt. Sieht aus, als ginge es ihm gut.«

»Das kommt gelegentlich vor. Nicht so oft wie früher, aber man wird bescheiden und dankbar für alles, was ist.«

»Ich wollte dich etwas fragen, wegen Alma.«

»Oh, hat Dalton dir das auch aufgetragen?« Louisa runzelte die Stirn. »Nur weil ihre Schwester mit Todd verheiratet ist –«

»Es geht um Jakes Foto, sie hat es regelrecht angestarrt. Kannst du dir vorstellen, warum?«

»Nun –«, begann Louisa, doch dann hielt sie inne. Wusste Daisy nicht, was für ein Gerede es damals gegeben hatte? Jakes Verschwinden hatte großen Wirbel ausgelöst. Schließlich lebte man in Wyoming, wo jeder jeden kannte. Als der Junge verschwand, waren Sorge und Angst in den umliegenden Ortschaften umgegangen: Fahndungsplakate hingen an den Eingangstüren der Geschäfte, und es gingen zahllose Hinweise aus der Bevölkerung über seinen mutmaßlichen Verbleib ein, von Landers bis Salt Lake City. Außerdem gab es Klatsch und Verdächtigungen, die sich lange auf Daisy und James konzentrierten. Die Eltern gerieten immer als Erste unter Verdacht, das musste Daisy doch wissen.

»Bitte, sprich weiter«, bat Daisy eindringlich.

Louisa formulierte die Worte so einfühlsam wie möglich. »Nun, Tammy hat mir erzählt, dass Almas Söhne ungefähr im gleichen Alter wie die Zwillinge sind. Bestimmt hat sie sich an Jakes Verschwinden erinnert und war froh, dass ihren Jungen dieses Schicksal erspart geblieben ist. Dass es ihn … getroffen hat, und nicht ihre zwei.«

»Oh«, sagte Daisy nach langem Schweigen.

»Sie ist ein bisschen einfach gestrickt.« Louisa wünschte, sie könnte Daisy in den Arm nehmen und sie in ihrem Kummer trösten. »Sie wünscht dir nichts Böses. Ihr Leben ist alles andere als rosig, sie wohnt auf einer heruntergekommenen Farm irgendwo im Norden, zu viele Tiere und nicht genug Geld für Futter. Die Familie muss darunter leiden. Ihr Mann trinkt. Sie wirkt ein bisschen distanziert, aber sie hat es nicht leicht im Leben.«

»Danke, dass du es mir gesagt hast.«

»Ich wünschte, du würdest heute Abend kommen.« Louisa hörte, wie der Gitarrist sein Instrument stimmte und der Drummer mit dem Besen das Schlagzeug bearbeitete; sie probten ein letztes Mal. Sie hatte Lampenfieber, ein Nervenkitzel, den sie brauchte, aber gleichzeitig war sie traurig.

»Tut mir Leid.«

»Sag Dalton, ich singe heute Abend nur für ihn«, sagte Louisa mit zusammengeschnürter Kehle; sie fragte sich, ob er jemals wieder unter den Zuschauern sitzen würde. Es schien ihm besser zu gehen, aber der Verfall war sichtbar und nicht aufzuhalten.

»Mache ich.«

»Für den Mann, den ich liebe. Sag es ihm, ja?« Sie erspähte Todd, der gerade hereinkam und ihr von der Tür des Saloons fröhlich zuwinkte. Louisa drehte sich um und tat so, als hätte sie ihn nicht gesehen. Mit seiner Frage nach Daltons letztem Willen hatte er die Büchse der Pandora geöffnet. Sie hatte begonnen, angelegentlich Schubladen und Schachteln aufzuräumen, Papiere zu glätten und einen großen Bogen um die Stelle zu machen, wo sie das Testament vermutete: Daltons Safe. Wenn sie Dalton küsste, fragte sie sich inzwischen, ob er sie überhaupt jemals geliebt hatte. Sie hätte damals auf dem Trauschein bestehen sollen, statt sang- und klanglos bei ihm einzuziehen. Aber sie war der Überzeugung gewesen, dass er

Zeit brauchte und ihre Liebe irgendwann im Hafen der Ehe enden würde. Doch Dalton hatte James ersparen wollen zu denken, irgendjemand könne den rechtmäßigen Platz seiner Mutter einnehmen. Trotzdem, noch heute wünschte sich Louisa nichts sehnlicher als einen Ring am Finger.

»Toi, toi, toi für deinen Auftritt«, sagte Daisy mit tonloser Stimme.

»Ich werde mir Mühe geben«, erwiderte Louisa mit aufgesetzter Fröhlichkeit. Sie wedelte mit den Fingern ihrer linken Hand. Ein Diamant würde ihr mit Sicherheit gut stehen. Die bernsteinfarbene Perlmuttschattierung von Pumpkin Frost auf ihren langen Nägeln würde das Bild abrunden.

24

James stand lange draußen im Dunkeln. Das war an sich keine Seltenheit. Er hatte sein halbes Leben im Freien verbracht, war von einem Gebäude auf der Ranch zum anderen gegangen, um ein Pferd am Zügel aus dem Stall zu führen, eine Schubkarre Heu zu holen, auf Daisy, die Kinder oder seinen Vater zu warten. Aber dieses Mal war es anders. James hatte geduscht und sich umgezogen, er hatte sich die Haare gekämmt und den Hut zu Hause auf einem Stuhl liegen lassen.

Er blickte zu Daisys Fenster hinüber. Das flackernde Kerzenlicht verriet ihm, dass sie da war und arbeitete. Er sagte sich, dass er nur eine Minute bleiben würde, als er auf die Tür zuging. Er dachte an den Sommer vor langer Zeit, wo sie als Logiergast auf die Ranch gekommen und geblieben war. Logiergast, das war vermutlich die beste Beschreibung. Zwei Fremde, die sich am Ufer des Flusses geküsst hatten, mehr nicht.

Das war lange her.

Er hätte sich um ein Haar umgedreht und wäre wieder gegangen, als er sie ans Fenster treten sah. Sie blickte in die Dunkelheit hinaus. Sie trug ein Männerhemd aus Chambray, einem mehrfarbigen gemusterten Baumwollstoff, und das war alles, was er über dem Fenstersims erkennen konnte. Dann ließ sie den Vorhang wieder fallen.

Er hatte hundert Begründungen parat, die seinen Besuch rechtfertigten.

Sein Vater hatte ihm verraten, wie gerne sie heute Abend bei Louisas Auftritt dabei gewesen wäre; er könnte ihr den Jeep leihen oder anbieten, sie hinzufahren, könnte ihr Fragen über Sage stellen, oder mit ihr gemeinsam die Polizeistationen anzurufen, mit denen sie sich noch nicht in Verbindung gesetzt hatte. Seine Gedanken über-

schlugen sich bei der Suche nach triftigen Gründen, vor ihrer Tür zu stehen.
Doch als er anklopfte, war sein Kopf leer. Kein Wunder, dass er keinen klaren Gedanken zu fassen vermochte, wenn sein Herz so hämmerte.
»Hallo«, sagte sie, als sie die Tür öffnete. Er war froh, dass sie nicht enttäuscht war, ihn zu sehen, obwohl er wusste, dass sie gehofft hatte, es möge Sage sein.
»Hallo.«
»Komm rein.«
James nickte, als sie lächelte und die Tür ein Stück weiter öffnete, um ihn eintreten zu lassen. Wie früher, dachte er.
»Das erinnert mich an damals, an den Sommer«, sagte er.
»An welchen Sommer?«
»Als du unser Logiergast warst.«
»Logiergast.« Sie lächelte. »Ja, so könnte man das wohl nennen.«
James nickte. »Das ist lange her –« Er war damals jünger gewesen und weniger befangen. Die Worte waren ihm leichter über die Lippen gekommen. Damals hatte er gewusst, was er war und sein wollte: ein Cowboy, der aufs Ganze ging. Was war aus ihm geworden?
»Der Sommer, in dem alles begann.« Sie ging zu ihrer Werkbank, schien in die Betrachtung der Wolfsknochen vertieft, die er ihr gebracht hatte.
»Alles?« Er streckte den Arm aus, berührte sacht ihr Haar und fragte sich, ob sie von ihnen sprach – ihm und ihr.
»Meine Arbeit. Schmuck zu fertigen aus Materialien, die ich auf der Ranch fand. Dieses Talent, das in mir schlummerte, habe ich erst entdeckt, als ich hierher kam.«
»Das stammt auch von dir.« Er zog eine Geldscheinklammer mit einem einzelnen in Gold gefassten Nugget aus der Tasche. Dem ersten und einzigen, den sie beim Goldwaschen im Fluss gefunden hatte.
»Du hast ihn noch!«

»Ja.«
»Die Leute glauben, dass meine Amulette einen Liebeszauber enthalten.« Ein Lächeln huschte über ihr Gesicht.
»Und wie machst du das?«
Sie zuckte die Schultern. Ihre Schultern waren zart, die Arme lang und anmutig. James nahm das Schmuckstück in die Hand, an dem sie gerade arbeitete, und betrachtete die Gesichter, die sie in den Knochen geschnitzt hatte. Sie waren einander zugewandt, ein Mann und eine Frau, wie es schien.
»Wer sind die beiden?«
»Ich weiß es nicht. Es ist erst das zweite in der Art, das ich mache.«
»Und das andere? Für wen war das bestimmt?«
»Für Sage. Es stellt die Zwillinge dar.«
James nickte. Er zeichnete mit dem Daumen die Konturen der Gesichter nach, die sich glatt anfühlten, dann betrachtete er sie erneut. Ihre Augen waren lebendig und voller Verlangen, und plötzlich wusste er, dass die beiden Daisy und ihn darstellten.
»Wonach sehnen sie sich?«
»Nach einander.«
»Und warum geht ihre Sehnsucht nicht in Erfüllung?«
»Ich weiß es nicht.« Sie blickte ihn unentwegt an.
»Das sind wir beide, oder?« James trat näher, bis er direkt neben ihr stand.
Sie lächelte. »Vielleicht ist das der Grund, warum der Zauber wirkt. Die Leute sehen sich selbst darin –«
Sie nahm ein paar Steine in die Hand, und James wusste, dass sie ihm auswich, sie hatte seine Frage nicht beantwortet. Das Kerzenlicht flackerte, warf ringsum Schatten auf die Wände. Draußen, nicht weit entfernt, heulte ein Wolf. Louis Shoulderblade hatte behauptet, Daisy verfüge über geheime Kräfte und James könne sich glücklich schätzen, eine Frau wie sie zu haben. James hätte nicht sagen können, ob er an solche Dinge glaubte, aber auffällig war, dass er unlängst eine Menge Wölfe gehört hatte … seit dem Tag, als er ihr die Knochen mitgebracht hatte.

Sie hielt noch immer die Steine in der Hand. Als James ihren Namen sagte, blickte sie auf. Er schloss sie in die Arme, ein Stein fiel zu Boden. Genau wie damals, als er sie zum ersten Mal geküsst hatte, im Flussbett, als sie den Goldklumpen fallen lassen hatte. Er küsste sie.

»James, nicht!«

»Weißt du noch, unser Cottage?«, fragte er, seine Lippen an ihrem Mund. »Du würdest jetzt nicht hier stehen, wenn du es aus deinem Gedächtnis streichen wolltest, wenn die Erinnerungen keine guten wären –«

»Unser Cottage.« Daisy schüttelte den Kopf. Sie löste sich von ihm und betrachtete das schmale Bett. Ob sie sich daran erinnerte, wie sie sich zum ersten Mal darin geliebt hatten, als sie jung und voller Leidenschaft gewesen waren und ihnen alles wie ein … Abenteuer für einen Sommer erschien?

»Erinnerst du dich, damals, an das erste Mal? Oder an später, als wir –«

»Hör auf!« Sie wandte sich ab.

Ein Jahr und ein paar Monate später, als sie verheiratet und noch leidenschaftlicher ineinander verliebt gewesen waren – falls das überhaupt möglich war – und sie sich, wenn ihnen das Doppelbett zu groß vorgekommen war, auf die schmale Liege gequetscht hatten, wo alles angefangen hatte –

»Erinnerst du dich?« Er stand hinter ihr, nahm ihre Hand und küsste sie auf den Nacken. »Wir haben uns aus dem Haus geschlichen –«

»Unser Bett war zu groß.« Sie wehrte sich, aber die Worte oder die Erinnerungen, die sie weckten, waren zu mächtig. »Unser Bett war zu groß«, sagte sie abermals. James spürte, wie sie den Druck seiner Hand erwiderte, und er küsste ihre weiche, glatte Wange. Sie drückte den Rücken durch, ließ zu, dass er sie auf den Hals, die Schulter, das Schlüsselbein küsste.

»Das da nicht«, sagte er und führte sie zu der schmalen Liege.

»Nein, das nicht.« Ihre Lippen hoben sich ihm entgegen. Er zog sie auf das Bett, den Rücken an die Wand gepresst, und küsste sie sanft. Seine Leidenschaft erwachte, brannte wie Feuer, und er sehnte sich nach mehr. Tastend begann er, ihr Hemd aufzuknöpfen.

»Die beiden Gesichter, das sind wir, oder?«, flüsterte er. »Die Schnitzerei –«

»Ja«, flüsterte sie zurück.

»Die Frau sieht aus wie du. Ihr Gesicht ist genauso schön und zart.« Ihn schwindelte, als er sie berührte, und er wartete darauf, dass sie sagte, die Schnitzerei stelle sie beide dar, eines ihrer Schmuckstücke, die den Liebeszauber enthielten. Dieser Liebeszauber war das, was sie immer besessen hatten, was ihnen vom Schicksal genommen worden war, und wonach James sich sehnte, seit er neben ihr am Wasserfall gestanden hatte.

»Und du fühlst dich an wie du«, sagte sie und ließ ihre Hände über seinen Bizeps, um seinen Rücken gleiten. Sie zog ihn an sich, blickte ihm in die Augen. James' Herz klopfte; er wusste, er wäre jederzeit in den letzten dreizehn Jahren und davor mit Freuden für Daisy gestorben. Alle Fehler, die er gemacht hatte, selbst die schlimmsten, waren nur auf die Tatsache zurückzuführen, dass er sie so unsäglich liebte.

»Ich habe nie aufgehört, dich zu lieben«, sagte er und küsste sie inbrünstig.

»Du warst es, immer nur du«, flüsterte sie, ihr Atem heiß an seinem Ohr. »In allem, was ich gemacht habe. In allen meinen Amuletten …«

James stöhnte auf, als ihre Hände über seinen Brustkorb, um seine Taille und die Rückseite seiner Beine glitten.

»Die Amulette mit dem Liebeszauber, die bei jedem anderen gewirkt haben –«, murmelte sie.

»Daisy –« Er spürte, wie sie versuchte, seinen Gürtel zu öffnen, wie ihre Hand seinen Reißverschluss streifte.

»Ich habe dabei an dich gedacht. Nur an dich.«

Sie küssten sich voller Leidenschaft, entledigten sich in fliegender

Hast ihrer Kleider. James hätte sich gerne zurückgelehnt, ihre Alabasterhaut im Schein der Kerzen betrachtet, aber nichts sollte sie mehr trennen. Er spürte, wie ihre Herzen ihm Gleichtakt schlugen, wie ihre Körper miteinander verschmolzen, als wären sie eins.

»Ich habe ihnen unsere Liebe gegeben, weil ich dich nicht haben konnte«, flüsterte sie rau. »Weil wir verloren hatten, was uns früher einmal verband.«

»Hol sie zurück, Daisy.« Er streichelte ihre Wange. »Hol sie für uns zurück.«

»So funktioniert der Zauber nicht.«

»Wie dann?«

»Wir … wir müssen noch einmal von vorne beginnen. Einen Neuanfang wagen,« flüsterte sie und begann zu weinen.

Er lehnte sich zurück, nur so weit, dass er sich auf den Ellenbogen aufstützen und sie anschauen konnte.

Er küsste ihre Brüste. Sie waren voll und schön. Er sah die Dehnungsstreifen, die nach der Geburt der Zwillinge entstanden waren. Sie hatte die Kinder gestillt; sie waren hier gezeugt worden, in diesem Bett, das besser war als ihr eigenes, weil es so schmal war, dass sich ihre Körper von Kopf bis Fuß berührten. Manchmal war Daisy am Nachmittag mit den Kindern hierher gekommen, hatte auf dem Bett gesessen und sie gestillt – an dem Ort, an dem James und sie ihnen das Leben geschenkt hatten.

»Ich glaube, du irrst. Wir können sie zurückholen. Du hast unsere Liebe in deine Schnitzereien einfließen lassen«, flüsterte er, beugte den Kopf, bis er ihre Stirn berührte.

»Ja, aber –«

»Wir können sie zurückholen, jetzt.«

»James!«, seufzte Daisy, als sie seine Erektion berührte. Sie hatte das Gefühl, in Flammen zu stehen. Er war hart wie die Knochen, die sie schnitzte. Ihre Zähne gruben sich in seine Schulter, vorsichtig, nur um ihn spüren zu lassen, wie sehr sie ihn wollte. Er drang in sie ein, in ihre samtene Nässe, die ihn umhüllte wie ein Fluss.

»Glaubst du mir?«, fragte er und wiegte sie in seinen Armen. Er musste sie »ja« sagen hören, musste wissen, dass sie ihm glaubte. Ihre Antwort war für ihn genauso wichtig wie der Anblick ihrer Gesichter in dem geschnitzten Knochen.
»Ich glaube dir.« Sie erwiderte seinen Blick. Sie ließ sich von seinem Rhythmus tragen, in einen Tanz auf dem Bett, wo sie sich zum ersten Mal geliebt und ihre Familie gegründet hatten.
Er spürte, wie er von einem Sog erfasst wurde, einer Kraft, die ihn mitriss wie die Strudel des Solstice Fall. Er verströmte seine Liebe zu ihr, alles, was er im Lauf der Jahre in sich angesammelt und verschlossen hatte, und sie bewegten sich im Einklang, wie der Wind River über Steine und Felsen und umgestürzte Bäume floss, Hindernisse, die einen Fluss nicht aufzuhalten vermochten.
»James –« Sie schlang ihre Arme um seinen Hals.
»Ich halte dich«, flüsterte er in ihr Ohr.
Sie waren wie zwei Schiffbrüchige, die sich aneinander klammerten. Das tosende Wasser trug sie den Fluss hinunter, den Berg hinab, fort aus dem Land des Schnees. Das Flussbett war alt und die Strömung so stark, dass das Wasser alles aufweichte und glättete, was sich ihm in den Weg stellte.
»Jetzt. Hol sie zurück«, flüsterte er.
Er hielt sie in seinen Armen. Er konnte sie vor jeder Gefahr schützen. Gemeinsam erreichten sie das rettende Ufer, liebten sich auf dem schmalen Bett, holten zurück, was sie verloren hatten. Solange sie einander festhielten, konnte ihnen nichts geschehen. Sie bedeckte seinen Mund mit heißen Küssen, flüsterte wieder und wieder seinen Namen. Ihre Nägel krallten sich in seinen Rücken, gruben sich in seine Haut, als hätte sie Angst, ihn wieder zu verlieren.
»Ich bin da. Ich halte dich, Daisy.«
»Lass mich nicht los.«
»Nie. Nie wieder.«
Sie war schwerelos und feucht, ihr Körper heiß und nass vom Schweiß. James hatte das Gefühl, sich zu verlieren, konnte nicht

mehr sagen, wo er endete und sie begann. Ihre Brüste pressten sich gegen seinen Brustkorb, und er beugte den Kopf, um ihre Brustwarzen zu küssen, sie mit seinen Lippen zu liebkosen. Er glitt aus ihr heraus, doch ihre Hand ergriff seinen Penis, führte ihn zurück. Er hielt den Atem an, kniete über ihr. Er sah, wie Daisy seinen Blick suchte. Sie blickten sich an, und da wusste James, dass sie am Ziel angekommen waren.

»Ich liebe dich«, war alles, was sie sagen musste, und erschauernd erreichte er den Höhepunkt. Es war wie eine Explosion, und ihre Worte hämmerten in seinem Kopf, die gleichen Worte, die über seine Lippen kamen. »Ich liebe dich, Daisy. Ich liebe dich, ich liebe dich –«

Ein Wolf heulte, oder vielleicht war es James selbst. Sie hielten einander umschlungen; die Augen ruhig und erfüllt von einem uralten oder neuen Wissen, wiegten sie sich im Rhythmus ihres Herzschlags, lauschten den Tieren, die draußen zu hören waren, ließen sich noch ein paar Minuten länger treiben wie der Fluss.

*

Mutter und Vater. Mutter und Vater.

Sie waren dort drinnen, in dem gemütlichen Haus mit dem Kerzenlicht, das von den Wänden zurückgeworfen wurde, das Feuer wärmte sie, alles war gemütlich und romantisch. Während er draußen stand, halb erfroren, allein auf dem schneebedeckten Pfad, und seine Lungen bei jedem Atemzug schmerzten.

Was machten sie gerade? Er hob das Fernglas an die Augen und versuchte, etwas zu erkennen. Sie hatten die Vorhänge zugezogen. Aber in der Mitte war ein Spalt offen, durch den er Körper und Schatten erspähte, nahe beieinander. Bestimmt küssten sie sich, bevor sie zur Sache kamen, zum Ficken.

Der Wächter schlich näher heran und versuchte, etwas zu sehen. Sein Ziel bestand darin, Informationen zu sammeln, aber im Augenblick kam er sich vor wie ein Spanner, und beinahe hätte er laut gelacht. War es nicht genau das, was Kinder machten? Ihren Eltern nachspionieren, wenn sie im Bett waren? Er hatte keine Gelegenheit dazu gehabt, als er klein gewesen war. Eltern, die sich nicht mochten, verbrachten nicht viel Zeit miteinander im Bett.

Ein Geräusch im Unterholz ließ ihn erstarren. Jemand kam den Pfad entlang. Der Wächter verschwand mit einem Satz im Chaparrall-Gebüsch und hielt den Atem an. Er sah seine eigenen Spuren im Schnee und hoffte, dass sie im Dunkeln nicht zu erkennen waren. Hier draußen war es stockfinster. Er hatte keine Taschenlampe dabei, aus offensichtlichen Gründen, genauso wenig wie die Gestalt, die sich näherte.

Stiefel knirschten im Schnee, dann verharrten sie auf der Stelle. Nur wenige Schritte entfernt, so nahe, dass er den Mann atmen hörte, an derselben Stelle, wo der Wächter noch vor einer Minute gestanden hatte. Der Standort war perfekt, wenn man vorhatte, durch das Fenster zu spähen.

Spanner, dachte der Wächter verächtlich. Er hatte gute Gründe, Informationen zu sammeln, während der Neuankömmling nichts weiter als ein Voyeur war, der reglos dastand und sich daran aufgeilte, ins Schlafzimmer der Frau zu lugen.

Nach einem kurzen Zwischenspiel schlich der Mann auf dem gleichen Weg zurück, auf dem er gekommen war; sein Blick war auf die Fenster gerichtet, so dass er die ins Gebüsch führenden menschlichen Spuren nicht bemerkte. Typisch, dachte der Wächter. Er hatte überall Spuren hinterlassen, völlig unverhüllte Beweise, aber sie hatten nur einen Bruchteil entdeckt. Mit der Zeit würden sie mehr finden.

Er zitterte vor Kälte und wusste, dass es an der Zeit war zu gehen. In manchen Nächten schlief er in der Scheune, in der die Pferde untergestellt waren, im Keller des großen Hauses oder in den anderen Gebäuden. Sein Basislager hatte er auf der nahe gelegenen Klippe errichtet, das Zelt war aufgestellt, und er konnte jederzeit den Ofen anzünden. Zehn Meter über einem sanft ansteigenden Eselspfad gelegen, hatte der Wächter von dort oben die beste Aussicht, die sich ein Mensch nur wünschen konnte. Auf die Ranch, die Herde, die Menschen, alles. Sein Museum.

Und er musste Wache halten.

Es gefiel ihm, sein Museum. Er betrachtete gerne seine Sammlung, alles Objekte, die von Menschenhand erschaffen waren. Ein kunterbuntes Sammelsurium. Von seinem Horst konnte er alles sehen, ausgebreitet wie in einem Schaufenster. Und sie wären in der Lage gewesen, ihn zu sehen, wenn sie auf die Idee gekommen wären, nach oben zu blicken.

Er gähnte; er war müde und hungrig und freute sich darauf, in seinen Schlafsack zu kriechen, aber zuerst hatte er noch eine weitere Mission zu erfüllen. Der Wächter musste den anderen Spuren folgen, die der andere Beobachter hinterlassen hatte. Es musste jemand sein, der auf der Ranch oder in der Nähe lebte. Es war sicher interessant herauszufinden, wer der Spanner war, der dem guten alten Rancher und seiner hübschen Exfrau nachspionierte.

Gute Nacht, Mutter und Vater, gute Nacht, glückliche Familie.

Ihr müsst nur nach oben schauen, ihr Arschlöcher.

25

Der Holztransportweg verlief durch einen weitläufigen Goldkiefernwald. Zeitweilig durchbrach er das Labyrinth der Bäume und führte einen Hügel hinauf, von dessen Gipfel die Wälder endlos, schwarz und geheimnisvoll anmuteten. Der holperige Saumpfad war in eine Schotterpiste übergegangen, und danach in rauen schwarzen Asphalt, der unter den Reifen knirschte. In der Nacht, während David fuhr und Sage, den Kopf an die Tür gelehnt, schlief, überquerten sie die Grenze von Nebraska. Sie waren in Wyoming.

Sage hatte es gespürt, sogar im Schlaf. Sie hatte von zu Hause geträumt, von ihren Eltern und ihrem Bruder, benommen vor Freude. Sie waren durch die Prärie geritten, alle miteinander, hatten sich an den Händen gehalten, eine unverbrüchliche Einheit. Als sie erwachte, fiel scheckiges Sonnenlicht durch das Geäst der Fichten. Ohne sich aufrecht hinzusetzen, drehte sie den Kopf um und sah David an.

»Wir sind bald da, oder?«

»Wyoming ist groß.«

»Wir sind in Wyoming?«

»Wir sind hier.«

Bemüht, vollends wach zu werden, spähte sie aus dem Fenster. Die Landschaft hatte sich seit gestern nicht verändert: Überall standen mächtige Bäume. David war die entlegene Straße vermutlich schon früher gefahren, denn die meisten Leute hätten sich schon vor fünfzig Meilen verirrt. Sages Mund fühlte sich trocken an, sie hätte gerne etwas Kaltes zu trinken gehabt. Das Baby hatte ihre Freude wohl gespürt – das Land zu sehen, in dem sie geboren war, und auf ihren Vater – und hüpfte auf und ab.

»Hoppla«, sagte sie und legte die Hände auf ihren Bauch.

»Was ist los?«
»Nichts. Er spielt nur.«
»Sie spielen nicht«, sagte er.
»Babys?«
»Vor der Geburt, meine ich. Sie lassen sich nur im Fruchtwasser treiben.«
»Woher weißt du das?«
David antwortete nicht, aber sein Schweigen besaß Gewicht und Bedeutung. Als Sage ihn ansah, war sie froh, dass er sich das Gesicht gewaschen hatte. Letzte Nacht, ungefähr nach einer halben Stunde Fahrt, hatte er angehalten, um einen weiteren Punkt hinzuzufügen, den achten; er stand für Jamie, seine jüngste Rettung. Er musste die Markierungen entfernt haben, während sie schlief. Nun hatte er den Blick nach vorne auf die Straße gerichtet, seine Miene war finster, und seine Schultern waren gebeugt, als trüge er eine unsichtbare Last.
»Bist du sauer?«, fragte Sage.
»Nein. Lass mich in Ruhe.«
»Das fällt mir aber schwer, vor allem nachdem ... au!«, rief Sage, als ihr das Baby einen doppelten Tritt versetzte.
David musterte ihren Bauch mit einem ungehaltenen Blick, als wünschte er, er – oder sie – möge verschwinden. Sage merkte, wie ihr ein unmissverständlicher Angstschauer über den Rücken lief. Ihr wurde bewusst, dass sie sich auf einem abgelegenen Holztransportweg mitten in der Wildnis befand, mit einem Begleiter, der am Abend zuvor Kriegsbemalung in Form von Punkten und Linien getragen hatte.
»Wo genau ist die Ranch deines Vaters?«, fragte er, als könnte er es nicht mehr erwarten, sie endlich loszuwerden.
»In der Nähe von Solstice Falls, so heißt der Ort. Ich habe die genaue Adresse –«
»Ich kenne die Wasserfälle«, unterbrach David sie. »Ich habe dort oben gezeltet.«
»Warum bist du sauer auf mich? Letzte Nacht waren wir doch die

besten Freunde. Ich durfte sogar dem Hund einen Namen geben. Was ist los?«

David schüttelte den Kopf. Sage sah die Schatten der Markierung in seinem Gesicht. Er runzelte gar nicht die Stirn – die Reste der Linien verliefen nach unten und erweckten den Eindruck, er sei verdrossen, habe einen Hang zur Gewalttätigkeit. Sie hatte ihn vermutlich lange angestarrt, weil er schließlich zu ihr herübersah.

»Was ist?«

»Was hast du gestern gemeint?«, fragte sie ruhig.

»Womit?«

»Mit dem Boten zwischen den Welten.« Allein der seltsame Ausdruck löste ein Gefühl der Beklemmung und Angst in ihr aus. »Was bedeutet das überhaupt?«

»Das war gestern Abend.«

»Ich weiß, aber die Sache geht mir seither nicht mehr aus dem Kopf. Was für Welten?«

»Pssst.« Er fuhr um einen Ast herum, der abgeknickt auf dem Boden lag.

»Und was war mit der ›Tradition‹ gemeint?«

»Sprich nicht darüber«, sagte er. »Zumindest nicht, solange die Sonne scheint. Es ist besser zu warten, bis es dunkel wird.«

Sage sammelte die Katzenkinder um sich. Sie hatte das Gefühl, als sei die ganze Welt verhext, was gestern Abend vermutlich angemessener gewesen wäre. Sie war mit einem Verrückten in Kriegsbemalung die Auffahrt völlig fremder Leute entlanggerast, während ihnen die Kugeln eines Mannes um die Ohren pfiffen, dessen Hunde sie gerade freigelassen hatten. Das Problem war, dass der gestrige Abend in ihren Augen Sinn machte: Sie hatten eine gute Tat vollbracht und Tieren in Not beigestanden. Die Zeichnungen auf Davids Gesicht hatten sie an die Indianer-Motive erinnert, nach denen ihre Mutter ihren Schmuck fertigte.

Aber heute war er wie ausgewechselt – als hätte ihn die Wut übermannt. Er fuhr viel zu schnell, schlitterte um umgestürzte Bäume herum und versetzte die Tiere auf der Rückbank in Aufruhr. Sage

dachte an ihre Mutter und die indianischen Zeichnungen, die sie als Vorlage für ihren Schmuck benutzte, an die Geister der Bären, Eulen, Seetaucher und Karibus, die sie heraufbeschwor.
»Hast du eigentlich die Geister der Toten angerufen, als du gestern Nacht dein Gesicht bemalt hast?«, sagte Sage.
David sah sie erschrocken an, dann wurde seine Miene misstrauisch. »Woher weißt du das?«
»Meine Mutter macht das auch. Sie ist Künstlerin. Sie benutzt haargenau die gleichen Motive, Punkte und Linien.«
»Kann sein.«
»Und welche? Welche Geister, meine ich?«
David blickte angestrengt um sich, so dass Sage der Gedanke kam, sie würden beobachtet, als sie durch den Wald fuhren. David erschauerte, und Sage begriff: Die Haare standen ihr zu Berge. Zwei der Hunde begannen zu winseln, und Sage hatte das Gefühl, als hätte sie mit ihren unbedachten Worten einen Geist aufgefordert, im Wagen mitzufahren.
»Nicht, solange es hell ist. Ich habe es dir schon einmal gesagt – sie mögen das nicht.«
»Dann heute Abend?« Er wollte ihr Angst einflößen, aber eine ihrer ausgeprägtesten Eigenschaften war ihre unstillbare Neugierde; sie hatte den Mut aufgebracht, viele beängstigende Dinge in Angriff zu nehmen, um Antworten auf ihre Fragen zu erhalten.
»Du haust doch sowieso ab. Kann dir doch egal sein, warum ich bestimmte Dinge tue. Warum fragst du überhaupt?«
»Wir können trotzdem Freunde sein, oder?«
Er winkte ungeduldig ab. »Wozu? Du wirst auf der Ranch leben, und ich werde weiterhin durch die Gegend kutschieren. Ich habe kein Autotelefon, wie du siehst. Was willst du machen, mir postlagernd schreiben?«
»Man kann auch über weite Entfernungen in Kontakt bleiben; mein Vater ist das beste Beispiel, ich habe ihn seit meinem vierten Lebensjahr nicht mehr gesehen. Ich vergesse niemanden so schnell.«

»Wir beide haben uns gerade erst kennen gelernt. Mich wirst du vergessen.«

Sage zog das Amulett aus ihrem T-Shirt und beugte sich zum Fahrersitz hinüber, um es ihm vor die Nase zu halten. Sie forderte ihn auf, es zu berühren, mit dem Daumen über die beiden Gesichter zu streichen. »Das Amulett zeige ich nicht jedem«, sagte sie. »Aber dir habe ich es gezeigt, erinnerst du dich? Du durftest es sogar in der Hand halten.«

»Und? Was hat das schon zu bedeuten.« Einer der Hunde hatte angefangen zu bellen, vielleicht hatte er Hunger oder musste seine Notdurft verrichten. David fuhr an den Straßenrand in eine Haltebucht und begann mit dem Ritual, die Tiere zu füttern. Sage sah ihm eine Weile zu, dann ging sie ihm zur Hand. Sein Blick war starr, und seine Schultern wirken angespannt, als er sich mit einem Arm voll Kätzchen auf dem Boden niederließ.

»Ich zeige mein Amulett wirklich nicht jedem«, beteuerte sie. Sie setzte sich neben ihn und nahm ihm zwei Katzenkinder ab. Der Boden war kalt und hart. »Ich glaube, es waren insgesamt nicht mehr als vier Personen, die es zu Gesicht bekommen haben.«

»Vier Personen«, sagte David, als sei das eine Menge.

»Du, meine Mutter, meine Tante und Ben.«

»Der Vater deines Kindes.«

Sage nickte. Sie säuberte den verstopften Sauger, damit das Kätzchen mehr Milch bekam. Sie spürte, dass David sie beobachtete. Für jemanden, der ständig unterwegs war und Tiere rettete, kam er ihr sehr jung, verletzlich und verlassen vor. Sage wusste, was für ein Gefühl es war, verlassen zu werden. Sie war von ihrem Bruder, ihrem Vater, von Ben verlassen worden. Eine solche Erfahrung war prägend im Leben eines Menschen. Sie war allgegenwärtig, bestimmte die ganze Existenz, die Identität. David war verlassen worden; Sage hätte ihr Halsband darauf verwettet.

»Also können wir auch weiterhin Freunde bleiben, wenn du mich auf der Ranch abgesetzt hast«, sagte sie und beobachtete sein Gesicht.

»Wie kommst du auf die Idee, dass mir etwas daran liegt?«, fragte David mürrisch, aber seine Stimme klang weniger aggressiv.
»Du hast mich zum Punkt gemacht.«
»Wie bitte?«
»Auf deinem Gesicht. Gestern Abend – ich war einer der Punkte, eines der Lebewesen in Not, die du gerettet hast.«
»Ähm, ich –«
»Wir werden Freunde bleiben. Man lässt jemanden, den man gerettet hat, nicht einfach im Stich.«
»Manche Leute schon.« Seine Stimme klang hart.
»Du aber nicht.« Sage zögerte, doch dann streckte sie den Arm aus und berührte seine Schulter, ergriff seine raue Hand. Er ließ sie gewähren, und sie hielten sich an den Händen, während sie gleichzeitig versuchten, die Kätzchen ihm Gleichgewicht zu halten, die ihre Milch tranken.
»Meinst du?«
»Meine ich. Zu solchen Menschen gehörst du nicht«, sagte Sage.
David schniefte. Rotz lief ihm aus der Nase und Tränen aus den Augen. Es war schrecklich, zu flennen wie ein Kind, aber er konnte nicht aufhören. Die Hunde hatten ihre Mahlzeit beendet und kehrten einer nach dem anderen in den Wagen zurück. Sage griff in ihre Tasche, aber sie hatte kein Taschentuch dabei. Sie bot ihm ihren Ärmel an, in der Hoffnung, ihn zum Lachen zu bringen, aber er brachte nicht einmal ein Lächeln zu Stande.
Er saß auf der harten Erde und weinte, und seine Tränen tropften in das Fell der Katzen. Sie hielt seine Hand umklammert, hätte sie um keinen Preis der Welt losgelassen. Die Sonne verschwand hinter den Bäumen, und Sage versuchte zu schätzen, wie lange es noch dauern würde, bis sie am Horizont untergehen würde. Etliche Stunden. Normalerweise wünschte sie sich nicht, die Tage mögen wie im Flug vergehen, aber im Augenblick sehnte sie den Abend herbei.
Bis dahin würden sie viele Meilen zurückgelegt haben und der Ranch ihres Vaters ein großes Stück näher gekommen sein. Und wenn die Sonne untergegangen und es dunkel geworden war, war

David vielleicht bereit, ihr etwas über die Tradition zu erzählen, die mit den Boten zwischen den Welten zu tun hatte. Und über den Geist, den er mit seiner Gesichtsbemalung anzurufen versucht hatte.
Sage würde ihm mehr über ihre Familie erzählen, über ihre Mutter und ihren Vater, und über ihren Zwillingsbruder Jake.
»Wir müssen los«, sagte David, stand auf und spähte im gleichen Moment wie Sage die lange Straße hinunter, die vor ihnen lag.
»Wir müssen los.« Die Worte kamen genau zur gleichen Zeit über ihre Lippen, als sprächen sie denselben Text in einem Theaterstück, in völliger Übereinstimmung, unter der Anleitung eines unsichtbaren Regisseurs. Das Zusammentreffen kam Sage lustig vor, aber David lachte nicht.
Er streckte ihr die Hand hin und zog sie hoch. Sage bedankte sich, aber er antwortete nicht. Die Sonne fiel schräg durch das dichte Geäst der Kiefern, und Sage zitterte; David strahlte etwas aus, was ihr Angst machte. Irgendetwas war in der letzten Nacht mit ihm geschehen, etwas, das Sage nicht verstand. Seine Augen waren hart, als ob die Hundefarm eine schreckliche Erinnerung geweckt hätte.
Sage kreuzte die Finger und versuchte, sich an den Namen zu erinnern … den indianischen Namen, den ihre Mutter vor so langer Zeit zu sagen pflegte, dass Sage sich kaum noch besinnen konnte, wie das Wort lautete, das man rufen musste, wenn man besonders dringend Mut brauchte.
»Wesh –«, dachte Sage, »Wash –«
Der Name war da, lag ihr auf der Zunge, aber sie kam nicht darauf. Sie holte tief Luft und hielt die Kätzchen auf ihrem Schoß, während David auf der abgeschiedenen Straße weiterfuhr. Sie waren in Wyoming, auf dem Weg zur Ranch ihres Vaters. Jetzt würde es nicht mehr lange dauern.
Wir sind bald da, flüsterte sie stumm ihrem Baby zu, während David schweigend das Lenkrad umklammerte. *Bald da …*

*

Daisy und James saßen an dem Tisch in ihrem kleinen Haus und tranken Kaffee. Die Vorhänge waren offen, gaben den Blick auf die Berge frei, und sie sahen, wie sich von Norden her eine Schneefront näherte. Elch- und Antilopenherden folgten den Trails nach Süden und entkamen stets mit knapper Not dem schlechten Wetter. Die Natur zu beobachten erschien ihnen sicherer, als zu reden, und so saßen sie am Feuer und schwiegen, so lange es ging.

»Wo könnte sie stecken, was glaubst du?«, fragte Daisy, als sie es nicht mehr aushielt.

»Irgendwo in Sicherheit. In einem Bus, der hierher fährt, zu uns.«

Daisy biss sich auf die Lippe und wünschte sich, es wäre so. »Sie hat sich in einem Güterzug versteckt, als blinder Passagier. Und am Abend, bevor sie weggelaufen ist, ist sie mit einem Kanu gekentert. Sie geht Risiken ein –«

»Wir auch.« James drückte ihre Hand. »Das haben wir immer getan.«

»Ich weiß.« Trotzdem fühlte Daisy sich nicht besser.

»Seit wann weißt du, dass sie ein Kind bekommt?«

»Seit sie weg ist. Ich habe den Schwangerschaftstest gefunden.«

»Sie hat es dir nicht gesagt?«

»Nein«, erwiderte Daisy leise.

»Und deshalb ist sie fort?«

»Sie will zu dir –«

»Ich weiß. Aber ich war immer hier. Warum kommt sie jetzt?«

»Wir hatten Streit. Sie wollte, dass ich mich ändere, ich sollte wieder so sein wie früher. Fröhlicher, abenteuerlustiger. Sie wollte in den Westen, und ich sollte –«

James wartete gespannt, schaute sie, ohne mit der Wimper zu zucken, über den alten Holztisch hinweg an.

»Ich sollte mich auch für die Idee begeistern«, fuhr Daisy fort. »Ständig sah sie unseren kleinen Garten an und meinte: ›Städtischer geht's nicht, oder?‹«

»Du wolltest nicht hierher?« James strich mit seinem Zeigefinger über ihren Handrücken. Daisys Welt war seit dem Ritt zu den Wasserfällen aus den Fugen geraten, und sie war sich nicht sicher, ob sie jemals wieder zu ihrer eigenen Mitte zurückfinden würde.

»Ich habe versucht, eine gute Mutter zu sein. Ich dachte, dort sei unser Zuhause, dort gehörten wir hin.«

»Die Ranch war früher dein Zuhause«, sagte James. »Hast du es nie so gesehen, nachdem du weggegangen warst?«

Daisy schloss die Augen. »Ich hatte Angst.«

»Angst wovor?«

»Vor der Rückkehr«, sagte Daisy mit geschlossenen Augen. »Falls ich es ohne dich nicht mehr ausgehalten hätte.«

»Und du wolltest nicht zurück?«

Sie schüttelte den Kopf. »Nein.«

»Früher hattest du vor nichts Angst.« Er hatte aufgehört, ihre Hand zu streicheln. Er ergriff sie und hielt sie fest, bis sie die Augen öffnete. Er saß ihr gegenüber, im T-Shirt, und ihr Blick wanderte von seiner Brust zu den breiten Schultern und schließlich zu seinem Gesicht. Er hatte sich an diesem Morgen nicht rasiert, und sie sah das Grau in seinen schwarzen Bartstoppeln. Aber sein Gesicht war so hager und attraktiv wie immer, und Daisy fand es schmerzhaft und seltsam und irgendwie verwirrend, diese Unterhaltung mit dem Mann zu führen, mit dem sie früher einmal verheiratet gewesen war.

»Ich weiß«, sagte sie.

»In der ersten Woche auf der Ranch bist du allein in die Berge geritten, um Steine zu suchen«, erinnerte er sie. »Dad und ich haben versucht, uns nicht allzu viele Sorgen zu machen. Du warst absolut furchtlos.«

»Furchtlos.« Das Wort kam ihr wundervoll vor, aber fremd. Es traf auf andere Menschen zu – ihren Exehemann, ihren Schwiegervater, ihre Tochter. Aber nicht auf Daisy, nicht mehr. Sie ritt immer noch in die Berge, kletterte mit Scout steile und schmale Saumpfade empor. Aber furchtlos war sie nicht mehr.

»Sie ist wie ein Cowboy, sagte ich zu Dad. ›Cowgirl‹, berichtigte er mich. Aber das war nicht der richtige Ausdruck. Cowgirls haben nur Rodeos oder sonst was im Kopf. Cowgirls, das waren für mich die Mädels in den roten Röcken mit weißem Fransenbesatz, die auf der Bühne tanzten und Kunststücke mit ihrem weißen Lasso zum Besten gaben – mit dir nicht zu vergleichen.« James stand auf, kam um den Tisch herum und legte die Hand auf Daisys Schulter.

»Ich bin nicht der Typ, der mit einem weißen Lasso Kunststücke zum Besten gibt.«

»Also, ein Cowboy warst du nicht.« James legte die Arme um sie und zog sie vom Stuhl hoch. »Und ein Cowgirl auch nicht. Du bist ein Cowboy-Girl.«

»Cowboy-Girl –« Daisy erinnerte sich an den seltsamen Ausdruck: James hatte sie früher so genannt, und sie hatte das Gleiche von Sage gesagt.

»Glaubst du, dass ich das immer noch bin?«

»Du bist Manns genug, um einen Trail entlangzureiten, aber trotzdem eine Frau, von Kopf bis Fuß.«

»Aber nicht furchtlos. Nicht mehr, seit Jake –«

»Ich weiß.« James drückte sie enger an sich. »Aber mutig sein bedeutet nicht, dass man keine Angst hat.« Draußen begann es wieder zu schneien. Die ersten Flocken fielen dicht und schwer, plötzlich und schnell wie ein Sturmwind, versperrten den Blick aus dem Fenster. Als könnte er Daisy davor schützen, nach draußen zu sehen, umfasste er ihren Kopf und ihren Körper mit seinen bloßen Armen.

»Ich möchte, dass sie nach Hause kommt.« Daisy spürte ein Gefühl der Beklemmung in der Brust, Anzeichen einer beginnenden Panik. »James, ich möchte, dass mein Kind nach Hause kommt.«

»Du bist ein Cowboy-Girl.« James strich ihr über den Kopf. »Und sie ist deine Tochter. Sie wird bald hier sein.«

26

Eins musste Louisa ihr lassen: Die unscheinbare Alma war eine Expertin, wenn es um Daltons Pflege ging. Fachmännisch hievte sie ihn vom Bett in den Rollstuhl und vom Rollstuhl auf das Sofa im Wohnzimmer. Der Gips war sperrig, erstreckte sich über das gesamte rechte Bein, und ihn zu bewegen war keine leichte Aufgabe. Sie arbeitete konzentriert, redete und fragte nicht mehr als nötig. Louisa behielt sie scharf im Auge, vor allem, wenn sie Dalton anfasste, aber sie musste feststellen, dass sie erstaunlich sanft mit ihm umging.

Wenn Alma mit seiner Morgentoilette begann, legte sie die Hand auf seine Schulter, während sie ihm behutsam das Gesicht wusch oder die Haare kämmte wie eine Mutter, die ihr Kind festhält. Sie schnitt ihm Finger- und Fußnägel, ließ sich dabei Zeit und achtete darauf, die Haut nicht zu verletzen.

Dann schob sie ihn im Rollstuhl zum Schrank, so dass er selbst entscheiden konnte, was er anziehen wollte. Louisa bewunderte Almas Geduld und wie respektvoll sie Dalton behandelte. Aber sie würde Alma auch keinen Tag länger behalten, wenn es anders gewesen wäre.

Als Dalton in seinem Rollstuhl eingeschlafen war und es draußen heftig schneite, wartete Louisa darauf, dass Alma eine Kaffeepause machte, in der sie Kreuzworträtsel zu lösen pflegte. Sie fand, dass es an der Zeit war, der Frau auf den Zahn zu fühlen, die so vertraut mit ihrem Liebstem umging. Sie schenkte sich einen Becher Kaffee ein und gesellte sich zu Alma an den Küchentisch.

»Dalton schläft selig wie ein Baby«, sagte Louisa.

»Sonst hätte ich ihn auch nicht allein gelassen«, erwiderte Alma abwehrend.

»Um Himmels willen, so war das nicht gemeint! Ich sehe doch, wie gewissenhaft Sie sind. Was dagegen, wenn ich mich zu Ihnen setze?«

»Nein«, erwiderte Alma, obwohl ihre Augen und das Zögern in ihrer Stimme das Gegenteil besagten.

Louisa nahm auf ihrem gewohnten Stuhl Platz und tat, als hätte sie nichts davon bemerkt. Sie hatte ein Buch über Ernährung und Alzheimer gekauft, in dem sie nun blätterte. Sie suchte nach Übereinstimmungen und Unterschieden im Krankheitsbild und wünschte sich, die Diagnose möge falsch sein. Sie las: »Zunehmender Funktionsverlust in demjenigen Bereich des Gehirns, der für Gedächtnis und Verhalten zuständig ist.« Ihr Blick blieb auf dem Wort »zunehmend« haften, und sie klappte das Buch zu.

»Erzählen Sie mir etwas über sich selbst, Alma.«

»Über mich?«, fragte Alma, als sei der Gedanke völlig abwegig.

»Wie sind Sie zu Ihrem Beruf gekommen?«

Alma zuckte die Schultern. »Ich habe meine Mutter lange gepflegt und habe gemerkt, das mir das liegt, und ich habe es umsonst gemacht. Also dachte ich, warum soll ich mich nicht dafür bezahlen lassen.«

»Genau. Eine Frau muss wissen, was sie wert ist in dieser Welt.«

»Andere merken das ja nicht. Es sei denn, man hat Erfolg oder zieht das große Los.«

»Wie ich«, sagte Louisa. »Mein Dalton trägt mich auf Händen.« Ihr Herz war schwer. Die Worte klangen richtig, aber sie wusste, sobald sie den Tisch verlassen hatte, würde sie sich erneut auf die Suche nach Daltons Testament begeben.

»Tammy hat gesagt –«, begann Alma, dann unterbrach sie sich. »Egal.«

»Was denn?«

»Ich möchte nicht zu persönlich werden.«

»Nur zu, Alma. Es bleibt praktisch in der Familie. Ihre Schwester ist schließlich mit meinem Neffen verheiratet.«

»Nun, sie meinte, hier draußen wären nur Sie und die beiden Tuckers. Von einer Schwiegertochter hat sie nichts erwähnt.«

»Daisy? Macht das einen Unterschied, dass sie hier ist?«
»Nein.« Alma betrachtete angestrengt ihr Kreuzworträtsel.
»Sie müssen doch einen Grund haben, sie zu erwähnen!«
»Es ist nur –« Alma legte das Heft mit Nachdruck hin. »Sie scheint Probleme mit ihren Kindern zu haben. Erst stirbt ihr Sohn, und nun ist auch noch ihre Tochter weg. Eine reiche Frau wie sie, und ihre Kinder sind keinen Deut besser dran als … die anderer Leute.«
»Geld hat damit nichts zu tun.«
Alma kniff die Lippen zusammen, ihr Blick war zynisch.
»Mütter haben es immer schwer. Man meint, Kinder großzuziehen wäre nichts als Freude und Liebe, und wenn man genug Geld für Häschentapeten und eine hübsche weiße Wiege hat, herrscht eitel Sonnenschein. Aber das sind Märchen, mit Märchenschlössern und Schatzkammern voller Juwelen und Kronen, und trotzdem sind die Königinnen im Märchen genauso todunglücklich wie wir normalen Sterblichen.«
»Häschentapeten. Meine Kinder hatten nichts dergleichen«, sagte Alma.
»Aber Sie lieben sie trotzdem.«
»Sie sagen es.« Alma schüttelte den Kopf. »Auch wenn sie meine Geduld seit einiger Zeit auf eine harte Probe stellen.«
»Ihre Söhne?«
»Der eine sitzt im Gefängnis, der andere bewegt sich auf dünnem Eis. Wenn er wüsste, dass ich hier arbeite, würde er mir die Hölle heiß machen, mich mit dem Lasso herauszerren. Er ist nach seinem Vater geraten und schreckt vor Gewalt nicht zurück.«
»Was sollte er dagegen haben, dass Sie hier arbeiten?«
»Er hat sich oft anhören müssen, wie sein Onkel Todd über die Tuckers mit ihren Rinderherden vom Leder gezogen hat und dass sie die Rydells mit ihrer Schafzucht ruiniert haben. Er bildet sich vermutlich ein, dass uns die Tuckers um ein Vermögen gebracht haben, weil sie nichts von ihrem Weideland abgeben wollten.«
»Die alte Familienfehde ist doch längst begraben!«

»Manchen Männern ist es ein Bedürfnis, das Feuer immer wieder zu schüren.«
»Todd, zum Beispiel. Hat er engen Kontakt zu Ihren Söhnen?«
»Ja.«
»Das muss Tammy gewusst haben, als sie Sie mir empfohlen hat.« Irgendetwas beunruhigte Louisa, aber sie hätte nicht sagen können, was. »Ich frage mich, warum sie vorgeschlagen hat, dass Sie hier arbeiten, wenn ihr klar war, dass es deswegen zu Spannungen in Ihrer Familie kommen könnte.«
»Tammy wusste, dass ich Arbeit brauche. Und niemand muss etwas davon erfahren.«
»Sie haben Ihren Söhnen nicht gesagt, dass Sie hier arbeiten?«
Alma schüttelte den Kopf. »Wie sollte ich? Ich sagte ja bereits, der eine verbüßt eine Haftstrafe, weil er den Schaden nicht bezahlen konnte, den er bei einer Schlägerei in einer Bar angerichtet hat, und der andere lässt sich nur selten blicken. Er hat die Schule abgebrochen. Er trinkt, wie sein Vater und sein Bruder, und er lebt in den Bergen.«
»In den Bergen?«
»Irgendwo in den Wind River Mountains.« Almas Augen röteten sich, schwammen in Tränen. Zwei rote Flecken erschienen auf ihren Wangen. »Er ist noch nicht einmal volljährig, aber er bildet sich ein, er sei ein ›Naturbursche‹. Einer von diesen Überlebenskünstlern, wissen Sie. Bildet sich ein, die ganze Welt hätte sich gegen ihn verschworen. Was habe ich nicht alles für ihn getan, und das ist der Dank! Lebt wie ein Tier. Manchmal wünschte ich, ich hätte nie –«
»Tut mir Leid. Und was ist mit Ihrem Mann?«
»Den können Sie vergessen.« Alma schüttelte heftig den Kopf, als sei sie wegen des Gefühlsausbruchs wütend auf sich selbst. Als sie Louisa ansah, war ihr Blick wieder ausdruckslos. »Ich kann ganz gut auf mich selber aufpassen.«
Louisa betrachtete die Pfeffer- und Salzstreuer, kitschige, bunte bemalte Keramikbehältnisse in Form eines Jungen und eines Mädchens hoch zu Pferde. Sie war beunruhigt über die Art, wie Alma

jede Regung in ihrem Gesicht ausgelöscht hatte, als wäre es eine Tafel. Aber da war noch etwas anderes, das an ihr nagte, sich dunkel in ihrer Erinnerung an den heutigen Morgen regte. Dann fiel es ihr ein …

Louisas Stimme klang so beiläufig, als wollte sie über das Wetter reden. »Ich frage mich, warum Sie gesagt haben, Daisys Sohn sei tot. Das kann niemand mit absoluter Sicherheit wissen. Er gilt als vermisst.«

»Vermisst? Sie suchen immer noch nach ihm?« Die roten Flecken auf Almas Wangen wurden stärker.

»Nicht direkt. Die Polizei hat die Fahndung eingestellt.«

»Ich war mir sicher, dass er tot ist«, erwiderte Alma hastig. »Todd war an dem Tag dabei. Wussten Sie das nicht? Er hat erzählt, dass der Suchtrupp weit und breit kein Lebenszeichen von dem Jungen entdecken konnte und dass man ihn bestimmt gefunden hätte, wenn er irgendwo im Umkreis gewesen wäre.«

»Richtig, ich vergesse manchmal, dass Todd dabei war. Dalton hatte ihm damals Arbeit auf der Ranch gegeben … mir zuliebe, schätze ich.«

»Todd meinte, dass der Junge vermutlich von einem Wolf oder Bären verschleppt wurde. Oder sich in den Canyons oder einer Höhle verirrt hat. Oder in eine Felsspalte gestürzt ist und nicht mehr herauskam. Millionen Dinge können passiert sein. Aber er ist tot. Mit Sicherheit.«

»Bringen Sie das mal James bei! Er hat die Ranch in all den Jahren kaum verlassen, weil er immer noch hofft, dass der Junge eines Tages vor der Tür steht.«

»Bestimmt nicht.« Alma sprach schnell und laut, ihre Augen waren geweitet, wirkten erschrocken. »Die Familie sollte ihn in Frieden ruhen lassen. Manchmal muss man einfach aufgeben.«

»Ich glaube nicht, dass diese Familie davon überzeugt ist.« Louisa wunderte sich über Almas heftige Reaktion.

»Kinder großzuziehen ist schwer genug, auch ohne sich mit Hirngespinsten zu quälen.«

Louisa antwortete nicht. Sie verschränkte die Hände, legte sie auf das Alzheimer-Buch. Sie konnte sich nur vorstellen, wie Almas Leben aussah, wenn einer ihrer Söhne im Gefängnis saß und der andere seine Wutfantasien als Naturbursche auslebte; es gab gewiss genug, womit sie sich quälte.
Vielleicht war das der Grund für ihren Gefühlsausbruch gewesen. Doch warum hatte sie steif und fest behauptet, Jake sei tot? Draußen fiel der Schnee immer dichter. Bestimmt machte sie sich jetzt Sorgen um ihren Sohn, der in den Wind River Mountains lebte. Alma starrte aus dem Fenster, und Louisa fragte sich, ob er sich irgendwo in Sichtweite befand. Vielleicht kampierte er direkt vor ihrer Nase auf den Klippen, die an die DR-Ranch grenzten – in dieser gespenstischen, rätselhaften Ödnis. Vielleicht »schürte er das Feuer« seines heimlichen Grolls, der ihn offenbar umtrieb.

*

Seit es schneite, fiel es James am Morgen schwer, von Daisys Seite zu weichen. Er hatte die Nächte im Cottage verbracht, und das Geräusch des Schnees auf der Fensterscheibe weckte in ihm den Wunsch, sie in den Armen zu halten und den ganzen Tag mit ihr unter der warmen Decke im Bett zu bleiben. Aber er zwang sich, aufzustehen und seiner Arbeit nachzugehen, genau wie sonst. Sage würde irgendwann kommen, und die beiden würden die Ranch verlassen. Oder auch nicht.
Er ritt am Fluss entlang und suchte mit dem Feldstecher Stück für Stück die Prärie ab. Er musste seine Tochter finden und hielt immer noch nach dem Eindringling Ausschau, der die Fotos zurückgelassen hatte. Sein Leben war seit vielen Jahren von Geheimnissen erfüllt, die er lüften musste. Seit Daisy im Cottage wartete, redete er sich ein, dass sie vielleicht bleiben würde, wenn er Sage fand und einige der Fragen beantworten konnte, die ihnen heute noch ein Rätsel waren.
Als er die Vögel entdeckte, war es drei Uhr nachmittags.

Es hatte heftig geschneit, doch nun schien das Wetter umzuschlagen. Blauer Himmel brach stellenweise durch die grauweiße Wolkendecke, als er sein Fernglas über das Canyon-Land gleiten ließ. Die Vögel kreisten, ihr schwarzes Gefieder glänzte im Sonnenlicht, und er spürte, wie sein Herzschlag aussetzte. Aasfresser waren häufige Besucher auf der Ranch, aber seine Nerven lagen blank, als die Geier ausgerechnet jetzt auftauchten, wo er nach Sage Ausschau hielt.
Er gab seinem Pferd die Sporen und galoppierte durch den knöcheltiefen Schnee. Paul und ein paar von seinen Männern besserten die Zäune aus, aber James preschte wortlos an ihnen vorüber. Er hielt sich grob in Richtung Westen. Die Spitzen der Klippen schimmerten golden in der Sonne, die sich inmitten eines Schneesturms Bahn brechen konnte, doch als er den Canyon erreichte, war es darin beinahe dunkel.
Die Geier krächzten wie Hexen, ihre schwarzen Schatten fielen über sein Gesicht. Einige landeten etwa hundert Meter vor ihm, wo ein Bündel auf der Erde lag. Sie waren groß und hässlich, die angelegten Flügel verliehen ihnen das Aussehen buckeliger Monster. James brüllte und fuchtelte mit den Armen, um sie zu verscheuchen. Seine Stimme hallte ringsum wider. Die Geier erhoben sich in die Lüfte und kreisten über ihm, und ihre Flügelschläge klangen wie Donnergrollen.
Hier hatte er die Krähen auf dem verendeten Wolf gefunden und nach Aasfressern Ausschau gehalten, die ihn zu Jake führen konnten. Mit klopfendem Herzen ritt James zu der Stelle, an der die Geier ihr Festmahl gehalten hatten.
Er hatte den vermissten Stier gefunden, zehn Meter von der Wand des Canyon entfernt, für jedermann sichtbar. Allem Anschein nach war er bereits seit Tagen tot, Raubtiere hatten sich über ihn hergemacht. Fleischfetzen waren aus seiner Flanke gerissen, die Haut war von Schnabelhieben durchlöchert. Der Kopf war abgetrennt.
James stieg vom Pferd und ging neben den Schultern des Tieres in

die Hocke. Der Schnee war mit Fetzen des schwarzen Fells übersät, und der Hals war voller Blut. James hörte Hufe klappern. Paul galoppierte in den Canyon, und James winkte ihn herbei.

»Jesus!«

»Hast du die Geier gesehen?«

»Muss wohl. Aber ich habe mir nichts dabei gedacht. Sie treiben sich ja dauernd hier draußen herum. Du hast den Stier gefunden –«

»Die Geier haben ihn eine Woche vor mir gefunden.«

»Ja.« Paul starrte auf den blutigen Nacken. »Jesus.«

»Das hat nach dem Round-up angefangen. Das waren keine Raubtiere, sondern dieser verfluchte Schlächter.«

»Die Köpfe –«, sagte Paul, und James nickte. Er erinnerte sich noch gut daran, wie sie bei dem Ritt über das Weideland auf vier Zaunpfosten mit aufgespießten Kuhschädeln gestoßen waren.

»Er weiß offenbar nicht, was er sich da einhandelt«, sagte James. Er berührte die gezackte Haut an der Stelle, wo der Kopf abgetrennt worden war: Der Schlächter hatte eine Klinge mit Wellenschliff verwendet, ein Jagdmesser oder eine rostige Eisensäge. Die Schnittstelle war uneben, und Rostpartikel waren auf dem blutbefleckten Schnee zu sehen.

»Er hat sich einen großen Stier ausgesucht«, sagte Paul. Als Vormann der Ranch bestand seine Aufgabe darin, grob zu überschlagen, wie hoch der finanzielle Verlust am Viehmarkt war.

James dachte darüber nach, wie lange es dauern mochte, einem zwei Tonnen schweren Stier mit einer Säge den Kopf abzutrennen. Es hatte vermutlich geschneit, als sich der Schlächter ans Werk machte, hier draußen, für jedermann sichtbar, der des Weges kam. Der Stier war erschossen worden. James begutachtete die Wunde; trotz der Aasfresser steckte der Beweis noch im Fleisch, die Kugel aus einem .30-30-Winchester-Gewehr.

»Wer war das?«, fragte Paul.

»Keine Ahnung.«

»Es muss derselbe Kerl gewesen sein.«

James ließ seinen Blick umherschweifen. Irgendjemand hatte Fo-

tos von seiner Herde gemacht. Er brachte seine Rinder um, verhöhnte ihn: Wo würde der Kopf auftauchen? Daisy hatte gesagt, das Land sei eine Heimstatt der Geister, aber James wusste, dass es in dem Canyon einen Schlächter gab. Er roch Blut und Kiefern, und er fragte sich, ob Geister wohl mit einem Messer umzugehen wussten.
»Jemand, der Tiere hasst«, sagte Paul.
»Jemand, der mich hasst«, sagte James.

*

Das Testament musste in Daltons Safe sein. Bisher hatte Louisa der Versuchung widerstanden nachzuschauen. Den Schreibtisch und die Spiegelkommode zu durchsuchen war eine Sache, doch nun wurde es ernst. Louisa stand im Eheschlafzimmer und blickte Rosalinds Bild an. Es war sehr alt und schön, von einem berühmten Künstler gemalt, der sie während ihrer Jugendzeit an der Ostküste porträtiert hatte. Dalton hatte oft gesagt, das Gemälde gehöre in ein Museum, und in Erwägung gezogen, es dem Laramie Museum of Fine Arts zu schenken, wenn James so weit war – das hätte ihr gefallen.
Während Dalton in seinem Arbeitszimmer am anderen Ende der Halle im Rollstuhl saß und schlief, hielt Louisa stumme Zwiesprache mit Rosalinds Porträt und sah ihr in die Augen. Rosalind erwiderte den Blick, kühl und arrogant. Ihre kastanienbraunen Haare waren hoch gesteckt, der anmutige Hals war lang und majestätisch. Rosalind hatte stechend blaue Augen, wie Saphire, exotisch und unbezahlbar. Sie waren Rivalinnen, Erzfeindinnen, Louisa und Rosalind. Schon seit Jahren. Louisa hatte unter dem Bild der verstorbenen Rosalind geschlafen, die von oben auf sie herabschaute, und nun hatte sie das beklemmende Gefühl, Rosalind sei in der Lage, bis auf den Grund ihrer Seele zu blicken.
»Halt dich da raus!« Louisas Augen blitzten. »Das ist jetzt mein Haus.«

Nein, ist es nicht, schien Rosalind zu sagen. *Schau hinein in den Safe, dann werde ich es dir beweisen.*
Dalton schnarchte in seinem Rollstuhl, stöhnte im Schlaf. Alma war unten mit der Zubereitung seines Mittagessens beschäftigt. Louisa betrachtete Rosalind wütend. Sie war jung gestorben, mit Mitte dreißig, nicht viel älter als auf dem Gemälde. Rosalind hatte nicht annähernd so lange mit Dalton zusammengelebt wie sie; sie hatte ihn nicht gepflegt, wenn er krank war, hatte nicht mit ansehen müssen, wie er den Kampf gegen die Alzheimersche Krankheit verlor. Sie war nicht bei ihm gewesen, als sein Enkel spurlos verschwand.
»Ich habe es verdient«, flüsterte Louisa und berührte den goldenen Bilderrahmen.
Du wirst schon sehen, was du davon hast, schien Rosalind höhnisch zu lächeln. Louisa versetzte dem blasierten Gesicht einen Schlag, schob das Bild beiseite, hinter dem sich der Safe verbarg. Ihre Hände zitterten, als wäre sie tatsächlich die Diebin, für die Rosalind sie hielt. Louisa blies auf ihre Finger und versuchte, sich an die Zahlenkombination zu erinnern.
Dalton hatte sie ihr vor Jahren genannt, als er sich bei einem Sturz von den Klippen verletzt hatte. *Für den Fall, dass mir etwas passiert,* hatte er gesagt. 53-43-82, anschließend eine halbe Drehung zurück. Louisa holte Luft, stellte die Ziffern ein. Die schwere Tür des Safes ging auf.
Er enthielt viele Dinge: Schenkungsurkunden, Blaupausen und topografische Karten von den Ranchgebäuden und dem dazugehörigen Landbesitz, die Geburtsurkunde von James, Goldbarren, beim Rodeo gewonnene Medaillen, einen 45er Colt mit Perlmuttgriff nebst einer Schachtel Patronen, ein mit Satin ausgeschlagenes Schmucketui von Rosalind, das Dalton für Sage aufgehoben hatte, und das Testament von Dalton Tucker.
»Mist!« Louisas Finger zitterten. Danach hatte sie monatelang gesucht. Gleich würde sie wissen, wie Daltons letzter Wille aussah. Dann würde sie endlich zur Ruhe kommen und Bescheid wissen, so oder so.

Es wird sich nichts ändern, sagte sie sich und starrte das Dokument an. Was immer er auch verfügt haben mag, ich werde ihn deshalb nicht weniger lieben. Er ist mein Ritter in der schimmernden Rüstung. Ich werde nach wie vor die glücklichste Frau der Welt sein, Freitagabend ins Stagecoach gehen, Todd sagen, dass er mich in Zukunft mit seinem Gerede verschonen soll, und Liebeslieder für Dalton Tucker singen …

»Was hast du denn da?«, rief Dalton.

»Oh!« Louisa zuckte zusammen. Er saß im Rollstuhl, der Orientteppich in der Halle hatte jedes Geräusch verschluckt. »Hast du mich aber erschreckt! Ich dachte, du schläfst –«

»Was ist das, was du in der Hand hältst, Louisa?«

»Warum? Nichts –«

»Du wolltest etwas aus meinem Safe holen?«

»Ich … Ich wollte nur schauen …«

»Das ist mein Testament. Oder?«

»Ja.«

»Wie kommt es, dass du plötzlich so neugierig bist?«

»Ähm, seit Daisy hier ist und so … Ich muss schließlich wissen, wie es weitergehen soll, da die kleine Sage auf dem Weg zur Ranch und die Familie wieder beisammen ist.«

»Verdammt!«, brüllte Dalton.

Louisa trat erschrocken zurück. Seine Stimme war so laut, dass die Kristallprismen am Lüster in der Halle zu erzittern schienen. Mit schmerzverzerrtem Gesicht durchquerte er den Raum. Obwohl sich sein Kopf auf gleicher Höhe mit ihrer Brust befand, hatte Louisa das Gefühl, dass er hoch über der Kulisse aufragte.

»Verdammt!«, brüllt er noch lauter als beim ersten Mal. Er riss ihr das Testament aus den zitternden Händen.

»Dalton –«

»Du gehst jeden Freitagabend in diese Bar.« Seine Augen und seine Stimme waren unbarmherzig. »Jedes Wochenende, so lange ich dich kenne, und auch an anderen Abenden.«

»Ich weiß, aber –« Sie wollte hinzufügen: Ich singe nur für dich.

Aber er fuhr fort, als hätte er sie nicht gehört, als zählte ihre Meinung nicht.

»Sie umkreisen dich wie die Bussarde, mit hängender Zunge. Sie starren dich an, ziehen dich in Gedanken aus – glaub ja nicht, dass ich das nicht sehe!«

»Aber ich will keinen von ihnen –«

»Jeder Einzelne von ihnen möchte mit dir tanzen. Jeden Freitagabend, gleichgültig, ob ich da bin oder nicht. Ob ich an deiner Seite bin oder hier auf der Ranch. Vor dem Sturz –« Er schlug sich auf den Oberschenkel, als sei er in der Lage, seine brüchigen Knochen wieder zusammenzufügen. »Ich mag einiges vergessen, aber ich habe immer noch Gefühle. Ich bin immer noch ein Mann!«

»Ich weiß.« Louisas Augen füllten sich mit Tränen.

»Ich habe dir vertraut«, sagte er mit flammenden Augen. »Ich habe zugesehen, wie du in diese Bar fährst, habe über diese Cowboys nachgedacht, aber ich habe dir vertraut – wie auch immer!«

»Dalton –«

»Und was machst du?« Er schüttelte das Dokument in seiner knochigen Hand. »Sieht so dein Vertrauen zu mir aus?«

»Ich muss es sehen«, sagte sie flehentlich.

»Musst mit deinen Augen sehen, was du mit deinem Herzen nicht sehen kannst? Ja, ist das so?«

»Als du im Krankenhaus warst«, sagte Louisa in dem verzweifelten Versuch, ihm den Sachverhalt zu erklären, »hat Todd mich gefragt, was aus mir werden soll, wenn dir etwas passieren sollte –«

»Todd Rydell?« Daltons Tonfall klang gefährlich.

»Er ist mein Neffe. Er macht sich Sorgen um mich.«

»Dieser verdammte Hurensohn. Dieses miese Stück Scheiße … du hast auf ihn gehört, statt – verdammt, warum hast du mich nicht gefragt? Warum musstest du im Safe herumschnüffeln? Bin ich es nicht einmal mehr wert, dass man mit mir redet?«

»O Dalton, natürlich bist du –«

»Ich bin zu nichts mehr nutze, das denkst du doch! Ich bin eine

Null. Beine gleich Null, Gedächtnis gleich Null, Liebe gleich Null. So ist es doch, oder?«
»Ich liebe dich«, sagte Louisa.
»Und das ist deine Art, es mir zu zeigen!« Dalton senkte den Kopf. Alma hatte den Lärm gehört. Sie schickte sich an, die Treppe hinaufzulaufen, aber Louisa hielt warnend die Hand hoch. Alma hielt inne. Sie stand wie versteinert da und lauschte, unsicher, wie sie sich verhalten sollte.
»Ich liebe dich«, sagte Louisa noch einmal.
Dalton senkte den Kopf noch tiefer. Er umklammerte das Testament aus schwerem, beschichtetem Papier mit solcher Kraft, dass es aussah wie eine zerknüllte Papierkugel. Seine Schultern bebten, und Louisa wusste, dass er weinte.
»Schau mich an«, sagte Louisa. »Dalton, bitte –«
»Rosalind.«
Louisa war verzweifelt. Da war sie wieder, die grauenvolle Krankheit, mit der alles angefangen hatte. Sie konnte seinem Herzen nicht trauen, wenn er sie ständig mit seiner verstorbenen Frau verwechselte. Dalton lebte und atmete, aber sein Gehirn starb. Louisa musste aufgeschluchzt haben, denn Dalton hob plötzlich den Kopf. Sein Blick war wachsam, bestürzt.
»Ich meine – Louisa.«
»Ich weiß.« Sie nahm seine Hände.
»Ich habe mich versprochen.«
Louisa nickte. Rosalinds Porträt blickte auf sie beide herab und schien zu sagen: *Wer zuletzt lacht …* aber Dalton sah es nicht. Er ließ das Testament in seinen Schoß fallen, ergriff Louisas Hand. Sein Körper wirkte ausgemergelt, sein Gesicht hager.
»Es tut mir Leid, dass ich mich versprochen habe.«
»Ist schon gut, Liebster. Ist schon gut.«
»Verlass mich nicht, Louisa«, sagte er mit brechender Stimme und sah sie mit Augen an, die trüb waren von den Tränen und vom grauen Star.
»Niemals«, flüsterte sie und legte den Kopf in seinen Schoß. Seine

Beine waren mit einer Decke zugedeckt, und das zerknüllte Testament war auf dem Boden gefallen. Louisa hob es nicht auf, sie rührte sich nicht. Daltons Hand auf ihrem Haar fühlte sich so gut an.

Der Wind pfiff durch den Schornstein, der Schnee trommelte gegen die Fensterscheiben. Alma vertrat sich die Füße in der Halle, und nach ein paar Minuten ging sie wieder nach unten. Louisa hörte, wie Daisy in der Küche »Hallo, ist da jemand« rief. Sie hörte Alma und Daisy leise miteinander sprechen, ihre Stimmen klangen gedämpft. Dalton schien von alledem nichts zu bemerken. Er saß einfach in seinem Rollstuhl und strich Louisa übers Haar, als tröste ihn die Berührung.

»Verlass mich nicht, Dalton.«

Er antwortete nicht, aber er fuhr fort, über ihr Haar zu streichen.

27

Daisy wünschte, Gefühle würden eine lineare Entwicklung nehmen, dass sie, wenn sie beschlossen hatte, zu verzeihen und über die Verletzungen und den Schmerz der Vergangenheit hinauszuwachsen, mitspielen und dem gleichen stetigen Kurs folgen würden. Dann wäre das Leben wie eine Geburtstagskarte, mit idyllischem Sonnenuntergang und Liebesschwüren in kalligrafischer Schrift. James und sie würden sich an den Händen halten und einander tief in die Augen blicken. So war es in den letzten Nächten auch gewesen. Der heutige Tag stand auf einem anderen Blatt. Sie saß an der Werkbank vor ihrer Arbeit, erstarrt und gleichzeitig aufgewühlt, unfähig, auch nur einen Finger zu rühren.

Draußen hatte ein Eisregen eingesetzt. Sie hörte die Eiskristalle auf das Dach prasseln. Das Holz, das sie benutzt hatte, um das Feuer in Gang zu halten, war vermutlich nass gewesen, denn der Rauch verströmte einen feuchten, beißenden Geruch. Das war Daisy egal. James hatte sie heute Morgen geküsst, mit strahlenden Augen, die ein Versprechen enthielten. In dem Moment hatte Daisy ihm geglaubt. Nun schlang sie die Arme um ihre Schultern und versuchte, sich darüber klar zu werden, was nicht stimmte.

Sie beschloss, das zu tun, was zu Hause immer am besten funktionierte, wenn sie sich deprimiert, bedrückt oder auch nur entmutigt fühlte. Sie griff zum Hörer und rief ihre Schwester in ihrem Laden an. Aber sie erreichte nur den Anrufbeantworter.

»Hallo, Sie sind mit dem Cowgirl Rodeo verbunden«, sagte Hathaways Stimme am anderen Ende der Leitung. Daisy hörte die Ansage bis zum Ende an, dann legte sie auf. Sie hätte Hathaway zu Hause anrufen können, aber sie beschloss, es zu lassen.

Eine Eisschicht überzog die Zäune und Bäume, verwandelte sie in brüchiges Glas. Daisy saß reglos da, blickte aus dem Fenster und hatte Angst, selbst in tausend Scherben zu zerspringen.

*

In der Nacht, als der Schneesturm den gesamten Staat Wyoming verhüllte, fanden David, Sage und die Tiere Schutz in einem verlassenen Blockhaus, das als Wildtier-Beobachtungsstation diente, etwa fünfzig Meilen von der DR-Ranch entfernt. Die Wände waren dünn und nicht isoliert, und die Luft im Innern war bitterkalt und feucht. Der Schnee war so feucht, dass er auf dem Holz kleben blieb, wobei er alle Ritzen und Löcher füllte und eine Art natürliche Isolation bildete.

Wie ein Iglu, dachte Sage, als sie ihre Finger durch das Astloch in einer Holzplanke streckte und eine dicke Schneeschicht auf der anderen Seite ertastete. Die Hunde und Katzen scharten sich um sie, hielten sie warm. Das Baby in ihrem Bauch veränderte seine Lage. Sage saß reglos da und sah zu, wie es draußen dunkelte, während David ein Feuer in dem schwarzen, dickbauchigen Ofen anzündete.

»Zeit fürs Abendessen«, sagte sie.

»Ich weiß. Roastbeef und Stampfkartoffeln.«

»Oh, ich dachte eher an Hummer und Pommes frites.« Sie lachte. Sie sah zu, wie er anfing, die Tiere zu füttern, dann holte sie eine Packung Zerealien heraus, die noch aus der LKW-Raststätte stammte. Als sie alles Essbare vor dem Ofen ausgebreitet hatten, nahmen sie Platz. Das Schmatzen der hungrigen Tiere beruhigte Sage, als sie die trockenen Weizenkörner kaute.

Als alle fertig waren, rollte sich David zu seinem Rucksack hinüber, der an der Wand lehnte. Er holte seine Zigaretten und einen Stift heraus. Die Katzen schnurrten, sie hatten sich die Bäuche voll geschlagen und waren glücklich. Sage sah zu, wie er Linien auf seinen rechten Handrücken zu zeichnen begann. Erst da fiel ihr auf, dass er den Verband abgenommen hatte.

»Geht es deiner Hand besser?«

»Ja.« Sie beugte sich hinüber und ergriff seine Hand, um sie genauer in Augenschein zu nehmen. Die beiden Bisswunden waren verblasst und an der Stelle verschorft, wo sich die Zähne des Perversen in die Haut gebohrt hatten. Sage erschauerte, sie erinnerte sich daran, wie der Mann sie berührt hatte. Sie blickte Davids Tätowierungen an, und die Eulenaugen schienen zu blinzeln.

»Was zeichnest du da?« Sie berührte den Stift.

»Bilder. Möchtest du eines?«

»Ich glaube nicht.«

Er begann, winzige Federn auf seinen Handrücken zu zeichnen. Dann kamen Punkte und Kreise an die Reihe. Die Zeit verging, sie lauschten dem Sturm, der draußen tobte, während David Muster auf seine Haut malte. Sage beugte sich vor, ihre Knie berührten sich. Der Feuerschein war warm und rot.

»Der Kreis schützt den Punkt«, sagte er ruhig. Dann zeichnete er einen größeren Kreis um den kleineren. »Und der größere Kreis schützt den kleineren.«

»Du beschützt gerne alles Mögliche.«

»Irgendjemand muss es ja tun.«

»Wer war die erste Person, die du beschützt hast?«

»Das war keine Person, sondern ein Hund. Tante Thelma, so lautete ihr Name. Ich habe sie vor meinem *Vater* beschützt.«

Die Art, wie er das Wort »Vater« ausgesprochen hatte, veranlasste Sage, ihn anzusehen. »Warum betonst du das so seltsam? Als wäre er gar nicht dein richtiger Vater.«

»Ist er auch nicht. Ich bin adoptiert.«

»Oh.« Sage versuchte sich vorzustellen, wie das wohl sein mochte. »Aber sobald man adoptiert wird, hat man doch eine richtige Familie. Oder?«

»Wird behauptet.«

»Stimmt das nicht?«

»Wenn richtige Familien einen wie ein Stück Scheiße behandeln –«

Sage dachte an die Hundefarm, wo sie Jamie mitgenommen hatten.

Sage hatte das Mädchen retten wollen, aber David hatte gemeint, sie müsse ihren eigenen Weg gehen. Sage hatte gewusst, dass er von sich selbst sprach, dass all seine Errettungen und Tätowierungen und seine seltsame Geistermagie mit seinem eigenen Leben auf einer Hundefarm zu tun hatten.

»Was haben sie mit dir gemacht?«

Er zuckte die Schultern, beugte sich tiefer über seine Hand, schien sich zu konzentrieren, während er einen Kreis nach dem anderen zeichnete. Dann holte er Nadel und Faden aus seinem Etui. Er befeuchtete den Faden mit Spucke und tauchte ihn in eine kleine Flasche mit schwarzer Tinte.

»Was hat deine Familie mit dir gemacht?«

»Pssst«, sagte er. Und dann: »Wirst du dein Baby zur Adoption freigeben?«

Sage ließ die Hände über ihren Bauch gleiten, wiegte ihr Baby. Sie war erst sechzehn, hatte keine Arbeit und kein eigenes Geld, aber sie wusste, dass sie ihr Kind um keinen Preis der Welt jemand anderem überlassen würde. Er gehörte zu ihr, und sie gehörte zu ihm.

»Nein. Nie im Leben.«

David runzelte die Stirn, aber er nickte beifällig. »Ich glaube –«

»Was?«

David rollte sein linkes Hosenbein hoch und zog die Socke herunter. Er hob die Haut mit der rechten Hand an und stieß mit der linken Hand die Nadel und den gefärbten Faden durch das Fleisch. Sage erschrak, aber er zuckte mit keiner Wimper. Er beugte sich einfach hinunter, in seine Arbeit vertieft. Sie sah zu, wie eine Wellenlinie entstand. Dann zog er den Faden heraus und begann von vorne, bis drei Wellenlinien übereinander entstanden waren, jede etwa zweieinhalb Zentimeter lang.

»Ein Fluss«, sagte er.

»Warum?«

»In der Nähe unseres Hauses gab es einen Fluss. Ich bastelte Schiffchen aus der Rinde umgestürzter Bäume und stellte mir vor, ich würde darauf zu meiner richtigen Familie zurückkehren.«

»Halt.« Sage berührte seine Haut. Tropfen von Blut waren an den Ein- und Ausstichstellen der Nadel ausgetreten. Die Haut selbst war entzündet, feuerrot. »Was meinst du mit deiner richtigen Familie? Die Leute, die dich weggegeben haben?«

»Ich vermisse sie.« Es schien, als habe er auch diese Frage nicht gehört. Er lachte hämisch, schüttelte den Kopf. »Du kapierst offenbar gar nichts. Du mit deinen netten Eltern an zwei verschiedenen Orten.«

»Ich kapiere sehr wohl, wovon du sprichst«, sagte Sage mit belegter Stimme. »Ich weiß besser als jeder andere, was es heißt, jemanden zu vermissen.« Plötzlich begriff sie noch etwas anderes: Die Tätowierungen leisteten ihm Gesellschaft. Die Bilder, die Symbole, sogar der Schmerz, den er empfand. Sie griff in ihr Hemd und hielt ihm das Amulett auf der Handfläche entgegen.

»Mein Bruder und ich waren zur gleichen Zeit im Bauch unserer Mutter.« Sage schloss die Augen. »In unseren Adern fließt dasselbe Blut.«

»Und du hast ihn vermisst, als er weg war –«

»Ich fühlte mich nur noch halb.«

»Nur noch halb«, wiederholte David und starrte auf seinen tätowierten Arm und Knöchel, als wüsste er genau, was Sage meinte. David hatte Tätowierungen, um die Leere zu füllen, Sage hatte das Baby, das in ihr wuchs. Sie schaukelte sanft vor und zurück und spürte, wie sein Herzschlag mit ihrem verschmolz.

»Wo –«, begannen Sage und David zur gleichen Zeit. Sie lachten, und Sage fuhr fort: »Wo hat deine richtige Familie gelebt? In Wyoming«

»Ich nehme an. Die Leute, bei denen ich aufwuchs – die Familie –, verließ den Staat so gut wie nie, außer, um in Nebraska mit Hunden zu handeln –« David starrte in den Ofen. »Nur noch halb … ich weiß, was du meinst. Jemanden so vermissen, dass man gar nicht mehr richtig lebt. Wie Petal und ihr Spielzeug; sie vermisst ihre Welpen so sehr, dass sie darüber verrückt geworden ist.«

»Du glaubst, dass Petal verrückt ist?«

»Nur halb. Wie ich.«
»Und weswegen fühlst du dich halb? Wegen deiner richtigen Familie?«
David antwortete nicht. Das Feuer blakte, und sie legten Holz nach, damit es nicht ausging. Petal lag neben ihnen, ihr Kinn ruhte auf ihrem ausgestopften Spielzeug. Sage versuchte zu erkennen, was es sein mochte. Ein Teddybär? Ein Hund? Das braune Fell war zerfleddert und zerrissen, die Knopfaugen waren abgekaut.
Die anderen Hunde und Katzen hatten es sich in verschiedenen Teilen des Raumes gemütlich gemacht. »Was wolltest du fragen?«
Sage erinnerte sich, dass David und sie wieder einmal zur gleichen Zeit etwas sagen wollten.
»Was glaubst du, wohin dein Bruder verschwunden ist?«
»Keine Ahnung.« Sage spürte ein Prickeln im Nacken. »In der Erde.«
»In einer Höhle?«
»Wie kommst du auf die Idee?«
David zuckte die Schultern. »In den Bergen wimmelt es vor Höhlen. Vielleicht ist er hineingekrochen … ich habe mich einmal in einer verirrt. Bin kopfüber in eine Felsspalte gestürzt und musste am Fuß herausgezogen werden. Seither habe ich das da.« Er schob seine braunen Haare zurück und zeigte Sage eine schmale weiße Narbe am Haaransatz.
»Wie alt warst du, als das passiert ist?«
»Klein. Vier oder fünf. Klein genug, um in eine Felsspalte zu passen.«
Sage schloss die Augen. Das Bild war grauenhaft: Ein kleiner Junge, neugierig und beherzt, wagt sich in eine Höhle hinein, will ihre Geheimnisse ergründen. Vielleicht hatte er so getan, als sei er ein Bär, ein Wolf oder ein Indianer vom Stamm der Shoshonen. Mit blitzenden Augen, abenteuerlustig, und dann stürzt er in den Abgrund der Hölle. Sie konnte den Gedanken nicht ertragen, dass Jake das Gleiche passiert sein könnte. Wenigstens war David mit dem Leben davongekommen.

»Wer hat dich gerettet?«, fragte sie ruhig und tätschelte Petal.
»Mein Onkel. Mein so genannter Onkel. Der Bruder meiner Adoptivmutter. Er hat mich herausgezogen und dafür gesorgt, dass ich wieder zusammengeflickt wurde.«
»Gut, dass er gerade zur Stelle war.«
»Ja. Er ist ganz nett, der einzige Lichtblick in dieser Familie. Einmal, als mein Dad mich zwang, einen Wurf junger Hunde mit der Axt zu töten, hätte er ihn beinahe umgebracht. Hat ihm einen Faustschlag aufs Kinn verpasst, dass er zu Boden gegangen ist –«
»Dein Vater hat dich gezwungen, Welpen zu töten?«, fragte Sage erschüttert.
»Ja. Das ist gang und gäbe in meiner Familie. Mein Onkel ist anders. Wirklich nett, verglichen mit dem Rest. Er hat gesagt, er würde mich rausholen, woanders hinbringen, wo es mir besser gehen würde. Und es täte ihm Leid, dass er mich überhaupt gerettet und auf die Farm gebracht hat; er hätte nicht gedacht, dass man mich dort so behandeln würde.«
»Konnte er dich nicht mitnehmen? Hättest du nicht bei ihm bleiben können?«
David zuckte die Schultern. »Er kam nicht mehr. Nach der Geschichte redeten meine Eltern und er nicht mehr miteinander.«
»Such ihn. Bleib bei ihm.«
Stirnrunzelnd begann David, wieder auf seiner Haut zu zeichnen. Er wählte eine neue Stelle auf seinem rechten Arm aus, skizzierte eine Eule. Punkte, Striche, Eulen und Kreise: Diese Markierungen schien David zu bevorzugen. Sage sah zu und lauschte dem Sturm, der immer heftiger tobte.
»Ich sah die Eulen in der Höhle«, sagte David. »Die gelben Augen, die mich beobachteten.«
»Unheimlich.«
»Nein, ich wusste, sie waren meine Freunde.«
»Du bist ein richtiger Künstler.« Plötzlich vermisste Sage ihre Mutter. »Du musst das Talent von jemandem in deiner richtigen Familie geerbt haben.«

»Ja, könnte sein. Mein Bruder kann überhaupt nicht zeichnen.«
»Dein Bruder? Ist der aus deiner richtigen Familie?«
»Nein. Der gehört zu ihnen. Ist ihr richtiger Sohn. Mein Adoptivbruder.«
Sage nickte. Ihr Baby trat in ihrem Bauch um sich, und mit einem Mal hatte sie ein seltsames Gefühl – als ob ihr gleich schlecht würde. Draußen heulte der Wind, rüttelte an der kleinen Blockhütte. Das ganze Gebäude schien sich zu bewegen, als schwanke es am Rand einer Klippe. Sage presste Petal und Jamie enger an sich, hatte Angst.
David nahm ihre Hand. Wortlos begann er, einen Vogel zu zeichnen, und dieses Mal ließ sie es zu. Bei seiner Berührung erschauerte sie. Im selben Moment fiel ein Ast auf das Dach, und sie erschrak.
»Das ist nur der übliche Sturm in Wyoming. Du brauchst keine Angst zu haben.«
»Ich kann nichts dagegen machen.«
»Hier drinnen ist es warm, und wir haben genug zu essen.«
Der Wind heulte und wehte immer heftiger. Ein Windstoß fuhr in den Kamin und wirbelte die Funken im Herd hoch. David hielt ihre Hand fester.
»Das Baby. Was ist, wenn etwas passiert, und wir können hier nicht heraus? Der Wind macht mir Angst –«
»Wir können jederzeit um Hilfe bitten.« Davids Gesicht war ernst. Er begann, Kreise und Punkte auf ihre Hand zu zeichnen. »Wir können den Geist anrufen.«
»Den Boten zwischen den beiden Welten?« Sie zitterte. Draußen war es dunkel. David hatte sich während des Tages geweigert, über ihn zu sprechen, aber der Abend war längst angebrochen.
»Ja.«
Die Glasscheiben klirrten in den Fenstern. Sage fürchtete sich bei dem Wetter, aber Davids Worte waren spannend. Sie erinnerte sich an ihre Mutter, an das mit Federn, Knochen, Steinen und Golddraht angefüllte Atelier. Traumfänger hingen von der Decke, mit Netz bespannte Reifen, die früher über ihrer Wiege hingen, um die

vorbeiziehenden, guten Träume einzufangen. Ihre Mutter war überzeugt, dass es Geister gab und dass man sich auf die Suche nach ihnen begeben musste, um Träume, Visionen und Hilfe zu finden.

»Was für einen Geist?«

»Den Mutigsten von allen. Es ist ein magischer Name, der dich schützt. Wenn du ihn laut sagst, kann dir niemand etwas Böses anhaben.«

Wieder tauchte in Sages Gedächtnis verschwommen das Wort auf, der Name, den ihre Mutter zu sagen pflegte; sie fand nichts Seltsames daran, weil ihr das alles so vertraut vorkam. »Und wie lautet er?« flüsterte sie.

»Washakie,« sagte David, und dann ein zweites Mal, lauter.

Sages Augen umwölkten sich, als unvermittelt eine Erinnerung auftauchte, die sie längst vergessen zu haben glaubte. Sie sah den roten staubigen Trail, der zur Ranch führte, und vier kleine Füße. Zwei gehörten ihr, die beiden anderen ihrem Bruder. Der Junge hatte Augen von der gleichen Farbe wie Davids, und wie viele Zwillinge sagten sie häufig das gleiche Wort im selben Moment. Sie hörte die Stimmen ihrer Mutter und ihres Vaters, die ihnen von einem Indianerhäuptling erzählten, dessen Name für Tapferkeit und Mut stand. Ihr Bruder und sie hatten sich an den Händen gehalten.

»O mein Gott!«

David sah sie verwundert an.

»Jake«, stöhnte sie. Ihre Augen füllten sich mit Tränen.

David starrte sie an. »Waaas?«

»Ich fasse es nicht!« Sie tastete nach seinen Händen, während Tränen über ihre Wangen liefen. »Das kann doch nicht wahr sein! Ich glaube, du bist mein Bruder –«

28

Kurz vor der Morgendämmerung war der Boden der Ranch eisig und gefroren. Sterne funkelten am blauschwarzen Himmel. Sie standen tief über dem Kamm des Berges, waren gefangen im Geäst der verkrüppelten Zedern. Die Temperatur war in der vergangenen Nacht rapide gefallen, und der nasse Schnee hatte sich in Eiskristalle verwandelt. Da Gefahr bestand, dass die Rinder durch die Eiskruste brachen, sattelte James sein Pferd, um auf die Weiden hinauszureiten.

Daisy war im Stall, sie hatte Scout angebunden und striegelte sie. Sie bemerkte ihn nicht, deshalb blieb er stehen und verweilte im Schatten. Als er gestern zum Cottage gegangen war, wie jeden Abend, seit sie wieder zueinander gefunden hatten, hatte kein Licht gebrannt. Zuerst hatte er gedacht, sie sei müde gewesen. Der Gedanke, dass sie im Bett auf ihn wartete, warm und schläfrig, hatte ihn noch mehr erregt, und so war er die Stufen zur Veranda hinaufgegangen.

Als er gerade anklopfen wollte, war sein Blick zufällig durch das Fenster gefallen. Sie war hellwach gewesen, hatte zusammengekauert am Fußboden vor dem Feuer gesessen, die Arme um die hochgezogenen Knie geschlungen. Ihre Haare hatten ihre Augen verdeckt, aber ihre bebenden Schultern hatten ihm verraten, dass sie weinte. In der Absicht, auch unaufgefordert einzutreten und sie zu trösten, hatte er die Hand auf die kalte Türklinke gelegt, doch in dem Augenblick hatten sich ihre Blicke getroffen. Sie hatte ihn gequält angesehen und mit einem kaum merklichen Kopfschütteln weggeschickt.

James zögerte, als er sie jetzt sah. Er wollte nichts erzwingen, was sie nicht freiwillig zu geben bereit war, wollte ihr jede Peinlichkeit und weitere Aufregung ersparen. Trotzdem sehnte er sich nach ihrer Nähe. Mehr nicht, sagte er sich. Er wollte nur zu ihr gehen und sie in die Arme schließen, den Duft ihres Haares einatmen, ihre Wangen küssen und spüren, wie seine Arme ihren Körper umfingen. Und er wollte spüren, dass er sie zu trösten und für all die verlorenen Jahre zu entschädigen vermochte.

Er räusperte sich. Als sie ihm den Kopf zuwandte, näherte er sich ihr von der anderen Seite, so dass Scout zwischen ihnen stand.

»Du bist früh auf den Beinen.«

»Ich konnte nicht schlafen.«

»Hat dich der Sturm beunruhigt?«

Sie nickte; ihre Augen und ihr Mund waren angespannt, als hielte sie krampfhaft etwas in ihrem Innern verschlossen, was jeden Augenblick auszubrechen drohte. Es tat James jedoch gut zu sehen, dass ihre Wangen rosig waren; die frische Luft auf der Ranch tat ihr offenbar gut.

»Ich habe gestern Abend vor deiner Tür gestanden«, sagte James und beobachtete sie aufmerksam.

»Ich weiß. Ich hatte deswegen ein schlechtes Gewissen.«

»Du hast mich also gesehen.«

Sie nickte.

»Was war los? Ich dachte, wir –«

»Es war wegen Sage. Bei diesem Wetter – ich halte es nicht mehr aus. Ich kann an nicht anderes mehr denken. Ich habe die ganze Nacht kein Auge zugetan, habe nur gebetet und den Schnee beobachtet –«

»Das hätten wir gemeinsam tun können.«

Daisys Gesicht verzerrte sich. »Gemeinsam –«

»Was ist dagegen einzuwenden?«

Sie schüttelte den Kopf. »Es ist nur … ich bin daran gewöhnt, alles alleine zu machen.«

»Ich auch.« James ging langsam um Scout herum. Er wusste nicht, wie Daisy reagieren würde, aber sie stand reglos da und sah ihn an. Im Stall war es eisig, der Atem bildete weiße Wölkchen, die sich in der Luft auflösten. Daisy trug Jeans und lederne Überziehhosen, einen blassgelben Pullover und eine dunkelgrüne Jacke. Beim Anblick ihrer geröteten Wangen sagte sich James abermals, dass ihr die Zeit auf der Ranch gut tat.

»Es ist so viel geschehen, seit ich hier bin, ich kann es noch gar nicht fassen.« Kopfschüttelnd blickte sie auf ihre Stiefel. »Gestern Nacht habe ich an früher gedacht. Wie glücklich wir waren, als wir herausfanden, dass ich schwanger war.«

»Das waren wir.« James hatte das Gefühl, es sei nicht richtig, sie jetzt zu berühren, obwohl er sich nichts sehnlicher wünschte. Und so begnügte er sich damit, Scouts samtige Nüstern zu streicheln und Daisy in die Augen zu sehen.

»Und dass unsere Kinder das Glück hatten, auf einer Ranch aufzuwachsen. Dass ich in einer so herrlichen Landschaft leben durfte. Und dass wir beide uns gefunden hatten –«

»Es kann alles wieder so werden, wie es einmal war, die Entscheidung liegt allein bei uns. Sage wird kommen. Sie kann ihr Baby hier zur Welt bringen.«

»Du meinst, wir könnten Großeltern sein?« Daisy versuchte zu lächeln.

»Wir werden Großeltern sein.« James sprach es zum ersten Mal laut aus. »Man stelle sich das vor!« In diesem Moment sah er, dass sie Scouts Zaumzeug und Sattel aus der Sattelkammer geholt hatte. »Du hast doch nicht etwa vor auszureiten?«

»Doch. Ich halte es drinnen nicht aus. Wenn ich nur dasitze und Däumchen drehe, verliere ich noch den Verstand. Ich bleibe auf der Hauptstraße, reite ihr nur ein Stück entgegen.«

»Der Boden ist vereist. Du solltest heute nicht losziehen. Dir könnte etwas passieren.«

»Sage auch. Ich gehe.«

Sie sattelten die Pferde. James gab ihr eine Pferdedecke und nahm eine für sich selbst, dann brachen sie auf. Der Schnee, mehr als einen halben Meter tief, war von einer dicken Eisschicht überzogen. Die Hufe der Pferde brachen ein, hinterließen eine deutlich sichtbare Spur.

James hatte vorgehabt, nach Norden zu seiner Herde zu reiten und dabei die Abkürzung über den Rock Spring Pass zu nehmen. Da er befürchtete, der steile Anstieg könne für Daisy zu gefährlich sein, beschloss er, den längeren Weg außen herum zu nehmen. Die Sonne ging gerade auf, die Dunkelheit lichtete sich und machte einem grauen Himmel Platz. Die Sterne verblassten, Millionen in jeder Sekunde, nur die hellsten Konstellationen und Planeten waren noch zu erkennen.
Daisy schien sich beim Reiten zu entspannen. Scout mit ihrer sanften, schaukelnden Gangart beruhigte sie, und sie hatte das Gefühl, etwas zu tun, um Sage zu finden. James sah, wie sie den Kopf nach links und nach rechts drehte, Ausschau hielt, auch wenn es noch zu dunkel war, um viel zu erkennen. Sie hatte ihr großes Schultertuch aus reiner, unbehandelter Schafwolle umgebunden, das den besten Schutz vor Erfrierungen bot, und über Mund und Nase gezogen.
Sie trabten am Fluss entlang. Die Landschaft war unter einer dicken Schneedecke begraben, unter deren Gewicht sich die Weiden und Wacholderbüsche bogen. Das Wasser war an manchen Stellen gefroren, doch nach der Biegung des Flusses kamen die Stromschnellen, denen der Frost nichts anhaben konnte, mit mächtigen Felsen, spiegelglatt vom Eis. Zu ihrer Rechten erstreckte sich der Crystal Lake, gefroren und weiß vom Schnee. Als sie näher kamen, sah James, dass die Oberfläche des Sees nicht glatt, sondern überall aufgeworfen war, als wäre sie mit Schneehaufen bedeckt.
»Schau doch!«, sagte er leise und ergriff Daisys Handgelenk.
»Was denn?«
»Da drüben!« Er deutete auf den See. Die Pferde standen still, ihre weißen Atemwolken stiegen in die eisige Luft. Daisy kniff die Augen zusammen und versuchte, sich einen Reim auf die seltsamen Schneehaufen zu machen. Der See sah aus wie eine flache Skipiste, auf der zahllose IC-Personen- und Güterzuglokomotiven abgestellt waren.
»Was ist das?«
Das Licht der aufgehenden Sonne wurde von den roten Klippen re-

flektiert und tauchte das schneebedeckte Land und den See in rosafarbenes Licht. James hielt Daisys Hand, während er ungeduldig darauf wartete, dass es heller wurde und die Schneehaufen deutlicher sichtbar würden. Er hielt die Pferd still, damit sie nicht durch die Eiskruste brachen, während er den See beobachtete. Sein Herz hämmerte, er hatte dieses Schauspiel im Lauf der Jahre mehrfach beobachtet und jedes Mal davon geträumt, es Daisy zu zeigen.

»Glaubst du an Zeichen?«, fragte er, während sein Blut in den Ohren rauschte.

»Das weißt du doch.« Sie lächelte hinter ihrem Mundschutz. Das erkannte er daran, dass sich in ihren Augenwinkeln Fältchen bildeten.

»Was ist das Totem für Ehe?«

»Das was?«

»Das indianische Totem, das Symbol für eine unauflösliche Beziehung!«

»Bei den Shoshonen ist es die Schneegans, hat Louis mir erzählt. Schneegänse bleiben ihr ganzes Leben lang mit einem Partner zusammen.«

»Wenn es mir gelingen sollte, Schneegänse herbeizuzaubern, wirst du mich dann ein zweites Mal heiraten?«

Daisy antwortete nicht, aber sie lächelte, wie James sah, denn die feinen Linien vertieften sich, und ihr Blick war liebevoll und belustigt. Es wurde zunehmend heller, der rote Widerschein der aufgehenden Sonne glitt bereits die Klippen hinab und breitete sein Licht über der gesamten schneebedeckten Ebene aus. Es war besser, keine einzige Sekunde mehr zu warten.

Er gab seinem Pferd die Sporen und preschte in vollem Galopp auf den See zu. Chieftain flog durch den Schnee, schwarz und geschmeidig, als hätte er den Teufel im Leib. Er liebte das merkwürdige Wetter und die Stimmung, in der sich sein Reiter befand. James atmete in der frostigen Luft tief ein, bis seine Lungen zu bersten drohten. Er trieb sein Pferd abermals an, dann riss er die Arme hoch und schwenkte sie wie verrückt.

»Hah!«, brüllte er. »Hii-ahhhhh!«

Die Schneehaufen gerieten in Bewegung. Drehten und wanden sich wie Katzen, die sich unter einer jungfräulich weißen Bettdecke versteckt hatten. Dann brachen die Schneehaufen auf, und die ersten Köpfe und Hälse erschienen wie frisch geschlüpfte Jungtiere in der Dämmerung eines neuen Morgens. Das Rauschen von Schwingen, als sich die erste Schneegans in die Lüfte erhob, dann die nächste. James preschte in vollem Galopp auf das Ufer des Sees zu, und der ganze Schwarm flog auf.

Grinsend blickte er über seine Schulter zu Daisy hinüber, um zu sehen, wie sie reagierte. Sie hatte die Hände vor den Mund geschlagen und betrachtete hingerissen das Schauspiel, das sich ihren Augen bot. Die Schneegänse hatten sich in der Eile des Aufbruchs in alle Richtungen verteilt, doch nun besannen sie sich auf ihre Formation. Dem Leittier folgend, bildeten sie ein riesiges V und flogen gen Süden. Daisy stellte sich in die Steigbügel und streckte sich zum Himmel, als könnte sie die Schneegänse einfangen, die über ihre Köpfe hinwegflogen.

Als wollte sie einfangen, was sie hatten, dachte James, während er sie ansah – ihre Beweglichkeit und Hartnäckigkeit und ihre bedingungslose Hingabe. Als sei sie bereit zurückzuholen, was sie verloren hatten – ihre Ehe. Doch vielleicht war das reines Wunschdenken seinerseits. James' Herz klopfte, er spürte, dass seine Liebe zu ihr keine Grenzen kannte.

»Heirate mich!«, brüllte er in die Weite der Schneelandschaft hinaus, die in der Morgendämmerung rosig angehaucht war. Sie war von Chieftains Hufabdrücken durchsetzt – den Spuren eines Reiters.

Daisy antwortete nicht, aber sie ritt auf ihn zu. Scout war alt und behäbig, aber sie war immer gerne gelaufen. Sie wechselte in einen leichten Galopp über, ihre Hufe brachen durch die Eiskruste und hinterließen Abdrücke, die parallel zu Chieftains verliefen. Dann wurden die Spuren eins, bis Daisy direkt neben ihm im Sattel saß.

»Heirate mich, Daisy«, sagte er noch einmal und blickte sie unverwandt an.
»Ich liebe dich, James.«
Die Schneegänse waren ihren Blicken entschwunden, aber sie hörten das Echo ihrer Flügelschläge und lauten Rufe, das von den Bergwänden widerhallte.
»Ein Leben lang mit dir zusammen sein, das ist mein sehnlichster Wunsch.«
»Das möchte ich auch.«
»Du hast es vermutlich nicht gespürt, so weit weg von mir. Aber in Gedanken war ich immer bei dir. Jede Minute meines Lebens.«
»Ich weiß.«
»Bei dir und Sage. Und Jake. Bei unserer Familie. Heirate mich, Daisy.«
»Damit wir wieder eine Familie sein können.« Daisy umklammerte seine Hände.
»Sag Ja –«
»Wenn Sage nach Hause kommt.« An Daisys Augenlidern hingen Tränen, zu Eis erstarrt. »Dann frage mich noch einmal, James. Ich kann erst Ja sagen, wenn ich unsere Tochter in Sicherheit weiß.«
»Das verstehe ich.« James' Stimme klang bekümmert, weil er sich gut in sie hineinversetzen konnte.
Sie blieben noch eine Weile am Ufer des Crystal Lake, lauschten. Aber der Schwarm war verschwunden, setzte den Weg in wärmere, sichere Gefilde fort. James hielt Daisys Hand; sein Herz klopfte wie verrückt. Das hatte es immer getan, sobald sie in seiner Nähe war, und daran würde sich wohl auch in Zukunft nichts ändern. Erst als die Sonne über den Berg lugte und den Himmel in strahlendes Blau getaucht hatte, ließ er ihre Hand los und gab das Zeichen zum Aufbruch.
Sie ritten in Richtung Hauptstraße, ließen See und Fluss, Canyons und Prärie hinter sich. Die Rinder waren hungrig und warteten darauf, dass jemand kam, um das Eis aufzuhacken, damit sie grasen konnten, aber James beschloss, sie warten zu lassen. Paul würde

sich um sie kümmern oder seine Cowpuncher, die eigens für diese Arbeit zuständig waren.
James ritt mit Daisy zum Highway, wo keine Herden weideten. Vielleicht würden ein paar Fahrzeuge unterwegs sein, Rancher, auf die nach dem Schneesturm viel Arbeit wartete. James und Daisy würden nach dem einen Wagen Ausschau halten, der Sage mitgenommen hatte und zu ihren Eltern nach Hause bringen würde.
Der die Familie Tucker wieder zusammenbringen würde.

*

Vom Bett aus hatte er James und Daisy noch vor Sonnenaufgang wegreiten gesehen, und nun saß Dalton am Fenster, die Hände im Schoß gefaltet, döste vor sich hin und träumte, er wäre wieder jung: Er besaß Bärenkräfte! Er konnte den ganzen Tag im Sattel sitzen, seine Muskeln waren genauso stark wie die seines Pferdes. Die Landschaft, durch die er ritt, glich einem Aquarellgemälde, Hunderte von Grünschattierungen in einem einzigen Blatt, die Wände des Canyons eine Palette von Rottönen. Der Winter in Daltons Traum brach unvermittelt an, so schnell wie ein Atemzug. Der Schnee war schwer, brachte Häuser zum Einsturz. Als das Dach zusammengebrochen war, hatte Dalton in fliegender Hast die Balken weggeräumt, um Rosalind und James unversehrt unter den Trümmern zu bergen.
»O Gott.« Dalton wachte mit einem Ruck auf. »O Gott. Rosalind, meine Rosalind.«
»Ist was, Mr. Tucker?«, fragte Alma, die Pflegerin.
»Nichts«, murmelte Dalton und wischte sich über die Augen.
Der Traum war ihm so real erschienen, genau wie das Gefühl der Stärke und die Fähigkeit – die Macht –, die beiden Menschen zu retten, die er am meisten auf der Welt liebte. Er hatte seinen halbwüchsigen Sohn nicht im Stich gelassen, der vergeblich versucht hatte, seine Mutter zu retten. In seinem Traum war Dalton der

Starke gewesen, als Vater und Ehemann, und hatte die Trümmer der Dachbalken beseitigt, die seine schönen Frau unter sich begraben hatten.
»Wollen Sie eins?«, fragte Alma und warf ihm die Schachtel mit den Papiertüchern zu.
»Wofür?«
»Ihre Augen laufen. Und Ihre Nase.« Sie zog ein Papiertaschentuch heraus und wischte ihm das Gesicht ab, genau wie seine Mutter, als er ein kleiner Junge gewesen war.
»Lassen Sie das, junge Frau.«
»Warum weinen Sie?«
»Wenn Sie mich das noch einmal fragen, sind Sie fristlos entlassen!« War es schon so weit mit ihm gekommen, dass dieser Dragoner sich in seinem Haus aufführte, als gehörte es ihr, und Dalton Tucker fragte, ob er *weine*?
Der Traum begann zu verblassen. Er blickte auf seine verrunzelten Hände und Handgelenke und versuchte, die Kraft und Stärke und seine Jugend heraufzubeschwören, die er im Traum gehabt hatte. Während er dasaß und das Sonnenlicht beobachtete, das durch die Fenster strömte, sann er darüber nach, wie schnell sein Leben vergangen war. Es hatte nicht länger gedauert als ein Wimpernschlag. So viel Liebe hatte er empfunden, zuerst für Rosalind, dann für Louisa, doch selbst die Macht der Leidenschaft hatte ihn nicht befähigt, seine Jugend zu bewahren. Wie konnte es sein, dass ihm alles unter den Händen zerrann? Das gebrochene, eingegipste Bein, das steif und unbeweglich vor ihm lag, schien ihn zu verhöhnen. Es sagte ihm, dass diese Geschichte kein glückliches Ende haben würde.
Er würde auch weiterhin altern und sich vielleicht weitere Knochen brechen. Er würde Louisas Namen noch öfter vergessen. Auch die Zeit, in der er fähig gewesen war, Liebe zu machen, war vorüber; alles, worauf er hoffen durfte, war eine liebevolle Umarmung und hin und wieder ein Kuss. Zärtlichkeit – der ganze Mist, den er gemieden hatte wie die Pest, als er noch jung und voller Saft

und Kraft war. Und nun war das alles, was ihm noch blieb. Viel mehr, als er verdient hatte.
»Guten Morgen, Liebster.«
Beim Klang von Louisas Morgenstimme, aufreizender und rauer als zu jeder anderen Tageszeit, drehte er sich um. Dort stand sie, den Kopf vorgebeugt, üppig wie eine tropische Oase in grüner Seide und Pantöffelchen mit Marabubesatz, und bürstete ihre langen kastanienbraunen Haare von hinten nach vorne. Alma, die merkte, dass sie nicht gebraucht wurde, verließ lautlos den Raum.
»Guten Morgen«, sagte Dalton.
»Wieso bist du schon mit den Hühnern auf?« Louisa beugte sich von hinten über ihn und küsste ihn seitlich auf den Hals. Ihre Lippen fühlten sich gut an. Dalton schloss die Augen und wünschte sich, sie möge nicht aufhören.
»Hab James und Daisy gerade wegreiten sehen.«
»So früh am Tag? Vielleicht brennen sie miteinander durch.«
»Das wäre doch endlich mal eine gute Idee.«
»Ich freue mich jedenfalls, dass sie gut miteinander auskommen. Ich war mir nicht sicher, wie es zwischen ihnen laufen würde, wenn sie wieder hier ist.« Louisa rieb ihre Wange an Daltons.
Er spürte, wie Leidenschaft in ihm aufwallte, aber plötzlich fiel ihm wieder etwas ein: Eigentlich sollte er wütend auf sie sein. Sie hatte in seinem Safe herumgeschnüffelt, sein Testament gesucht. Sie hatte ihm nicht getraut und wollte unbedingt wissen, ob für sie gesorgt war, wenn er den Löffel abgab! Abrupt löste er sich von ihr, als er sich erinnerte, was für einen Schock sie ihm damit versetzt hatte.
»Was ist los?«
»Verdammt mies, dass du mir nicht vertraust.«
Sie zuckte zurück. »Musst du wieder damit anfangen?«
»Es ist mir gerade eingefallen.«
»Ich habe mich bereits entschuldigt. Was soll ich denn sonst noch tun? Hast du vor, für den Rest des Lebens auf dem Thema herumzureiten?«

Dalton blickte mit zusammengekniffenen Augen über die gefrorenen Felder. Die Pferde waren nur noch dunkle Punkte auf dem Schnee gewesen, und er spähte in die Richtung, die sie eingeschlagen hatten, und fragte sich, wann sie zurückkommen würden. *Den Rest des Lebens*. Wie lange würde das sein? Der Nebel, der ihn umhüllte, wurde immer dichter, verschluckte seine Erinnerungen. Im Moment konnte er klar denken, aber in spätestens einer Stunde würde er wieder in seinem Dämmerschlaf versinken. Er musste ihr etwas sagen, wusste aber nicht mehr genau, was es war …

»*Den Rest des Lebens*?«, wiederholte er, in dem Versuch, Zeit zu schinden.

»Ja. Hast du vor, bis an dein Lebensende sauer auf mich zu sein?«

»Vielleicht. Vielleicht«, sagte er grob.

Louisa seufzte. Dann drehte sie sich um und ging, was Dalton Zeit gab, sich das Gehirn zu zermartern. Was hatte er ihr sagen wollen? Als er über die verschneiten Felder blickte, sah er einen Zug Schneegänse, der nach Süden flogen. Ihre Silhouetten zeichneten sich dunkel gegen den Himmel ab, und er wusste, wenn er draußen auf einem Pferd gesessen hätte, hätten ihre Flügelschläge wie Donnerhall geklungen.

Schneegänse.

Er dachte an seinen alten Freund Shoulderblade. Er hatte ihm vor langer Zeit erzählt, dass Schneegänse ihr ganzes Leben mit nur einem Partner verbrachten; beneidenswert! Dalton hatte sich seine Worte zu Herzen genommen. Louisa dachte, er habe ihr wegen James, der sehr an seiner Mutter gehangen hatte, keinen Antrag gemacht. Aber es gab noch einen anderen Grund: Dalton hielt es mit den Schneegänsen, glaubte an ihre unverbrüchliche Treue und Hingabe und dass es dem Menschen auf Erden nur einmal beschieden war, die große Liebe seines Lebens zu finden.

Die große Liebe seines Lebens, das war Rosalind, seine erste und einzige Ehefrau gewesen. Zumindest hatte er sich das immer eingeredet. Er hatte die Erinnerung an sie bewahrt, ihr Bild an der

Wand, die Medaille aus dem Wettschießen in der Esszimmer-Vitrine, ihre Initialen im Namen der Ranch: DR-Ranch.

Dalton-Rosalind.

Schneegänse. Dalton blickte hinaus und dachte an James und Daisy. Waren sie klug genug zu erkennen, dass sie eine zweite Chance erhalten hatten, dass das Schicksal sie wieder zusammengeführt hatte, um einen letzten Versuch zu wagen, dass sie mehr Liebe besaßen, als sie jemals brauchten, wenn sie beschlossen, beieinander zu bleiben?

In guten wie in schlechten Tagen, in Reichtum und Armut, Krankheit und Gesundheit …

Dalton blinzelte, versuchte, aufmerksam zu bleiben und den Nebel des Alters beiseite zu schieben. In Krankheit und Gesundheit: Hätte Rosalind ihn genauso geliebt, wie Louisa es tat, obwohl er immer hinfälliger wurde? Er musste zugeben, in Louisas Augen sah er noch heute das Feuer der Leidenschaft, das er schon als kraftstrotzender junger Mann darin entdeckt hatte. Unvorstellbar, dass sie ihn noch begehrte, aber sie verstand es zumindest, ihn wie einen Mann zu behandeln.

Schneegänse.

Das große V kreiste mehrmals über dem Feld, bevor der Schwarm zur Landung ansetzte. Wie alt mochten sie sein, wie oft waren sie gemeinsam nach Süden gezogen? Wenn er ein Gänserich wäre, hätte er achtundzwanzig Winter mit dieser Gans nebenan verbracht. Louisa hatte ihn wesentlich länger auf seiner Reise begleitet als Rosalind.

»Louisa!«, rief er.

Sie ließ sich Zeit, dieses Biest. War vermutlich fuchsteufelswild, ließ ihn schmoren. Ganze drei oder vier Minuten waren bereits vergangen, und mit jeder Sekunde verrann ein Stück mehr von seinem Leben. »Louisa!«, brüllte Dalton.

Na endlich! Sie trug immer noch grüne Seide, trug die Haare offen und hatte ihren lasziven Schlafzimmerblick aufgesetzt. Vielleicht hatte sie vor dem Spiegel gesessen und sich geschminkt, denn Dal-

ton war vorher nicht aufgefallen, dass sie Lidschatten und Mascara trug.
»Hast du mich gerufen?«, sagte sie frostig.
»Komm her.« Er streckte seine knochige Hand aus.
Sie ignorierte ihn, ganz Dame. Dalton hielt die Hand ausgestreckt, obwohl ihn diese Geste große Anstrengung kostete. Beschämt dachte er an sein Testament. Gott sei Dank hatte er verhindern können, dass sie es las. Er hätte sie um nichts in der Welt verletzen wollen.
»Na komm, gib mir deine Hand, Liebste.«
»Warum sollte ich?«
»Weil du die große Liebe meines Lebens bist.«
Sie sah ihn an; ihre Lippen waren voll, ihre Augen sanft. Er erwiderte ihren Blick und betete, er möge sich daran erinnern, Wayne Harding anzurufen, seinen Anwalt in Dubois. Um Punkt neun, wenn die Kanzlei öffnete. Vielleicht hatte er sich nur nicht vorstellen wollen, dass Louisa ohne ihn weiterleben würde. Und wo? Wie hatte er sich das gedacht?
»Das Leben ist lang, aber es kann blitzschnell vorbei sein«, sagte Dalton.
»Dein Leben ist nicht vorbei.«
»Ich bin müde, ein müder alter Rancher.«
»Und ich bin eine müde alte Saloon-Sängerin.«
»Du bist schön, meine wunderschöne Louisa.«
Sie schüttelte den Kopf, aber er sah, dass ihr das Kompliment gefallen hatte: Sie lächelte verstohlen. Er dachte an Daisy und James, die draußen über die Prärie ritten. Hoffentlich nahmen sie sich ein Beispiel an den Schneegänsen. Manche Menschen erhielten mehr als eine Chance, die große Liebe zu finden, wenn sie nicht zu blind waren, um sie zu erkennen.
Als Louisa seine Hand ergriff, war Dalton von Frieden erfüllt. Alles würde gut werden, er wusste es tief in seinem Innern – solange er sich daran erinnerte, seinen Anwalt anzurufen. James und Daisy standen auf einem anderen Blatt. Dalton blickte hinaus auf die

Ranch, auf das Land, das sein Sohn und er in all den Jahren bewahrt hatten, und er hoffte, dass die Familie auch weiterhin daran festhielt: James und Daisy und Sage.
Und wer immer nach ihnen kam.

29

Eine tückische Fahrt lag vor ihnen, aber David hatte Sage überzeugt, es sei besser, die Wildtier-Beobachtungsstation zu verlassen, bevor sie völlig eingeschneit waren, und zu versuchen, die Hauptstraße zu erreichen. Er kannte sich aus in Wyoming und wusste, dass die Sonne trügerisch sein konnte: Es würde nicht mehr lange bis zum nächsten Schneesturm dauern. Die silbernen Schleierwolken am blauen Himmel waren Vorboten des nahenden Unwetters.

In einem Besenschrank fanden sie Schaufeln. Sage half, so gut es ging, aber jedes Mal, wenn sie die schwere, mit Schnee beladene Schaufel anhob, zwickte es in ihrem Bauch. Nach einer Weile setzte sie sich hin, um auszuruhen, und überließ David die Arbeit. Am liebsten wäre sie ihm auf Schritt und Tritt gefolgt. Sie hatte eine Million Fragen an ihn und wollte ihm beweisen, dass er wirklich Jake war.

Sobald er den Wagen ausgegraben hatte, holte er die Tiere. Dann kam er zurück, um Sage beim Einsteigen zu helfen. Das Gebläse war eingeschaltet, damit es schneller warm wurde. David überprüfte die Tankanzeige; es war eine Weile her, seit er das letzte Mal getankt hatte, und sie würden bald eine Tankstelle suchen müssen.

Sage schwieg, als sie losfuhren, denn David hatte alle Hände voll zu tun: rückwärts die Holztransportstraße hinunterzufahren, den Allradantrieb schalten, als sie stecken blieben, vor- und zurücksetzen, um den Wagen flottzumachen. Als der Boden wieder flach und griffig war, fing sie an, ihm ihre Theorie ein weiteres Mal zu erläutern.

»Es passt alles zusammen«, sagte sie. »Du hast braune Haare, ich habe braune Haare. Du hast grüne Augen, ich habe grüne Augen.«

»Du hast zwei Beine, ich habe zwei Beine.«
»Siehst du?«, lachte sie. »Wir haben sogar den gleichen Sinn für Humor. Wir sind beide sarkastisch!«
David zündete sich mit finsterer Miene eine Zigarette an.
»Und ich sage dir, du bist es!« Je eingehender sie ihn betrachtete, desto mehr wuchs ihre Überzeugung. Sie konnte sich nicht satt sehen: Sie liebte seine Augen, seine Nase, die Narbe auf seiner Stirn, seine langen schmalen Finger, die schlanken Arme, sogar seine Tätowierungen. Hätte sie derart starke Gefühle für jemanden empfunden, der nicht ihr Zwillingsbruder war?
»Warum starrst du mich so an?«
»Du bist es, du bist es wirklich!« Sie berührte seinen Ärmel, seinen Handrücken.
»Du hast ja nicht mehr alle Tassen im Schrank.«
»Das kann kein Zufall sein, so fängt es schon mal an. *Wie groß sind die Chancen,* dass sich ein Junge und ein Mädchen im gleichen Alter auf einer dunklen Straße in Nebraska begegnen, wobei das Mädchen angegriffen wird und der Junge genau im richtigen Moment zur Stelle ist, um es zu *retten*!«
»Das soll schon dafür sprechen, dass ich dein Bruder bin?«
»Das, und andere Tatsachen.«
Er blies den Rauch aus und schüttelte den Kopf, als würde er sich nichts sehnlicher wünschen, als dass sie endlich den Mund hielt. Aber die Neugierde hatte wohl den Sieg davongetragen, denn er spähte zu ihr hinüber. »Was für Tatsachen?«
»Deine Tätowierungen.«
»Mag deine Familie Tätowierungen?«
Sage schüttelte den Kopf. »Nein, aber sie erinnern mich an die Schmuckstücke meiner Mutter. Warte, bis du sie siehst. Sie fertigt Halsbänder mit Amuletten an, die sehr begehrt sind. Sie haben eine magische Wirkung und sind aus Knochen –«
»Ich hab's gesehen.«
»Richtig.« Sage griff in ihr Hemd, um ihm das Amulett abermals zu zeigen. Doch in diesem Moment wachten die beiden Katzen auf,

die sich in ihrer Jacke verkrochen hatten, und wollten gestreichelt werden.
»Sie mag indianische Legenden und benutzt Kreise und Punkte in ihren Entwürfen. Die Eule auf deiner Hand, ihre Eulen sehen genauso aus wie deine. Augen, Federn, Schwingen, haargenau gleich. Warte ab, bis du sie siehst.«
»Sie zeichnet Eulen?«
»Und Punkte und Kreise und Falken. Sie hat magische Kräfte. Auch wenn es seltsam klingt, aber alle Frauen in unserem Ort können das bestätigen. Sie konzentriert sich auf die Knochen, wenn sie ein Amulett für andere macht, und irgendwie enthalten sie dann einen Liebeszauber.«
»Einen Liebeszauber?«, fragte er skeptisch.
»Ja. Aber es funktioniert nur bei anderen«, fügte Sage betrübt hinzu. »Bei meinem Dad und ihr hat es nichts genützt. Bei ihnen war die Liebe zu Ende, als … du verschwunden bist. O Gott.« Sie schlug die Hände vor den Mund. »Die Tätowierungen! Sie zeigen, dass eine Verbindung zwischen euch besteht!«
»*Was*?«
»Ja natürlich! Wenn du wüsstest, wie viele Leute meine Mutter schon zusammengebracht hat! Warum hätte ihr es nicht auch gelingen sollen, Kontakt zu ihrem eigenen Sohn herzustellen? Wo immer du auch warst, und selbst als wir dachten, du wärst ein für alle Mal verschwunden – sie war es, sie hat dir die Eulen und Falken und Kreise mit dem Punkt darin geschickt.«
Ungläubig schüttelte er den Kopf.
»Und wo hast du so zeichnen gelernt? Hast du vielleicht eine Kunstakademie besucht?«
»Nein. Das kommt von selbst, sobald ich einen Stift in die Hand nehme. Keine große Sache.«
»Aber warum Eulen? Warum Kreise und Punkte? Ich werde es dir sagen: Sie sind die Boten, die sie dir geschickt hat.«
»Boten –« Das Wort brachte eine Saite in David zum Klingen.
»Zwischen den Welten. Ihrer Welt und deiner Welt.«

»Du bist verrückt. Ich kenne sie ja nicht einmal.«
»Doch, das tust du.«
Stirnrunzelnd schüttelte den Kopf. Er umklammerte das Lenkrad und fing den Wagen wieder ein, der gerade auszubrechen drohte, und steuerte um die nächste vereiste Stelle herum.
»Wie kommt es, dass wir beide das Wort Washakie kennen?«, fragte Sage und spürte, wie das Adrenalin durch ihren Körper floss, ausgelöst von der Rutschpartie und dem Aufruhr ihrer Gefühle. »Wahrscheinlich gehört das Wort zu deinen frühesten Kindheitserinnerungen, oder?«
»Na und?« David warf ihr einen flüchtigen Blick zu.
»Unsere Eltern haben uns von Washakie erzählt. Unser Vater ist ein spiritueller Mensch, er weiß es bloß nicht, sagt Mom. Er hat nur Ackerbau und Viehzucht im Kopf, und den Gedanken, dich zu finden. Er hat ihr Legenden aus seiner Heimat erzählt, und sie ihm aus ihrer. Sie benutzt sie als Inspiration für ihren Schmuck. Genauso wie du, mit deinen Tätowierungen. Du wirst auf Anhieb sehen, wie ähnlich die Zeichnungen sind, wenn ihr euch begegnet.«
»Als ob das je passieren wird!«
»O doch, das wird es«, sagte Daisy zuversichtlich, setzte die Kätzchen auf ihrem Schoß ab und ergriff seine Hand. »Jake. Jake.«
»Hör auf damit!«
»Ich habe noch deine Babyschuhe! Blaue, sie hängen in meinem Zimmer. O mein Gott.« Sie blickte auf seine Stiefel hinab. »Sie waren an deinen Füßen, diesen Füßen da unten – unfassbar!«
»Du hast die *Babyschuhe* deines Bruders aufbewahrt?«, fragte er ungläubig und sprachlos angesichts solcher Rührseligkeiten.
»Jake. Klingt das vertraut? Erinnerst du dich, dass wir dich so genannt haben? Jake … das war das erste Wort, das ich gesprochen habe. Dein Name.«
»Hör auf.«
Sage schloss die Augen. Freude und Kummer lagen im Wettstreit miteinander, waren beinahe unerträglich. Sie war selig, dass sie ihren heiß geliebten Bruder wiedergefunden hatte. Aber was war in

der Zwischenzeit mit ihm geschehen? Wie hatte er es geschafft, am Leben zu bleiben, und warum war es ihm nicht gelungen, zu ihnen zurückzukehren? Sie war hundertprozentig überzeugt, dass sie mit ihrer Theorie Recht hatte: Ihre Mutter hatte ihm auf telepathischem Weg Schutzsymbole geschickt, von ihr stammte sein Talent, sie zu zeichnen, und ihr Vater hatte allen die Geschichte von Washakie erzählt, weil er ahnte, dass sie viel Mut in ihrem Leben brauchen würden.

Sages Augen füllten sich mit Tränen, aber sie drängte sie zurück. Sie legte ihre Hand auf ihr Herz und spürte, wie es pochte. Es fühlte sich zum Bersten voll an, und das war der endgültige Beweis. Ihr Herz fühlte sich an, als habe es endlich gefunden, was ihm zum Glück noch fehlte.

»Ich habe dich so vermisst«, murmelte sie.

»Sag nicht ›dich‹, sondern ›ihn‹. Du hast deinen Bruder vermisst.«

»Ich habe mich nur noch halb gefühlt.«

»Halb gefühlt –«

»Du spürst es auch, oder? Du weißt, dass es wahr ist.«

Er antwortete nicht, aber sie sah die Röte, die seinen Hals überzog, sich auf seinem Gesicht ausbreitete, auf der Rückseite seiner Ohren. Er erkannte offenbar in diesem Augenblick, was sie instinktiv, tief in ihrem Innern gespürt hatte: Sie waren auch schon vor der Geburt, im Mutterleib, zusammen gewesen. Jeder war Teil des anderen, und sie hatten sich nach langer Trennung wiedergefunden und waren nicht mehr halb, sondern eins. Sage holte ihr Amulett heraus und betrachtete die beiden Gesichter.

Sie sah das Gesicht des Mädchens an, dann drehte sie das Amulett um und prägte sich noch einmal die Gesichtszüge des Zwillingsbruders ein, verglich sie mit dem des Jungen, der neben ihr saß: Er hatte ein klares Profil, ebenmäßige Züge. Die gleiche Stirn, die gleichen Wangenknochen, die gleiche Nase, das gleiche Kinn.

»Du bist es. Du bist Jake.«

»Reines Wunschdenken«, erwiderte er schroff.

»Nein –«

»Doch.« Das Blut, das ihm zu Kopf gestiegen war, verlieh ihm ein wütendes, grimmiges Aussehen. »Du bist eine Traumtänzerin, Sage. Nichts weiter als eine weltfremde Traumtänzerin.«

»Jake –«

»Halt die Klappe! Nenn mich nicht so!«

»Und du bist es doch! Ich schwöre es, schau dir doch die Schnitzerei meiner Mutter an. Du bist es! Und ich bin keine Traumtänzerin, dazu bin ich viel zu praktisch veranlagt. Das Amulett ist der Beweis, dass ich Recht habe!«

»Eine gottverdammte Traumtänzerin! Fährt per Anhalter durchs ganze Land zu einem Vater, der sich einen Teufel um sie schert, der froh war, dass er sie los war, so fängt es schon mal an.«

»War er nicht!«

»Red keinen Quatsch! Er konnte gut auf deine Mutter und dich verzichten, genau wie meine leiblichen Eltern auf mich. Du tickst nicht mehr richtig, wenn du glaubst, dass so jemand Wert darauf legt, dass du bei ihm auftauchst.«

»Er schon!«

»Das reden sie einem ein, um ihr schlechtes Gewissen zu beruhigen. Aber Eltern denken nur an sich selbst. Du machst dir was vor, und mir versuchst du den gleichen Mist einzureden. Vergiss es.«

»Nie im Leben.« Sie zitterte.

»Hat er dich eingeladen? Hat dich dein wundervoller, perfekter Vater gebeten, zu ihm zu kommen? Geh zu deiner Mutter zurück, bevor er dir sagt, du sollst Leine ziehen.«

»Er liebt mich.«

»Klar, so sehr, dass er dich nicht ein einziges Mal sehen wollte.«

»Er liebt mich!«, schrie Sage und trommelte auf den Sitz. »Mehr als alles in der Welt. Aber er musste auf der Ranch bleiben, für den Fall, dass du – Jake – zurückkämst. So ein Mensch ist er! Und ein wunderbarer Vater!«

»So wunderbar, dass ihm seine beiden Kinder abhanden gekommen sind!«, schrie David.

»Das ist nicht wahr!« Sage begann zu zittern. »Irgendjemand hat dich mitgenommen. Dich entführt – das ist die einzige Erklärung.«
»Sag nicht ›dich‹!«, entgegnete er warnend.
»Entführt!«, schrie Sage aufgebracht. »Er hätte dich nie verloren. Und mich hat er nur gehen lassen, weil meine Mutter es auf der Ranch nicht mehr aushalten konnte. An dem Ort, wo mein Bruder verschwand –« Sage brach in Tränen aus, überwältigt von ihren Gefühlen. Sie schluchzte, als sie sich ihre Mutter und ihren Vater vorstellte und sich wieder an die schrecklichen Tage ohne Jake erinnerte.
»Sage. Jetzt beruhige dich doch.«
»Mich beruhigen? Du sagst solche Dinge über meinen Vater, und ich soll –« Sie schluckte, erstickte fast an ihren Tränen.
»Du regst die Tiere auf. Petal hat sich schon unter dem Sitz verkrochen.«
»Es tut mir … Leid –«, schluchzte Sage, streckte die Hand nach hinten und versuchte, die Hunde zu streicheln. Petal winselte, und ihr wurde bewusst, dass die Tiere vermutlich schon viele Menschen weinen und schreien gehört hatten. Auf den Hundefarmen, wo auch Jake gelandet war. Der Gedanke bewirkte, dass Sage aus lauter Kummer und Mitleid noch heftiger zu weinen begann.
Die Straße war lebensgefährlich. Der Allradantrieb brachte den Wagen sicher durch Eis und Schnee, aber an manchen Stellen war die Straße plötzlich abschüssig. Sage klammerte sich an ihren Sitz und bemerkte zum ersten Mal, dass sich die Landschaft plötzlich verändert hatte – das Gelände war felsig geworden, der Straßenrand tief eingekerbt.
»Alles klar?«, fragte er.
»Ja … Jake«, erwiderte sie eigensinnig.
»Nenn mich David, in Ordnung? So heiße ich nämlich. Ich muss mich konzentrieren, und du bringst mich zur Weißglut, wenn du nicht endlich damit aufhörst.«
»Jake –«, flüsterte Sage so leise, dass er sie nicht hören konnte.
»Was?«

»Okay. David.« Aber sie behielt das Amulett in der Hand, strich mit dem Daumen über Jakes Gesicht, um sich an die Wahrheit zu erinnern. Der Wagen geriet in Rutschen, und sie hielt die Kätzchen fest umklammert. Die Fahrt war alles andere als ein Kinderspiel, und sie wollte ihn nicht unnötig aufregen.
»Danke«, sagte er.
Sie schwiegen. Er umklammerte das Lenkrad mit beiden Händen und fuhr im Schneckentempo. Der Tank war nicht einmal mehr zu einem Drittel voll, wenn die Anzeige stimmte, und weit und breit war keine Hauptstraße in Sicht. Nur der Holztransportweg, der sich endlos dahinschlängelte. Das Gelände war flach, aber ringsum ragten Berge auf.
»Was sind das für Berge?« Sage musterte die roten Klippen und steil aufragenden, purpurfarbenen Gipfel. Sie war sicher, dass es genau das Panorama auf dem Poster war, das in ihrem Zimmer hing; ihr Vater hatte es ihr geschickt.
»Wir sind in der Wind River Range.«
»Wie weit ist es noch?«
»Zwanzig Meilen, fünfzehn … ich bin mir nicht sicher.«
»Die DR-Ranch«, flüsterte Sage ihrem Baby zu. »Wir sind fast da. Fast da!«
Wenn David ihr Bruder Jake war, wie sollte sie ihr Baby dann nennen? Sie konnte ihm trotzdem den Namen »Jake« geben, oder »James«. Vielleicht würde es ja doch ein Mädchen werden; dann konnte sie es »Rosalind« nennen, nach ihrer zielsicheren Großmutter, der Pistolenschützin, die sie bewunderte.
»Merkwürdig!«, sagte sie und spürte ein Ziehen.
»Fang nicht schon wieder damit an!« Davids Augen wirkten müde vom langen Starren in den blendenden Schnee. Immer mehr Sturmwolken brauten sich über den Bergen zusammen und türmten sich zu dunklen, ambossartigen Gebilden auf. Der nächste Schneesturm, er hatte es ja gewusst. »Verschone mich mit dem Blödsinn, dass ich dein Zwillingsbruder bin.«
»Das meine ich nicht.« Sages Hand tastete auf dem Sitz herum.

»Was denn?«
»Es ist nur … ich habe gerade an mein Baby und seinen Namen gedacht und dass es nicht mehr weit bis zur Ranch ist, wir sind fast zu Hause … und ich bin ziemlich sicher, dass ich gerade einen Blasensprung hatte«, sagte Sage und blickte auf ihre nasse Hand.

*

James und Daisy waren eine Stunde im leichten Galopp an der Hauptstraße entlanggeritten und hatten nach Sage Ausschau gehalten. Ein Schneepflug fuhr vorüber, sprühte eine Schneefontäne in die Luft und schuf Schneeverwehungen, die eineinhalb Stockwerke hoch waren. James winkte dem Fahrer zu; er hatte wie viele Männer aus der Gegend zeitweilig auf der DR-Ranch gearbeitet, wenn Not am Mann war.
Daisy ritt langsam, um es Scout leicht zu machen. Hin und wieder hielt sie an, damit die Stute verschnaufen konnte. Sie stieg ab und suchte, ihre Augen abschirmend, die Umgebung ab.
Sie beobachtete und lauschte, nahm die Formation der Wolken am blauen Himmel und der Zedern auf den Sandsteinkämmen der Hügel wahr. Der Wind, der durch die Kiefernzweige strich, verlieh ihr Hoffnung und Seelenfrieden. Der weiße Mond am Taghimmel bedeutete Schutz und Achtsamkeit. Mit einem abgebrochenen Ast zeichnete sie Kreise in den Schnee, mit einem Punkt in der Mitte. James wusste, dass sie die Mitglieder der Familie symbolisierten. Daisy glaubte an die Kraft der Magie, und sie gab nie auf. James wünschte, er könnte dasselbe von sich behaupten.
Er wusste nicht mehr, was er glauben sollte. Jahrelang hatte er funktioniert wie ein Automat. Es war lange her, seit er in Wolken oder Schnee eine Bedeutung entdeckt hatte, falls überhaupt jemals. Seit mehr als einem Jahrzehnt, seit ihm die Leitung der DR-Ranch oblag, hatte er das Leben an sich vorbeiziehen lassen – er war wie ein unbeteiligter Zuschauer, körperlich anwesend, und hatte die eigentliche Arbeit Paul March überlassen.

Heute Morgen, beim Anblick der Schneegänse, hatte seine harte Schale einen Riss bekommen. Die Idee, die Tiere aufzuscheuchen, stammte nicht von ihm, sie war eine Eingebung von irgendwoher. War das ein Zeichen – von Gott, dem Heiligen Geist, einer höheren Macht, dem Geist des Louis Shoulderblade –, das ihn aufrütteln sollte? James war nie gläubig gewesen. Seine Mutter hatte ihn als Kind in die Kirche mitgenommen, aber er hatte in der Zeit, als sie unter den Trümmern begraben wurde, aufgehört, an Gott oder gleich was zu glauben.

Er hatte nicht vorgehabt, Daisy heute Morgen zu fragen, ob sie ihn heiraten wolle, aber die Worte waren wie von selbst über seine Lippen gekommen, und sie hatte nicht Nein gesagt. Während er zusah, wie sie nun die Worte »SAGE« und »JAKE« in den Schnee schrieb, umgeben von mehreren Kreisen als Schutzsymbolen, klammerte sich James am Sattel fest und spürte Hoffnung in sich aufkeimen.

In dem Moment kam ein blauer Pick-up vorbei, offenbar auf dem Weg zur Ranch. Er fuhr noch rund fünfzig Meter weiter, dann leuchteten die Bremslichter auf, und der Wagen kehrte um. James hatte das Gefühl einer drohenden Gefahr, und ohne nachzudenken, gab er seinem Pferd die Sporen. Der große Schwarze setzte sich in Bewegung, und James bezog am Straßenrand Position, schirmte Daisy ab. Der blaue Pick-up kam zurück.

Der Fahrer schien Gas zu geben, doch als er sich Daisy und James näherte, verlangsamte er die Fahrt. Das Fenster auf der Fahrerseite wurde heruntergekurbelt. James' Körper war angespannt, bereit zu reagieren. Todd Rydell streckte den Kopf heraus, und James war nicht sicher, ob er sich entspannen oder sich auf einen Kampf vorbereiten sollte.

»Hallo, James, hallo, Daisy.«

Daisy schirmte die Augen gegen die Sonne ab und lächelte. »Hallo, Todd.«

»Was machst du denn hier? Dachte, du fährst Pakete für irgendeinen Expressdienst in Lander aus.«

Todd stellte den Motor ab und stieg aus. Seine Kleidung war nicht geeignet für das Wetter, nicht einmal dann, wenn er mit dem Wagen unterwegs war. Seine Stiefel waren bei dem Schnee zu kurz, und in der leichten Jacke wäre er erfroren, wenn er irgendwo auf einer entlegenen Straße eine Panne gehabt hätte. Ihm mangelte es offenbar an gesundem Menschenverstand; deshalb war er auf der DR-Ranch gescheitert, und deshalb würde er es nirgendwo als Viehzüchter zu etwas bringen.

Aber was James in diesem Moment am meisten auffiel, war Todds Blässe. Er sah aus wie eine Qualle, bleich und schwammig und schlaff, als hätte er das letzte bisschen Rückgrat eingebüßt.

»Da gibt es was, worüber ich mit dir reden muss.« Todds Miene war schuldbewusst.

»Und das wäre?«

»Lieber unter vier Augen.« Todd meinte ein Gespräch unter Männern, außerhalb von Daisys Hörweite. Aber James schüttelte den Kopf.

»Sag, was du zu sagen hast, vor Daisy.«

»James – das geht schon in Ordnung!«, warf Daisy ein.

Aber James verschränkte die Arme und schüttelte den Kopf. »Also, was ist los, Todd?«

»Mist.« Todd machte ein Gesicht, als sei ihm das Gespräch auf einen Schlag verleidet. »Es geht um Alma.«

»Alma?«

»Tammys Schwester. Sie übernimmt Hauspflege; Louisa hat sie eingestellt, solange Dalton noch nicht vollständig genesen ist.«

»Die Pflegerin«, sagte Daisy.

»Ach ja, Alma.« James hatte sich die größte Mühe gegeben, die Tatsache zu verdrängen, dass sich noch eine weitere Rydell, oder fast Rydell, unter demselben Dach wie seine Familie befand. »Ich kenne sie. Was ist mir ihr?«

Todds Gesicht war trotz der Kälte schweißgebadet. Er wischte sich mit dem Ärmel über die Stirn. Sein Blick war immer unstet gewesen, und jetzt huschte er hin und her und versuchte krampfhaft,

James' Blick zu vermeiden. »Zwischen uns beiden herrschte nicht immer das beste Einvernehmen. Du weißt schon, die alte Leier mit den Schafen und den Rindern, und persönlich –«

»Wir sind auch nicht immer gut miteinander ausgekommen«, sagte James und kniff die Augen zusammen. Er spürte, dass irgendetwas im Busch war. An der Art, wie Todd um den heißen Brei herumredete. James dachte an die Monate nach Jakes Verschwinden zurück. Ständig hatte Todd sich dafür entschuldigt, dass er ihn nicht gefunden hatte. Er war an dem Tag dabei gewesen, war beim Round-up mitgeritten, hatte sich der Suchmannschaft angeschlossen und zwei volle Tage im Sattel gesessen, nach dem kleinen Jungen Ausschau gehalten.

Er hatte sich bei James entschuldigt und Tammy bei Daisy. Die Reaktion war ihnen befremdlich und unverständlich erschienen, und sie waren den Rydells von da an nach Möglichkeit aus dem Weg gegangen.

Ungefähr ein Jahr nachdem Daisy ihn verlassen hatte, war James Todd Rydell im Stagecoach begegnet. Wieder hatte er die alte Litanei der Selbstvorwürfe angestimmt: *Ich hätte noch gründlicher suchen müssen … Es tut mir Leid. Kannst du mir verzeihen …*

James war ausgerastet. »*Warum sagst du ständig, dass es dir Leid tut, wenn du dir nichts vorzuwerfen hast?*«, hatte er gebrüllt und sich auf Todd gestürzt, während Louisa auf der Bühne stand und sang. Todd hatte sich gewehrt, und sie hatten sich einen Faustkampf geliefert, der sich gewaschen hatte. Etliche Flaschen waren zu Bruch gegangen. Dann hatte Todd die Frage gesellt, die wirklich unter die Gürtellinie ging: *Und was hast du dir vorzuwerfen? Du kommst doch offenbar mit dir selbst nicht klar, seit du dein Kind verloren hast?* Damit war das Ende des Kampfes besiegelt: James hatte Todd zu Boden geschlagen und sich auf ihn gestürzt, bereit, ihn mit bloßen Händen umzubringen, ohne Rücksicht auf Verluste.

»Todd. Heraus mit der Sprache. Was wolltest du uns sagen?«, schaltete sich Daisy ein, die spürte, dass Ärger in Verzug war.

»Alma Jackson hat zwei Söhne.«

»Ja und?«, sagte James.
»Sie sind missraten. Beide. Waren in der Besserungsanstalt wegen Drogen und Diebstahl; der eine verbüßt dort schon wieder eine Strafe, und der andere scheint den Teufel im Leib zu haben und lebt wie ein Einsiedler in den Bergen. Als Alma Daltons Pflege übernommen hat, habe ich ihr gesagt, pass auf, dass der Junge nichts davon erfährt. Sie braucht das Geld dringend, sonst hätte ich Louisa nicht gesagt, dass sie sich mit ihr in Verbindung setzen soll.«
»Wie alt sind ihre Söhne?«, fragte Daisy sanft.
»Halbwüchsige.« Todd war nicht in der Lage, ihrem Blick standzuhalten. Er war fahlgelb im Gesicht, wie schmutziger Schnee.
»So jung noch –«, sagte Daisy.
»Er hat herausbekommen, dass sie auf der Ranch arbeitet. Ich glaube, sein Vater hat es ihm gesteckt. Er hat seiner Mutter einen Besuch abgestattet, und Alma hat es Tammy erzählt.«
»Und was hat das alles mit uns zu tun?« James starrte Todd über Daisys Kopf hinweg an.
»Der Junge hat sich seit langem in den Kopf gesetzt, dass das Weideland von Rechts wegen den Rydells gehört. Es besteht zwar keine Blutsverwandtschaft, aber als Tammys Neffe hat er praktisch in die Familie eingeheiratet. Ich schätze, er meint, dass ihm ein Anteil zusteht. Nennt sich der Wächter, hat ein Auge auf das Land der Rydells.«
»Wie ist er denn auf die Idee gekommen?« Wut stieg in James auf; er stellte sich die Familie Rydell beim Festessen vor, den ganzen lausigen Clan um den Tisch mit dem Truthahn versammelt, wie sie Kriegsrat hielt, um es den Tuckers heimzuzahlen, die sie vor zwei Generationen um ihren vermeintlichen Besitz gebracht hatten.
»Das tut nichts zur Sache.« Todd wischte sich über die Stirn. »Es geht darum, dass er hier sein könnte.«
»Hier?« James dachte an die Polaroidfotos, die Spuren, das Lager, den toten Stier.
»Irgendwo auf der Ranch. Versteckt, schätze ich.«

»Wie lange treibt er sich schon hier herum?« James dachte an die Probleme im letzten Frühjahr und Sommer zurück.
Todd zuckte die Schultern. »Keine Ahnung. Ich habe auch nur davon erfahren, weil Alma es Tammy erzählt hat. Ihr Junge, Richard heißt er, hat eines Abends bei deinem Vater an die Tür geklopft.«
»Was wollte er?«
»Was zu essen. Sich im Haus umsehen, was weiß ich.«
»Hat sie ihn hereingelassen?« Daisys Stimme war leise.
»Hereingelassen?«, fragte Todd nervös.
»Hereingelassen, um ihm etwas zu essen zu geben.«
»Nein«, erwiderte Todd mit Nachdruck und schüttelte den Kopf. »Nein, hat sie nicht. Sie hat ihn weggeschickt.«
»Ich wünschte, sie hätte ihn hereingelassen.« Daisy blickte zum Berg empor. »Wie alt ist er?«
»Weiß nicht genau – sechzehn, siebzehn.«
»Mir graut bei dem Gedanken, dass er allein da draußen ist und Hunger hat«, sagte Daisy und suchte mit den Augen den Kamm ab.
James Mitleid hielt sich in Grenzen. Er hatte gesehen, dass der Bursche keine Gewalt scheute. Wenn das Kalb und der Stier auf sein Konto gingen, war es ihm egal, wie hungrig der Kerl war. Seine Sorge galt Daisy. Hier draußen im Freien, für jedermann sichtbar, war sie in Gefahr. Und wo steckte Sage? Er wollte seine Familie im Haus haben, wo er sie besser schützen konnte, bis der Junge gefasst war, der ihnen möglicherweise ewige Feindschaft geschworen hatte.
»So ist das also.« Todd schien sich genauso unbehaglich zu fühlen wie vorher, wirkte unruhig, als könnte er es nicht erwarten wegzukommen. »Ich wollte nur, dass du Bescheid weißt. Es ist nicht meine Schuld – er ist ihr Sohn, der Junge hatte schon immer Probleme –, wenn ich gewusst hätte –«
»Nicht deine Schuld –« James starrte ihn an.
Todd stolperte über seine eigenen Füße und fiel auf sein Knie. Seine nutzlosen Stiefel waren bereits verschwunden, und nun sank er in

der Schneewehe ein. Mühsam rappelte er sich hoch, humpelte zu seinem Wagen und brauste davon. James sah ihm nach, hörte, wie die Reifen über die geräumte, gepflasterte Straße surrten.

»Merkwürdig, bilde ich mir das nur ein, oder hatte er schon wieder mehr Schuldgefühle, als er haben müsste?«, sagte James.

»Komisch –« Daisy streckte die Hand aus, und Scout kam herbei. Die Stute stupste sie von der anderen Seite mit den Nüstern an, als wollte sie Daisy schützen. Todds Pick-up zog eine weiße Abgaswolke hinter sich her.

»Der Junge ist hier irgendwo auf der Ranch«, sagte James. »Und er hasst uns, will das haben, was uns gehört. Wächter im Namen der Rydells – großer Gott. Reicht das aus, um Schuldgefühle in Todd zu wecken?«

»Alma hat wie gebannt Jakes Foto angeschaut. Ich habe es genau gesehen.«

»Was?«

»Sie konnte die Augen nicht von ihm abwenden.«

»Na und? Das hat nichts zu bedeuten.« James hatte keine Ahnung, worauf Daisy hinauswollte.

»Erinnerst du dich, dass wir Todd verdächtigt haben, damals, als Jake –«

James gefiel der wilde Blick in ihren Augen nicht, und noch weniger die Richtung, in die sie mit ihrer Frage abzielte. »Daisy.« Er ergriff ihre Hände.

»Erinnerst du dich?«

»Es gab keinerlei stichhaltige Beweise«, erwiderte James ruhig. »Ich mochte Todd nicht, was auf Gegenseitigkeit beruhte, und da war es leicht, ihn zu verdächtigen. Was für einen Grund sollte er gehabt haben, unseren Sohn zu entführen?« Dennoch, Daisy hatte ihn nachdenklich gestimmt.

Bilder von Einschusslöchern und Blut gingen ihm durch den Kopf. Allein in diesem Monat hatte jemand ein Kalb und einen Stier abgeschlachtet. James kannte sich aus, was Hass betraf, und genau dieses Gefühl war erforderlich gewesen, um auf den Abzug zu drücken, das Messer zu wetzen. Bitte lass es nicht wahr sein, dachte er. Dann lieber im Ungewissen leben als mit dieser Wahrheit …

»Mir fällt gerade etwas ein, auch wenn es sich verrückt anhört«, sagte Daisy zitternd.

»Lass es gut sein.« James hielt ihre Hand umklammert. »Denk nur an Sage. Sie wird bald hier sein.«

»Was wäre, wenn? Das ist alles. Was wäre, wenn Richard …?«

»Daisy, hör auf damit.«

»Das Alter stimmt –«

»Bitte hör auf.«

»O Gott, was wäre, wenn –«, flüsterte Daisy.

James packte sie und presste sie an sich, bis sie verstummte und er selbst anfing, sich die Frage zu stellen, *Was wäre, wenn*, wieder und wieder.

Was wäre, wenn Alma wirklich Jakes Bild angestarrt hatte? Was wäre, wenn Todd Jake entführt und nur so getan hätte, als würde er ihn suchen? Was wäre, wenn Todds Nervosität und der schuldbewusste Blick mit den Ereignissen vor dreizehn Jahren zu tun hatte? Was wäre, wenn er, von Hass und Groll zerfressen, den Jungen aufgewiegelt hätte, der sich nun irgendwo auf der Ranch versteckte, um sich zu rächen?

James spürte, wie angespannt Daisy war. Sie zitterte, als hätte sie einen Stromschlag erhalten. Als ihre Hände an seinem Rücken hinabglitten, spürte er ein Kribbeln. Sie glühte förmlich bei dem Gedanken an die Möglichkeit, dass ihr Sohn am Leben sein könnte.

James hielt Daisy in den Armen und wusste, wie sie sich fühlte. Er hatte jede Minute in den letzten dreizehn Jahren mit dieser Anspannung gelebt und hatte mit dem Gedanken gespielt, dass Jake Tucker eines Tages doch noch aus einem der Canyons auftauchte. Was wäre, wenn ihr Sohn wirklich lebte? Und seine Eltern hasste.

30

David hielt das Lenkrad fest und versuchte, sich aufs Fahren zu konzentrieren. Die Kätzchen miauten, hatten einen Bärenhunger, was ihm an die Nieren ging. Petal winselte immer noch, weil Sage und er sich gestritten hatten, aber er konnte jetzt nicht anhalten, um sie zu beruhigen. Er hatte ein schwangeres Mädchen auf dem Beifahrersitz, jeden Moment konnte der Schneesturm losbrechen, er wusste nicht, ob der Weg vor ihnen überhaupt passierbar war, und jetzt war ihr zu allem Überfluss auch noch die Fruchtblase geplatzt!

»Vielleicht habe ich auch nur Pipi gemacht und es vor lauter Aufregung nicht gemerkt.« Ihre Stimme klang schrill. »Ich hätte dich rechtzeitig bitten sollen, eine Pause zu machen.«

»Du hast nicht Pipi gemacht.«

»Bist du sicher? Woher willst du das wissen, vielleicht habe ich –«

»Ich bin ganz sicher.« Auf einer Hundefarm lernte man einige Dinge, nicht zuletzt, wie Fruchtwasser roch. Die Käfige waren damit getränkt, und wenn David am Abend die Scheunen verließ, hatte ihn der Geruch noch im Traum verfolgt.

»Das kann nicht sein.« Sie hielt sich den Bauch. »Dafür ist es viel zu früh.«

»Ich weiß.« Er gab vorsichtig Gas, gerade so viel, wie der Wagen auf dem Eis verkraften konnte.

»Aber was passiert denn, wenn das Baby zu früh kommt?«, wimmerte sie, einer Panik nahe.

»Denk nicht daran.« David griff in die Papiertüte mit dem Katzenfutter. Er musste Sage ablenken und versuchen, irgendwo hinzukommen, wo man ihr helfen konnte. Vermutlich waren sie näher an der DR-Ranch als an einem Krankenhaus. Hoffentlich gab es dort jemanden, der wusste, was zu tun war.

»Kommt her.« Sage schnalzte mit der Zunge, um die Kätzchen zu rufen. Sie versuchte, die Milch in die Flaschen abzufüllen, aber in der Aufregung ging das meiste daneben, auf ihren Schoß. Den Katzen war es egal, sie schleckten die Milch von ihrer Jacke ab.

»Alles in Ordnung?«, fragte er.

»Ja. Tut mir Leid, wenn ich dir das sagen muss, aber du irrst dich. Keine Ahnung, was los war, aber ein Blasensprung war das nicht. Also lass uns das Thema wechseln, Jake. Zum Beispiel deine Erinnerungen –«

»Die nicht.« David versuchte, etwas schneller zu fahren. Das Sonnenlicht glitzerte auf den Schnee- und Eiskristallen, seine Augen schmerzten. Rechterhand ragten schroffe Berge auf, und er wusste, dass sie binnen weniger Stunden im Schatten fahren würden, was noch anstrengender war. Dazu kam, dass sich über ihren Köpfen Sturmwolken zusammenbrauten. Sages Atem ging schwer. Ihr Körper wusste instinktiv, was sich ihr Verstand nicht eingestehen wollte.

»Jake, ich habe nachgedacht.«

»Hör auf, mich so zu nennen.«

»Hör mir doch zu, nur eine Minute, ja? Du bist adoptiert, richtig? Und als du drei oder vier Jahre alt warst, hast du dich in einer Höhle verirrt.«

»Ja. Und?« Er erinnerte sich an die Höhle, als sei es gestern gewesen, an die gelben Augen in der Dunkelheit, an das Geräusch seiner eigenen Stimme, die an den Felsen widerhallte, als er nach Mommy und Daddy gerufen hatte.

»Was wäre, wenn zwischen beidem ein Zusammenhang bestünde? Wenn es gleichzeitig passiert wäre?«

»Ist es aber nicht –« David hatte keine Lust mehr, sich diese alberne Theorie anzuhören. Der Gedanke, aus einer richtigen Familie zu stammen, war zu schön, um wahr zu sein, und wenn er sich als Trugschluss entpuppte, würde es ihm noch schlechter gehen; dann könnte er sich gleich mit seiner alten Schrottkarre von der Klippe stürzen! Andererseits … sollte sie doch reden, dann war sie wenigstens abgelenkt.

»Nur mal angenommen, du wärst gar nicht als Baby von der Hundefarm-Familie adoptiert worden, sondern später?«, sagte Sage beharrlich. »Mit drei oder vier.«

»Ich war aber ein Baby! Das weiß ich –« Er hatte sagen wollen »von ihnen«, aber plötzlich wurde ihm bewusst: Er hatte *Mommy, Daddy* in der Höhle gerufen, er hörte es noch heute. Das Problem war, er hatte seine Adoptiveltern nie so angeredet, sondern mit ihren Vornamen, von Anfang an.

»Sag schon. Ich weiß, dass du dich an etwas erinnerst.«

»Nichts.«

»Wir sind Zwillinge, mir kannst du nichts vormachen.« Aber sie ließ es auf sich beruhen. Sie wandte ihre Aufmerksamkeit wieder den Kätzchen auf ihrem Schoß zu und versuchte, sie zu füttern.

»Oh!«

»Was ist los?«

»Aaahhh!« Sie kippte vornüber, hätte um ein Haar die Kätzchen erdrückt, die hochsprangen und bei den Hunden auf der Rückbank Zuflucht suchten. Sage schaukelte vor und zurück, stöhnte vor Schmerzen. David behielt die Straße und die Sonne am Himmel im Blick und trat auf das Gaspedal. Sage ächzte. Er hätte gerne ihre Hand gehalten und sie angespornt durchzuhalten, traute sich aber nicht, das Lenkrad loszulassen.

»Sage, tief durchatmen!«

»Tu ich doch!« Sie weinte.

Endlich, weiter vorne konnte er die Straße erkennen, mit PKWs und LKWs, die langsam fuhren, aber wenigstens kamen sie vorwärts. Er musste nur noch das letzte Hindernis auf dem Holztransportweg überwinden, eine ziemlich lange Strecke, die auf der Schattenseite der Berge bergab führte. David trat probehalber auf die Bremsen. Sie griffen, der Wagen schlingerte nur hinten ein wenig. Gut, Hauptsache, er konnte ihn geradeaus lenken und geriet nicht in Panik.

»O Jake!«, schluchzte Sage.
»Wir haben es gleich geschafft.« David umklammerte das Lenkrad. Der Wagen hatte seinem Onkel gehört. Er war wohlhabend im Vergleich zu seiner Familie und schien ein schlechtes Gewissen zu haben, wohl wegen der Lebensverhältnisse oder was auch immer. Er hatte sich nicht mehr blicken lassen nach dem Streit, als er gedroht hatte, ihnen David wegzunehmen, aber er hatte sie mit Geld und Kleidung unterstützt und ihnen den Wagen mit Allradantrieb überlassen.
»Auuuuuu«, keuchte Sage.
David erinnerte sich, wie er den Wagen eines Tages am anderen Ende der Einfahrt entdeckt hatte. Er hatte sich gefreut, dass sein Onkel wieder zu Besuch kam. Hoffnung war Mangelware auf der Hundefarm, und sein Onkel war nett und lustig gewesen. Er hatte mit ihm gespielt und sich nach seinem Befinden erkundigt, hatte ihn schützen wollen. Und er hatte ihm das Leben gerettet, damals in der Höhle.
David hatte sich das Autofahren selbst beigebracht. Mit vierzehn, viel zu jung, aber wen kümmerte das schon da draußen in der Pampa? Seinen Eltern war es egal gewesen; sie waren froh, dass er ihnen das eine oder andere abnehmen konnte: kranke und sterbende Tiere wegfahren und im Wald verscharren, nachts auf Hundefang gegen und tagsüber die »Ware« an Orten abliefern, wo ihn unterwegs niemand anhalten würde. Das Gelände war oft matschig oder vereist, und er hatte den Umgang mit dem Allradantrieb gelernt wie andere im gleichen Alter das Skifahren.
Sie hatten ihn gezwungen, Welpen mit Wachstumsstörungen und Hündinnen zu töten, die zu alt oder zu ausgelaugt waren, um den nächsten Wurf auszutragen. Wenn David die Augen schloss, sah er ihre flehentlichen Gesichter, hörte sie winseln, hörte, wie die Axt niedersauste. Er war der Scharfrichter seiner Eltern gewesen und hatte mehr Hunde getötet, als er zählen konnte.
Im August, als er genug Geld gespart und genug Lebensmittelvorräte gehortet hatte, hatte er Petal aus dem Käfig befreit. Dann hatte

er sich den Wagen seines Onkels geschnappt und war abgehauen. Er hatte seinen Kreuzzug nicht geplant, wusste nur, dass er nie, nie mehr im Leben auf die Farm zurückkehren würde. Doch je länger er unterwegs war, desto bewusster wurde ihm, wie dankbar ihn Petal ansah, weil er sie gerettet hatte, und dass seine Lebensaufgabe darin bestand, Hundemüttern zu helfen.

Und Mädchen, die Mutter wurden, dachte er mit einem flüchtigen Blick auf Sage.

»Es tut so weh.« Ihre Blicke trafen sich, sie saß immer noch vornübergebeugt da. »Ich habe Bauchweh, so schlimm wie noch nie.«

»Wehen.«

»Nein, das kann nicht sein! Dafür ist es viel zu früh. Eine Schwangerschaft dauert neun Monate. Ich habe Bauchweh, Krämpfe, ich muss irgendetwas gegessen haben, was mir nicht bekommen ist. Ich habe schreckliche, schreckliche Blähungen. Diese Weizenkörner –«

»Das Baby kommt.« David hielt den Blick starr auf die richtige Straße weiter vorne gerichtet, als der Wagen seines Onkels sicher die abschüssige Strecke hinunterfuhr wie auf einem Waschbrett, die letzte Viertelmeile des Holztransportwegs, der sie durch die Wildnis im Herzen von Wyoming geführt hatte. *Mommy! Daddy!* Seltsam, dass die Stimme in seinem Kopf immer lauter wurde, obwohl es so lange her war.

*

Dalton dachte an die Wildwestfilme, in denen sich der tödlich verwundete Held, von Pfeilen durchbohrt und blutüberströmt, durch die Canyons und über die endlose Prärie nach Hause schleppt; er hielt bis zum Ende des Streifens durch, um die gottverdammte Farm seiner Familie zu retten. Genauso fühlte sich Dalton heute. Er klammerte sich mit jedem Gedanken, dessen er habhaft werden konnte, an die Erinnerung, dass er um Punkt neun Uhr mit seinem Anwalt reden und dafür sorgen musste, dass Louisa bekam, was

ihr zustand. Und bis dahin musste er durchhalten, komme, was da wolle.
Seine Gedanken entglitten ihm ständig wie ein Arm voll Schlangen, verschwanden in dunklen Ecken, je mehr er versuchte, daran festzuhalten. Und sie waren genauso unerfreulich: Testament, Tod und Gedächtnisverlust waren alles andere als ein Lichtblick. Aber wenn er sich jetzt nicht darum kümmerte, würde er es unter Umständen ein für alle Mal vergessen.
Alma schlich zur Tür herein, das Wasser in der Waschschüssel schwappte. Dalton richtete sich kerzengerade in seinem Rollstuhl auf, derart verärgert über die Störung, dass er beinahe vergaß, was er sich vorgenommen hatte. Er hielt ein Blatt Papier in der Hand, auf dem er in krakeliger Schrift »Anwalt« geschrieben hatte. Während Alma ihren tragbaren Barbierladen aufbaute, starrte Dalton die Notiz an und vergaß, was sie zu bedeuten hatte.
»Was, zum Teufel, soll das bedeuten?«, überlegte er laut, während er das Wort betrachtet. Als sie versuchte, es zu lesen, um seinem Gedächtnis auf die Sprünge zu helfen, brachte er das Blatt Papier außer Sichtweite. »Schon gut«, sagte er. Dann erinnerte er sich wieder. »Bringen Sie mir das Telefon.«
»Ich muss Sie rasieren.«
»Nett von Ihnen, aber zuerst habe ich etwas Geschäftliches zu erledigen, junge Frau.«
Alma biss sich auf die Lippe, saugte sie nach innen wie eine Geldbörse, deren Inneres nach außen gekehrt ist. Sie war auch so keine Schönheit, die Arme, aber sich auf die Lippen zu beißen gereichte ihr noch mehr zum Nachteil. Sie hatte eine fahle Gesichtsfarbe, zu stark ausgezupfte Augenbrauen und eine verdammt sauertöpfische Art. Dalton hoffte, dass Louisa ihr diese Art noch austreiben würde. Im Moment machte Alma allerdings den Eindruck, als ob sie jeden Moment zusammenklappen könnte.
»Wissen Sie, ich habe einen Notfall in der Familie«, sagte sie händeringend. »Ich würde gerne mit der Morgentoilette anfangen, damit ich –«

»Zuallererst bringen Sie mir das verdammte Telefon! Ein Notfall in der Familie, sagen Sie? Sie werden einen Notfall erleben, bei dem Ihnen Hören und Sehen vergeht, wenn ich den Anruf nicht erledige.«

Ihre Lippen pressten sich noch mehr zusammen. Seufzend ging sie ans andere Ende des Arbeitszimmers, um das Telefon zu holen. Dalton hielt den Blick starr auf seine Notizen gerichtet, um einen klaren Kopf zu behalten. Das gebrochene Bein lag ausgestreckt vor ihm, ein Symbol für die Pfeile in den Wildwestfilmen, und erinnerten ihn daran, dass jede Minute zählte. Es galt, bis zum Ende des Streifens durchzuhalten.

Alma kam mit dem Telefon, und Dalton musste sie noch einmal an den Schreibtisch zurückschicken, um sein Adressbuch zu holen. Er bat sie, unter Harding & Powell nachzuschlagen, und falls sie wusste, dass es sich dabei um die beste Anwaltsfirma in ganz Dubois handelte, ließ sie sich nichts anmerken. Dalton wies sie an, die Nummer zu wählen, und wartete darauf, dass sie das Zimmer verließ.

»Das Wasser wird kalt«, sagte sie, nachdem sie mit dem Finger die Temperatur geprüft hatte.

»Dann machen Sie es eben wieder heiß«, sagte er, in der Hoffnung, zwei Fliegen mit einer Klappe zu schlagen: Er war sie eine Weile los und bekam später eine anständige Rasur. »Na also, warum nicht gleich so!«

Die Geschäftsbeziehung zwischen Wayne Harding und Dalton Tucker bestand seit fünfzig Jahren, und davor hatte Daltons Vater weitere fünfzig Jahre die Dienste von Waynes Vater in Anspruch genommen.

Testamente, Treuhandvermögen, Verträge, Schenkungen, geschäftliche Transaktionen, egal, was es auch war: die Tuckers engagierten die Hardings, das hatte Tradition. Genau wie die Tuckers stets einen March als Vormann auf der Ranch hatten: Paul, und früher Asa March. Einige Partnerschaften überdauerten die Generationen. Obwohl Wayne unlängst zum Richter am Nachlassgericht ernannt worden war, arbeitete er noch für Dalton, der Tradition zuliebe.

»Dalton, es tut gut, deine Stimme zu hören«, sagte Wayne Harding.

»Ebenso.« Sie brachten das erforderliche Geplänkel über den Schnee, die Herden, das Gericht und die Familien hinter sich. Dann erklärte Dalton seinen Wunsch. Wayne hörte aufmerksam zu, unterbrach ihn kein einziges Mal. Er wusste von Daltons Loyalität gegenüber James und seiner Liebe zu Louisa und verstand das komplizierte Beziehungsgeflecht zwischen den Tuckers und den Rydells.

»Ich wiederhole noch einmal, um ganz sicherzugehen, dass ich dich richtig verstanden habe«, sagte Wayne. Er hatte sich Notizen gemacht und las einige vor. »Du möchtest Louisa ein lebenslanges Wohnrecht auf der DR-Ranch einräumen.«

»Ja.« Dalton hatte uneingeschränktes Vertrauen zu Wayne und wusste, dass er seine Verfügungen buchstabengetreu ausführen würde. Er konnte anfangen, sich zu entspannen, musste sich nicht mehr an jede Einzelheit klammern.

»Was die Sachwerte angeht, hat sie nur ein Nießbrauchrecht, will heißen, sie darf nichts verkaufen oder vererben –« Wayne gestattete sich ein Lachen und eine persönliche Bemerkung. »Das wird Todd und Tammy Rydell sicher freuen.«

»Damit das klar ist«, sagte Dalton. »Kein Rydell soll bei der Testamentseröffnung etwas zu lachen haben.«

»Keiner?«

»Keiner!« Dalton schlug zur Bekräftigung auf die Lehne des Rollstuhls.

»Dalton … Louisa ist eine Rydell.«

»Verdammt.« Dalton liebte sie so sehr, dass er das meistens vergaß.

»Das ließe sich ändern«, lachte Wayne. »Mach eine ehrbare Frau aus ihr und heirate sie.«

Dalton zuckte zusammen. Daran hatte er auch schon gedacht, an die fünfzig Millionen Mal. Herrgott, er wusste, wie glücklich sie über einen Ring am Finger gewesen wäre, über den Gang durch das Mittelschiff der Kirche … als Braut würde sie eine Augenweide sein. Aber was war mit ihm, dem Bräutigam: Er sah das Bild direkt vor sich, wie er dasaß, hinfällig und eingegipst im Rollstuhl, mit Morgenmantel und Zylinder, James an seiner Seite, der ihm mit finsterer Miene das Kissen mit dem Ring reichte – und Daltons Gebiss.

»Blödsinn. Das musstest du mal wieder aufs Tapet bringen, oder?«

»Hat zumindest bewirkt, dass du dir Gedanken machst«, erwiderte Wayne lachend.

»Scheißdreck.« Dalton hatte ein schlechtes Gewissen, als er fluchte: Rosalinds Porträt im Schlafzimmer am anderen Ende des Ganges funkelte ihn entrüstet an. Am liebsten wäre er schnurstracks hinübergegangen und hätte die Tür zugemacht.

»Du bist ein Romantiker vom alten Schlag«, sagte Wayne. »Hat Jenny immer gesagt. Sie wartet Jahr für Jahr, dass du dich endlich traust, ihr einen Antrag zu machen, damit sie zur Hochzeit eingeladen wird, und jedes Mal enttäuschst du sie. Sie möchte es noch erleben, wenn Louisa und du vor den Traualtar tretet, wie es sich gehört.«

»Sie hat achtundzwanzig Jahre gewartet, da kommt es auf ein Jahr mehr oder weniger auch nicht mehr an.«

»Na gut, wenn du meinst«, lachte Wayne. »Ich setze das Schriftstück auf und schicke dir den Entwurf bis zum Ende der Woche zu.«

»Lieber Dienstag als Freitag. Ich werde schließlich nicht jünger. Ach Wayne, da wäre noch was –«

Dalton senkte die Stimme und erklärte die Einzelheiten. Wayne schrieb alles auf, wiederholte die Anweisungen Wort für Wort. Er versprach, sich mit den Handwerkern in Verbindung zu setzen und die Verfügung gemeinsam mit dem Testament aufzusetzen.

Als Dalton auflegte, war er bereit für die Rasur. Er sah Schatten in der Halle, Alma – und einen jungen Mann. Sie schien auf ihn einzureden, streckte flehentlich die Hände aus. Der Notfall, dachte Dalton, sie hat ihn hergebracht. Die Körpersprache des jungen Mannes war Dalton vertraut: forsch, anmaßend, zu sehr mit sich selbst beschäftigt, um zuzuhören. Er unterbrach sie mit einer ungeduldigen Geste und schickte sich zum Gehen an. Dalton kannte die Reaktion; er hatte sie selbst oft und vielen Frauen gegenüber an den Tag gelegt.

»Junger Mann!«, polterte Dalton.

Der Bursche drehte sich um.

»Her mit Ihnen!«

»Richard –«, sagte Alma flehentlich und versuchte, den Fremden am Ärmel festzuhalten.

»Ich bin hier der Boss! Kommen Sie her, wenn ich Sie rufe!«

Der junge Mann stand hoch aufgerichtet da. Selbst aus zehn Metern Entfernung sah Dalton das hämische Grinsen auf seinem ausgemergelten Gesicht. Sein Haar war lang, braun und ungepflegt; er trug schmutzige zerlumpte Wollkleidung und hatte ein Gewehr in der Hand.

»Was wollen Sie von mir?«, rief er.

»Wer sind Sie?«

»Mr. Tucker«, sagte Alma hilflos. »Das ist eine Familienangelegenheit – zwischen mir und meinem Sohn.«

»Ich bin der Wächter!« Der junge Mann riss sich von seiner Mutter los und baute sich vor Dalton auf. »Wissen Sie, was das bedeutet?«

»Nein, sollte ich?«

»Sie haben uns etwas weggenommen, was Ihnen nicht gehört.« Der junge Mann blickte ihn drohend an, seine grünen Augen funkelten. Dalton starrte auf die Waffe und warf sich nach vorne. An den Rollstuhl gefesselt und vom Gips behindert, konnte er den Eindringling nicht erreichen.

Der junge Mann lachte.

»Alter Narr. Ich könnte dich erschießen, wenn ich wollte, aber wozu eine Kugel verschwenden?« Er drehte sich um und schickte sich zum Gehen an.

»Richard!«, rief Alma und machte Anstalten, hinter ihm herzulaufen.

»Hier geblieben!«, donnerte Dalton.
Dalton hievte sich aus dem Rollstuhl. Sein Bein brannte wie Feuer, aber er musste sein Heim und seine Familie verteidigen. Er stürzte sich auf den Fremden. Aneinander geklammert wälzten sie sich über den Boden, die Waffe zwischen ihnen. Dalton packte den Arm des Eindringlings, aber der Mann riss sich los. Fluchend verpasste er Dalton einen Fausthieb gegen den Kopf.

*

Für Sage verlief die restliche Fahrt verschwommen wie im Nebel. Sie hatte nie solche Schmerzen erlebt. Das Epizentrum befand sich im Unterleib und setzte sich in Wellen fort, die nach allen Seiten ausstrahlten und sie zu zerreißen drohten. Das konnte nicht normal sein! Die Schmerzen gingen über jedes erträgliche Maß hinaus. Aber für das Baby mussten sie noch grauenvoller sein: Wie konnte ein so winziges Lebewesen ein solches Erdbeben im Körper eines Menschen überstehen? Sage versuchte, sich am Türgriff festzuhalten, aber sie war nicht einmal im Stande, die Hand zu schließen. Sie versuchte, den Namen »Jake« auszusprechen, aber heraus kam nur: »Aaaarrrrr!«
»Halt durch!« Er raste die Straße entlang.
»Ich kann nicht. Ich kann nicht.«
»Tief durchatmen, Sage.«
»O Gott,« stöhnte Sage mit zusammengebissenen Zähnen. Wahrscheinlich war es wirklich eine Wehe, wie Jake behauptet hatte. Es fühlte sich an, als würde sie von einem Bären gebissen und ihr Innerstes nach außen gekehrt. »Erinnerst du dich an den Bären?«, keuchte sie.
»Was hast du gesagt?«
Sage knirschte mit den Zähnen, Tränen liefen über ihre Wangen. Sie konnte nicht sprechen, aber sie dachte an ihre schlimmste Kindheitserfahrung: Einmal hatten ihr Bruder und sie mit ihren Eltern in den Bergen gezeltet. Ihr Vater war unterwegs, um Wasser oder ir-

gendetwas zu holen, und ein Grizzly hatte das Zelt angegriffen. Sie war noch klein gewesen, aber sie erinnerte sich genau an die Zähne, als der Bär den Kopf durch den Zelteingang gestreckt hatte: riesige, geifernde Fangzähne. Solche Zähne waren es, die jetzt in ihrem Bauch zuschnappten.

»Ich dachte, du hättest etwas von einem Bären gesagt.«

Habe ich auch, dachte Sage und biss in ihren Ärmel, als der Wagen mit voller Wucht gegen eine gefrorene Bodenwelle prallte.

»Aaaa!«

»Hast du schon einmal einen Grizzly gesehen?« Er redete, so schnell er konnte, um sie von der Wehe abzulenken. »Ich bin mal von einem angegriffen worden. Fast, jedenfalls. Ich kann mich nur dunkel daran erinnern, aber es war eine Bärenmutter mit ihren Jungen. Sie war fuchsteufelswild. Ehrlich. Ihre Klauen waren so groß wie Bananen. Und Fangzähne wie Spikes.«

»Ich war dabeiiiiii«, stöhnte Sage, die genau wusste, was er meinte. Natürlich erinnerten sie sich daran. Dreijährige Zwillinge, die sich einem wütenden Grizzly gegenübersahen, ein Albtraum, der sie ein Leben lang verfolgt hatte!

Er verstand sie nicht oder tat zumindest so, um nicht antworten zu müssen. Er fuhr wie der Teufel, überholte andere Pick-ups. Sage hatte das Gefühl, als wären sie mit großer Geschwindigkeit unterwegs, immer auf einer Straße entlang, die zwischen Bergen hindurchführte. Sie dachte an Ben und weinte, weil er nicht da war. Er sollte bei der Geburt des Babys dabei sein, um ihre Hand zu halten und ihr die Haare aus der Stirn zu streichen. Wie die Familien im Fernsehen, wo der Vater fürsorglich war und die Mutter weinte, aber nicht zu viel, weil es genug gab, worüber man glücklich sein konnte.

»Ben«, ächzte sie.

»Nennst du mich jetzt ›Ben‹?«, fragte er scherzhaft. »Na gut, ist jedenfalls besser als ›Jake‹.«

Die Wehe war vorbei, verschwand mit einem dumpfen Hämmern, wie der Hufschlag eines Pferdes, der sich in der Ferne in einem

Pass verlor. Sage hielt sich den Bauch und fragte sich, was sich dort drinnen abspielen mochte. Es tat immer noch weh, aber nicht mehr so schlimm wie vorher. Sie war schweißgebadet, konnte nicht aufhören zu weinen.

»Ich meine den Vater meines Babys. Ich wünschte, er wäre hier.«

»Tut mir Leid.«

»Wir haben es nicht einmal geschafft, den Lamaze-Kurs zu besuchen.«

»Was ist das denn?«

»Ein Geburtsvorbereitungskurs für werdende Eltern.«

»Aha.«

»Ich wollte, dass wir das gemeinsam durchstehen.« Sage schaukelte weinend auf ihrem Sitz vor und zurück. »Er sollte bei der Entbindung mein Coach sein.«

»Dein *was*?«

»Mein Coach! Der mich daran erinnert, wie ich atmen und was ich als Nächstes tun muss.« Sage weinte. »Wenn das wirklich Wehen waren, hätte er die Zeit gestoppt und mir gesagt, wie prima ich meine Sache mache. Er ist schließlich der Vater, er liebt das Baby mehr als jeder andere, außer mir. Oh –« Sie knirschte wieder mit den Zähnen und spürte, wie es im Epizentrum wieder zu grollen begann.

»Es sind wirklich Wehen«, sagte er ernst. Sage sah, dass er fast so konzentriert war wie sie, während er die Augen auf die Straße richtete und das Gaspedal bis zum Anschlag durchtrat.

»Ich … wünschte, wir wären endlich da. Es geht alles so schnell. Ich brauche meinen Vater. Ich brauche ihn jetzt –«

»Wir sind gleich da. Schau doch –«

Sage kniff die Augen zusammen, und trotz der Tränen und Schmerzen, die in immer stärkeren Wellen kamen, sah sie es: die Eingangstore der DR-Ranch.

Steinpfosten flankierten die riesigen weißen Tore, die offen standen, der Welt Einlass gewährten. Sage suchte den Horizont nach einer menschlichen Behausung ab, aber alles, was sie ausmachen

konnte, waren Felsen und Bäume. Sie wusste, dass die Ranch groß war, aber sie brauchte ein Dach über dem Kopf, *jetzt sofort.*
»Hilfe«, keuchte sie; blind vor Panik tastete sie nach ihm, suchte nach einem Halt.
»Keine Angst, ich helfe dir.«
»Das kannst du nicht«, schluchzte sie, als die nächste Wehe einsetzte. »Du hast keine Ahnung, was Lamaze ist. Du hast nicht mal was von einem Coach gehört. Du glaubst nicht, dass du Jake bist. Ich brauche meinen Vater!«
Ihre Hand suchte immer noch nach einem Halt, berührte seine Hand. Er schob sie in ihre. »Drück zu. Drück fest zu!«
»Ooooh, was ist, wenn wir es nicht schaffen?«, stöhnte Sage. Sie hatte Angst vor der Wehe, die genauso schlimm wie die letzte war, oder noch schlimmer. Aber sie drückte seine Hand, so fest sie konnte, und irgendwie wurde der Schmerz dadurch erträglicher. Die Tiere waren still, die sechs kleinen Katzen hatten sich auf die Rückbank begeben, als wollten sie sie anfeuern.
»Ich habe dich bis hierher gebracht, und den Rest schaffen wir auch noch. Oder glaubst du, ich würde dich hier absetzen? Großer Gott, Sage. Halte durch, wir sind –«
»Gleich da?« Sie zerquetschte beinahe seine Hand.
»Nicht gleich. Jetzt, wir *sind da* –«
Sie hatte solche Schmerzen und so große Angst, dass sie beinahe vergaß, für seinen Beistand dankbar zu sein. Sie dachte an ihre Bären-Erinnerung, fragte sich, ob es wirklich derselbe Grizzly gewesen war. Plötzlich spielte es keine Rolle mehr, ob David wirklich Jake war oder ein Fremder, aus dem sie nicht schlau wurde. Es war egal. Er liebte Tiere, er rief die guten Geister an, er brachte sie nach Hause. Er war ein Engel, und die kamen oft unerkannt daher.
Deshalb wusste sie, dass alles gut werden würde.
»Ich schaffe es nicht«, sagte sie.
»Du schaffst –«
»Jetzt.« Sie spürte, wie alles in ihr in Bewegung geriet, wusste, dass

die Geburt des Babys begann, in ebendieser Minute. »Das Baby kommt. Jetzt.«
Er trat auf die Bremse an und blickte nach unten. Als wüsste sie genau, was zu tun war, spreizte Sage die Beine, als die Presswehe begann.

31

Nachdem James Daisy heil an ihrem kleinen Haus abgesetzt hatte, ritt er wieder hinaus. Seine Augen beschattend, suchte er die Landschaft nach dem jungen Mann ab, von dem Todd erzählt hatte. Da er die Fußabdrücke des jungen Jackson schon zweimal im Canyon gefunden hatte, schlug er diesen Weg ein.

Unter den Rydell-Klippen hielt er inne und blickte nach oben. Er versuchte, sich seinen Großvater vorzustellen, der die Schafherde eines anderen Viehzüchters in den Abgrund trieb, in den sicheren Tod. Im Frühling weideten die Rinder häufig an dieser Stelle; das Gras schien ihnen hier besser zu schmecken als anderswo auf der Ranch. Die Knochen der Schafe hatten den Boden und das Gras mit Kalzium angereichert, und die Herde konnte nicht genug davon bekommen. Dalton war damals ein kleiner Junge gewesen und hatte seinem Vater geholfen, den Schafen den Garaus zu machen. Pauls Vater Asa war ebenfalls dabei gewesen.

James saß auf seinem Pferd und starrte zu den Felsen hinauf. Sie waren rot und zerklüftet, bildeten Simse, Kamine, Spalten. Während er die Klippe absuchte, stellte er sich vor, wie die Schafe bei ihrem Sturz in den Abgrund gegen die Felsvorsprünge geprallt waren, und fragte sich, wie sein Großvater so etwas fertig bringen konnte. Er dachte an Dalton, der die Augen der Lämmer gesehen und ihre Schreie gehört hatte. Und in diesem Augenblick sah James Tucker den Kopf des Stieres.

Er war auf eine abgestorbene Zeder gespießt, ungefähr zwanzig Meter über ihm, auf der Klippe. Die Vögel hatten sich über ihn hergemacht; er hatte sie gesehen und gedacht, sie wären auf dem Weg zu einem Nest. Der Schädel, dessen Fleisch von den Krähen zur Hälfte abgepickt war, starrte mit leeren Augenhöhlen zur DR-Ranch hinüber. James verfolgte mit den Augen die Route, die der Junge genommen hatte, um den Schädel dort oben anzubringen. Er war auf dem ursprünglichen Schaftrail gekommen, der an der Ostseite entlangführte, über eine schmale Natursteinbrücke zu einen steilen Felsvorsprung mit dem verkrüppelten Baum. Eine ideale Aussichtsplattform für einen selbst ernannten Wächter.

Kopfschüttelnd überlegte James, ob er hinaufklettern und den Schädel herunterstoßen sollte. Aber das Felsgestein war völlig vereist; das wäre so, als würde man versuchen, an einer Glasfläche hochzuklettern. Dort oben hingen noch andere Dinge, wie er jetzt zum ersten Mal bemerkte: ein ungegerbtes Kalbfell, das an einen Zweig gebunden war, zwei große Tierschädel, ein Paar lange Hörner und ein Schild »Durchgang verboten – DR-Ranch«; dass es fehlte, war James nicht einmal aufgefallen.

»Großer Gott.« Der Junge hatte sich Mühe gegeben mit seiner Sammlung, wie in einem Museum. James fragte sich, wie viele Male er, Paul oder seine Männer an der Stelle vorbeigeritten waren, ohne einen Blick nach oben zu werfen. Er dachte an die blutige Geschichte dieses Landes – an die Kämpfe mit den Indianern, die getöteten Schafe, und nun auch noch dieser Racheakt der Rydells. Da er den toten Stier und das Kalb gesehen hatte, wusste er, dass der Junge eine Waffe besaß, und fühlte sich hier draußen wie auf dem Präsentierteller.

Sein Magen schmerzte, und er wusste, es hatte nicht nur mit seinen Tieren zu tun, die abgeschlachtet worden waren. Er dachte an Daisys Augen, an die Hoffnung, die er darin entdeckt hatte, als er sie zu Hause abgesetzt hatte. Immer wieder hatte sie gefragt »Was wäre, wenn –«

James, der sich die gleiche Frage stellte, konnte die Antwort nicht ertragen. Was wäre, wenn der Junge wirklich Jake wäre? Während er zu dem Schädel und dem Schild hinaufblickte, versuchte James sich vorzustellen, dass sein Sohn sie dort aufgepflanzt hatte. Es war mit Sicherheit mühevoll gewesen, die Tiere zu töten, das Schild zu stehlen, den Schrein aufzubauen – dies alles bedeutete Stunden um

Stunden anstrengender Arbeit. Angespornt durch den Hass, der ihm von den Rydells in all den Jahren eingeflößt worden war, in denen sie gegen die Tuckers und die DR-Ranch geschimpft hatten …

»Hilfe!«

Der Schrei hallte von den Felsen wider, und zuerst konnte James nicht erkennen, woher er kam.

»Hilfe! Ist da jemand?«

Er hörte sie wieder: die Stimme eines Jungen, kräftig, aber einer Panik nahe. Dann ein gespenstisches Heulen, von dem er zunächst dachte, es stamme von einem Tier, aber es war eine Mädchenstimme. Plötzlich wusste er – ein instinktives, alles durchdringendes Wissen –, dass es die Stimme seiner Tochter war: *Sage*. Er gab seinem Pferd die Sporen und galoppierte um den zerklüfteten roten Felsvorsprung herum in Richtung Ranch, zum großen Eingangstor.

Ein zerbeultes altes Auto, das ihm bekannt vorkam, stand mitten auf dem Weg, mit beschlagenen Fensterscheiben, die Beifahrertür weit offen. Sein Herz hämmerte, als James in vollem Galopp über den gefrorenen Schnee preschte. Er sah Tiere – Hunde und Katzen – neben den Hinterreifen kauern. Die Beine eines Mädchens ragten aus der Beifahrertür hervor, und der Junge stand zwischen ihnen, blickte wild über die Schulter. So wie er dastand, hätte er ein Arzt oder ein Vergewaltiger sein können. Zähneknirschend riss James seine Waffe heraus.

*

Daisy war zu nervös und aufgewühlt, um allein zu Hause zu sitzen und auf James' Rückkehr zu warten. Sie musste mit jemandem über Todds Warnung reden, über ihre eigene aufkeimende Hoffnung. Sie lief zum Haupthaus hinüber und ging in die Küche, wo sie Alma Jackson fand, die sich mit einem jungen Mann unterhielt.

»Oh.« Daisy hielt abrupt inne.

»Richard, geh –«, sagte Alma schnell.
Der junge Mann erstarrte, seine Augen huschten umher, auf der Suche nach einer Fluchtmöglichkeit. Als er merkte, dass es dafür zu spät war, blickte er Daisy herausfordernd an.
Daisy stand reglos da. Sie betrachtete ihn, ihr Puls raste. Er war vielleicht einsachtundsiebzig groß, hatte ein hohlwangiges Gesicht und einen spärlichen rotbraunen Bart. Seine braunen Haare waren zottig und sahen aus, als hätte er sie selbst geschnitten. Seine Kleider waren zerschlissen und seit langem nicht mehr gewaschen worden; unter seinem braunen Cordhemd trug er lange Unterwäsche in mehreren Schichten, die unter den Ärmeln hervorblitzen.
»Er wollte gerade gehen«, sagte Alma.
»Das muss er nicht.« Daisy trat einen Schritt vor. »Draußen ist es kalt.«
»Ma, ich gehe jetzt.« Er hatte den Kopf gesenkt.
»Ich bin Daisy Tucker.« Daisy streckte ihm die Hand entgegen. Sie würde ihn an der Berührung erkennen, dessen war sie sicher. Das Herz schlug ihr bis zum Hals, als sie darauf wartete, dass er ihr die Hand gab. Jeder Herzschlag dröhnte in ihren Ohren wie ein Trommelschlag.
Der Junge musterte sie. Seine Augen waren dunkelgrün, hart und ausdruckslos. Daisy fürchtete sich vor seinen Augen, aber sie suchte nach einem Hinweis, dass er ihr Sohn sein könnte. Sie erwiderte den Blick, lächelnd, und hoffte, diese Augen zu erweichen, ihnen ein Lächeln abzuringen, ein Lebenszeichen. Aber sie waren wie Nagelköpfe in seinem harten Gesicht.
»Tucker«, sagte der Junge, ohne ihre Hand zu beachten.
»Du musst halb erfroren sein da draußen in den Bergen.« Daisy ließ den Arm sinken. »Dein Onkel hat uns erzählt, dass du im Freien kampierst. Du bist der Wächter, oder?«
»Der was?«
»Der Wächter. Todd hat es uns erzählt.«
»Mein Onkel –« Er schien verwirrt zu sein, offenbar war er doch zu Gefühlsregungen fähig. Seine Miene veränderte sich, aber sie

wurde nicht weicher: Die leblosen Augen loderten vor Wut, die gegen Alma gerichtet war. »Du hast mit Tammy gesprochen!«, fauchte er sie an.
»Als er letzte Woche an die Tür klopfte, bin ich aus allen Wolken gefallen«, erklärte Alma verstört, an Daisy gewandt. »Ich wusste nicht, dass er hier war, und draußen, bei dem Wetter. Ich habe ihm erlaubt, im Keller zu bleiben, den Rest des Hauses durfte er nicht betreten. Und auch nur ein paar Mal.«
»Wie kann man nur so dämlich sein!« Der Junge packte Almas Arm und schüttelte sie. »Ich hab dir doch gesagt, du sollst den Mund halten! Dich bei Tammy auszuheulen – wie konntest du, Ma!«
Daisy wollte gerade einschreiten und ihn von Alma wegziehen, als er unverhofft auf dem Absatz kehrtmachte und sich zum Gehen anschickte. Sein Gesicht war rot, die Sehnen an seinem Hals traten hervor.
»Mütter machen sich nun mal Sorgen.« Daisy schluckte. »Daraus kannst du ihr keinen Vorwurf machen.«
»Zum Teufel damit!« Er stieß an den Tisch, als er sich zu ihr umdrehte.
»Ich muss es wissen.« Daisy blickte in seine beängstigenden, freudlosen, eiskalten Augen. Was war ihm widerfahren? Daisy hätte ihn gerne berührt: Wenn eine Verbindung zwischen ihnen bestand, würde es sie spüren. »Mein Sohn ist auch da draußen in den Bergen.«
»Mrs. Tucker –« Almas Stimme klang flehentlich, eindringlich. »Lassen Sie uns bitte allein. Gehen Sie zurück in Ihr –«
Daisy klammerte Alma aus, konzentrierte sich ganz auf den Jungen. Sie versuchte, die Düsterkeit in seinen Augen zu vergessen, versuchte, sich nicht vorzustellen, was in seinem Leben geschehen sein mochte, um seine Seele zu zerstören. Die Wut zeigte sich in seinen Muskeln, seiner Körperhaltung, den Sehnen seines mageren Halses, aber seine Augen waren erloschen. Daisy versuchte sich einzureden, der Junge könne ihr Sohn sein und sie sei in der Lage,

ihn zu lieben, komme, was da wolle, und Liebe bringe selbst das härteste Herz zum Schmelzen. Was wäre, wenn, dachte sie immer wieder …

»Mein Sohn hat sich in den Bergen verirrt. Ich denke jeden Tag an ihn«, sagte Daisy.

»Sie haben ihn verloren«, sagte der Junge mit einem hämischen Grinsen. »Ich weiß. Mein Onkel Todd hat mir die Geschichte erzählt.«

»Nicht verloren, es war keine Absicht. Ich hätte ihn um keinen Preis der Welt hergegeben. Ich habe meinen Sohn von ganzem Herzen geliebt, und das tue ich noch heute.«

»Die Tuckers lieben nur eines, Geld und Rinder. Stimmt's, Ma?«

»Richard!«, sagte Alma beschwörend.

»Bei den Rydells und den Jacksons wäre so etwas nie passiert. Wir hätten kein Kind verloren.«

»Richard, Schluss jetzt!« Almas Miene war verzweifelt, die Haut um ihre Augen bläulich verfärbt. Sie stand zwischen dem Jungen und Daisy und sah Daisy an. »Hören Sie nicht auf ihn, das ist nichts als dummes Geschwätz. Ich brauche die Arbeit hier; Tammy hat sie mir verschafft, und ich bin froh darüber. Er hat hier nichts zu suchen. Er ist gleich weg. Sein Vater trinkt ständig und richtet die Familie zu Grunde. Aber das ist keine Entschuldigung dafür, dass er jetzt hier ist –«

»Er hat draußen gefroren, das verstehe ich gut.« Und an den Jungen gewandt: »Hast du Hunger? Möchtest du etwas essen?«

»Keinen Bissen würde ich von den Tuckers annehmen!«, fauchte er. »Und mein Dad hat unsere Familie nicht zu Grunde gerichtet. Erzähl nicht solchen Scheiß, vor allem, wenn er dabei ist –« Er stieß Alma vor sich her und bohrte seine Fingerspitzen in ihr Schlüsselbein. »Halt ja die Klappe.«

Daisy trat entschlossen vor. Sie hasste Gewalt, egal, gegen wen sie sich richtete.

»Schluss jetzt. Du tust ihr weh!«

Sie packte den Arm des Jungen. Kälte durchströmte sie wie eisiges

Flusswasser, als sie ihn zu sich herumdrehte. Sie betrachtete sein Gesicht, suchte nach einem Zeichen der Zugehörigkeit. Doch da war nichts, kein einziges Merkmal erschien ihr vertraut. Die Zwillinge hatten sich mit drei Jahren sehr ähnlich gesehen; es gab nichts an diesem Jungen, was sie an Sage erinnerte und ihr sagte, dass er Jake Tucker war.

»Halten Sie sich raus! Das sind Familienangelegenheiten!«, sagte er zu Daisy.

»Was habe ich nur falsch gemacht?«, sagte Alma. »Ich habe immer mein Bestes getan, dich in der Wiege geschaukelt, dir Schlaflieder vorgesungen.«

»Kann mich nicht an Schlaflieder erinnern. Halt den Mund, Ma!«

»Ich habe dich geliebt, vom ersten Augenblick an.«

»Du hast hier nichts zu suchen, Ma.« Er stieß sie wieder vor sich her. »Das ist nicht loyal gegenüber Onkel Todd.«

»Du bist ein Jackson, kein Rydell.« Alma schüttelte den Kopf. »Und du bist derjenige, der hier nichts zu suchen hat. Sieh zu, dass du nach Hause kommst, bevor du dir noch mehr Ärger einhandelst als dein Bruder.« Ihr Kinn begann zu zittern. »Ich habe hier Arbeit als Pflegerin, es gehört zu meinen Aufgaben, Menschen zu helfen, die mich brauchen –«

»Und was ist mit mir? Was war mit mir, als ich dich gebraucht hätte? Als ich fast verblutet wäre? Ich musste mich selbst zusammenflicken. Die Narben sind so hässlich, dass niemand erträgt, sie anzusehen –«

»Ich weiß, mein Junge. O Gott, ich wünschte –«

»Wie eine Schlange! Über das ganze Gesäß. Das Bein hinunter, wulstig und hässlich, weil die Wunde nicht desinfiziert und genäht wurde. Und wo warst du?«

»Ich hätte für dich da sein sollen!«

»Verdammt richtig! Aber du hattest ja Besseres zu tun.«

»Ich habe Fehler gemacht«, flüsterte Alma, als wollte sie nicht, dass Daisy diese Familiengeschichten zu Ohren kamen. »Ich hätte da sein sollen, damals und zu anderen Zeiten. Aber das Leben mit deinem Vater … ich habe es nicht ausgehalten, manchmal musste ich einfach raus, Richard. Es tut mir Leid.«

»Mach ihn nicht dafür verantwortlich.« Sein Gesicht verzog sich zu einer hässlichen Grimasse. »Vielleicht wäre er geblieben, wenn du es ihm zu Hause gemütlicher gemacht hättest.«

Daisy blickte Alma an, dann den Jungen, und sie gab jeden Gedanken, dass er Jake sein könnte, auf. Sie erkannte Mutterliebe auf den ersten Blick, und Almas Kummer und Trauer um ihre missratenen Söhne verriet, dass Richard ihr leiblicher Sohn war. Daisy sah die Augen des Jungen, eiskalt wie die eines Hais, und erschauerte.

»Geblieben! Sein Vater war entweder im Gefängnis oder betrunken!«, erklärte Alma Daisy. »Todd war für ihn eine Art Vaterersatz. Ich habe zugelassen, dass Richard dauernd mit ihm zusammensteckte. Jetzt sieht man, wohin das geführt hat!«

»Dein Onkel macht sich Sorgen um dich«, sagte Daisy. »Er hat es uns erzählt.«

»Uns? Ihnen und dem Rancher?«

»Ja. Wir möchten dir helfen, James und ich –«

»Geschenkt! Lieber würde ich verrecken!«, sagte der Junge, schnappte seinen Parka und ging zur Tür.

»Nicht!«, sagte Alma flehentlich und begann zu weinen, zog an seinem Arm.

»Keine Bange.« Richard schüttelte sie ab und stürmte aus dem Haus. »Mir passiert schon nichts.«

Als Daisy ihn gehen sah, hätte sie sich eigentlich erleichtert fühlen müssen. Er war niederträchtig und machte ihr Angst, aber als die Tür ins Schloss fiel, sank ihr das Herz. Es hätte Jake sein können. Sie hatte es sich sogar gewünscht. Er mochte verhaltensgestört sein, aber sie war sicher, dass alle Ungerechtigkeiten und Grausamkeiten, die er in der Vergangenheit erlitten hatte, mit der Zeit ausgelöscht werden konnten, wenn er wirklich ihr Sohn war. Liebe heilte alle Wunden, davon war sie überzeugt.

Alle. Schmerz, Kummer, Leid, Grauen, Verlust, Trennung, Qualen – Liebe war ein Allheilmittel. Sie hatte nicht gedacht, dass es leicht oder schnell gehen würde, und sie würde keine Ergebnisse und keine Gegenliebe erwarten. Daisy Tucker war geduldig und hartnäckig, und ihr Glaube an die Macht der Liebe war unerschütterlich. Wenn sich dieser Junge, Richard Jackson, als ihr verlorener Sohn Jake entpuppt hätte, wäre es Daisy mit ihrer Liebe gelungen, die harten, verletzten grünen Augen zu erweichen.

Aber er war nicht Jake.

*

»Hilfe! Hilfe!«, brüllte der Junge.

Das Mädchen schrie vor Schmerzen, hoch und qualvoll. James gab Chieftain noch härter die Sporen, trieb ihn gnadenlos an, die Hufe brachen durch die Eiskruste. Der Junge kauerte sich auf den Boden, machte sich bereit. Er hatte zweimal um Hilfe gerufen und nach hinten geschaut. Dann beugte er sich wieder vor, als er sah, dass James auf dem Weg war.

David hörte, wie der Rancher näher kam, aber er blieb zwischen Sages Beinen hocken und konzentrierte sich mit aller Kraft darauf, das Baby zu holen. Er hatte auf der Farm oft zugesehen, wenn Welpen geboren wurden, und er war dabei gewesen, als seine Mutter ihren leiblichen Sohn zur Welt gebracht hatte; daher wusste er, dass Sages Zeit hier und jetzt gekommen war und dass keine Chance mehr bestand, zu einem Haus auf der Ranch zu gelangen.

»Aaaaaaah!«, stöhnte Sage. »Es tut so weh!«

»Das Baby kommt«, sagte David. »Du musst jetzt pressen. Kannst du mich hören, Sage? Schaffst du das?«

Sage brauchte ihre Kraft für Wichtigeres als Worte. Mit hochrotem schmerzverzerrten Gesicht presste sie, versuchte, ihr Kind zur Welt zu bringen. David hatte seine Handschuhe ausgezogen, und seine Hände waren bereit zuzupacken. Als das Köpfchen erschien, umfasste er es. Der Säugling war nicht größer als ein Welpe, viel kleiner, als ein Menschenkind sein sollte.

Das Pferd galoppierte herbei, stand abrupt still. David hörte, wie der Mann aus dem Sattel sprang und durch den knirschenden Schnee herbeigelaufen kam. Er schnappte nach Luft, als er sah, was vor sich ging.

»Sage?«, sagte der Mann mit brüchiger Stimme.

Sage konnte ihn nicht hören, oder wenn doch, nicht nach oben schauen. Sie klammerte sich an den Beifahrersitz und versuchte, ihr Kind zu gebären. Davids Herz hämmerte. Rancher waren ein rotes Tuch für ihn, er traute ihnen nicht, sie verrichteten eine Arbeit, die keinen Deut besser war als auf einer Hundefarm. Sie zogen Tiere groß, brachten ihnen bei, den Menschen zu vertrauen, und dann benutzten sie sie, um Geld zu verdienen. Aber das hier war die DR-Ranch, und der Mann war Sages Vater, und um ihn wiederzusehen, war sie dreitausend Meilen weit gereist.

»Sie braucht Hilfe«, sagte David. Er wollte sich nicht umdrehen und den Kopf des Babys loslassen.

»Ich bin schon da«, sagte der Rancher. Er warf seine Lederhandschuhe auf den Boden und eilte zu David. David wartete, bis er die richtige Position gefunden und seine Hände um Davids gelegt hatte, auf den Kopf des Kindes – lange genug, um zu sehen, wie sie zitterten.

»Oh!«, stöhnte Sage mit zusammengebissenen Zähnen. »O Gott!«

»Das machst du prima, Kleines«, sagte der Rancher. »Pressen, noch ein bisschen mehr. So ist's gut.«

»Es tut weh. Es tut so weh, Daddy!«

»Ich weiß, Kleines. Jetzt noch einmal. Mehr. So! Sehr gut.«

David trat einen Schritt zurück. Die Tiere hatten sich neben dem Hinterreifen zusammengedrängt, hielten sich gegenseitig warm, wagten sich nicht zu weit von Sage weg. David kauerte sich neben sie, ließ die Hunde auf seinen Schoß und die Kätzchen in seine Jacke kriechen. David schloss die Augen.

»Oh!«, schrie Sage. »Auuuuuuuuuuuuu!«

»Komm, noch ein letztes Mal«, sagte der Rancher. Seine Stimme war warm und liebevoll. Kaum zu glauben bei einem Vater, geschweige denn einem Rancher. Wenn man hörte, wie er mit Sage

sprach und sie mit ihm, hätte man meinen können, die beiden wären immer beisammen und nicht die meiste Zeit ihres Lebens getrennt gewesen.
»Mein Baby!«, weinte Sage. »Ist er geboren? Ist alles mit ihm in Ordnung? O bitte –«
»O Gott!«, flüsterte der Rancher.
»Mein Baby!« Weinend streckte Sage die Arme aus. »Bitte gib ihn mir. Daddy, Jake, ich will mein Baby.«
David spähte zu ihr herüber. Der Rancher umspannte mit seinen Händen den winzigen Kopf und die Schultern des Kindes, und David sah, was er schon in dem Moment gewusst hatte, als er den Kopf berührt hatte: Es war eine Totgeburt. David hatte viele tote Welpen gesehen, aber er hatte nie zuvor etwas Ähnliches empfunden. Sage streckte flehentlich die Arme aus, und er konnte es nicht einmal ertragen, sie anzusehen.
Tränen liefen über die ledrigen Wangen des Ranchers. Er hielt das Baby in den Armen, versuchte, es mit Mund-zu-Mund-Beatmung zu beleben. Kopf und Glieder des Säuglings baumelten hin und her, aber der Rancher schien es nicht zu bemerken. Er knöpfte in fliegender Hast seinen Umhang und seine Schaffelljacke auf und bedeutete David, Sage darin einzuwickeln, während er versuchte, das Kind zu retten.
»Bitte, du musst leben! Bitte.«
»Daddy, gib ihn mir!«, stöhnte Sage.
David sprang auf. Er wollte helfen, aber er wusste nicht, wie. Die beiden schienen den Verstand verloren zu haben. Nun riss sich der Rancher das Flanellhemd vom Leib. Seine Arme verhedderten sich, und er hielt das Baby in seiner linken Armbeuge, bis es ihm endlich gelang, das Hemd abzuschütteln.
»Ist es ein Junge? Oder ein Mädchen?«
Der Rancher hatte ein Messer aus einer Scheide an seinem Gürtel gezogen. Er durchtrennte die Nabelschnur. Das Kind in seinem Hemd bergend, versuchte er wieder, es zu beatmen. Seine Armmuskeln waren gewaltig, größer als das ganze Kind. Die Energie in

den Augen des Mannes machte David Angst. Er sah, wie sich der Rancher in den Schnee kniete.
»Sage.« Seine Stimme klang beschwichtigend.
Das Mädchen war einer Hysterie nahe, doch der Anblick ihres Vaters, der das Baby im Arm hielt, beruhigte sie. Die Blicke der beiden trafen sich, Vater und Tochter, und David sah, wie Sages Augen vor Freude aufleuchten.
»Daddy!«
»Kleines«, sagte er. »Es war ein Junge.«
»War?« Sie griff um die Schaffelljacke herum, die er über sie gebreitet hatte, um das Baby entgegenzunehmen.
»Er war zu klein«, sagte er Rancher. Seine Arme zitterten. David, der hinter ihm stand, starrte auf die angespannten Rückenmuskeln. Es war eisig draußen, aber der Rancher schien nicht zu frieren. »Viel zu klein. Er hat es nicht geschafft.«
»Nicht geschafft?«, fragte Sage ungläubig.
Der Rancher schüttelte den Kopf. Erschauernd erinnerte sich David an seinen ersten Welpen: Als er gestorben war, hatte sein Vater ihm befohlen, den Leichnam in die Mülltonne zu werfen und aufzuhören, ihn zu nerven. Er schaute sich gerade ein Spiel der Nebraska Cornhuskers im Fernsehen an. David blickte den Rancher an, der, ohne mit der Wimper zu zucken, mit nacktem Rücken im Schnee kauerte, und fragte sich, was für ein Leben er wohl führen mochte.
»Er ist hübsch. Er sieht genauso aus wie du.«
»Kann ich ihn haben?« Sage streckte die Hände aus.
Der Rancher nickte. Er beugte sich ins Auto hinein und legte ihr das tote Kind in die Arme. Dann schienen ihn die Gefühle zu übermannen. Er küsste sie auf den Scheitel, umarmte sie und den Säugling. Als er sich von den beiden löste, liefen Tränen über sein Gesicht. Er trat einen Schritt zurück und gab Sage Gelegenheit, mit ihrem Kind allein zu sein.
»Sie braucht Hilfe«, sagte David abermals.
»Ich weiß.« Sein Cowboyhut war zu Boden gefallen, und eine

Windböe wirbelte ihn über das Eis. Er musterte David. »Kannst du reiten?«

»Ich kann Autofahren. Das ist mein Wagen.«

»Ich möchte sie nicht allein lassen. Nimm du das Pferd, und ich fahre den Wagen.«

»Vergessen Sie's!« David traute keinem Rancher über den Weg, und er hätte Petal, Plaidy und den Rest nie mit einem allein gelassen. »Die Tiere brauchen mich. Ich fahre, aber wenn Sie wollen, nehme ich Sie mit. Ist es weit bis zur Ranch?«

»Drei Meilen.«

David scheuchte die Tiere in den Wagen zurück, der Rancher stieg ein, kauerte sich hinter Sage, und David fuhr los. Für Sage war die Reise gleich zu Ende: Er würde sie nach Hause bringen, wo sie in Sicherheit war, und sich wieder auf den Weg machen.

32

Louisa übte gerne mit den Großen ihres Fachs. Sie legte eine CD von Patsy Cline, Loretta Lynn oder Reba McEntire ein, setzte die Kopfhörer auf und sang mit ihren Lieblingssängerinnen im Duett. Manchmal begleitete sie auch Countrymusic-Stars wie Garth Brooks oder Waylon Jennings und gelegentlich sich selbst, indem sie ihre eigenen Aufnahmen abspielte. Normalerweise besserte sich ihre Laune dadurch schlagartig, aber der Streit mit Dalton belastete sie so sehr, dass nicht einmal das Singen half. Sie beendete die Probe vorzeitig und ging in die Küche, um eine Tasse Kaffee zu trinken, wo sie Daisy und Alma antraf.

»Wer ist bei Dalton?«, lautete ihre erste Frage.

Almas Miene nahm einen schuldbewussten Zug an, aber nur für eine Sekunde. Sie war vollauf damit beschäftigt, aus dem Fenster zu starren. »Wohin mag er gegangen sein? O Gott, ich wünschte, ich hätte ihn dazu bewegen können, nach Hause zu gehen, wo es wenigsten *warm* ist.«

Daisy gesellte sich zu Alma und legte ihr den Arm um die Schultern. Sie blickten gemeinsam aus dem Fenster. Alma stand stocksteif da, als lehne sie ihren Trost ab, aber Daisy ließ sich nicht beirren.

»Er ist noch so jung. Und ganz allein dort draußen. Ich kann mir vorstellen, was Sie durchmachen.«

»Es ist eine Schande«, sagte Alma und rückte von Daisy ab. »Mehr kann ich dazu nicht sagen. Da tut man sein Bestes, rackert sich ab, und trotzdem ist es nicht genug. Er hat ja ständig mit angesehen, wie sich sein Vater aufführt, dieser Rohling; offenbar färbt das ab. Wenn Sie mich jetzt entschuldigen wollen, ich muss nach Mr. Tucker sehen –« Mit gesenktem Kopf eilte sie aus dem Raum.

»Was war denn das?«

»Ihr Sohn war hier«, sagte Daisy.

»Der Besuch scheint sie aber nicht aufgeheitert zu haben.«

»Nein.«

»Dich auch nicht.«

»Nein.« Daisy sah zerbrechlich aus, wie sie am Fenster stand und zu den schneebedeckten Bergen hinübersah. Die zarte Gestalt, der Kummer, der sich in ihrer Körperhaltung ausdrückte, und das Warten verliehen ihr etwas Tragisches.

»Normalerweise liebe ich Schnee«, sagte Louisa. »Aber heute deprimiert er mich. Ich habe versucht zu singen, zu üben, aber nichts hilft.«

»Seltsam. Beim Ausritt mit James war ich glücklicher als je zuvor in den letzten –« Ihre Stimme verklang, als würde sie die vergangenen Jahre zählen. »Das hat mir Hoffnung gemacht.«

»Was ihn und dich betrifft?«

»Nein, alles.«

Louisa nickte. Sie kannte das, unverbesserlicher Optimismus, wie Dalton es nannte. Louisa erwartete immer das Beste, ungeachtet der Tatsachen. Wenn sie ein Picknick plante, rechnete sie damit, dass die Sonne schien, gleichgültig, wie die Wetterkarte aussah.

»Ich hatte auf ein Wunder gehofft«, sagte Daisy. »Dass Jake –«

»Jake?«, fragte Louisa verwirrt.

»Egal.« Daisy schüttelte den Kopf. »Sage ist mein Wunder. Das war sie immer. Ich weiß nicht, was ich die ganze Zeit ohne sie gemacht hätte, und jetzt – ich weiß nicht, ob ich es noch einen weiteren Tag ohne sie aushalte. Wahrscheinlich schaffe ich das nicht –«

Louisa sah aus dem Fenster; ein großer schwarzer Pick-up schlitterte die Auffahrt entlang. Er war alt und verrostet, die Stoßstange verstärkt und mit Draht hochgebunden, wie man sie zum Verschnüren von Ballen verwendete. Mit ausscherendem Heck über das Eis rutschend, wäre er um ein Haar in eine Pappel gekracht. Daisys Rücken versteifte sich, als sich der Wagen näherte.

Neben dem großen Korral kam er mit quietschenden Reifen zum

Stehen, und die Tür auf der Fahrerseite wurde aufgerissen. Ein junger Mann sprang heraus und lief zur Beifahrerseite hinüber. Daisy stand wie angewurzelt da, mit weit aufgerissenen Augen. Er war schlank, hatte braune Haare, trug schwarze Jeans und Stiefel. Er packte die Beifahrertür, zerrte daran, und sie ging mit einem Ruck auf.

Louisa sah, wie James ausstieg, ohne Hemd, ein Bündel im Arm. Vorsichtig reichte er es dem Jungen, dann drehte er sich wieder zum Wagen um. Unendlich behutsam, wie einen Schmetterling, hob er ein junges Mädchen vom Vordersitz. Er nahm sie auf seine Arme und trug sie zum Haus. Das Mädchen streckte die Arme aus, und der Junge legte das Bündel hinein. Eine ganze Menagerie tauchte aus dem Wagen auf und scharte sich um die Füße des Jungen.

»Vielleicht musst du das gar nicht, ich meine, einen weiteren Tag ohne sie aushalten«, sagte Louisa zu Daisy.

Aber Daisy war weg. Sie war aus der Küche gestürmt, sobald sie das Mädchen gesehen hatte. Als Louisa Sage das letzte Mal gesehen hatte, konnte sie gerade laufen. Aber sie hatte im Lauf der Jahre viele Bilder von ihr gesehen – Schulfotos, Schnappschüsse aus dem Urlaub – und hätte sie überall wiedererkannt.

Daisy stürzte auf Sage zu, küsste ihr Gesicht, ihre Hände, drängte sich an James, als sollte er auch sie tragen, wollte den beiden so nahe wie möglich sein. Louisa sah den fremden Jungen: Die Familie hatte sich wiedergefunden, niemand beachtete ihn.

*

»Dalton, deine Enkelin ist da!«, rief sie und lief ins Arbeitszimmer. Sie hatten sich vorhin gestritten, aber wenn es um so wichtige Dinge ging, sollte man das Kriegsbeil begraben.

Er saß auf dem Boden, den Rücken an seinen Rollstuhl gelehnt, eine Wange rot und geschwollen.

»O Gott, Liebster –«

»Louisa.« Er ergriff ihre Hand. »Wir haben einen Verrückten im Haus.«
»Almas Sohn – war er das?«
»Ich habe nur noch an eines gedacht, an dich. Dass ich dich beschützen muss. Ans Telefon kommen muss, um die Polizei zu rufen.«
»Ach, Dalton.« Louisa bettete seinen Kopf an ihre Brust und war einen Moment zu gerührt, um ihm zu erzählen, dass Sage nach Hause gekommen war.
Daisy umklammerte Sage. Sie wollte ihre Tochter in den Armen halten, sich vergewissern, dass ihr nichts geschehen war, ihren Duft einatmen, sich mit allen Sinnen überzeugen, dass es kein Traum, dass Sage wirklich da war. James trug sie auf seinen Armen, und ihre Blicke trafen sich über Sages Kopf, als sie über den Hof zum Ranchhaus stapften. Daisy hatte gedacht, dass er vor Freude außer sich sein würde, aber seine Miene war kummervoll.
»Was ist los?« Plötzlich fror sie.
»Gleich, drinnen.« James ging mit weit ausholenden Schritten zur Tür.
Daisy hatte vor Aufregung nicht bemerkt, dass James kein Hemd trug. Draußen herrschten Temperaturen unter Null, es hatte wieder zu schneien begonnen, und James lief mit nacktem Oberkörper herum. Erst jetzt sah sie, dass Sage in seine Schaffelljacke eingewickelt war und ihr Gesicht in ein Bündel vergraben hatte, das aus seinem Flanellhemd bestand.
»Das Baby?«, flüsterte Daisy.
James nickte.
Daisy stand wie angewurzelt da, während James Sage ins Haus trug. Sie hatte die letzten Wochen damit verbracht, sich den Kopf über die Schwangerschaft zu zerbrechen, und sich immer wieder die bange Frage gestellt, wie das Baby das Leben ihrer Tochter verändern, welche Chancen es zunichte machen würde. Als sie Sage nun über dem winzigen Bündel schluchzen sah, wurde sie von Kummer und Reue übermannt.

»Sage.« Daisy rannte los, um die beiden einzuholen.
»Bringen wir sie zuerst ins Haus.« James' Stimme klang rau.
Sie liefen den Weg hinauf, Daisy und James, der Sage und das Baby trug. Am Haus angekommen, hielt James inne und wartete, aber Daisy war in Gedanken bei Sage und reagierte nicht. Plötzlich kam der fremde junge Mann die Treppe herauf und öffnete die Tür. James eilte mit Sage ins Haus, und einen Moment lang standen sich Daisy und der Junge von Angesicht zu Angesicht gegenüber.
Die grün-goldenen Augen waren so ungestüm wie die des anderen Jungen kalt und erweckten den Eindruck, als beabsichtige er, sich zu vergewissern, dass es Sage gut ging. Er musterte Daisy von Kopf bis Fuß, dann blieb sein Blick auf ihrem Gesicht haften. Das Gefühl, begutachtet zu werden, war seltsam, aber Daisy stellte fest, dass sie mit ihm das Gleiche machte. Er hatte hellbraune Haare, große Augen und auf Stirn und Wangen die Schatten maskenhafter Markierungen.
»Sind Sie ihre Mutter?«
»Ja. Ich bin Daisy Tucker. Danke –«
»Sie hat von Ihnen erzählt. Eine Menge.«
Daisy öffnete den Mund. Sie musste zu Sage, konnte aber den Blick nicht von dem Jungen abwenden. Sein Gesicht war ernst, gebräunt von Sonne und Wind, und einen Augenblick lang erinnerte er sie an einen Schamanen. Sie betrachtete die Markierungen auf seinem Gesicht, berührte die Punkte über seiner linken Braue.
Sie erkannte das Symbol. »Ein Schutzzeichen.«
»Sage meinte –« Überrascht riss er die Augen auf.
»Was?« Sie wollte schnellstmöglich zu Sage, hatte aber das gleichermaßen dringende Bedürfnis zu erfahren, warum er so bestürzt aussah.
»Nichts.« Der Junge runzelte die Stirn. »Nur – Sage meinte, Sie würden es wissen.« Er drehte sich um, wollte gehen. Als er den Türknauf berührte, sah Daisy die tätowierte Eule auf seinem Handgelenk. Die gelben Augen leuchteten, zogen sie in ihren Bann, und einen Moment lang schwankte sie wie hypnotisiert.

Plötzlich hörten sie Sage, sie war im Haus, ihre Stimme wurde immer lauter. Sie hatte geweint, doch nun sagte sie immer wieder »Jake«.
»So hat sie das Baby genannt«, sagte der Junge.
»Danke, dass du bei ihr warst.« Daisy war hin- und hergerissen, hätte die Unterhaltung gerne fortgesetzt, verspürte aber gleichzeitig den Drang, bei Sage zu sein.
»Sagen Sie ihr, dass ich ihr alles Gute wünsche.« Der Junge öffnete die Tür und trat ins Freie.
Als Daisy sich auf den Weg zu Sage machte, hörte sie die Tür hinter sich ins Schloss fallen. James, der spürte, dass Daisy gekommen war, stand auf. »Sie braucht dich«, sagte er.
Daisy nickte und ergriff seine Arme, als sie den Platz mit ihm tauschte.
»Wo ist er? Der Junge?«
»Weg«, sagte Daisy. Aus irgendeinem unerfindlichen Grund fühlte sie sich leer, als sie das Wort aussprach.
»Vielleicht erwische ich ihn noch.« James schnappte sich eine Jacke vom Garderobenständer und lief nach draußen. Er klang aufgeregt, als hätte der Junge etwas mitgenommen, das er unbedingt wiederhaben wollte. Daisy hoffte, dass es ihm gelingen würde, ihn einzuholen, aber sie klammerte den Wunsch aus und konzentrierte sich auf ihre Tochter.
Sage lag, immer noch in die Jacke ihres Vaters eingehüllt, auf der Chaiselongue vor dem Holzofen. Sie hielt ihr Baby im Arm, flüsterte ihm ins Ohr. Daisy nahm behutsam neben ihr Platz, ohne sie zu berühren, ließ ihr die Zeit mit ihrem Kind. Seine Gesichtszüge waren vollkommen, wächsern, winzig wie bei einer Puppe. Daisy betrachtete seine Lippen, die Nase, die Ohren.
»Das ist mein Sohn.«
»Er ist wunderschön«, flüsterte Daisy.
»Ich wusste, dass es ein Junge sein würde. Die ganze Zeit.«
»Wirklich?«
Sage nickte. Sie hatte Daisy nicht angesehen, konnte die Augen

nicht von ihrem Sohn abwenden. Sie streichelte ihn, küsste das weiche dunkle Haar auf seinem runden Köpfchen, strich es glatt, als wollte sie ihn voller Stolz ihrer Besucherin vorführen.
»Dass du auf der Ranch bist, wusste ich nicht«, sagte Sage.
»Ich musste herkommen. Ich wollte dich sehen, sobald du ankommst.«
»Möchtest du … ihn halten?«
Daisy schluckte. Sie hätte gerne eine Sekunde Zeit gehabt, um ihre Fassung wiederzugewinnen, bevor sie antwortete, aber sie hatte ihre Arme bereits ausgestreckt. »Gerne.«
Sage reichte ihrer Mutter das Baby. Daisy nahm den Säugling, warm eingewickelt in James' marineblauem Flanellhemd, und drückte ihn an sich. Er war winzig, und doch fühlte er sich schwer an; er war eine kleine Persönlichkeit, ein Junge aus Fleisch und Blut, ein menschliches Wesen. Er war ihr Enkel, James' und ihrer.
»Ich liebe ihn«, sagte Sage, an den Arm ihrer Mutter gelehnt, um das Gesicht ihres Sohnes zu betrachten.
»Ich weiß, Kleines.«
»Er wurde zu früh geboren.« Sage weinte. »Er ist zu klein.«
Daisy schloss die Augen. Sie hatte das Baby an ihre Brust gedrückt, küsste es auf den Scheitel. Alte Erinnerungen kamen zurück, an die Zeit, als sie die Zwillinge nach der Geburt im Arm gehalten hatte. Sie waren fast einen ganzen Monat zu früh gekommen, und ihr Geburtsgewicht war sehr gering gewesen. Sage hatte zweitausendsiebenhundert Gramm gewogen, Jake zweitausendsiebenhundertdreißig. Die Ärzte hatten sich Sorgen gemacht.
Sie waren nicht viel größer gewesen als das Baby, das Daisy jetzt in ihren Händen hielt. Tränen rollten über ihre Wangen, sie war überwältigt vom Kummer über das, was ihnen vom Schicksal versagt geblieben war. Sie hatte sich gewünscht, Sage wäre nicht schwanger, aber sie hatte nie gewollt, dass so etwas geschah. Sie weinte um sich selbst, um Sage, um die Söhne, die sie beide verloren hatten.

»Es tut mir Leid.« Weinend gab sie Sage das Baby zurück. »Es tut mir so Leid, dass es ihm nicht vergönnt war zu leben.«

»Er war die ganze Zeit bei mir, in so vielen Nächten; ich dachte, wir würden für immer zusammenbleiben«, sagte Sage. »Mit ihm habe ich mich wieder ganz gefühlt. Ich habe ihn Jake genannt, aber ... ich wünschte, ich hätte es nicht getan.«

»Warum?« Daisy strich Sage über das feuchte Haar. »Mir gefällt der Name.«

»Weil ich jetzt das Gefühl habe, als hätte ich ihn ein zweites Mal verloren.« Sage begann wieder zu schluchzen.

Sie weinten gemeinsam, hielten einander umschlungen, das Baby zwischen ihnen. Daisy spürte, wie Sage sich an den kleinen Körper klammerte, als hätte sie Angst, jemand könnte kommen, um ihn ihr wegzunehmen.

»Du weißt nicht, wovon du redest«, sagte Daisy und schüttelte Sage, während sie sie im Arm hielt. Sie wusste, das war nicht der richtige Zeitpunkt für Vorwürfe: Sie hätte ruhig und gefestigt und einfühlsam reagieren sollen, aber als sie hörte, wie Sage um ihr Kind weinte, konnte sie nicht mehr an sich halten. »Du hast keine Ahnung, was für Sorgen ich mir gemacht habe! Ich dachte, ich hätte dich verloren. O Gott, Sage, ich hatte solche Angst, dass ich dich verlieren würde, Kleines. Wie deinen Bruder – konntest du dir das nicht denken?«

»Hast du ihn gesehen?« Sage schluckte.

»Wen, Kind?«

»Jake.«

Daisy war verwirrt. Sie hatte ihn doch gerade im Arm gehalten und Sage zurückgeben. Hatte sie mit ihrer Tirade alles durcheinander gebracht?

»Der Junge, der bei mir war –«

»Der dich nach Hause gefahren hat?«

Sage nickte.

»Doch, den habe ich gesehen. Warum?«

»Hat er dich an jemanden erinnert?«

Daisy überlegte. Sie sah wieder die grün-goldenen Augen vor sich, die braunen Haare, die Form seines Kopfes. Diese Augen, die sie angesehen hatten, als er mit seinen kleinen Händchen ihre Wangen …

»Er hat Tätowierungen, die mich an deine Zeichnungen erinnern«, sagte Sage.

Daisy begann zu zittern, als sie sich die Eule vorstellte, die Federn, die magischen Augen. Wieder sah sie das Gesicht des Jungen vor sich, seine grün-goldenen Augen. Ihr Herz begann zu hämmern, ihr Mund war trocken.

»Ich habe mir immer wieder eingeredet, dass er Jake ist – aber bestimmt habe ich mir etwas vorgemacht. Weil ich es unbedingt glauben wollte.«

»Aber er hat dich an ihn erinnert –«

»Mom«, sagte Sage sanft. »Bitte sei nicht böse, aber könnte ich eine Weile mit ihm allein sein?«

»Mit deinem Baby?«

»Ja.«

Sage blickte ihr totes Kind an, starr, als sei sie mit ihrer Kraft am Ende und jedes Gefühl von ihr gewichen.

»Natürlich«, sagte Daisy und küsste sie auf den Scheitel.

»Ich wünschte, David wäre mein Zwillingsbruder. Aber es spielt keine Rolle mehr, es ist nur irgendwie verrückt.«

»Was?«

Sage war die Erschöpfung anzuhören, sie umklammerte noch immer das Baby, die Worte sprudelten unzusammenhängend aus ihr heraus. »So viele Dinge passten zusammen. Wir sind gleich alt. Wir sind uns im Westen begegnet. Wir haben andauernd zur gleichen Zeit das Gleiche gesagt, wir sehen uns ähnlich. Er zeichnet genau wie du … ich habe dich so vermisst. Ich glaube, ich wollte denken, er sei mein Bruder. Aber am seltsamsten war, dass er den Namen kannte, den du immer gesagt hast, das Wort für Mut …«

»Was für ein Wort?«

»Den Namen. Washakie.«
»O Gott!«, rief Daisy. Und rannte nach draußen.

*

James holte den Jungen ein, als dieser die Tiere in den Wagen einlud. Einer der Hunde schnüffelte im Schnee, fand die richtige Stelle und erleichterte sich, während der Junge die Tür offen hielt und wartete. James entspannte sich ein wenig, verlangsamte seinen Schritt.

Der Junge hatte offenbar gespürt, dass er beobachtet wurde, denn er hob langsam den Kopf. Er sah James an, misstrauisch, und noch ein anderer undefinierbarer Ausdruck lag in seinen Augen, der an Verachtung grenzte.

»Warte, ich muss mit dir reden.«

»Wir sind schon weg«, sagte der Junge. »Komm, Petal. Beeil dich.«

James richtete seine Aufmerksamkeit auf die Hündin, einen dreifarbigen Pitbull, schwarz, weiß und braun. Ihre mächtigen Kiefer umklammerten ein zerrissenes altes Spielzeug, während sie gefrorene Schneeklumpen nach hinten scharrte und ihr Geschäft beendete. Dann sprang sie in den Wagen. James ging zu dem Jungen, packte ihn am Handgelenk.

»Sie hat dich vorhin Jake genannt.«

»Na, und? Sie hat ein Kind gekriegt. Sie war durcheinander.«

»Hast du ihr gesagt, dass du so heißt?«

»Ich heiße David«, erwiderte der Junge kalt.

»David, und wie noch?«

»Einfach David«, sagte er und versuchte, seinen Arm zu befreien.

James packte ihn fester; er dachte an Todd Rydell und seinen Neffen, der sich irgendwo auf der Ranch versteckt hielt. Er wusste nicht, wie Sage den Jungen kennen gelernt hatte, aber er hatte ihr geholfen, und James glaubte, dass er nichts Böses gegen sie im Schilde führte. Hatte er vielleicht herausgefunden, wer sie war, und die Chance ergriffen, sich als ihr Bruder auszugeben?

Trotzdem, das Ganze machte keinen Sinn. Aber er erkannte an der Miene des Jungen, dass er nicht viel von ihm hielt, und das war typisch für die Rydells. Außerdem war er hundertprozentig sicher, dass er den Wagen schon einmal gesehen hatte, vor langer Zeit, und dass er jemandem gehörte, den er kannte. Der Junge versuchte, sich loszureißen, wollte unbedingt weg.

»He, Mann! Haben Sie ein Problem!«, sagte er, als James seinen Griff verstärkte.

»Quälst du gerne Tiere?«, knurrte James und dachte an die abgeschlachteten Kälber und den Stier.

»Wovon reden Sie? Ich helfe Tieren –«

James spähte zum Wagen hinüber, auf die zusammengekauerten Hunde und quirligen Katzen. Als er sich hinunterbeugte, um hineinzusehen, begannen der Scotchterrier und der Spaniel zu winseln. Die Pitbull-Hündin verkroch sich unter dem Sitz. Jemand hatte die Hunde geschlagen, sonst würden sie sich nicht verstecken, sobald sie einen Menschen sahen. »Du lügst.«

»Und Sie erzählen Scheiße!«, sagte der Junge und versetzte James einen Fausthieb gegen die Brust.

Jetzt reichte es ihm: James spürte, wie ihn die Kampflust packte. Er wünschte, der Junge wäre größer, auf seiner Augenhöhe, und älter als sechzehn. Der Wunsch, ihm eine Tracht Prügel zu verpassen, war beinahe übermächtig. Sein Atem ging schwer, als er dem Jungen in die Augen sah. Sie waren unerschrocken und grün, mit goldenen Funken gesprenkelt. Trotzig, aber auf der Hut erwiderte der Junge seinen Blick, als ahne er James' Gefühle.

»Ich hatte einen Sohn namens Jake.« James atmete tief die kalte Luft ein und richtete seinen Blick auf die Berge, um sich zu beruhigen. »Ich mag Leute nicht, die seinen Namen benutzen.«

»Und ich mag Rancher nicht, die behaupten, ich würde Tiere quälen. Die kann ich auf den Tod nicht ausstehen!«, konterte der Junge.

»Hast du den Stier getötet?«

»Den *Stier*?«

»Richtig.«

»Nein.«
»Hast du in diesem Sommer mehrere Kälber erschossen?«
»Ich habe Ihnen schon einmal gesagt – ich käme nie auf die Idee, ein Tier zu quälen.« David rieb sich das Handgelenk. »Das tun Sie«, fügte er hinzu.
»Ich?«
»Ja. Sie züchten Kälber, sorgen dafür, dass es ihnen gut geht, und dann verkaufen Sie sie, damit man Hamburger aus ihnen macht.«
»Das ist nicht gerade der Teil der Arbeit, der mir am besten gefällt«, sagte James. Er sah den Jungen plötzlich mit anderen Augen an: Seine Meinung schien einer tiefen Überzeugung zu entspringen, und das passte nicht zu einem, der hingeht und Stiere abschlachtet, ihnen den Kopf abtrennt.
»*Sie* lügen. Sie wollen doch nur Geld verdienen, wie jeder, der Tiere züchtet. Ich weiß genau, wovon ich rede – meine Eltern sind das beste Beispiel.«
»Gehört der Wagen deinen Eltern?« James bückte sich und nahm das Innere in Augenschein.
»Ja …«, erwiderte David ausweichend.
»Wissen sie, dass du ihn hast?«
»Ja.«
»Sie wissen es nicht, oder?«
»Sie wissen es.«
»Wieso fährst du hier draußen in der Gegend herum, ganz allein? Ich sollte dir die Polizei auf den Hals hetzen. Die Kiste ist der reinste Schrotthaufen, vermutlich ist sie längst aus dem Verkehr gezogen. Das würde sie bestimmt interessieren? Das und die Tatsache, dass du – wie alt bist? Siebzehn?«
»Sechzehn.« Der Junge warf ihm ein triumphierendes, maliziöses Lächeln zu, als hätte er James nach allen Regeln der Kunst aufs Kreuz gelegt.
»Da wird sich die Polizei aber freuen! Sechzehn Jahre alt, und nimmt meine Tochter im Auto mit, und das bei dem Schnee. Du hättest im Straßengraben landen können.«

»Ich habe sie gerettet.«
»Zugegeben, aber was du gemacht hast, ist sträflicher Leichtsinn! Du hättest sie umbringen können.«
James ging um den Wagen herum. David hatte den Mund halb geöffnet, als wollte er etwas sagen, und er überlegte fieberhaft, wie er James überreden könnte, die Polizei aus dem Spiel zu lassen; deshalb dauerte es einen Moment, bis er merkte, dass James die Beifahrertür öffnete.
»He, was machen Sie da!« David steckte seinen Kopf in das Innere des Wagens und packte James am Unterarm. »Hören Sie auf – legen Sie das zurück!«
Aber James hatte das Handschuhfach bereits geöffnet und stöberte darin, auf der Suche nach der Zulassung. Er fand sie in einem vergilbten Umschlag, bestimmt war sie schon seit Jahren erloschen. Der Junge kratzte und schlug wild um sich, hoffte wohl, dass er die Papiere fallen ließ. James war versucht, ihn laufen zu lassen. Offensichtlich war er nicht der Schlächter, und zudem hatte er allen Grund, ihm dankbar zu sein, schließlich hatte er Sage geholfen. Aber James dachte an die Eltern des Jungen. Wer und wo sie auch sein mochten, sie vermissten ihn bestimmt und waren außer sich vor Sorge.
»Du gehst nach Hause zurück, Freundchen.« James steckte die Zulassungspapiere in seine Tasche und zog gleichzeitig die Autoschlüssel ab, bevor er aus dem Wagen kletterte.
»Was soll das!« Der Junge lief hinter ihm her.
»Sechzehn ist zu jung, um abzuhauen und sich allein durchs Leben zu schlagen. Deine Eltern haben etwas Besseres verdient.«
»Sie haben doch keinen blassen Schimmer!« Davids Stimme klang drohend und flehentlich zugleich. »Geben Sie mir die Schlüssel. Bitte –«
»Komm mit«, sagte James und öffnete die Stalltür. In der Sattelkammer gab es ein Telefon. Er dachte an Sage und Daisy, die im Haus waren. Es bestand kein Grund, sie auch noch damit zu behelligen. Er wollte schnellstmöglich zu ihnen, aber diese Sache hatte

Vorrang, er musste zuerst anrufen. Damit konnte er seinen Eltern eine weitere schlaflose Nacht ersparen …

»Ich will nicht zurück. Schicken Sie mich nicht zurück«, bettelte David.

»Egal, was war, es lässt sich alles wieder einrenken.« James holte die Zulassungspapiere aus seiner Tasche. »Ich rede mit ihnen. Natürlich werden sie nicht gerade erbaut sein, dass du den Wagen genommen hast, aber –«

David griff nach dem Umschlag, das Gesicht vor Anspannung verzerrt. James hielt ihn außer Reichweite, um ihn zu öffnen, den Namen des Fahrzeughalters zu lesen und bei der Auskunft die Telefonnummer zu erfragen. Der Junge keuchte und versuchte, an den Umschlag heranzukommen, als James von einem Geräusch hinter seinem Rücken abgelenkt wurde.

Paul fuhr in den Hof, er redete in das Funksprechgerät, das sich in seinem Wagen befand. Aus dem Augenwinkel nahm James wahr, dass er ihn zu sich winkte.

»Geben Sie mir die Papiere!« David klammerte sich an James' Arm. »Bitte!«

»James!« Paul stieg aus. »Es hat Ärger gegeben. Dalton hat die Polizei benachrichtigt und –«

James drehte sich leicht zur Seite, damit er Paul im Blick hatte. »Ärger?«

»Ein junger Mann ist ins Haus eingedrungen, bewaffnet. Könnte sein, dass er es war, der –«

James' Achtsamkeit hatte vermutlich einen Moment nachgelassen und sein Griff sich gelockert, denn plötzlich spürte er, wie David ihm die Zulassungspapiere und die Schlüssel entriss. Er rannte blindlings aus der Scheune, auf Paul zu.

James war ihm unmittelbar auf den Fersen, aber es bestand kein Grund zur Eile: Der Junge lief Paul direkt in die Arme, und der würde ihm die Entscheidung abnehmen. Was hätte er auch anderes tun sollen, als die Flucht des Jungen zu vereiteln, bei all dem Ärger, den sie hatten? Doch plötzlich blieb David wie angewurzelt stehen. Das Schneegestöber war inzwischen stärker geworden; James machte Anstalten, ins Haus zurückzugehen, zu seiner Familie, um die Geschichte zum Abschluss zu bringen, aber beim Klang von Davids Stimme fuhr er herum.

»Onkel Paul? Was machst du denn hier?«, rief David verdutzt.

33

James traute seinen Ohren nicht. Reglos stand er da und beobachtete, wie der Junge Paul March anstarrte. Paul war leichenblass und sah aus, als hätte ihn der Schlag getroffen. Sein Blick, der zunächst auf David fixiert gewesen war, wurde plötzlich unstet, als würde er krampfhaft vermeiden, ihn anzuschauen.

»Wir müssen los, James«, sagte Paul, als sei David, der direkt vor ihm stand, überhaupt nicht vorhanden. »Die Ranch absuchen.«

»Wie war das? Wie hast du ihn genannt?«, fragte James, an David gewandt. Als der Junge schwieg, sah er Paul an. »*Was* hat er zu dir gesagt?«

»Nichts. Keine Ahnung.« Paul war aschfahl.

David antwortete nicht. James sah ihn unverwandt an und spürte, wie sein Puls zu rasen, sein Herz zu hämmern begann.

»Muss ein Irrtum sein«, sagte Paul. »Eine Verwechslung, was auch immer.«

James beobachtete das Mienenspiel des Jungen. In dem Moment, als er Paul entdeckte hatte, hatten sich seine Augen aufgehellt, hatten den Anflug eines Lächelns erkennen lassen. Dann war die Freude mit einem Schlag verschwunden, sein Blick war zornig und finster geworden, und nun wirkte sein Gesicht versteinert wie eine Maske. Dass der Junge seine Gefühle verschloss, wusste James aus eigener Erfahrung: Er hatte es in all den Jahren nicht anders gemacht. James' Gefühle befanden sich dagegen in hellem Aufruhr, seine Kehle brannte, er konnte nur mit Mühe schlucken oder sprechen. Er hatte sich gerade erinnert, wo er den schwarzen Wagen gesehen hatte.

James sah Paul an. Seine Stimme zitterte. »Der alte Willys, den du früher mal gefahren hast. Was ist aus dem geworden?«

»Was soll das jetzt?« Paul schlug sich auf die Oberschenkel. »Dieser

Kerl läuft da draußen herum, James, der Irre, der unsere Herden abschlachtet! Ich hab's dir doch gesagt. Dalton hat ihn gesehen, er ist bewaffnet.«

»Der Willys.« In James' Brust brannte es wie Feuer. Er versuchte, David nicht anzusehen. »Du hast ihn deiner Schwester geschenkt, richtig? Die in Appleton wohnt.«

»James –« Paul fuhr sich mit der Zunge über die Lippen.

»Deiner Schwester June – hat ihr Mann nicht irgendetwas mit Viehzucht zu tun?«

»Er ist Hundezüchter«, sagte Paul. »Marshall ist Hundezüchter. Was regst du dich so auf über die alte Schrottkiste – sie hat ohnehin nichts getaugt. Der Junge muss mich verwechseln. Und was diesen –«

James' Arme zitterten, als er die Schultern des Jungen ergriff. Er atmete schwer, das Feuer loderte, und er wäre im Stande gewesen, einen Mord zu begehen. Dann drehte er den Jungen, der sich David nannte, herum, blickte in seine kühlen grünen Augen und spürte, wie sein Herz weich wurde. »Wie heißt dein Vater?«

»Marshall Crane.« David wandte den Blick ab und starrte auf seine Füße.

James' brachte kein Wort über die Lippen, seine Hände zitterten, als er das trotzige Gesicht des Jungen musterte. Er sah verschwommene Linien und Punkte auf seiner Haut, eine verblasste Kriegsbemalung. »Du hast Onkel zu Paul gesagt. Weißt du, was du da sagst?«, fragte er, als er seiner Stimme wieder mächtig war.

»Ja. Er ist der Bruder meiner Mutter.«

War das möglich? James begann zu zittern. Während er den Jungen auf Armeslänge von sich hielt, dachte er an Sages Geschichte und an den Tag zurück, als er Jake verloren hatte. Er hatte auf einem Felsen im Canyon gesessen, gelächelt und gewunken, als James losgeritten war, um den Streuner einzufangen, der aus der Herde ausgeschert war. James hatte über die Schulter geschaut, um einen letzten Blick auf seinen Sohn zu werfen, dann war er dem davonpreschenden Stier gefolgt. Er würde ihn jederzeit und überall wiedererkennen. Plötzlich verschmolzen Davids Augenfarbe, seine Gesichtsform und die geschwungene Linie seines Mundes mit dem Gesicht eines lächelnden dreijährigen Jungen.

»Sage hat dich von sich aus ›Jake‹ genannt?«, fragte James mit klopfendem Herzen.

»Ja.« Er runzelte die Stirn.

»Sie wusste es.«

»Wusste was?«

»He!« Paul war schneeweiß. »Der Junge hat doch zugegeben, dass eine Verwechslung vorliegt. Jetzt lass uns endlich –«

»Sie haben dir gesagt, du wärst adoptiert, ja?«, fragte James.

»Ja.« Der Junge hob den Blick.

Der Gedanke an Daisy, an seine beiden Kinder und wie anders das Leben gewesen wäre – für sie alle, war James plötzlich unerträglich. Das Feuer tobte in ihm und ergriff von seinem ganzen Körper Besitz. Er starrte Paul mit einem mörderischen Blick an, warf den Kopf in den Nacken und brüllte: »WARUM?«

»James!« Pauls Stimme klang ruhig; es war ihm schon oft gelungen, James zur Vernunft zu bringen, wenn er vor Wut oder Kummer tobte oder nahe daran war, den Verstand zu verlieren. Er war sein Freund gewesen, sein bester und bisweilen einziger Freund. Und er glaubte immer noch, ungeschoren davonzukommen.

»Du hast unseren Sohn entführt.« Die Gefühle drohten James zu übermannen.

»Hör auf damit, James –«

»Du hast Jake entführt.« James packte Paul am Hals und schüttelte ihn, als wollte er ihm das Genick brechen.

»Aufhören. Herrgott, James – lass los!« Paul keuchte, schnappte nach Luft, versuchte ihn abzuschütteln. Er ballte die Faust und holte aus, aber James fing seinen Arm ab und drückte ihn herunter. Er stieß Paul zu Boden, stürzte sich auf ihn und schlug seinen Kopf in den Schnee. Paul versuchte, ihm die Finger in die Augen zu stoßen, aber James entwickelte Bärenkräfte und wischte seine Hände einfach beiseite. Er schlug mit der geballten Faust in Pauls Gesicht, dieses Gesicht, das er all die Jahre lächeln gesehen hatte, das ihm Ermunterung, Freundschaft und Trost vorgegaukelt hatte.

»Du –«, brüllte James und zerschmetterte Pauls Kiefer mit seiner Faust.

»James, aufhören!« Pauls Stimme klang erstickt von dem Blut, das er schluckte.

»Du hast meine Familie auf dem Gewissen!«, brüllte James. »Das wirst du mir büßen, das schwöre ich dir. Ich bringe dich um!«

Paul gelang es, sich aus James' Griff zu befreien und ihm einen Fausthieb in die Rippen zu verpassen. Er versuchte sich unter ihm hervorzuwinden, aber James entwickelte übernatürliche Kräfte in seiner Wut und schlug ihn erneut zu Boden.

James tastete blind nach seinem Messer. Als er es aus der Scheide riss, sah er, dass seine Hand blutig war. Er starrte das Heft an: klebrig und rot, genau wie seine Hand. Das Blut, das daran haftete, stammte von Sages Baby, ihrem Sohn, Jake, dessen Nabelschnur er durchtrennt hatte, und der Anblick brachte James zur Besinnung. Der kleine Junge war tot, aber es gab einen anderen, der noch lebte.

James rappelte sich hoch und blickte auf Paul hinunter, der mit verquollenem Gesicht, blutig und reglos im Schnee lag. Er wusste, dass es einiges gab, was die Geschichte erhellt hätte, aber er spürte, es war nicht länger wichtig. Er drehte sich um.

Der Junge stand einfach da und sah teilnahmslos zu. Er machte den Eindruck, als könne ihn nichts mehr erschüttern, als sei er bereits seit langem in dem alten schwarzen Vehikel unterwegs. James holte tief Luft und ging einen Schritt auf ihn zu. Der Junge versuchte, seinem Blick auszuweichen. Seine Augen huschten zwischen Paul, den Bergen und dem Viehtrog hin und her; Schnee fiel in das Wasser des Trogs. Er vermied es krampfhaft, James anzusehen.

»Jake.« James' Kehle war wie zugeschnürt.

»Nein«, sagte der Junge.
»Doch.«
Der Junge schüttelte heftig den Kopf.
»Deine Schwester wusste es.«
Der Junge stand da, hoch aufgerichtet und stumm.
»Sage wusste es.«
»Das hat sie sich bloß eingebildet«, flüsterte er.
»Jake.«
Der Junge starrte in den Trog. Der Schnee fiel dichter, und sein Blick hing wie gebannt an jeder Flocke, als sei das Wasser ihr Feind. James ging zum Trog und trank Wasser aus seiner gewölbten Hand. Paul hatte die Leitung erst vor drei Jahren gelegt, damit das Wasser nicht mehr einfror.
»Die Dürre ist vorbei«, sagte James.
»Was?«, sagte der Junge.
»Du hättest im Sommer hier sein sollen. Es war so trocken, dass wir eine Wagenladung Wasser kommen lassen mussten.«
»Hm.«
»Aber die Dürre ist vorbei. Sie ist vorbei, Jake.« Er legte den Arm um die Schultern des Jungen – schickte sich an, mit ihm zum Haus zu gehen.
In diesem Augenblick kam Daisy aus dem Haus. Mit geröteten Wangen und wehenden kupferfarbenen Haaren lief sie ihnen entgegen, ohne Jacke oder Mütze. Sie blieb abrupt stehen, als sie Paul im Schnee liegen sah. Dann blickte sie den Jungen und James' fragend an.
»Daisy –« Sein Mund war so trocken, dass er nur ihren Namen über die Lippen brachte, und er konnte die Augen nicht von ihr und dem Jungen abwenden.
»Ich muss dir etwas sagen!« Ihre Augen strahlten, als sie näher kam.
»Ich dir auch«, sagte er und schloss sie in die Arme.

*

»Mir gefallen deine Tätowierungen.« Daisy betrachtete seine Arme.
»Hm.« Er runzelte die Stirn. Seine Miene besagte, dass er ihr kein Wort glaubte, dass sie das nur sagte, um ihn ins Gespräch zu ziehen. Er saß am Küchentisch, vorgebeugt, ließ die Kätzchen auf seinen Schultern spazieren; die Hunde hatten sich zu seinen Füßen zusammengerollt. Sie schienen sich unbehaglich zu fühlen, hatten Angst vor der fremden Umgebung mit ihren fremden Geräuschen und Gerüchen.
Daisy streckte die Hand aus, um die Hunde zu locken. Sie blickten nicht einmal auf, verbargen ihre Köpfe zwischen den Schuhen des Jungen. Sie sahen struppig und verfilzt aus, als wären sie Wochen oder Monate in dem schwarzen Wagen unterwegs gewesen. Daisy redete ihnen begütigend zu. Sich mit scheuen Tieren anzufreunden fiel ihr wesentlich leichter, als das Eis zwischen ihr und dem Jungen zu brechen, von dem sie zunehmend überzeugt war, dass es sich um ihren Sohn handelte. Sie hatte ihn gefragt, woran er sich erinnerte, ihn inständig gebeten, ihr etwas über sein Leben zu erzählen, aber er schwieg.
»Ich hatte als Kind einen Scotchterrier«, sagte sie und streckte die Hand aus.
»Hm.«
»Hat Sage dir das nicht erzählt?« Sie wollte ihn zum Reden bringen, seine Stimme hören, um zu erspüren, wie ihr Herz darauf reagierte. Aus der Nähe betrachtet, sah er aus wie Sage, wie Jake mit sechzehn ausgesehen hätte. Aber es war unglaublich, ein Wunder, das nicht einmal sie zu fassen vermochte.
»Wie heißt sie?«
»Plaidy.«
»Komm her, Plaidy … komm her, meine Kleine –« Der Scotchterrier ignorierte sie.
»Wann kann ich gehen? Wann gibt Ihr Mann mir die Schlüssel zurück?«
Daisy schluckte. James hatte ihr Zeit gegeben, mit dem Jungen allein zu sein. Er war bei Sage, wartete mit ihr auf die Ankunft der

Hebamme, hatte die Polizei benachrichtigt und sie über die Geschehnisse informiert. Der Junge – David, Jake – weigerte sich, mehr zu sagen als unbedingt nötig. Sein Blick war zornig auf den Tisch gerichtet, er rauchte und seufzte hörbar, als hätte man ihn seiner Freiheit beraubt. Daisy sehnte sich danach, ihn in die Arme zu nehmen, aber sie würde ihrem Wunsch erst nachgeben, wenn er ihr ein Zeichen gab.

»Das habe ich ernst gemeint«, sagte sie. »Deine Tätowierungen gefallen mir.«

Er zuckte die Schultern, schüttelte die nächste Zigarette aus dem Päckchen, klemmte sie zwischen die Lippen und zündete sie an. Er warf das Streichholz in den Aschenbecher und verfehlte ihn, dann hob er es vom Tisch auf und legte es hinein. Als er seine Hand zurückzog, sah Daisy, wie er einen flüchtigen Blick auf die Kreis-und-Punkt-Markierungen auf seinem rechten Handgelenk warf.

»Kreise sind wichtig. Sie sind ein Schutzsymbol, aber das weißt du ja sicher«, sagte sie.

Wieder zuckte er die Schultern, streifte die Zigarettenasche auf dem Rand des Aschenbechers ab.

»Sie gehören zu einem alten Ritual der Indianer, um böse Geister abzuwehren. Wenn Fremde zu ihnen kamen, gingen sie einmal um sie herum; ihre Fußabdrücke bildeten einen Kreis, um böse Geister unschädlich zu machen, die mit den Fremden in ihr Leben treten könnten.«

Er blickte auf seine Hand, auf die Kreise und Punkte, dann drehte er den Arm um, entzog ihn ihrer Sicht. Daisy schloss die Augen. Sie hatte dieses indianische Ritual geschildert, als besäße es keine persönliche Bedeutung für sie, als hätte sie nicht tausendmal gewünscht, es wäre ihr damals in den Sinn gekommen, das magische Schutzsymbol zu verwenden, um Jake davor zu bewahren, entführt zu werden. Als sie ihre Augen öffnete, schwammen sie in Tränen.

»*Ellam iinga*«, sagte sie. »Das bedeutet in der Sprache der Eskimos ›Auge der Achtsamkeit‹. Das Kreis-und-Punkt-Symbol.«

»Ja?« Stirnrunzelnd betrachtete er seine Knöchel. Sie waren schmutzig, als hätte er lange nicht mehr gebadet. Daisy sah sie an und erinnerte sich, wie sie ausgesehen hatten, als er klein war und sie ihn in der Badewanne gehalten, ihm die Hände gewaschen hatte, die vom Spielen auf der Ranch schmutzig waren. Eine der Hündinnen begann zu winseln, und er bückte sich, um sie zu kraulen.

»Mir gefällt deine Eule.« Sie beugte sich vor, um sein Handgelenk zu betrachten. »Die Federn wirken sehr naturgetreu und die Augen – meine Güte, als wären sie echt! Als würde sie sich jeden Moment herabstürzen –«

»Sie ist nicht echt!«, entgegnete er barsch.

»Aber du hast dich eingehend mit Eulen befasst. Hast sie aufmerksam beobachtet. Du kennst dich gut aus mit Eulen, oder?«

Er zuckte die Schultern. »Die sieht man überall in Wyoming.« Das war der längste Satz, den er bisher von sich gegeben hatte, und Daisy schöpfte Mut. Sie würden ihn schon zum Reden bringen, koste es, was es wolle. Sie wollte ihm gerade erzählen, dass sie Künstlerin war und glaube, er habe dieses Talent von ihr geerbt, dass sie Mutter und Sohn waren und sich nie wieder trennen mussten, doch in dem Moment sah der Junge sie an und sagte: »Kann ich gehen?«

Daisy zuckte zusammen, aber sie versuchte, sich nichts anmerken zu lassen. Er war sechzehn, sie würden ihn nicht einfach seiner Wege ziehen lassen. Die Polizei würde gleich da sein und ihn ins Kreuzverhör nehmen und Paul verhaften, und dann würden sie die ganze Wahrheit erfahren, würden wissen, was sich vor dreizehn Jahren abgespielt hatte. Aber wenn der Junge nicht bleiben wollte, wenn er dorthin zurückwollte, wo er bisher gelebt hatte, oder es vorzog, die restlichen Jahre bis zu seiner Volljährigkeit bei Pflegeeltern zu verbringen, würde nichts, was sie sagte oder tat, ihn davon abhalten.

Die Hündin, die gewinselt hatte, begann nun, auf dem Fußboden zu Jakes Füßen zu scharren, als wollte sie etwas vergraben, in Sicherheit bringen. Daisy beugte sich vor, einer Panik nahe, weil sie wusste, dass der Junge, der ihr gegenübersaß, ihr Sohn und gleichzeitig ein Fremder war, der die Minuten zählte, bis er gehen konnte.

Als sie den winselnden Hund ansah, stockte ihr der Atem. Es war eine alte Pitbull-Hündin, weiß, schwarz, braun gefleckt. Ihre Augen waren braun, von einem rosa Ring umgeben, und sie hielt ein schmutziges braunes Spielzeug zwischen ihren mächtigen Kiefern. Sie schnaufte vor Anstrengung, mit dem Spielzeug in der Schnauze Luft zu bekommen, zitterte bei jedem Atemzug. Aber als Daisy sie betrachtete, sah sie, dass es die Gefühle waren, die sie erschauern ließen. Ihre Augen waren rot vor Kummer.

»Dieses Spielzeug, das deine Hündin im Maul hat.« Daisy sah Jake an. »Wie war gleich ihr Name?«

»Petal.«

»Warum … Warum schleppt sie es andauernd mit sich herum?«

Er zuckte die Schultern, den Blick auf die Zigarette geheftet. Der blaue Dunst stieg zur Decke empor.

»Bitte sag es mir.«

»Sie braucht was zum Tragen«, erwiderte er mürrisch.

»Warum?«

Er zuckte abermals die Schultern. Die braunen Haare fielen ihm in die Augen, und als er sie zurückschob, sah sie die Narbe an seinem Haaransatz.

»Hast du es ihr gegeben? Das Spielzeug?«

»Ja. Na und?«

»Warum braucht sie etwas zum Tragen?« Daisys Kehle brannte. »Vermisst sie etwas?«

»Keine Ahnung.«

»James sagte, dass dein Vater – der Mann der dich adoptiert hat – Hunde züchtet.« Daisys Stimme war sanft und leise. »Vermisst Petal ihre Jungen?«

Der Junge starrte wie hypnotisiert den Aschenbecher an. Er griff hinein, nahm Zigarettenasche zwischen die Finger und verrieb sie auf seinem Handrücken. Sie wusste, wenn er eine Nadel gehabt hätte, wäre jetzt eine neue Tätowierung entstanden.

»Möglich«, erwiderte er nach langer Pause. »Na und?«

Tränen brannten in Daisys Augen. Sie spähte wieder unter den Tisch, sah Petal mit dem ausgestopften Tier im Maul auf dem Boden scharren. Daisy streckte die Hand aus, aber Petal ging hinter den Beinen des Jungen in Deckung. Daisy bückte sich, kroch unter den Tisch, näherte sich ihr auf allen vieren.

»Petal!«, sagte sie. »Komm her, meine Kleine.«

Petal winselte.

»Komm, Petal.« Daisy streckte ihr die Hand entgegen.

»Sie mag Fremde nicht«, sagte der Junge von oben. Seine Stimme klang beunruhigt, aber auch neugierig. »Sie beißt.«

Daisy ließ sich nicht beirren. »Ich glaube nicht, dass sie mich beißt.«

Petals Augen waren groß und rot, blind vor Kummer. Ihr Spielzeug war mit Speichel bedeckt, und obwohl sie es mit den Zähnen gepackt hatte, trug sie es sanft wie eine Hündin ihre Jungen. Daisy erinnerte sich an die Zeit, als ihre Kinder klein waren, und an Sage, die unten im Vestibül lag.

»Du vermisst sie. Stimmt's?«, flüsterte sie.

Petal sah sie an, das zerrupfte Spielzeug zwischen den Zähnen.

»Du vermisst deine Welpen so sehr, dass du es nicht ertragen kannst. Nachts wachst du auf und denkst, dass sie zurückkommen werden. Du möchtest sie füttern, aber es ist niemand da, den du füttern kannst. Wenn du dich auf die Seite rollst, erwartest du, ihre warmen Körper zu spüren. Dieses Spielzeug – was ist das?«

»Vorsicht! Kommen Sie ihr nicht zu nahe!«, warnte der Junge. »Sie wird nach Ihnen schnappen –«

»Was ist das für ein Spielzeug?«

Es bestand aus braunem Filz, und sie sah die Stelle, an der sich früher die Augen befunden hatten. Und oben auf dem Kopf, genau dort, wo die Kuhhörner gewesen wären, entdeckte sie zwei winzige gelbe Stofffetzen.

»Lass es mich anschauen«, flüsterte Daisy. »Bitte, Petal. Ich werde es dir nicht wegnehmen –«

Petal winselte, hielt ihr Spielzeug noch fester zwischen den Zähnen.

»Ich weiß, was es ist«, sagte Daisy und streckte ihre Hand aus, die zitterte.

»Nicht anfassen!«, rief der Junge warnend und spähte unter den Tisch. »Das lässt sie nicht zu!«

Daisy strich mit dem Finger über die zerfledderte Kuh. Petal rührte sich nicht, starrte sie verängstigt an. Daisy strich über die verblassten Gesichtsnähte der Kuh, über die Flecken, an denen früher die braunen Knopfaugen angenäht waren, über die schmutzigen gelben Fetzen, die einst stolze Hörner gewesen waren.

»Jakes Kuh. Er hat sie von seinem Großvater zur Geburt geschenkt bekommen. Keine niedlichen kleinen Plüschbären oder Lämmchen oder Häschen, sondern eine Kuh. Er hing sehr an ihr –«

Der Junge hatte gebannt zugesehen und aufgepasst, dass die Hündin Daisy nicht biss, doch plötzlich veränderte sich seine Miene, war nicht länger zornig oder unwirsch. Sein Mund stand offen, seine Augen waren verschleiert, als hinge er einer vagen Erinnerung nach.

»Die Kuh war mit Schlamm und Marmelade verschmiert«, sagte Daisy, an Petal gewandt. »Ein Horn war krumm und schief vom Schmusen. Jake hatte die Hörner zum Festhalten benutzt, um sie mitten ins Gesicht zu küssen.«

Petal hatte aufgehört zu scharren, legte sich hin, die Kuh in der Schnauze, und blickte Daisy durchdringend an. Als Daisy Petals nasses Spielzeug berührte, wurde sie von ihren Gefühlen übermannt.

»Es ist Jakes Kuh. Nachdem er verschwunden war, habe ich überall vergeblich danach gesucht. Da wusste ich, dass er sie bei sich gehabt hatte. Das war tröstlich für mich. Du kannst dir nicht vorstellen, wie froh ich war, dass er sie mitgenommen hatte.«

Die Junge murmelte, scharrte mit den Füßen.

»Aber mir ist es genau wie Petal ergangen. Ich musste auch etwas zum Trösten und Halten haben. Seine Decke.«

»Seine Decke?«

Daisy nickte, blickte Petal an. »Seine alte Babydecke. Jake schlief jede Nacht mit ihr. Sie roch nach ihm, schmeckte nach ihm. Ich hielt die Decke in den Armen, und manchmal wachte ich auf und hatte sie an den Mund gepresst. Ich sehnte mich so nach meinem Sohn. Ich liebte ihn mehr als alles in der Welt, seine Schwester ausgenommen. Ich hatte seine Decke im Arm und sagte mir, dass ich sie für ihn warm hielt –«

Der Junge keuchte wie Petal, als könne er kaum atmen, weil ihm etwas auf der Zunge lag.

»Ich hielt die alte Decke im Arm, so wie ich dich früher im Arm halten durfte.« Tränen liefen über Daisys Wangen, als sie von Petal zu dem Jungen blickte. »Das Spielzeug hat dir gehört, nicht wahr? Du hast es Petal gegeben.«

»Aber. Aber ich bin nicht –«

»Ich habe dich geliebt, jede Sekunde, bis zum heutigen Tag.« Daisy kauerte immer noch unter dem Tisch, tätschelte Petals Kopf und blickte in die grün-goldenen Augen des Jungen. »Ich habe keine Sekunde aufgehört, dich zu lieben.«

»Sie beißt«, sagte er, als er sah, wie Daisy den Kopf der Pitbull-Hündin kraulte.

»Keine Sekunde«, wiederholte Daisy mit Nachdruck, während Petal sie anblickte.

Der Junge starrte auf Daisys Hand, die auf dem Kopf der Hündin ruhte. Ihr Kummer schien gelindert, sie schnaufte nicht mehr wie eine Dampflokomotive, hatte Verständnis und wenigstens vorübergehend Trost bei einer anderen Mutter gefunden, die ihren Verlust ermessen konnte.

»Jake«, flüsterte Daisy unter dem dunklen Tisch.

»Sie irren sich«, erwiderte der Junge, aber seine düstere Miene war verschwunden.

»Ich glaube nicht.«

Er räusperte sich, schien angestrengt zu überlegen. Er streichelte Petal, dann reihum die anderen Hunde. Als sein Blick zu Daisy zurückkehrte, waren seine Augen weit aufgerissen, zögernd, angstvoll. Er nahm offenbar all seinen Mut zusammen, denn er schluckte zweimal hart.

»Wo –«

Daisy wartete mit klopfendem Herzen.

Er schluckte ein drittes Mal. Seine Stimme war so leise, dass sie die Ohren spitzen musste, um ihn zu verstehen. »Wo … ist die Decke jetzt?«

34

Sam Whitney, die beste Hebamme in ganz Wyoming, war bei Sage. Sie war fünfunddreißig Jahre alt, hatte lange strohblonde Haare und warme blaue Augen, war sanft und einfühlsam. Sie hatte ihre Ausbildung in Großstädten wie Baltimore und San Francisco absolviert und viele Mütter betreut, von denen einige noch jünger als Sage waren. Sie war außerdem eine ausgezeichnete Skifahrerin und Reiterin und hatte einige Sommer auf der DR-Ranch ausgeholfen, wenn die Jungtiere ihre Brandzeichen erhielten. Sie lebte auf einer Ranch in Dubois, und als James sie angerufen hatte, hatte sie sich sofort bereit erklärt, zu kommen und Sage zu betreuen.

Da Daisy sie auf Anhieb sympathisch gefunden hatte, hatten James und sie ihrer Bitte entsprochen, mit Sage allein gelassen zu werden. Während Daisy sich mit Jake unterhielt und Sage bei Sam in besten Händen war, stand James neben der Scheune und erklärte Curt Nash, was geschehen war.

Curt leitete die Untersuchung. Während die meisten Polizisten ausgeschwärmt waren, um die Ranch nach Richard Jackson abzusuchen, hatte er zwei nach Appleton geschickt, um June und Marshall Crane zu vernehmen. Paul saß im Streifenwagen. Als James den Umschlag geöffnet und festgestellt hatte, dass der schwarze Wagen immer noch auf Pauls Namen zugelassen war, hatte Paul alles zugegeben. Er schien erleichtert zu sein, dass die Wahrheit endlich ans Tageslicht kam.

»Es ist ein Schock. Paul und du, ihr kennt euch schon so lange!«, sagte Curt.

»Unser ganzes Leben.«

»So kann man sich in einem Menschen täuschen«, sagte Curt kopfschüttelnd. Er war achtundfünfzig oder so, topfit und muskulös, ein Cowboy mit Dienstmarke. Vor seinem Eintritt in den Polizeidienst hatte er mit Dalton und James auf der Ranch gearbeitet, probeweise; er wollte sehen, ob ihm die Arbeit genug Spaß machte, um sie Vollzeit auszuüben. Sie hatte nicht, aber James und er hatten weiterhin freundschaftliche Beziehungen gepflegt, bis zu Jakes Verschwinden. Damals war James monatelang Curts Hauptverdächtiger gewesen.

»Und was war mit mir?«, sagte James. »Du dachtest, du kennst mich. Aber das hat dich nicht davon abgehalten zu glauben, ich hätte meinem Sohn etwas angetan.«

»Das tut mir heute auch sehr Leid«, sagte Curt. »Aber, Herrgott noch mal, wir standen unter Druck, mussten ihn finden. Drei Jahre alt und löst sich in Luft auf. So sah es für uns aus.«

»Paul hat ihn entführt.« James warf einen flüchtigen Blick zum Streifenwagen hinüber. Bei Pauls Anblick erschauerte er. Sein bester Freund, seine rechte Hand auf der Ranch. Er hatte bei der Beerdigung seiner Mutter neben ihm gesessen. Er hatte die Zwillinge gehütet. Er hatte ihm geholfen, nach Jake zu suchen …

»Wir werden mehr wissen, wenn wir die Cranes befragt haben«, sagte Curt. »Schwer zu verdauen, die ganze Geschichte. Schaut seelenruhig zu, wie Daisy und du durch die Hölle gegangen seid, nur weil seine Schwester keine Kinder bekommen konnte.«

James betrachtete Pauls Profil. Er hatte der Polizei erzählt, dass bei der Idee, Jake mitzunehmen, der Zufall die Hand im Spiel gehabt hätte. Der Junge wurde seit drei Tagen vermisst. Der Suchtrupp hatte den Canyon zwanzig-, dreißigmal durchforstet, hatte keinen Stein auf dem anderen gelassen und in jeden Abgrund gespäht. Kurz bevor es dunkel wurde, als die anderen den Canyon verließen und systematisch in immer größeren Kreisen die Ranch absuchten, hatte Paul beschlossen, ein letztes Mal durch die Schlucht zu reiten.

Er hatte Jakes Hilferufe gehört. Die Stimme war leise und verängstigt und weit weg. Paul hatte ihn aufgefordert zu reden, alles, was ihm einfiel. Der kleine Junge hatte gehorcht und das ABC aufgesagt und »Old MacDonald had a Farm« gesungen. Es hatte eine Weile gedauert, bis er ihn geortet hatte. In der Höhle.

Der Eingang der Höhle hatte einen Durchmesser, der nicht breiter als dreißig Zentimeter war. Hinter einem Büschel Salbei verborgen, fiel sie steil zum Fuß der Klippe ab. Der Regen hatte die Fingerabdrücke und Fußspuren auf dem Felsen verwischt, und der Eingang war nicht zu erkennen. Aber Paul hatte Jakes Stimme aus diesem Loch gehört, und als er seine große Hand hineingezwängt hatte, war sie von einer kleinen Hand ergriffen worden.

Er hatte Jake heraufgezogen und auf sein Pferd gesetzt. Der Junge war ausgetrocknet, hatte Prellungen, und seine Augen waren fast zugeschwollen. Als Paul zur Ranch zurückgaloppiert war, war er an seinem eigenen Haus vorbeigekommen. Er wusste, dass die Tuckers außer sich vor Freude sein würden, und hatte angefangen darüber nachzudenken, wie es war, Kinder zu haben, dass sie einen jung hielten und das Leben lebenswert machten. Zum Glück hatten Daisy und James noch ein Kind, Sage, das sie lieben konnten, während sie wachten und nach ihrem Sohn Ausschau hielten.

Im Gegensatz zu Pauls Schwester June. Sie hatte seit zehn Jahren versucht, schwanger zu werden, und eine Fehlgeburt nach der anderen erlitten. Ihre Ehe war ein Trauerspiel. Marshall schob alles auf ihre Unfruchtbarkeit. Paul hatte es nicht ertragen, mit anzusehen, wie enttäuscht seine hübsche, lustige Schwester vom Leben war, an eine Hundefarm gekettet, ohne ein Kind, das sie lieben konnte.

Jake hatte unterwegs die Besinnung verloren, und Paul hatte beschlossen, den Wagen zu nehmen: Es war leichter, ein bewusstloses Kind im Auto zu transportieren als auf dem Pferderücken.

Und da war Paul die Idee gekommen.

Jake, blutend und verletzt, hatte im Schlaf geweint und geschrien vor Angst; er hatte einen Schock erlitten, und Paul hatte gedacht, wie leichtsinnig es von James gewesen sei, einen dreijährigen Jungen bei einem Round-up mitzunehmen, ihn auf einem Felsen zurückzulassen und sich einzubilden, er würde sich nicht von der

Stelle rühren! Natürlich war er aufgestanden und hatte die Gegend erforscht; was, zum Teufel, hatte James denn erwartet?
Die Tuckers waren immer Glückspilze gewesen. In dem Punkt hatte Todd Rydell Recht – aber zumindest musste er, Paul March, nicht sein ganzes Leben in ihrem Schatten stehen. Pauls Dad hatte Dalton treu gedient, aber seinen Kindern an vielen Abenden, nachdem er ein paar Bier intus hatte, von der Scheiße erzählt, die die Tuckers den Marches zu fressen gaben, und ihnen eindringlich ans Herz gelegt, das Geld der Tuckers zu nehmen, um damit schnellstmöglich eigene Wege zu gehen.
June hatte die Ranch verlassen, sobald sie alt genug war, und war nach Appleton gezogen, wo Marshalls Familie lebte. Paul und seine Frau hatten damals ihr erstes Kind erwartet, und auf die Zwillinge aufzupassen hatte ihnen gezeigt, was für eine Bereicherung Kinder sein konnten. Die Tuckers hatten alles: Geld, die Ranch, ihre Tochter. Sie waren jung, und wenn sie weitere Kinder haben wollten, stand dem nichts entgegen. Während die arme June nichts hatte.
Und so hatte Paul Jake nach Appleton gefahren. June zu überzeugen war nicht leicht gewesen, sie hatte Gewissensbisse, aber Marshall hatte ein Machtwort gesprochen: Er wollte unbedingt einen Sohn. June und Marshall kannten sich beide mit erster Hilfe aus, als Hundezüchter verfügten sie über tiermedizinische Grundkenntnisse. Sie hatten den Jungen aufgenommen und versorgt. *Ihn von ganzem Herzen geliebt*, hatte Paul gesagt. Dann bekam June, wie häufig der Fall, ein Jahr später ein eigenes Kind. Paul hatte damals überlegt, ob er Jake nach Hause zurückbringen sollte.
Doch da war es bereits zu spät gewesen. Jake hatte aufgehört, nachts weinend nach seinen Eltern zu rufen, und zu glauben begonnen, dass Paul sein Onkel und sein Name David Crane sei. Und Daisy hatte James verlassen, um ihre Tochter an der Ostküste allein großzuziehen, weit weg von den Gefahren der DR-Ranch.
»Er dachte, es sei zum Besten aller Beteiligten«, sagte Curt.

»Das nehme ich ihm nicht ab.«
»Das hat er sich zumindest eingeredet.«
James starrte Paul an. Seit Jahren hatte er sich geschworen, dass er Jakes Entführer umbringen würde, und ein paar Minuten lang war der Drang, Paul zu töten, übermächtig gewesen. Er hatte mit den Fäusten auf ihn eingehämmert und war nahe daran gewesen, ihn zu erstechen. Ein Feuer hatte dreizehn Jahre lang in James Tucker gelodert, ihn innerlich verzehrt, und Paul hatte es in Gang gesetzt.
Aber plötzlich, innerhalb eines einzigen Tages, war das Feuer erloschen. James hatte seinen Seelenfrieden gefunden, auch wenn er nicht genau verstand, wie. Er hatte ihn zurückerhalten, als er Sage beigestanden, sie in den Armen gehalten und gewusst hatte, dass sie seine Tochter war, als er in Jakes Augen geblickt hatte, kühl und grün, mit goldenen Sprenkeln, als er mit seinen Kindern vereint war. Er würde die verlorenen Jahre nicht mehr zurückholen können, aber er verspürte kein Bedürfnis mehr, den Mann zu töten, der sie ihnen geraubt hatte.
»Es war weiß Gott nicht zum Besten aller Beteiligten«, sagte James.
»Du hast es ihm eindringlich genug klar gemacht«, erwiderte Curt. »Ich bin froh darüber.«
»Sind deine Rippen in Ordnung?« Curt deutete auf die Stelle, wo Paul ihm den Fausthieb verpasst hatte. »Willst du ihn auch wegen Körperverletzung anzeigen?«
»Entführung, mehr nicht. Das reicht schon.«
»Daisy ist sicher überglücklich.«
»Ja.« James dachte daran, wie sie heute Morgen dem Flug der Schneegänse zugesehen hatten. Er hatte sie gefragt, ob sie ihn heiraten wolle, und sie hatte zugestimmt – sobald ihre Tochter zu Hause sei. Sage war zu Hause, und Jake. Manche Dinge hätte er sich nicht einmal in seinen kühnsten Träumen vorstellen können, und er wusste, dass Daisy einen Liebeszauber besaß, den sie bisher nicht einmal annähernd ausgeschöpft hatte.
Mit einem letzten Blick auf den Streifenwagen schüttelte James

Curts Hand und bedankte sich. Dann kehrte er Paul March den Rücken zu; er würde ihn vor Gericht wiedersehen. Langsam schlenderte er zu dem großen Ranchhaus hinüber, in dem er seine Kindheit und Jugend verbrachte hatte und das sein Vater heute noch bewohnte.

Alle Menschen, die James liebte, befanden sich unter diesem Dach. Daisy war bei Jake; die Hebamme half Sage, Abschied von ihrem Baby zu nehmen; sein Vater wartete mit Louisa auf ihn. James hörte die Räder des Streifenwagens, die knirschend Halt im Schnee fanden und langsam die Auffahrt der Ranch entlangfuhren. Er hatte nicht bemerkt, wie angespannt er gewesen war, bis er beim Geräusch der Reifen, die sich entfernten und Paul mitnahmen, befreit aufatmete.

Er beschleunigte seinen Schritt. Als er an der Scheune vorbeikam, dachte er an Scout, Ranger und Chieftain, die im Stall standen. Ob sich die Kinder an die Pferde und die Pferde an die Kinder erinnerten? Er lief schneller, der Schweiß brach ihm aus. Daisy stand auf der Veranda und winkte, und als er zurückwinkte, konnte er kaum schlucken.

James Tucker war lange Zeit kühl und gleichgültig gewesen, hatte sich jede Gefühlsregung versagt. Nun räusperte er sich, hatte einen Kloß im Hals. Er dachte an Daisy, die selbstvergessen an ihren Schmuckstücken arbeitete, durch Knochen und Gold mit der Geisterwelt in Verbindung trat. James hatte nichts gehabt, voran er sich klammern konnte, er hatte vor Jahren aufgehört, an irgendetwas zu glauben.

Daisy stand neben der Veranda. Sie streckte die Arme zum Himmel empor, als wollte sie ihn umarmen, und ihre Hände bewegten sich, als schriebe sie unsichtbare Worte. Es schneite, doch die Wolkendecke war an manchen Stellen aufgerissen, und Sonnenstrahlen hatten sich Bahn gebrochen, verströmten ihr Licht.

Hätte man Daisys Worte von einem Flugzeug oder vom Himmel aus entziffern können, hätten sie vermutlich erzählt, dass ihre Tochter und ihr Sohn wieder zu Hause waren, stellte sich James vor. Ihre Arme waren weit geöffnet, bewegten sich mühelos auf und ab, hin und her. Die Sonne zauberte goldene und kupferfarbene Lichtreflexe auf ihr Haar, ihr Gesicht glühte im Sonnenlicht, schimmerte im Schnee.

Während er sie ansah, die Frau, die er immer noch als seine Frau betrachtete, spürte er, dass ihn ein tiefer Friede durchströmte: Er reichte vom Scheitel bis zur Sohle, wärmte Nacken und Schultern, Bizeps und Unterarme, seine Hände und Finger, Wirbelsäule und Rücken, sein Herz und seine inneren Organe, seine Lenden und Oberschenkel, seine Waden und Schienbeine. Er strahlte in seine Füße aus, bis zum Spann, zu den Sohlen, Fersen und Zehen.

Als er sein Gesicht erreichte, lächelte James. Sein Lächeln vertiefte sich, als er zusah, wie Daisy dem Himmel ihren Dank bekundete. James hatte seine Familie zurück. Seine Kinder waren zu Hause, Daisy und er würden heiraten. Er fühlte sich innerlich weich wie geschmolzenes Eis, und zum ersten Mal, so lange er sich erinnern konnte – seit dem Tag, als der Schnee seine Mutter unter sich begraben, seit sein Freund seinen dreijährigen Sohn entführt hatte –, hatte James Tucker das Bedürfnis zu danken.

Er wusste nicht, wie, und auch nicht, wem. Daisy hätte es ihm sagen können, aber er wollte sie nicht stören. Nichts war perfekt in seinem Leben – das zu glauben wäre weit gefehlt. Sage hatte ihr Baby verloren. Jake hatte noch nicht entschieden, ob er bei ihnen bleiben wollte oder nicht, aber sie waren hier. Seine Familie war zusammen, für den Augenblick, für den heutigen Tag; gemeinsam würden sie sich auf den Weg machen. James wusste, ihm wäre nicht so warm ums Herz, wenn er nicht das Gefühl hätte, dass alles in ihrem Leben irgendwann gut werden würde.

Während Daisy in den Himmel schrieb und die Rinder sich an dem Gras gütlich taten, das in ihren eigenen Fußstapfen durch die Schneedecke brach, legte James den Kopf in den Nacken, so dass Schnee und Sonne sein Gesicht trafen. Der Himmel war verhangen, aber die Sonne, die durch die geschlossene Wolkendecke brach, war strahlend hell.

»James!«, rief Daisy ungeduldig, als könne sie keine Minute mehr warten. »Komm nach Hause, beeil dich!«

Dalton saß im Rollstuhl, Louisa stand neben ihm am Fenster des Schlafzimmers; sie sahen zu, wie James die Auffahrt heraufrannte. Louisas Gesicht glühte vor Stolz, als könne sie nicht glauben, wie schnell James lief, als sei er ihr eigener Sohn, den sie liebte wie ein Mutter.

Manche Dinge im Leben sind nicht perfekt, dachte James Tucker, *andere schon.*

James blickte zu dem weiß verhangenen Himmel empor, suchte nach Worten, um seine Gefühle zum Ausdruck zu bringen, und konnte sich nur an eines erinnern, an ein kleines, machtvolles, das aus dem tiefsten Herzen kam. James Tucker schrie es hinaus, so laut er vermochte, und seine Stimme hallte von den dunkelroten Klippen der Wind River Mountains wider: »Danke!«

Epilog

Als es Frühling war, trabten die Pferde durch das hohe grüne Gras und durch die bunten, soeben erblühten Wildblumen zu dem Teil der Ranch, wo früher der Ponystall gestanden hatte. Das Land war voller Legenden und Geheimnisse, und es wäre herrlich gewesen, hier aufzuwachsen, aber es machte beinahe genauso viel Spaß, es mit siebzehn wiederzuentdecken, als wäre es das erste Mal.

»Ohne Schnee sieht es ganz anders aus!«, sagte Sage.

»Ja«, pflichtete Jake ihr bei.

»Bist du sicher, dass es hier entlanggeht?«

»Soll ich dir den Weg aufzeichnen?«, fragte er trocken und blickte sich um.

Sage schüttelte den Kopf. Da sie wichtigere Dinge im Kopf hatte, konnte Jakes sarkastische Art sie heute ausnahmsweise nicht erschüttern. Sie hatten Scout und Ranger gesattelt, die beiden ältesten Pferde im Stall. Ihr Vater wollte, dass sie es langsam angehen ließen. Obwohl Jake beteuert hatte, dass er ständig geritten sei – auf der Hundefarm –, hatte ihr Vater darauf bestanden, dass sie die langsamsten Pferde nahmen, lammfromme, die sie gekannt hatten, als sie Kinder waren.

Er wolle kein Risiko eingehen, hatte er gesagt. Und obwohl Jake nicht zu wissen schien, was er auf einem Pferd zu tun und zu lassen hatte, hatte er nur schwach protestiert.

Die Pferde trabten gemächlich den ausgetretenen Trail entlang, durch das frische dichte Gras, das ihnen bis zu den Oberschenkeln reichte. Sage bückte sich ständig, um alle Blumen zu pflücken, an die sie heranreichte. Das Weideland in der Prärie hatte sich in ein flammendes Blumenmeer verwandelt, und sie hatte bereits einen großen Strauß Butterblumen, Schlüsselblumen, Rittersporn und

Steinbrech gesammelt. Sie barg ihr Gesicht darin und atmete tief den zarten Duft ein.

»Hast du jetzt endlich genug?«

»Noch nicht ganz.«

»Du bist offenbar unersättlich, wenn es um Blumen geht.«

»Ich weiß.«

»Du tust so, als sei das die Hochzeit des Jahrhunderts.«

»Ist sie auch. Für mich.«

Er tat, was er immer tat, wenn er etwas für albern hielt oder nicht darüber nachdenken wollte: Er zündete sich eine Zigarette an. Sage hätte sie ihm am liebsten aus dem Mund gerissen. Was sie während ihrer verrückten Fahrt hingenommen hatte, als er noch ein Fremder war, der sie gerettet hatte, war für sie unerträglich geworden, seit er sich als ihr Zwillingsbruder entpuppt hatte – was er nicht so sah, auch wenn alles dafür sprach – und ihnen ständig das Leben mit der Drohung vergällte, sich Pflegeeltern zu suchen.

»Sie waren schon einmal verheiratet«, sagte er. »Warum sich die Mühe machen, ein zweites Mal vor den Traualtar zu treten? Sie schlafen doch auch so miteinander –«

»Als ob das das Wichtigste wäre.«

»Und was ist das Wichtigste?«

»Was geht dich das an! Du hast doch ohnehin nicht die Absicht, an der Hochzeit teilzunehmen«, erwiderte Sage kühl.

Jake blies eine Rauchwolke in den wolkenlosen blauen Himmel und ritt schweigend weiter. Sage pflückte Butterblumen. Er hatte Recht, sie war unersättlich, was Blumen betraf. Sie hatte ihre Mutter überredet, anlässlich der Trauung tausend weiße Rosen beim Floristen in Dubois zu bestellen. Sie waren heute Morgen gekommen, kurz vor dem Frühstück, und Daisy, Louisa und sie hatten Stunden damit zu tun gehabt, sie in Vasen zu stellen und im ganzen Haus zu verteilen.

Sie sah verstohlen zu Jake. Er hatte wieder seine wilde »Ich-gehöre-nicht-hierher-Miene« aufgesetzt. Sie kannte sie inzwischen so gut, dass sie kaum noch Wut oder Ärger in ihr auslöste. Ihre Mutter hatte ihr erklärt, dass Jake an einem so grauenvollen Ort aufgewachsen war, dass es sehr, sehr lange dauern konnte, bis er diese Erfahrung verkraftet hatte und sich wieder als ihr Zwillingsbruder und Teil der Familie betrachtete.

Wenn er wenigstens an der Hochzeit teilnehmen würde! Aber er war fest entschlossen, ihr fern zu bleiben. Mit seiner Weigerung hatte er alle in Aufruhr versetzt und die Befürchtung geweckt, er sei so verhaltensgestört, dass ihm nur noch ein Psychologe helfen könne, und er hatte gesagt, der Psychologe könne ihn kreuzweise. Er habe immer noch die Möglichkeit, bei einer Pflegefamilie unterzukommen, da seine so genannten Adoptiveltern – für Sage Entführer, der reinste Abschaum der Menschheit – im Gefängnis saßen, und er ziehe in Betracht, Gebrauch von ihr zu machen.

Jake schien nie richtig glücklich zu sein. Er kapselte sich ab, kümmerte sich nur um die Hunde, die in einer Ecke des Pferdestalls untergekommen waren. Er schwänzte die Schule, und wenn er den Unterricht besuchte, passte er nicht auf. Er hatte inzwischen sechs neue Tätowierungen und ihrer Mutter auch eine gemacht, auf der rechten Schulter: einen Wolf, der den Mond anheult; Sage war wütend, wenn sie nur daran dachte. Auf der Hundefarm hatte er oft in der Scheune geschlafen, wie sie wusste, zuerst gezwungenermaßen, als Strafe, danach freiwillig. Er mochte den Geruch der Tiere und des Strohs, zog seinen Schlafsack einer Matratze mit weichen Laken und Bettdecke vor. Und deshalb schlief er auch hier in der Scheune bei den Pferden.

Obwohl Daisy es ihm nicht erlaubte, war er ständig mit dem Traktor der Ranch unterwegs. Unlängst hatte James ihm erlaubt, nach der Schule mit dem Pick-up herumzukurven, wenn er seine Hausaufgaben gemacht hatte, und auch nur da, wo seine Mutter ihn vom Fenster nicht sehen konnte. An manchen Tagen wünschte sich Sage, die ihre Mutter immer für sich alleine gehabt und ihren Vater aus der Ferne angebetet hatte, dieser undankbare, aufsässige Bruder, der wie der Blitz aus heiterem Himmel aufgetaucht war, möge wieder aus ihrer aller Leben verschwinden, ohne dass ihre Eltern ihm auch nur eine Träne nachweinten.

Aber diese Tage waren äußerst selten.

Sage betrachtete Jakes Rücken, als sie auf Scout durch die Wiese trabte. Er ritt voraus zum Ponystall, weil sie ihm erzählt hatte, dass sie dorthin wolle. Seit sie sich auf der dunklen Straße in Nebraska wiedergefunden hatten, war er ihr Beschützer gewesen, und obwohl sie nicht darüber sprachen, wusste sie, dass er sich noch immer als ihr Beschützer fühlte.

»Kommst du nicht zu spät zur Hochzeit?«, rief er.

»Nein.« Sie hielt ihren Blumenstrauß fest. »Es bleibt noch genug Zeit.«

Er seufzte, als missbillige er ihr Vorhaben, versuchte aber nicht, es ihr auszureden. Jake hatte schon in den ersten gemeinsam verbrachten Tagen mitbekommen, was Sage am meisten bedeutete: ihre Eltern, ihr Bruder, ihr Baby. Daran hatte sich nichts geändert.

Als sie zu den Ruinen des alten Ponystalls kamen, nur wenige graue Holzbalken ragten noch aus dem hohen Gras empor, legte Sage ihren freien Arm um Scouts Hals und ließ sich aus dem Sattel gleiten. Jake war bereits abgestiegen und nahm beide Pferde am Zügel, während Sage vorausging. Als sie vor dem morschen Gebälk stand, malte sie sich aus, wie der Stall ausgesehen hatte, der früher hier stand.

»Unsere Großmutter ist hier gestorben«, sagte sie.

»Lass das Louisa nicht hören. Sie hält sich für unsere Großmutter.«

Sage nickte. Sie wusste, dass Jake Louisa liebte. Er hatte von Anfang an ein Faible für sie gehabt – für ihr forsches Auftreten, ihre unverblümten Worte, ihre Art zu sagen: *Mit mir nicht.* Obwohl Sage sie mochte, spürte sie die zarten Familienbande, die einige Generationen umspannten und mit der Bostoner Scharfschützin begannen, die James Tucker das Leben geschenkt hatte. Sage empfand tiefe Achtung für die Bindung zwischen jeder Mutter und ihrem Kind, und beim Anblick der Dachbalkentrümmer hatte sie einen Kloß im Hals.

»War das die Stelle?«, fragte Jake, der Sages Blick bemerkt hatte.
»Ja. Genau dort.«
»Und Dad hat versucht, sie herauszuziehen?«
»Ja, und er hat versucht, ihr Leben zu retten, aber er konnte nicht. Sein Bein war gebrochen.«
»Ach du meine Güte.«
Sage dachte an Mütter und Kinder, die viel zu früh starben. Als sie das hohe Gras beiseite schob, fand sie den schmalen Saumpfad, der an den Seiten mit der Sense bearbeitet worden war und zu einer kleinen, frisch gemähten Lichtung führte, auf der zwei Kreuze standen. Sage wusste, dass ihr Vater einmal in der Woche hierher kam, damit man einen freien Blick auf die Kreuze hatte.
Die Kreuze waren aus Stein; in den einen war der Name »Rosalind«, in den anderen der Name »Jake« eingemeißelt. Sage kniete nieder und küsste den Boden vor dem Kreuz, in dem sich das Grab ihres Sohnes befand. Das frisch gemähte Gras verströmte einen zarten Duft, und sie stellte sich vor, es sei die Haut seiner Schulter.
Er war gestorben, bevor er die Augen aufschlagen konnte, aber für Sage war er ihr Sohn, ein kleiner Junge aus Fleisch und Blut, dem sie ihre Heimkehr verdankte. Ohne ihn hätte sie sich nicht auf den weiten Weg nach Wyoming gemacht. Sie wäre nicht auf der einsamen Straße gelandet und ihrem Bruder begegnet, hätte ihn nicht nach Hause auf die Ranch gebracht. Ihre Mutter hätte nicht beschlossen, ihr zu folgen, und Sage hätte ihren Vater nicht wiedergesehen, wäre nicht mit ihm vereint gewesen nach so langer, langer Zeit. Und die Hochzeit ihrer Eltern hätte heute Nachmittag auch nicht stattgefunden.
Sage kniff die Augen zusammen und stellte sich das Gesicht ihres Vaters vor. Es war von Wind und Wetter gegerbt, und bisweilen hatten seine Augen einen traurigen Ausdruck, als könnte er die Zeit, die er allein verbracht hatte, nicht ganz vergessen oder loslassen und suchte die Canyons immer noch nach Jake ab. Aber ihre Mutter liebte ihn so sehr, genau wie Sage, dass er manchmal am

Frühstückstisch saß und lächelte, so dass die Traurigkeit wie weggeblasen war.
»Kleiner Jake. Du hast uns zusammengebracht«, flüsterte sie.
Die hohen Gräser wiegten sich im Frühlingswind, wisperten wie die Stimme eines Kindes. Sage hatte die Gabe ihrer Mutter geerbt und hörte die Stimme ihres Sohnes sagen: »Ich liebe dich. Ich liebe dich. Ich werde dich immer lieben.«
Sie dachte an Sam Whitney, die Hebamme. Eigentlich bestand die Aufgabe einer Hebamme darin, Kindern den Eintritt ins Leben zu erleichtern, aber die kluge Sam hatte ihr liebevoll dabei geholfen, Abschied von ihrem Kind zu nehmen. Wenn nur Ben auch da gewesen wäre. Nachts sah sie im Traum sein Gesicht. In seinem Blick spiegelte sich so viel Bedauern und Sehnsucht, dass sie die Hand ausstreckte, um ihn zu berühren, doch dann verschwand er.
»Ben, Ben«, hatte sie im Schlaf gerufen, aber nichts konnte ihn zurückbringen.
Sie hatte ihm geschrieben, was mit dem Baby geschehen war. Danach war so viel Zeit vergangen, dass sie gedacht hatte, er hätte sie vergessen. Aber dann, eines Tages, war ein Brief gekommen.
Es täte ihm Leid, hatte er geschrieben. Alles, was passiert sei. Er habe sie nicht verletzen wollen. Er hatte geschrieben, es sei bedauerlich, dass sie das Baby verloren habe, aber so sei es bestimmt am besten. *Am besten*! Wie diese Worte sie verletzt hatten! Sie hatte den Brief zusammengeknüllt und in den Papierkorb geworfen. Aber nach einer Weile hatte sie ihn wieder herausgeholt.
Sie hatte seine Handschrift angestarrt. Wie pedantisch er die Buchstaben ihres Namens geschrieben hatte. Und ihren Sohn hatte er als »das Baby« bezeichnet, als habe er nichts mit ihm zu tun. Der Brief war mit »Ben« unterschrieben. Einfach »Ben«, nichts weiter. Sie konnte noch so lange auf das zerknüllte Blatt Papier starren, das Wort »Liebe« tauchte nirgendwo auf.
Trotzdem, sie liebte ihn noch immer. Diese Liebe wurde nicht geringer, aber sie schmerzte mit jedem Tag ein bisschen weniger.
»Alles in Ordnung?«, fragte ihr Bruder.

»Ja. Alles klar«, flüsterte sie und wischte sich über die Augen.

Als sie zum Gehen bereit war, kniete sie sich hin und trennte zwei kleine Sträuße von ihrem großen Blumenstrauß ab. Den einen reichte sie Jake und sah zu, wie er ihn auf das Grab ihres Sohnes legte.

»Dein Neffe«, sagte Sage.

»Ich weiß. Ich werde ihn nicht vergessen.«

Den anderen Strauß legte Sage vor dem Kreuz ihrer Großmutter nieder und betete, Rosalind möge irgendwie wissen, wie glücklich ihr eigener Sohn – James Tucker – an ebendiesem Tag war.

Der Schnee war schon vor Wochen geschmolzen, aber einige Zugvögel und Tiere in Wyoming hatten ihre Frühlingswanderungen noch nicht beendet. Antilopenherden und Elche kletterten die Bergpfade empor, Scharen von Singvögeln sammelten sich in den Pappeln. Sage beobachtete sie und tastete nach den beiden Goldketten an ihrem Hals. An der einen hing das Zwillingsamulett, an der anderen das »Eulenkind«.

Ihre Mutter hatte das Amulett für das Baby gemacht. Aus Wolfsknochen geschnitzt, mit Kreisen als Schutzsymbolen, sah die geschnitzte Eule genauso aus wie Jakes Tätowierung auf dem Arm. Er hatte Modell gesessen, während Daisy die Zeichnung kopiert hatte, so geduldig, wie es ihm möglich war.

»Eine Eule für den kleinen Jake«, hatte Daisy Sage heute Morgen zugeflüstert; ihr Hochzeitstag würde sie künftig immer an ihren Enkel erinnern. »Weil er genauso klug und weise ist und unsere Familie ihm unendlich viel verdankt.« Daisy hatte Sage das Amulett in die Hand gedrückt. »Er ist das Eulenkind.«

Sage hatte lange geweint. Während sie das Amulett in der Hand hielt, dachte sie an den Trost, den ihr eigenes Amulett ihr viele Jahre lang geschenkt hatte. Ihre Mutter hatte gesagt, sie könne das Eulenkind behalten, es mit dem anderen Amulett um den Hals tragen. Aber Sage wusste: Das Amulett gehörte zu ihrem Sohn, es sollte bei ihm in der Geisterwelt sein und ihn an seine Weisheit erinnern, an das, was er für die Familie getan hatte.

»Ich liebe dich«, flüsterte sie, küsste das Amulett und hängte es über Jakes Steinkreuz.
»Können wir?«, fragte ihr Bruder. Er runzelte die Stirn und musterte die Sonne am blauen Himmel, als hätte er Angst, sie könne zu schnell weiterziehen.
»Warum?«, sagte Sage und wischte sich abermals über die Augen. »Hast du Angst, ich könnte die Hochzeit verpassen?«
»Ist doch nur eine Hochzeit wie jede andere.«
»Warst du schon mal bei einer dabei?«
»Nein.«
»Könnte dir aber gefallen.«
»Nein, danke. Ich fahre lieber per Anhalter nach Lander. Mir die Wagen beim Autohändler anschauen. Damit ich endlich hier wegkann.«
»Das könntest du auch an einem anderen Tag machen.« Sage stieg wieder auf Scout.
»Könnte ich.« James stieg auf Ranger, und sofort besserte sich seine Laune.
Sie machten kehrt und ritten durch das hohe Gras zurück. Als sie zur großen Auffahrt gelangten, sah Sage das Schild der Ranch in der Sonne blinken. Brandneu, leuchtend blau mit goldenen Lettern hatte es das alte ersetzt, das dort schon vor der Geburt ihres Vaters gestanden hatte:
»JD-Ranch.«
»Ich kann nicht glauben, dass Großvater tatsächlich den Namen geändert hat«, sagte Jake.
»James-Daisy.« Sage hielt sich am Sattelhorn fest. »Dad und Mom.«
»Wenigstens ist Louisa jetzt glücklich«, sagte Jake. »Es hat ihr bestimmt nicht gefallen, ständig die Initialen der alten Rosalind vor Augen zu haben.«
»Ich kann es immer noch nicht fassen, dass Grandpa und sie klammheimlich geheiratet haben – in ihrem eigenen Haus!«
»So wollten sie es.«
»Und dabei wären wir alle da gewesen. Es hätte so toll werden

können! Aber Grandpa hat keine Ahnung von Romantik. Ruft einen Richter an, trägt ihm auf, die Ranch umzubenennen, und als der ihm die Papiere bringt, sagt er ganz beiläufig: ›Übrigens, wenn ich schon beim Unterschreiben bin, bist du befugt, Trauungen vorzunehmen?‹ Arme Louisa.«

»Für Louisa ist das in Ordnung. Sie hat mir versprochen, dass sie mich bald ins Stagecoach mitnimmt, damit ich mir das neue Lied anhören kann, das sie geschrieben hat. Grandpa und sie und der neue Name der Ranch, mehr braucht sie nicht, um glücklich zu sein. Auch wenn ihr Name nicht auf dem Schild steht.«

»Wie heißt das Lied?«

»›Ich bin Mrs. Tucker‹.«

»Ich möchte mitgehen. Ins Stagecoach.«

»Dieses Mal gehen nur Louisa und ich. Hat sie gesagt.«

»Dauernd geht es nach deiner Nase! Alle möchten, dass du glücklich bist, und dabei willst du nicht einmal an der Hochzeit teilnehmen –«

»Und? Bist du nicht glücklich?«

Sage zuckte die Schultern, unterdrückte ein Lächeln.

»Schau dich doch an, wie du auf dem Pferd sitzt!«, sagte Jake. »Vor sechs Monaten hattest du keinen blassen Schimmer vom Reiten.«

»Blödsinn! Ich kann reiten, seit ich auf der Welt bin.«

Jake schnaubte verächtlich. »Aber nicht wie ich. Du Großstadtpflanze!«

»Es liegt mir im Blut«, widersprach Sage beharrlich.

»Aha. Und weil du so ein Naturtalent bist, müssen wir die ältesten Pferde im Stall reiten.«

»Du weißt, was Dad sagt. Ich bin ganz wie Mom, ein Cowboy-Girl.«

»Mom schon, du nicht.« Jake unterdrückte mit Mühe ein Lächeln. »Friede?«

Aber Sage ritt schweigend weiter. Sollte ihr Bruder doch denken, was er wollte.

*

Daisy saß im Schlafzimmer vor ihrer Frisierkommode und ließ sich von Hathaway die Haare bürsten. Heute war ihr Hochzeitstag, und sie hatte einen mittelschweren Anfall von Lampenfieber. Während Hathaway jede Strähne einzeln abteilte, straffte und zu einem kunstvollen Ährenzopf flocht, in den sie in angemessenen Abständen Gänseblümchen steckte, betrachtete Daisy ihr Gesicht im Spiegel.

»Ist er zu fest?«, fragte Hathaway.

»Hm?« Daisy musterte ihre Augen.

»Der Zopf. Ziehe ich zu fest? Habe ich dir das Gesicht gestrafft bis zu den Ohren?«

Daisy lachte. »Nein, alles in Ordnung.«

»Da bin ich aber froh. James sollte dich schließlich wiedererkennen und wissen, wen er heiratet, wenn er sagt: ›Ich will‹.«

»Was meinst du, sind wir verrückt, dass wir ein zweites Mal mit allem Drum und Dran heiraten, Hath?«

»Statt was? In wilder Ehe leben? Nein Daisy, glaube mir, wenn zwei Menschen verdienen, alle Register zu ziehen, dann seid es ihr beide.«

»Denk ich auch.« Ihr Blick wanderte zu dem Foto auf der Frisierkommode. Louisa hatte es vor drei Wochen aufgenommen. Es zeigte Daisy, James, Sage und Jake, die am Paddock standen und mit einem strahlenden Lächeln in die Kamera blickten, mit Ausnahme von Jake. »Ich hoffe, er kommt.«

»Jake?«

»Ja. Ich hätte ihn so gerne dabei.«

»Er ist ein Eigenbrötler wie viele brillante Künstler, und er ist ein Künstler, wie man an seinen Tätowierungen sieht. Er hat angeboten, mir auch eine zu machen, gleich nach der Ankunft.«

»Und, wirst du ihn beim Wort nehmen?«

»Keine Ahnung, vielleicht ja, vielleicht nein.«

»Hathaway –«

Hathaway ließ den Zopf fallen, an dem sie arbeitete, ging um Daisy herum und stellte sich vor sie hin. Sie trug einen langen weiten, gelben Rock und eine weiße schulterfreie Bauernbluse, war umgezogen und gerüstet, Daisys Brautjungfer zu sein. Sie hatte Türkisringe und Armreifen aus ihrer Boutique angelegt, dazu eines von Daisys Amuletten und ihre Perlmutt-Ohrringe. Die Kombination aus aristokratischem Ostküsten-Stil und rustikalem Western-Stil passte zu Hathaway, und Daisy lächelte, als ihre Schwester den Ärmel der Bluse hochzog und einen winzigen Cowboyhut enthüllte.

»Stammt der von Jake?«

»Ja.« Hathaway betrachtete bewundernd ihr Handgelenk. »Ich habe ihm gesagt, dass er mich unbedingt in Silver Bay besuchen muss. Wir werden ihm einen Stand einrichten, für einen Tag, wo er seine Tätowierungen machen kann, irgendwas in der Art, wie früher in den Grenzstädten im Wilden Westen. Meine Kunden werden begeistert sein.«

Daisy lächelte. Hathaway war eine Schwester, wie man sich keine bessere wünschen konnte, und eine liebevolle Tante. Sie hatte immer ein sehr enges Verhältnis zu Sage gehabt, und nun versuchte sie ihr Glück bei Jake.

Während Daisy den winzigen Cowboyhut betrachtete, dachte sie an ihren Sohn, der mit Tätowierungen bedeckt war, sich weigerte, zur Schule zu gehen, in der Scheune schlief. Sie versuchte, sich das Leben vorzustellen, das er auf der Hundefarm geführt hatte, und trauerte den verlorenen Jahren nach. Jahre des Kummers für sie beide, für alle Betroffenen. Sie hatten tiefe Narben bei Jake hinterlassen. Liebe allein schien nicht auszureichen, um die Vergangenheit auszulöschen.

»Manchmal würde ich Paul March am liebsten umbringen«, sagte sie.

»Das kann ich dir nicht verdenken.« Hathaway nahm sie vorsichtig in die Arme, um den Zopf nicht in Unordnung zu bringen.

»Ich predige James ständig, dass wir ihm verzeihen sollten; mehr können wir nicht tun, aber hin und wieder sind die Gefühle so stark –«

»Lass sie so stark sein, wie sie sind.« Hathaways Arme, die ihre

Schultern umschlangen, vermittelten Daisy ein Gefühl der Geborgenheit; sie waren wie ein Kokon, der sie vor der Erbitterung und Wut auf den Mann schützte, der ihren Sohn entführt hatte. »Spür sie, und dann lass sie los.«

»Ich möchte die verlorenen Jahre zurück«, flüsterte Daisy.

»Du holst sie zurück, so gut es geht«, sagte Hathaway. »Indem du James heute heiratest. Es ist eine Bestätigung all dessen, woran du glaubst.«

»Zum Beispiel?«

»Nun, an die Liebe. An ein offenes Herz.«

»Ein offenes Herz macht verwundbar.« Daisy wischte sich über die Augen.

»Ich weiß.«

»Du hast das alles mit mir durchgestanden. Ich weiß nicht, ob ich es ohne dich geschafft hätte.«

»Du hättest.« Hathaway streichelte ihr Haar. »Wegen der anderen Dinge, an die du glaubst.«

»Was für andere Dinge?«

»Hoffnung, Vertrauen. Mitgefühl. All die Jahre hast du Kraft aus den Liebesgeschichten anderer Menschen geschöpft, als du selbst die Liebe verloren hattest, und auch Hoffnung und Vertrauen. Du hast sie in deine Arbeit eingebracht.«

»Manchmal war es leichter, sie in Bezug auf andere als für mich selbst zu haben.«

»Das ist immer so.«

»Hoffnung. Das ist das wichtigste in einer Ehe, glaube ich. Ich hatte sie letztes Mal verloren.«

»Nicht ganz. Sonst wärst du jetzt nicht hier.«

Daisy wischte sich über die Augen, was ihr eine Rüge von Hathaway eintrug, weil sie ihr Make-up verschmierte. Sie frischten Wimperntusche und Rouge auf, und Daisy beschloss, sich zusammenzureißen und die Gesellschaft ihrer Schwester zu genießen, statt Trübsal zu blasen. Sie waren sich nahe, ihre Gesichter berührten sich fast.

»Wenn ich mir vorstelle, dass ich jetzt wieder im Westen lebe!«
»Hm.« Hathaway kniff die Augen zusammen, während sie versuchte, den Lidstrich aufzutragen, ohne ihn zu verwackeln.
»Auf einer Ranch.«
»Ich weiß.«
»Weit von Silver Bay entfernt.«
»Willst du mir das Leben schwer machen, oder was?« Hathaway schüttelte das Fläschchen mit dem flüssigen Eyeliner.
»Du wirst uns oft besuchen kommen, ja?«
»Klar. Was denkst denn?«, seufzte Hathaway, als sei die Frage überflüssig.
Daisy betrachtete erneut ihre Augen im Spiegel. Sie dachte an Solstice Falls, an den Crystal Lake, an die scharlachroten Klippen, die verkrüppelten Zedern, den silbergrünen Salbei, die schneebedeckten Schwäne, die endlose Prärie, die hoch aufragenden Wind River Mountains. Schon bei dem Gedanken an die malerische, unberührte Landschaft klopfte ihr Herz schneller. James war hier, und ihre Kinder. Daisy war in Neuengland geboren und aufgewachsen, aber sie zweifelte nicht daran, dass hier ihr Zuhause war. Hier wollte sie leben, auf dem Fleckchen Erde, das ihre Arbeit und ihre Träume beflügelte.
»Ich liebe dich, Hathaway.«
»Und ich liebe dich, Daisy.«
»Tust du mir einen Gefallen?«
»Jeden.«
»Falls du Jake vor der Hochzeit siehst, würdest du ihn fragen, ob er nicht doch kommen will? Sag ihm – egal, was. Hauptsache, er kommt.«
»Er kommt.« Hathaway nahm Daisys Zopf in die Hand und machte sich wieder an die Arbeit. »Ich weiß es. Ich bin mir hundertprozentig sicher.«
»Wie das?« Daisy blickte an ihrem Spiegelbild vorbei und sah erwartungsvoll in Hathaways tiefgründige, wissende, humorvolle Augen.

»Weil ich deine ältere Schwester bin.« Sie lächelte. »Und alles besser weiß. Hast du das immer noch nicht gemerkt?«

*

James stand in der Scheune und rückte seine schwarze Krawatte zurecht. Sein Vater saß im Rollstuhl, trug eine schwarze Smokingjacke mit Schleife, und Todd stand neben ihm in einem mitternachtsblauen Smoking.

»Herrgott!«, sagte Dalton, als er sah, wie James seine Krawatte zum dritten Mal neu band. »Hast du überhaupt nichts von mir gelernt! Bück dich.«

»Ich hab's schon, Dad.«

»Das hast es vermasselt, das hast du. Komm endlich her und bück dich.«

James stellte sich vor seinen Vater und beugte sich nach vorne, während die Finger des alten Mannes seine Krawatte richtig banden. James blickte in das verrunzelte Gesicht, sah den wachen Blick und fragte sich, warum sein Vater nicht ständig so klar und präsent sein konnte.

»Hätte dich öfter irgendwohin mitnehmen sollen, wo man dir gesellschaftlichen Schliff verpasst«, knurrte Dalton. »Wäre ganz im Sinne deiner Mutter gewesen.«

»Du hast deine Sache prima gemacht; ich hab nichts vermisst.«

»Deine Mutter hat oft von den prachtvollen Bällen in Boston erzählt.« Dalton lachte. »Gab hier unten nicht viele von der Sorte. Wir hatten nicht oft Gelegenheit, in Smokingjacke und schwarzer Krawatte herumzulaufen.«

James warf Todd einen fragenden Blick zu; er hatte keine Ahnung, worauf Dalton mit den Anspielungen auf seine erste Frau hinauswollte. Aber Todd lächelte gut gelaunt, schien sich zu freuen, dass er da war, dass er an einem solchen Tag dabei sein durfte. Wer hätte gedacht, dass die Rydellsche Sippschaft gleich in Scharen bei seiner Hochzeit mit Daisy anwesend sein würde! Aber da waren sie:

Todd, Tammy und ihre Kinder Emma und Ruthie, und nicht zu vergessen Louisa.
Es war Daisys Idee gewesen. Nach den ständigen Fehden und Hassgefühlen zwischen den beiden Clans hatte sie James gefragt, ob er etwas dagegen habe, die Rydells zu ihrer Hochzeit einzuladen. Da Louisa nun ein offizielles Mitglied der Familie war, bot es sich an, eine Friedensgeste in größerem Umfang folgen zu lassen. Wie hätte er ihr die Bitte auch abschlagen können? Sein Vater lachte stillvergnügt in sich hinein, als hätte er seine Gedanken gelesen.
»Schau mal an«, sagte Dalton. »Die Tuckers und Rydells friedlich unter demselben Dach vereint, ohne den Wunsch, sich gegenseitig umzubringen.«
»Wunder über Wunder«, lachte Todd.
»Kein Wunder, wenn Daisy in der Nähe ist«, sagte James.
»Ich weiß, dass es nicht deine Idee war, uns einzuladen«, sagte Todd. »Aber ich freue mich trotzdem mächtig, dabei zu sein.«
Während Louisa draußen die Band anwies, die Instrumente zu stimmen, zog Dalton sich im Rollstuhl hoch und ging, noch immer vergnügt in sich hineinlachend, hinaus, um sich auf die Suche nach seiner Frau zu begeben. Todd wollte ihm folgen, aber James hielt ihn zurück.
»Moment.«
»Was gibt's?« Ein Schatten des alten Misstrauens huschte wie ein Reflex über Todds Gesicht.
»Ich muss dir was sagen.«
»Hör zu, James«, sagte Todd und trat einen Schritt zurück. »Dalton ist es recht, dass ich hier bin, und Daisy auch. Begraben wir für heute das Kriegsbeil. Wir sind hier, um zu feiern –«
»Ich möchte mich bei dir entschuldigen.«
»Wie bitte?«
James räusperte sich. Er dachte an den Tag zurück, als Jake verschwunden war. Obwohl viele Männer mit dem Suchtrupp ausgeschwärmt waren und es viele Leute gegeben hatte, die als Verdächtige in Frage gekommen wären, hatte er sich auf Todd konzentriert.

»Ich habe dir unrecht getan.«
Todds Augen verengten sich.
»Die ganze Zeit, dreizehn Jahre lang. Ich dachte, du hättest meinen Sohn entführt.«
»Ich wusste, dass du das dachtest. Aber nichts, was aus meinem Mund gekommen wäre, hätte dich vom Gegenteil überzeugen können.«
»Ich war verbohrt, ich weiß, aber dazu haben noch andere Dinge beigetragen.«
»Die Fehde.«
»Tuckers und Rydells, Rinder und Schafe. Herden, die das Weideland schonen und –«
»Die alte Leier«, sagte Todd mit einem Anflug von Bitterkeit. »Du hattest deinen Standpunkt, wir unseren. Die Rydells haben sich mit dieser Feindseligkeit selbst einen Strick gedreht. Meine beiden Neffen, die im Gefängnis sitzen, sind der beste Beweis. Alma bedauert zutiefst, was Richard angerichtet hat, und sie will den angerichteten Schaden wieder gutmachen –«
»Vergiss es«, erwiderte James mit einer abwehrenden Geste.
»Nein, sie möchte den Wert der Rinder ersetzen, die er getötet hat.«
»Ich will ihr Geld nicht«, sagte James scharf. »Alma tut mir Leid. Sie hat ihren Sohn verloren, und ich weiß, was für ein Gefühl das ist.«
»Ich habe Richard diese uralten Geschichten eingetrichtert«, sagte Todd. »Er war ganz begierig darauf, aber ich wäre nie auf die Idee gekommen, was für Folgen das haben könnte. Er wollte dieses Stück Land und beschloss, es für unsere Familie zu bewachen. Wahrscheinlich gibst du mir die Schuld daran.«
»Dein Neffe tut mir Leid. Ich hoffe, dass er die Hilfe bekommt, die er braucht. Aber ich gebe dir nicht die Schuld daran, Todd. Tatsache ist, dass ich dir schon für viel zu viele Dinge die Schuld gegeben habe. Ich habe nie aufgehört, dich zu verdächtigen, dass du etwas mit Jakes Verschwinden zu tun haben könntest. Auch ohne zwingende Beweise, aber ich brauchte einen Sündenbock.

Diese alten Geschichten von der Fehde zwischen den Tuckers und den Rydells haben mich im gleichen Maß beeinflusst wie deinen Neffen. Sie kamen mir gerade recht, du kamst mir gerade recht: Ich brauchte jemanden, den ich für das hassen konnte, was Jake passiert war.«

Todd wartete.

»Es tut mir Leid, Todd. Ich habe dir Unrecht getan.«

»Schon gut, James. Es ist auf beiden Seiten viel Unheil angerichtet worden.«

»Ich möchte endgültig einen Schlussstrich unter die Vergangenheit ziehen. Daisy und ich werden alles tun, was in unserer Macht steht, um Richard zu helfen. Weißt du, als du uns zum ersten Mal von ihm erzählt hast, dachten wir, dass er Jake sein könnte. Auch wenn es seltsam klingt, aber daraus haben wir irgendwie Hoffnung geschöpft.«

»Ich bin froh, dass dein Sohn wieder da ist.«

»Ich auch.«

Die beiden Männer reichten sich die Hände. James war erleichtert, dass alles gesagt war. Er redete nicht gerne über Dinge, die ihn tief bewegten, außer mit Daisy, und er sah, dass Todd ebenfalls erleichtert war. Sie waren Männer, die nicht viele Worte machten, und zwischen ihnen war alles geklärt. Der Geist der Versöhnung lag in der Luft. Daisy hatte Recht: Ihr Glaube war durch ihre persönlichen Erfahrungen gestärkt worden, und nun war es an der Zeit, Vergebung zu üben. Eine Aufgabe, an der sie für den Rest ihres Lebens arbeiten würden.

»Und was ist mit ihm?«, fragte Todd, als sie in den Sonnenschein hinaustraten und auf den Beginn der Trauung warteten.

»Jake?« James schluckte, er war sich nicht sicher, wie er die Frage beantworten sollte. Er wusste, dass Jake seine Schwester liebte und sich Mühe gab, wieder in einer richtigen Familie Fuß zu fassen. Aber das war mitunter ein schwieriges Unterfangen. James wusste das aus eigener Erfahrung, auf Grund seiner eigenen Empfindungen. Sich von Menschen wie Daisy und Sage lieben zu lassen, das war nicht leicht. Sogar ihm fiel es bisweilen schwer, und um wie viel schwerer musste es da erst für Jake sein!

»Ja. Ich meine, ist er froh, dass er wieder zu Hause ist?«

»Ich denke schon, ich hoffe es zumindest.«

»Wo steckt er? Noch beim Umziehen für die Hochzeit?«

James holte Luft. Todd Rydell stand vor ihm und wartete auf eine Antwort, aber die Worte blieben James im Hals stecken.

»Kann mir vorstellen, wie aufgeregt er ist«, sagte Todd, während sie vor der Scheune auf und ab gingen. »Schließlich heiraten die eigenen Eltern ja nicht alle Tage.«

James schwieg, ließ es dabei bewenden. Er konnte Todd Rydell nicht sagen, dass sein Sohn ihm zu verstehen gegeben hatte, dass er nicht beabsichtige, an der Hochzeit teilzunehmen. Daisy schien seine Entscheidung zu akzeptieren, geduldig und liebevoll, wie sie war. James gab sich die größte Mühe, aber er konnte niemandem erzählen, nicht einmal Daisy und schon gar nicht Todd Rydell, dass er am Boden zerstört war.

Dass James Tucker – ein hartgesottener Rancher, der nichts von Rührseligkeit hielt – das Gefühl hatte, ihm würde das Herz brechen, weil sein Sohn beschlossen hatte, nicht zur Hochzeit zu kommen.

*

Als Sage und Jake in Sichtweite der Ranch kamen und die Auffahrt hinaufritten, drangen Musikfetzen an ihr Ohr. Ein großes Zelt – in den blau-goldenen Farben der JD-Ranch – war aufgestellt, dessen Dach mit seinen himmelwärts strebenden Spitzen ein Spiegelbild der Wind River Mountains war, die im Hintergrund aufragten. Sage meinte, einen Schleier – eine lange weiße Tüllwolke – am Fenster im ersten Stockwerk aufblitzen zu sehen.

»Sie sind alle da«, sagte Sage.

»Ich weiß.«

»Tante Hathaway, die Rydells, Louisa und Grandpa, Mom und Dad –«

»Ich habe Tante Hathaway ein cooles Tattoo gemacht.«

»Sie ist die beste Tante der Welt. Du wirst schon sehen. Sie ist so ein Zwischending aus Mutterersatz und der coolsten älteren Schwester, die man sich nur vorstellen kann.«

»Ich weiß«, erwiderte Jake hitzig.

»Habe ich etwas Falsches gesagt?«

»Nein. Hast du nicht. Aber manchmal werde ich sauer, wenn ich daran denke, um wie viel länger du alle diese Leute kennst. Du hast dein ganzes Leben mit Mom und Tante Hathaway verbracht, und ich lerne sie gerade erst kennen. Ich möchte meine eigene Beziehung zu Tante Hathaway und all den anderen haben, ohne dass du mir alles übersetzt und erklärst.«

»Ist ja gut«, erwiderte sie ruhig.

»Tut mir Leid, wenn ich mich so ereifere.« Er runzelte die Stirn, als sei er wirklich wütend.

»Bei Dad herrscht Gleichstand. Das musst du zugeben. Wir haben ihn beide zur gleichen Zeit kennen gelernt.«

»So wie du das sagst, klingt das, als sei es was Gutes.«

Sage schüttelte den Kopf, unfähig zu sprechen. Sie fand nicht, dass es gut war, nicht im Geringsten.

»Alle sind da«, sagte Sage nach einer Weile und schirmte die Augen gegen die Sonne ab. »Außer uns.«

»Ja«, sagte Jake ruhig.

»Deine Familie, Jake.« Sie wusste, dass es eine Gratwanderung war und dass alles, was sie sagte, ihn wieder in Wut versetzen konnte.

»Hör auf damit, Sage.«

»Solange du es weißt, ist es ja gut.«

»Ich weiß es.« Sie fand, dass seine Stimme belegt klang.

»Mach dir nichts draus, wenn ich mich ständig einmische«, versuchte sie zu scherzen. »Ich bin schließlich deine Schwester.«

»Zwillingsschwester«, sagte er spöttisch. Sage war froh, dass er endlich kapiert hatte, dass auch er instinktiv ihre Nähe suchte und dieses Bedürfnis tief in seinem Innern genauso verstand wie sie.

Die Musik klang fröhlich und festlich, aber plötzlich zügelte Sage Scout und lauschte. »Hör doch!«

»Ich höre es.« Jake ritt neben sie.

Die Band stimmte die Instrumente, und Louisa probte ein letztes Mal ihr Hochzeitslied. Sie hatte es für James und Daisy geschrieben und es hieß »Für immer«. Jake begann zu lächeln, als er ihrer weit tragenden Stimme lauschte, die über die Wiese zu ihnen herüberdrang.

»Ich meine nicht Louisa – *Hör doch!*«

Es war Frühling und sehr warm, viel zu spät für diese Jahreszeit, doch als die Zwillinge die Köpfe in den Nacken legten und ihre Augen gegen die helle Sonne in Wyoming abschirmten, entdeckten sie ein großes langes V am Himmel. Schneegänse. In der Sonne leuchtete ihr Gefieder weiß wie Schnee. Das Geräusch ihrer Rufe und Schwingen übertönte alles andere, sogar Louisas Lied.

»Die Schneegänse, Jake!«

»Sehe ich!«

»Wie viele mögen es sein? Was glaubst du? Hundert?«

»Tausend.«

Die Zwillinge kannten die Geschichte mit den Schneegänsen: Wie ihr Vater ihrer Mutter ein zweites Mal einen Heiratsantrag gemacht hatte, und wie sie Ja gesagt hatte, als er es zu Stande gebracht hatte, dass sie in den Winterhimmel aufstiegen. Bei ihrem Anblick füllten sich Sages Augen mit Tränen, und als sie ihren Bruder anblickte, stand er in den Steigbügeln, hoch aufgerichtet.

»Tausend!«, sagte er abermals.

»Mindestens.«

»Heeee!«, brüllte Jake.

»Du brauchst sie nicht zu rufen. Die Gänse können dich nicht hören.« Sie lachte.

»Die sind auch nicht gemeint.«

»Wer denn?«

»Heeee!« Jake brüllte noch lauter, reckte sich in seinen Steigbügeln.

Ihr Vater stand neben dem Paddock und redete mit irgendjemandem, der die Speisen und Getränke angeliefert hatte.

»Sie sind wieder da!«, schrie Jake.

»Rufst du Dad?« Sages Herz begann zu rasen. Jake ließ sonst nie irgendwelche Gefühlsregungen erkennen. Er ging nie zu ihrem Vater oder ihrer Mutter, um mit ihnen zu reden, schien die guten Dinge im Leben nie wirklich zu genießen. Sage wusste, dass er mit seiner Gleichgültigkeit die Gefühle ihrer Eltern verletzte, vor allem die seines Vaters.

»Die Band ist zu laut. Er kann mich nicht hören«, sagte Jake.

»Dann ruf lauter!« Sage platzte beinahe vor Glück. »Ach Jake, ruf lauter!«

»Dad!«, brüllte Jake aus voller Kehle und deutete zum Himmel. »Mom! Sie sind wieder da!«

Beim Klang seiner Stimme drehte sich ihr Vater um. Sogar von hier aus konnte Sage die Freude auf seinem Gesicht sehen, als er hörte, dass Jake ihn »Dad« nannte.

Ihre Mutter beugte sich aus dem Fenster im ersten Stock, ihr Schleier bauschte sich auf, als wollte sie den Wind berühren. Sage lächelte und schwenkte ihren Blumenstrauß, aber ihre Eltern hatten die Köpfe in den Nacken gelegt und blickten zum Himmel empor, gebannt vom Flug der Schneegänse.

»Sie sind wieder da!«, brülle Jake Tucker mit aller Kraft, die ihm zu Gebote stand. Auch er lächelte und schwenkte aufgeregt die Arme, wie jemand, der sich freute, Teil einer Familie zu sein, zu deren Legende Schneegänse und Washakie gehörten, der mit seiner Zwillingsschwester zur Hochzeit seiner Eltern nach Hause ritt, jemand, der sich auf der Welt nichts sehnlicher wünschte, als zu bleiben und sie sagen zu hören: »Ja, ich will.«